Ruth Kvarnström-Jones

STOCKHOLM

Freundinnen im
Kaufhaus der Träume

Ruth Kvarnström-Jones

STOCKHOLM

Freundinnen im Kaufhaus der Träume

Roman

Übersetzt von Karin Dufner

blanvalet

Die Originalausgabe erschien 2024 unter dem Titel
»Vänninorna pa Nordiska Kompaniet«
bei Printz Publishing, Schweden.

MIX
Papier | Fördert gute Waldnutzung
FSC® C083411
www.fsc.org

Penguin Random House Verlagsgruppe FSC® N001967

1. Auflage

Neumarkter Straße 28, 81673 München
produktsicherheit@penguinrandomhouse.de
(Vorstehende Angaben sind zugleich
Pflichtinformationen nach GPSR.)

Redaktion: Andreas Feßer
Umschlaggestaltung: www.buerosued.de
Umschlagmotiv: arcangel.com / Mary Wethey; mauritius images / Historic
Collection / Alamy / Alamy Stock Photos; www.buerosued.de
KW · Herstellung: Claudia Schugmann
Satz: Satzwerk Huber, Germering
Druck und Bindung: CPI books GmbH, Leck
Printed in Germany
ISBN 978-3-7645-0895-1

www.blanvalet.de

An meine Eltern, Enid und Stanley,
die mir beigebracht haben, dass jede Geschichte
zwei Seiten hat. Und die sich so manches leckere Mittagessen
bei Nordiska Kompaniet haben schmecken lassen!

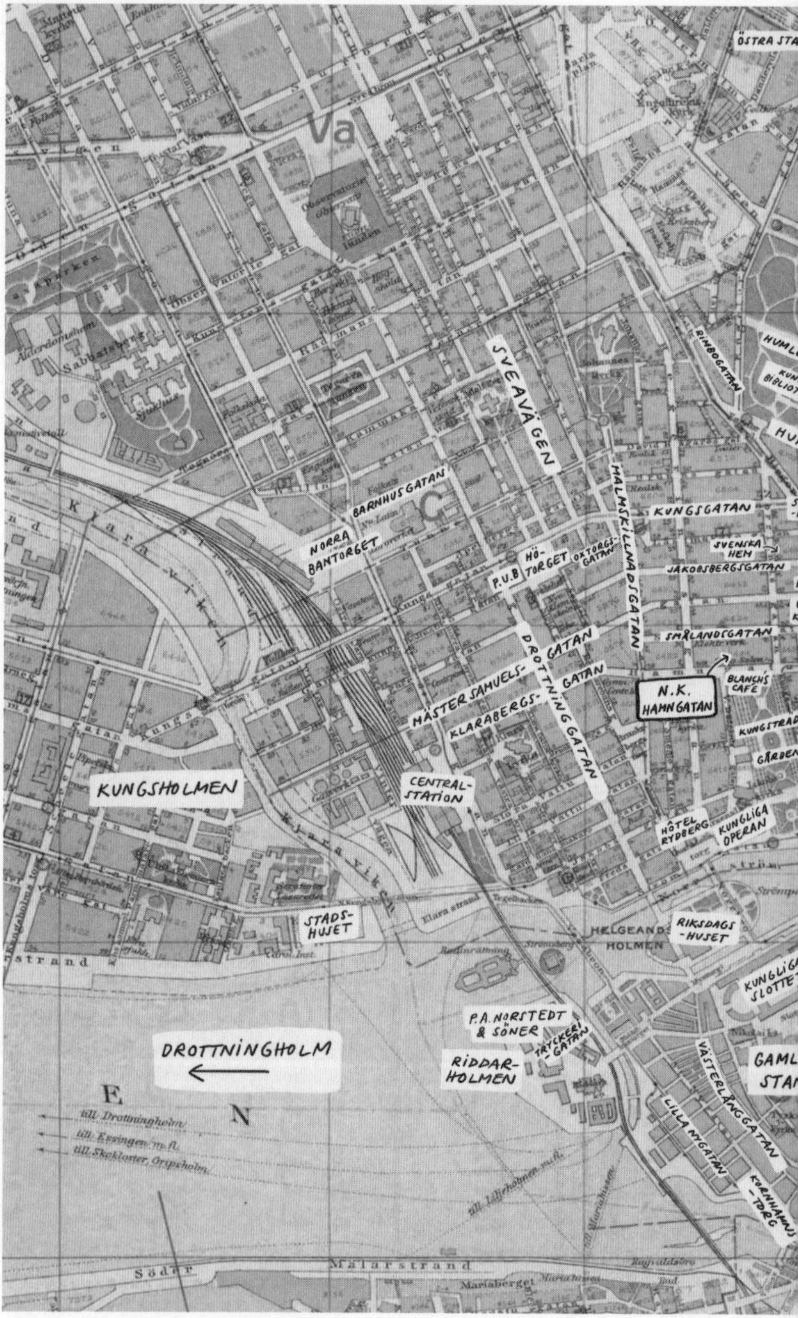

SVEAVÄGEN
RIMBOGATAN
HALMSKILLNADSGATAN
BARNHUSGATAN
NORRA BANTORGET
KUNGSGATAN
SVENSKA HEM
P.U.B
HÖ-TORGET
OXTORGS-GATAN
JAKOBSBERGSGATAN
SMÅLANDSGATAN
BLANCH'S CAFE
N.K. HAMNGATAN
MÄSTER SAMUELS-GATAN
DROTTNINGGATAN
KLARABERGS-GATAN
KUNGSHOLMEN
CENTRAL-STATION
HÔTEL RYDBERG
KUNGLIGA OPERAN
STADS-HUSET
HELGEANDSHOLMEN
RIKSDAGS-HUSET
P.A. NORSTEDT & SÖNER
TRYCKERI-GATAN
RIDDARHOLMEN
DROTTNINGHOLM
VÄSTERLÅNGGATAN
LILLA NYGATAN
KORNHAMNS-TORG
till Drottningholm
till Essingen m.fl.
till Skokloster, Gripsholm
Söder Mälarstrand
Mariaberget

STADION
HIAHEMMET
VALHALLAVÄGEN
GÄRDET →
KARLAVÄGEN
BRAHEGATAN
GREVTUREGATAN
SIBYLLEGATAN
KARLA -PLAN
LINNÉGATAN
SGATAN
K. EPLAN
ÖDERBERGS CAFÉ
DRAMATEN
STRANDVÄGEN
Nybroviken
Ladugårdslands viken
GRAND HÔTEL
Nobelparken
ROSENDALS SLOTT →
ÖDj
SKEPPSHOLMEN
LILJEVALCHS
BLÅ PORTEN
DJURGÅRDSSTADEN
KASTELL-HOLMEN
SKEPPSBRO
ÖDERMALM ↓
BECKHOLMEN
Bromma

Die handelnden Personen

Die Familie Sachs

*Josef Sachs
*Sigrid Sachs
*Ragnar Sachs
*Rut Sachs
*Herbert Sachs

*Ellen Sachs

Die Bewohner der Sibyllegatan

Ottilia Nyblaeus
Fredrik Nyblaeus
Isabella Nyblaeus
Philip Nyblaeus
Birna Ekman
Victoria Ekman
Hilda (Die Haushälterin)
Karl Ekman
Viveka Ekman

Die Bewohnerinnen der Linnégatan

Torun Ekman
Beda Johansson

Die Familie Silfverstjerna

Karolina Silfverstjerna
Edward Silfverstjerna
Julian Silfverstjerna
Cornelia Silfverstjerna

NORDISKA KOMPANIET

Die Erbauer

*Ferdinand Boberg (Architekt)

*Josef Norén (Bauingenieur)

Der Vorstandsvorsitzende

*Otto Printzsköld

Abteilung für Damenhandschuhe

Märta Eriksson

Irma Nilsson

Gabriella Anderberg

Das französische Modeatelier

*Kurt Jacobsson (Der Boss)

Frau Alm (Direktrice)

*Pelle Lundgren (Modeschöpfer)

Die Schneiderwerkstatt

Agatha Karlsson (Perlenstickerin)

Bettan Nylund (Aufsicht)

Vera (Ärmeleinpasserin)

Hulda (Botin)

Elsa (Botin)

*Greta Gustafsson (Vorführdame)

Verwaltung

*Maria Blombergsson (Hauptkassiererin)

*Thorwald Munkhammar (Dekorateur)

*Tom Björklund (Werbeleiter)

*August Åhlfeldt (Restaurantleiter)

Herr Bellman (Oberster Portier)
Herr Hagman (Hausdetektiv)
*Dr. Modig

Gern gesehene Gäste
Fredrika Bernaborg
Die Gräfin
Bertil (Scottish Terrier)
*Harry Selfridge (Eigentümer Selfridge & Co., London)

Ungern gesehene Gäste
Stina Andreasson

Königliche Hoheiten
*König Gustav V.
*Königin Victoria
*Kronprinz Gustaf Adolf
*Kronprinzessin Margaret

Das Restaurant Prinsen
*Augusta Forsberg

Politiker
**Hjalmar Branting*
**Agda Östlund*
**Nelly Thüring*

NEW YORK

Lily
Dorothy
Michael
Blanche

Andere

Wilhelm Schultz

Daniel Solomon

*Polizeichef Ellström

*Historische Personen

Prolog

April 1912

Die Fünf-Öre-Münze in der Hand, reihte sich Torun Ekman in die dicht gedrängte Warteschlage vor dem Zeitungskiosk auf Stockholms Stureplan ein. Zum Glück ging es rasch voran. Der Mann vor ihr schüttelte nun schon zum dritten Mal den Kopf. Oder war es zum vierten Mal? Torun brauchte sein Gesicht nicht zu sehen, um zu wissen, dass sich Fassungslosigkeit darin malte. Und es war auch wirklich kaum zu glauben. Selbst ihr, die als Lektorin praktisch mit ihrem Bleistift verwachsen war, fehlten die richtigen Worte, um die Stimmung zu beschreiben, die an diesem kühlen Aprilmorgen in Stockholm herrschte. Wenn die heutigen Schlagzeilen – Gott bewahre – die Wirklichkeit treffend wiedergaben, würde auf diese Fassungslosigkeit bald Bestürzung folgen. Alle Vorfreude auf die Olympischen Spiele in Stockholms neu erbautem Stadion war auf einen Schlag dahin.

Allerdings durfte man die Hoffnung noch nicht aufgeben. Denn in den gestrigen Zeitungen stand, dass die vier weiteren Schiffe, die entsandt worden waren, um den Passagieren beizustehen, ausnahmslos alle Schiffbrüchigen gerettet hatten. Doch Torun hatte diese Meldung stutzig gemacht. Alle gerettet? Mitten auf dem Meer? Von einem Schiff dieser Größe? Die Zeichnung, welche das Größenverhältnis zwischen der RMS *Titanic* und dem königlichen Palast von Stockholm illustrieren sollte, hatte sie ebenso in Erstaunen versetzt wie die meisten ihrer Zeitgenossen. Denn das königliche Postschiff war nicht nur höher als das Bauwerk, sondern auch beträchtlich länger. Und außerdem unsinkbar. So hatte man es mindestens versprochen. Alle gerettet? Ziemlich unwahrscheinlich.

Torun legte ihre Münze auf die Theke und nahm sich eine Ausgabe des *Dagens Nyheter* vom Stapel. An den meisten Tagen klemmte sie die Zeitung einfach unter den Arm, doch heute musste sie sich die Zeit nehmen, um stehen zu bleiben und sie zu lesen. Als sie das letzte Mal versucht hatte, auf dem Weg zu ihrem Büro im Verlag P. A. Norstedt & Söhne im Gehen die erste Seite zu überfliegen, wäre sie nämlich beinahe unter eine Straßenbahn geraten. Nur die beherzt zupackende Hand eines Passanten hatte sie vor einem viel zu frühen Ende bewahrt. Doch wenigstens wäre dieses Ende schnell und unerwartet gekommen. Während die bedauernswerten Menschen an Bord der *Titanic* sicher genau wussten, welches Schicksal sie im dunklen, eiskalten Meer erwartete.

Torun schluckte den Kloß in ihrer Kehle hinunter und überquerte die Sturegatan in Richtung Humlegården Park, wo es Bänke im Überfluss gab. Ein Jammer, dass die Nationalbibliothek noch nicht geöffnet hatte, denn ein wenig Wärme wäre nicht unwillkommen gewesen.

Sie begann zu lesen. Nur eines der vier zur Rettung eilenden Schiffe war noch rechtzeitig vor Ort gewesen, um Überlebende aus dem Meer zu fischen. Die Hälfte der zweitausend Passagiere galt als verschollen. Darunter befanden sich gewiss einige der etwa hundert Schweden, die auf der Passagierliste standen. Vielleicht waren auch Stockholmer darunter, die erst letzte Woche durch ebendiesen Park geschlendert waren. Womöglich sogar ein Kind. Die Schrift verschwamm Torun vor den Augen, und die Zeitung glitt ihr vom Schoß. Sie schob eine Hand unter ihren Mantel und legte sie sich auf den Bauch.

Wie konnte sie um ein unbekanntes Kind weinen, während sie gleichzeitig das Ende ihres eigenen plante? Zumindest diese Frage ließ sich leicht beantworten. Sie wollte keine Kinder, hatte noch nie welche gewollt, denn sie besaß nicht einen Funken von Mütterlichkeit. Also wäre es für beide Seiten die falsche Lösung gewesen. Oder?

Der Vater des Kindes war wie ein Schiff in einer Winternacht an ihr vorbeigefahren. In sieben Winternächten, um genau zu sein. Ein Journalist mit gütiger Miene und vernünftigen Ansichten, der leider vergessen – oder einfach nicht erwähnt – hatte, dass er bereits verheiratet war. Und da Torun nun einmal nichts von Rührseligkeit hielt, hatte sie sich eingeredet, dass sie das nicht weiter kümmerte. Man konnte Männern eben nicht über den Weg trauen. Und außerdem hatte es dieser Wicht gar nicht verdient, dass sie sich weiter mit ihm beschäftigte. Also hatte sie ihn geohrfeigt und einen Schlussstrich gezogen. Nur dass sie einige Wochen später eine Entdeckung gemacht hatte: Das nächtliche Schiff hatte bei ihr seine Ladung gelöscht.

Torun hatte niemandem von ihrer misslichen Lage erzählt. Nicht einmal ihrer älteren Schwester Ottilia oder Märta, Beda, Karolina und Margareta, ihren besten Freundinnen. Sie alle wussten, dass Abtreibungen lebensgefährlich waren. Und außerdem verboten. Wenn man erwischt wurde, drohte ein Jahr Zwangsarbeit, vorausgesetzt, man überstand die Tortur. Denn im schlimmsten Fall wurde die Frau mit stumpfen, mit Keimen behafteten Gerätschaften verstümmelt und starb kurz darauf am Blutverlust oder an einer Infektion. Aber wie sollte man jemanden finden, der ein ungesetzliches Metier auf seriöse Weise ausübte?

Eine Träne tropfte Torun von der Wange, als sie sich bückte, um die feuchte Zeitung aus einem Schneehäufchen zu bergen. Da man am heutigen Tag sicher nicht auffiel, wenn man in aller Öffentlichkeit weinte, hinderte sie nichts daran, sich eingehender mit ihrem Dilemma zu befassen. Und zwar mit der Frage, welches Recht sie hatte, ihr Kind zu töten, während so viele unschuldige Jungen und Mädchen ertrunken waren. Vielleicht waren deren Mütter ja ebenfalls umgekommen. Oder, noch entsetzlicher, sie waren gerettet worden. Wie lebte man nur mit so einer Schuld weiter?

Jahrelang hatte Torun ihrer jüngsten Schwester Victoria gegrollt, weil ihre Mutter bei der Geburt gestorben war. Fühlte Victoria sich schuldig? Diese Frage war Torun bis jetzt noch nie in den Sinn gekommen. Die hinreißend schöne und temperamentvolle Victoria erweckte zumindest nicht diesen Eindruck. Und das war auch richtig so, wie Torun nun klar wurde. Machte es sie nicht zu einer abscheulichen Heuchlerin, einem Baby vorzuwerfen, es habe seine Mutter *unwissentlich* das Leben gekostet? Und gleichzeitig als intelligente Frau nach Gründen zu suchen, die es rechtfertigten, *wissentlich* ihr eigenes Kind zu töten?

Wieder lief ihr eine Träne hinab. Denn plötzlich stand es für Torun fest: Sie würde mit dieser Schuld nicht leben können.

Schließlich hatte sie ein Dach über dem Kopf. Sie musste nicht hungern, und sie hatte Arbeit. Kurz gesagt, war sie durchaus in der Lage, einem Kind ein Zuhause zu bieten. Ganz zu schweigen davon, dass es da noch eine Menge hilfsbereiter Tanten und einen gütigen Großvater gab.

Doch tief in ihrem Innersten wusste sie trotzdem, dass sie einfach keine Mutter war. Und brauchte nicht jedes Kind eine Mutter?

Kapitel eins

30. September 1913

Märta Eriksson schlüpfte aus dem unauffälligen Personaleingang auf der Rückseite der Hauptfiliale von Nordiska Kompaniet am Stureplan. Dass sie so ausgelassener Stimmung war, brachte sie selbst zum Schmunzeln. Denn schließlich hatte sich ja nichts geändert. Seit über neun Jahren arbeitete sie inzwischen in der Abteilung für Damenhandschuhe und würde noch zwei weitere Jahre hinter derselben Theke im Erdgeschoss stehen. Und dennoch: Die Vorstellung, dass Nordiska Kompaniet mit allen Stockholmer Filialen in ein funkelnagelneues Gebäude umziehen würde, trieb ihr beinahe Freudentränen in die Augen. Einer Laune folgend, überquerte sie die Birger Jarlsgatan und ging bis zur Mitte des kopfsteingepflasterten Platzes, um das derzeitige Gebäude zu betrachten, das als Sehenswürdigkeit galt. Die Zwillingstürme und die verschnörkelte Fassade waren eindrucksvolle Zeugen einer Zeit, in der Ornamente als Symbole von Macht und Wohlstand gegolten hatten. Als Attribute einer aufstrebenden Stadt. Inzwischen jedoch wirkten der unverwechselbare kupferne Turm und die Kuppel eher wie Relikte aus dem letzten Jahrhundert. Was hatte Josef Sachs heute gesagt? *Morgen werden wir ein neues Kapitel unserer Geschichte aufschlagen.* Und es gab nicht den geringsten Grund, daran zu zweifeln. Denn auf den Mann war schließlich Verlass.

Beschwingten Schrittes ging Märta weiter die Biblioteksgatan entlang. Sie war eine Anhängerin von Josef Sachs, ja, sie bewunderte ihn sogar, denn schließlich hatte er es im hohen Alter von vierzig Jahren zum alleinigen Eigentümer von Stockholms größtem Warenhaus gebracht. Außerdem begrüßte er die meisten seiner fünfhundert Angestellten mit Namen und vertrat die Auffassung, ein Arbeitgeber habe die Pflicht, für kostenlose Gesundheitsfürsorge und eine Betriebsrente zu sorgen. Und das Beste war, dass er auf seine Worte auch Taten folgen ließ. Nur seine Überzeugung, dass Frauen nach der Hochzeit ihren Beruf nicht aufzugeben brauchten, würde sich in Märtas ganz speziellem Fall womöglich als Nachteil erweisen. Denn die Regierung ließ sich, ganz anders als ihr Arbeitgeber, einfach nicht dazu erweichen, Frauen als eigenständige Wesen zu betrachten, und behandelte sie weiter hartnäckig als Anhängsel ihres Ehemannes. Eine verheiratete Frau war gewissermaßen Besitz ihres Mannes, denn sobald sie die Worte »Ja, ich will« aussprach, verlor sie nicht nur ihre Unabhängigkeit, sondern auch ihre Bürgerrechte. Wenn Märta ihrem Wilhelm nur hätte begreiflich machen können, dass sie ihn nicht weniger liebte, nur weil sie ihn nicht heiraten wollte. Dann wäre ihr Leben so wundervoll gewesen, wie sie es sich kaum zu träumen erhofft hatte. Sie hatte ja Verständnis dafür, dass ein deutscher Mann seinen Stolz besaß. Doch dasselbe galt eben auch für eine schwedische Frau. Wie viele anstrengende Debatten über diese Frage hätte sie sich erspart, wenn sie Wilhelm einfach hätte erklären können, dass sie im Fall einer Heirat ihre Stelle verlieren würde! Doch leider kannte Wilhelm die bei Nordiska Kompaniet geltenden Regeln genauso gut wie sie. Was nicht weiter verwunderlich war, denn schließlich war er in der Kofferabteilung beschäftigt. Eine Sorgenfalte entstand auf Märtas Stirn, als sie weitereilte.

Von der Insel Riddarholmen kommend, die auf der anderen Seite des Stadtzentrums lag, hastete Torun die Tryckerigatan entlang zum Birger-Jarls-Platz, so schnell es ihr lahmes linkes Bein gestattete. Gegenüber dem kopfsteingepflasterten Platz erhob sich majestätisch die Riddarholmen-Kirche. Soweit Torun wusste, handelte es sich um die letzte mittelalterliche Abtei Stockholms, wo, wenn sie nicht alles trog, die meisten schwedischen Könige ihre letzte Ruhestätte gefunden hatten. Das Erkennungszeichen der Kirche, eine gusseiserne Kirchturmspitze, ragte in den prachtvoll dunkelblauen Himmel empor. Die blaue Stunde, wenn die Abenddämmerung in die Nacht überging, war Toruns liebste Tageszeit. Auch wenn Stockholm eigentlich rund um die Uhr – und das zu Recht – als wunderschöne Stadt gelten konnte, wirkten seine kupferfarbenen Dächer nie malerischer als am frühen Abend. Da Torun sich auf höherem Gelände befand, konnte sie von dieser kleinen Insel bis hinüber zu der fünfmal größeren blicken, die den Namen Gamla Stan trug.

Torun schaute auf ihre neue Armbanduhr, ein Geschenk an sich selbst, und zwar einzig und allein aus dem Grund, dass sie dringend eine gebraucht hatte. Obwohl sie das Büro früh verlassen hatte, musste sie sich beeilen. Sie hastete über die Riddarholmen-Brücke, vorbei am königlichen Palast und von dort aus über die Norrbro-Brücke zum Festland. Am anderen Ufer verbreitete die elektrische Beleuchtung des Grand Hôtel ein einladendes Licht.

Torun lief am Königlichen Opernhaus vorbei. Als sie den üblichen Treffpunkt, die Statue von Karl XII. im Kungsträdgården-Park, erreichte, wurde sie schon von ihrer Freundin Beda erwartet. Beda, die geborene Mathematikerin und außerdem mit einer umgänglichen Art und Mutterwitz gesegnet, war außerdem Toruns Mitbewohnerin, mit der sie sich eine kleine Zweizimmerwohnung teilte.

Beda begrüßte sie mit einem fröhlichen Winken. »Ich habe schon befürchtet, du hättest dich nicht loseisen können.«

»Beinahe hätte es wirklich nicht geklappt. Aber dafür muss ich morgen schon vor Sonnenaufgang aufstehen, denn ich muss noch ein Manuskript redigieren und habe versprochen, dass es bis zur Mittagspause fertig ist. Doch dieser Film ist die Mühe wert. Er hat ausgezeichnete Kritiken.«

»Schön, das zu hören. Ich habe nämlich keine Lust, mir irgendeinen schlecht gemachten Streifen anzusehen.«

Torun schnaubte spöttisch. »Banausin. Ein bisschen historische Bildung kann dir nicht schaden.«

»Eine warme Mahlzeit wäre auch nicht zu verachten. Und danach früh ins Bett. Schließlich werde ich auch nicht jünger.«

»Du bist einunddreißig und nicht neunzig. Außerdem haben wir es Märta versprochen.«

»Stimmt, haben wir.«

Sie machten sich auf den Weg durch den Park. Solange sie in Bewegung blieben, boten ihre Knöpfstiefel genügend Schutz vor der Kälte. Der Abend war zwar kühl, doch die flachen Pfützen, die den Pfad durchzogen, waren noch nicht gefroren. Die letzten goldenen Blätter hingen an den Ästen der Linden und Pappeln. Aber schon der nächste kräftige Windstoß würde sie herunterfegen. Torun dachte an den Aufruhr, der morgen unweigerlich drohte.

Sie umrundeten Blanch's Café und winkten Märta zu, die sie auf der anderen Seite der Hamngatan erwartete.

»Schaut es noch mal gut an, liebe Freundinnen«, lautete Märtas Begrüßung. »Das ist unsere letzte Gelegenheit, den Sparreska-Palast von innen zu sehen.« Sie wies auf das Gebäude, das die Adelsfamilie Sparre im Jahr 1670 als elegantes Wohnhaus hatte erbauen lassen. Das ursprüngliche Gebäude bestand aus einem Haupthaus, flankiert von zwei ebenso hohen Seitenflügeln. Diese hatte man schon vor langer Zeit zu Wohnungen umgebaut. Seit dem Jahr 1888 war das Haupthaus auch Heimat des beliebten Varietétheaters Sveasalen. Und erst vor einem Jahr war das Lichtspielhaus Röda Kvarn ebenfalls dort eingezogen.

Beda musterte das Gebäude eindringlich. »Als Geschäftsführerin des Röda Kvarn wäre ich ziemlich verärgert. Schon so kurze Zeit nach dem Einzug wieder ausziehen zu müssen, ist eine wirtschaftliche Katastrophe.«

»So spricht die Leiterin des Einkaufs«, stellte Torun mit einem weisen Kopfnicken fest. »Ein Glück, dass das Grand Hôtel nicht umziehen musste.«

Beda versetzte Torun einen Rippenstoß, ohne den Blick von dem Gebäude abzuwenden.

Märtha kicherte. »Los. Der Film fängt in zehn Minuten an. Bestimmt spielt sich das Orchester schon ein.«

Torun wies mit dem Kopf auf die Statue zwischen den beiden Türen, die Mutter Svea auf einem Löwen sitzend darstellte. Hinter dem Kopf der Kriegerin drehte sich eine rote, mit winzigen Glühbirnchen ausgestattete Windmühle, das Markenzeichen des Röda Kvarn. »Was soll nur aus ihr werden? Und aus allen Familien, die hier eine Wohnung haben?«

»Daran wage ich kaum zu denken«, erwiderte Beda. »Aber dass der letzte Film, der hier gezeigt wird, ausgerechnet *Die letzten Tage von Pompeji* heißt, entbehrt nicht einer gewissen Ironie.«

»Pah!«, entgegnete Märta. »Ich habe volles Zutrauen zu Herrn Sachs. Er wird hier etwas Wundervolles erbauen. Ihr werdet schon sehen.«

Kapitel zwei

Wenn Märta Augen im Hinterkopf gehabt hätte, hätte sie vielleicht bemerkt, dass Josef Sachs persönlich im Park unter einer Linde stand und beobachtete, wie die letzten Kinobesucher das Röda Kvarn betraten. Er schob das schlechte Gewissen beiseite, das seine wachsende Vorfreude zu überschatten drohte. Der Sparreska-Palast, erbaut nach Plänen des Architekten Nicodemus Tessin dem Älteren, stand nun schon seit über zweihundertvierzig Jahren an dieser Stelle. In dieser Zeit war die Einwohnerschaft Stockholms von vierzigtausend auf dreihundertvierzigtausend Menschen angewachsen. War es denn nicht sehr vermessen von ihm, ein historisches Denkmal wie dieses einfach abzureißen? Und das, obwohl er, wie so viele Stockholmer, auf lange Nächte zurückblicken konnte, die er mit guten Freunden im Varietétheater Sveasalen verbracht hatte?

Seit Josef beschlossen hatte, ein großes Zentralkaufhaus zu errichten, hatte er oft nachts wachgelegen und über den richtigen Standort für seinen Konsumtempel nachgegrübelt. Eigentlich befand sich Stockholms Geschäftszentrum ja auf der Insel Gamla Stan. Doch als die Stadt immer größer wurde, hatte es sich auf die kleinere Insel Helgeandsholmen und die Regeringsgatan bis nach Norrmalm auf dem Festland ausgedehnt. Irgendwo zwischen der Regeringsgatan und dem Stureplan musste es doch einen geeigneten Platz geben. Die Innenstadt war fein säuberlich in Grundstücke von unterschiedlicher Größe aufgeteilt. Also musste er eines davon erwerben und für seine Zwecke frei machen.

Das überraschende Angebot, ein Grundstück in der Hamngatan zu kaufen, dessen Rückseite an die Smålandsgatan angrenzte, war gleichzeitig verlockend und ein glücklicher Zufall gewesen. Allerdings hatte die Liegenschaft den nicht von der Hand zu weisenden Nachteil, dass sie zu klein war, um Josefs Vision von einem sensationellen Kaufhauspalast zu verwirklichen. Also musste ein zweites Grundstück her. Am besten hätte ihm das Land nördlich davon, an der Ecke Regeringsgatan und Smålandsgatan, gefallen, nur dass darauf leider das neue Elektrizitätswerk stand. Und die zweite Möglichkeit, also das Grundstück in der Hamngatan in Richtung Norrmalmstorg, war eben Heimat des Sparreska-Palasts und des Sveasalen-Varietés. Falls es ihm tatsächlich gelingen würde, die Eigentümer zum Verkauf zu überreden, dann … Und so hatten die beiden Grundstücke an der Hamngatan mit insgesamt acht Gebäuden darauf für vier Millionen Kronen den Besitzer gewechselt.

Als Josef nun den Sparreska-Palast im Schein der Abendsonne betrachtete, fochten Wehmut und kühle Vernunft einen Kampf in ihm aus. Schöne Erinnerungen an die Vergangenheit änderten nichts am beklagenswerten baulichen Zustand dieses Gemäuers. Der Großteil der kunstvollen Steinmetzarbeiten war inzwischen vom Zahn der Zeit zerfressen. Außerdem hatte der Einzug des Varietétheaters Sveasalen dem Haus endgültig den architektonischen Todesstoß versetzt. Der Durchschnittsbürger mochte diese Bereicherung des Stockholmer Nachtlebens als erfreulich empfinden, doch selbst die treuesten Anhänger der leichten Muse mussten einräumen, dass die Umbauten alles andere als eine Augenweide waren. Josef beabsichtigte zudem, soweit möglich alle Elemente zu bewahren, die von kulturellem Interesse waren. In dieser Hinsicht hatte der Vorstand des Nordiska Kompaniet sich klar ausgedrückt. Bei einer Begehung der Liegenschaft in Begleitung des berühmten Architekten Ferdinand Boberg hatte man sich darauf geeinigt, mindestens die Sockel der Säulen an der Fassade aus dem siebzehnten Jahrhundert sowie die schmiedeeisernen Geländer zur Restauration an die Denkmalschutzexperten des Vereins Samfundet St. Erik zu übergeben.

Was für ein Jammer, dachte Josef zum wohl tausendsten Mal, dass Blanch's Café in die Straße hineinragte. Das hatte nicht nur zur Folge, dass sich der tägliche Verkehrsstau mitten vor Nordiska Kompaniets neuem Haupteingang ballen würde. Nein, es schränkte weiterhin die Anzahl der genehmigten Stockwerke ein, denn laut städtischer Bauvorschrift durften die umliegenden Gebäude höchstens so hoch sein wie die Straße breit. Die Rückseite des neuen Gebäudes, das an die schmale Smålandsgatan angrenzte, musste deshalb sogar noch niedriger ausfallen. Denn nach Auffassung der örtlichen Baubehörde sollten die Menschen in einer so weit nördlich gelegenen Stadt wie Stockholm so viel Luft und Lichteinfall wie möglich bekommen.

Auch zu vielen anderen Einzelheiten, die im Zusammenhang mit dem Neubau standen, hatte man bei der Behörde seine ganz eigenen Vorstellungen.

Im Herbst 1912 hatten Josef und Ferdinand Boberg eine Erkundungsreise kreuz und quer durch die Vereinigten Staaten unternommen und waren mit einer Unmenge progressiver Ideen und moderner technischer Lösungen für das neue Stockholmer Kaufhaus im Gepäck wiedergekommen. Die Amerikaner hatten nicht nur eine Formel entwickelt, um zu berechnen, wie hoch ein Steingebäude werden durfte, bevor die Mauern unter ihrem eigenen Gewicht zusammenbrachen. Nein, sie hatten außerdem einen Weg gefunden, wie diesem Problem Abhilfe zu schaffen war, nämlich indem man zuerst ein eisernes Gerüst aufstellte und das Gebäude dann darum herum errichtete. Da die Mauern so nur noch den Zweck erfüllten, das Innere des Bauwerks vor Wind und Wetter zu schützen, war man bei der Auswahl der Materialien völlig frei. Und auch Innenwände, Türbogen und Säulen hatten keine tragende Funktion mehr, was hieß, dass amerikanischen Kaufhäusern gewaltige

Verkaufsflächen ohne Unterbrechungen zur Verfügung standen. Gerade diese beiden Punkte waren für die Herren Sachs und Boberg von höchstem Interesse.

Für die elegante Fassade, die auf die Hamngatan hinausging und über zahlreiche Sprossenfenster verfügte, sollte Granit aus Bohuslän verwendet werden. Das Innere wollte man mit Regalen aus Mahagoni, angefertigt in den hauseigenen Werkstätten in Nyköping, ausstatten, und das gesamte Dach würde aus kunstvoll gearbeitetem Kupfer bestehen. Kurz gesagt, würde das neue Nordiska Kompaniet ein leuchtendes Beispiel schwedischer Dauerhaftigkeit und Gediegenheit, erbaut nach amerikanischem Vorbild, werden. Und man hatte bereits genau den richtigen Mann für diese Aufgabe gefunden: Josef Norén, einen Bauingenieur, der einige Zeit in Amerika studiert hatte, weshalb ihm keine dieser neuen Entwicklungen fremd war.

Allerdings hatten die beiden Visionäre ihre Rechnung ohne die Stadt Stockholm und die hiesige Baubehörde gemacht. Warum, so fragte man zum Beispiel, wollten sie ein Gerüst bauen, für das aus Deutschland importiertes Eisen benötigt wurde, anstatt schwedische Baustoffe zu verwenden und den heimischen Markt zu unterstützen?

Es gab wirklich keine Kleinigkeit, die nicht zum Gegenstand ausführlicher Erörterungen geworden wäre. Selbst die Geschwindigkeit der Fahrstühle löste Argwohn und missbilligendes Geraune aus: Zu schnell! Unfallgefahr! Es entpuppte sich als nahezu unmöglich, die Entscheidungsträger davon zu überzeugen, dass die hier angestrebten bahnbrechenden technischen Entwicklungen auch sämtlichen Vorschriften hinsichtlich Sicherheit und Brandschutz entsprachen. *Brandschutz?*, so hatten die Beamten gehöhnt. Sei das nicht das Mindeste, was man verlangen könne? Schließlich erfülle auch das fünfzehn Jahre alte Kaufhaus am Stureplan die Brandschutzvorschriften. Ja, räumte Josef ein. Aber verfügte das alte Gebäude auch über eine Sprinkleranlage, die ein Ausbreiten eines Feuers sofort im Keim erstickte? *Sprinkleranlage?* Erst als alles erklärt, ergänzt und dann noch einmal erklärt worden war, wurden sich Josef Sachs und Stockholms Stadtverwaltung endlich einig.

Von außen würde das majestätische Gebäude aus Granit eine Sehenswürdigkeit und ein Symbol für den wachsenden Wohlstand dieser Stadt werden.

Und in seinem Inneren würde eine absolute Sensation entstehen. Ein lebendiger Marktplatz für Handel, Wandel und Kultur.

Josef, der noch immer unter dem Baum im Kungsträdgården-Park stand, hatte das Bild schon deutlich vor Augen. Lächelnd zog er seinen Mantelkragen über dem Schal zusammen. Zeit, zu seinem Wagen zurückzukehren, wo der Chauffeur schon wartete. Morgen gab es wieder viel zu tun.

Kapitel drei

Zwölf Stunden nach ihrem Besuch im Lichtspielhaus Röda Kvarn traten Torun und Beda aus ihrem Mietshaus in der Linnégatan 4 in den kühlen Morgen hinaus. Als sie die Grev Turegatan erreichten, drang schon das unverkennbare Krachen von Metall auf Metall an ihr Ohr.

»Oje«, sagte Torun. »Sie haben bereits mit dem Abriss angefangen. Komm weiter.«

Sie gesellten sich zu den Schaulustigen, die sich vor Blanch's Café versammelt hatten. Polizisten hielten die Menge auf Abstand, während etwa zwanzig Arbeiter mit Stemmeisen die Blechplatten vom Dach hebelten und sie hinunter in die Tiefe fallen ließen. Auf dem Hof hatten sich bereits hohe Haufen aus verbogenem Metall gebildet. Daneben hatte man die Türen von Innenräumen zu ordentlichen Stapeln geschichtet.

Zwei Handwerker entfernten geschickt die winzigen weißen Birnchen aus den Flügeln der Windmühle von Röda Kvarn. Unterdessen waren Männer in Arbeitskleidung damit beschäftigt, Garderobenständer, Sofas und Reihen von Kinobestuhlung genau die Stufen hinunterzuschleppen, die Torun, Beda und Märta erst wenige Stunden zuvor hinaufgegangen waren. Sie sahen zu, wie vertraute Ausstattungsgegenstände zerteilt und auf Wagen geworfen wurden, um an einen unbekannten Ort gebracht zu werden. Ein Pferd scharrte mit den Hufen. Ein anderes scheute leicht, wenn eine Blechplatte in seiner Nähe landete.

»Was für eine Verschwendung, so ein wunderbares Kino zu zerstören«, stellte Torun fest.

Der Mann neben Beda nickte. »Da muss ich Ihnen zustimmen. Es ging alles ein bisschen schnell. Um Mitternacht waren wir noch im Varieté. Wir haben uns ein letztes Mal die Dänische Dagmar angesehen. Das Publikum war begeistert. Es war ein seltsames Gefühl, zu wissen, dass das alles bald vorbei sein würde. Irgendwie melancholisch. In der ersten Pause haben wir die Bar leer getrunken. Aber vermutlich hatten sie sowieso nicht mehr sehr viel auf Lager.« Wieder schüttelte er den Kopf. »Als wir vorne rausgingen, kamen hinten schon die Möbelpacker herein. Bevor die Abrissmannschaft anfangen konnte, mussten erst sämtliche Theaterrequisiten zusammengepackt werden. So habe ich es wenigstens gehört. Und jetzt schauen Sie sich das nur an.« Er schniefte.

»Wann mögen die Abrissarbeiten wohl angefangen haben?«, fragte Beda.

»Um sechs«, erwiderte eine Frau. Sie war in ein Stück Stoff gehüllt, das einem Stück Theatervorhang verdächtig ähnlich sah. »Gerade habe ich meinem Mann einen Kaffee eingeschenkt, als wir den ersten Knall hörten. Ich habe mich ganz schön erschreckt. Ein Glück, dass ich mich nicht verbrüht habe. Mir tun nur die Leute leid, die gleich hier nebenan wohnen. Wenn der Krach mich schon zwei Straßen weiter geängstigt hat, möchte ich lieber gar nicht wissen, wie es den armen Teufeln geht.«

»Sie sind sicher bereits ausgezogen«, antwortete Beda beruhigend.

»Diese Frau nicht.« Die Passantin zeigte mit dem Finger. »Oberstes Stockwerk, ganz rechts.«

Torun schnappte nach Luft. »Sie nimmt ihre Vorhänge ab.«

»Und die Arbeiter sind schon direkt über ihr auf dem Dach«, ergänzte Beda.

Schweigen senkte sich über die Menschenmenge, als alle beobachteten, wie die dunkle Gestalt sich hektisch an den Fenstern zu schaffen machte. Im nächsten Moment war sie verschwunden, und zwei Minuten später erschien in einer Seitentür eine Familie mit vier bleichen Kindern. Schwer beladen mit Kisten und Koffern, schleppten sie sich über den Hof.

Beda betrachtete sie mit zweifelnder Miene. »Wo sind denn ihre restlichen Sachen? Ihre Möbel?«

»Vermutlich haben sie alles zurückgelassen«, sagte Torun. »Oder sie stehen schon in ihrem neuen Zuhause. Vielleicht wollten sie noch eine letzte Nacht in dem alten Palast verbringen.« Sie musterte das Gebäude. Seltsam, aber bis jetzt waren ihr die Steinmetzarbeiten noch nie im Detail aufgefallen. Die beiden verwitterten Engel über der Tür zum Beispiel. Torun nahm sich vor, in Zukunft besser die Augen offen zu halten, wenn sie durch die Stadt ging. Sie wandte sich an Beda. »Wir müssen los.« Mit dem Kopf wies sie auf einen schnauzbärtigen Herrn. »Das ist Herr Norén, der Bauingenieur. Ich frage mich, warum er hier ist. Ich dachte, er hat die Aufgabe, das neue Kaufhaus zu bauen, nicht, den alten Palast abzureißen.«

Unter gewöhnlichen Umständen hätte Josef Norén diesem fachkundigen Kommentar von Herzen zugestimmt. Nur dass die Umstände, unter denen das neue Nordiska Kompaniet erbaut wurde, auf gar keinen Fall als gewöhnlich gelten konnten. Denn es gab zwei Punkte, in denen sich dieses Vorhaben von allen anderen unterschied: Umfang und Zeit. Schließlich sollten acht Gebäude auf fast fünftausend Quadratmetern Grund beseitigt werden, das größte Abrissprojekt, das Stockholm in den letzten sechzig Jahren gesehen hatte. Laut Noréns Vertrag musste der Rohbau bis zum Ende des Jahres 1914 stehen. Und das gab ihm genau fünfzehn Monate, um die Grundstücke zu räumen, den Untergrund vorzubereiten, die Fundamente zu legen, eine sieben Stockwerke hohe Rahmenkonstruktion zu errichten, die Außenhaut zu mauern, die Fenster einzupassen ... Die Liste ließ sich endlos fortsetzen. Wenn dieser Teil des Werks glücklich vollendet war, blieb für die Gestaltung des Innenraums noch bis zum 1. Mai 1915 Zeit.

Die täglichen Zielvorgaben waren bis in die kleinste Einzelheit geplant. Josef konsultierte seine Taschenuhr. Inzwischen hätten die acht Gebäude vollständig ausgeräumt sein sollen. Am besten war es wohl, wenn er sich selbst davon vergewisserte. Gerade noch rechtzeitig wich er zwei Männern aus, die einen großen Spiegel mit vergoldetem Rahmen trugen, und stieg die Treppe zum Lichtspielhaus Röda Kvarn hinauf. Die Vorhalle war bereits leer. Selbst der rote Läufer und die Stangen, die ihn auf den Stufen hielten, waren entfernt worden. Im Café hing nur noch die Wanduhr. Mit einem zufriedenen Nicken steuerte Josef auf den Kinosaal zu.

Dort kam ihm der Inhaber, Herr Magnusson, aufgeregt entgegen. »Drei meiner Kronleuchter sind verschwunden.«

Der Bauingenieur betrachtete ihn fragend. »Verschwunden?«

»Jawohl. Ihre Leute waren so nett, sie abzunehmen.« Er wies mit dem Arm auf die nun leere Decke, wo die Kronleuchter gehangen hatten. »Und jetzt sind drei davon weg.«

»Haben Sie mit dem Vorarbeiter gesprochen?«

»Natürlich. Er sagt, seine Männer hätten sie nicht mehr gesehen, seit sie sie auf den Hof gestellt haben. Auf den Hof! Ich muss doch sehr bitten.«

»Man hat Sie aufgefordert, das Gebäude bis sechs Uhr morgens zu räumen. Räumen heißt, wie ich fürchte, dass alles leer sein muss. Wir haben schlicht und einfach nicht die Zeit, das Eigentum anderer Leute zu hüten.« Josef wies mit dem Kopf auf das Dirigentenpult im Orchestergraben. »Wann wollten Sie das denn entfernen? Oder sollen wir es für Sie beseitigen?«

Offenbar hatte er den Mann auf dem falschen Fuß erwischt, denn der blickte ihn nur empört an.

Josef zeigte auf den Projektionsraum, dessen Fenster auf den Zuschauerraum hinausgingen. Wo früher ein Licht gestrahlt und Frohsinn verbreitet hatte, waren nur zwei dunkle Augenhöhlen zurückgeblieben. »Ist dort oben alles leer?«

Herr Magnusson nickte mürrisch. Dann zuckte er seufzend die Achseln. »Es fällt mir schwer, von hier fortzugehen. Hoffentlich ist das verdammte Kaufhaus das ganze Durcheinander wert.«

»Ich kenne die Pläne«, entgegnete Josef mit einem knappen Nicken. »Das verdammte Kaufhaus wird eine Pracht.« Und er freute sich schon sehr darauf, es zu bauen.

Herr Magnusson lächelte wehmütig. »Wenn Sie das sagen. Wie läuft es eigentlich im Varietétheater?«

»Das werde ich mir jetzt anschauen.«

Unten im Varieté war die Bühne leer. Nur ein einsamer Kontrabass lehnte im Orchestergraben an einem Stuhl. Josef strich mit den Fingerspitzen über das geschwungene Holz. So ein schönes Stück. Aber warum war es noch hier? Vergessen? Im Stich gelassen? Jedenfalls war es eine Schande, zuzusehen, wie so ein wundervolles Instrument unter Mörtelstaub begraben und zu guter Letzt zermalmt wurde. Am besten war es, den Bass zu Josef Sachs an den Stureplan zu schicken. Schließlich gehörten das Gebäude und alles darin ihm.

Kapitel vier

Märta putzte sich die vom Staub verstopfte Nase und stieg die Treppe in den zweiten Stock des Hauses Sibyllegatan 21 hinauf. Vor der Tür mit der Aufschrift »Nyblaeus« blieb sie stehen, denn hier wohnte Toruns Schwester Ottilia mit ihrer Familie. Vor zehn Jahren hatten sich Ottilia, Torun, Beda und Märta zusammen mit Karolina, dem fünften Mitglied ihrer Bande, mit vereinten Kräften gegen die unter Mitarbeitern und Gästen des Grand Hôtel, ihres damaligen Arbeitgebers, gleichermaßen verbreitete Frauenfeindlichkeit zur Wehr gesetzt. Und dank der Unterstützung und des Einsatzes vonseiten der Hoteldirektorin Wilhelmina Skogh hatte man in dieser Hinsicht einige Fortschritte erzielt.

Nach einer Weile hatten Märta und Torun ihre Stelle dort aufgegeben und sich einen anderen Wirkungskreis gesucht, während Frau Skogh inzwischen ein Restaurant auf der nahe gelegenen Insel Lidingö betrieb. Doch Ottilia, Beda und Karolina hatten beschlossen, im Hotel zu bleiben. Ottilia, die älteste der vier Ekman-Schwestern und zweifellos die eleganteste, bekleidete inzwischen die gehobene Position einer Leiterin des Grand Royal und des berühmten Wintergartens. Ihr Mann Fredrik war als Bankettleiter tätig, und so sorgte der freundschaftliche Wettstreit zwischen den beiden dafür, dass das Grand Hôtel in Stockholm auch weiterhin als erste Adresse galt, ob es nun um hochwertige Gastronomie oder das Ausrichten prunkvoller Veranstaltungen ging. Der Freundschaft der fünf Frauen hatten all diese Veränderungen nichts anhaben können.

Wie immer freute Märta sich darauf, einen Nachmittag mit ihren guten Freundinnen zu verbringen. Eigentlich war Blanch's Café schon seit vielen Jahren ihr Stammlokal. Doch seit Ottilia und Karolina verheiratet und Mütter kleiner Kinder waren, versammelten sie sich in der Sibyllegatan, und zwar deshalb, weil die Familie Nyblaeus die größte Wohnung hatte. Außerdem wäre Blanch's Café heute ohnehin kein geeigneter Treffpunkt gewesen. Seit fünf Tagen schon plagten die dichten Staubwolken von der Abrissstelle das gesamte Stadtzentrum. Angeblich konnte man durch die Fenster der anliegenden Häuser das Tageslicht nicht mehr sehen. Das hatte Märta zumindest irgendwo aufgeschnappt. Nachdem sie sich noch einmal kräftig die Nase geputzt hatte, drückte sie auf den Klingelknopf.

Ein Mädchen mit hübschem Elfengesicht öffnete die Tür. »Tante Märta!«

»Hallo, Isabella. Bin ich die Letzte?«

Ottilias Stieftochter Isabella grinste, denn diese Frage hatte sie schon öfter gehört. »Wie immer.« Verlegenheit malte sich auf ihr Gesicht, als befürchte sie, zu keck gewesen zu sein. »Aber du hast ja auch den weitesten Weg.«

Märta lachte leise auf. »Kungsholmen ist nicht am anderen Ende der Welt.«

Isabellas Miene erhellte sich. »Ist es nicht scheußlich draußen? Mamma will, dass wir so wenig wie möglich rausgehen.«

Märta grinste. Es war wieder einmal typisch Ottilia, ihre Kinder vor allem schützen zu wollen, was ihrem Wohlbefinden auch nur im Entferntesten gefährlich zu werden drohte. »Da hat deine Mamma ganz recht. Ich bin nur von Strandvägen hierher zu Fuß gegangen und habe schon den Hals voller Staub. Die Fenster der Straßenbahn waren ganz schmutzig. Wenn der Schaffner nicht die Haltestellen ausgerufen hätte, wäre ich wahrscheinlich auf der Insel Djurgården gelandet.«

Sie folgte Isabella den Flur entlang zum Wohnzimmer, wo Stimmengewirr ihr verriet, dass die Feier von Philip Nyblaeus' erstem Geburtstag – wenn auch mit zwei Tagen Verspätung – bereits angefangen hatte.

Ottilia stand auf, um Märta zu begrüßen.

Diese küsste sie auf beide Wangen. »Wilhelm lässt sich entschuldigen. Er ist mit Halsschmerzen aufgewacht. Schwer festzustellen, ob es an dem verdammten Staub oder an einer aufziehenden Erkältung liegt. Aber er wollte nicht riskieren, die Kinder anzustecken.«

Beda winkte ihr von der anderen Seite des Zimmers aus zu. »Verzeih uns, dass wir sitzen bleiben, aber wir haben die Hände voll.«

Der kleine Philip kuschelte sich auf Bedas Schoß, während Torun ihre liebe Not hatte, zu verhindern, dass Julian, Karolinas Sohn und gerade ebenfalls ein Jahr alt geworden, sich am Couchtisch hochzog und herunterkippte. »Der kleine Kerl fängt sicher bald zu laufen an. Seine Beinchen scheinen schon recht kräftig zu sein.«

Karolina errötete stolz. »Ich kann ihn keine Sekunde aus den Augen lassen. Er stellt sich hin, und dann *plumps*! Heute Morgen hat er sich schon siebenmal den Kopf gestoßen.«

»Es scheint ihm nicht geschadet zu haben«, erwiderte Märta und überreichte beiden Babys ihr Geschenk. Beda und Torun halfen dabei, eine Blecheisenbahn für Philip und ein Blechauto für Julian auszupacken. Beide Jungen lächelten so breit, dass ihre Zähne blitzten. Torun und Beda setzten sie auf den Boden, damit sie spielen konnten.

»Wie ich zugeben muss, erleichtert es die Sache beträchtlich, dass ihr die zwei in derselben Woche bekommen habt. So ist es einfacher, gerecht zu sein«, stellte Märta fest. »Und hier ist etwas für mein Lieblingsmädchen.« Sie griff in die Tasche und holte ein kleines Päckchen für Isabella heraus.

Die Augen der Kleinen leuchteten, als sie das dunkelrote

Seidenband durch die Finger gleiten ließ. »Danke. Es ist wunderschön.« Sie gab das Band an Ottilia weiter. »Mamma?«

Ottilia fasste links und rechts zwei Strähnen von Isabellas kastanienbraunem Haar zusammen und band es am Hinterkopf mit einer Schleife zusammen. »Sehr hübsch. Du verwöhnst unsere Kinder.«

»Für eine Tante ehrenhalber gehört sich das auch so«, verkündete Beda. »Man kann sie verwöhnen, und dann gibt man sie wieder zurück.«

Torun und Märta stimmten lautstark zu.

Ottilia bemühte sich zwar um eine missbilligende Miene, konnte sich aber ein Lachen nicht verkneifen. Dann wies sie auf die Anrichte, wo ein verlockendes Büfett aus Sahnetorten, Teekuchen und gezuckerten Plätzchen neben einer silbernen Kaffeekanne und einem kleinen Krug mit Sahne aufgebaut war. »Jetzt sind alle da. Also bedient euch.«

Märta schaute sich um. »Wo ist denn Fredrik?«

»Er verpasst die Geburtstagsfeier seines Sohnes ja nur ungern, aber heute Abend findet im Spiegelsaal ein Bankett statt. Er möchte vor Ort sein, bis er sicher sein kann, dass alles klappt wie am Schnürchen«, erklärte Ottilia.

»Und Hilda?«, erkundigte sich Märta nach Ottilias treuer Haushälterin. »Ist sie etwa krank? Ich habe mich schon gewundert, dass Isabella die Tür aufgemacht hat.«

»Ich habe ihr den Nachmittag freigegeben. Ihre Schwester wird heute sechzig, und ich bin durchaus der Lage, mich allein um die beiden zu kümmern.« Sie zwinkerte Isabella zu und gab Philip ein Stück Zwieback. »Darf Julian auch einen haben?«

Karolina nickte. »Ja, danke.«

»Und wo ist Edward?«, fragte Märta.

»Ebenfalls bei der Arbeit«, antwortete Karolina. »Da ich nichts mehr verdiene, übernimmt er zusätzliche Schichten. Wenn er im Grand Royal nicht gebraucht wird, schiebt er Dienst in der Bankettabteilung.«

»Wo Fredrik sich freut, dass er mit anpackt«, ergänzte Ottilia. »Ständig muss ich ihn warnen, dass er bloß nicht im Traum daran denken soll, ihn mir abzuwerben.«

Karolina grinste. »Ich glaube, Edward fühlt sich zutiefst geehrt, dass zwei Größen der Hotelbranche wie Herr und Frau Nyblaeus sich um ihn zanken.«

»Natürlich tun wir das. Er ist mein bester Oberkellner.«

Märta schnitt sich ein Stück Mandelkuchen ab. »Ich hatte gehofft, dass Gösta heute kommt. Mit Alfred ... und wie heißt das Baby?«

»Signe«, erwiderte Karolina. »Das arme, kleine Ding.«

Schweigen senkte sich über den Raum, als alle an das fehlende Mitglied ihrer Gruppe und das traurige Ende ihrer Freundin dachten. Margareta war Hausdame im Grand Hôtel gewesen. Sie hatte den Maître d'hôtel Gösta Möller geheiratet und ihren gemeinsamen Sohn zur Welt gebracht. Allerdings war ihr Familienglück nicht von Dauer gewesen. Denn Margareta war vor einem Monat bei der Geburt ihres zweiten Kindes gestorben.

»Sie sind alle drei zu bedauern«, meinte Beda. »Der kleine Junge, der seine Mutter verloren hat, das kleine Mädchen, das sie nie kennenlernen wird, und Gösta, der nicht weiß, wie er ohne Margareta zurechtkommen soll. Aber er schlägt sich recht wacker.«

»Das tut er«, stimmte Torun zu. »Als wir ihn gestern gesehen haben, wirkte er dennoch ziemlich mitgenommen. Ein Jammer, dass sie nicht mehr bei uns nebenan wohnen, denn dann könnten wir ihn besser unterstützen. Wir haben ihm angeboten, Alfred heute hierher mitzunehmen, doch der Kleine will sich nicht von seinem Vater trennen. Vermutlich befürchtet er, dass Pappa auch noch verschwinden könnte.«

»Das kann ich mir vorstellen«, sagte Ottilia. »Margareta war eine sehr liebevolle Mutter.«

»Und niemand kann ihr vorwerfen, dass sie nicht gekämpft

hat«, fügte Beda hinzu. »Das Fieber hat vier Tage gebraucht, um sie umzubringen.«

»Meine Mutter ist auch gestorben«, war da Isabellas dünnes Stimmchen zu hören.

Märta legte den Arm um sie. »Das ist sie, Schatz. Aber wir alle hier lieben dich.«

»Ich weiß. Und zum Glück habe ich Mamma.« Isabella lächelte Ottilia zu.

»Mich wirst du nicht so schnell los«, erwiderte Ottilia. »Ich bleibe bei dir bis zum letzten Atemzug.«

Isabella strahlte.

»Wie kommt ihr im Hotel ohne Gösta zurecht?«, wollte Torun wissen.

Ottilia überlegte. »So einigermaßen. Aber alle werden erleichtert sein, wenn seine Mutter erst hier ist, damit er wieder zur Arbeit kommen kann. Sie zieht diese Woche nach Stockholm.«

»Das wird es für alle einfacher machen«, stellte Beda fest. »Die alte Frau Möller vergöttert Alfred und wollte schließlich schon seit dem Tod ihres Mannes hierher übersiedeln.«

»Alle wollen hier wohnen«, merkte Torun an. »Letztens habe ich am Straßenrand ein Schild gesehen, auf dem stand, Stockholm sei bereits voll. Offenbar richtete sich das an die armen Teufel, die hier eintreffen und nicht wissen, wohin. Aber was sollen diese Leute tun? Umkehren? Wenn man nicht Grund und Boden besitzt, hat man auf dem Land keine Möglichkeit, einen angemessenen Lebensunterhalt zu verdienen. Nicht heutzutage.«

»Und mit der Wohnungsnot ist es schlimmer als je zuvor«, ergänzte Karolina. »Ich habe gelesen, dass man den Familien schon Plätze in einem Gemeindesaal zuweist, wo sie auf dem Boden schlafen können.«

»Den Artikel kenne ich auch«, bestätigte Ottilia. »Was heißt, dass es sich eigentlich auch auf dem Land herumgesprochen haben müsste, wie nahezu unmöglich es ist, in Stockholm eine Wohnung zu finden. Und trotzdem kommen die Leute.«

Torun nickte. »Sogar unsere Victoria jammert mir die Ohren voll, dass sie unbedingt nach Stockholm will. Dabei ist sie erst elf. Ist das zu fassen?«

Isabella runzelte die Stirn. »Ich bin auch elf. Was ist so schlimm daran, elf zu sein?«

»Überhaupt nichts, mein Schatz«, antwortete Märta. »Nur dass elf noch ein wenig jung ist, um von Rättvik nach Stockholm zu ziehen.« Abgesehen davon, dass Victoria, die jüngste der Ekman-Schwestern, ziemlich verwöhnt und anspruchsvoll war, weshalb alle nur wenig Lust verspürten, sich mit ihr herumzuärgern.

»Wie weit ist es denn nach Rättvik? Das habe ich vergessen«, wandte Isabella sich an Ottilia.

»Mit dem Zug etwa sieben Stunden.«

»Und wie geht es unserer Birna?«, erkundigte sich Torun. Birna, die dritte der vier Ekman-Schwestern, war vor gut zwei Jahren zu Ottilia und Fredrik gezogen, um am Karolinska Institutet Medizin zu studieren.

»Wunderbar, soweit ich weiß. Wir sehen sie nämlich nicht sehr häufig. Birna verlässt in aller Früh das Haus und kommt erst spät zurück. Wenn überhaupt. Ich glaube, sie übernachtet im Karolinska, um Zeit zu sparen. Im Moment ist sie auch dort.«

»Birna will eine gute Ärztin werden, ich ziehe den Hut vor ihr«, sagte Torun. Sie senkte die Stimme. »Hat sie dir eigentlich gesagt, dass sie dabei war, als Margareta starb?«

Ottilia schnappte nach Luft. »Nein.«

Torun nickte. »Das hat Gösta uns heute erzählt. Birna hat die Oberschwester überredet, sie zu ihr zu lassen, und noch während sie dort war, hat sich Margaretas Zustand verschlechtert. Der Arzt wurde gerufen und hat getan, was er konnte, was laut Birna nicht viel war. Birna hat bis zum letzten Atemzug Margaretas Hand gehalten.«

Märta schüttelte den Kopf. »Ich hatte ja keine Ahnung.«

»Wir auch nicht.«

Karolina sprach aus, was die anderen Frauen dachten: »Jetzt ist aus Birnas Mission ein Kreuzzug geworden.«

Wieder entstand Stille. Seit Birna ihre Mutter bei Victorias Geburt verloren hatte, war sie fest entschlossen, Frauenärztin zu werden, um etwas gegen die Müttersterblichkeit zu unternehmen.

Ottilia schlug sich mit den Händen auf die Oberschenkel und stand auf. »Wer möchte noch Kaffee?«

Alle seufzten beifällig, was weniger dem heißen Getränk als dem Themenwechsel geschuldet war. Alle erhoben sich, um sich zu bedienen.

»Märta«, begann Ottilia, als sie wieder auf den Sofas saßen und die kleinen Jungen ins Bett gebracht worden waren, um ein Nickerchen zu halten. »Weißt du vielleicht, wie lange die Abrissarbeiten noch dauern? Unsere Gäste beschweren sich ständig über den Staub und den Lärm. Insbesondere dann, wenn der Wind in unsere Richtung weht. Es wäre sehr hilfreich, wenn ich ihnen eine Antwort geben könnte.«

Märta verzog das Gesicht. »Wir haben am Stureplan dasselbe Problem. Die Kunden kommen wutentbrannt herein und fragen, wann dieser Wahnsinn endlich aufhört. Gestern hat ein Mann sogar Herrn Bellman, unseren obersten Portier, am Kragen gepackt und wollte ihn nach draußen zerren. Was ein Portier in dieser Situation unternehmen soll, wissen nur die Götter. Ich glaube, man hat sogar die Polizei eingeschaltet.«

Karolina starrte sie fassungslos an. »Wegen des Angriffs auf den Portier? Wurde er denn verletzt?«

»Zum Glück nicht. Nein, die Polizei ermittelt wegen der Abrissstelle, weil sich so viele Bürger über den Staub beklagen. Sogar die Bäume im Kungsträdgården sind von oben bis unten grau. Wir haben Verständnis für die Beschwerden, denn wir finden diese Situation auch ganz schrecklich. Aber um deine Frage zu beantworten, Ottilia, hat Herr Sachs uns mitgeteilt, dass wir bis zum Ende des Monats das Schlimmste ausgestanden haben werden. Der Bauingenieur habe ihm erklärt, einen Monat lang eine dichte Staubwolke ertragen zu müssen, sei besser, als die Angelegenheit über ein Vierteljahr hinzuziehen.«

»In diesem Punkt kann ich dem Herrn Bauingenieur nicht widersprechen«, entgegnete Beda. »Dennoch hat einer der Stammgäste zu Charley, dem Barmann im Hotel, gemeint, so weit wäre es nie gekommen, wenn Frau Skogh noch Direktorin wäre.«

Die Freundinnen kicherten. Offenbar wurde Wilhelmina Skogh in der Stadt und noch darüber hinaus bis heute gefürchtet.

»Übrigens schickt Frau Skogh liebe Grüße«, sagte Ottilia. »Sie ist von ihrer Reise zurück. Wir waren letzte Woche mit Philip und Julian bei ihr.«

»Wie geht es ihr?«, erkundigte sich Beda.

»Sie sonnt sich weiter im Glanz ihrer Memoiren, die im letzten Jahr erschienen sind.«

»Und sie nennt uns noch immer *meine Mädchen*«, ergänzte Karolina. »Außerdem ist sie sehr beeindruckt von deinem Kampf für die Rechte der Frau, Torun. Sie sagte, du seist nur glücklich, wenn du dich für etwas einsetzen könntest.«

»Da hat Frau Skogh recht«, stellte Märta fest. »Und offenbar hindert sie der Umzug nach Lidingö nicht daran, genau zu verfolgen, was in der Stadt vor sich geht.«

Ottilia grinste. »Sie wollte tatsächlich wissen, ob sich die Gäste über den Lärm und den Schmutz beklagen. Ich musste das zwar zugeben, konnte ihr aber wenigstens berichten, dass alle Anwohner des Hauses Hamngatan 14 für die nächsten drei Monate im Grand Hôtel einquartiert wurden, was ihr sehr gefallen hat.«

»Das kann ich mir denken«, erwiderte Beda. »Doch warum hat man sie denn umgesiedelt? Davon hatte ich noch gar nichts gehört. Ich kann ja verstehen, dass derzeit niemand dort wohnen will. Aber gleich drei Monate?«

»Ich habe mich erkundigt. Abgesehen von der Belästigung durch Lärm und Staub besteht offenbar das Risiko, dass das Haus Nummer 14 einstürzen könnte, wenn man die Pfähle in den Boden rammt.«

»Oje. Aber wozu braucht man denn Pfähle?«, wunderte sich Karolina.

Ottilia nickte. »Dasselbe habe ich auch gefragt. Die dicken Pfähle sollen das Fundament stützen.«

Die Freundinnen starrten sie erstaunt an.

Beda fand als Erste die Sprache wieder. »Das muss ja ein ganz tolles Kaufhaus werden.«

Kapitel fünf

Josef saß gemütlich in seiner Wohnung in der Villagatan, nördlich des Humlegården, und blätterte in den Sonntagszeitungen. Die Abrissarbeiten dauerten nun schon seit elf Tagen an, und ganz Stockholm war erbost über den kalkigen Staub, der die Luft in der Stadt erfüllte. Wenn man durch die Nase atmete, hatte man sofort verstopfte Nasenlöcher, doch durch den Mund zu atmen, führte zu noch fataleren Folgen. Ein Reporter behauptete sogar, er habe die Hand nicht vor Augen sehen können. Der gute Mann hatte zweifelsfrei recht.

Wie ein anderer Reporter schrieb, hatte man es selbst auf dem Polizeirevier in der Smålandsgatan aufgegeben, die Räumlichkeiten zu reinigen, da jeder Bürger, der einträte, um sich zu beschweren, nur wieder eine neue Staubwolke mitbrächte. Warum ließe man zu, dass Mauerbrocken und Metallteile auf die Straße hinabregneten? Warum erlaubte die Polizei, dass auch morgens und abends Abrissarbeiten stattfänden, obwohl die Bürger dabei auf dem Weg zur Arbeit und nach Hause behindert würden? Sei es wirklich statthaft, dass der übertriebene Ehrgeiz zweier Männer – Josef Sachs und Josef Norén –, in einem völlig halsbrecherischen Tempo ein Kaufhaus zu bauen, auf Kosten der Bevölkerung ausgelebt würde? Leicht unangenehm berührt, rutschte Josef Sachs in seinem Lehnsessel hin und her.

Andere Artikel drückten die Anteilnahme mit den in der Hamngatan, Regeringsgatan und Smålandsgatan eingesetzten Polizeibeamten aus, die nach jeder zehnstündigen Schicht aussahen, als hätte man sie in Mehl gewälzt. Und wenn die Passanten auf der Straße schon so unter dem Staub litten, mochte man sich die Lage der bedauernswerten Arbeiter auf der Baustelle gar nicht näher ausmalen.

An Letztere hatte man, wie Josef wusste, Schutzmasken ausgegeben. Aber konnte den Männern auch wirklich nichts geschehen? Und hatte der Bauingenieur eine andere Wahl? Josef dachte nach. Sowohl der Architekt Ferdinand Boberg als auch er selbst empfanden Hochachtung für Josef Norén. Er war seinen Berufskollegen an Wissen und Erfahrung weit überlegen, und außerdem eilte ihm der Ruf voraus, dass er die Arbeiter streng, aber gerecht behandelte. Laut Auffassung der Polizei entsprach die Baustelle den Sicherheitsvorschriften. Außerdem hatte man anfangs Noréns Meinung geteilt, ein schneller Abriss sei einem langwierigen Prozedere vorzuziehen, da dieses die Stockholmer über viele Monate in Mitleidenschaft gezogen hätte. Inzwischen jedoch häuften sich die Beschwerden derart, dass Polizeichef Ellström neue Vorgaben erließ. Unter anderem wurde verfügt, dass Türbögen und zur Straße zeigende Fenster im Erdgeschoss mit Sackleinen abgehängt werden mussten. Norén war diesem Wunsch sofort nachgekommen. Selbst die Zugpferde führte man nun hinein und schirmte sie mit Sackleinen von ihren Karren ab, damit kein Staub mehr nach draußen drang.

Nachdenklich blickte Josef in die Flammen des ersten Kaminfeuers in diesem Herbst. Zumindest bezeichnete der Großteil der Presse die Abrissstelle noch als Sparreska-Palast, nicht als Nordiska Kompaniet, eine Wortwahl, die nicht nur die derzeitigen Verhältnisse korrekt wiedergab, sondern auch den guten Ruf des Kaufhauses schützte. Jetzt blieb nur zu hoffen, dass der Polizeichef und die Öffentlichkeit zufriedengestellt waren. Schließlich hatte man sämtliche verfügbaren Maßnahmen zur Verhütung von Staub und Gefahren umgesetzt und sich in dieser Hinsicht nichts mehr vorzuwerfen.

Nur dass der Polizeichef alles andere als zufrieden war. Er behauptete, Josef Norén habe sich nicht buchstabengetreu an seine Anweisungen gehalten. Und deshalb müsse der Bauingenieur sich nun vor Gericht verantworten.

»Und wie ist es gelaufen?«, erkundigte sich Sigrid Sachs zwölf Tage später, als Josef erschöpft aus dem Gericht nach Hause kam, wo schon das Abendessen, es gab Lachs, auf dem Tisch stand.

»Beide Seiten haben ihre Zeugen aufgerufen.« Josef schenkte sich Chablis nach. »Der Staatsanwalt hat natürlich die Polizisten befragt. Und außerdem einige Arbeiter, die dabei waren, als die Abrissarbeiten begannen.«

»Und was hatten die Polizisten zu sagen?«

Josef aß einen Bissen von dem Fisch. Dabei dankte er Gott dafür, dass er ihm eine kluge, vernünftige Frau, ein behagliches Zuhause und eine köstliche Mahlzeit geschenkt hatte. Zu seiner Familie nach Hause zu kommen, löste in Josef stets ein tiefes, wohliges Seufzen aus. Und auch der heutige Abend bildete da keine Ausnahme. Nun gab er sich Mühe, Sigrids Frage klar und aufrichtig zu beantworten. »Angesichts der Ausmaße des Bauvorhabens fand ich einige der Einwände recht kleinlich. Zum Beispiel hatte der Polizeichef darauf bestanden, dass alle Öffnungen in der Fassade mit Sackleinen abgehängt werden müssten, richtig?«

»So hast du es mir jedenfalls erzählt.«

»Nun, Norén hat nicht nur jede Öffnung abgehängt, sondern bezahlt auch noch sechzehn Männer dafür, dass sie den ganzen Tag das Sackleinen mit Wasser besprühen, da es im nassen Zustand weniger staubdurchlässig ist.«

»Sprich weiter.«

»Ein junger Wachtmeister sagte aus, das Sackleinen sei nicht mit der gebührenden Sorgfalt angebracht worden. Ein anderer behauptete, man habe eine Schubkarre voller Kalksteinschutt durch ein Fenster im Erdgeschoss in einen Karren gekippt, anstatt das im Inneren des Gebäudes zu erledigen. Ob das nun der Wahrheit entsprach, konnte ich im Nachhinein nicht mehr feststellen. Doch selbst wenn es so war, handelte es sich doch eher um Missachtung der Anweisungen durch einen Arbeiter als um einen absichtlichen Verstoß gegen polizeiliche Vorschriften vonseiten des Bauingenieurs.«

»Das möchte man meinen. Und Noréns Zeugen?«

»Ingenieur Hellstrand und einer der Baumeister sagten aus, dass Norén und seine Männer sich streng an die Bauvorschriften hielten, und das, obwohl es sich um eine sehr große, zwischen zwei engen Straßen gelegene Baustelle handele.«

Sigrid verzog das Gesicht. »Es klingt nicht danach, als hätte die Staatsanwaltschaft viel in der Hand.«

»Das werden wir am nächsten Donnerstag erfahren. Aber das ist leider nicht alles, Sigrid.« Josef legte das Besteck weg.

Ihre Miene wurde noch besorgter. »Was ist denn geschehen?«

»Kaum hatten wir den Gerichtssaal verlassen, als einer der Botenjungen von der Baustelle angelaufen kam. Er war völlig außer Atem und, wenn du mich fragst, den Tränen nah. Er meldete, es habe einen Unfall gegeben.«

»Einen Unfall?«

»Offenbar war eine Gruppe von vierzig Männern gerade dabei, eine drei Meter hohe Wand im zweiten Stock des Gebäudes einzureißen. Da das von innen wegen der mangelnden Hebelwirkung nicht möglich war, haben einige der Männer oben Seile befestigt, während sich die anderen unten auf dem Hof versammelten, um daran zu ziehen.« Als die Szene vor seinem geistigen Auge erschien, wurde sein Mund trocken.

Sigrid wurde bleich. »Sag jetzt nicht, sie hätten zu früh gezogen, sodass die anderen von den Steinen erschlagen wurden.«

Josef trank einen großen Schluck Chablis. »Die Wand stürzte so ein wie geplant. Doch die Bohlen unter dem alten Fußboden konnten die plötzliche Belastung nicht tragen. Und so brach das ganze Mauerwerk im ersten Stock durch den

Boden und stürzte bis ins Erdgeschoss. Ein Dutzend Männer wurde mitgerissen.«

Sigrid schloss die Augen. »Wie viele Tote?«, flüsterte sie.

»Keiner.«

Sie riss die Augen wieder auf.

»Als die Männer hinliefen, um die Verunglückten auszugraben, wühlten sich die ersten schon wieder aus dem Schutt. Natürlich steckt ihnen der Schreck noch in den Gliedern, aber nur einer musste mit dem Krankenwagen abgeholt werden, und auch er wurde inzwischen aus dem Krankenhaus entlassen. Die anderen elf konnte man auf der Baustelle verarzten.«

»Wie, um alles in der Welt, ist das möglich?«

Josef schüttelte ratlos den Kopf. »Offenbar hatten sie einen Schutzengel.«

Sigrid seufzte tief auf. »Aber warum haben sie die Wand eigentlich trotz der nicht tragfähigen Fußböden nach innen gezogen? Das ist die Frage, die ich mir stellen würde, wenn ich Josef Norén wäre. Ich bin zwar keine Bauingenieurin, aber selbst ich hätte das Mauerwerk nach außen gestoßen. Oder hätte man dadurch die Öffentlichkeit gefährdet?«

»Nein, überhaupt nicht«, antwortete Josef. »Wir haben stets Männer rings um das Grundstück postiert, die Schaulustige fernhalten. Doch man hatte Josef Norén verboten, die Mauer nach außen kippen zu lassen, weil das zu viel Staub verursacht.«

»Eigentlich hätte ich gedacht, dass die Stockholmer Polizei lieber Staub an den Händen hat als Blut«, merkte Sigrid an. »Vielleicht sollte man Josef Norén einfach ungestört seine Arbeit machen lassen.«

Eine Auffassung, die einige Herren von der Presse durchaus teilten, wie Josef am nächsten Morgen erfreut feststellen konnte.

Am Donnerstag, dem 30. Oktober, wurde Josef Norén wegen Verschmutzung durch Staub zu einer Geldstrafe von dreihundert Schwedischen Kronen verurteilt. Am Samstag, dem 8. November, wurden die Abrissarbeiten erfolgreich abgeschlossen.

Kapitel sechs

1914

Im Februar 1914 hatten sich die Stockholmer an die Pferdekarren gewöhnt, die zwischen Hamngatan und Karlaplan hin und her fuhren und Bauschutt abluden, der in dem neuen Stadtviertel namens Gärdet zum Verfüllen von Straßen verwendet werden sollte. Auch die zweihundert Karren, die Baustoffe anlieferten, und die zweihundertfünfzig Bauarbeiter wurden kaum eines Blickes gewürdigt. Und dass mitten im Winter die Fundamente gelegt wurden, war zwar ausgesprochen ungebräuchlich, interessierte aber eigentlich kaum jemanden mehr.

Unter gewöhnlichen Umständen hätte das ständige metallische Krachen und Scheppern entlang der Smålandsgatan, als jeder der fein säuberlich geschmiedeten und nummerierten eisernen Pfosten mithilfe von Nieten zum Gerippe des Bauwerks zusammengefügt wurde, wohl zu einer erneuten Flut von Beschwerden geführt.

Nur dass die Umstände alles andere als gewöhnlich waren, denn die Stockholmer hatten inzwischen viel drängendere Sorgen.

In ganz Europa wurde gemunkelt, dass es bald Krieg geben könnte, und die Angst davor nahm von Tag zu Tag zu. Die Schweden fragten sich bang, was ein Krieg für ihr Land bedeuten würde, für eine Nation also, die sich an ihre Neutralität klammerte wie an eine Rettungsboje auf hoher See. Und selbst der Weg, Trost in der Flasche zu suchen, blieb ihnen versperrt, denn die schwedische Regierung hatte mit dem Ziel, die Trunksucht einzudämmen, Schnaps und andere geistige Getränke rationiert. Doch was sollte die Regierung sonst noch zum Schutz von Schweden tun?

Und da hatten die Bauern einen ziemlich schlauen Einfall. Sie wussten auch schon, an wen sie sich wenden mussten.

Eines Samstagmorgens, Märta war gerade dabei, für Ellen Sachs aus der Exportabteilung drei Paar Glacéhandschuhe aus einer Schublade unter der Theke zu holen, war von draußen das Geräusch marschierender Stiefel zu hören, das immer lauter wurde. Märta hielt inne, und die beiden Frauen wechselten einen Blick.

»Das sind gewiss die Bauern, die zum König wollen«, sagte Ellen. »Sie verlangen, dass Schweden sich auf die Landesverteidigung vorbereitet. Ich muss zugeben, dass sie gut organisiert sind. Aus allen Landesteilen strömen die Männer zusammen, und der König ist bereit, sie zu empfangen.«

»Aber hat Seine Majestät recht?«, wandte Märta ein. »Laut Regierung ist er im Irrtum, und ich stimme der Regierung zu. Wenn alle Länder aufrüsten, wird ein Krieg unvermeidlich.«

»Nicht unbedingt. Onkel Josef meint, eine gute Verteidigung könnte auch abschreckend wirken.«

Märta rätselte schon lange, wie es um das verwandtschaftliche Verhältnis zwischen Ellen und Josef Sachs bestellt sein mochte. Er war nur etwa fünfzehn Jahre älter als Ellen und hatte keinen älteren Bruder. Und dennoch war Ellen ganz offensichtlich ein geliebtes Mitglied seiner Familie. Aber Märta wollte nicht neugierig sein. Ellen war ein von Grund auf guter Mensch und inzwischen eine enge Freundin geworden. In vielerlei Hinsicht erinnerte sie Märta an Beda, denn auch Ellen war aufrichtig und gütig und außerdem mit Pragmatismus und Sinn für Humor gesegnet. Die beiden gehörten zu der Sorge von Menschen, denen man auf Anhieb vertraute.

»Wollen wir hoffen, dass Herr Sachs recht hat.« Märta strich ein Paar seidene Abendhandschuhe glatt, weil ihre Hände etwas zu tun brauchten. Dieses ständige Gerede vom

Krieg machte sie ganz nervös. Schließlich war ihr Wilhelm im wehrfähigen Alter, ebenso wie Ottilias Fredrik und Karolinas Edward. Man konnte nur hoffen und beten, dass die Bauern Schwedens Neutralität nicht in Gefahr brachten.

Das Stiefelgetrappel wurde lauter. Märta blickte sich um. Welche Folgen würde ein Krieg für Nordiska Kompaniet haben? Sie arbeitete seit 1904 in diesem Kaufhaus und liebte jeden Quadratzentimeter seiner sechs gut bestückten Etagen. Als Jungverkäuferin hatte sie bei den Damenhandschuhen angefangen, sich zur Abteilungsleiterin hochgearbeitet und noch immer Freude an ihrer Tätigkeit. Wie Josef Sachs einmal zu ihr gesagt hatte, war Erfahrung das Ein und Alles. Märtas Ruf als Stockholms fähigste Handschuhberaterin für jeden Anlass war für Nordiska Kompaniet von großem Vorteil. Selbst die wählerischsten Kundinnen verabschiedeten sich höchst zufrieden von Märtas Theke, was nur ihrem modischen Gespür und ihrem schier unerschöpflichen Wissen in Sachen Leder, wärmende Wirkung, Dehnbarkeit, Nähte und Knöpfe und zahlreicher weiterer Einzelheiten zu verdanken war, aufgrund derer sich eine Dame für ein bestimmtes Paar Handschuhe entschied. Märta war stolz darauf, dass sie dieses Wissen auch an ihre gut geschulten Helferinnen weitergeben konnte. Die richtigen Handschuhe, so lautete ihr Wahlspruch, krönten jedes Ensemble.

Heute strömte Sonnenlicht ins Atrium, fing sich in den hübschen Parfümflakons aus Kristall und brachte das Leder der Koffer, das Blau, Violett und Grün der Ballen aus Seide und anderen Stoffen und auch das restliche bunte Farbenmeer zum Leuchten. Es herrschte makellose Ordnung, wohin das Auge auch blickte. Selbst die Wollknäuel und Garnrollen, die so leicht durcheinandergerieten, waren, beginnend mit den dicken Strickgarnen ganz unten, fein säuberlich nach Fadenstärke in gläsernen Schubladen unterschiedlicher Größe sortiert. Märtas Blick wanderte weiter die marmorne Treppe hinauf, die in die oberen Etagen führte.

Wie mochte es im Krieg wohl aussehen? Und riechen? Sicher nicht nach diesem einladenden Gemisch aus Parfüm, Talkumpuder und frischen Blumen. Die Granaten würden ungeahntes Elend in die Stadt bringen. Und ins Nordiska Kompaniet. Was, wenn eine Granate durch die Kuppeldecke ins Atrium stürzte?

Märta schloss die Augen, um die Bilder von verbogenen Geländern, zerschmettertem Marmor, Glasscherben und Blut beiseitezuschieben, die plötzlich in ihr aufstiegen. Im nächsten Moment spürte sie eine Hand auf ihrem Arm.

»Wir müssen einfach weitermachen, unser Bestes tun und die Dinge nehmen, wie sie kommen«, sagte Ellen.

»Da hat Ellen recht«, meinte Wilhelm am Abend. »Was bleibt uns auch anderes übrig? Die großen Entscheidungen werden nicht von Leuten wie dir und mir getroffen.« Er schlang die Arme um Märta. Sie kuschelte sich wohlig an seine breite Brust und schnupperte den Geruch seines Herrenparfüms, das den Namen »Lieber Gustav 14« trug.

»Außerdem«, fuhr er fort, »ist Schweden schließlich neutral. Schon im letzten Jahrhundert sind viele Dinge passiert, denen dieses Land erfolgreich aus dem Weg gehen konnte.«

Das war richtig.

Wilhelm, der unverbesserliche Optimist, erwärmte sich für sein Thema. »Herr Sachs hätte nie dieses gewaltige Bauvorhaben angefangen oder gerade ein neues Kaufhaus in Moskau eröffnet, wenn er glauben würde, dass es Krieg gibt. Zugegeben, vor sechs Monaten sah die Sache noch ganz anders aus, aber Herr Sachs hat gute Beziehungen und weiß deshalb sicher mehr als die meisten von uns. Ganz bestimmt ist er auch besser im Bilde als die Journalisten und die Bauern.«

Märta schmiegte die Wange an Wilhelms weiches Flanellhemd. Das traf sicherlich ebenfalls zu.

»Ich würde vorschlagen, dass wir weiter fleißig arbeiten und uns aus allem raushalten«, fuhr er fort und streichelte dabei ihr Haar. »Niemand will einen Krieg. Die Bauern mögen größere Verteidigungsbemühungen fordern, aber bis jetzt ist noch kein einziger Schuss abgefeuert worden.«

Zum ersten Mal, seit sie das Marschieren der Bauern gehört hatte, war Märta ein wenig beruhigt.

Kapitel sieben

Nur dass schließlich doch Schüsse abgefeuert wurden. Sogar zwei, und zwar von einem jungen serbischen Studenten am 28. Juni in Sarajevo. Erzherzog Franz Ferdinand, der Erbe des österreichisch-ungarischen Throns, und seine Frau waren sofort tot.

Entsetzt legte Josef Sachs die Morgenzeitung beiseite. Ein Mordanschlag auf einen Thronerben würde gewiss nicht ungesühnt bleiben. Und das war auch richtig so. Allerdings würde die Angelegenheit vermutlich Kreise ziehen, die weit über eine Bestrafung des Attentäters hinausgingen. Josef versuchte, nicht auf das mulmige Gefühl zu achten, das sich angesichts der Unausweichlichkeit dieser Lage in seiner Magengrube ausbreitete. Jetzt war nicht der richtige Zeitpunkt, um sich von Ängsten oder Vorbehalten leiten zu lassen. Nein, er musste weiter voranschreiten. Unter den Angestellten herrschte bereits eine gedrückte Stimmung. Oh, sie gaben sich die größte Mühe, es vor der Kundschaft zu verbergen, denn schließlich sollte ein Besuch bei Nordiska Kompaniet stets mit einem angenehmen und denkwürdigen Erlebnis verbunden sein. Dennoch spürte Josef, was in Wahrheit in ihnen vorging, und insgeheim teilte er ihre Auffassung. Wie lange würde es dauern, bis aus dieser Tat eines jugendlichen Hitzkopfs ein Funke entstand, der in ganz Europa einen Flächenbrand auslöste?

Es dauerte exakt einen Monat. Unterstützt von Deutschland, erklärte Österreich-Ungarn Serbien den Krieg. Drei Tage später, am Freitag, dem 31. Juli, machte Russland, das Serbien unterstützte, mobil. Und Wilhelm Schultz klopfte an Josefs Tür.

Josef bat den sympathischen Deutschen aus der Gepäckabteilung herein und bat ihn, auf der anderen Seite des mit Papieren, Briefen, einem Foto von Sigrid und einer Vase mit frischen Dahlien vollgestellten Schreibtischs aus poliertem Eichenholz Platz zu nehmen.

»Ich fürchte, ich muss meine Stelle kündigen«, begann Wilhelm. »Mein Vater hat mir geschrieben. Seiner Ansicht nach steht die deutsche Mobilmachung unmittelbar bevor.«

»Leider muss ich Ihrem Herrn Vater da zustimmen.«

»Leider, Herr Sachs? Hat Deutschland denn nicht das Recht, sich zu verteidigen, wenn es angegriffen wird?«

»Selbstverteidigung ist immer berechtigt. Allerdings widerstrebt es mir, dass es überhaupt nötig werden könnte, sein Staatsgebiet zu verteidigen. Wie ich annehme, wollen Sie so bald wie möglich nach Deutschland zurückkehren.«

Wilhelm schüttelte rasch den Kopf. »Nein, Herr Sachs, von wollen kann keine Rede sein. Ich wünschte, Europa würde den Frieden ausrufen. Ich habe bereits zwei Jahre Wehrdienst in der Armee abgeleistet. Aber nun braucht mich mein Land, und ich muss gehen.«

»Wird Fräulein Eriksson Sie begleiten?«

Kurz malte sich Bedauern in Wilhelms Gesicht. »Solange Schweden neutral bleibt, ist Märta hier, wo sie gute Freunde hat, sicherer als dort.«

»Und wann reisen Sie ab?«

»Ich habe ein Zugbillett für heute Abend. Mir ist klar, dass meine überstürzte Kündigung Sie in Schwierigkeiten bringt, und ich bedaure das sehr. Ich habe wirklich gern bei Nordiska Kompaniet gearbeitet. Und für Sie, Herr Sachs. Ich wünsche Ihnen und Ihrem wunderbaren neuen Kaufhaus alles Glück dieser Erde. Aber« – Wilhelm gestattete sich den Anflug eines Lächelns – »vielleicht bin ich ja rechtzeitig zur Eröffnung wieder in Stockholm. Einige sagen, dass dieser Krieg nicht lange dauern und möglicherweise schon an Weihnachten vorbei sein wird. Hoffentlich haben diese Leute recht. Und wenn Sie mich dann noch einstellen wollen, werde ich auf meinen Posten zurückkehren.«

Josef erhob sich und hielt ihm die Hand hin.

Wilhelm sprang auf, um sie zu schütteln.

»Für Sie wird immer eine Stelle hier frei sein, Wilhelm«, verkündete Josef. »Viel Glück und gute Reise.« Er sah zu, wie sich die Tür hinter Wilhelm Schultz schloss. Er würde nicht der Letzte sein, der Nordiska Kompaniet den Rücken kehrte, wenn Russland und Deutschland in den Krieg eintraten. Aber glaubte Wilhelm wirklich, dass man ihn nur brauchte, um sein Land zu verteidigen? Oder hatte er ebenfalls den Verdacht, dass man ihn ausschicken würde, um in ein anderes Land einzumarschieren?

Kapitel acht

Während Torun rasch drei Tassen Kaffee einschenkte und in eine davon einen Löffel Zucker gab, rasten ihre Gedanken. Wilhelm fort? Wie hatten sich die Ereignisse so überschlagen können? Vor sechs Wochen erst war das ganze Gerede über bewaffnete Unruhen nichts als heiße Luft gewesen. Und nun trennten sie nur noch wenige Schüsse von einem Krieg in ganz Europa. Vielleicht, so überlegte Torun, waren die Würfel ja schon gefallen, und es gab kein Zurück mehr.

Ottilia hatte ihr von einem dänischen Gast im Grand Royal erzählt, der sich geweigert hatte, aufzustehen, als der *Kungsången*, die schwedische Nationalhymne, gespielt wurde. Und hatten die übrigen männlichen Gäste den Rüpel mit Nichtachtung gestraft? Einfach darüber hinweggesehen? Weit gefehlt! Stattdessen hatten sie sich berufen gefühlt, den Übeltäter mit Korken, Streichholzschachteln und, ja, selbst mit Zitronenscheiben zu bewerfen. Und das wegen einer harmlosen Unhöflichkeit. Kein Wunder, dass Männer einander wegen eines Attentats mit Granaten beschossen. Patriotismus konnte tödlich sein.

Und falls es tatsächlich zu einem grausamen Krieg kommen sollte, würden es nicht die empörten Herren an der Spitze des Staates und die Kriegstreiber sein, die ihr Leben lassen mussten. Du meine Güte, nein. Stattdessen würden sie sanfte und unschuldige Männer wie Wilhelm, Fredrik und, Gott bewahre, Edward vorschicken, um ihren Kampf für sie auszufechten. Und unterdessen würde es den Frauen Europas überlassen sein, alle Arbeiten zu übernehmen, die im zivilen Leben so anfielen. Und wofür?

Torun schob den Kiefer vor. Ihrer Ansicht nach gab es für Schwedens Steuergelder eine bessere Verwendung. Den Kampf gegen die Armut zum Beispiel. Inzwischen spürten selbst Durchschnittsverdiener die Preiserhöhungen, angefacht davon, dass die Leute angefangen hatten, wegen des ganzen Kriegsgeredes Mehl, Brot und Kartoffeln zu hamstern. Warum begriffen die Menschen denn nicht, dass das alles miteinander zusammenhing?

Torun reichte Märta die Tasse mit dem gezuckerten Kaffee. »Bitte trink das. Hast du überhaupt schon etwas gegessen?«

Märtas Schluchzen war inzwischen in einen Schluckauf übergegangen, und obwohl sie den schwülsten und heißesten Sommer seit Menschengedenken hatten, klapperten ihre Zähne am Tassenrand. »Entschuldigt. Ich musste mich einmal richtig ausweinen. Bestimmt wird alles wieder gut.«

»Natürlich wird es das«, erwiderte Beda. »Wir werden alle dafür beten, dass Wilhelm wohlbehalten nach Hause kommt. Und bis es so weit ist, musst du dich mit Arbeit ablenken, Liebes. Genau wie wir alle. Grübeln hat noch nie jemanden weitergebracht.«

Märta blickte sie an und zog die Nase hoch. »Leichter gesagt als getan. Obwohl du selbstverständlich recht hast.« Mühsam unterdrückte sie den nächsten Schluchzer. »Ich hätte ihn heiraten sollen. Er hat mich so oft gefragt. Wir haben schon mit dem Gedanken gespielt, eine Familie zu gründen. Schließlich bin ich fast einunddreißig.«

»Mit Gottes Willen kannst du noch immer heiraten und Kinder mit ihm haben«, antwortete Beda. »Allerdings würde es auch nichts an der jetzigen Lage ändern, wenn du verheiratet wärst. Wilhelm ist deutscher Staatsbürger. Wenn er sich nicht freiwillig gemeldet hätte, wäre er früher oder später eingezogen worden.«

Märta schüttelte den Kopf. »Nicht als Ehemann. Und wenn es doch so weit gekommen wäre, hätte ich ihn begleiten können.«

»Nein.« Torun erschrak über ihren eigenen barschen Tonfall. Sie holte tief Luft und versuchte es noch einmal. »Nein, denn du wärst in Deutschland ganz allein gewesen, während Wilhelm an der Front ist. Was hätte das genutzt? Da ist es doch besser, hier bei uns zu bleiben.«

»Vielleicht findet man ja in Berlin leichter ein Zimmer.«

»Ein Zimmer?«

Märta zuckte mit den Achseln. »Ich kann mir unsere Wohnung nicht mehr leisten. Mein Geld reicht vielleicht noch für drei oder vier Monate, höchstens für fünf. Falls Wilhelm nicht vorher zurückkommt. Er meint, er könnte bis Weihnachten wieder da sein, und wenn ich sparsam bin … Aber wenn nicht …« Wieder rannen ihr heiße Tränen über die Wangen.

Torun und Beda wechselten einen Blick, worauf Beda fast unmerklich nickte.

»Ein Dach über dem Kopf ist deine geringste Sorge«, ergriff Torun das Wort. »Wenn es wirklich so weit kommt, dass du deine Wohnung aufgeben musst, ziehst du eben wieder hier ein.« Mit einer dritten Person würde es zwar ziemlich eng in der Wohnung werden, doch in dieser überfüllten Stadt lebten viele Menschen unter noch viel schlimmeren Bedingungen. Außerdem bezweifelte Torun stark, dass die Zimmersuche in Berlin viel einfacher werden würde. Und schließlich war diese Wohnung ja auch Märtas Zuhause gewesen, bevor sie mit Wilhelm zusammengezogen war. Damals hatte Beda die Gelegenheit genutzt, ihr Personalzimmer im Grand Hôtel aufzugeben und Märtas Schlafsofa im Wohnzimmer zu übernehmen. Torun schlief im Schlafzimmer, das zwar winzig, aber absolut in Ordnung war. Also gab es keinen Grund, warum Märta nicht das schmale Bett mit ihr teilen sollte. Freundinnen mussten füreinander da sein.

Märta schaute sich um. »Aber wo …?«

»Wir können Kopf an Fuß schlafen. Bleib doch heute Nacht hier, wenn du möchtest.«

»Danke.« Märtas Schultern lockerten sich ein wenig. Nachdem sie noch ein paar Schlucke von dem heißen Kaffee getrunken hatte, normalisierte sich ihr Atem wieder. Sie nickte. »Aber nachdem ich ausgetrunken habe, gehe ich nach Hause«, verkündete sie mit neuer Entschlossenheit. »Wenn die Männer in den Kampf ziehen, dürfen auch wir uns nicht unterkriegen lassen.«

»Und wir dürfen nie vergessen, wie gut wir es getroffen haben«, fügte Beda hinzu. »Wenigstens haben wir alle einen ordentlichen Beruf, verdienen einigermaßen und haben ein Dach über dem Kopf. Wenn wir kein halbes Bett für dich hätten, wären Ottilia und Karolina sicher gern eingesprungen. Solange wir Frauen nur zusammenhalten, wird alles gut.«

Märta lächelte unter Tränen. »Hoffentlich hast du recht.«

»Ich habe immer recht«, entgegnete Beda gespielt feierlich.

Torun verdrehte die Augen. »Siehst du, womit ich mich tagtäglich herumschlagen muss?«, meinte sie zu Märta. »Gott steh dem Unglücksraben bei, der es wagt, eine Bombe auf Stockholm fallen zu lassen. Unsere Beda wirft sie sofort zu ihm zurück.«

Märta musste lachen. »Eigentlich würde ich gern vorschlagen, dass wir auf die Neutralität anstoßen, doch damit würden wir unsere Alkoholmarken vergeuden. Aber zumindest wird unsere Regierung versuchen, sich nicht in eine kriegerische Auseinandersetzung hineinziehen zu lassen.«

»Dann wollen wir hoffen, dass ein Krieg in Europa noch abgewendet werden kann«, antwortete Beda und hob ihre Kaffeetasse.

Torun und Märta taten es ihr nach. *»Skål.«*

Doch Bedas Hoffnung war nicht von langer Dauer. Vierundzwanzig Stunden später erklärte Deutschland Russland den Krieg. Die Nachricht traf um elf Uhr nachts in Stockholm ein.

Kapitel neun

Um neun Uhr am Sonntagmorgen nahm Josef seinen Platz im Sitzungssaal der Stockholmer Enskilda Bank in der Kungsträdgårdsgatan ein. Alle Vorstandsvorsitzenden der großen Banken waren zu einer Versammlung in Schwedens Zentralbank, der Riksbank, gebeten worden, die um zehn Uhr begann. Doch der Vorstandsvorsitzende der Enskilda Bank wollte zuerst hören, wie seine eigenen Vorstandskollegen die Lage einschätzten.

Wie immer gab es viel Neues zu erfahren, und Josef spitzte aufmerksam die Ohren. In der vergangenen Nacht gegen zehn Uhr hatte man vor der Ostseeinsel Gotland einen Verband deutscher Kriegsschiffe gesichtet. Sie fuhren nach Norden. Laut einem Telegramm, das kurz darauf einem der bedeutendsten Bankiers Schwedens zugegangen war, hatten diese deutschen Kriegsschiffe Kurs auf die finnischen Åland-Inseln genommen, die ein Teil des russischen Reichs waren, da Finnland ja offiziell zu Russland gehörte. Daraufhin hatte eine Schlacht um die strategisch wichtigen Inseln begonnen. Wer sie gewonnen hatte, ließ sich noch nicht feststellen, doch Gerüchten zufolge waren es die Deutschen. Nur eines wurde zunehmend klar: Der Krieg war inzwischen sehr nah an Schweden herangerückt.

Schweden hatte – ebenso wie Norwegen und Dänemark – seine Neutralität bekräftigt. Doch wie Josef bei dieser Sitzung erfuhr, rechnete man jeden Moment mit einer Verlautbarung der schwedischen Regierung, dass alle wehrpflichtigen jungen Männer – die Betroffenen wussten, dass sie gemeint waren – gleich am nächsten Morgen zum Dienst in der Kaserne antreten mussten.

Wie Josef klar wurde, als er wieder hinaus auf die Straße trat, würden diese Männer gewiss Kleidung, Ausrüstungsgegenstände und auch sonst noch das eine oder andere brauchen, das sie heute auf keinen Fall erwerben konnten. Denn in Stockholm mussten, wie auch im restlichen Schweden, die Läden sonntags geschlossen bleiben. Wenn Josef das Nordiska Kompaniet am heutigen Tag öffnete, würde er diesen Männern zwar einen großen Gefallen tun, allerdings auch eine saftige Geldstrafe riskieren. Er eilte die menschenleere Biblioteksgatan hinunter zum Stureplan.

In seinem Büro angekommen, setzte er sich sofort mit den Abteilungsleitern in Verbindung. Falls seine Einschätzung stimmte, mussten alle mit anpacken.

In dieser Stadt hatten sich Nachrichten schon immer schnell verbreitet, und dass *Dagens Nyheter* die Redaktion vor einem Jahr an den Stureplan verlegt hatte, beschleunigte die Angelegenheit noch zusätzlich. Eine halbe Stunde nachdem Josefs Entschluss, gegen das Gesetz zu verstoßen, gefallen war, hatte sich bereits eine beträchtliche Menschenschlange vor dem Haupteingang des Kaufhauses gebildet. Und sie wurde stetig länger.

Märta traf mit Ellen am Personaleingang in der Jakobsbergsgatan zusammen. Sie wies mit dem Daumen in Richtung Platz. »Woher, um alles in der Welt, wissen die, dass wir aufmachen?«

»Wahrscheinlich haben einige Männer vor der Zeitungsredaktion auf die amtliche Verlautbarung gewartet. Und Onkel Josef hat es ihnen auf seinem Weg hierher bestimmt erzählt.« Sie schüttelte bedrückt den Kopf. »Es ist wirklich ein Jammer. Ein Krieg hat der Welt wirklich gerade noch gefehlt. Aber Onkel Josef hatte recht damit, das Kaufhaus zu öffnen.«

Sie betraten das Erdgeschoss.

»Glaubst du, wir bekommen eine Geldstrafe?«

Ellen verzog missbilligend das Gesicht. »Falls ja, sagt das mehr über die aus als über uns.« Ihre Miene wurde mitfühlend. »Ich habe gehört, dass Wilhelm abgereist ist. Wie geht es dir?«

Märta kämpfte die aufsteigende Angst nieder und nahm sich mühsam zusammen. Wilhelm sah nachts denselben Sternenhimmel wie sie, und an diesen Gedanken musste sie sich unbedingt klammern. »Ich werde das schaffen.«

Plötzlich blieb Ellen stehen und riss überrascht die Augen auf. »Schau dir das an!«

Märta folgte ihrem Blick. Und da, hinter der Theke der Abteilung für Herrengepäck, stand Josef Sachs höchstpersönlich.

»Eins muss man Onkel Josef lassen«, meinte Ellen. »Er würde nie von anderen verlangen, dass sie ihren Sonntag opfern, während er in der Sonne liegt.«

Die Vorstellung von Josef Sachs auf einer Sonnenliege war genau die Aufmunterung, die Märta heute so dringend brauchte.

»Ach, herrje!«

Märta und Ellen wirbelten herum.

Der zierlichen Agatha eilte der Ruf voraus, die jüngste Perlenstickerin zu sein, die je im französischen Modeatelier von Nordiska Kompaniet gearbeitet hatte. Nun stand sie da und starrte aus einem Fenster hinaus auf die aus unzähligen Männern und Frauen bestehende Menschenmenge, die sich auf dem Stureplan versammelt hatte. »Seht nur.«

»Was machst du denn hier, Agatha?«, erkundigte sich Ellen.

»Ich wollte eine Rolle weißes Nähgarn holen. Es ist uns in der Schneiderei ausgegangen. Hoffentlich kommt morgen eine neue Lieferung.« Agathas Miene verriet, dass sie das stark bezweifelte. Die Lieferengpässe waren allmählich deutlich zu spüren. Sie wies mit dem Kopf auf die Männer. »Obwohl ich mir im Moment mehr Gedanken über meine Brüder als über Garnrollen mache. Meines Wissens ist noch niemand an ein paar Stichen in der falschen Weiß-Schattierung gestorben. Nicht dass ich jemals Nähgarn in der falschen Farbe verwenden würde«, fügte sie rasch hinzu. »Darin bin ich sehr eigen.«

»Das glaube ich dir gern«, antwortete Märta.

»Trotzdem«, fuhr Agatha fort, »wenigstens hat es ausnahmsweise mal einen Vorteil, ein Mädchen zu sein: Wir können hierbleiben, während die Männer in den Krieg müssen.« Ihre sonst so fröhliche Miene verdüsterte sich. »Aber ich würde mir schreckliche Sorgen um meine Brüder machen, wenn sie eingezogen würden. Ich glaube, keiner von ihnen hatte je eine Waffe in der Hand. Mein zweiter Bruder hat in unserem neuen Atelier gearbeitet und hatte großen Spaß daran und dort viel gelernt. Jetzt weiß er nicht, wohin man ihn schicken wird und was er dort tun soll. Doch es war richtig von Herrn Sachs, heute aufzumachen. Und auch wir müssen unseren Teil beitragen. Ein paar von uns sitzen oben und nähen. Also ruft uns, wenn ihr Hilfe braucht.«

»Das ist ein nettes Angebot«, erwiderte Ellen, nachdem Agathas Redeschwall endlich versiegt war. »Trotzdem bin ich neugierig, warum ihr an einem Sonntag arbeitet.«

»Oh.« Ein Lächeln breitete sich auf Agathas unscheinbarem Gesicht aus. »Wir müssen ein Hochzeitskleid fertig kriegen. Zuerst gab es Verzögerungen, weil es keine französische Spitze gab, und jetzt haben sie die dämliche Hochzeit auch noch vorverlegt. Nur für alle Fälle.«

Märta blickte sie verständnisvoll an. *Nur für alle Fälle.* Wie oft würden sie diesen Satz noch hören müssen, bis dieser Wahnsinn endlich vorbei war? Sie beobachtete, wie Ingmar Bellman, der oberste Portier, mit dem Schlüssel in der Hand auf den Haupteingang zusteuerte. Der wohl bekannteste Mitarbeiter von Nordiska Kompaniet war mit seinen fast fünfzig Jahren zu alt für den Wehrdienst. Wie mochte er sich wohl deshalb fühlen? War er erleichtert? Hatte er ein schlechtes Gewissen?

Sie drehte sich wieder zu Agatha um. »Wenn wir Hilfe brauchen, fragen wir dich ganz bestimmt, aber …« Sie wies auf das Nadelkissen an Agathas Handgelenk und das Maßband, das sie um den Hals hängen hatte. »Vielleicht solltest du den Verkaufsraum verlassen, bevor dich noch jemand in dieser Aufmachung sieht.«

»Stimmt«, erwiderte Agatha. »Meine Mutter sagt immer, dass ich nie zur richtigen Zeit am richtigen Ort bin.«

»Ich bin ganz sicher, dass das nicht stimmt«, antwortete Ellen. »Wie ich gehört habe, bist du eine der besten Perlenstickerinnen in der Branche.«

Wieder machte Agatha ein trauriges Gesicht. »Genau das ist ja das Problem. Die älteren Damen mögen mich nicht. Jedenfalls nennen sie mich ›Fräulein Musterhaft‹. Ich komme einfach nicht dahinter, ob sie das als Kompliment meinen oder nur fies sein wollen. Manchmal möchte ich am liebsten eine Perle an der falschen Stelle annähen, nur um Ärger zu bekommen, damit sie mich endlich in Ruhe lassen.«

Ellen verzog das Gesicht. »Ich bin sicher, dass es ein Kompliment sein soll. Schließlich kennen sie Herrn Sachs' Grundsätze so gut wie wir alle hier: Wir begegnen allen Kunden und Mitarbeitern freundlich und respektvoll. Fang bloß nicht an, wegen anderer Leute deine Ansprüche herunterzuschrauben. Und jetzt mach, dass du an die Arbeit kommst.«

Doch noch ehe Agatha der Aufforderung Folge leisten konnte, senkte sich Schweigen über die Menschenmenge. Männer, Frauen und Kinder verharrten reglos und lauschten. Denn in der ganzen Stadt hatte sich das traurige Läuten der Kirchenglocken erhoben. Eine Frau mit einem Kleinkind auf der Hüfte brach in Tränen aus. Ein bleicher junger Mann legte die Arme um Mutter und Kind. Noch immer sagte niemand ein Wort.

Ein kleiner Junge hielt sich die Ohren zu. »Es soll aufhören.«

»Amen«, erwiderte eine alte Dame. Ihre derben Schuhe wiesen auf eine pragmatische Grundeinstellung hin, während ihre gerade Haltung ein fest geschnürtes Korsett vermuten ließ. »Und jetzt möchte ich einen Rucksack von guter Qualität für meinen Enkel kaufen.«

»Es ist mir eine Ehre, Sie zu bedienen«, antwortete Josef Sachs.

Die Menschen lösten sich aus ihrer Erstarrung, und Märta wandte sich dem ersten Kunden zu.

Kapitel zehn

Eine Woche später stand Josef auf der stillen Baustelle an der Hamngatan. Seitdem Großbritannien Deutschland den Krieg erklärt hatte, spielten einige Vorstandsmitglieder mit dem Gedanken, den Weiterbau bis nach dem Kriegsende zu verschieben. Andere vertraten sogar die Auffassung, dass es das Beste sei, das gesamte Vorhaben abzublasen. Josef hingegen hatte sich leidenschaftlich für einen sofortigen Beginn der Bauarbeiten eingesetzt. Nun kam es vor allem auf Geschwindigkeit an. Je länger die Arbeiten ruhten, desto wahrscheinlicher wurde ein Sieg der Bedenkenträger.

Allerdings bot die kurze Pause Gelegenheit für eine Bestandsaufnahme. In den zehn Monaten seit dem aufwendigen Abriss der acht alten Gebäude waren die Mauern des gewaltigen neuen Bauwerks entstanden. So Gott wollte, würde das Dach bis zum Winter fertig sein. Norén hatte eine Schlüsselübergabe im nächsten Mai zugesichert. Im Moment war der fleißige Bauingenieur unterwegs, um neue Bauarbeiter und Handwerker aufzutreiben.

Josef Sachs trat in den Rohbau. Hier gab es noch unbeschreiblich viel zu tun. Lüftung, Heizung und Beleuchtung mussten eingebaut werden, dasselbe galt für die fünftausend Düsen der Sprinkleranlage. Alle neunundzwanzig Aufzugschächte mussten nach den Vorgaben der vier Herstellerfirmen eingerichtet werden. Hinzu kamen Vorbereitungen für die bewegliche Treppe, die Kunden vom Tiefgeschoss ins Parterre bringen würde. Für jede der zweiundzwanzig Abteilungen mussten Theken und Regale nach Maß entworfen, angefertigt, geliefert und installiert werden. Und zu guter Letzt brauchte jede Kassentheke Anschluss an das mit Druckluft betriebene Rohrpostsystem, mit dessen Hilfe Banknoten und Münzen in Windeseile im ganzen Haus herumgeschickt werden konnten.

Josef hatte es schon deutlich vor Augen. Das polierte Mahagoni. Der grüne Marmor aus Kolmården. Das schimmernde Messing. Die funkelnden Kronleuchter. Eine Kundin kaufte nicht einfach nur die Ware, die ihr ins Auge gefallen war, sondern auch das mit dem Erwerb einhergehende gute Gefühl: die freundliche Begrüßung an der Tür. Die Vorfreude bei der Besichtigung des Sortiments, bevor sie ihre Wahl traf. Die Zufriedenheit, wenn sie beobachtete, wie die Verkäuferin den Einkauf in hochwertiges Seidenpapier wickelte. Die Begeisterung beim Auspacken in ihren eigenen vier Wänden. Und all das, noch bevor sie sich den neuen Schal aus Kaschmir umgelegt oder einen Brief auf dem neuen Briefpapier geschrieben hatte. Vielleicht hatte sie sich ja auch im Frisiersalon das Haar legen, sich im französischen Modeatelier ein neues Kleid anpassen oder mithilfe der Postfiliale im Haus die gerade gekaufte Babypuppe gleich an die Tochter ihrer Schwester in Amerika schicken lassen. Der Einkauf bei Nordiska Kompaniet war ein unvergleichliches Erlebnis und deckte sämtliche Bedürfnisse ab. Und war außerdem eine Erfahrung, von der die Kundschaft einfach nicht genug bekommen konnte.

All das war zum Greifen nah. Josef musste nur die nötigen Bauarbeiter auftreiben, bevor der Vorsitzende Otto Printzsköld eine Abstimmung durchpeitschen und dem Projekt den Todesstoß versetzen konnte. Denn wenn diese Entscheidung erst einmal gefallen war, war es nahezu unmöglich, sie rückgängig zu machen.

Doch das Glück und Josefs ausgezeichneter Ruf in dieser Stadt waren auf seiner Seite. Eine Woche später wurden die Arbeiten am Kaufhaus in der Hamngatan wieder aufgenommen.

Kapitel elf

Am ersten Sonntagmorgen im Oktober, die Sonne spendete noch ein wenig herbstliche Wärme, schlenderten Märta, Ottilia und Karolina auf der Insel Djurgården in Richtung des Rosendal-Palasts. Die kleinen Jungen, Philip und Julian, tollten voraus, während ihre Mütter die leeren Kinderwagen über die mit trockenem Laub bedeckten Wege manövrierten.

Märta blieb stehen. »Schaut.«

Ottilia und Karolina folgten ihrem Blick zu dem noch ziemlich niedrigen Erdwall, wo Männer in Uniform mit Grabungsarbeiten beschäftigt waren. Die Soldaten schwangen im Gleichtakt die Schaufeln und hielten hin und wieder inne, um mit vereinten Kräften größere Steine aus der Grube zu wuchten.

Ein Schauder lief Märta den Rücken hinunter. Ob Wilhelm wohl auch gerade einen Schützengraben aushob? Und wo? In Belgien? Frankreich? Luxemburg? Russland?

»Ich habe gehört, dass sie hier Schützengräben anlegen«, sagte Ottilia. »Doch erst wenn man es mit eigenen Augen sieht, wird einem so richtig klar, wie schrecklich es ist.«

Karolina schüttelte sich. »Nicht so weit, Julian!«, rief sie ihrem Sohn zu.

Der kleine Junge drehte sich um und stürmte in ihre Arme, worauf sie ihn hochhob, seinen Lockenschopf küsste und ihn wieder auf die Füße stellte.

Die drei Frauen beobachteten, wie Julian und Philip auf einen abgebrochenen Ast kletterten. Als die Jungen vor Stolz strahlten, spendeten die Freundinnen pflichtschuldig Beifall.

»Wenigstens sind sie noch zu klein für die Armee«, stellte Karolina fest.

Ottilia nickte. »Genau das hat Fredrik heute Morgen auch gesagt. Besser wir hätten jetzt Krieg als erst in zwanzig Jahren, wenn die beiden eingezogen werden könnten. Er befürchtet noch immer, jeden Moment in den Krieg zu müssen. Aber schließlich bringt das Grand Hôtel Geld in die Stadt, und außerdem steigen ausländische Würdenträger bei uns ab. Und das wiederum heißt, dass die Bankettabteilung in zuverlässiger Hand sein muss. Deshalb hat man ihn angewiesen, auf seinem Posten zu bleiben. Allerdings mussten wir den Fahrdienst zum Bahnhof einstellen. Das hat Frau Skogh ganz schrecklich geärgert. Sie hält es für falsch, Stockholm die letzten von Pferden gezogenen Omnibusse wegzunehmen. Sie sei ja wirklich für den Fortschritt, doch einige Dinge änderten sich einfach zu schnell für ihren Geschmack.«

»Da muss ich ihr eigentlich zustimmen«, erwiderte Karolina. »Pferde haben niemals eine Panne.« Sie wandte sich an Märta. »Habe ich dir schon erzählt, dass ich morgen wieder zu arbeiten anfange?«

»Nein, aber es ist eine prima Idee. Wir Frauen müssen die Lücken füllen. Außerdem lenkt es wenigstens ein bisschen von den Sorgen ab.«

»Genau. Das Grand Hôtel braucht mich, und ich freue mich schon darauf.«

»Was machst du mit Julian, während du arbeiten gehst?«

»Hilda passt auf beide Jungen auf«, erklärte Ottilia. »Sie sagte, das sei ihr Weg, in diesen schweren Zeiten etwas beizutragen. Außerdem ist es eine gute Lösung, denn Hilda liebt die zwei wie ihre eigenen Enkelkinder. Und selbst für Isabella ist Julian so etwas wie ein zweiter kleiner Bruder.«

»Außerdem«, Karolina versetzte dem Griff des Kinderwagens einen nachdrücklichen Klaps, »kann ich doch schlecht zu Hause bleiben und Mutter sein, während Edward unsere Heimat verteidigt. Sosehr ich meinen Sohn auch vergöttere.«

In Märta regte sich ein winziger Funke Neid, weil Karolina sich keine Sorgen um ein Dach über dem Kopf zu machen brauchte. Als Wehrpflichtiger bezog Edward weiter seinen Lohn, und außerdem war Karolinas Mutter bereit und in der Lage, etwas beizusteuern, wenn Not am Mann war. Karolina hatte geschworen, ihre Mutter nicht um Hilfe zu bitten, solange sie zwei gesunde Hände hatte. Aber trotzdem war das Wissen, dass man im äußersten Fall auf finanzielle Unterstützung zurückgreifen konnte, sicher beruhigend. Sie selbst hingegen musste jede Öre zweimal umdrehen.

Der Butterpreis war schon wieder gestiegen, und laut Zeitungsberichten hatte sich der Preis für Eier seit Kriegsausbruch um sechzig Prozent erhöht. Im letzten Monat hatte die Schwedische Notenbank Geldscheine im Wert von einer Krone herausgebracht, so als ob sich irgendjemand dadurch reicher gefühlt hätte. Märta dankte dem Himmel für die fünfzehn Prozent Personalrabatt bei Nordiska Kompaniet. Doch als sie einen Blick auf Karolina warf, die gerade Julian in den Kinderwagen hob und die Mütze unter seinem Kinn zuband, schalt sie sich wegen ihrer eigenen Kleinlichkeit. Keine finanzielle Unterstützung der Welt konnte Edwards Leben beschützen.

»Hast du von Edward gehört?«, fragte sie.

»Ich habe einen Brief von irgendwo in Schweden bekommen. Sie dürfen nicht schreiben, wo genau sie sind, doch solange er wohlauf ist, genügt mir das. Und Wilhelm?«

Märta presste die Lippen fest zusammen. »Seit drei Wochen kein Lebenszeichen. In seinem letzten Brief hat er erwähnt, er beobachte den Sonnenuntergang. Es ist eine schöne Vorstellung, dass wir beide gleichzeitig dieselbe Sonne sehen.« Der Gedanke hatte schon beim Empfang des Briefes ein warmes Gefühl in ihr ausgelöst, und jetzt tat er es wieder.

»Gewiss funktioniert die Post in Europa nicht mehr«, gab Ottilia zu bedenken.

Märta sah sie dankbar an. »Hoffentlich hast du recht.«

Die Sonne verschwand hinter einer Wolke, als die drei sich auf den Rückweg zur Djurgården-Brücke machten.

»Oh!«, rief Ottilia aus. »Fast hätte ich es vergessen. Fredrik hat mir gestern Abend eine Geschichte erzählt, die euch zwei sicher aufheitern wird. Ich fand sie furchtbar komisch.«

Die beiden lächelten, froh über den Themenwechsel und ein wenig Unterhaltung.

»Fang an«, forderte Karolina sie auf.

»Ihr wisst doch, dass das Hôtel Rydberg am Donnerstag zugemacht hat? Und offenbar hatte ein junger Bursche gehört, dass das Inventar verschenkt werden soll.«

Karolina schnappte nach Luft. »Und stimmte das?«

»Ganz und gar nicht. Auch wenn August Åhlfeldt, der Hoteldirektor, festgestellt hat, dass drei Barhocker, ein Korkenzieher, eine Kiste Gläser und fünfzehn silberne Kaffeekannen fehlen.«

»Das ist aber gar nicht lustig«, entgegnete Karolina. »Immerhin handelt es sich um Diebstahl.«

»Ganz deiner Ansicht, aber …«, Ottilia reckte einen behandschuhten Zeigefinger in die Luft, »das war auch nicht die Geschichte, die ich erzählen wollte. Besagter junger Mann, der noch nie zuvor im Hôtel Rydberg gewesen war, hat das Gerücht jedenfalls für bare Münze genommen und wollte einige Souvenirs mitgehen lassen. Doch vor dem Besuch im Rydberg war er noch auf einer Feier, und danach war er, sagen wir mal, ziemlich angeheitert.«

Märta und Karolina wechselten grinsend einen Blick.

»Und wie ging es weiter?«, fragte Märta.

»Also war er schon ziemlich derangiert, als er in die Bar des Rydberg kam. Er wartete, bis die Gäste weg waren, und fing dann an, sich die Taschen mit Gläsern und Streichholzschachteln vollzustopfen. Anschließend bedankte er sich bei dem verdutzten Oberkellner und dem restlichen Personal für ihre Gastfreundschaft in den letzten Jahren und versuchte sogar, sich einen der Rattanstühle für die spätere Abholung zu reservieren. Wie er erklärte, wollte er eine Erinnerung an dieses historisch wertvolle Hotel, bevor es abgerissen würde. Was den Oberkellner aus seiner Erstarrung riss, worauf er dem jungen Mann unmissverständlich mitteilte, es bestünde nicht die geringste Absicht, das Rydberg abzureißen. Offenbar hatte der junge Narr es mit dem Strand Hotel verwechselt.«

»Oje.« Karolina schlug die Hand vor den Mund und bog sich vor Lachen.

Märta musste sich eine Lachträne abwischen. »Ich hätte nur zu gerne sein Gesicht gesehen.«

»Ich auch«, stimmte Karolina zu. »Obwohl es mich wundert, wie es jemand überhaupt schafft, sich heutzutage noch so zu betrinken. Schließlich ist der Alkohol rationiert und wird außerdem immer teurer. Viele Betriebe stecken in finanziellen Schwierigkeiten. Es überrascht mich also nicht, dass das Rydberg schließt.«

»Ich frage mich, was wohl aus August Åhlfeldt werden wird«, sagte Ottilia.

»Diese Frage kann ich dir beantworten«, erwiderte Märta. »In unserem neuen Kaufhaus in der Hamngatan wird es nicht nur eine Teestube, sondern auch ein Mittagsbistro im europäischen Stil geben. Außerdem ist eine Außengastronomie auf der Dachterrasse geplant. Und Herr Åhlfeldt wird der Restaurantleiter.«

»Ach, du meine Güte«, meinte Ottilia, als sie über die Brücke hinüber nach Strandvägen gingen. »Ihr habt euch ja wirklich viel vorgenommen. Wie wundervoll! Und außerdem ein Gewinn für Nordiska Kompaniet und für Herrn Åhlfeldt. Darf ich es Fredrik erzählen, wenn er schwört, es für sich zu behalten?«

»Es ist kein Staatsgeheimnis.« Insgeheim war Märta erleichtert über Ottilias Begeisterung. Sie hatte nämlich schon befürchtet, dass ihre Freundin als Leiterin des Grand Royal das neue Kaufhausrestaurant als unwillkommene Konkurrenz betrachten könnte. Schließlich würden die beiden Lokalitäten den Kungsträdgården-Park flankieren.

»Sogar die Freitagszeitung hat über Herrn Åhlfeldts neuen Wirkungskreis berichtet, weshalb Fredrik es wahrscheinlich sowieso schon weiß. Übrigens ist Herr Sachs sehr offen in diesen Dingen, auch wenn er natürlich nicht jede kleine Einzelheit erwähnen kann. Jedenfalls hat er uns mitgeteilt, man rechne felsenfest mit einer Fertigstellung des Daches im nächsten Monat. Anfang nächsten Jahres werde man mit der Anwerbung weiterer Mitarbeiter beginnen.«

»Frau Skogh hat so etwas erwähnt«, sagte Ottilia.

Märta spürte, wie ihr die Kinnlade herunterfiel. »Woher weiß Frau Skogh über die Anwerbekampagne bei Kompaniet Bescheid?«

»Offenbar hat sie eine Nichte, die im Rydberg gearbeitet hat und nun auf eine Stelle im neuen Kaufhaus hofft. Eine Maria soundso. Da sie die Tochter von Frau Skoghs Schwester ist, hat sie einen anderen Familiennamen. Ich glaube, Frau Skogh hat auch gar nicht erwähnt, wie sie heißt.«

Karolina neigte den Kopf zur Seite. »Warum hat diese Maria eigentlich nicht im Grand Hôtel gearbeitet? Irgendwie sonderbar, dass sie bei der Konkurrenz ihrer Tante angeheuert hat.«

»So sonderbar finde ich das gar nicht«, wandte Ottilia ein. »Falls Maria Ähnlichkeit mit ihrer Tante hat, ist sie bestimmt mindestens genauso dickköpfig und freiheitsliebend wie sie.«

Inzwischen hatten sie eine Straßenbahnhaltestelle erreicht.

»Hier muss ich einsteigen«, verkündete Märta und fühlte sich plötzlich entsetzlich einsam. Ja, natürlich hätte sie jederzeit Ottilia oder Karolina nach Hause begleiten können. Und ihre Freundinnen wären sicher entsetzt gewesen, wenn sie geahnt hätten, mit welchen düsteren Gedanken sie sich trug. Doch die beiden hatten ihr eigenes Leben, und Märta hatte ihres. Ein Jammer, dass die Läden am Sonntag geschlossen waren. Denn inzwischen wurden Märta die freien Tage zunehmend zur Qual.

Kapitel zwölf

1915

Die Welt befand sich schon seit über neun Monaten im Krieg, als Ellen Sachs ihren Onkel Josef zum ersten Mal in die Hamngatan begleitete. Beschienen von der Frühlingssonne, hasteten die beiden durch Norrmalmstorg. Eigentlich gab es ja gar keinen Grund zur Eile; es war nur die Vorfreude, die sie antrieb. Ellen konnte es kaum erwarten, einen Blick auf die Sensationen zu werfen, während ihr Onkel darauf brannte, ihr alles zu zeigen. Josef Norén hatte Wort gehalten und Anfang Mai die Schlüssel zu dem Gebäude Hamngatan 18 übergeben. Der Innenausbau lag nun in der Verantwortung der Handwerker, während die hauseigenen Möbelwerkstätten in Nyköping schon mit der Anfertigung der Ausstattung begonnen hatten.

»Danke, dass du mich mitgenommen hast«, meinte Ellen. »Ich habe versucht, mir diese Pracht vorzustellen, aber das war recht schwierig, denn Architekt Boberg hat alles mit dem Bleistift gezeichnet.«

Onkel Josef bedachte sie mit einem belustigten Blick. »Wie ich dir versichern kann, hätte keine kolorierte Zeichnung der Welt es vermocht, die …« – er suchte nach dem richtigen Wort – »prunkvolle Gestaltung des Inneren wiederzugeben. Nicht einmal mir ist es gelungen, mir die Visionen unseres tüchtigen Architekten vollständig auszumalen.«

Ellen überlegte. »Ich frage mich, ob man diese Gabe erlernen kann oder ob sie einfach ein Gottesgeschenk ist.«

»Vermutlich ein bisschen von beidem.«

»Und was hast du mit dem Haus am Stureplan vor?«, erkundigte sich Ellen.

»Das muss verkauft werden. Die Frage ist nur, an wen. Dieses Gebäude wurde als Kaufhaus geplant, und wir müssen darauf achten, dass es niemand erwirbt, um dort ein Konkurrenzunternehmen zu eröffnen.«

Das ohrenbetäubende Bohren, Sägen, Hämmern und Meißeln durchdrang sogar die Fassade aus Granit und war bis in die umliegenden Straßen zu hören.

»Wie lange dauert das denn noch, Herr Sachs?«, rief ein Mann quer über die Fahrbahn und hielt sich dabei ein Ohr zu.

»Nicht mehr lange. Ich bedanke mich für Ihre Geduld.«

Der Mann schürzte unwillig die Lippen und tat die Entschuldigung ab.

Während Ellen spürte, wie ihre Wangen sich röteten, schien Onkel Josef völlig ungerührt.

Sie passierten den Haupteingang.

Ellen wies mit dem Daumen hinter sich. »Müssen wir nicht hier hinein?«

»Diese Türen werden noch nicht benutzt. Wir nehmen den Eingang in der Regeringsgatan.«

Ellen verzog fragend das Gesicht. »Aber wäre der Weg über die Smålandsgatan dann nicht viel schneller gewesen?«

»Richtig. Aber ich habe Freude daran, die Hamngatan entlangzuschlendern und das Kaufhaus aus derselben Perspektive wie unsere Mitbürger zu sehen.«

»Es ist ja auch wirklich ziemlich beeindruckend«, räumte Ellen ein. Als Josef die Tür öffnete, musste sie schreien, um den Baulärm zu übertönen. »Du meine Güte.«

Drinnen roch es – gar nicht so unangenehm – nach Sägemehl, Zement, feuchter Farbe und frischem Holz. Ellens Blick wanderte in sämtliche Richtungen, während sie Onkel Josef folgte. Dieser schlängelte sich zwischen Steinmetzen, Schreinern, Malern, Schmieden und verschiedenen anderen Handwerkern hindurch, die hier Eichenparkett, dort Marmorfußböden verlegten oder die Säulen im Atrium mit Mahagoni und Marmor verkleideten. Diese ragten empor bis zu der Glaskuppel, die sich über der dritten Etage erhob. Einige Männer schwangen riesige Pinsel, mit denen sie eine Grundierung in geschmackvollen Farbtönen auf die nackten Wände auftrugen. Andere tunkten dünne Pinselchen in kleinere Kübel, um die so vorbehandelten Wände mit Ornamenten zu verzieren. Ein Trupp Arbeiter brachte entlang der Galerien über dem Erdgeschoss Geländer aus Bronze an, während ein weiterer damit beschäftigt war, die Einzelteile des Rohrpostsystems zu montieren.

Nachdem Ellen dieses Gewimmel der verschiedenen Gewerke eine Weile beobachtet hatte, wandte sie sich zu Onkel Josef um. »Wie schaffst du das alles bloß?«

Er lächelte. »Genau genommen sind es ja diese fleißigen Leute, die es schaffen.«

»Allerdings steht fest, dass jeder hier deine Anweisungen befolgt. Aber wie ist es dir gelungen, die vielen Einzelheiten zu einem Ganzen zusammenzufügen? Angefangen von der Auswahl der Farbgestaltung bis hin zu der Frage, wie man eine Sprinkleranlage einbaut, ohne dass sie der Stromversorgung in die Quere kommt. Ja, mir ist klar, dass du dich auf eine ganze Reihe von Handwerkern verlassen kannst. Und dennoch scheinst du die Pläne für dieses Haus bis ins kleinste Detail im Kopf zu haben.«

»Das liegt daran, dass ich jeden Tag eine Besprechung mit den Vorarbeitern abhalte. Komm, ich führe dich herum.«

Viele der etwa sechshundert Handwerker – zumindest diejenigen, die auf dem Boden und nicht auf Leitern oder auf viele Meter hohen Gerüsten standen – begrüßten Ellen und Josef mit einem Nicken, als diese an Haufen von Spachteln und Maurerkellen und Eimern voller Fugenmörtel vorbeischlenderten. Onkel Josef erwiderte ihren Gruß: *God morgon. Good morning. Guten Tag.*

Ellen hielt den Atem an. Deutsch und Englisch. Also beschäftigte Onkel Josef Arbeiter aus Ländern, die einander im Krieg feindlich gegenüberstanden. Und soweit sie feststellen konnte, gab es zwischen ihnen nicht die Spur von bösem Blut. Für sie bestätigte das eine Auffassung, die sie schon immer vertreten hatte: Der Durchschnittsbürger wollte diesen Krieg nicht und hegte keinen Groll gegen seine ausländischen Arbeitskameraden. Dennoch gab es da etwas, das sie verwunderte: Warum waren diese Männer nicht an der Front? Schließlich war Märtas Wilhelm auch einberufen worden. Wieso durften diese Arbeiter mit Pinseln hantieren anstatt mit Gewehren und Bajonetten?

Sie stellte diese Frage, während sie gerade die kostbare Täfelung aus Buchenholz bewunderten. In diesem Raum würde das Restaurant entstehen, das, wie Onkel Josef erklärte, zu Ehren des Architekten, der es entworfen hatte, den Namen Boberg tragen sollte. Durch die Fenster im vierten Stock konnte Ellen quer über den Kungsträdgården-Park und den Fluss Norrström blicken, der das Festland von Gamla Stan trennte. »Woher kommen all diese Männer?« Sie drehte sich zu Onkel Josef um.

»Von überallher«, erwiderte dieser. »Und ungeachtet ihrer Herkunft werden sie alle mit demselben Respekt behandelt. Es liegt in ihrer eigenen Verantwortung, für eine harmonische Zusammenarbeit zu sorgen. Die meisten sind zu alt, um eingezogen zu werden. Zumindest bis jetzt. Die anderen sind Familienväter. Soweit mir bekannt ist, müssen verheiratete Männer in England ja keinen Kriegsdienst leisten.«

»Aber warum kommen sie aus England hierher, wenn sie Familie haben?«

»Das kann ich auch nicht beantworten. Ebenso wenig wie die Frage, was die Deutschen oder die Staatsbürger anderer Nationen nach Schweden verschlagen hat. Das ist ihre Sache. Doch ich denke, die meisten sind froh, etwas Geld nach Hause schicken zu können.«

»Das sind sie ganz sicher.« Als sie Onkel Josef ansah, erkannte sie einen müden und erschöpften Ausdruck in seinen

Augen. Machte es ihn traurig, dass der Krieg ihre Begeisterung überschattete? Hatte er sich von ihrer betrübten Stimmung anstecken lassen? Oder bedrückte es ihn, dass die Welt in Flammen stand, auch wenn weder ihn noch die sechshundert Männer in diesem Gebäude irgendeine Schuld daran traf? Vermutlich trugen alle drei Gründe zu seiner Niedergeschlagenheit bei. Und dass er überhaupt Anlass hatte, so zu empfinden, war ja so ungerecht. Schließlich mühte sich Onkel Josef nun schon seit fast zwei Jahren rund um die Uhr damit ab, dieses Kaufhaus zu errichten. Erst letzte Woche hatte er angemerkt, dass für die Eröffnung der neuen Feinschmeckerabteilung sage und schreibe elf Behörden eine Prüfung durchführen und ihre Genehmigung hatten erteilen müssen. Und das war nur eine seiner vielen Aufgaben. Schließlich musste er das gesamte Unternehmen Nordiska Kompaniet leiten, für die Gehälter seiner Angestellten sorgen, sich Gedanken wegen der Filiale in Moskau machen, seine Pflichten als Mitglied verschiedener anderer Aufsichtsräte in dieser Stadt erfüllen und nicht zuletzt auch noch ein guter Ehemann und Familienvater sein. Was hatte sich Ellen also nur dabei gedacht, seine Freude an diesem sicherlich sensationellen und visionären Vorhaben zu dämpfen? Und das wegen schrecklicher Umstände, für die er nichts konnte und die sich seinem Einfluss entzogen.

»Bitte zeig mir doch die bewegliche Treppe, von der du mir erzählt hast«, sagte sie deshalb beschämt. »Das ist auch etwas, das ich mir absolut nicht vorstellen kann.«

Onkel Josefs Miene erhellte sich. »Die ist im Kellergeschoss. Aber ich muss dich warnen.« Seine Augen funkelten. »Sie wird nämlich von Amerikanern eingebaut.«

Ellen grinste. »Das sind wohl die Besten auf diesem Gebiet.«

»Davon gehen wir aus. Schließlich haben die Amerikaner das Ding ja erfunden.«

Als Ellen die Mechaniker mit einem Lächeln begrüßte, traten sie zur Seite, damit sie alles betrachten konnte. Aufmerksam begutachtete sie das sonderbare Metallgerüst und die aus winzigen Rädern bestehenden Ketten auf beiden Seiten. »So etwas habe ich noch nie gesehen«, sagte sie auf Englisch. »Und das da sind wohl die Stufen.«

Ein Mann, offenbar der Vorarbeiter, folgte ihrem Blick zu dem Stapel rechteckiger, gerippter Holzstücke, an denen jeweils zwei kleine Räder befestigt waren. »Jawohl, Ma'am.«

»Und die Rädchen an den Stufen passen auf die an den Ketten?«

Der Vorarbeiter grinste. »Ausgezeichnet. Wenn Sie ein Mann wären, würde ich noch einen Mechaniker aus Ihnen machen.«

Ellen verkniff sich die Antwort, die ihr auf der Zunge lag. »Aber ich verstehe noch immer nicht ganz, wie es funktioniert.«

»Oben und unten angebrachte Motoren ziehen oder schieben die Ketten weiter. Auf diese Weise bewegen sich die Stufen aufwärts oder abwärts, wie es einem gefällt.«

Ellen machte ein zweifelndes Gesicht. »Aber was passiert, wenn die Stufen oben oder unten angekommen sind?«

»Sie drehen sich in einer Dauerschleife und kehren zum Ausgangspunkt zurück. Wir sehen natürlich nur die obere Seite der Schleife.«

Gleichzeitig staunend und argwöhnisch beäugte Ellen die halb fertige Apparatur. »Fällt man da wirklich nicht runter?«

Der Amerikaner lachte leise auf. »Nein, denn natürlich gibt es mit Holz verkleidete Seitenwände und dazu einen beweglichen Handlauf.« Er wies auf einen länglichen Gegenstand, der gut verpackt auf dem Boden lag. »Der Handlauf wird in Einzelteilen geliefert und fährt, ebenfalls in einer Endlosschleife, mit.«

»Aha, jetzt ist mir alles klar.« Ellen schenkte dem Amerikaner ein strahlendes Lächeln. »Sehr interessant. Ich freue mich schon darauf, es auszuprobieren.«

Ein anderer Arbeiter fing zu lachen an. »Dann müssen Sie die Erste sein, die darauf fährt, Miss. Finden Sie nicht auch, Mr. Sachs?«

»Ganz Ihrer Ansicht. Und wenn Fräulein Sachs wohlbehalten oben angelangt ist, werde ich es selbst einmal versuchen.«

Kapitel dreizehn

Märta, Torun und Beda saßen bedrückt schweigend an dem kleinen Esstisch in der Wohnung Linnégatan Nummer 4. Die drei Frauen hatten die Kartoffelpuffer auf ihren Tellern kaum angerührt. Allerdings lag ihre Appetitlosigkeit nicht daran, dass Torun vergessen hatte, auf dem Heimweg ein Glas Preiselbeersoße in dem von Frauen geführten Lebensmittelkollektiv Svenska Hem zu besorgen, wo sie sonst immer einkaufte.

Seit Märtas Ersparnisse zur Neige gegangen waren, wohnten sie zu dritt zusammen. Märtas Möbel waren bei Ottilia und Karolina eingelagert, ihre Kleider hingen bei denen von Torun und Beda in dem kleinen Schlafzimmerschrank. Ihre sonstige Habe war in den Kartons untergebracht, die sich in einer Ecke des Wohnzimmers stapelten. Auch wenn sie eigentlich nicht sehr viel Platz wegnahmen, wirkte das Zimmer dadurch unaufgeräumt, mit dem Ergebnis, dass sie gewissermaßen den Raum dominierten. Doch niemand störte sich daran. Torun und Beda hatten beteuert, ihrer Freundin zuliebe ein Stück zusammenzurücken, sei das Mindeste, was sie tun könnten, um ihr während Wilhelms Abwesenheit beizustehen.

Die neue Wohnsituation brachte finanzielle Vorteile mit sich, denn da sie die Miete nun durch drei teilten, bezahlten sie alle weniger als in der Zeit, als Märta mit Wilhelm zusammengelebt hatte. Diese zusätzlichen Mittel gaben ihnen mehr Spielraum, um mit dem galoppierenden Anstieg der Lebensmittelpreise Schritt zu halten. Bis jetzt wenigstens. Alle drei waren sich einig, dass es Sparen an der falschen Stelle gewesen wäre, Märtas und Wilhelms Hab und Gut zu verkaufen, falls das Geld irgendwann knapp werden sollte. Schließlich würde alles nach Wilhelms Rückkehr wieder neu beschafft werden müssen, und zwar zu einem höheren Preis, als Märta jetzt würde dafür erzielen können.

Wilhelms Rückkehr, diese beiden Wörter hingen stets in der Luft. Märta hatte in neun Monaten drei Briefe von ihm erhalten. Der letzte war aus Frankreich gekommen. Inzwischen war Märta von der ständigen Sorge und den schlaflosen Nächten zermürbt, und nun stellte sie die Frage, die allen auf der Zunge lag. »Was genau müssen wir aus der Versenkung der *Lusitania* schließen?«

Torun gab das Essen auf und legte Messer und Gabel weg. »Dass es den Deutschen piepegal ist, ob ihre Torpedos Handelsschiffe und Passagierschiffe treffen. Und noch viel weniger kümmert es sie, ob dabei Bürger neutraler Länder ums Leben kommen.« Sie griff nach der heutigen Ausgabe der *Dagens Nyheter*. »Hört euch das an. ›Der Dampfer der Cunard Line‹« – sie fuhr mit dem Finger ein Stück die Zeile entlang, bevor sie weiterlas – »›mit einer großen Anzahl von Passagieren an Bord, von denen viele, vielleicht sogar die meisten, Bürger neutraler Länder waren …‹« Sie hob den Kopf. »In anderen Worten ist Neutralität für die Deutschen keinen Pfifferling wert.«

»Die Deutschen haben in der amerikanischen Presse öffentlich davor gewarnt, dass Schiffe, die unter britischer Flagge fahren, zerstört werden könnten«, protestierte Märta.

Torun schnaubte höhnisch. »Und deshalb ist alles in Ordnung? Wenn du nicht tust, was wir sagen, bringen wir dich um? Schließlich haben wir dich jetzt gewarnt, weshalb es deine eigene Schuld ist, wenn wir dich töten?«

Märta errötete. »So habe ich es nicht gemeint.«

»Doch, genau so hast du es gemeint. Und ganz sicher ist es das, was die Deutschen gemeint haben. Hat Deutschland etwa das neutrale Belgien gewarnt, bevor es einfach durch das

Land getrampelt ist, um nach Frankreich zu kommen? Sie haben Hunderte von Zivilisten getötet. Auch Frauen und Kinder. Was, wenn sie auch durch unser Land trampeln, weil sie eigentlich in ein anderes wollen?«

»Hoppla, nicht so schnell«, wandte Beda ein. »Ich glaube, mit unserer Neutralität ist es etwas anderes.«

Torun wirbelte zu ihr herum. »Warum?«

Beda breitete die Hände aus. »Du hast recht. Ich weiß es auch nicht genau. Aber wir sind jetzt schon seit hundert Jahren neutral. Das muss doch etwas zählen!«

»Von unserer Warte aus betrachtet, schon«, erwiderte Torun. »Aber die Deutschen dürften das anders sehen. Und nur um eines klarzustellen: Belgien ist, soweit ich weiß, seit fünfundsiebzig Jahren neutral. Wenn Deutschland beschließt, in ein neutrales Land einzumarschieren, bringen unsere fünfundzwanzig Jahre Vorsprung da auch nicht viel.«

Märta blickte sie zornig an. »Du tust, als wären die Briten Unschuldslämmer. Als hätten sie keinen einzigen Schuss abgefeuert. Was ist mit all den Deutschen, die sie willkürlich umgebracht haben?«

Torun blähte die Nüstern. »Willkürlich? Weil sie sich gegen eine Invasion gestellt haben?«

»Und was ist mit ihrem kostbaren Empire?« Auch Märta hatte die Stimme erhoben. »Frag mal die Inder und die Südafrikaner, was sie von Großbritannien halten.«

Beda reckte einen Finger in die Luft. »Moment mal. Wir sollten beim Thema bleiben. Schließlich können wir uns nicht auch noch den Kopf über Südafrika zerbrechen.«

Torun zuckte mit den Achseln und sah Märta an. »Entschuldige.«

Märta versuchte, ihren Zorn zu unterdrücken. Immer wieder ergriff Torun Partei für die Alliierten und gegen die Deutschen. Da sie das als kränkend empfand, war sie noch nicht bereit, das Thema auf sich beruhen zu lassen. »Ich begreife nicht, warum du den Imperialismus und Leute wie deinen Rudyard Kipling in Schutz nimmst.« Sie wusste, dass sie einen wunden Punkt traf, wenn sie den berühmten Schriftsteller kritisierte. Denn schließlich war Torun eine große Bewunderin seiner Werke. Doch das kümmerte sie gerade nicht.

Torun starrte sie ärgerlich an. »Mr. Kipling ist ein Gentleman.« Ihre Stimme wurde gefährlich leise. »Was man von Kaiser Willi wohl kaum behaupten kann.«

Märta bedachte sie mit einem strafenden Blick und beschloss, nicht darauf einzugehen. »Deutschland musste sich erst mit Frankreich beschäftigen, bevor es gegen Russland kämpfen konnte.«

»Vielleicht sollte Deutschland es wirklich einmal damit versuchen, gegen gar niemanden zu kämpfen«, entgegnete Torun.

»So wie Schweden«, ergänzte Beda. »Wir kämpfen ja auch gegen niemanden.«

Torun lächelte spöttisch. »Was auch für die Belgier gilt.« Ihr Blick wurde hart. »Nur dass es mit dieser Strategie bei ihnen nicht geklappt hat.«

»Unsere königliche Familie ist für die Deutschen«, versuchte Märta es auf einem anderen Weg.

Wieder ein höhnisches Schnauben von Torun. »Die Königin ist Deutsche.«

»Aber die Kronprinzessin ist Britin.«

Torun rang die Hände. »Na und? Das Königshaus unterstützt trotzdem die Deutschen. Königinnen stehen über Prinzessinnen, und der König hat kein Rückgrat.«

»Das würdest du nicht sagen, wenn Seine Majestät auf der Seite der Alliierten wäre«, entgegnete Märta.

Torun überlegte. »Doch, vermutlich schon. Aber wenn du eine andere Meinung hören möchtest, solltest du mit Ellen Key sprechen, wenn du sie das nächste Mal siehst. Sie befürwortet Frieden und Neutralität …«

»Hört, hört! Die Stimme der Vernunft«, ließ sich Beda vernehmen.

»Aber«, fuhr Torun fort, »Ellen glaubt auch an die Freiheitsrechte, die Großbritannien und Frankreich verteidigen. Sie schreibt gerade ein Buch darüber.«

»Tja, wenn Ellen ein Buch schreibt, muss sie ja recht haben«, spottete Märta. »Wie ich annehme, kommt das Werk bei P. A. Norstedt heraus?«

Torun zuckte zusammen. »Zufällig irrst du. Außerdem dachte ich, dass du Ellen magst und ihre Ansichten teilst.«

Märta ließ die Schultern hängen. »Das tue ich auch.« Sie betrachtete die kalten Kartoffelpuffer auf ihrem Teller, deren gewellte Umrisse ihr vor den Augen verschwammen, weil diese sich mit Tränen füllten. War Wilhelms Schicksal Torun denn völlig gleichgültig?

»Wisst ihr was?«, begann Beda zögernd. »Bestimmt führen Familien in ganz Schweden ganz ähnliche Gespräche. Wir haben keine Ahnung, was die Zukunft bringen wird. Nur eines steht fest: Wilhelm und Edward sind irgendwo da draußen. Schon ihretwegen müssen wir die Stellung halten, anstatt uns zu zanken.«

Eine Träne lief ihre Wange hinab. Märta wischte sie weg.

Torun legte ihr die Hand auf den Unterarm. »Bitte glaub mir, dass sich an meiner Freundschaft zu Wilhelm durch diesen Krieg nichts geändert hat. Schließlich kann er doch nichts dafür. Wie die meisten deutschen Ehemänner, Väter und Söhne will er nicht in Frankreich kämpfen. Welcher Mann, der bei klarem Verstand ist, würde das auch wollen? Allerdings bin ich fest davon überzeugt, dass die Deutschen als Nation sich durch die Versenkung der *Lusitania* selbst ins Knie geschossen haben. Womöglich tritt Amerika jetzt in den Krieg ein. Haben die Vereinigten Staaten Deutschland nicht gewarnt, dass es ernsthafte Folgen haben würde, falls amerikanische Staatsbürger ums Leben kommen sollten? An Bord dieses Dampfers befanden sich viele Amerikaner. Nun lautet die Frage nur noch, ob ein Kriegseintritt der Amerikaner die Angelegenheit beschleunigen oder hinauszögern wird«, fügte sie hinzu.

»Ich persönlich hoffe, dass diesen ganzen Schwachköpfen bald die Munition ausgeht«, schimpfte Beda. »Damit die Ehemänner, Väter und Söhne auf beiden Seiten nach Hause können.«

Märta nickte bedrückt. Sie hatte die Streiterei satt. Schließlich waren Torun und Beda ihre Freundinnen. Ihre Familie. Torun konnte manchmal recht unverblümt sein, war aber eine treue Seele. Wenn sie diese Debatte mit einem Fremden geführt hätten, hätte Torun Wilhelm und seine Landsleute gewiss in Schutz genommen.

»Jedenfalls werden wir alle überglücklich sein, wenn dein Wilhelm wieder zurück ist«, verkündete Torun. »Ganz gleich, welche Konsequenzen die Sache mit der *Lusitania* oder überhaupt dieser Krieg auch haben wird, wir werden ihn wie einen Helden empfangen.«

Märta drückte Toruns Hand. »Danke.« Sie stand auf und streckte sich. »Stört es euch, wenn ich jetzt einen Spaziergang mache? Ich bin plötzlich so unruhig.«

»Möchtest du vielleicht Gesellschaft?«, fragte Beda. »Es ist zwar ziemlich kalt für Mai, aber ich glaube, ein bisschen Bewegung kann uns allen nicht schaden.«

Märta lächelte. »Das wäre sehr nett.«

»Dann hole ich mal Hut und Mantel. Und anschließend wärme ich die Kartoffelpuffer noch einmal auf. Sicher haben wir später mehr Appetit.«

»Insbesondere dann«, ergänzte Torun grinsend, »wenn wir unterwegs bei Ottilia vorbeischauen und sie fragen, ob sie noch Preiselbeersoße hat.«

Kapitel vierzehn

»Was haltet ihr von einem Rundweg?«, schlug Torun vor. »Wir könnten die Sturegatan bis zur Birger Jarlsgatan und vorbei am Königlichen Schauspielhaus nehmen. Danach die Sybillegatan hinauf zu Ottilia und zu guter Letzt nach Hause in die Linnégatan.«

Märta erschauderte in der kühlen Abendbrise. »Ich fühle mich, als sollten wir um den Frühling betrogen werden. Schaut euch nur diese Bäume an.« Sie zeigte in Richtung Humlegården-Park auf der anderen Seite der Sturegatan. »An den Linden ist keine einzige Knospe.«

»Wenn ich ein Baum wäre, würde ich auch keine Knospen bekommen«, erwiderte Beda. »Sondern damit warten, bis es wärmer wird. Mai, da lachen ja die Hühner. Morgens sind die Pfützen meistens noch gefroren.« Sie blickte in den bleigrauen Himmel hinauf. »Es ist, als wüsste die Sonne, dass wir Krieg haben, und würde sich weigern, auf Schlachtfeldern zu scheinen.«

»Dann sollte die Sonne noch mal gründlich nachdenken«, wandte Torun ein. »Die Männer in den Schützengräben haben Wärme bitter nötig.«

»Vielleicht scheint in Frankreich ja die Sonne«, seufzte Märta.

»Hoffentlich.« Beda tätschelte Märta aufmunternd den Arm.

Eine Straßenbahn fuhr klappernd am Stureplan vorbei und die Birger Jarlsgatan hinunter.

Als die Bahn an der Smålandsgatan um die Ecke bog, blickte

Märta ihr nach. »Könnten wir einen Umweg über Norrmalmstorg machen? Ich bin neugierig, was da los ist.«

»Los ist? Es werden wie immer Menschenmassen in Richtung Kungsträdgården-Park unterwegs sein«, entgegnete Torun. »Die Männer, um ihre Rationen zu vertrinken, und außerdem flanierende Paare. Oder weißt du vielleicht etwas, das ich nicht weiß?«

»Schon möglich. Die Straßenbahn trug nämlich keine Nummer. Wahrscheinlich werden damit die Einbauten für unser neues Kaufhaus transportiert. Ellen Sachs hat mir erzählt, dass sämtliche Regale und Schränke heute die Werkstätten in Nyköping verlassen haben. Alles wird mit dem Zug zum Bahnhof Östra am Valhallavägen gebracht und von dort aus mit der Straßenbahn nach Norrmalmstorg geschafft. Von dort aus geht es mit dem Pferdewagen weiter. Wie ich gehört habe, war das ein gewaltiger Organisationsaufwand.«

Beda schnappte nach Luft. »Das kann ich mir denken. Aber warum erledigt man das so spät an einem Samstagabend?«

»Herr Sachs hat entschieden, alle Transporte nachts abzuwickeln, um die Belästigung für die Bürger möglichst gering zu halten. Das hier ist nämlich erst der Anfang. Stellt euch vor, wie es wird, wenn wir alles in diesem Gebäude« – Märta wies auf das Kaufhaus am Stureplan – »in den Neubau befördern müssen.« Sie hielt sich die Hand hinters Ohr. »Hört nur. Bestimmt hat es schon angefangen.«

So chaotisch das geschäftige Treiben am Norrmalmstorg auch wirken mochte, folgte es dennoch einem ausgeklügelten Plan. Arbeitstrupps schoben gewaltige Kisten aus den Straßenbahnwaggons, damit andere Männer sie mithilfe von Seilen und Gurten auf Wagen hieven konnten. Die Pferde stampften ungeduldig mit den Hufen aufs Kopfsteinpflaster. Ihr warmer Atem bildete Wolken in der kalten Abendluft. Eine leere Straßenbahn brauste davon, und schon erschien die nächste voll bepackt auf dem Platz. Pferde mit abgeladenen Wagen kehrten aus der Hamngatan zurück und reihten sich ein, um die nächste Fuhre in Empfang zu nehmen.

Als Märta unter den Schaulustigen Ellen bemerkte, stellte sie ihre beiden Freundinnen ihrer Lieblingskollegin vor.

»Das ist ja eine gewaltige Kraftanstrengung«, merkte Beda an, während sie die Vorgänge aufmerksam beobachtete. Sie wandte sich an Ellen. »Wissen Sie vielleicht, ob der gesamte Transport von Nyköping zur Hamngatan von einer einzigen Spedition erledigt wird? Oder beschäftigt Nordiska Kompaniet verschiedene Transportunternehmen?«

»Das kann ich leider auch nicht sagen«, antwortete Ellen. »Soll ich mich danach erkundigen?«

»Dafür wäre ich Ihnen sehr dankbar. Eigentlich sind ja die Lieferanten für das pünktliche Eintreffen der Ware verantwortlich. Doch da der Käufer die Zeche zahlt, wenn es nicht klappt, kann es nicht schaden, ein paar Adressen in petto zu haben.«

Torun verdrehte die Augen. »Vielleicht sollten wir Fräulein Sachs erklären, dass unsere Beda die Einkaufsabteilung des Grand Hôtel leitet.«

Ellen lächelte. »Ich wusste, dass eine von Märtas Freundinnen diese Stelle bekleidet, und habe gleich angenommen, dass es sich dabei um Fräulein Johansson handelt.«

»Ich heiße übrigens Beda«, sagte Beda.

»Wie ich gerade erklärt habe, wird es noch ein gutes Stück Arbeit werden, alles vom Stureplan in die Hamngatan zu bringen«, meinte Märta zu Ellen.

»Ja. Und vergesst die übrigen Filialen in der Stadt nicht«, erwiderte Ellen. »Allerdings glaube ich, dass man zuvor einen großen Schlussverkauf veranstalten wird. Auf diese Weise gibt es weniger umzuziehen.«

Torun trat von einem Fuß auf den anderen. »Dürfte ich mal den Advocatus Diaboli spielen?«

Märta wurde ganz unbehaglich zumute. Warum musste Torun nur immer wieder peinliche Fragen stellen. Hoffentlich brachte sie Ellen jetzt nicht in Verlegenheit.

»Nur zu«, erwiderte Ellen.

»Was ist denn mit den kleinen Läden? Welche Auswirkungen wird das neue Nordiska Kompaniet oder ein riesiger Ausverkauf für sie haben?«

»Die Stockholmer werden sich über die Sonderangebote freuen«, entgegnete Märta in scharfem Ton.

»Ganz bestimmt werden sie das. Kurzfristig zumindest«, gab Torun zurück. »Ich dachte eher an die kleinen Läden, die auf Lebensmittel, Wolle oder Schuhe spezialisiert sind.«

Märta bedachte sie mit einem finsteren Blick. »Denen geht es doch heute auch gut, obwohl wir überall in der Stadt Filialen haben. Warum sollte sich etwas daran ändern, nur weil wir mit allen Verkaufsstellen in ein großes Gebäude ziehen?«

»Weil die Kundschaft dann alles unter einem Dach findet. Momentan bewegen sich die Kunden von Nordiska Kompaniet durch die ganze Stadt. Sie kommen auch an anderen Läden vorbei. Vielleicht gehen sie ja hinein und kaufen etwas. Das wird nicht mehr geschehen, wenn sie alles, was sie brauchen oder sich wünschen, in der Hamngatan unter einem Dach erwerben können. Wenn ich es richtig verstanden habe, wird dieses neue Kaufhaus eine Sensation, und ich bewundere Josef Sachs für seinen Weitblick und seinen Unternehmergeist. Aber wird es nicht auch den Umsatz anderer Geschäfte beträchtlich schmälern?«

»Fräulein Ekman, habe ich es richtig verstanden, dass Sie bei P. A. Norstedt & Söhne beschäftigt sind?«, fragte Ellen.

»Ja.«

»Dann ist Ihnen sicher bekannt, dass Ihr Vorstandsvorsitzender Conrad Carlsson und sein größter Rivale Karl Otto Bonnier maßgeblich daran beteiligt waren, dem Nordiska Kompaniet eine ausgezeichnet sortierte Bücherabteilung zu ermöglichen. Die beiden Herren haben sich dafür eingesetzt, nachdem der Schwedische Verlegerverband unseren Antrag auf eine Handelslizenz abschlägig beschieden hatte. Das ist kein Geheimnis. Selbst die Presse hat über diese Zusammenarbeit und ihre Unterstützung einer Bücherabteilung bei Nordiska Kompaniet berichtet.«

»Und ich finde das ausgesprochen lobenswert. Meiner Ansicht nach sollte es in einem Kaufhaus dieser Größe unbedingt eine Bücherabteilung geben. Bücher sind um einiges wichtiger als beispielsweise Hüte.«

»Da bin ich absolut Ihrer Ansicht«, erwiderte Ellen. »Aber würden Sie mir nicht auch darin zustimmen, dass die neue Bücherabteilung Einfluss auf den Umsatz von, sagen wir mal, Göthes Buchhandlung haben wird? Genau das waren ja die Einwände, mit denen der Antrag zunächst abgelehnt wurde.«

Torun errötete. »Natürlich haben Sie recht. Und ich wünsche Ihrer neuen Bücherabteilung alles Gute. Dennoch hoffe und glaube ich, dass Göthe dank seines treuen Kundenstamms im Geschäft bleiben wird. Die Menschen, die dort arbeiten, sind Fachleute, die sich mit Büchern auskennen.«

»Dasselbe gilt für die Mitarbeiter in unserer Bücherabteilung. Außerdem denke ich, dass wir auch Bücher an Kunden verkaufen werden, die noch nie einen Fuß in Göthes Buchhandlung gesetzt haben. Auf diese Weise werden wir dafür sorgen, dass noch mehr unserer Kunden auch Leser werden.«

Märta biss sich auf die Lippe. Ja, sie liebte Torun von ganzem Herzen. Doch nun wurde sie zum ersten Mal im Leben Zeugin, wie ihre Freundin in einer Debatte den Kürzeren zog. Hinzu kam, dass sie der zurückhaltenden Ellen eine solche Schlagfertigkeit gar nicht zugetraut hätte.

Allerdings war Torun weit davon entfernt, sich aus der Ruhe bringen zu lassen. Stattdessen musterte sie Ellen mit neu erwachtem Interesse. »Gut, für Bücher mag das gelten. Aber was ist mit den Hoffnungen und Träumen der vielen kleinen Ladenbesitzer? Wird Nordiska Kompaniet nicht auch eine wundervolle Feinschmeckerabteilung haben? Schließlich werden die Menschen ja nicht mehr essen, als sie es jetzt tun.«

»Was halten Sie von unserem Parlamentsgebäude auf der Insel Helgeandsholmen?«, entgegnete Ellen.

Torun neigte den Kopf zur Seite. »Ich war noch nie drin. Aber von außen wirkt es ziemlich beeindruckend.«

»Und kennen Sie Helgeandsholmen, bevor das Parlamentsgebäude errichtet wurde?«

»Nein. Ich bin erst 1902 nach Stockholm gekommen. Damals hatten die Bauarbeiten bereits begonnen.«

»Dann haben Sie nicht gesehen, dass Helgeandsholmen früher zahlreiche kleine Läden und Betriebe beherbergte. Viele dieser wackeren Ladenbesitzer sind mit ihrem Unternehmen in besser geeignete Immobilien auf dem Festland umgezogen. Andere arbeiten nun bei uns oder bei Paul Bergstrom. Für Bergstrom kann ich zwar nicht sprechen, aber bei uns bekommen sie ein angemessenes Gehalt und zwei Wochen Urlaub im Jahr und sind durch ein festes Einkommen abgesichert. Die Stadt entwickelt sich eben weiter.«

»Aber ist das die Stadt, die wir uns wünschen? Eine, in der es nur noch eine Handvoll großer Läden anstelle einer Vielzahl von kleinen gibt, von denen jeder sein eigenes Flair und Sortiment hat?«

Ellen schüttelte den Kopf. »So weit wird es nicht kommen. Onkel Josef war in London, Berlin, Paris, Chicago und New York. Er berichtet, in all diesen Städten gebe es nicht nur große Kaufhäuser, sondern auch Hunderte von kleinen Läden, die Seite an Seite existierten. Städte sind Heimat von Menschen aus allen gesellschaftlichen Schichten. Und demzufolge sprechen elegante Kaufhäuser eine völlig andere Klientel an als die kleinen Läden mit ihren günstigeren Angeboten. Also, Fräulein Ekman, gibt es genug Umsatz für alle. Das weiß ich deshalb, weil ich meinem Onkel dieselbe Frage gestellt habe.«

»Sie haben mit Herrn Sachs darüber gesprochen?«

Ellen grinste. »Ja, habe ich. Er und ich hatten die gleiche Debatte wie die, die wir beide jetzt miteinander führen.«

Torun lachte auf. »Sie sind schwer in Ordnung, Ellen Sachs.«

»Prima«, ließ sich Beda vernehmen. »Da nun geklärt ist, dass Herr und Fräulein Sachs eine moralisch weiße Weste haben, könnten wir vielleicht noch ein bisschen spazieren gehen. Ich möchte ja nicht unhöflich sein, aber meine Schuhe frieren allmählich am Pflaster fest.«

Torun drehte sich zu Ellen um. »Wir wollten uns gerade bei meiner Schwester ein wenig Preiselbeersoße holen. Bei uns gibt es nämlich Kartoffelpuffer. Möchten Sie sich vielleicht anschließen?«

Kapitel fünfzehn

Wie Märta vorausgesehen hatte, erwies sich der große Schlussverkauf in allen Filialen als gewaltiger Erfolg und als Gewinn für die Kundschaft und Nordiska Kompaniet gleichermaßen. Die ganze Woche über lockten die Reklameanzeigen in den wichtigsten Zeitungen Tausende von Stockholmerinnen und Stockholmern in die Filialen, denn jeder wollte ein Schnäppchen machen, solange der Vorrat noch reichte.

Auch unter den Angestellten griff zunehmend Aufregung um sich. Am Samstag, dem 11. September, um sechs Uhr abends schloss die Filiale am Stureplan zum letzten Mal ihre Türen. Vorher hatte man noch Gutscheine für das neue Kaufhaus an die Kundschaft verteilt. Als Märta das Kundenbuch der Abteilung Damenhandschuhe zuklappte, zitterten ihr die Hände. Hier, wo sie jetzt gerade stand, würde irgendwann ein Büro entstehen. Wo würden wohl die neuen Wände sein? Wo die Türen?

Plötzlich von Trauer ergriffen, musste sie sich eine Träne abwischen.

»Ist alles in Ordnung, Fräulein Eriksson?«, sagte da eine Stimme.

Märta blickte auf. »Tut mir leid, Herr Sachs«, erwiderte sie wahrheitsgemäß. »Ich habe mich so auf das neue Kaufhaus gefreut, dass ich mich fast wie eine Verräterin an diesem hier fühle. Ich war sehr glücklich hier. Ja, es ist nur ein Gebäude, aber es hat uns treue Dienste geleistet.«

»Das hat es in der Tat. Außerdem kann ich Ihre Wehmut nachvollziehen. Vorhin stand ich wie so oft auf der Haupttreppe, blickte hinunter und dachte mir: Es ist das letzte Mal, dass ich hier stehe. Obwohl das natürlich gar nicht zutrifft, denn ich werde in den nächsten Tagen während des Umzugs noch unzählige Male diese Treppe hinauf- und hinunterlaufen. Dennoch halte ich es für völlig normal, Trauer zu empfinden, wenn man jemanden oder etwas verlässt, an dem man gehangen hat. Selbst wenn es sich um einen Abschied aus freien Stücken handelt.«

»Ja.« Die Vorfreude heiterte Märta ein wenig auf. »Außerdem ist das neue Kaufhaus so wundervoll, wie ich es mir in meinen kühnsten Träumen nicht ausgemalt habe. Das Licht. Die Pracht. Wir haben jetzt so viel mehr Platz zum Dekorieren.« Ihre kindliche Begeisterung brachte sie selbst zum Lachen. »Verzeihen Sie, dass ich so viel Unsinn rede. Aber ich könnte vor Aufregung platzen.«

Herr Sachs hob belustigt die Augenbrauen. »Dann würde ich Sie bitten, hier zu platzen und nicht auf unserem neuen Marmorfußboden in der Hamngatan. Sind Sie eigentlich zufrieden mit der Lage Ihrer Abteilung im neuen Haus?«

»Ich bin begeistert. Anfangs habe ich mich gefragt, ob Sie die Handschuhe bei den Damenhüten und den übrigen Abteilungen für die Dame im ersten Stock unterbringen würden. Doch ich bin davon überzeugt, dass wir in der Nähe des Haupteingangs besser platziert sind. Im Erdgeschoss herrscht doch eine völlig andere Atmosphäre als im restlichen Haus. Alles ist so leicht zugänglich. So können die Leute kurz hereinschauen, um ein Paar Handschuhe oder einen Schal zu kaufen. Das soll nicht heißen, dass Damen nie nur wegen eines Paars Handschuhe zu uns kämen, denn natürlich tun sie das. Aber niemand kauft sich nur so im Vorübergehen einen Hut, oder?«

»Ich würde es vielleicht tun«, gestand Herr Sachs mit einem reumütigen Grinsen. »Aber Frau Sachs ganz sicher nicht. Doch mal im Ernst: Im Erdgeschoss entscheiden die Kunden, ob sie weiter nach oben fahren oder wieder gehen wollen. Und deshalb muss man dafür sorgen, dass ein Kunde noch bleiben will, nachdem er seinen Kauf im Erdgeschoss getätigt hat.«

»Und wir tun unser Bestes, um das zu erreichen. Allerdings ist es mir rätselhaft, wieso überhaupt jemand Lust bekommen sollte, unser neues Kaufhaus wieder zu verlassen. Ich habe gehört, dass es auch ein Fischbecken mit Forellen und Karpfen geben soll.«

»Richtig. Zumindest werden die Fische bis zur Eröffnung geliefert worden sein. Es ist wichtig, dass Sie sich alle so schnell wie möglich mit dem neuen Haus vertraut machen. Sie müssen nicht nur wissen, welche Abteilungen sich in welcher Etage befinden, sondern auch genau an welcher Stelle. Außerdem sollte Ihnen die Lage von Fahrstühlen, Toiletten und den übrigen Einrichtungen bekannt sein. Man wird die Mitarbeiter nächste Woche überall herumführen.«

»Erst uns und dann den König, was?«

Josef Sachs warf lachend den Kopf in den Nacken. »Sie kennen ja unseren Wahlspruch bei Nordiska Kompaniet.«

»Der Kunde ist König, und der König ist ein Kunde«, erwiderte Märta brav.

Herr Sachs hob zustimmend den Finger. »Genau.« Seine Miene und sein Tonfall wurden ernst. »Ich wollte Sie schon länger etwas fragen, Fräulein Eriksson, aber ich möchte nicht aufdringlich sein: Haben Sie etwas von unserem Herrn Schultz gehört?«

»Ja, Herr Sachs.« Auch Märtas Stimme war leiser geworden. »Ich habe insgesamt vier Briefe von ihm erhalten. Die letzten beiden kamen aus Frankreich. Er schreibt nicht viel. Nur, dass es ihm gut geht. Und dass er mich vermisst.« Sie errötete. »Und dass er nach Stockholm zurückkommen will. Ich schreibe ihm jede Woche. Keine Ahnung, wie viele dieser Briefe ihn erreichen, aber ich tue es trotzdem. In meinen Briefen erzähle ich ihm alles, was passiert ist. Natürlich nur das Gute. Es hat ja keinen Sinn, ihm zu sagen, dass ich eine schwere Erkältung hatte oder dass wir vor Sorge fast umkommen, Schweden könnte in den Krieg hineingezogen werden. Stattdessen berichte ich ihm vom neuen Kaufhaus, vom Wechsel der Jahreszeiten, von unseren Freunden. Es gibt immer eine lustige Geschichte. Letzte Woche ist mein Patensohn mit dem Kopf in einem Eimer stecken geblieben. Er wird bald drei und hat versucht, den Eimer als Stahlhelm zu benutzen.«

Herr Sachs lächelte wehmütig. »Wenn ich an der Front wäre, wären das genau die Nachrichten, über die ich mich freuen würde. Ein Hauch von Normalität in einer sicherlich unerträglichen Lage. Von Ellen weiß ich, dass Sie inzwischen bei guten Freundinnen wohnen. Es hat mich sehr gefreut, das zu hören. Sicher sind sie Ihnen eine große Hilfe.«

»Das sind sie. Vielen Dank.« Märta schluckte. »Sie haben einmal gesagt, dass für Wilhelm immer eine Stelle bei Nordiska Kompaniet frei sein würde. Aber Sie haben doch so viele zusätzliche Mitarbeiter eingestellt, und deshalb …«

»Bestimmt möchten Sie mich fragen, ob für Herrn Schultz noch Platz in unserem neuen Kaufhaus sein wird«, unterbrach Herr Sachs.

Märta atmete tief durch. »Ja.«

»Natürlich. Außerdem werden wir so viele unserer Kriegsheimkehrer beschäftigen, wie es möglich ist. Mir ist klar, wie beängstigend und ungewiss die Zukunft allen erscheinen muss. Uns bleibt nichts anderes übrig, als unser Bestes zu tun. Und wenn ich oder sonst jemand in unserem Haus irgendwie helfen kann, steht meine Tür Ihnen immer offen.«

»Danke.«

Er wies mit dem Kopf in Richtung Fenster. »Die ersten Möbelpacker rücken an. Jetzt ist ein Schlachtplan angesagt.«

Märta folgte seinem Blick. Auf dem Stureplan hatte sich eine Menge von Schaulustigen versammelt, denn einige Männer in Arbeitskleidung hatten begonnen, Handkarren von mehreren Wagen zu wuchten. »Dann also auf ins Gefecht«, sagte sie.

Herr Sachs tätschelte ihre Schulter. »Das ist die richtige Einstellung.«

Kapitel sechzehn

Am Dienstag, dem 21. September, betrachtete Märta die zwei jungen Damen, die da vor ihr standen. Eigentlich waren sie ja eher noch Mädchen. Zumindest die Neue. Beide trugen sie elegante schwarze Röcke und weiße Blusen mit Stehkragen. Das Haar hatten sie mit den eigens im Auftrag von Nordiska Kompaniet hergestellten schwarzen Seidenbändern im Nacken zu einem ordentlichen Dutt zusammengefasst. Trotz dieser identischen Aufmachung wirkten sie wie zwei ungleiche Erbsen in einer Schote. Denn Irma Nilsson, eine erfahrene Mitarbeiterin, die in ihren flachen schwarzen Schuhen mit beiden Beinen fest auf dem Boden der Tatsachen stand und die Welt aufmerksam aus klugen grauen Augen beobachtete, wurde von Gabriella Anderberg, dem jüngsten Zugang in dieser Abteilung, um fast einen Kopf überragt. Die Absätze von Gabriellas modischen Stiefeln waren zwar einen Hauch zu hoch für Märtas Geschmack, doch sie zweifelte keine Minute daran, dass die Trägerin darin so elegant durch die Abteilung schweben würde, wie es sich für eine junge Dame mit italienischen Vorfahren geziemte. Es war nicht zu übersehen, dass Gabriella das Beste aus zwei Welten geerbt hatte: von ihrem skandinavischen Vater die hochgewachsene, schlanke Gestalt und von ihrer sizilianischen Großmutter das schwarze Haar und die dunklen Augen. Märta wurde den Verdacht nicht los, dass Gabriella es gewöhnt war, mehr mit ihrem Äußeren als mit ihrem Verstand zu punkten. Doch nur die Zeit konnte zeigen, ob ihre Einstellung ein Glücksgriff oder ein Fehler gewesen war. Jedenfalls bedeuteten ihre französischen und italienischen Sprachkenntnisse eine wertvolle Ergänzung zu Märtas deutschen und Irmas englischen.

»Die Abläufe hier und meine Anforderungen sind Ihnen ja bekannt«, wandte sie sich nun an Irma. »Also kann ich Fräulein Anderberg nichts sagen, was Sie nicht schon tausendmal von mir gehört haben. Da uns nur noch wenig Zeit bleibt, möchte ich Sie deshalb bitten, mir noch eine Schachtel Seidenpapier zu holen.«

»Selbstverständlich, Fräulein Eriksson. Das wollte ich gerade selbst vorschlagen. Schließlich darf es uns nicht mitten am Eröffnungstag ausgehen.«

Nun richtete Märta das Wort an Gabriella. »Denken Sie immer daran, dass die Abteilung Damenhandschuhe die beliebteste des ganzen Kaufhauses ist. Jede Frau braucht und trägt Handschuhe. Allerdings sind wir nicht die Einzigen, die in dieser Stadt Handschuhe verkaufen. Und deshalb müssen wir die Besten sein. Der Anbieter mit der größten Auswahl. Der ausgesuchtesten Qualität. Und der fähigsten Beratung. Unsere Stammkundinnen müssen wir mit Namen kennen. Wenn eine Kundin hereinkommt, die Ihnen bekannt erscheint, und Sie nicht gerade mit anderer Kundschaft beschäftigt sind, müssen Sie sofort Handschuhgröße, Vorlieben und frühere Einkäufe dieser Person im Kundenbuch nachschlagen. Sollte sie im letzten Winter ein Paar schwarze Handschuhe erworben haben, ist vielleicht jetzt der richtige Zeitpunkt, um ihr marineblaue oder graue vorzuschlagen. Außerdem müssen Sie stets unser gesamtes Inventar parat haben. Falls Sie sich, was eine bestimmte Stoffqualität oder Farbe angeht, unsicher sein sollten, fragen Sie mich oder Fräulein Nilsson. Überhaupt dürfen Sie sich nie scheuen, Fragen zu stellen, Gabriella. So etwas wie eine dumme Frage gibt es nicht, insbesondere dann nicht, wenn Sie die Angelegenheit klären, ehe eine Kundin vor Ihnen steht. Haben Sie mich verstanden?«

»Ja, Fräulein Eriksson.«

Und das wollte Märta ihr auch geraten haben. Schließlich

hatte sie schon vor einer Woche begonnen, ihr diese Grundlagen einzubläuen. Das hieß, seit Gabriella ihren Dienst angetreten hatte, um beim Auspacken und den weiteren Vorbereitungen zu helfen.

Jede Glasvitrine und jedes Regal aus Mahagoni war positioniert, um ein Höchstmaß von Aufmerksamkeit zu erzeugen. Ein neues vierhändiges Handmodell trug ein Paar grasgrüne Handschuhe mit zwei Knöpfen und ein einfach geknöpftes Paar nussbraune Glacéhandschuhe. Ein zweites, gleichartiges war mit Wildlederhandschuhen, ein Paar weinrot, das andere schwarz, ausstaffiert. Um jedes Händepaar war ein französischer geblümter Seidenschal aus der neuesten Herbstkollektion drapiert. Kunstvoll verzierte Hängelampen tauchten das weiche Leder und die Seide in ein warmes Licht. Die Wirkung war unwiderstehlich. Märta selbst hatte ein Auge auf eine ähnliche Kombination, bestehend aus Schal und Handschuhen in Schokoladenbraun, geworfen. Ganz sicher würde die neue Kollektion in den nächsten Tagen so manche Dame zu einem ungeplanten Kauf verleiten. Überhaupt strotzte das gesamte Erdgeschoss vor verlockenden Angeboten, die sich an begüterte Kreise richteten.

Märtas Miene wurde ungehalten, denn Gabriellas Blick war, vorbei an der Abteilung mit Seidenschals von Liberty, hinüber zu der zweizügigen Treppe gewandert. Dort ging es vom Atrium im Erdgeschoss eine halbe Etage nach oben, wo die Kundschaft sich kostenlos an einem Limonadenbrunnen erfrischen, sich im Wintergarten erholen oder in der neuen Filiale der Stockholmer Enskilda Bank ihre Geschäfte erledigen konnte, bevor sie ihren Weg in den ersten Stock fortsetzte. In knapp dreißig Minuten würde Josef Sachs Seine Majestät Gustav V. diese Treppe hinaufgeleiten. Und dieses unsägliche Mädchen stand einfach da und starrte Löcher in die Luft.

»Fräulein Anderberg, darf ich Sie um Ihre Aufmerksamkeit bitten?« Märtas Tonfall war scharf geworden.

Gabriella drehte sich zu Märta um, wobei auffiel, dass sie sehr lange Wimpern hatte. »Entschuldigen Sie, Fräulein Eriksson. Ich habe Ihnen zugehört. Aber ich musste einfach hinschauen. Es ist alles so wunderschön.«

»Darin stimme ich Ihnen zu. Allerdings haben Sie die ganze letzte Woche in diesem Hause verbracht, weshalb die Aussicht Ihnen hinlänglich bekannt sein dürfte. Inzwischen sollten Sie diese Etage kennen wie Ihre Westentasche. Ja, eigentlich wäre es wünschenswert, dass Sie mit dem gesamten Gebäude gut vertraut sind. Da wir eine der ersten Abteilungen sind, mit denen die Kundschaft in Berührung kommt, wird man uns unweigerlich um die eine oder andere Wegbeschreibung bitten.«

Doch Gabriella starrte weiter hin. »Es tut mir leid, aber so habe ich es noch nie gesehen. Nicht so ordentlich aufgeräumt und dekoriert. Als wir anfingen, waren alle Regale und Vitrinen völlig leer. Die einzigen Farben hier waren grüner Marmor, Mahagoni und Messing. Elegant, aber leblos. Sogar die Abteilung Damenhandschuhe bestand nur aus Holz und Glas. Und nun ist alles bunt und hübsch herausgeputzt. So, als sei das ganze Kaufhaus zum Leben erwacht. Haben Sie heute Morgen die Kränze aus Vogelbeeren an der Fassade gesehen? Beeindruckend, finden Sie nicht?« Sie zeigte nach oben. »Und dazu die vielen Ringelblumen an den Geländern der Emporen. Meine Mutter möchte auch herkommen, um sich das alles anzuschauen. Und dann die Kübelpflanzen. Meine Mutter liebt Blumen und hat heute Morgen alles über die Dekorationen hier in der Zeitung gelesen.«

So wie die meisten Menschen in Stockholm. Gestern hatte eine eigene Führung für Vertreter der Presse stattgefunden, und heute hatten sich die Titelseiten der Morgenzeitungen förmlich mit begeisterten Vergleichen und beeindruckenden Fotografien überboten. Eine willkommene Abwechslung von den schrecklichen Kriegsnachrichten, die seit einem Jahr die Schlagzeilen beherrschten.

»Ich kann gut verstehen, dass Ihre Mutter neugierig ist«, erwiderte Märta. »Sie hingegen haben sich all das schon selbst angeschaut, als die Reporter hier waren.«

»Gestern hatte ich keine Zeit dafür. Jedenfalls nicht richtig. Und heute kann ich mich daran nicht sattsehen.«

Endlich nahm auch Märta sich die Zeit, ihre Umgebung auf sich wirken zu lassen. Tatsächlich waren sie voll und ganz damit beschäftigt gewesen, die Ware auszupacken, die Schubladen zu sortieren und sich zusammen mit Thorwald Munkhammar, dem neuen Schaufenstergestalter von Nordiska Kompaniet, unwiderstehliche Dekorationen auszudenken. Dieser hatte sich zu Märtas Freude sogar ein Paar Ärmelschoner und mehrere Paare Wildlederhandschuhe ausgeliehen, um sie in einem der zahlreichen Fenster an der Hamngatan und Regeringsgatan zur Schau zu stellen. Seitdem hatte sich das Gebäude von einem Tempel der Handwerkskunst in den pulsierenden Marktplatz verwandelt, den Josef Sachs versprochen hatte. In ein strahlendes Beispiel für Handel und Wandel, neben dem das alte Kaufhaus am Stureplan verblasste.

»Und schauen Sie nur uns an«, fuhr Gabriella fort und zeigte auf die Theken mit Haarschmuck und Modeschmuck zu beiden Seiten der Handschuhabteilung. »Alle Frauen tragen Schwarz und Weiß. Und die Männer auch.« Sie wies mit dem Kopf die Marmortreppe hinauf, wo es alles für den Herrn gab. *Auch Koffer.*

Wieder regte sich in Märta die quälende Sorge, die sie inzwischen nur allzu gut kannte.

»In ihren Westen und Jacken mit weißen Einstecktüchern machen sie wirklich etwas her. Wir sind so elegant«, schwärmte Gabriella.

Obwohl Märta den Blick rasch von der Kofferabteilung abwandte, musste sie Gabriella recht geben.

In diesem neuen Gebäude waren fünfzehnhundert Menschen beschäftigt. Und alle – angefangen von den Männern in der Warenannahme bis hin zu den Konditoren im Dachgeschoss – waren geschniegelt und gebügelt. Selbst den Liftjungen, den Chauffeuren und den Botenfahrern hatte man neue Uniformen verordnet.

Das quadratische Atrium war mit blau-gelben Bändern abgesperrt. Hinter dieser Abtrennung hatten sich der Vorstand und die Mitglieder der Chefetage versammelt, und die Militärkapelle Göta spielte sich bereits ein. Herr Bellman, der oberste Portier, gab in seiner blau und golden gehaltenen Livree ein beeindruckendes Bild ab, als er aus dem Haupteingang trat, um die zweihundert zur Besichtigung des Kaufhauses geladenen Gäste – Parlamentsmitglieder, Industriekapitäne und weitere Würdenträger samt Ehegattinnen – zu begrüßen. Alle diese Personen mussten vor dem Eintreffen der königlichen Familie ihre Plätze eingenommen haben. Auf der anderen Seite der Hamngatan drängten sich Pressefotografen und Schaulustige.

Auf ein Zeichen des Dirigenten stimmte die Kapelle einen fröhlichen Marsch an. Märta kannte das Stück zwar, hatte aber vergessen, wie es hieß. Die Aufregung im Atrium steigerte sich mit der Musik.

Im nächsten Moment kehrte Irma atemlos mit dem Seidenpapier zurück. »Es tut mir schrecklich leid, dass es so lang gedauert hat. Ich habe mich verlaufen. Das Lager hier ist wie ein Kaninchenbau. Als ich die Kapelle hörte, habe ich schon befürchtet, vor lauter Herumirren dort unten alles zu verpassen.«

»Keine Sorge«, entgegnete Märta. »Es ist noch nichts passiert.«

Irma blickte sie erleichtert an.

Märta schaute auf die Uhr. Fünf Minuten vor zwei. Um Punkt zwei Uhr würde der König hier sein. Von ihrem Platz vor der Theke aus konnte sie Ellen Sachs mit der neuen Hauptkassiererin am Geländer der zweiten Etage stehen sehen. Märta unterzog die Dame mit der kerzengeraden Haltung, die laut Ellen sage und schreibe acht Sprachen beherrschte, einer genaueren Musterung. Sie hatte sich mit der ausdrücklichen Empfehlung des neuen Restaurantleiters August Åhlfeldt vorgestellt. Herr Åhlfeldt und Maria Blombergsson hatten bis zur Schließung im Hôtel Rydberg gearbeitet. Maria? Hôtel Rydberg? Da war doch etwas gewesen. War das womöglich die Nichte von Frau Skogh?

Als das Stimmengewirr lauter wurde, schreckte Märta aus ihren Grübeleien hoch. Sie drehte sich um und sah, dass Herr Sachs den Gästen die Hand schüttelte. Für jeden der Eintretenden hatte er ein freundliches Wort übrig. Obwohl die ungeteilte Aufmerksamkeit der Damen ihrem Gastgeber zu gelten schien, blieben Märta ihre verstohlenen Blicke nicht verborgen. Offenbar konnten sie es kaum erwarten, alle die Verlockungen in Augenschein zu nehmen, die sie hier erwarteten. Und wer wollte ihnen das verübeln? Schließlich hatten nur die Gäste, die schon einmal ins Ausland gereist waren, jemals ein dem neuen Nordiska Kompaniet ebenbürtiges Kaufhaus gesehen. Hinzu kam, dass die Herren Sachs und Boberg die besten Ideen, die ihnen dort begegnet waren, in das neue Nordiska Kompaniet hatten einfließen lassen. Musste das Ergebnis da nicht zwangsläufig das prunkvollste und am besten sortierte Kaufhaus der ganzen Welt sein?

Die bloße Vorstellung erfüllte Märta mit Stolz.

Auf ein Nicken von Herrn Bellman trat Herr Sachs zum Haupteingang hinaus. Auf der Hamngatan wurde laut gejubelt.

»Herrje, ich wusste ja gar nicht, dass Herr Sachs so beliebt ist«, raunte Irma.

»Der König ist da«, zischte Märta aus dem Mundwinkel und musste sich dabei ein Seufzen verkneifen. Irma war tüchtig und konnte gut mit der Kundschaft umgehen, aber manchmal … Als sie das Funkeln in Irmas Augen bemerkte, lief sie feuerrot an. Schon gut. Ihrer Kollegin war es wieder einmal gelungen, sie auf den Arm zu nehmen.

Gustav V. trat in Begleitung von Herrn Sachs ein. Es war noch ein dritter Mann dabei, den Märta als Otto Printzsköld, den Vorstandsvorsitzenden von Nordiska Kompaniet, wiedererkannte. Ihnen folgten Kronprinz Gustav Adolf, Kronprinzessin Margaret, der Architekt Ferdinand Boberg und Bauingenieur Josef Norén.

Die Kapelle spielte einen Tusch, worauf der König das blaugelbe Band durchschnitt. Nun war das Kaufhaus offiziell eröffnet. Märta betrachtete den König. Kaum vorstellbar, dass dieser Mann mit dem gezwirbelten Schnurrbart und dem unverkennbaren Kneifer, der seine Tage auf dem Tennisplatz oder – wie man munkelte – am Stickrahmen verbrachte, der Halbbruder ihrer Freundin Karolina war. Auch wenn man dem ältesten Sohn nicht die Sünden seines Vaters anlasten durfte, war es doch erstaunlich, wie anders die Würfel für ihn gefallen waren. Märta hatte den König schon zweimal am Stureplan bedient und ihn stets als ziemlich herrisch wahrgenommen. Er war ein Mann, der einfach mit dem Finger auf das zeigte, was er haben wollte. Man konnte ihn zwar nicht direkt als unhöflich bezeichnen, doch er war eben das Sinnbild eines Monarchen, angefangen bei seinem makellosen Zylinder bis hinunter zu den blitzblanken Stiefeln, die zweifellos ein anderer für ihn geputzt hatte.

Sein Sohn Kronprinz Gustav Adolf, den der kleine Julian Silfverstjerna nie Cousin nennen würde, schien da um einiges zugänglicher zu sein. Nicht dass Märta je persönlich mit ihm zu tun gehabt hätte. Doch sie hatte Kronprinzessin Margaret, von ihren Freunden Daisy genannt, schon mehrmals in Sachen Handschuhe beraten. Die Kronprinzessin war stets ausgesprochen charmant und freundlich. Allerdings konnte Märta einfach nicht vergessen, dass es ihre Landsleute waren, die gerade versuchten, Wilhelm umzubringen. Auch wenn man der Fairness halber einräumen musste, dass sich die Kronprinzessin ein Ende des Krieges gewiss ebenso sehr herbeisehnte wie sie selbst. Und wie eigentlich jeder, den Märta kannte. Doch wenn alle wollten, dass dieser Krieg aufhörte, warum wurde dann noch immer gekämpft?

Märta bemerkte, dass sie sich auf die Lippe biss, was hinter der Theke und noch dazu ausgerechnet heute absolut unangebracht war. Sie nahm sich zusammen. Als der König vorbeistolzierte, machten die drei Frauen von der Handschuhabteilung einen Knicks. Kronprinzessin Margaret blieb stehen, um das ausgestellte grasgrüne Paar Glacéhandschuhe zu bewundern.

»So eine hübsche Farbe! Und ein ausgezeichnetes Geschenk für meine Schwester, findest du nicht?« Die Kronprinzessin bedachte ihren Mann mit einem reizenden Lächeln.

Als Kronprinz Gustav Adolf schmunzelte, entstanden Lachfältchen um seine Augen. »In der Tat. Aber wir sind doch gerade erst hereingekommen. Sicher gibt es hier auch noch andere Kostbarkeiten zu sehen.«

»Ganz deiner Ansicht. Was jedoch nichts daran ändert, dass diese Handschuhe wundervoll sind.« Die Kronprinzessin warf Märta ein verschwörerisches Lächeln zu. »Ich hätte sie gern in Größe sechseinhalb, bitte. Und dazu diesen traumhaften Schal.«

»Vielen Dank, königliche Hoheit. Darf ich beides zusammen in eine Schachtel packen?«

»Ja, bitte.«

»Dann werde ich dafür sorgen, dass Ihr Einkauf noch heute an den Palast geliefert wird, Madam.«

»Und so«, teilte Irma Gabriella mit, während die königliche Familie weiterzog, »bedient man ein Mitglied des Königshauses.«

Kapitel siebzehn

Obwohl Josef mit seinen dreiundvierzig Jahren kein alter Mann war, hatten zwei Jahre Plackerei ihren Tribut gefordert. Allmählich verließen ihn die Kräfte. Wie gerne hätte er seine Familie jetzt nach Hause in die Villagatan begleitet und sich mit seiner Frau einen Schlummertrunk gegönnt, nachdem die drei Kinder zu Bett gebracht waren. Dann würde Sigrid das Kaufhaus in den Himmel loben und ihn anschließend mit unzähligen hilfreichen Vorschlägen überschütten, die ihr im Laufe des Abends eingefallen waren. Wenn Sigrid etwas zu sagen hatte, hörte Josef stets aufmerksam zu. Aber leider nicht heute. Denn heute Abend musste er wieder einmal der Pflicht den Vorrang geben, damit alle seine Unterstützer das Lob und die Anerkennung bekamen, die ihnen gebührten. Schließlich war dieses Kaufhaus auch ihr Verdienst.

Also setzte er seine Familie – die Kinder hatten sich ein Geschenk aussuchen dürfen – in einen Wagen und winkte ihnen nach. Der Fußmarsch durch die Eiseskälte vom Kaufhaus zum Restaurant Operakällaren verhalf ihm nicht nur zu einem klaren Kopf, sondern gab ihm auch Gelegenheit, in Ruhe nachzudenken. Der König und sein Gefolge waren drei Stunden geblieben und hatten sogar eine kurze Pause bei Champagner und Tee im neuen Bobergs Mittagsbistro eingelegt. Seine Majestät hatte an allem Gefallen gefunden. Die Führung hatte in der Abteilung für Sportartikel und Spielwaren im Untergeschoss begonnen. Geleitet wurde diese von William Bruhn-Möller, Mitglied der schwedischen olympischen Rudermannschaft von 1912, und der König war sehr erfreut gewesen, seine Bekanntschaft zu machen. Den krönenden Abschluss der Besichtigung bildete der Dachgarten, der Aussicht auf den königlichen Palast bot. Als sich die für zwei Uhr geladenen Gäste um fünf wieder verabschiedeten, blieb Josef gerade noch Zeit, sich ein wenig frisch zu machen, bevor schon weitere dreitausendfünfhundert geladene Besucher hereinströmten. Die zweite Gruppe setzte sich aus Anteilseignern, Lieferanten, ausgewählten Kunden und weiteren Geschäftsfreunden zusammen. Auch Sigrid, Ragnar, Rut und Herbert waren dabei gewesen, was die Angelegenheit um einiges vergnüglicher machte. Die Fahrt auf der Rolltreppe hatte seine Kinder fast ebenso fasziniert wie die Erkundung der Spielwarenabteilung und der Limonadenbrunnen. Allerdings löste die Rolltreppe nicht bei allen Besuchern Begeisterungsstürme aus. Einige würdige Damen hatten sogar einen kleinen Schnaps gebraucht, bevor sie es wagten, einen Fuß auf dieses sich bewegende Ungetüm zu setzen. Die Erinnerung brachte Josef noch immer zum Lachen, als er dem Portier des Operakällaren einen guten Abend wünschte.

Als er an den Tisch trat, wurde er von seiner Führungsriege mit Applaus empfangen. An den Nebentischen blickten die Leute von ihren Tellern auf, erhoben sich und begannen ebenfalls zu klatschen. Diese spontane Beifallskundgebung ging Josef sehr ans Herz, war sie doch ein Beweis dafür, dass es ihm gelungen war, die für ihre hohen Ansprüche berüchtigten Stockholmer zufriedenzustellen. Josef bedankte sich mit einem erfreuten Nicken in den Raum hinein und drehte sich dann wieder zu seinen Mitstreitern um. »Meine Herren, bitte nehmen Sie wieder Platz. Sicher sind Sie alle müde.«

»Es war ein langer Tag«, räumte der leitende Dekorateur Thorwald Munkhammar ein. »Allerdings auch ein ausgesprochen erfreulicher, der zu meiner Überraschung ohne ein einziges Missgeschick verlief. Den ganzen Abend habe ich fast erwartet, dass jemand eine Dekoration umstößt. Außerdem kann ich zu meiner Freude melden, dass unsere Schaufenster die Menschen angelockt haben, sobald die Vorhänge entfernt wurden. Unser Herr Bellman hatte Mühe, einige übereifrige Damen abzuhalten, die sich ohne eine Einladung ins Haus schmuggeln wollten.«

Josef hob sein Glas mit gekühltem Krug-Champagner. »Dann trinken wir auf die übereifrigen Damen. Mögen viele von ihnen morgen durch unsere Türen treten.« Er setzte eine ernstere Miene auf. »Und außerdem trinke ich auf Sie alle. Ohne Ihren Einfallsreichtum und Ihr unablässiges Bemühen wäre das alles niemals möglich gewesen. Wie ich glaube, ahnen nur wenige in dieser Stadt, welcher Aufwand und welche ausgeklügelte Logistik dahinterstecken, wenn man ein Kaufhaus erbauen und erfolgreich betreiben und zudem sichergehen will, dass alle Zahnräder reibungslos ineinandergreifen. Und das ist uns heute gelungen. Gemeinsam. Ich danke Ihnen aufrichtig für Ihre harte Arbeit.« Er hob sein Glas noch höher.

Die Männer tranken.

»Und was kommt nun, Herr Sachs?«, fragte Thorwald und stellte sein Glas auf den Tisch. Man nahm wieder Platz. »Da das Kaufhaus nun eröffnet hat, werden Sie jede Menge Freizeit haben.«

Die anderen Anwesenden johlten.

Josef wusste, dass sie nur scherzten. »Ich dachte, ich könnte eine Europareise unternehmen. Und während meines Aufenthalts vielleicht einigen Leuten Vernunft beibringen.«

Sofort wurde die Stimmung ernst. Josef bereute seine Antwort. Schließlich war heute ein Abend zum Feiern und nicht für weitere Gespräche über den Krieg.

Als Unternehmen hatte sich Nordiska Kompaniet seit Kriegsausbruch recht wacker geschlagen. Obwohl man sich, was neue Modekollektionen aus Europa betraf, würde gedulden müssen, hatte das Kaufhaus noch eine große Auswahl an Schmuck, Pelzen und Schuhen auf Lager. Im französischen

Modeatelier waren die besten Schneiderinnen und Näherinnen des Landes beschäftigt, und man rechnete damit, dass die Nachfrage nach Haute Couture auch in den neuen Räumlichkeiten in der zweiten Etage nicht abreißen würden. Bis jetzt litt die Kundschaft von Nordiska Kompaniet mehr unter der ständigen Angst vor dem Krieg als an tatsächlichen Entbehrungen und Verknappungen. Allerdings konnte sich das jederzeit ändern, denn die Scharmützel auf der Ostsee nahmen stetig zu.

Vor zwei Monaten hatte ein britisches Unterseeboot die SMS *Prinz Adalbert* mit Torpedos beschossen, einen Kreuzer, der die Aufgabe hatte, die deutsche Ostseeküste vor den Russen zu schützen. Das Schiff hatte es nur mit knapper Not zurück nach Deutschland geschafft, wo es nun wieder instand gesetzt wurde. Die Wut der Deutschen wuchs mit jedem Tag, an dem britische U-Boote sich nach Belieben in der Ostsee tummelten.

»Heute wird nicht mehr über den Krieg geredet«, verkündete Josef. »Wir haben uns einen freien Abend verdient.«

Am Tisch wurde erleichtert gemurmelt.

»Weiß jemand, was zuerst gekauft wurde?«, erkundigte sich einer der Anwesenden. »Die Presse hat heute Morgen spekuliert, ob es eine Perlenkette oder ein Paar Schnürsenkel sein würde.«

»Es war ein Paar grüne Handschuhe, erworben von Kronprinzessin Margaret«, erwiderte Josef. »Ein Geschenk für ihre Schwester offenbar. Die Dame ist ein Glückspilz.«

»Dasselbe gilt für unser Fräulein Eriksson«, ergänzte Thorwald. »Jetzt wird sie als die Mitarbeiterin in die Geschichte eingehen, die in der Hamngatan 18 das erste Stück Ware verkauft hat.«

»Ich habe meinen Augen nicht getraut«, sagte Märta gerade in der Linnégatan 4 zu Torun und Beda. »Nicht zu fassen. Ich bin die Erste, die in der Hamngatan etwas verkauft hat. Später hat mir Irma erzählt, die Damen beim Modeschmuck hätten ganz giftig geschaut. Aber man kann von einer Kronprinzessin doch nicht erwarten, dass sie Modeschmuck kauft, oder? Sie würde die Juwelierabteilung im zweiten Stock aufsuchen.«

Torun leerte ihre Teetasse. »Auch damit ist eher nicht zu rechnen. Liegen in den Tresoren der Bernadottes inzwischen nicht genügend Schmuckstücke?«

»Da bin ich ganz sicher«, meinte Beda. »Allerdings findet sie es bestimmt auch nett, hin und wieder ein kleines Geschenk von ihrem Mann zu bekommen, das nicht schon von Gott und der Welt getragen worden ist.«

»Nur dass wir Ihre königliche Hoheit in diesem Fall auch nicht beim Schmuckkauf im zweiten Stock antreffen würden.« Torun reckte siegesgewiss einen Finger in die Luft.

Beda musste sich diesem gewieften Einwand geschlagen geben. »Jedenfalls scheinen die beiden ein glückliches Paar zu sein«, entgegnete sie. »Ich freue mich für sie.«

»Gott und die Welt«, wiederholte Märta kichernd. »Ich glaube nicht, dass der königlichen Familie diese Bezeichnung gefallen würde. Aber ihr kommt doch morgen, um euch alles selbst anzuschauen, oder?«

Torun und Beda wechselten grinsend einen Blick.

»Haben wir etwa vergessen zu erwähnen, dass wir kommen wollten, Torun?«, fragte Beda.

Märta versetzte Beda einen freundschaftlichen Knuff. »Tut mir leid. Ich weiß, dass ihr beide es mir schon hundertmal versprochen habt. Aber schließlich seid ihr zusammen mit Ottilia und Karolina meine Familie.« Und mit Wilhelm. Ob sie sich wohl heute Abend ausnahmsweise ein wenig Sorglosigkeit gestatten durfte? Denn oft hatte sie das Gefühl, dass ihre Angst um ihn so etwas wie sein Glücksbringer war. Dass seine Sicherheit mit ihrer Liebe stand oder fiel. Aber für heute Abend ruhten die Kämpfe doch sicher schon. Bei Dunkelheit konnte man in den Schützengräben gewiss nichts sehen. Oder ging man im Krieg vielleicht genauso vor wie bei Mord oder Diebstahl? Im Schutz der Dunkelheit nämlich, damit einen auch niemand sah? Sie wünschte, sie hätte das gewusst.

Offenbar hatte Torun ihre Gedanken gelesen. »Wir werden alle da sein«, sagte sie tröstend. »Sogar Birna.«

Kapitel achtzehn

Schon etwa dreißig Minuten bevor das Kaufhaus seine Tore für das allgemeine Publikum öffnen würde, hatte sich eine gewaltige, hauptsächlich aus höchst elegant gekleideten Damen bestehende Menschenmenge vor den beiden Eingängen in der Hamngatan versammelt.

Einige Polizisten mühten sich vergeblich damit ab, die Straße freizuhalten, um einen gefahrlosen Verkehrsfluss zu gewährleisten. »Machen Sie doch Platz, meine Damen!«

Die Frauen rückten zwar ein winziges Stückchen beiseite, aber keine von ihnen war bereit, ihren Platz in dem Menschengewühl aufzugeben, das man wohl kaum als gesittete Warteschlange bezeichnen konnte. Die Damen fuhren die Ellbogen aus und beäugten einander argwöhnisch. Würde die Nachbarin es womöglich wagen, sich vorzudrängen? Die Wartenden ganz vorne an der Tür konnten durch das Absperrgitter beobachten, wie Herr Bellman die Glasscheiben ein letztes Mal mit dem Polierlappen bearbeitete.

»Laut meiner Uhr ist es jetzt zehn«, verkündete eine Stimme von weiter hinten.

Eine Woge der Aufregung schwappte durch die Menge, und alle rückten einen Schritt vor. Aber nichts geschah.

»Offenbar hat Herr Sachs verschlafen«, murrte eine Dame ganz vorne. »Und dabei stehe ich schon seit sechs Uhr hier. Es hieß, der erste Kunde, der etwas kauft, bekommt ein Geschenk.«

Eine andere Dame legte sich die gewölbten Hände an die Schläfen, um durch das Gitter zu spähen. »Ich sehe Herrn

Sachs kommen.« Die Kirchenglocken schlugen zehn Uhr. »Er drückt auf einen Knopf.«

Mit unverhohlener Freude beobachteten die Damen, wie das Absperrgitter im Boden versank. Die beiden Drehtüren setzten sich in Bewegung.

Im nächsten Moment schwärmten alle, freundlich begrüßt von Herrn Sachs, ins Gebäude wie Bienen in einen mit feinstem Honig gefüllten Bienenstock.

Allerdings kam ein Ausflug zu Nordiska Kompaniet um zehn Uhr vormittags für Märtas selbst gewählte Familie nicht infrage. Während Ottilia und Karolina dank ihres Schichtdiensts in der Gastronomie des Grand Hôtel ein wenig Freiheit genossen, waren Beda in der Einkaufsabteilung und Torun in ihrem Verlag an feste Arbeitszeiten gebunden. Deshalb verabredeten sie sich um fünf Uhr vor Blanch's Café, immer noch recht früh für einen gewöhnlichen Werktag, allerdings um einiges besser zu bewerkstelligen. Wie die Freundinnen einräumen mussten, würde die Zeit vermutlich nicht reichen, um das gesamte Kaufhaus zu erkunden. Doch alle waren sich einig, dass dieser kleine Einkaufsbummel eine aufmunternde Wirkung auf sie haben würde. Außerdem war es schließlich kein Weltuntergang, eine Kaufhauseröffnung zu versäumen. Dieses Kaufhaus würde noch viele Jahrzehnte, wenn nicht gar Jahrhunderte, an diesem Platz stehen, sodass sie wiederkommen konnten, sooft es ihnen gefiel. Und so bedauerte es außer Isabella niemand wirklich, den Trubel am Vormittag verpasst zu haben.

Nun hüpfte das Mädchen aufgeregt von einem Fuß auf den anderen. »Wo ist Tante Torun?«

»Wahrscheinlich hetzt sie gerade hierher«, erwiderte Ottilia. »Vergiss nicht, dass sie aus Riddarholmen kommt. Ach, da ist sie ja.« Sie wies auf die Frau, die entschlossenen Schrittes auf sie zugehinkt kam.

Isabella klatschte in die Hände. »Sie ist es wirklich.«

»Entschuldigt«, keuchte Torun. »Es dauert immer länger als gedacht.«

»Jedenfalls bist du jetzt hier.« Birna umarmte ihre Schwester.

Die Frauen überquerten die Hamngatan.

»Ich will alles sehen«, verkündete Isabella. »Von oben bis unten.«

»Wäre es nicht ein größerer Spaß, wenn wir alle zusammenblieben?«, wandte Karolina ein.

Ottilia nickte. »Ich habe Hilda gebeten, um Viertel nach sieben das Essen für uns fertig zu haben. So habe ich genug Zeit, um Philip ins Bett zu legen, bevor wir zusammen mit Märta alles bis in die letzte Einzelheit durchhecheln.«

»Wo ist Julian?«, erkundigte sich Torun.

»Zu Hause bei meiner Mutter«, antwortete Karolina. »Die beiden sind ein wunderbares Gespann. Sie hat darauf bestanden, Pfannkuchen für ihn zu machen, weil es das Einzige ist, was sie in der Küche zustande bringt. Das passiert eben, wenn man sein ganzes Leben lang entweder andere bedient hat oder bedient worden ist«, fügte sie mit finsterer Miene hinzu, während sie in ein Abteil der Drehtür traten.

Im nächsten Moment umwehten warme Luft und der Duft der verschiedensten teuren Parfüms ihre von der kalten Herbstluft fast eingefrorenen Nasen.

»Ach, herrje!«, brachte Beda die allgemeine Stimmung zum Ausdruck. »Schaut euch das nur an. Und dabei war für uns schon das Haus am Stureplan der Gipfel der Eleganz.«

Isabella stand da wie angewurzelt. »Es ist wunderschön.«

»Beeindruckend«, merkte Torun an.

»Und die vielen Leute«, hauchte Birna. »Es müssen Hunderte, wenn nicht gar Tausende sein. Wir können nur beten, dass keiner von ihnen Typhus hat.«

Ottilia bedachte ihre jüngere Schwester mit einem tadelnden Blick. »Vorsicht mit den Gruselgeschichten. Kinderohren hören mit.«

»Aber Mamma«, protestierte Isabella. »Ich bin kein Kind mehr, und ich grusle mich auch gar nicht. Außerdem bin ich Tante Birnas Schwarzmalerei gewöhnt.« Sie hakte Birna unter und tätschelte ihr die Hand.

Birna lachte. »Das kann ich mir denken. Aber deine Mamma hat trotzdem recht.«

Beda starrte noch immer quer durchs Atrium. »Bis jetzt habe ich geglaubt, dass Märta übertreibt.«

Ottilia nickte langsam. »Ich auch, wie ich zugeben muss.«

»Ich nicht«, verkündete Isabella. »Tante Märta übertreibt nämlich nie. Kommt! Hat Tante Märta nicht gesagt, dass man mit dem Fahrstuhl am schnellsten ganz oben ist? Da drüben sind zwei Aufzüge. Gleich neben den Regenschirmen und Sonnenschirmen.«

Sie beobachteten die beleuchteten Zahlen, an denen der Weg der Kabine nach unten abzulesen war.

Der Liftboy schob die Messingtür auf. »Erdgeschoss!« Eine Gruppe von Kunden stieg plaudernd aus. Isabella marschierte voran in die Kabine aus Mahagoni. Die drei Wände waren verspiegelt.

»Nach oben oder nach unten?«, fragte der Liftboy.

»Ganz nach oben, bitte«, erwiderte Karolina.

Der Junge schloss die Tür und drehte an einem Rad.

Als der Aufzug schneller als jeder, in dem sie jemals gefahren waren, nach oben raste, schnappte Isabella nach Luft.

Im vierten Stock stiegen sie aus.

»Das war ein Spaß«, stellte Beda fest. »Ich glaube, mein Magen hat Purzelbäume gemacht.«

»Meiner auch«, stimmte Torun zu. »Ich glaube, nach unten nehme ich lieber die Treppe. Und zwar eine Etage nach der anderen.« Sie blieb stehen und schaute hinein in den Raum mit dem im schwarz-weißen Schachbrettmuster gefliesten Boden. »Ach, du meine Güte! Habt ihr je so viele Konserven auf einmal gesehen?« Ihr Blick wanderte weiter durch die Feinschmeckerabteilung. Sie ließ die weiß gekachelten Wände und die Theken und Regale auf sich wirken, die sich unter Delikatessen und mit Mehl bestäubten Brotlaiben bogen. In Kühlschränken mit Glastüren hingen ganze Schinken. »Dieses Kaufhaus wird Läden wie Svenska Hem unweigerlich die Kundschaft abspenstig machen. Habt ihr je ein fetteres Huhn oder frischeren Fisch gesehen?« Sie wies auf ein Fischbecken. »Die leben ja sogar noch. Wie sollen kleine Lebensmittelläden weiterbestehen, wenn man hier alles und noch viel mehr bekommen kann. Schaut nur, sie haben sogar eine Ecke mit edlen Weinen.«

»Allerdings sind die Preise auch höher, was heißt, dass die Leute hier wohl nicht ihren gesamten Bedarf decken werden«, wandte Birna beruhigend ein. »Die Reichen sind nicht dumm, sonst wären sie nämlich nicht so reich.«

»Herr Sachs ist aber auch nicht dumm«, entgegnete Torun bedrückt. »Er weiß, dass die Kundschaft bereit ist, gutes Geld für Luxuswaren zu zahlen, auch wenn sie beim alltäglichen Verbrauch zu sparen versucht. Haushälterinnen gehören zu den preisbewusstesten Kundinnen in der Stadt.«

»Ganz richtig«, pflichtete Ottilia ihr bei. »Dasselbe gilt auch bei uns im Hotel. Eine Flasche Bier darf nicht mehr kosten als in jedem anderen Lokal. Und wenn das Grand Hôtel Luxuspreise für belegte Brötchen verlangen will, müssen es eben auch Luxusbrötchen sein. Sonst bleiben sie nämlich liegen.«

»Ja, da hast du recht«, räumte Torun widerwillig ein. »Allerdings wird Herr Sachs dieses Prinzip auch auf alles andere anwenden. Gewiss kosten die Bücher in der Buchabteilung nicht mehr als in Göthes Buchhandlung. Nur dass die Titel, die Göthe nicht führt, um einiges teurer sein werden als dort, wenn es sie denn gäbe.«

»Aber sieh nur die gewaltige Auswahl«, wandte Beda ein und betrachtete die Obstauslage. »Die müssen eine Lieferantenliste für Lebensmittel haben, die länger ist als die des Grand Hôtel.«

»Pfirsiche!« Isabella blickte Ottilia flehend an. »Kaufen wir welche, Mamma?«

Birna schnappte nach Luft. »Nicht für eine Krone fünfundsiebzig das Stück. Ist das nicht Wucher?«

»Nicht unbedingt«, erwiderte Beda. »Allerdings sind sie viel teurer als die meisten anderen Obstsorten.«

»Da heute ein besonderer Tag ist, können wir drei Stück kaufen«, sagte Ottilia zu Isabella. »Jeweils einen für dich, Philip und Julian, die ihr morgen essen könnt.«

»Das ist aber nett von dir«, meinte Karolina. »Vielleicht finde ich ja in der Spielwarenabteilung ein kleines Mitbringsel für die Jungen.«

Sie beobachteten, wie die Verkäuferin die Pfirsiche fein säuberlich in Papier einwickelte. Dann legte Ottilia das Päckchen in ihren Korb. »Fast habe ich ein schlechtes Gewissen, weil Victoria nicht bei uns ist«, wandte sie sich an Torun. »Du weißt ja, dass sie so unbedingt nach Stockholm kommen will. Sie wäre sicher genauso begeistert wie Isabella. Wir müssen sie bald zu uns einladen.«

Torun verdrehte die Augen und nickte schicksalsergeben.

Im dritten Stock angekommen, lief Isabella zum Geländer der Empore und schaute hinunter. »Da ist ja Tante Märta.« Sie wies auf die Theke mit den Damenhandschuhen. »Wenn ich mit der Schule fertig bin, möchte ich auch hier arbeiten.« Das sprach sie in einem solchen Brustton der Überzeugung aus, dass sich die anderen nach der Dreizehnjährigen umdrehten. »Vielleicht«, fuhr Isabella fort und blickte dabei weiter in die unteren Etagen hinab, »leite ich dieses Haus ja sogar einmal. Denn wer versteht Damen besser als eine Dame?«

Kapitel neunzehn

Etwa dreihundert Kilometer nordwestlich der Hamngatan lag Victoria Ekman im Haus des Bahnhofsvorstehers von Rättvik in ihrem Bett unter dem Dach. Ihre Fäuste waren geballt, und die Tränen des Selbstmitleids, die ihr über die Wangen flossen, durchnässten ihr blondes Haar und ihr Kissen. Doch das war Victoria einerlei. Überhaupt kümmerte sie inzwischen gar nichts mehr, denn alles war ja so ungerecht! Als einzige der Schwestern saß sie hier fest, während Ottilia, Torun und Birna – und gewiss auch Isabella – in Stockholm ihren Spaß hatten. Sie war Gefangene in einem Wald an einem Seeufer. Denn was war die Provinz Dalarna schon anderes als ein riesiger Wald, aus dem es kein Entrinnen gab?

Ihr ganzes dreizehnjähriges Leben lang flehte Victoria Ottilia und Torun schon an, bei ihnen wohnen zu dürfen. So fühlte es sich wenigstens für sie an. Aber nein. Erst hatten sie keine Zeit gehabt. Jetzt hatten sie keinen Platz. Nichts als faule Ausreden, wie Victoria ihnen bei jeder Gelegenheit mitteilte. Schließlich konnte sie ja auch auf dem Fußboden schlafen und war durchaus in der Lage, sich nach der Schule selbst zu beschäftigen. In Stockholm gab es doch so viel zu erkunden. So viel zu tun. Und was gab es hier in Rättvik? Nichts außer Bäumen und dem See. In diesem Nest hatte man so wenige Möglichkeiten, dass die Jungen sogar am Bahnhof herumlungerten und sich die Zeit mit dem Beobachten von Zügen vertrieben. Victoria hatte gesehen, wie sie auf dem Bahnsteig herumstanden und verstohlen in ihre Richtung schauten. Ein Blick und ein kurzes Zurückschleudern der Haare genügten, und schon wandten sie sich verlegen ab. An einem heißen Sommertag hatte Pa ihr vorgeschlagen, den Jungen doch etwas Kühles zu trinken zu bringen. Sie hatte erwidert, lieber würde sie sterben. Vielleicht würde sie das ja wirklich bald. Und zwar an Langeweile. Doch es war vergebliche Liebesmüh, das ihren Mitschülerinnen begreiflich machen zu wollen. Die meisten verstanden einfach nicht, wie abgrundtief öde es in Rättvik verglichen mit Stockholm war. Es überstieg schlichtweg ihr Vorstellungsvermögen, dass es in Stockholm die Ostsee und außerdem den Mälaren-See gab. Daneben war der Siljan-See in Rätvik doch nur eine jämmerliche Pfütze. Allerdings waren diese Mädchen, anders als Victoria, auch nicht schon fünfmal in Stockholm gewesen. Und nach ihrem Gerede zu urteilen, hatte auch keine von ihnen die Absicht, irgendwann einmal hinzufahren.

Für so eine Haltung fehlte Victoria das geringste Verständnis. Wie konnte man freiwillig in einer Stadt leben, deren einzige Attraktion aus einem Bahnhof bestand? Und das, ohne den Drang zu verspüren, einfach in den nächsten Zug zu steigen und auf Nimmerwiedersehen zu verschwinden? Vor vier Jahren hatte Victoria einen Ausbruchsversuch unternommen. Sie war neun Jahre alt gewesen, als sie eine saubere Unterhose, ein Kleid, ihre Haarbürste und eine Puppe, ein Weihnachtsgeschenk von ihren Schwestern, in einen kleinen Koffer gepackt hatte. Dann hatte sie sich in den Zug geschlichen, und sicher wäre ihre Flucht auch geglückt, hätte nicht ein Fahrgast den Stationsvorsteher, ihren Vater, verständigt, bevor der Zug sich in Bewegung setzen konnte. Und nicht einmal dann hatte Pa Victorias Wunsch, in die Hauptstadt zu ziehen, ernst genommen. Er hatte sie einfach an ihrer kleinen Hand genommen und war mit ihr zum Bahnhofsgebäude zurückgekehrt. *Alles zu seiner Zeit, mein Kleines*, hatte er gesagt. Was hatte »alles zu seiner Zeit« eigentlich zu bedeuten? Wessen Zeit war damit gemeint?

Ihr Bruder Jon war jung gestorben. Victoria war das Baby, das diesen Sohn hätte ersetzen sollen. Oh, wie entschieden sie das alle abstritten! Insbesondere Pa. Aber Victoria wusste es einfach. Vielleicht war es ja eine Lösung, ihr langes Haar abzuschneiden und sich Victor zu nennen. Das hätte ihnen eine Lektion erteilt. Außerdem hatten Jungen mehr Freiheiten als Mädchen, wenn sie ihre Karten richtig ausspielten. Victoria plusterte die Wangen auf. Einige Jungen, mit denen sie zur Schule gegangen war, arbeiteten inzwischen als Laufburschen oder auf dem Feld. Doch nicht einmal sie besaßen auch nur einen Funken Ehrgeiz, obwohl ihnen Möglichkeiten offenstanden, von denen Mädchen nur träumen konnten. Außerdem, hatte man ihr nicht immer erzählt, ihre Mutter habe gewollt, dass ihre Töchter es im Leben zu etwas brachten? Hatte sie Ottilia nicht ihren Segen gegeben, als diese als erste der Ekman-Schwestern Rättvik den Rücken gekehrt hatte? Auch Torun hatte Mamma ermutigt, sich nicht von ihrer Behinderung aufhalten zu lassen und ihrem Herzen zu folgen. Außerdem hatte sie Vater gebeten, dafür zu sorgen, dass Birna in Stockholm studieren konnte, um ihren Traum wahr werden zu lassen, Geburtshelferin und Frauenärztin zu werden. Inzwischen leitete Ottilia das Grand Royal, Torun machte Karriere in einem Verlag, und Birna würde bald ihr Medizinstudium abschließen. Und was war mit ihr, Victoria? Beim Tod ihrer Mutter war sie noch ein Neugeborenes gewesen. Aber sicher hatte Mamma sich auch für ihre jüngste Tochter eine wunderbare Zukunft gewünscht. Allerdings hatte ein Studium, anders als für Birna, für Victoria keinen Reiz. Dafür aber Stockholm.

Mit einem dramatischen Aufseufzen wälzte Victoria sich auf den Bauch und drosch verärgert auf ihr Kissen ein. Als Birna einen Studienplatz in Medizin am Stockholmer Karolinska Institutet bekommen hatte, hatte die ganze Familie gefeiert. Und Ottilia hatte Birna prompt ein Bett angeboten. Ein Bett! Dabei hatte Birna nicht einmal darum gebeten.

Torun hatte sich sogar noch mieser verhalten und Beda das Bett gegeben, das nach Märtas Auszug frei geworden war. Und seit Märtas Rückkehr teilte sie sogar ihr eigenes Bett mit ihr. Dabei waren Beda und Märta nicht einmal Toruns Schwestern. Hatte sie als Toruns jüngste Schwester nicht ein Recht auf dieses Bett?

Und heute, womöglich sogar genau jetzt in diesem Augenblick, besuchten alle ihre Schwestern gemeinsam das wundervolle neue Kaufhaus Nordiska Kompaniet. Victoria hatte die gestrige Ausgabe der *Dagens Nyheter* aufbewahrt und würde auch die heutige aufheben, weil Fotografien vom Besuch des Königs darin abgedruckt waren. Sie hatte jedes der unscharfen Bilder gründlich gemustert und versucht, sich anhand der verschiedenen Grauschattierungen die Farben der Mäntel vorzustellen. Und Tante Märta, dieser Glückspilz, durfte jeden Tag von früh bis spät dort verbringen.

Und dann war da auch noch diese Isabella. Beim Gedanken an das Mädchen, das Ottilia *Mamma* nennen durfte, presste Victoria unwillig die Lippen zusammen. Sie hatte ja vollstes Verständnis dafür, dass der kleine Philip nun eine wichtige Rolle in Ottilias Leben spielte. Aber sie als leibliche Schwester hatte doch sicher mehr Anspruch auf Ottilias Aufmerksamkeit als das Kind irgendeiner anderen Frau. Ottilia und Isabella waren schließlich nicht miteinander verwandt. Sie hatten keine Verbindung ... welches Wort hatte Birna noch mal verwendet? ... keine *biologische* Verbindung. Und dabei hatte man Victoria immer gepredigt, dass Blut dicker sei als Wasser. Aber bei jedem Besuch hatte man sie deutlich spüren lassen, dass die nur sechs Monate ältere Isabella eine Nyblaeus war. Und sie, Victoria, war eben nur eine Ekman. Das hieß nicht, dass Ottilia, Fredrik oder gar Isabella gemein zu ihr gewesen wären. Doch sie wurde eben wie ein wichtiger Gast behandelt, nicht wie ein Familienmitglied.

Als sie auf der Holztreppe Schritte hörte, setzte sie sich auf und wischte sich die Augen ab. Gerade gelang es ihr noch, die heutige Zeitung unter dem Bett verschwinden zu lassen, bevor Karl Ekman den Kopf zur Tür hereinsteckte.

Beim Anblick ihres verweinten Gesichts sah er sie fragend an. »Ist etwas passiert?«

Victoria zwang sich zu einem Lächeln, eine Strategie, die sich bewährt hatte. Schon als kleines Mädchen hatte sie gelernt, dass ein Lächeln meistens half, wenn man in der Klemme saß. »Nein, gar nichts. Ich habe nur etwas Trauriges gelesen.«

Pa schob den Fuß unter das Bett und angelte die Zeitung heraus. »Etwas Trauriges oder etwas, das so wunderbar war, dass es dich zu Tränen gerührt hat?«

»Pa, ich gebe mir ja wirklich Mühe, tapfer zu sein. Aber inzwischen bin ich dreizehn und habe das Gefühl, dass mein Leben auf der Stelle tritt.« Zuckte es da etwa um Pas Mundwinkel. Sie blickte ihn finster an.

»Hast du deine Hausaufgaben schon gemacht?«

»Ja.« Sie wies auf ihren Schreibtisch mit dem aufgeschlagenen Buch. Dann jedoch beschloss sie, es mit Ehrlichkeit zu versuchen. »Nein. Ich habe lieber noch einmal in die Zeitung geschaut. Glaubst du, dass sie alle dort sind, Pa? Bei Nordiska Kompaniet?«

»Vielleicht wollen sie Märta unterstützen. Aber Birna könnte genauso gut im Krankenhaus sein. Und Torun hat eigentlich kein Interesse an Kaufhäusern.« Er beugte sich mit verschwörerischer Miene vor. »Außer, wenn es dort eine Bücherabteilung gibt.«

Victoria kicherte. »Die gibt es.« Sie seufzte. »Wie mag es wohl sein, wenn man sich wirklich für etwas begeistern kann? Du hast deinen Bahnhof. Ottilia das Grand Hôtel. Torun ihre Bücher. Und Birna ihr Medizinstudium.« Ihr kam ein Gedanke. »Hatte Ma eigentlich eine Leidenschaft?«

Ein wehmütiger Ausdruck malte sich auf Pas Gesicht. »Ihr Kinder wart ihre Leidenschaft.« Er blickte seine jüngste Tochter an. »Und damit bist auch du gemeint.«

Victoria zuckte mit den Achseln. »Sie wollte lieber einen Jungen.«

Pa schüttelte den Kopf. »Ich weiß, dass ihr Mädchen das glaubt, da kann ich mir den Mund fusselig reden. Sie hat Jon um seiner selbst willen geliebt. Ebenso wie sie auch ihre Töchter um ihrer selbst willen geliebt hat. Deine Mutter war nämlich überzeugt, dass Mädchen genauso begabt sind wie Jungen.«

Victoria sah ihn unverwandt an. »Und findest du das auch?«

Pa überlegte. »Anfangs noch nicht. In meiner Jugend wurde von Mädchen, wenn sie überhaupt zur Schule gehen durften, erwartet, dass sie als Hausangestellte oder in der Landwirtschaft arbeiteten. Und dann lernte ich eure Mutter kennen, die klüger war als die meisten anderen Menschen. Ihr vier Mädchen seid alle nach ihr geraten. Als ich ihr einen Heiratsantrag machte, antwortete sie: ›Karl Ekman, ich mag dir dem Gesetz nach nicht gleichgestellt sein, aber in der Familie Ekman werden wir alle Entscheidungen gemeinsam treffen. Sonst sage ich nicht Ja.‹«

»Damit wären nicht viele Männer einverstanden gewesen.«

»Vielleicht nicht. Doch ich denke, eine kluge und charmante Frau und vier begabte Töchter sind nichts, weswegen ein Mann sich schämen müsste.«

Victoria zog die Knie an und stützte das Kinn darauf. »Ich bin nicht begabt. Nur schön. Das sagen wenigstens alle über mich.«

»Das liegt nur daran, dass du in der Schule so faul bist. Du tust gerade genug, um dir keinen Ärger mit den Lehrern einzuhandeln, aber kein bisschen mehr. Das ist ein Jammer. Du bist nämlich genauso intelligent wie deine Schwestern. Nur dass du manchmal deine schlimmste Feindin sein kannst.«

»Unsere Ottilia hat auch nicht viel gebüffelt, oder? Sie war doch zuerst als Hausmädchen tätig.«

»Ja, aber das ist fast zwanzig Jahre her. Damals lagen die Dinge noch anders. Und dann hatte Ottilia Glück. Sie hat die Hotelbranche als etwas entdeckt, für das sie brennen kann.

Und du wirst vermutlich kaum jemanden finden, der sich mit mehr Hingabe ins Zeug legt als sie. Sie wollte alles lernen, was es über das Führen eines Hotels zu lernen gibt.«

»Und die anderen?«

»Torun war schon immer ein Bücherwurm. Und Birna hat in dem Moment, als eure Mutter starb, beschlossen, Ärztin zu werden.«

Victoria blickte auf. »Du hast Jon vergessen.«

Pa lächelte wehmütig. »Ich vergesse Jon nie. Aber der war mehr wie ich. Er interessierte sich für Züge und dafür, wie man einen Bahnhof leitet.«

»Und was ist mit mir?«

»Ich habe keine Ahnung. Noch nicht. Ich kann dir nur versprechen, dass auch auf dich eine Aufgabe wartet. Ich habe einen Vorschlag für dich. Wenn du in deinem letzten Schuljahr fleißig lernst, werde ich tun, was ich kann, um es dir zu ermöglichen, nach Stockholm zu ziehen. Du solltest nur bedenken, dass dir mit zunehmender Bildung mehr Türen offen stehen werden. Und außerdem würde ich lieber warten, bis dieser Krieg vorbei ist, bevor ich dich in die Hauptstadt lasse. Hier bist du sicherer.«

Victoria erstarrte. »Droht meinen Schwestern Gefahr?« Sie zu hassen, war dann doch etwas anderes, als ihnen den Tod zu wünschen. »Du sagst doch immer, dass Schweden sich aus dem Krieg raushalten wird.«

»Und das glaube ich noch immer. Zumindest, solange es geht.«

Sie musterte ihn forschend. »Pa, auf welcher Seite würden wir kämpfen, wenn wir in den Krieg eintreten müssten?«

»Auf der deutschen. Einen anderen Weg sehe ich nicht.«

Offenbar sahen die Deutschen es genauso. Zumindest, als britische Unterseeboote auf der Ostsee einige deutsche Handelsschiffe versenkten und am 23. Oktober erneut die SMS *Prinz*

Adalbert torpedierten. Diesmal traf der Torpedo die Munitionsvorräte des Schiffes, das prompt unterging. Deutschland forderte von Schweden eine Reaktion.

Kapitel zwanzig

1916

Die warme Frühlingssonne schien zum Fenster des Büros herein. Die Ellbogen auf die Schreibtischplatte gestützt, saß Josef da und studierte noch einmal die Umsatzzahlen des Jahres 1915. Diese übertrafen bei Weitem sämtliche Erwartungen, und ihm lag viel daran, vor der jährlichen Generalversammlung am Montag den Ursachen auf den Grund zu gehen.

Ein großer Teil des finanziellen Erfolgs von Nordiska Kompaniet, wenn auch nicht der gesamte, ließ sich darauf zurückführen, dass sich das neue Haus in der Hamngatan einer noch nie da gewesenen Beliebtheit erfreute. Fünfunddreißigtausend Stockholmer, also ein Zehntel der Stadtbevölkerung, hatten an jenem wundervollen Eröffnungstag im September die Schwelle des Hauses passiert. Auch wenn einige der Besucher nur zum Bummeln gekommen waren, hatte man an diesem Tag ungewöhnlich hohe Umsätze erzielt, und das war im Großen und Ganzen auch so geblieben. Gut, das neue Kaufhaus nannte auch eine größere Anzahl von Abteilungen sein Eigen als sein Vorgänger. Doch auch wenn man nur die Zahlen der bereits am Stureplan vorhandenen Abteilungen aus dem letzten Quartal 1915 mit denen des ersten Quartals 1916 verglich, war klar zu erkennen, dass sich der Umsatz beträchtlich gesteigert hatte. Zu Josefs Erstaunen hatte ausgerechnet das französische Modeatelier sämtliche Erwartungen übertroffen.

Als er diesen Punkt am gestrigen Abend Sigrid gegenüber erwähnt hatte, war sie weniger überrascht gewesen als er. Einer der Gründe für den derzeitigen Anstieg der Nachfrage sei, wie sie erklärte, dass die Röcke kürzer geworden seien. Als weitere Erklärung könne dienen, dass viele Stammkundinnen mit ihrem Auftrag bis nach dem Umzug in das neue Gebäude gewartet hätten. Alle, womit Sigrid nach Josefs Verständnis die Damen der besseren Stockholmer Gesellschaft meinte, hätten die luxuriös ausgestatteten Garderoben und Vorführräume in der zweiten Etage mit eigenen Augen sehen wollen. Und keine von ihnen sei enttäuscht gewesen, wie Sigrid ihm versicherte. Die Damen hätten alles, angefangen bei den hohen französischen Fenstern mit Blick auf die Hamngatan bis hin zu den vergoldeten Möbeln im Louis-Seize-Stil und dem dicken, den Klang von Schritten dämpfenden Teppich, gebührend bewundert. Und natürlich sei jedes Detail bei diversen Abendeinladungen und Kaffeekränzchen in den höchsten Tönen gelobt worden.

Ein weiterer Grund für den durchschlagenden Erfolg des Modeateliers war Sigrids Vermutung nach die rechtzeitige Rückkehr des Publikumslieblings Kurt Jacobsson. Wie viele junge Männer war Kurt 1914 eingezogen worden. Doch wie das Glück es wollte, war sein einjähriger Wehrdienst pünktlich zur Eröffnung des neuen Kaufhauses zu Ende gewesen. Der freundliche und höchst versierte Herr war schon seit seiner frühesten Jugend bei Nordiska Kompaniet tätig. Der Sohn eines Seidenhändlers hatte seine Zukunft in der Modebranche gesehen und als Praktikant im französischen Modeatelier angefangen, wo er der berühmten französischen Modeschöpferin Suzanne Pellin unterstellt gewesen war. Mit seinem feinen Gespür für Stil und Eleganz hatte er rasch das Vertrauen der launischen Madame Pellin gewonnen. Außerdem hatte er, zu ihrer großen Freude, nicht nur Französisch gelernt, sondern auch Interesse daran geäußert, einen Blick hinter die Kulissen der großen Pariser Modehäuser werfen zu dürfen. Und so war Kurt nach einer Einkaufsreise nach Paris mit Madame Pellin dort geblieben und hatte in den kommenden zweieinhalb Jahren bei verschiedenen Modeschöpfern gearbeitet, so zum Beispiel bei Maison Lucile, das von der temperamentvollen Lady Duff-Gordon geführt wurde. Inzwischen war Kurt mit seinen gerade mal vierundzwanzig Jahren nicht nur Leiter der Abteilung Damenmode, sondern steuerte auch regelmäßig eigene Entwürfe bei. Die Stammkundinnen des Ateliers waren begeistert.

Inzwischen hatte Josef noch eine Ursache für die wachsende Beliebtheit des Ateliers ausfindig gemacht: In der Stadt wimmelte es von Kriegsgewinnlern, Neureichen also, die nun über die Mittel verfügten, ihre Frauen wie Damen einzukleiden. Berichten zufolge hatte eine der ersten dieser Kundinnen sage und schreibe vier Seidenkleider mit passenden Mänteln bestellt. Josef konnte sich darauf verlassen, dass seine Näherinnen diesen Frauen mit der bei Nordiska Kompaniet üblichen Höflichkeit begegnen würden, auch wenn ihr Geld aus recht anrüchiger Quelle stammte.

Josef studierte weiter die Zahlen. Selbst die neuen Abteilungen wie Musikinstrumente, Tapeten, Künstlerbedarf, Eisenwaren, Kameraausrüstungen, Drucksachen und Automobilzubehör erfreuten sich eines gesunden Umsatzes.

Außerdem hatte sich der Export trotz des noch immer tobenden Krieges gesteigert. Selbst die russischen Filialen von Nordiska Kompaniet in Moskau und Sankt Petersburg meldeten Zuwächse in den Bereichen Möbel und Elektrogeräte. Aber wie lange noch? Den Zeitungen zufolge brach dort bereits die Lebensmittelversorgung ein. Das russische Militär hatte große Verluste erlitten, und die ausgehungerten jungen Männer wollten nicht mehr kämpfen. Kurz gesagt, zwischen dem Volk, seinem Zaren und der Regierung braute sich Ärger zusammen. Deshalb musste Nordiska Kompaniet auf Nummer sicher gehen und die Unternehmensgruppe als Ganzes schützen, anstatt zu versuchen, die Gewinne in Russland abzusichern oder gar zu steigern, was unter den gegebenen Umständen absurd gewesen wäre. Also würde man sämtliche Profite in Russland mit der Entwertung des dortigen Firmenkapitals verrechnen, eine Verminderung des Risikos, die Vorstand und Anteilseigner gleichermaßen zufriedenstellen würde. Josef machte sich am Seitenrand eine Notiz. Das russische Kapital durfte deshalb niemals höher als vier Millionen Schwedische Kronen angesetzt werden. Aber was sollte aus den Häusern in Moskau und Sankt Petersburg letztlich werden?

Josef kratzte sich am Kinn und las weiter. Die Angestellten in Schweden waren zufrieden. Zum ersten Mal seit seiner Gründung im Jahr 1902 würde Nordiska Kompaniet einen vierteljährlichen Bonus an alle seine festen Mitarbeiter ausschütten, um ihnen angesichts der rasant steigenden Lebenshaltungskosten beizustehen. Außerdem hatten alle, die zur schwedischen Armee eingezogen wurden, im Jahr 1915 weiter ihr volles Gehalt bekommen. Die Familienväter unter diesen Männern erhielten zusätzlich noch zehn Kronen pro Woche für Lebensmittel.

Er legte die Fingerspitzen aneinander und wandte sich einer anderen Liste zu. Einige Punkte darauf ließen sich rasch abhaken. So musste er zum Beispiel den Leiter der Haustechnik daran erinnern, sämtliche einhundertfünfzig Uhren im Haus um eine Stunde vorzustellen, wenn im Mai dieses neumodische Theater mit der Sommerzeit begann. Andere Dinge würden hingegen mehr Zeit und Einfallsreichtum erfordern. Insbesondere, wenn es um die Sicherung von Lieferketten ging. Wegen des Krieges hatte sich Nordiska Kompaniet bereits gezwungen gesehen, einige seiner ausländischen Lieferanten gegen einheimische Firmen auszuwechseln, die inzwischen vergleichbare Waren herstellten. Allerdings wäre es naiv gewesen, anzunehmen, dass nicht auch diese Lieferungen früher oder später versiegen würden, wenn die Transporte zu gefährlich oder die Rohstoffe knapp wurden.

Josef steckte die Kappe auf seinen Füllhalter. Da kein Ende des Krieges abzusehen war, musste man auf das Beste hoffen und sich auf das Schlimmste vorbereiten. Ein Kaufhaus war nur so gut wie sein Warenangebot und seine Dienstleistungen. Was Letzteres anging, konnte er sich auf seine Angestellten verlassen. Seine Aufgabe war es, dafür zu sorgen, dass sie auch etwas zu verkaufen hatten.

Kapitel einundzwanzig

In ihrem Büro, ein paar Türen weiter an diesem Flur im Verwaltungstrakt, saß die Hauptkassiererin Maria Blombergsson und zog ebenfalls Bilanz. Sie dankte ihrem Glücksstern dafür, dass der liebe August Åhlfeldt sie Josef Sachs so warm empfohlen hatte. Ein Kaufhaus erfüllte in vielerlei Hinsicht ganz ähnliche Aufgaben wie ein Hotel – nämlich die Bedürfnisse, Wünsche und Ansprüche einer großen Anzahl von Kunden zu befriedigen, die Tag für Tag kamen und gingen. Nun war Maria schon seit sieben Monaten als Hauptkassiererin und Dolmetscherin bei Nordiska Kompaniet beschäftigt und hatte sich an ihren neuen Tagesablauf gewöhnt. Jeden Morgen verließ sie pünktlich ihre kleine Wohnung in Kungsholmen, um noch vor neun am Personaleingang in der Smålandsgatan zu sein. Gegen Viertel vor sieben kehrte sie dann nach Hause zurück, wo sie ein schlichtes Abendessen verspeiste, noch eine Weile las und zu guter Letzt das Licht löschte, um sich auszuschlafen, bevor morgen ein neuer Tag begann. Verglichen mit vielen Stockholmern führte sie beinahe ein Luxusleben.

Natürlich war die Schließung des Hôtel Rydberg im September 1914 für die meisten Mitarbeiter ein schwerer Schlag gewesen. Zumindest auf Maria traf das voll und ganz zu, denn sie hatte dadurch auf einen Streich nicht nur ihren Lebensunterhalt, sondern auch die wenigen Freundinnen verloren, die sie in Stockholm gefunden zu haben glaubte. Ja, die meisten Frauen wohnten hier in der Stadt, aber Maria war zu spät aufgefallen, dass sie sich nur selten außerhalb des Hotels trafen. Und nun hätte es seltsam gewirkt, einen gemeinsamen Cafébesuch vorzuschlagen. Außerdem hatten die meisten sowieso keine Zeit für Verabredungen. Das hatte Maria wenigstens geglaubt, bis sie heute beobachtet hatte, wie vier ihrer alten Bekannten aus dem Hôtel Rydberg die Teestube im zweiten Stock verließen. Aber schließlich wussten diese Frauen, dass sie bei Nordiska Kompaniet arbeitete, hatte sie sich zu trösten versucht. Also war ihnen sicher klar, dass ein Plausch während der Öffnungszeiten für sie nicht infrage kam. Dennoch wäre sie zumindest gerne gefragt worden. Doch im nächsten Moment fiel ihr noch etwas ein: Diese Frauen machten einen so vertrauten Eindruck, dass es sich unmöglich um ihre erste gemeinsame Unternehmung handeln konnte. Und sie, Maria, war ausgeschlossen worden. Vielleicht waren sie ja nie wirklich befreundet gewesen.

Maria nippte an ihrem Nachmittagstee, den sie lieber am Schreibtisch als in der Kantine zu sich nahm. Dabei hing sie weiter traurigen Gedanken nach und gestattete sich einen Ausflug in die Vergangenheit, was bei ihr nur selten geschah. Ursprünglich stammte sie aus Gotland und war wie ihre Tante Wilhelmina in die Provinz Gävleborg gezogen, wo sie im März 1902 Ragnar Blombergsson geheiratet hatte. Einen Monat später wurde dann ihre gemeinsame Tochter geboren. Maria legte beide Hände um die Tasse und lehnte die Unterlippe an den Rand. War sie damals glücklich gewesen? Ja und nein. Sie hatte Ragnhilda von ganzem Herzen geliebt. Was jedoch nicht für den Vater des Kindes galt. Allerdings hatte sie den Verdacht, dass diese mangelnde Liebe auf Gegenseitigkeit beruhte. Jedenfalls hatte der Tod ihrer Tochter ein Jahr später auch dieser Farce einer Ehe den Todesstoß versetzt. Und so hatte Maria, wie betäubt vor Trauer um ihr Kind, ihre Sachen gepackt, um ihrer geliebten Tante – inzwischen Direktorin des Grand Hôtel – ein zweites Mal zu folgen. Tante Wilhelmina hatte sie mit offenen Armen empfangen.

Allerdings war dieses Willkommen auch an Bedingungen geknüpft. Als Verfechterin der Maxime, dass harte Arbeit die beste Ablenkung war, hatte Wilhelmina Maria ein wenig Zeit gegeben, um sich auszuweinen, und dann sofort begonnen, die Zukunft ihrer Nichte in Stockholm zu planen. Was Maria brauchte, verkündete sie, nachdem sie ihr ein Glas Brandy und ein sauberes Taschentuch gereicht hatte, sei ein anständiger Beruf und, noch besser, ein Abschluss von der Abendschule. Schließlich sei Maria intelligent und außerdem sprachbegabt. Außerdem vertrat Tante Wilhelmina die Auffassung, dass es sinnlos sei, in einer rettungslos zerrütteten Ehe zu verharren. Wieso ließ Maria sich nicht scheiden und gewänne so ihre Bürgerrechte zurück? Als alleinstehende Frau von sechsundzwanzig Jahren habe sie so die Möglichkeit, als Buchhalterin ein neues Leben anzufangen.

Maria trank noch einen Schluck Tee. Tante Wilhelmina hatte recht behalten. Ihre fast zwölf Jahre im Hôtel Rydberg waren glückliche gewesen. Tagsüber hatte sie alle Hände voll zu tun gehabt und abends die Nase in die Bücher gesteckt. Nachdem sie die Geheimnisse von Soll und Haben ergründet hatte, hatte sie weitere Fremdsprachen zu ihrem Repertoire hinzugefügt und beherrschte inzwischen sage und schreibe acht verschiedene Idiome. Außer Tante Wilhelmina wusste niemand, dass sie 1906 in Stockholm geschieden worden war. Und auch dass sie ein Kind hatte begraben müssen, blieb ihr Geheimnis. Der Schmerz über den Verlust eines geliebten Menschen war etwas, das niemanden etwas anging. Und darüber hinaus ein Gesprächsthema, mit dem man seine Mitmenschen nur in Verlegenheit brachte.

Maria blinzelte eine Träne weg. Ihre Tochter wäre inzwischen vierzehn Jahre alt gewesen. Eine Stütze bei den von Beklommenheit überschatteten Besuchen auf Gotland, wo die Verwandtschaft Maria eher mit Ehrfurcht als wie ein Familienmitglied behandelte. In Stockholm galt ihre Kleidung als gediegen und von guter Qualität. Auf Gotland wurde sie als der Gipfel der Eleganz betrachtet. Manchmal, so dachte Maria oft, wenn sie kerzengerade im besten Sessel ihrer Mutter saß, war Taft eine härtere Barriere als Eisen.

Doch Ragnhilda gab es nicht mehr. Und wenn Tante Wilhelmina auf Reisen war, hatte Maria auch sonst keine Ansprache. Während der ersten Zeit bei Nordiska Kompaniet, in der Chefetage mit N.K. abgekürzt, hatte ihr einfach der Antrieb gefehlt, auf ihre neuen Kolleginnen zuzugehen. Und so hatte Maria die wunderbare Gelegenheit verpasst, diejenigen unter den Angestellten kennenzulernen, die genau wie sie nicht schon alte Freundschaften aus dem Haus am Stureplan pflegten. Eigentlich hatte sie gehofft, sich mit Ellen Sachs anfreunden zu können, die ihr Büro nur ein paar Türen weiter hatte. Fräulein Sachs schien wirklich sympathisch zu sein und hatte sie freundlich willkommen geheißen. Allerdings war sie bereits mit Märta Eriksson aus der Handschuhabteilung befreundet, also ausgerechnet mit der Frau, die Maria am Eröffnungstag so abschätzend gemustert hatte. Maria hatte den Grund dafür nicht verstanden, und das tat sie bis heute nicht. Also hatte sie auf ihre altbewährte Strategie zurückgegriffen, die Rückzug hieß. Nun würde sie in einem Jahr vierzig werden. Und was hatte sie bis jetzt dafür vorzuweisen?

Die Antwort kam ihr viel zu rasch über die Lippen: nicht sehr viel.

Kapitel zweiundzwanzig

Am letzten Sonntag im Juli legte Märta das Strickzeug beiseite und lehnte sich an die Linde im Humlegården-Park, unter der sie gerade saß. Obwohl sie sehr wohl verstand, was den Menschen am grünen Laub der Bäume so gefiel, fand sie die dicken, häufig knorrigen Stämme um einiges interessanter. Diese Baumstämme waren Zeugen der Geschicke dieser Stadt, und kein Sturm hatte sie umwerfen können. Nein, wie in den meisten Fällen war ihr ärgster Feind der Mensch. Zum Beispiel im letzten Jahr, als man, allen Protesten der Bevölkerung zum Trotz, aus einer Laune heraus beschlossen hatte, für den Ausbau des Sveavägen-Boulevards einen Teil des Adolf-Fredriks-Friedhofs zu entweihen. Diese sogenannten Stadtplaner hatten es nicht nur für überflüssig gehalten, die Familien – auch der von Märta – der armen Seelen davon in Kenntnis zu setzen, deren sterbliche Überreste nun wieder ausgegraben wurden. Weit gefehlt, sie hatten auch die alten Linden und Ulmen gefällt, die mehr als zehn Generationen von Trauernden Trost und Schatten gespendet hatten.

Seit dem Baumdebakel waren inzwischen sechs Monate vergangen. In dieser Zeit hatte man zwar einen großen Teil dieses Parks und auch vieler anderer Grünanlagen in Stockholm für den Gemüseanbau umgewidmet, doch zumindest hatte man die Bäume in Ruhe gelassen. Bis jetzt. Wieder lehnte Märta den Kopf gegen den Stamm und musste eine Träne zurückdrängen. Warum war sie nur so nah am Wasser gebaut? Allerdings kannte sie den Grund genau. In der Wochenschau gestern im Kino hatten sie weitere Schreckensbilder aus Frankreich gezeigt. Außerdem war schon wieder ein Monat vorbei, ohne dass sie von Wilhelm gehört hatte. Doch obwohl sie stets auch ihre eigene Adresse ordentlich in Blockbuchstaben auf der Rückseite des Kuverts vermerkte, war bis jetzt keiner ihrer Briefe zurückgekommen. Durfte sie deshalb davon ausgehen, dass ihre Briefe und Päckchen den Empfänger auch erreichten? Hatte er das letzte Paar Socken wirklich erhalten? Das Stricken hatte ihr beinahe Spaß gemacht, denn schließlich hatte sie gewusst, dass jede Masche ihren Wilhelm warm halten würde. Sie unterdrückte ein Seufzen, denn sie wollte Torun, Beda und Ellen nicht stören, die gerade ein wenig Muße zum Lesen hatten.

Märta versuchte, sich ihre Angst auszureden. Auch Karolina hörte nur selten von ihrem Edward. Allerdings mit dem Unterschied, dass der hin und wieder ein paar Tage Heimaturlaub hatte. Ganz im Gegensatz zu Wilhelm. Wenn Märta nur gewusst hätte, wo er war. Hoffentlich hatten sie ihn nicht an die Somme geschickt. Die Berichte in den Zeitungen ... Eine Biene schwebte über einem Gänseblümchen. Die Frage, ob sie nun landen sollte oder nicht, schien ihre einzige Sorge zu sein. Was wusste diese kleine Biene von den Schrecken des Krieges? Zum Glück gar nichts. Waren es bei den Bienen denn nicht nur die Weibchen, die den Pollen einbrachten? Wie kam eine Kolonie voller weiblicher Bienen wohl miteinander aus? War die Bienenkönigin gütig?

Märta betrachtete ihre drei Freundinnen und strich dabei mit dem Finger über ihr silbernes Glücksarmband. Sie alle besaßen eines. Während die Kettenglieder für die Unverbrüchlichkeit ihrer Freundschaft standen, spiegelten die Anhänger ihre Vorlieben und Interessen wider. Inzwischen wohnte Märta schon seit anderthalb Jahren bei Torun und Beda. Doch so froh sie darüber war, ein Dach über dem Kopf und eine Familie zu haben, fehlte ihr die Ungebundenheit, die es bedeutete, einfach die Wohnungstür hinter sich zumachen zu können.

Das ständige Gefühl, jemandem verpflichtet zu sein, zerrte an ihren Nerven. Im nächsten Moment schalt sie sich für diese Gedanken. Wie undankbar sie doch war, sich über ihre Wohnsituation zu beklagen, während Wilhelm ... sie wusste nicht, welchen Gefahren er sich stellen musste. Allerdings spürte sie in ihrem Innersten, dass er einfach nicht tot sein konnte. Denn wenn eine Verbindung wie die ihre durchtrennt worden wäre, hätte sie doch sicher einen Ruck in ihrer Seele, irgendeinen Riss wahrgenommen. War es nicht vielen Müttern, Schwestern und Ehefrauen im Laufe der Geschichte so ergangen? *Ich wusste, dass er nicht mehr lebt, denn ich habe es einfach gefühlt.* Und sie fühlte nichts. Absolut nichts. War er vielleicht gefangen genommen worden? Das hätte das Schweigen in ihrem Herzen erklärt.

Torun schleuderte ihre Zeitung auf die kleine Wiese, auf der sie alle saßen. »Jetzt tun wir nach allem Diskutieren und Sträuben doch, was die Deutschen wollen.«

Ellen Sachs legte ihre Ausgabe von Ellen Keys neuem Buch *Krieg, Frieden und die Zukunft* beiseite. »Was bleibt uns denn anderes übrig. Wenn wir den Kogrund-Kanal nicht vermint hätten, hätten die Deutschen es für uns erledigt.«

»Das können wir den Deutschen nicht zum Vorwurf machen.« Märta rieb sich mit beiden Händen die Schläfen. Wenn sie sich wieder einmal auf eine Kriegsdebatte mit Torun einlassen wollte, musste sie geistig auf Zack sein. Seit der Krieg begonnen hatte, waren die Deutschen für Torun ein rotes Tuch.

»Ach, das können wir nicht?«, gab Torun zurück.

»Nein. Solange die Alliierten von der Nordsee her nach Belieben kommen und gehen konnten, waren die deutschen Schiffe auf der Ostsee leichte Beute. Dänemark hat seine Gewässer schon vor langer Zeit vermint.«

»Weil die Deutschen angefangen hatten, das an ihrer statt zu übernehmen«, entgegnete Torun patzig.

»Aber es ist doch bestimmt besser, Minen zu legen, als sich

angreifen und besetzen zu lassen«, wandte Beda ein. »Ich kann es den Dänen nicht verübeln.«

»Außerdem kämpft Deutschland an zwei Fronten«, hielt Märta den anderen vor Augen.

»Das«, erwiderte Torun spitz, »haben sie sich ganz allein selbst zuzuschreiben.«

Märta blickte sie zornig an. »Immer schiebst du alles auf die Deutschen. Was ist mit den schwedischen Frachtern, die von den Briten blockiert werden? Sind die Deutschen etwa auch schuld daran, dass bei uns die Läden leer sind?«

»In gewisser Hinsicht ja«, antwortete Torun. »Wenn sie Russland nicht den Krieg erklärt hätten …«

»Oder wenn der Schuss in Sarajevo nie gefallen wäre«, gab Ellen zu bedenken. »Das waren nämlich nicht die Deutschen. Wir können uns nicht aussuchen, wem wir die Schuld zuschreiben.«

Schweigen senkte sich über die Gruppe, etwas, das in letzter Zeit leider häufiger vorkam.

Um das Thema zu wechseln und die Stimmung aufzulockern – und auch, weil es sie wirklich interessierte –, ergriff Märta wieder das Wort. »Ellen, weißt du, was aus unserem alten Haus am Stureplan werden soll? Dort werden gerade Gerüste aufgebaut.«

»Das habe ich auch gesehen«, erwiderte Ellen. »Ich habe nur gehört, dass das Gebäude an die Spedition Nordstjernan verkauft worden ist.«

»Dasselbe habe ich in der *Dagens Nyheter* gelesen«, bestätigte Torun.

Märta knirschte mit den Zähnen. Natürlich kannte sich die fleißigste Leserin aller Zeiten wieder einmal bestens mit Dingen aus, die eigentlich gar nicht ihre Sache waren.

»Was sagt denn Herr Sachs zum Krieg?«, wollte Torun von Ellen wissen. »Schließlich ist er ein Mann mit guten Verbindungen. Ist er nicht für den Posten des nächsten Generalkonsuls von Norwegen im Gespräch?«

Ellen blies die Wangen auf. »Onkel Josef ist genauso besorgt wie wir alle. Wir haben zwar noch Lagerbestände, aber in der Feinschmeckerabteilung spürt man allmählich die geringeren Liefermengen und die vielen Verzögerungen. Ohne ein Paar neue Herbststiefel kann man leben, aber essen müssen wir alle.«

»Welche Möglichkeiten hat Herr Sachs?«, fragte Märta. »Schließlich kann er keine Lebensmittel herbeizaubern. Auch das in Parks wie diesem angebaute Gemüse reicht nicht, um die Stadt zu ernähren.«

Ellen lächelte. »Nein, aber er kann die Versorgung mit Obst und Gemüse sicherstellen, indem er Anbauflächen pachtet. Den Ronna Handelsträdgård am Stadtrand von Södertälje hat er schon gemietet und dazu einige angrenzende Ackerflächen gekauft.« Sie sah Märta fragend an. »Ich dachte, du wüsstest das, Märta. Alle in der Feinschmeckerabteilung jubeln schon. Es ist also kein Geheimnis.«

»Und welche Auswirkungen hat das auf die kleinen Lebensmittelläden?« Torun verzog finster das Gesicht. »Eines muss man Nordiska Kompaniet lassen: Sie schaffen mitten im Krieg eine Oase des Luxus. Aber der Allgemeinheit ist damit nicht gedient. Wusstet ihr, dass eure Feinschmeckerabteilung Svenska Hem in den Ruin getrieben hat? Dieses wundervolle Frauenkollektiv musste sich mit der von Männern geleiteten Lebensmittelkooperative zusammenschließen. Und wie viel Einfluss werden unsere lieben Schwestern dann wohl noch haben?«

Ellen bedachte sie mit einem zornigen Blick. »Sie hätten noch weniger, wenn Obst und Gemüse vom Großmarkt verschwänden, um dann auf dem Schwarzmarkt wiederaufzutauchen. Auch deshalb bauen wir selbst an. Um die Profiteure fernzuhalten. Politische Prinzipien sind ja schön und gut, doch mit Bedenken und Einwänden kann man in Kriegszeiten keine Familie ernähren.«

»Verdammte Männer«, murmelte Torun. »Mit ein paar Säcken Kartoffeln kommt eine Familie über den Winter, allerdings nicht zu Schwarzmarktpreisen. Kein Wunder, dass Kleingärten so beliebt sind. Sie sind eine wirklich praktische Erfindung.«

»Wir bauen auch einen großen Teil unseres Gemüses selbst an«, erwiderte Beda. »Schließlich hat das Grand Hôtel noch seine Gewächshäuser aus den Anfangstagen. Jetzt leisten sie uns gute Dienste. Ein Jammer, dass man Treibstoff nicht auch selbst anbauen kann.«

»Wir haben für den Fall einer Treibstoffknappheit sechzehn Pferde angeschafft«, verkündete Ellen.

»Hut ab, Herr Sachs.« Torun war beeindruckt. »Ich glaube, auf diese Idee wäre ich erst gekommen, wenn die Treibstofftanks leer gewesen und die Preise für Pferde durch die Decke geschossen wären. Wirklich erstaunlich, wie schnell Automobile die Pferde verdrängt haben. Inzwischen sind Lieferwagen für uns etwas ganz Alltägliches. Ob man bei Norstedt wohl genauso vorgeht?«

»Vermutlich«, antwortete Ellen. »Gewiss beratschlagen die Wirtschaftslenker in dieser Stadt darüber, was wohl die beste Lösung ist. Onkel Josef ist sicherlich nicht der Erste, der diesen Einfall hatte. Wir müssen alle an einem Strang ziehen.«

»Es gibt bestimmt unzählige Mittel und Wege, wie jeder eine Kleinigkeit beitragen kann«, meinte Torun. »Zum Beispiel, dass man zusammen kocht, um Gas zu sparen. So halten wir es. Wenn wir zu unterschiedlichen Zeiten nach Hause kommen, warten wir auf die anderen oder wärmen das Essen auf.«

»Obwohl das auch nichts nützen wird, wenn es eine Lebensmittelknappheit gibt oder die Preise weiter steigen«, wandte Märta ein. »So sinnvoll es auch sein mag, drei Eier in einem Topf zu kochen, muss man diese drei Eier erst einmal haben.«

Beda spielte an einem Grashalm herum. »Meine Mutter hat mit drei Eiern, ein bisschen Milch und ein paar Kartoffeln Essen für unsere ganze Familie gekocht. Alle Reste wurden aufbewahrt und bei der nächsten Mahlzeit weiterverwertet. Nichts wurde weggeworfen. Niemals. Natürlich lag das auch daran, dass meine Mutter noch die große Hungersnot vor fünfzig Jahren im Gedächtnis hatte. Und ihre kleinen Geschwister mit den geschwollenen Bäuchen, die vor Hunger weinten. Dazu die eingefallenen Wangen ihres Vaters und seine schuldbewusste Miene.«

Märtas Puls wurde schneller. »Aber wir sind alle noch hier, richtig? Während Wilhelm verschollen ist«, zischte sie zornig.

Beim Anblick von Bedas entsetztem und bestürztem Gesichtsausdruck brach Märta in Tränen aus. Sie schlug die Hände vor den Kopf. »Es tut mir so leid, Beda. Das war ungerecht von mir. Ganz schrecklich ungerecht.«

Es raschelte im Gras, und im nächsten Moment legte sich ein warmer Arm fest um sie. »Es war meine Schuld«, sagte Beda. »Wie konnte ich nur so gedankenlos sein? Bitte verzeih mir.«

Märta schüttelte den Kopf. »Da gibt es nichts zu verzeihen. Offen gestanden war ich schon vor unserem Gespräch nah am Wasser gebaut.« Sie drückte Beda an sich.

»Eine Freundschaft wie diese«, stellte Ellen leise fest, »wird uns helfen, das alles zu überstehen. Sie ist das Band, das uns alle zusammenschweißt. Männer mögen Kriege anzetteln, doch Frauen sichern das Überleben.«

Torun nickte. »Und daran können weder die Deutschen noch die Briten etwas ändern.«

Kapitel dreiundzwanzig

Mit zitternder Hand legte Maria den Telefonhörer auf. Mutter. Gestorben mit achtundsechzig Jahren. An Lungenentzündung. Sie warf einen Blick auf ihren Schreibtischkalender. Nun hatte der 16. September eine völlig neue Bedeutung bekommen: Er war der Todestag ihrer Mutter. Marias Unterlippe bebte. Sie beherrschte sich mühsam. Für Tränen war jetzt keine Zeit. Nicht hier. Nicht jetzt. Zuerst musste sie Tante Wilhelmina anrufen und dann wegen des Trauerfalls um Urlaub bitten. Aber wen? Herrn Sachs? Die Personalabteilung? Die Abteilung für Mitarbeiterfürsorge? Wie lange dauerte die Bearbeitung eines solchen Antrags? Heute war Samstag. Um eins würde das ganze Kaufhaus bis Montagmorgen schließen.

Zehn Minuten später klopfte Maria an die Tür von Ellen Sachs.

»Herein«, rief eine angenehme Stimme.

Als sie eintrat, wurde sie mit einem breiten Lächeln begrüßt.

»Fräulein Blombergsson, wie schön, dass Sie hier sind. Eigentlich wollte ich Sie schon länger auf einen Kaffee einladen, aber die Zeit rast einfach dahin. Wie hat Ihnen Ihr erstes Jahr bei N.K. gefallen?« Fräulein Sachs wies auf den Besucherstuhl. »Nehmen Sie doch Platz.«

»Danke. Ich arbeite sehr gern hier«, erwiderte Maria wahrheitsgemäß. »Kein Tag ist wie der andere. Man weiß nie, was ein Kunde als Nächstes verlangt. Die Damen an den Kassen können die meisten Schwierigkeiten selbst klären. Dennoch werde ich mindestens einmal am Tag nach unten gerufen. Aus irgendeinem unerfindlichen Grund laufe ich an manchen Tagen jede halbe Stunde hin und her. Das muss wohl am Vollmond liegen.« Sie zwang sich zu einem Lächeln. »Aber ich habe Freude an der Herausforderung und Abwechslung. Falls nicht wieder einmal das Rohrpostsystem verstopft ist, denn dann bin ich niemandem eine Hilfe.«

Fräulein Sachs lachte laut auf. »Das wäre bei mir nicht anders. Doch ich muss Ihnen voll und ganz zustimmen. Man weiß nie, was der nächste Moment so bringt. So ist es eben, wenn man Publikumsverkehr hat. Jeder Mensch ist anders.«

»Da bin ich absolut Ihrer Ansicht. Irgendwann letzte Woche, ich glaube, es war am Dienstag, doch eigentlich spielt das keine Rolle, wurde ich zweimal nach unten in den Verkaufsraum gerufen. Beim ersten Mal musste ich eine Auseinandersetzung zwischen einer Kassiererin und einer Dame schlichten, die überzeugt war, man habe sie beim Kauf eines Paars Strümpfe um eine Krone achtundvierzig übervorteilt.«

Fräulein Sachs verzog das Gesicht. »Und war das so?«

»Nein. Die dünnere Qualität kostete den niedrigeren Preis. Aber diese Kundin, ich glaube, die Kassiererin sprach sie mit ›Gräfin‹ an, wollte welche, die wärmten. Ich habe etwa zehn Minuten gebraucht, um ihr den Preisunterschied zu erklären. Allerdings habe ich den Verdacht, dass sie mich gar nicht verstehen wollte.«

»Und beim zweiten Mal?«

»Jemand hatte eine Brieftasche abgegeben.«

Fräulein Sachs runzelte die Stirn. »Warum ruft eine Kassiererin Sie deshalb zu Hilfe? Sie hätte sie in ihrer nächsten Pause einfach abgeben können.«

»Die Brieftasche enthielt achttausend Kronen.«

Fräulein Sachs stieß einen Pfiff aus. »Hat jemand sie abgeholt?«

»Wie man mir erzählt hat, ja. Und zwar ein junger Mann am Rande eines Nervenzusammenbruchs. Eigentlich hätte er für seinen Arbeitgeber etwas erledigen sollen und hatte unterwegs bei uns hereingeschaut, um Pralinen für seine Mutter zu kaufen. Vermutlich ist es nun sein geringstes Problem, seinem Vorgesetzten erklären zu müssen, warum er während der Arbeitszeit in einem Kaufhaus war.«

Fassungslos schüttelte Fräulein Sachs den Kopf. »Es gibt wirklich die seltsamsten Menschen. Was mich jedoch am meisten beschäftigt, ist die Frage, was dieser junge Mann wohl für achttausend Kronen in bar hätte kaufen sollen. Aber das geht uns ja nichts an.«

»Nein.« Und dennoch: achttausend Kronen. Das war für die meisten Familien eine lebensverändernde Summe. Für ihre eigene zum Beispiel. Was hätte ihre Mutter wohl mit achttausend Kronen angefangen? Als Maria spürte, dass ihre Unterlippe wieder zu zittern anfing, sprach sie rasch weiter. »Fräulein Sachs, könnten Sie mir vielleicht erklären, was ich tun muss, um Urlaub für einen Trauerfall zu beantragen. Natürlich bin ich gerne bereit, einen Teil meiner Urlaubstage aufzuwenden. Aber ich muss für drei oder vier Tage fort. Es tut mir leid, dass es so kurzfristig ist.«

Fräulein Sachs sah sie mitfühlend an. »Wer ist denn gestorben?«

»Meine Mutter. Heute Morgen.«

Fräulein Sachs fasste sich an die Kehle. »Mein liebes Fräulein Blombergsson, das tut mir schrecklich leid.«

»Danke. Meine Familie lebt auf Gotland. Deshalb muss ich so lange fort. Wir, also meine Tante und ich, wollen morgen abreisen. Mein Bruder hofft, dass die Beerdigung am Dienstag stattfinden kann. In diesem Fall würde ich am Mittwoch die Fähre zurück nehmen und könnte, so Gott will, am Donnerstag wieder hier sein. Ich brauche dringend eine Antwort bis Ladenschluss.« Maria schaute auf ihre Armbanduhr. »Das wäre in neunzig Minuten.«

»Eine Antwort?«

Maria rang um Beherrschung und bemühte sich um einen ruhigen Tonfall. »Ob ich fahren darf oder nicht.«

»Natürlich dürfen Sie.« Dass Maria es auch nur in Erwägung zog, dass man ihr diese Bitte genauso gut abschlagen könnte, schien Fräulein Sachs aufrichtig zu entsetzen. »Ich habe noch nie erlebt, dass jemandem bei einem Todesfall in der eigenen Familie der Urlaub verwehrt worden wäre. Außerdem werden die Tage nicht von Ihrem gewöhnlichen Jahresurlaub abgezogen. Die Mutter zu verlieren, ist schrecklich und ganz sicher keine Sommerfrische. Überlassen Sie die Formalitäten nur mir und gehen Sie. Gewiss haben Sie vor Ihrer morgigen Abreise noch eine Menge zu erledigen. Außer ...«, Fräulein Sachs musterte Marias Gesicht mit gütigen Augen, »Sie hätten doch noch Lust, einen Kaffee mit mir zu trinken. Soll ich zwei Tassen bringen lassen?«

Fräulein Sachs' Anteilnahme rührte Maria so an, dass sich die lange aufgestauten Tränen endlich Bahn brachen. »Das ist sehr nett von Ihnen.«

Während Fräulein Blombergsson den ersten Schluck von dem gesüßten, heißen Getränk nahm, hatte Ellen Gelegenheit, die Hauptkassiererin eingehend zu mustern. Wer war diese Frau, die so ausgezeichnete Arbeit leistete, bei Kundschaft und Kollegen gleichermaßen beliebt war und die sich dennoch in ihr Schneckenhaus zurückzog. Ellens sechster Sinn raunte ihr zu, dass Maria Blombergsson hinter der Fassade der Professionalität mehr als nur ein wenig an Einsamkeit litt. Allerdings ... Hatte sie nicht lange im Hôtel Rydberg gearbeitet? Sie musste doch Freunde in der Stadt haben. Oder hatte sie sich dort genauso unnahbar verhalten wie hier? Unnahbar? War das eine zutreffende Einschätzung? Vielleicht ja nicht.

Ellen legte sich ihre nächsten Worte sorgfältig zurecht. »Es war sehr nachlässig von mir, mich nicht stärker darum zu bemühen, dass Sie sich bei N.K. richtig einleben. Als Entschuldigung dafür kann ich nur vorbringen, dass das letzte Jahr förmlich an mir vorbeigerast ist und ich mit denen beschäftigt war, die meine Hilfe am nötigsten brauchten. Hoffentlich haben Sie hier auch Freunde gefunden. Wir bei N.K. betrachten uns gerne als große Familie.«

»Ich habe mich hier immer zu Hause gefühlt. Dass zwischen denen, die sich schon vom Stureplan kennen, eine engere Verbindung herrscht als zwischen den Neuzugängen, ist ja nur natürlich. Solche Dinge brauchen eben ihre Zeit.«

Ellen war Fräulein Blombergssons bedrückte Miene nicht entgangen. War es Trauer um ihre Mutter, oder lag in ihrem Leben sonst noch etwas im Argen? Sorgte sie sich um einen Mann an der Front, oder wurde sie abends von einem geliebten Menschen erwartet? Allerdings hatte Maria, als sie von ihrer Reise nach Gotland sprach, keine andere Reisebegleitung als ihre Tante erwähnt. Ellen hätte sich ohrfeigen können. Wie war es möglich, dass sie Zimmer an Zimmer mit dieser Frau arbeitete und doch so wenig über sie wusste? »Am besten fangen wir damit an, dass wir auf die Förmlichkeiten verzichten. Ich würde mich freuen, wenn Sie mich Ellen nennen.«

»Maria.«

»Ich bedaure den Tod Ihrer Mutter wirklich sehr, Maria. Kann ich vielleicht etwas für Sie tun? So Hals über Kopf aufbrechen zu müssen, macht meist eine Menge Umstände.«

Maria schüttelte den Kopf und trank noch einen Schluck Kaffee. »Ich muss eigentlich nur noch ein Paar schwarze Handschuhe kaufen, bevor wir schließen. Trotzdem danke.«

»Märta Eriksson berät Sie sicher gern. Wenden Sie sich ruhig an sie.«

Langsam und beinahe lautlos stellte Maria die Tasse ab. »Darf ich Sie etwas Vertrauliches fragen, Ellen?«

Ellen neigte den Kopf zur Seite. »Nur zu.«

»Soweit mir bekannt ist, sind Sie gut mit Fräulein Eriksson befreundet. Wissen Sie vielleicht, ob ich sie irgendwie gekränkt habe?«

Ellen riss unwillkürlich die Augen auf. »Märta gekränkt? Wie kommen Sie denn darauf? Märta nimmt so schnell nichts krumm, und sie hat Sie auch nie erwähnt. Das meine ich nicht abfällig.« Rasch sprach Ellen weiter. »Wenn wir uns in unserer Freizeit in einer kleinen Gruppe von Freundinnen treffen, sprechen wir eigentlich nicht über Arbeitskollegen, außer es hat wirklich etwas mit unserem Thema zu tun. Ich habe ganz sicher noch nie ein schlechtes Wort über Sie gehört. Von niemandem hier. Warum glauben Sie denn, dass Märta Ihnen böse sein könnte?«

Maria seufzte. »Jetzt klinge ich bestimmt wie ein albernes Schulmädchen, aber ich hatte den Eindruck, dass sie mir merkwürdige Blicke zugeworfen hat. Am Eröffnungstag.«

»Vor einem Jahr?« Das war Ellen einfach so herausgerutscht. Sie senkte die Stimme. »Ich bin sicher, dass Sie sich irren. Sie haben doch seitdem bestimmt mit Märta gesprochen. Herrje, schließlich leitet sie die Handschuhabteilung, und Sie haben die Aufsicht über die Kassen.«

»Wir hatten einige Male miteinander zu tun. Sie war stets ausgesprochen höflich. Ja, sogar freundlich.«

»Warum, um alles in der Welt …?«

Maria errötete. »Jetzt komme ich mir albern vor, weil ich Fräulein Eriksson überhaupt erwähnt habe.«

»Und das zu Recht.« Ellen hoffte, dass ihr scherzhafter Unterton nicht missverstanden werden würde. »Ich habe einen Vorschlag. Sie fahren jetzt erst mal nach Gotland. Und wenn Sie wieder da sind, treffen Sie, Märta und ich uns zu dritt in einem Café, um das Eis zu brechen.«

»Ich freue mich schon sehr darauf. Wissen Sie was, Ellen?« Maria holte tief Luft. »Sie haben mir die Fahrt nach Gotland ein wenig leichter gemacht, und dafür bin ich Ihnen sehr dankbar.«

»Ich weiß zwar nicht, wie ich das geschafft habe, aber meine gute Freundin Torun würde jetzt sagen, dass wir Frauen eben zusammenhalten müssen.«

»Arbeitet Torun auch hier?«

»Nein, bei P. A. Norstedt.«

»Dann liest sie sicher viel.«

Zum ersten Mal, seit Ellen sie kannte, hatte Maria ein Leuchten in den Augen.

Ellen gab Maria eine halbe Stunde Vorsprung und ging dann zu Märta hinunter. Inzwischen war das Kaufhaus geschlossen, und Märta zog gerade ihre Straßenschuhe an.

»Sag mal, wie verstehst du dich eigentlich mit Maria Blombergsson?«

»Unserer Hauptkassiererin und Dolmetscherin? Ausgezeichnet. Ich habe ihr gerade bei der Auswahl von schwarzen Handschuhen geholfen. Die Frau ist manchmal ein Geschenk des Himmels. Erst letzte Woche habe ich wirklich mein Bestes getan, um eine Dame aus Madrid zu bedienen …«

»Madrid? Was macht jemand aus dem Süden mitten in einem Krieg so hoch oben im Norden?«

»Keine Ahnung. Ich konnte sie ja wohl schlecht danach fragen. Dass sie Spanierin war, habe ich nur daran erkannt, dass sie hilflos mit den Achseln gezuckt und ›Madrid‹ gesagt hat, als ich es auf Französisch probiert habe. Mit Deutsch oder Englisch wollte ich es nur versuchen, wenn sie damit anfinge. Hat sie aber nicht. Also habe ich Fräulein Blombergsson angerufen, und natürlich konnte sie auch Spanisch. Seit wann interessierst du dich eigentlich für Fräulein Blombergsson?«

»Weil ich glaube, dass sie einsam ist, weshalb ich es für eine gute Idee halte, dass wir uns mit ihr anfreunden.«

Märta blickte von dem Knopf auf, den sie gerade schloss. »Sie hat Familie in Stockholm.«

»Ja, ihre Tante.«

»Ich weiß, dass Fräulein Blombergsson Wilhelmina Skoghs Nichte ist. Allerdings muss man der Fairness halber hinzufügen, dass Frau Skogh laut Ottilia inzwischen mehr Zeit im Ausland als auf Lidingö verbringt. Obwohl wir Krieg haben.«

Märta verzog fragend das Gesicht. »Hat Fräulein Blombergsson nicht jahrelang im Hôtel Rydberg gearbeitet? Was bringt dich auf den Gedanken, dass sie nicht Freundinnen von dort hat?«

»Ich wollte damit nicht andeuten, dass sie keine Freundinnen hat. Mir ist nur aufgefallen, dass sie in der Kantine kaum mit jemandem spricht und ihren Nachmittagskaffee am Schreibtisch trinkt. Obwohl sie seit der Eröffnung bei uns tätig ist, hat sie, soweit ich es feststellen kann, keinerlei Bekanntschaften geknüpft.«

»Vielleicht bleibt sie in der Arbeit lieber für sich.«

»Mag sein. Allerdings war sie sofort Feuer und Flamme, als ich vorgeschlagen habe, zusammen einen Kaffee zu trinken.«

»Das wäre bei mir auch so, wenn ich gerade vom Tod meiner Mutter erfahren hätte. Und zwar einen Kaffee mit viel Zucker.«

Ellen wurde nachdenklich. »Du könntest recht haben. Vielleicht sollte ich mich ja besser nicht einmischen.«

Märta reckte einen Finger in die Luft. »Das habe ich nicht gesagt. Ich finde nur, dass wir Fingerspitzengefühl walten lassen sollten. Schließlich wollen wir nicht mit der Tür ins Haus fallen.«

Ellen nickte zufrieden. »Dann also mit Fingerspitzengefühl.« Und da sie ihrer Freundin nichts verschweigen konnte, fügte sie mit einem verlegenen Grinsen hinzu: »Ich habe bereits vorgeschlagen, dass wir nach ihrer Rückkehr zu dritt einen Kaffee trinken gehen. Ich werde nämlich den Verdacht nicht los, dass Maria Blombergsson ein wertvoller Hafen im Sturm werden könnte, wenn sie ihre Zurückhaltung erst mal überwunden hat. Sie sollte eine von uns sein.«

Kapitel vierundzwanzig

Ellen hielt Wort und lud Märta und Maria in die Wienerkonditoriet an der Ecke Biblioteksgatan und Mäster Samuelsgatan ein. Rasch schob sie die beiden ins Lokal, um sie vor dem tückischen Herbstwind in Sicherheit zu bringen, der an ihren Hutnadeln zerrte. Zum Glück schleiften wenigstens ihre Rocksäume nicht mehr über das schmutzige Kopfsteinpflaster.

Das seit seiner Eröffnung im Jahr 1904 beliebte Café schien inzwischen um sein Überleben zu kämpfen. Die Damen suchten sich einen Tisch aus und nahmen auf dem halbkreisförmigen Sofa aus nussbraunem Leder Platz.

Eine Kellnerin eilte herbei. »Was darf ich Ihnen bringen?«

»Für mich bitte schwarzen Kaffee«, bestellte Märta und fügte an Ellen und Maria gewandt hinzu: »Torun und ich haben vereinbart, unsere Milch- und Zuckermarken einzusparen und sie zusammenzulegen.«

»Eine sehr kluge Entscheidung«, erwiderte Ellen. »Aber heute seid ihr meine Gäste. Meine Marken reichen für drei Stücke Teekuchen.«

Maria schüttelte den Kopf. »Ich teile die Auffassung von Fräulein Eriksson. Mit schwarzem Kaffee wird es genauso gemütlich.«

Ellen breitete schicksalsergeben die Hände aus. »Dann bitte Kaffee für drei Personen.«

»Wie war Ihre Reise nach Gotland?«, erkundigte sich Märta bei Maria.

»Alles lief nach Plan. Die Überfahrt war ruhig, der Priester wusste nur Gutes über meine Mutter zu sagen. Sie ist auf Gotland geboren und hat die Insel nur selten verlassen.« Maria seufzte wehmütig. »Ich hingegen fühle mich bei jedem Besuch dort mehr wie eine Fremde.«

»Ich glaube, das ist ganz natürlich«, antwortete Ellen. »Wenn man fortgeht, verändert man sich unweigerlich.«

»Es ist nicht das Fortgehen selbst, sondern das Fortbleiben«, merkte Maria an. Sie nickte der Kellnerin dankend zu, als diese drei Tassen und Untertassen auf den Tisch stellte und aus einer silbernen Kanne Kaffee einschenkte. »Eigentlich fühle ich mich wie immer, aber meine Familie auf Gotland sieht mich mit anderen Augen. Und für meine Tante, die hier in Stockholm wohnt, bin ich auch weiterhin das kleine Mädchen von damals. Nur älter und hoffentlich weiser.«

»Das könnte daran liegen, dass Sie und Ihre Tante sich seit dem Wegzug von Gotland verändert haben und es deshalb beide nicht wahrnehmen«, wandte Ellen nachdenklich ein.

»Mag sein.«

»Bei Ihrer Tante war es ganz sicher so. Schließlich war sie noch ein Kind, als sie Gotland verließ.«

Maria schnappte nach Luft. »Kennen Sie sie etwa?«

»Ich kenne sie ziemlich gut, denn ich habe im Grand Hôtel unter ihr gearbeitet.«

Maria musterte sie forschend. »Sind Sie eine Freundin von Ottilia Nyblaeus?«

»Eine sehr gute sogar.«

»Also gehören Sie zu den Damen, die meine Tante stets als ›meine Mädchen‹ bezeichnet.«

»Ja. Ich wohne mit zweien der anderen zusammen. Torun Ekman und Beda Johansson. Torun ist Ottilias Schwester. Und dann wäre da noch Karolina Silfverstjerna, die weiter im Grand Hôtel beschäftigt ist. Margareta gehörte auch dazu.« Märtas Miene wurde traurig. »Sie ist vor drei Jahren gestorben.«

»Das tut mir leid«, sagte Maria leise. »Aber allmählich ergibt alles einen Sinn.«

»Was meinen Sie mit ›alles‹?«

»Als ich Tante Wilhelmina erzählt habe, dass ich bei Nordiska Kompaniet anfangen würde, hat sie mir geraten, mich mit ›meinen Mädchen, der Bande von Ottilia Nyblaeus‹, anzufreunden. Da ich wusste, dass Frau Nyblaeus im Grand Hôtel arbeitet, habe ich diesen Hinweis nicht ganz verstanden.«

»Warum haben Sie dann nicht nachgefragt?«, wollte Ellen wissen.

»Weil wir dieses Gespräch am Telefon geführt haben. Meine Tante war zu diesem Zeitpunkt in Kopenhagen. Also war es sündhaft teuer. Eigentlich wollte ich mehr über Frau Nyblaeus erfahren, als meine Tante wieder zurück war, aber irgendwie hat es sich nicht ergeben. Allerdings ist mir noch immer rätselhaft, warum Tante Wilhelmina nicht von ›Märta Erikssons Bande‹ gesprochen hat. Das hätte mir mehr eingeleuchtet.«

»Frau Skogh hatte mit Ottilia immer das engste Verhältnis. Die beiden kennen sich schon, seit Ottilia ein kleines Mädchen war und in Rättvik lebte.«

»Das habe ich gar nicht gewusst.«

»Ich auch nicht«, erwiderte Ellen. »Tja, besser spät als nie. Fräulein Blombergsson, darf ich Sie offiziell mit Fräulein Eriksson bekannt machen? Einem eingetragenen Mitglied von Ottilia Nyblaeus' Bande? So wie ich zum Glück inzwischen auch.«

»Gibt es in dieser Bande vielleicht noch Platz für ein weiteres Mitglied?«, fragte Maria.

Im nächsten Moment schnappte sie erschrocken nach Luft. Wie hatte sie nur so naiv und vorlaut sein können? Was bildete sie sich eigentlich ein, sich in eine sicherlich eingeschworene Gemeinschaft hineindrängen zu wollen? Jetzt konnten die anderen nicht mehr Nein sagen, ohne unhöflich zu sein. Sie, Maria, hatte sie sich ihnen aufgezwungen und würde nun niemals erfahren, was sie wirklich von ihr hielten. Doch wenn sie jetzt einen Rückzieher machte, würde sie sich noch mehr blamieren. Oh, wie entsetzlich und zum Im-Erdboden-Versinken peinlich!

Ellen und Märta betrachteten sie fragend.

»Ist Ihnen nicht gut, Fräulein Blombergsson?«, erkundigte sich Märta nach einer Weile. »Sie sind ja ganz rot im Gesicht.«

»Mir ist bloß ein wenig heiß.« Maria nippte an ihrem Kaffee. Hoffentlich würden sie gleich das Thema wechseln und ihren Vorschlag vergessen. Und dennoch sehnte sie sich so danach, zu diesem Kreis zu gehören, dass es beinahe wehtat.

»Maria, haben Sie je daran gedacht, *Tolfterna* beizutreten?« Damit meinte Märta die Gruppe von Damen aus allen gesellschaftlichen Schichten, die sich jeden Dienstagabend traf, um zu debattieren, wie sie ihre eigene Lage und die der Frau im Allgemeinen verbessern konnte.

Ellen schnaubte belustigt. »Passen Sie auf, Maria, sonst schleppt Märta Sie zu *Tolfterna*. Und dann nimmt Torun Sie mit auf die Barrikaden, um für das Frauenwahlrecht zu kämpfen. Eine Leseliste wird sie Ihnen sicher auch verordnen.«

»Das Frauenwahlrecht ist ja auch wirklich ein wichtiges Anliegen«, antwortete Maria. »Wenn wir nicht selbst dafür kämpfen, bekommen wir es nie. Denn die Männer haben kein Interesse daran, einen eigenen Hund ins Rennen zu schicken. Und wenn doch, ist ihrer der größere Hund.«

Die beiden Frauen musterten sie wieder, diesmal mit amüsierten Mienen.

Märta kratzte sich am Kinn. »Offenbar wollen Sie damit sagen, dass der größere Hund den Knochen lieber für sich behält.«

Ellen hatte Mühe, einen Lachanfall zu unterdrücken. »Ich glaube, die politischen Diskussionen überlassen wir besser Torun. Ich habe sie noch nie von Hunden oder Knochen sprechen gehört.« Sie presste sich kichernd die Hand vor den Mund.

Als Maria Märtas Blick auffing, fingen die beiden auch zu lachen an.

Ellen wischte sich die Augen ab. »An euch beiden wird Torun ihre Freude haben.«

»Aber ich würde die Leseliste wirklich gerne sehen«, meinte Maria. »Hat Fräulein Ekman tatsächlich eine?«

Märta verdrehte die Augen. »Torun hat für jede Gelegenheit eine Leseliste. Lesen Sie auch so gern?«

»Mit Begeisterung.«

»Dann werdet ihr beide euch wunderbar verstehen. Findest du nicht auch, Ellen?«

»Ganz deiner Ansicht. Und jetzt zum Teufel mit dem Krieg und mit der Vernunft. Ich bestelle jetzt drei Stück Teekuchen.« Sie hob die Kaffeetasse. »Auf Hundeknochen und Leselisten.«

Kichernd taten die anderen es ihr nach.

Sie stießen miteinander an.

Kapitel fünfundzwanzig

Bei Nordiska Kompaniet begann Weihnachten stets am 1. November. Ellen hatte einmal gesagt, Herr Sachs nehme bis zum Dreikönigstag keinerlei gesellschaftliche Verpflichtungen wahr, und Märta glaubte ihr das aufs Wort. Das ganze Kaufhaus glitzerte und funkelte vom Kellergeschoss bis unters Dach. Pelzmäntel und Tannenbäume, wohin das Auge blickte. Herzstück war der fünfzehn Meter hohe, mit roten Schleifen und weißen Lichterketten geschmückte Weihnachtsbaum, der im Atrium Hof hielt. Bald würde man alle Schaufenster mit Vorhängen abdecken, damit Thorwald Munkhammar bis zum Eintreffen des Weihnachtsmanns am ersten Adventssonntag – in diesem Jahr war es der 3. Dezember – seine Zauberkräfte walten lassen konnte. Doch bis dahin war ja noch ein Monat Zeit. Dafür stattete heute, wie in jedem Jahr, der König dem Kaufhaus einen Besuch ab, um das Weihnachtsgeschäft einzuläuten. Und aus diesem Anlass war bis elf Uhr geöffnet.

Märta taten nach dem langen Arbeitstag die Füße weh. Gerade wartete sie darauf, dass Agatha, die Perlennäherin aus der Schneiderei des Modeateliers, sich endlich für ein Paar Handschuhe entschied. Im Moment betastete Agatha, bekleidet mit Mantel und Topfhut, um unter den spätabendlichen Kunden nicht aufzufallen, olivgrüne Handschuhe aus Nappaleder. Märta musste sich beherrschen, um die geschwätzige junge Näherin nicht zur Eile anzutreiben. Stattdessen versuchte sie, den Grund für ihre Unentschlossenheit in Erfahrung zu bringen. Wenigstens hatten sie sich nun endlich darauf geeinigt, dass Größe sechs Agathas Mutter ausgezeichnet passen würde.

»Sind Sie sich nicht sicher, was die Farbe angeht?«

»Oh, doch, Fräulein Eriksson. Meine Mutter wäre begeistert von diesem Grün.«

Wäre? Offenbar war die Kaufentscheidung bei Agatha noch nicht so weit herangereift, wie Märta vermutet hatte.

»Liegt es vielleicht an der Qualität? Wir haben die verschiedensten Farben und Materialien auf Lager. Diese hier bestehen aus Nappa …«

Die Näherin stieß ein Geräusch aus, das einem unterdrückten Schnauben ähnelte. »Das weiß ich selbst. Außerdem schleiche ich schon seit Wochen um diese Handschuhe herum. Ich glaube, meine Mutter hatte noch nie etwas von Nordiska Kompaniet, und ihre Handschuhe sind völlig zerschlissen. Inzwischen habe ich sie so oft geflickt, dass sie mehr aus Nähseide als aus Stoff bestehen. Da habe ich mir gedacht, dass ich ihr doch neue schenken könnte. Und zwar schöne. Sie bekommt nie etwas Neues. Seit mein Vater tot ist und meine Brüder im Krieg sind, ist es noch schlimmer geworden. Es ist ja schwer genug, meine kleinen Schwestern durchzufüttern. Ich habe drei. Seltsam, oder? Erst hat sie vier Jungen bekommen und dann vier Mädchen. Andersherum wäre niemand in unserer Familie eingezogen worden, und wir hätten weniger Schwierigkeiten. Aber im Leben kann man sich eben nichts aussuchen, oder?«

Offenbar war Agatha am Ende ihrer Ausführungen angelangt und wartete auf eine Antwort.

»Nein«, sagte Märta rasch. »Das kann man nicht.«

»Außerdem ist alles so teuer geworden«, fuhr Agatha fort. »Also …« Sie schaute kurz zur Seite, um sich zu vergewissern, dass Irma und Gabriella nicht in Hörweite waren. Doch die waren mit anderen Kundinnen beschäftigt. Dann beugte Agatha sich vor. »Wie viel würden die Handschuhe denn mit Personalrabatt kosten?«

Mitgefühl und Bedauern stiegen in Märta auf. Diese Handschuhe waren weich, wundervoll verarbeitet – und teuer. Aber was war nur los mit dieser Welt, wenn eine so begabte junge Frau wie Agatha, die je nach Saison zehn bis zwölf Stunden am Tag arbeitete, es sich nicht leisten konnte, ihrer Mutter ein anständiges Paar Handschuhe zu schenken? »Sechs Kronen achtzig«, antwortete sie.

Die Enttäuschung stand Agatha ins Gesicht geschrieben. »Zwei meiner kleinen Schwestern wünschen sich Käthe-Kruse-Puppen. Ich habe meiner Mutter versprochen, etwas dazu beizusteuern. Die beiden bekommen auch nie etwas Neues. Wir versuchen, dieses Weihnachtsfest zu etwas Besonderem zu machen. Schließlich sind wir ja allein.« Sie lächelte. »Entschuldigen Sie, Fräulein Eriksson, dass ich Sie mit meinen Problemen belaste. Dann muss ich mir eben etwas anderes einfallen lassen.«

»Darf ich fragen, wie viel Sie ausgeben wollten?«, erkundigte sich Märta.

»Vier Kronen, vielleicht vier Kronen fünfzig. Mehr ist wirklich nicht möglich.«

Da hatte Märta einen Geistesblitz. Beinahe hätte sie laut nach Luft geschnappt. »Müssen die Handschuhe denn unbedingt grün sein?«, hakte sie nach. »Meiner Erfahrung nach ist Schwarz oft viel praktischer.«

»Stimmt. Aber der Preis hängt ja nicht von der Farbe ab, sondern von der Qualität, oder?«

»Richtig«, räumte Märta ein. »Aber wenn wir etwas kaufen, geht es doch auch darum, in welche Stimmung die Stiefel, das Abendkleid« – schließlich hatte Agatha als Perlennäherin ständig mit Letzterem zu tun – »oder sogar der Anblick einer schönen Lampe uns versetzen. Die Freude, die einem ein Gegenstand schenkt, sollte weit über seinen praktischen Nutzen hinausgehen.«

»Ich verstehe nicht ganz, worauf Sie hinauswollen, Fräulein Eriksson.«

»Wir gehen jetzt ins Lager«, verkündete Märta. Sie öffnete eine Schublade, nahm einen Schlüssel heraus und wandte sich an Irma. »Ich bin für zehn Minuten weg, falls jemand nach mir fragen sollte.«

Agatha folgte Märta die Treppe hinunter ins Kellergeschoss und dort durch eine diskrete weiße Tür, auf der ein vergoldetes Schild mit der Aufschrift *Personal* prangte. Ein blitzblanker, aber schmuckloser Flur wurde von massiven Holztüren gesäumt. Die beiden Frauen hielten vor der Tür an, auf der *Damenhandschuhe* stand. Märta schloss auf, kramte in einem kleinen Stoß und förderte schließlich ein schwarzes Paar Handschuhe zutage, bis auf die Farbe identisch mit denen, die Agatha sich vorhin ausgesucht hatte.

»Eigentlich wollte ich sie retournieren«, erklärte Märta. »Schauen Sie, diese Naht an der Manschette ist ein wenig locker. Aber Sie …«

»Für mich wäre es eine Kleinigkeit, das in Ordnung zu bringen.« Agathas Augen leuchteten. »Es ist eine gerade Naht. Man wird es gar nicht bemerken.«

»Aber …« Märta hob einen Finger.

Agatha erstarrte, und bange Erwartung, gepaart mit der Angst vor Enttäuschung, malte sich in ihrem Blick.

»Es ist Größe sechseinhalb«, fuhr Märta fort. »Leder gibt ein wenig nach. Jetzt passen sie wahrscheinlich, doch im Laufe der Zeit können sie sich weiten.«

Agatha schlüpfte hinein. »Sie sind wunderschön. Und falls sie ein bisschen zu weit werden, taucht meine Mutter sie in warmes Wasser und trocknet sie am Feuer. Das hat sie auch mit den Handschuhen meines Vaters gemacht, damit sie meinem Bruder passten.«

Märta erschauderte bei der Vorstellung, dass dieses weiche Leder in irgendetwas getaucht werden könnte. Aber sie hatte ja keine Ahnung von den Kunstgriffen, die eine Hausfrau so auf Lager hatte.

»Und wie viel kosten sie jetzt?«, fragte Agatha nun.

»Die Hälfte. Vier Kronen.« Märtha wickelte die Handschuhe in einen Bogen Seidenpapier und verstaute sie in einer Schachtel. »Kommen Sie mit in die Handschuhabteilung, dann packe ich sie Ihnen richtig ein.«

»Sie sind wirklich eine Dame, Fräulein Eriksson. Eine andere Verkäuferin hätte mich vielleicht von oben herab behandelt, aber Sie tun so was nicht. Deshalb habe ich ja gewartet, bis Sie Zeit hatten.«

Märta verzog das Gesicht. »Hat sich eine meiner Mitarbeiterinnen Ihnen gegenüber etwa je unfreundlich oder herablassend verhalten?«

»Dazu hatten sie keine Gelegenheit. Denn wie ich schon sagte, hat meine Mutter nie etwas bei uns gekauft. Und für mich selbst würde ich nie gutes Geld ausgeben. Schließlich ist es ein Glück, dass ich die Stelle in der Näherei bekommen habe. Und dank Herrn Åhlfeldt ist das Essen in der Kantine einfach wunderbar. Der Mann ist ein Schatz. Gestern gab es für uns Biff Rydberg. Ich kann mir nicht vorstellen, dass sie in Bobergs Mittagsbistro etwas Besseres bekommen, und unsere Mahlzeiten kosten um einiges weniger als dort. Doch, einmal habe ich für meine Schwester ein Haarband gekauft. Die Verkäuferinnen beim Haarschmuck haben mich ausgelacht, weil ich nur so ein kurzes Stück wollte. Aber Jenny hat feines Haar. Warum also ein längeres Band kaufen, das ihr nur herausrutschen würde und bis zur Mittagszeit verloren gegangen wäre?«

»Ganz richtig, das wäre unsinnig«, stimmte Märta zu. Sie schloss die Tür und senkte die Stimme. Obwohl sie anscheinend allein im Lager waren, konnte man ja nie wissen. »Agatha, haben Sie Ellen Sachs von Ihrem Erlebnis in der Abteilung Haarschmuck erzählt?«

»Weshalb sollte ich das tun?«

»Weil Herr Sachs so etwas sicher gern erfahren würde, und

ich bezweifle, dass Sie Lust haben, sich direkt an ihn zu wenden.«

Agatha riss entsetzt die Augen auf. »Mich an Herrn Sachs wenden? Ganz bestimmt nicht.«

»Aber das hier ist sein Kaufhaus. Wie oft hat er uns schon gepredigt, dass der Kunde König ist?«

»Hunderte von Malen.«

»Und wie oft hat er betont, dass wir alle bei Nordiska Kompaniet eine Familie sind?«

»Bestimmt genauso oft.«

»Nun, und über Könige und Familienmitglieder macht man sich nicht lustig. Möchten Sie, dass ich mit Herrn Sachs spreche?«

»Falls es noch einmal vorkommt, rede ich mit Fräulein Sachs. Aber ich will nicht als Petze dastehen. Außerdem mag ich Ellen. Sie soll nicht glauben, dass ich mich bei ihr beliebt machen will, weil sie mit Herrn Sachs verwandt ist.«

»Das ist Ellen bestimmt klar. Und außerdem ist Ellen auch keine Petze. Bei ihr brauchen Sie kein Blatt vor den Mund zu nehmen. Ohne Ihre Zustimmung wird sie nichts von dem, was Sie ihr anvertrauen, an Herrn Sachs weitergeben. Aber jetzt müssen wir wieder nach oben.«

Agatha kicherte. »Apropos Könige: Haben Sie gehört, was heute beim Besuch des Königs los war? Ich weiß, dass er hier war, weil die Weihnachtssaison beginnt. Doch sicher wollte er auch ein Geschenk für seinen neuen Enkel aussuchen. Hat Kronprinzessin Margaret nicht gestern einen kleinen Jungen zur Welt gebracht?«

»Ich glaube, ja. Aber diese Art von Einkäufen erledigt ganz sicher der Hofstaat des Königs.«

Agatha verzog das Gesicht, als habe Märta einer schlüssigen Theorie mutwillig den Todesstoß versetzt. »Ach, eigentlich ist es ja gleichgültig, wer für ihn einkauft. Aber wissen Sie, was heute am Lift los war?«

Märta hielt inne. Wie kam es nur, dass Gerüchte ihren Weg so schnell in die Näherei im fünften Stock fanden?

»Nein«, musste sie zugeben.

Agatha kicherte leise. »Sie kennen doch die hochnäsige Gräfin mit dem weißen Scotchterrier, der eine karierte Schleife trägt.«

Jeder im Haus kannte diese Gräfin. Sie hatte die Angewohnheit, beim Betreten des Kaufhauses dem armen Herrn Bellman Bertils Leine in die Hand zu drücken, ohne dem Portier auch nur einen guten Morgen zu wünschen. Wie Märta zugeben musste, war die Gräfin nicht immer so gewesen. Früher einmal hatte sie eine wirklich reizende Art gehabt, doch mit zunehmendem Alter wurde sie immer mürrischer. Sie stattete dem Kaufhaus zwar noch regelmäßig Besuche ab, aber leider fand inzwischen kaum etwas in der Handschuhabteilung Gnade vor ihren Augen. Wie oft vergeudete Märta wertvolle Zeit damit, unzählige Handschuhpaare wieder in ihren Schubladen zu verstauen, ohne auch nur ein einziges verkauft zu haben. Also war es faktisch richtig, wenn auch ein wenig unverschämt, dass Agatha die Dame als hochnäsig bezeichnete, weshalb Märta es ihr durchgehen ließ. »Ja, ich weiß, wen Sie meinen.«

»Tja, als der König und Herr Sachs zu den Fahrstühlen gingen, eilte sie ihnen nach, um auch mit einzusteigen. Wahrscheinlich wollte sie gern mit Seiner Majestät in einem Aufzug fahren. Schließlich erschien der Lift«, sprach Agatha weiter. »Und da nickte der König der Gräfin zu und fragte, ob sie nach oben wolle. ›Ja, Eure Majestät‹, antwortete sie und knickste. ›Ich möchte in den vierten Stock.‹« Agatha konnte ein Lachen kaum unterdrücken. »Also forderte der König die Gräfin auf, zuerst einzusteigen. Der Liftboy hat das Rad bewegt, die Türen schlossen sich, und schon fuhr sie los. Und Seine Majestät und Herr Sachs blieben im Erdgeschoss zurück.«

Märta schnappte nach Luft. »Soll das heißen, Seine Majestät hat ihr eine Abfuhr erteilt?«

»Ja. Das hätte ich dem König gar nicht zugetraut.«

Kapitel sechsundzwanzig

Agatha war nicht die Einzige, die unbedingt ihre Weihnachtseinkäufe in Angriff nehmen wollte.

Drüben in der Sibyllegatan saß Victoria ungeduldig und schmollend an Ottilias Abendessenstisch. »Warum können wir nicht heute schon hingehen? Du hast doch selbst gesagt, dass Nordiska Kompaniet bis elf geöffnet hat. Deswegen bin ich doch eigens hergekommen, oder? Ich war erst einmal in dem neuen Kaufhaus.«

»Und du darfst auch wieder hin, nur nicht heute«, beharrte Ottilia. »Hilda hat ihren freien Abend, Fredrik muss arbeiten, und ich kann Philip nicht allein lassen.« Sie wischte ihrem Sohn einen Soßenklecks aus dem Gesicht. »Du darfst noch eine halbe Stunde spielen, und dann ab mit dir ins Bett«, sagte sie zu ihm.

Er stemmte die Hände in die Hüften. »Ich will auch ins Kaufhaus.«

»Du gehst ins Bett«, entgegnete Victoria. »Vierjährige Jungen dürfen da nicht mehr rein, wenn es draußen dunkel ist.«

»Warum, Mamma?« Philip wurde weinerlich.

Ottilia hob ihn hoch und strich ihm das Haar aus der Stirn. »Victoria irrt sich. Kleine Jungen dürfen überallhin. Aber Leute, die schwindeln, könnten sich schneller im nächsten Zug nach Rättvik wiederfinden, als ihnen lieb ist.«

»Entschuldige.« Und es tat Victoria wirklich leid. Sie durfte es nicht an Philip auslassen, dass sie wütend auf Ottilias Sturheit war. Außerdem war es nicht in Ordnung, zu lügen. Also versuchte sie es mit einer anderen Strategie. »Ich könnte auch allein hingehen. Schließlich bin ich schon fast fünfzehn.«

»Nein.«

»Und wenn ich mitgehe und ihr den Weg zeige?«, schlug Isabella vor.

Victoria erdolchte sie mit einem Blick. »Ich brauche keinen Anstandswauwau, um an der nächsten Ecke rechts abzubiegen.«

»Ganz recht«, stimmte Ottilia zu. »Du brauchst keinen Anstandswauwau, weil du nämlich überhaupt nirgendwohin gehst. In Stockholm ist es zu gefährlich, um zwei junge Mädchen nachts allein herumlaufen zu lassen. Inzwischen treiben sich überall Bettler herum.«

»Wenn Isabella mitkommt, bin ich ja nicht allein.«

Isabella sprang sofort für sie in die Bresche. »Bestimmt begleitet Tante Märta uns später nach Hause. Ich könnte Victoria zeigen, wo ich einmal arbeiten werde.«

Victoria spürte, wie ihr die Kinnlade herunterfiel. »Was hast du da gesagt?«

»Dass ich dir die Konditoreitheke zeigen könnte. Die ist gleich im zweiten Stock neben dem Limonadenbrunnen.«

Victoria knirschte mit den Zähnen und schnaubte durch die Nase. Hatte dieses Mädchen, das nur sechs Monate älter war als sie und mit einem niedlichen kleinen Bruder in einer schicken Wohnung lebte, nun etwa auch eine Stelle bei Nordiska Kompaniet? Das Leben war so ungerecht, dass es nicht mehr zu ertragen war. Also spielte sie ihre letzte Karte aus, indem sie eine Träne die Wange hinunterkullern ließ.

»Ich verspreche dir, dass wir drei morgen hingehen«, sagte Ottilia mit sanfter Stimme. »Da wir im Grand Royal einen Empfang haben, der später anfängt, muss ich erst um zwei bei der Arbeit sein. Also können wir im Bobergs zu Mittag essen.«

»Bobergs.« Isabella klatschte in die Hände und wandte sich an Victoria. »Dafür lohnt es sich, zu warten. Bobergs Mittagsbistro hat nämlich jetzt nicht mehr geöffnet.«

Victoria spürte, wie sie wieder von Neid ergriffen wurde. Isabella schien sich in Stockholm ja bestens auszukennen und wollte ihr das offenbar unter die Nase reiben. Denn was war Victoria denn schon? Die Cousine vom Lande, die hier noch viel zu lernen hatte.

Schon bei ihrem ersten Besuch war Victoria vom Kaufhaus in der Hamngatan begeistert gewesen. Nun jedoch war sie ihm hoffnungslos verfallen. Wenn sie an Ort und Stelle der Blitz getroffen hätte, hätte die Inschrift auf ihrem Grabstein »Glücklich gestorben bei Nordiska Kompaniet« lauten müssen. Ihretwegen hätte man ihre Asche auch in einer Schachtel von N.K. im Wintergarten im ersten Stock beisetzen können. Eigentlich eine gute Geschäftsidee, richtig, Herr Sachs? Oder vielleicht besser nicht. Victoria schmunzelte in sich hinein. Zum Glück waren die Gedanken ja frei. Dann jedoch hielt sie sich streng vor Augen, dass sie sich schließlich auf einer Mission befand. Und zwar mit dem Ziel, so viel wie möglich zu lernen. Was hatte Pa gesagt? *Du bist genauso begabt wie deine Schwestern.* Nun, und jetzt hatte sie Gelegenheit, herauszufinden, was sie wollte. Deshalb war Konzentration angesagt. Sich in ein Kaufhaus als solches zu verlieben, war zu schwammig. In welcher Abteilung also schlug ihr Herz am schnellsten? War das vielleicht ein Weg, dahinterzukommen, wo ihre Leidenschaft lag? Schließlich gab es bei Nordiska Kompaniet alles, was man sich nur vorstellen konnte. Von der Blutwurst bis zur Geige. Was zog sie unwiderstehlich an? Oh, mein Gott, hoffentlich war es nicht die Blutwurst.

Sie erhielt die Antwort im zweiten Stock, wo eine Tür mit der Aufschrift *Französisches Modeatelier* nach ihr zu rufen schien. Hatte sie nicht davon in der Zeitung gelesen? Und hatte es in dem Artikel nicht geheißen, diese Abteilung sei ein wahr gewordener Traum? Pa hatte ihr einmal erzählt, ihre Mutter habe eine Schwäche für schöne Kleider gehabt. Vielleicht hatte sie, Victoria, diese Neigung ja geerbt. Sie wandte sich an Ottilia. »Können wir da mal hineinschauen?«

»Heute nicht«, erwiderte Ottilia. »Ich habe keinen Termin.«

Victoria verzog zweifelnd das Gesicht. »Das verstehe ich nicht. Wie vereinbart man denn einen Termin, wenn man nicht hineindarf?«

»Man ruft dort an«, antwortete Ottilia. »Märta hat mir erzählt, in dieser Abteilung werde mehr nach draußen und innerhalb des Hauses telefoniert als in der ganzen Stadt Uppsala.«

Isabella schnappte nach Luft. »Das habe ich gar nicht gewusst.«

Doch Victoria gab sich nicht so schnell geschlagen. »Nicht alle Leute haben Telefon. Außerdem kennen sie dich doch.«

Ottilia schmunzelte. »Du hast absolut recht. Dennoch glaube ich nicht, dass wir ohne Termin weiter als bis zum Foyer kommen. Sie sind viel zu beschäftigt. Aber frag Märta. Vielleicht kann sie dich ja herumführen. Wir treffen uns nach dem Mittagessen zum Kaffee mit ihr. Und jetzt kommt. Bobergs ist im vierten Stock. Ich habe einen Tisch am Fenster reserviert.«

Während sie dem Oberkellner durchs Restaurant folgten, nickte Ottilia im Vorbeigehen zwei Männern zu, die, ins Gespräch vertieft, an einem Tisch saßen.

»Wer war das?«, erkundigte sich Victoria.

»Ein Herr namens Kreuger.«

»Mamma kennt jeden in dieser Stadt«, ergänzte Isabella. »Und jeder in dieser Stadt möchte hier gesehen werden.«

»Nun aber still, Mädchen«, ermahnte Ottilia. »Dürfte ich euch bitten, euch wie zwei junge Damen zu benehmen, nicht wie zwei klatschende Fischweiber?«

Isabella senkte den Blick. »Entschuldige, Mamma.«

Victoria studierte die Speisekarte, auf der ihr einige Gerichte unbekannt waren. Doch sicher war Lachs mit Dillkartoffeln eine gute Wahl. Noch nie hatte sie sich so weltgewandt und erwachsen gefühlt wie beim Bestellen bei Bobergs im Kaufhaus Nordiska Kompaniet.

Wie vereinbart erschien Märta zum Kaffee.

Isabella stand auf, um sie zu begrüßen. »Tante Märta, ich freue mich so, dich zu sehen.«

Nachdem Märta Isabella umarmt hatte, nahm sie auf dem freien Stuhl neben ihr Platz.

Ein Kellner eilte herbei.

»Für mich bitte nur Kaffee«, sagte Märta. »Und was ist mit euch?«

»Ich denke, ein Kaffee wäre jetzt wunderbar«, antwortete Ottilia. »Und könnten wir bitte den Dessertwagen sehen?«

»Gewiss, Madam.«

Ottilia wartete, bis der Kellner außer Hörweite war, und beugte sich dann vor. »Ich bin neugierig, wie sie das bei Bobergs mit der Zuckerrationierung hinbekommen«, raunte sie.

Märta grinste Victoria an. »Deine Schwester ist die geborene Betriebsspionin. Aber was ist mit dir? Hattest du einen schönen Vormittag?«

»Ja, sehr. Dennoch habe ich eine Frage.« Kurz drohte sie der Mut zu verlassen. War es zu aufdringlich von ihr, Märta darum zu bitten, ihr das Atelier zu zeigen? Schließlich hatten sie nur selten ein Wort miteinander gewechselt, obwohl Märta Victoria natürlich schon seit ihrer Geburt kannte.

»Ja?«, erwiderte Märta.

»Wie ist es eigentlich im französischen Modeatelier?«

»Ich war selbst nur ein paarmal dort. Wenn sie etwas aus der Handschuhabteilung brauchen, schicken sie normalerweise einen Botenjungen. Aber ich muss zugeben, dass die Ausstattung ziemlich luxuriös ist. Wundervolle antike Möbel und Kronleuchter. Traumhafte Blumengestecke. Wir haben zwar überall im Haus Blumenarrangements, doch da im Atelier stets die Türen geschlossen sind, duftet es dort ganz besonders himmlisch. So muss es sein, wenn man in Paris herumspaziert. Obwohl ich dort noch nie war und es deshalb eigentlich nicht beurteilen kann. Außerdem ist es so still dort. Der Teppich ist sage und schreibe zwei Zentimeter dick. Man hört buchstäblich nichts, wenn eine Stecknadel herunterfällt.«

»Zwei Zentimeter? Ach, herrje.« Victoria dachte an die geflochtenen Matten in Rättvik und die eleganten wollenen Teppiche in Ottilias Wohnung. Die waren höchstens einen Zentimeter dick. »Und dort werden die Kleider angefertigt?«, hakte sie nach.

»Um Himmels willen, nein. Im französischen Modeatelier sind nur der Vorführraum und die Garderoben für die Anproben untergebracht. Die beiden Schneiderwerkstätten befinden sich oben im fünften Stock.«

»Zwei?«

»Ja. In der Schneiderei werden die leichten Stoffe wie Seide und Organza verarbeitet. Dort entstehen auch die Abendkleider. Die andere Werkstatt bezeichnen wir als *Tailleur*. Sie ist für Kleidungsstücke aus festeren Materialien wie Tweedkostüme oder Wollmäntel zuständig. Und in diesen beiden schlichten Räumlichkeiten sind die wahren Zauberkräfte am Werk.«

»Was, wenn eine Kundin sich eine Stoffprobe ansehen möchte?«

»Dann wird ein Botenjunge damit beauftragt, den Stoffballen oder die Probe aus einer der Werkstätten zu holen.«

»Aber warum diese Entfernung von drei Etagen?«

»Weil es im Atelier immer blitzsauber und ordentlich sein muss. Sobald die Kundin das Stoffstück begutachtet hat, wird es wieder in den richtigen Raum zurückgebracht. Stoffe, Spitzen, Knöpfe und selbst manche Garne sind ausgesprochen teuer und müssen deshalb sorgfältig aufbewahrt und sortiert werden.«

Victoria seufzte. »Es muss ein wundervoller Ort sein.«

»Stimmt«, meinte Isabella.

Victoria schnappte nach Luft. »Du warst schon mal drin?«

»Mehrmals mit Mamma und einmal allein.«

Victoria starrte sie fassungslos an. »Allein?«

»Eigentlich nicht wirklich allein. Sie haben irgendwann am Nachmittag ein zusätzliches Mädchen zum Vorführen gebraucht.«

»Warum ausgerechnet du?«

Isabella errötete, und sie sah Märta Hilfe suchend an.

»Früher hat man den Kundinnen die Kleider an Kleiderpuppen gezeigt. Doch inzwischen setzt man junge Damen ein, die hier im Kaufhaus beschäftigt sind.«

»Aber Isabella arbeitet ja gar nicht hier. Noch nicht.« Ihr neidischer Tonfall war Victoria selbst unangenehm.

»Nein«, erwiderte Märta leise. »Aber als sie sich Gabriella bei mir ausleihen wollten, war Isabella zufällig auch gerade da.«

»Das klingt aber nicht sehr professionell.«

»Ganz deiner Ansicht. Und normalerweise wissen die Mädchen im Voraus Bescheid, wann sie gebraucht werden. Nur dass am fraglichen Tag eine wichtige Stammkundin unangemeldet vorbeigeschaut hat. Sie hat verlangt, die gesamte Kollektion an Frühjahrsmänteln zu sehen. Deshalb hatte man es sehr eilig, Gabriella zu holen.«

»Warum Gabriella?«

»Weil sie sehr hübsch ist.«

»Aber warum dann Isabella?«

»Weil sie auch sehr hübsch ist«, entgegnete Ottilia in scharfem Ton.

»Außerdem spart man mit zwei Vorführdamen Zeit«, erklärte Märta. »Wenn Isabella nicht da gewesen wäre, hätte man eben ein anderes Mädchen gefragt. Allerdings hatten wir schon späten Nachmittag, und es war ziemlich viel los.«

Victoria schüttelte unwillkürlich den Kopf. War sie denn nicht viel hübscher als Isabella? Ja, war Schönheit nicht eigentlich das Einzige, was sie Isabella voraushatte? Wenn sie sich nur Zutritt zum Atelier hätte verschaffen können. Dann würde man sicher stattdessen Fräulein Victoria Ekman nehmen.

»Außerdem«, fügte Isabella hinzu, »hat mich der Botenjunge wiedererkannt. Weil ich schon mit Mamma dort gewesen war, war ihm klar, dass ich weiß, was zu tun ist.«

»Also«, versuchte Ottilia die Wogen zu glätten, »einigen wir uns darauf, dass Isabella eben zur richtigen Zeit am richtigen Ort war. Doch falls du je in Stockholm sein solltest, wenn ich einen Termin im Atelier habe, Victoria, nehme ich dich mit. Ehrenwort.«

»Könnte ich mir nicht jetzt das Atelier anschauen?«, wandte Victoria sich an Märta.

Märta schüttelte den Kopf. »Ich fürchte nicht.«

Victoria blinzelte die Wutträne weg, die ihr in die Augen zu treten drohte. Warum blieben ihr nur alle Türen in Stockholm verschlossen?

»Zumindest nicht heute«, fügte Märta hinzu. »Heute Nachmittag findet eine kleine Modenschau für ausgewählte Kundinnen statt. Aber bestimmt kann ich dich ein andermal mitnehmen. Wie lange bleibst du denn?«

Der Kellner stellte Milchkrug, Zuckerdose, vier Tassen, Untertassen und kleine Teller auf den Tisch. Nachdem er Kaffee eingeschenkt hatte, zog er den Dessertwagen näher heran. Die Auswahl an Kuchen und Pralinen war zwar begrenzt, doch jedes Stück war ein kleines Kunstwerk.

Lächelnd wählte Victoria sich einen Marzipantrüffel aus. »Vielen Dank.« Während sie in den Trüffel biss, wanderte ihr Blick durch das Fenster hinaus auf den Kungsträdgården. Das Praliné war so köstlich, dass sie kurz genüsslich die Augen schloss. Selbst Schokolade schmeckte in Stockholm besser. Was für eine traumhafte Stadt. Ottilia, Torun und Birna waren alle in die Hauptstadt gezogen und hatten dort ein neues Leben angefangen. Was also hinderte sie daran, ihrem Beispiel zu folgen?

»Wo waren wir stehen geblieben?«, sprach Märta weiter, nachdem sich der Kellner mit dem Wagen entfernt hatte. »Ja, beim Atelier. Wann fährst du denn zurück nach Rättvik, Victoria?«

Victoria drehte sich zu Märta um und sah ihr ins Gesicht. »Überhaupt nicht.«

Kapitel siebenundzwanzig

Märta warf einen Blick auf Ottilia, die kreidebleich geworden war. Ja, Victorias Ankündigung war auch für sie ziemlich überraschend gekommen, doch für Ottilia war es sicher ein noch schwererer Schock. Und wer konnte ihr das verübeln? Schließlich war sie bereits Mutter zweier Kinder, beherbergte Birna in deren Abschlussjahr am Karolinska Institutet und leitete außerdem das Grand Royal. Natürlich konnte man einwenden, dass Victoria und Isabella praktisch gleichaltrig waren, weshalb ein Mädchen mehr oder weniger im Haus eigentlich keine große Rolle spielte. Hinzu kam, dass Ottilia und Fredrik ja Hilda hatten, die sie im Haushalt unterstützte. Und zum Glück hätten sie es sich auch leisten können, eine zusätzliche Person durchzufüttern. Nein, die Schwierigkeit lag eher darin, dass Victoria störrisch war und deshalb um einiges mehr Aufmerksamkeit verlangte als Isabella.

Isabella war reizend und folgsam. Einzig ihre feste Entschlossenheit, bei Nordiska Kompaniet anzufangen, anstatt eine höhere Schule zu besuchen, bereitete ihren Eltern Kopfzerbrechen. Ellen, die es wiederum von Herrn Sachs wusste, hatte Märta berichtet, wie diese überraschende Entscheidung zustande gekommen war. Jedenfalls hatte Herr Sachs beobachtet, wie ein mürrischer Junge hinter seiner Mutter her durch die Feinschmeckerabteilung getrottet war. Irgendwann hatte der Bursche ein Bonbon ausgewickelt und das Papier einfach auf den Boden fallen gelassen. Herr Sachs wollte schon auf ihn zueilen, ihn zurechtweisen und ihn auffordern, das Papier aufzuheben. Doch eine junge Dame war ihm zuvorgekommen und hatte sich rasch danach gebückt. Nun sah sie sich suchend nach einem Papierkorb um.

Herr Sachs trat auf Isabella zu und streckte die Hand nach dem Bonbonpapier aus. »Vielen Dank, Fräulein …?«

»Nyblaeus, mein Herr.« Isabella knickste.

»Noch einmal danke, Fräulein Nyblaeus. Ich bin Josef Sachs. Wie ich gesehen habe, hat ein junger Bursche das Papier weggeworfen.«

»Aber so etwas dürfen wir bei Nordiska Kompaniet nicht dulden, oder?«

»Da haben Sie völlig recht«, antwortete Herr Sachs. »Und junge Damen, wie Sie es sind, könnten wir in diesem Kaufhaus gut gebrauchen.« Er griff in die Tasche und förderte eine Visitenkarte zutage. »Falls Sie sich je für eine Stellung in diesem Haus interessieren sollten, Fräulein Nyblaeus, wenden Sie sich bitte an mich.«

Isabella schluckte heftig. »Das würde mir sehr gefallen. Ich könnte sofort anfangen.«

Herr Sachs nahm Isabella beiseite, damit sie den anderen Kunden nicht im Weg standen. Dann sah er sich um. »Sind Sie allein hier?«

Isabella schaute auf die Uhr. »Meine Mutter müsste jeden Moment kommen. Sie arbeitet im Grand Hôtel und kann sich oft erst spät loseisen.«

»Sind Sie die Tochter von Ottilia Nyblaeus?«

»Ja.«

»Das erklärt Ihre ausgezeichneten Manieren. Eigentlich hätte es mir sofort klar sein müssen. Nyblaeus ist kein häufiger Name.«

Laut Ellen hatte Isabella da gekichert und Herrn Sachs ein entwaffnendes Lächeln geschenkt. »Meine Eltern legen beide großen Wert auf gutes Benehmen.«

»Sehr löblich von ihnen. Wie alt sind Sie eigentlich, Fräulein Nyblaeus?«

»Vierzehn, mein Herr.«

»Und gehen Sie noch zur Schule?«

»Ja, aber für heute ist die Schule aus.«

»Welche Schule?«

»Whitlockska Samskolan. Nächsten Sommer mache ich meinen Abschluss. Aber ich würde viel lieber hier arbeiten.«

»Warum? Bildung kann man nie genug haben.«

Isabella blickte ihm in die Augen. »Meine Mutter ist mit dreizehn von der Schule abgegangen. Und heute leitet sie das Grand Royal. Sie hat vom Leben gelernt. Frau Skogh hat ihr alles beigebracht.«

Herr Sachs kannte die Geschichte von Ottilia Nyblaeus' Aufstieg als Schützling der unvergleichlichen Wilhelmina Skogh.

Rasch sprach Isabella weiter. »Ich könnte bei Fräulein Eriksson in der Handschuhabteilung lernen, die eine gute Freundin meiner Mutter ist, aber …«

Nun war Herr Sachs wirklich neugierig auf das, was diese junge Dame zu sagen hatte. »Ja?«

Isabella zuckte mit den Achseln. »Ich finde Damenhandschuhe langweilig.«

Angesichts dieser arglosen Aufrichtigkeit musste Herr Sachs sich ein Schmunzeln verkneifen. »Und was interessiert Sie dann?«

»Ich will wissen, wie so ein Kaufhaus funktioniert.« Isabella wies in den Raum hinein. »Mich erinnert es an eine wunderschöne Uhr. Wir sehen nur das Zifferblatt, aber dahinter greifen unzählige Zahnräder ineinander. Von der Anlieferung bis zum Sitzungssaal, wo der Vorstand zusammenkommt.« Isabella errötete. »Verzeihung. Es war einfach eine Vermutung, dass es hier einen Sitzungssaal gibt.«

»Da vermuten Sie ganz richtig. Und ich habe so ein Gefühl, dass Sie ihn eines Tages tatsächlich von innen sehen werden.«

»Wirklich?«

»Ich glaube schon.«

»Darf ich Sie noch etwas fragen?«

»Nur zu.«

»Was ist das Schwierigste, wenn man ein Kaufhaus wie Nordiska Kompaniet führen will?«

Josef überlegte. »Erstens muss man jedem, der hier arbeitet, genügend Freiraum geben, damit er seine Aufgaben bestmöglich erfüllen kann. Gleichzeitig aber muss man den Überblick über die Abläufe im Unternehmen behalten und Einfluss darauf nehmen. Und zweitens ist es wichtig, darauf zu achten, dass jede Abteilung in der richtigen Etage untergebracht ist und genau die richtige Menge an Platz hat. Nicht zu wenig und nicht zu viel. Und das wiederum ändert sich mit der Zeit und der jeweiligen Mode.«

»Das klingt vernünftig.«

Wieder musste Josef ein Grinsen unterdrücken. »Danke. Und jetzt hören Sie mich an, Fräulein Nyblaeus. Wenn ich Ihr Vater wäre, würde ich darauf bestehen, dass Sie eine höhere Schule beenden, bevor Sie hier anfangen. Aber ich biete Ihnen einen Kompromiss an. Falls Sie im nächsten Sommer noch immer hier arbeiten wollen und Ihre Eltern einverstanden sind, bringen Sie mir Ihr Abschlusszeugnis. Dann sorge ich dafür, dass Sie in diesem Haus eine Stelle bekommen.«

Isabella schnappte nach Luft. »In der Handschuhabteilung?«

»Nein. Wenn es Ihnen ernst damit ist, alles von der Pike auf zu lernen, setze ich Sie zuerst in der Konditorei im Erdgeschoss ein.«

Isabella griff nach seiner Hand und schüttelte sie heftig. »Vielen, vielen Dank.«

Als Ottilia endlich eintraf, wurde sie zu ihrem Erstaunen Zeugin dieses Handschlags.

Isabella platzte beinahe vor Aufregung. »Mamma, Herr Sachs hat mir gerade eine Stelle angeboten.«

»Wie schön, Sie wiederzusehen, Frau Nyblaeus«, sagte Herr Sachs. »Und könnten Sie Ihrem Gatten herzliche Grüße von mir bestellen? Unser Empfang letzte Woche im Grand Hôtel war ein großer Erfolg.«

»Das richte ich ihm gerne aus. Aber was hat es mit dieser Anstellung auf sich? Isabella kann frühestens im nächsten Sommer von der Schule abgehen.«

»Das hat Fräulein Nyblaeus mir bereits erklärt. Außerdem hat sie mir mitgeteilt, dass sie gern alles über den Einzelhandel wissen möchte.«

»Das ist richtig, aber …«

»Ich will alles von der Pike auf lernen, Mamma. Genau wie du. Und Herr Sachs war einverstanden.«

Ottilia musterte den Inhaber von Stockholms wichtigstem Kaufhaus mit hochgezogener Augenbraue.

Herr Sachs breitete beide Hände aus. »Ich habe Isabella geantwortet, sie könne *mit Ihrer Erlaubnis* nächsten Sommer in der Konditoreiabteilung anfangen, wenn sie mir vorher ihr Abschlusszeugnis zeigt.«

Isabellas Augen leuchteten. »Bitte, Mamma?«

»Das müssen wir zuerst mit Pappa besprechen«, erwiderte Ottilia. »Doch wenn du mit Herrn Sachs so eine Vereinbarung getroffen hast, musst du auch deinen Teil davon einhalten, indem du fleißig für die Schule lernst. Hast du das Herrn Sachs nicht gerade selbst gesagt?«

»Ganz recht. Außerdem denken Sie stets daran, Fräulein Nyblaeus, dass Sie es sich jederzeit anders überlegen können. Ich wäre Ihnen überhaupt nicht böse, und Sie wären natürlich weiterhin hier willkommen.«

Seitdem waren drei Monate vergangen. Soweit Märta wusste, wies bei Isabella nichts auf einen Sinneswandel hin. Mit Victoria war es hingegen eine völlig andere Sache. Wie es schien, war ein Umzug nach Stockholm ihr einziges Lebensziel, allerdings ohne dass sie auch nur einen Gedanken an die Frage verschwendet hätte, was sie dort tun sollte. Dabei war sie kein Kind mehr und würde ebenfalls im nächsten Sommer die Schule abschließen. Dennoch hatte Märta sie noch nie ein Wort über ihre Zukunftspläne verlieren hören. Wusste Ottilia vielleicht mehr?

Märta blickte zwischen einer schmollenden Victoria und einer vor Zorn brodelnden Ottilia hin und her.

Schließlich blickte Ottilia ihre Schwester ärgerlich an. »Also, Fräulein *Überhauptnicht*, wie hast du dir das eigentlich gedacht? Denn wenn du nicht schon einen Plan hättest, hättest du wohl kaum so eine Ankündigung gemacht. Außer ...« – Ottilia zählte an den Fingern ab – »... erstens: Pa hat dir erlaubt, umzuziehen, obwohl die Welt noch immer im Krieg ist. Zweitens: Du hast schon eine Stelle in Stockholm. Drittens: Du hast bereits eine Unterkunft. Viertens: Du hast ...«

Victoria reckte das Kinn. »Würdest du mich denn auf die Straße setzen? Erst gestern Abend hast du gesagt, dass es in Stockholm nachts auf der Straße zu gefährlich ist.«

Ottilia zuckte mit den Achseln. »Nein, auf die Straße setzen würde ich dich nicht. Ich würde dich von einem Polizeibeamten zum Zug begleiten lassen.«

Victorias Augen blitzten. »Ich bin keine Verbrecherin.«

»Nein, aber ohne Pas Erlaubnis bist du eine Ausreißerin.«

»Ich kann nicht mehr zurück, Otti«, flüsterte Victoria. »Kannst du nicht mit Pa reden?«

»Pa hat sich klar und deutlich ausgedrückt: Zuerst muss dieser Krieg vorbei sein.«

»Was, wenn ich verspreche, nach Rättvik zurückzukehren, sobald Schweden in den Krieg eintritt?«, schlug Victoria vor.

Ottilia lachte höhnisch auf. »Du bist nicht gerade dafür bekannt, dass du deine Versprechen hältst. Hast du Pa im letzten Schuljahr nicht auch versprochen, dass du fleißiger büffeln würdest?«

Victoria errötete. »Du hast ja keine Ahnung, wie es dort ist. Ich habe in der Schule überhaupt keine Freundinnen. Wahrscheinlich sind die anderen Mädchen neidisch, weil ich die kleine Schwester der großen Ottilia Ekman bin, die es in Stockholm zu etwas gebracht hat. Du weißt ja, wie gern die Leute in Rättvik sich die Mäuler zerreißen.« Victorias Lachen klang ebenfalls ziemlich sarkastisch. »Nicht dass ich bis jetzt etwas davon gehabt hätte. Ich habe gehört, dass du Torun dabei geholfen hast, nach Stockholm zu kommen. Aber ihr alle beide tut überhaupt nichts für mich.«

Märta erkannte an Ottilias Miene, dass Victoria einen wunden Punkt getroffen hatte, auch wenn es dem jungen Mädchen selbst überhaupt nicht aufgefallen war.

»Ich bin nicht so wie die anderen Mädchen, die alle davon träumen, einen Mann mit ein paar Hektar Waldbesitz zu heiraten«, fuhr Victoria fort. »Sie wollen gar nichts anderes, als in Rättvik zu bleiben. Was hat man dort denn für eine Zukunft?«

Ottilia schürzte die Lippen. »Ich kann mir nicht vorstellen, dass überhaupt niemand in Rättvik Lust hat, nach Stockholm zu ziehen. Damals zu meiner Zeit wollten das viele. Manche wären sogar mit Gävle zufrieden gewesen.«

»Ein paar schon«, räumte Victoria ein. »Aber sie haben keine Ahnung, was sie dort anfangen sollen.«

»Du etwa?«, hakte Märta nach.

»Noch nicht. Doch ich habe eine Vorstellung davon, wo ich einmal sein will.«

»Ich dachte, du wolltest hier sein«, wandte Isabella ein.

Märta legte Isabella die Hand auf den Arm, damit sie still war. »Und wie sieht diese Vorstellung aus?«

Victoria blickte quer durchs Lokal, als habe sie ihre Zukunft deutlich vor sich. »Ich sehe mich, wie ich ein elegantes Kleid trage und schnell irgendwohin gehe. Ich habe ein bestimmtes Ziel. Vermutlich bin ich auf dem Weg zur Arbeit. Jedenfalls weiß ich, dass ich unabhängig und stark bin und meinen Platz auf dieser Welt gefunden habe. Das sehe ich, und ich spüre es auch. Ich gehöre zu euch.« Kopfschüttelnd verschränkte sie die Arme und schaute aus dem Fenster. Ihr Kinn zitterte.

Märta und Ottilia wechselten einen Blick. Diese Seite von Victoria kannten sie noch gar nicht.

Märta winkte den Kellner heran, um Kaffee nachschenken zu lassen.

Dieser füllte die Tassen nach, ohne dass bis auf das obligatorische »Danke« ein Wort gesprochen wurde.

»Und wie ging es weiter?«, erkundigte sich Torun, während sie die dünnsten Pfannkuchen, die Märta je gesehen hatte, zu einem Stoß aufschichtete. »Ich muss zugeben, dass ich unsere Victoria zum ersten Mal bemitleide.«

»Bei uns war es genauso«, stimmte Märta zu. »Außerdem hatten wir ein schlechtes Gewissen. Manchmal frage ich mich, ob wir sie unterschätzt oder ihre Meinung voreilig abgetan haben, weil sie so verdammt hübsch ist. Für uns war Victoria immer das niedliche, aber schwierige Baby Ekman.«

»Sie hatte es bestimmt nicht leicht«, meinte Beda. »Euer Vater ist ein wundervoller Mann, Torun, aber …«

»Er ist eben ein Mann«, beendete Torun den Satz für sie. »Ich glaube nicht, dass er Victoria richtig versteht. Sie hat Ottilia erzählt, sie sei in Panik geraten, als ihre Regel eingesetzt hat. Sie hat allen Ernstes befürchtet, zu verbluten. Niemand hatte daran gedacht, sie vorzuwarnen. Nicht einmal Birna.«

Beda schnappte nach Luft. »Die Arme. Was hat sie getan?«

»Sie hat Vater gesagt, sie müsse unbedingt mit unserer Cousine Anna sprechen. Anna hat geholfen, Victoria großzuziehen, bis sie in die Schule kam. Obwohl Pa inzwischen einen Verdacht hatte, worum es ging, hat er Anna im Bahnwärterhaus in Storvik angerufen. Und die hat Victoria alles erklärt, was sie wissen musste. Wir drei Schwestern schämen uns deswegen alle sehr.«

Beda nickte. »Und was passierte dann?«, wollte sie von Märta wissen.

»Isabella, das gute Kind, hat angeboten, ihr Zimmer mit Victoria zu teilen. Aber Ottilia wandte ein, das sei gar nicht so einfach. Victoria müsse die Schule abschließen. Schließlich habe sie nur noch sieben Monate, und es sei albern, so kurz vor dem Ende alles hinzuwerfen.«

»Da stimme ich Ottilia zu«, erwiderte Beda. »Die sieben Monate vergehen wie im Fluge, obwohl Victoria das jetzt nicht glauben wird.«

»Hat sie auch nicht«, bestätigte Märta. »Stattdessen beteuerte sie, sie könnte den Abschluss genauso gut an Isabellas Schule machen.«

»Würde Whitlockska sie denn aufnehmen? Für nur sieben Monate?« Torun bezweifelte das.

»Eher unwahrscheinlich«, merkte Beda an.

»Und außerdem völlig unbedeutend, weil Ottilia nichts davon hören will«, antwortete Märta. »Allerdings hat sie versprochen, dass sie, falls – und das ist ein großes Falls – ihr Vater Victoria den Umzug im nächsten Sommer gestattet, alles tun will, um ihr eine Stelle als Zimmermädchen oder als Zimmerkellnerin zu besorgen. Dann könnte Victoria in einem Personalzimmer wohnen und Freundschaften schließen. Denn schließlich, so betonte sie, hätten wir uns ja auch so kennengelernt.«

»Keine schlechte Idee«, sagte Beda. »Allerdings ist es besser, wenn ich mich um eine Stelle für Victoria kümmere, damit niemand Ottilia und Fredrik der Vetternwirtschaft bezichtigt. Ich spreche morgen mit Ottilia. Ich weiß, dass sie sich bereits jetzt Sorgen macht, wie sie ihr derzeitiges Personal halten soll. Uns allen graut schon vor dem Inkrafttreten der neuen Alkoholgesetze, die verlangen, dass die Gäste etwas essen müssen, um Alkohol bestellen zu dürfen. Das könnte schwere Auswirkungen auf die Hotelbars und selbst auf den Wintergarten des

Grand Royal haben. Und wenn Ottilia Mitarbeiter entlassen muss, kann sie schlecht bevorzugt Verwandte einstellen.«

»Ich strecke auch meine Fühler aus«, meinte Torun. »Eigentlich halte ich ja nicht viel von Seilschaften, aber Männer würden ganz genauso vorgehen und die Stellen ihren Freunden zuschanzen. Und wenn wir nichts an diesem Spiel ändern können, sollten wir versuchen, sie darin zu schlagen.«

Kapitel achtundzwanzig

1917

Im folgenden Frühjahr mussten Geldbeutel und Gürtel noch enger geschnallt werden. Es gab zwar weniger Bettler in der Stadt, aber die Anzahl der Diebstähle schnellte in die Höhe. Eines Nachmittags Anfang Mai trat Josef ins Büro des Hausdetektivs, wo ein junges Mädchen saß. Ein gleichzeitig trotziger und ängstlicher Ausdruck malte sich auf ihr rosiges Gesicht, und vor ihr auf dem Tisch standen zwei Konservendosen – eine mit Sardinen und eine mit Hackfleischbällchen.

»Die waren in ihrer Tasche, Herr Sachs«, verkündete der Hausdetektiv Herr Hagman, an dessen stolzgeschwellter Brust ein Dienstabzeichen prangte. »Ich habe mit eigenen Augen gesehen, wie sie die Dosen eingesteckt hat.«

Das Mädchen erdolchte den Mann mit Blicken.

Doch Herr Hagman fuhr ungerührt fort. »Ich bin ihr gefolgt, seit ich sie beim Betreten des Kaufhauses gesehen habe. Durch den Eingang an der Regeringsgatan ist sie hereingekommen. Rotzfrech. Ich hatte sie schon länger in Verdacht, konnte sie jedoch noch nie auf frischer Tat ertappen. Heute hat es endlich geklappt. Aber als ich sah, wie jung sie noch ist, war ich nicht sicher, ob ich die Polizei holen oder sie lieber übers Knie legen soll. Allerdings ist sie ja ein Mädchen. Deshalb habe ich Sie gerufen.«

»Danke, Herr Hagman.« Josef hoffte, dass Herrn Hagman sein sarkastischer Unterton entgangen war. Was, zum Teufel, sollte er jetzt mit diesem Mädchen anfangen? Sie sah keinen Tag älter aus als seine Tochter Rut. Wenn er sie der Polizei übergab, würde die kurzen Prozess mit ihr machen. Denn dass sie vermutlich schon seit Tagen nichts in den Magen bekommen hatte, würde einen Richter nicht erweichen. Also stellte er ihr erst einmal die üblichen Fragen. »Wie heißt du?«

Sie drehte den Kopf weg und schwieg.

Doch Josef wusste, wie er sie aus der Reserve locken konnte. Er wandte sich an Herrn Hagman. »Sie hatten recht. Rufen Sie die Polizei oder verabreichen Sie ihr eine Tracht Prügel. Das überlasse ich ganz Ihnen.«

Das Mädchen blickte ihn finster an. »Wehe, wenn dieser Mann mir nur ein Haar krümmt. Dann wird mein Vater ihn sich nämlich vorknöpfen.«

Josef tat, als dächte er über ihre Worte nach. »Ich verstehe.« Er wandte den Kopf ein Stück in Herrn Hagmans Richtung, allerdings ohne den Blick von dem Mädchen auf der anderen Seite des Tisches abzuwenden. »Am besten lesen Sie ihr ordentlich die Leviten. Und dann begleiten wir sie nach Hause und warten dort auf ihren Vater. Der wird uns sicher den Namen dieser jungen Dame nennen können.«

Sie erbleichte. »Nein.«

»Nein? Dann sag mir, wie du heißt.«

»Lily, mein Herr.«

»Wie alt bist du, Lily?«

»Zwölf.«

»Also, Lily. Das ist jetzt deine Gelegenheit, und zwar deine einzige Gelegenheit, die Wahrheit zu sagen. Keine Lügen, sonst ruft Herr Hagman sofort die Polizei. Das schwöre ich dir. Aber ich will wissen, warum du in meinem Kaufhaus stiehlst.«

Josef beobachtete Lily, während diese über ihre begrenzten Möglichkeiten nachdachte. Eigentlich wirkte sie nicht wie ein typisches Stockholmer Straßenkind. Ihr mageres Gesicht war sauber. Außerdem war ihr Kleid zwar ein wenig abgetragen, passte aber recht gut. War Lily die Tochter einer bürgerlichen Familie, die infolge des sich endlos hinziehenden Krieges in Not geraten war?

Die ausgehungerten und erschöpften Deutschen schossen inzwischen auf sämtliche U-Boote und Handelsschiffe, die vor den Küsten alliierter Länder kreuzten. Außerdem hatten sie eine rote Linie überschritten und begonnen, amerikanische Frachter zu versenken. Die Folge war, dass nun auch die Vereinigten Staaten von Amerika in den Krieg eingetreten waren.

Entgegen allen Voraussagen war es Schweden gelungen, neutral zu bleiben. Doch da die Einfuhren ausblieben, nahm die Lebensmittelknappheit gefährliche Ausmaße an. Seit Februar war der Kaffee rationiert. In den letzten Wochen waren die Preise für Butter und Milch schon wieder um zwanzig Prozent gestiegen. Dabei war Letztere bereits so schwer zu beschaffen, dass sie Kindern und alten Menschen vorbehalten war. Und da ein Unglück nur selten allein kam, war die heimische Getreideernte wegen einer Dürreperiode im Frühjahr um etwa fünfzig Prozent geringer ausgefallen als erwartet. In manchen ländlichen Gebieten herrschte bereits Hunger.

In den Zeitungen wimmelte es von Kleinanzeigen von Menschen, die verzweifelt jemanden suchten, der Zucker gegen Kartoffeln oder Kartoffeln gegen Kaffee eintauschen wollte. Josef war sogar auf ein Inserat gestoßen, in dem jemand zehn Eier Prämie für das Privileg auslobte, zehn Kilo Mehl kaufen zu dürfen.

Und die Tauschgeschäfte beschränkten sich nicht auf Lebensmittel. Paraffin, dringend benötigt für den Betrieb von Lampen, war ebenfalls knapp. Die Glücklichen, die diesen Brennstoff besaßen, hatten die Möglichkeit, das flüssige Gold gegen Kartoffeln, Schweinefleisch oder andere Esswaren einzutauschen. Wie Josef aufgefallen war, entschieden sich viele Stockholmer, die das Paraffin eigentlich für ihre Lampen gebraucht hätten, lieber im Dunkeln zu sitzen, als hungern zu müssen. Und das konnte ihnen niemand verübeln.

Nur dass die ärmeren Haushalte noch mehr unter der Dunkelheit litten als erwartet. Kinder konnten ihre Hausaufgaben nicht erledigen, weshalb die Behörden verfügten, die Schulbibliotheken von vier bis sechs Uhr nachmittags geöffnet zu halten. Außerdem hatten die Frauen in Zeiten, in denen Reparieren und Wiederverwerten wichtiger war denn je, kein Licht zum Stopfen, Nähen und Stricken. Königin Victoria persönlich hatte sich eingeschaltet und im Palast Nähmaschinen aufgestellt, um Nähabende zu veranstalten. Auch Gas war rationiert, während es Benzin praktisch gar nicht mehr gab. Josef war froh, dass er die Weitsicht besessen hatte, Pferde anzuschaffen. Nur dass diese ihn nun vor ein neues Problem stellten: Sie brauchten Futter.

Da die Rohstofflieferungen ausblieben, mussten immer mehr Fabriken schließen, weshalb die Arbeitslosigkeit unaufhaltsam stieg. Dasselbe galt für die Preise der wenigen Waren, die man überhaupt noch bekommen konnte. Die Menschen verkauften goldene Ringe und anderen Schmuck. Familienerbstücke wechselten für einen Laib Brot den Besitzer. Oder für die Zutaten, um einen zu backen.

Als die Monate vergingen, tauchten in den Kleinanzeigen zunehmend Dinge des täglichen Bedarfs auf. In einer wurde Strickwolle gesucht »in Form von alten, aber sauberen Pullovern, Socken, Fäustlingen oder Decken im Austausch für Kartoffeln«. Eine bot »ein Paar Herrenschuhe, Größe 44, gegen Haushaltswaren«. Und eine besonders traurige Annonce war von einer Inserentin unter der Überschrift »Allein, 70 Jahre« aufgegeben worden. Der kurze Text lautete: »Tausche drei Dutzend Stück Luxusseife gegen langen Mantel, Bluse und Rock.« Wollte eine alte Dame hier etwa ihren lebenslangen Vorrat an Verlegenheitsgeschenken hergeben, um nicht nackt gehen zu müssen?

Josef betrachtete Lily. Wie sehr hatte sich ihr Leben seit Kriegsausbruch verändert? Wann hatte sie zuletzt etwas gegessen?

»Also, Lily?«, hakte er freundlich nach.

Offenbar war sie zu einer Entscheidung gelangt. »Ich habe

das gestohlen.« Sie wies mit dem Kopf auf die beiden Konservendosen auf dem Tisch.

»Hast du schon einmal hier gestohlen?«

»Nein.« Eine Pause. »Vielleicht einmal. Oder zweimal. Aber nicht öfter als dreimal. Da bin ich sicher.«

Herr Hagman gab ein ärgerliches Brummen von sich.

»Und warum ausgerechnet in diesem Kaufhaus?«, erkundigte sich Josef.

Sie zuckte mit den Achseln. »Weil es hier einfach ist. Und weil Sie es verdient haben.«

Herr Hagman konnte nicht länger an sich halten. »Herr Sachs, ich muss protestieren. Die Dreistigkeit dieses Mädchens schlägt doch dem Fass den Boden aus. Ich würde jede Wette eingehen, dass sie gar nicht Lily heißt.«

»Ist dein Name Lily?«, fragte Josef.

»Ich nenne mich so.«

Herr Hagman schlug mit der Faust auf den Tisch. »Und wie nennt dich dein Vater?«

»Stina.«

Noch ein Fausthieb auf den Tisch. »Familienname?«

»Andreasson.«

Herr Hagman warf Josef einen Blick zu, der wohl *endlich kommen wir weiter* besagen sollte. Damit mochte er zwar recht haben, doch Josef hatte den starken Verdacht, dass er und Herr Hagman unterschiedliche Ziele anstrebten. Herr Hagman verlangte eine Bestrafung, was verständlich und außerdem sein gutes Recht war. Wie die meisten Stockholmer hatte er Menschen, die stahlen oder sonst gegen die Regeln verstießen, inzwischen gründlich satt. Alle kannten die Geschichte von dem Mann, der vorgeschlagen hatte, er könne in der Musikalienabteilung ein teures Klavier erwerben, wenn man ihm dafür in der Feinschmeckerabteilung mehr als die ihm zustehende Ration Kartoffeln verkaufen würde. Doch im Gegensatz zu seinem Kaufhausdetektiv war Josef höchst neugierig darauf, warum dieses aufgeweckte Mädchen in Nordiska Kompaniet eine leichte Beute sah.

»Danke, Herr Hagman. Das war sehr hilfreich«, sagte er nun. »Ich glaube, ich komme jetzt allein mit Fräulein Andreasson zurecht. Sie können wieder an Ihre Arbeit gehen.«

»Also, Stina«, begann Josef, nachdem die Tür sich lauter als sonst hinter Herrn Hagman geschlossen hatte. »Könntest du mir bitte erklären, warum das Stehlen hier einfacher ist als anderswo?«

Sie zuckte wieder mit den Achseln. »Die Waren in der Feinschmeckerabteilung sind von guter Qualität.«

»Danke für das Kompliment, aber das beantwortet meine Frage nicht.«

Sie betrachtete ihn, als sei sie nicht sicher, welche Geheimnisse ihrer Zunft sie ihm offenbaren durfte.

»Du hast nur eine Gelegenheit, vergiss es nicht«, hielt er ihr vor Augen.

»Weil es ein Kaufhaus ist. Die Sachen liegen offen auf den Regalen. Bei den meisten Lebensmittelhändlern sind sie hinter der Theke. Aber nicht bei Nordiska Kompaniet. Und so kann ich mir nehmen, was ich will.«

Josef überlegte. Also war gerade der größte Vorzug eines Kaufhauses gleichzeitig auch seine Schwachstelle. Wie oft hatte er seine Mitarbeiter daran erinnert, dass die Kundschaft sich in Ruhe umschauen können sollte.

»Außerdem kenne ich alle Ihre Kaufhausdetektive«, fuhr Stina fort. »Herr Hagman, dieser Dummkopf, beobachtet mich die ganze Zeit. Aber sobald ich ihm ins Gesicht sehe, schaut er weg. Und dann kann ich zugreifen.« Inzwischen war Stina keck, ja, sogar prahlerisch geworden. Josef wusste, dass sie sich früher oder später um Kopf und Kragen reden würde. Er musste ihr nur genug Zeit geben.

»Außerdem hole ich mir nur zurück, was Sie uns gestohlen haben.«

»Wie bitte?«

Sie hielt seinem Blick stand. »Wir hatten eine kleine Bäckerei in der Regeringsgatan. Meine Ma und mein Pa haben sie geführt. Davor gehörte sie meinen Großeltern. Und dann haben Sie beschlossen, direkt vor unserer Tür dieses Kaufhaus zu bauen.«

Josef erstarrte. »Sprich weiter.«

»Ihr Staub hat unser Mehl und unseren Zucker verdorben. Nicht dass das noch eine Rolle gespielt hätte, weil sowieso niemand mehr vorbeikam. Alle haben einen Bogen um den Schmutz von der Baustelle gemacht. Aber man kann eine alte Firma in Familienbesitz nicht einfach an einen anderen Ort verpflanzen, richtig?«

Josef überlegte. Er selbst hatte doch genau das getan.

»Als Schluss mit dem Staub war«, fuhr Stina mit einem zornigen Funkeln in den Augen fort, »konnte Pa für eine Weile wieder genug verdienen. Und dann fing der Krieg an. Während wir uns mit den Folgen abgemüht haben, haben Sie Ihre schicke neue Feinschmeckerabteilung und eine Teestube eröffnet.« Ihre Unterlippe zitterte. »Wir mussten die Bäckerei schließen und außerdem ausziehen, weil wir unsere Wohnung über dem Laden hatten. Doch wer stellt einen Bäcker ein, wenn man nirgendwo Mehl und Zucker bekommt? Also konnten wir die Miete für die neue Wohnung nicht mehr bezahlen. Meine Tante und ihre Familie haben uns aufgenommen. Jetzt wohnen wir zu zehnt in zwei Zimmern. Aber es war trotzdem nett von ihnen, uns bei sich wohnen zu lassen.«

Josef hatte Mühe, sich die Verlegenheit nicht anmerken zu lassen. »Was macht dein Vater denn jetzt?«

»Keine Ahnung. Ma hat ihn an Ostern vor die Tür gesetzt. Er hat das wenige Geld vertrunken, das wir noch hatten.«

»Und deine Ma?«

»Sie arbeitet jetzt als Putzfrau und ist deshalb an den meisten Abenden und Sonntagen nicht da.«

Allmählich kam Josef eine schreckliche Vermutung. »Wo putzt sie denn?«

Stina zögerte. »Hier.«

Verdammt. »Also bestiehlst du den Arbeitgeber deiner Mutter?«

Sie nickte betreten. »Deshalb wollte ich ja meinen Namen nicht sagen.« Sie blickte Josef flehend an. »Bitte kündigen Sie ihr nicht. Bitte. Sie ahnt nicht, dass ich hier stehle. Wirklich nicht. Wenn sie meinetwegen ihre Stelle verliert, müssen wir verhungern.«

Josef verschränkte die Arme. »Was machst du mit den Waren, die du hier stiehlst?«

»Ich bringe sie zum Hötorget-Markt und verkaufe sie dort.«

»Und stiehlst du immer Sardinen und Fleischbällchen?«

Inzwischen wirkte ihr Achselzucken eher schicksalsergeben als trotzig. »Ich stehle das, was verlangt wird.«

»Von wem?«

»Meinen Stammkunden.«

»Deinen Stammkunden? Vor noch nicht einmal zehn Minuten hast du mir weismachen wollen, dass du mich höchstens dreimal bestohlen hast.«

Stina schlug die Hände vors Gesicht. »Was hätte ich denn tun sollen? Ma ist völlig erschöpft und kann tagsüber nicht schlafen, denn wie würde das denn aussehen, wenn meine Tante und mein Onkel aufstehen und zur Arbeit gehen müssen? Deshalb suchen wir ein eigenes Zimmer. Aber das ist fast unmöglich, wenn man kein Geld hat, um den Vermieter zu bestechen oder Vorauszahlungen auf die Miete zu leisten. Ich hatte beobachtet, wie Männer auf dem Hötorget Sachen verkaufen. Wenn sie einen Sack Kartoffeln anbieten, würde ich jede Wette darauf eingehen, dass sie die nicht selbst angebaut haben. Denn in diesem Fall wären sie nicht zu zweit: Einer verkauft, der andere hält Ausschau nach der Polizei. Das, was die können, kann ich auch, habe ich mir da eines Tages gesagt.«

Immer das alte Lied: jemand, der mit schlechtem Beispiel voranging. »Das ist aber verboten«, wandte Josef ein. »Dafür kann man ins Gefängnis kommen.«

Ihr Kopf fuhr hoch. »Gefängnis?«

»Stiehlst du auch noch anderswo?«

»Hin und wieder. Die paar Kronen, die ich dabei verdiene, lege ich sofort in Mas Spardose für das neue Zimmer.« Inzwischen schluchzte sie.

»Und was glaubt deine Mutter, woher dieses Geld stammt?«

»Ich habe ihr erzählt, dass ich Botengänge erledige. Wahrscheinlich ist sie einfach viel zu müde, um weiter nachzufragen.«

Was ziemlich wahrscheinlich war. Und deshalb wohl zutraf. Aber was sollte Josef jetzt tun? Wenn er die Polizei riefe, verschlimmerte er damit nur Frau Andreassons bereits missliche Lage. Und zahlte er nicht allen seinen Mitarbeitern einen gerechten Lohn und außerdem eine Kriegszulage? Lag es hauptsächlich an der unhaltbaren Wohnungssituation in Stockholm, dass die Familie nicht mehr richtig Fuß gefasst hatte? Oder suchte er selbst etwa krampfhaft nach einem Grund, der nichts mit den zuweilen nachteiligen Auswirkungen seines Konsumtempels auf diese Stadt zu tun hatte? Andererseits konnte man ihn doch wohl kaum wegen des Schicksals dieser Familie an den Pranger stellen. Schließlich trug das Kaufhaus so viel dazu bei, den Lebensunterhalt von über zweitausend Menschen zu sichern. Und für die trug er zuallererst die Verantwortung.

Josef fällte eine Entscheidung. Frau Andreasson schien eine fleißige Frau zu sein. Sie musste Gelegenheit erhalten, ihre Tochter zurechtzuweisen, ohne dass man die Polizei hinzuzog. Diese Lösung hätte er sich auch gewünscht, falls seine Rut, Gott behüte, je eine solche Dummheit machen sollte. »Deine Mutter wird es erfahren müssen.«

Stina nickte bedrückt. »Wird sie ihre Stelle verlieren?«

»Mit absoluter Sicherheit ...«

Stina schrie auf.

»… wenn mir noch einmal zu Ohren kommen sollte, dass du gestohlen hast. Denn ich werde es erfahren. Jetzt rufe ich Herrn Hagman und bitte ihn, dich aus dem Kaufhaus zu begleiten.«

Josef wurde beinahe von Mitleid ergriffen, als das Kind sich an der Tür noch einmal umdrehte und ihm sein tränennasses Gesicht zuwandte. »Danke, Herr Sachs.«

Er nickte ihr zu und lächelte leicht. Sie hatten eine Vereinbarung getroffen. Nun musste er Ellen bitten, Frau Andreasson zu ihm zu rufen. Wenn sie so erschrocken und zerknirscht reagierte, wie Josef vermutete, würde Ellen ihren Fall an die Wohnungsvermittlung für Mitarbeiter von Nordiska Kompaniet weitergeben. Vielleicht konnte man ja dort der Familie bei der Suche nach einem Dach über dem Kopf behilflich sein.

Und zu guter Letzt würde er den Punkt »Erhöhung der Sicherheitsmaßnahmen« auf seine Erledigungs-Liste setzen. Diese neue Erkenntnis war vermutlich das Geld wert, das Stina gestohlen hatte.

Müde schüttelte Josef den Kopf. In dieser Stadt herrschten wirklich entsetzliche Zustände. Wie gelang es Eltern, die praktisch rund um die Uhr arbeiteten, ihre Kinder zu betreuen? Wann hatte er selbst denn zuletzt mit seinen eigenen Kindern zu Abend gegessen? Seit seiner Ernennung zum Generalkonsul von Norwegen hetzte er von einem Termin zum nächsten. Die Russen waren erschöpft und ausgehungert und revoltierten gegen ihre Regierung. Auch die Deutschen waren zweifellos müde und hungrig, aber auch kühner geworden. Erst letzte Woche hatte man nur siebzig Kilometer südlich von Stockholm einen Zeppelin gesichtet. Die anderen skandinavischen Länder waren mindestens genauso besorgt wie Schweden. Wann – und wie – sollte das alles enden?

Kapitel neunundzwanzig

Als Torun über die Riddarholmen-Brücke nach Gamla Stan hinkte, fing ihr Magen an zu knurren. Verdammt, sie hatte doch schon zweimal gutes Geld dafür ausgegeben, diesen Rock an der Taille enger machen zu lassen, und schon wieder fing er an zu rutschen. So schlank war sie seit der Geburt ihres Kindes nicht mehr gewesen. Und wann hatte sie zuletzt das angenehme Gefühl genossen, wirklich gesättigt zu sein? Wann hatte sich überhaupt jemand in dieser elenden Stadt zum letzten Mal richtig satt gegessen? Obwohl das eindeutig nicht auf alle zutraf. Denn während sich die Ehrlichen an die Regeln hielten und Lebensmittel rationierten, gab es auch andere, denen es gelang, eigentlich nicht vorhandene Dinge aufzutreiben. Dann verdienten sie sich entweder eine goldene Nase, indem sie die Waren an skrupellose Zwischenhändler verhökerten, oder sie beuteten die ohnehin schon verarmte Bevölkerung mit ihren Mondpreisen aus. Torun hasste Kriegsgewinnler. Und zwar so sehr, dass sie beim Gedanken an ihr schändliches, ja, verbrecherisches Treiben die Fäuste ballte.

Als sie in die Lilla Nygatan einbog, verschwand die Maisonne gerade hinter den Dachfirsten. Torun warf einen finsteren Blick gen Himmel. Der kalte Frühling war ein zusätzlicher Grund, warum sie ihren kostbaren Samstagnachmittag nun in Södermalm verbringen würde und nicht zu Hause bei Beda und Märta. Wenn die Sonne sich im März und April mehr Mühe gegeben hätte, hätte die Lebensmittelknappheit in Schweden vielleicht nicht solche Ausmaße angenommen. Aber nein. Offenbar hatten die Wettergötter beschlossen, dass auch sie das Recht hatten, ihr Scherflein zu dem Elend beizutragen, das ohnehin schon größer war, als eine durchschnittliche Familie es ertragen konnte.

Ihr Magen knurrte wieder. Torun war so schwindelig vor Hunger, dass sie sich mit einer Hand an eine Mauer stützen musste. Beinahe wünschte sie, die am Dienstag bei *Tolfterna* kursierenden Gerüchte würden sich als wahr entpuppen: Ein als Schieber bekannter Lebensmittelhändler in Södermalm sollte an diesem Nachmittag eine Lieferung Kartoffeln erhalten. Torun war nämlich gerade in der richtigen Stimmung, um sich mit einem Mann anzulegen, der auf dem Schwarzmarkt handelte und zuließ, dass Kinder an Hunger starben, nur damit er sich ein noch größeres Haus und seiner Frau einen weiteren Pelzmantel kaufen konnte. Torun biss die Zähne zusammen. Das beste Ergebnis, das man sich an diesem Nachmittag erhoffen konnte, war die Umleitung dieser Lieferung an einen ehrlichen Verkäufer, der jeder Familie zu einem fairen Preis die angemessene Ration zuteilte. Die größte Katastrophe wäre es jedoch gewesen, wenn sich diese Kartoffellieferung als bloßes Luftschloss entpuppte.

Als sie ihren Weg nach Södermalm fortsetzte, wurde ihr Zorn von Erschöpfung abgelöst. Zumindest würde sie heute Abend so etwas Ähnliches wie ein Abendessen bekommen. Gut, ihre Mahlzeiten waren auf lächerlich kleine Portionen schrumpeliger Wurzelgemüse und das, was sie sonst noch ergattern konnte, zusammengeschrumpft. Aber zumindest hatte sie noch keine davon ausfallen lassen müssen. Noch nicht. Bei vielen in Södermalm, dem ärmsten Viertel der Stadt, verhielt es sich ganz sicher anders. Deshalb würde Torun auch keine Kartoffeln für sich selbst beanspruchen, sondern den Frauen helfen, die sie nötiger brauchten.

Einige Frauen eilten die Östgötagatan entlang, so schnell ihre Röcke und die guten Manieren es gestatteten. Torun schloss sich ihnen an und bemühte sich, mit ihnen Schritt zu halten. Da sie keine von ihnen wiedererkannte, wagte sie nicht zu fragen, ob sie auch wegen der Kartoffeln hier waren. Denn dann würden sie sie womöglich nicht als Verbündete, sondern als Konkurrentin betrachten. Und falls sie zu diesem falschen Schluss kommen sollten, war Torun ihnen körperlich nicht gewachsen.

Als sie in die Katarina Bangata einbogen, waren ein Stück voraus zornige Stimmen zu hören. Eine Frau stieß die andere an. »Wir müssen rennen, sonst kriegen wir nichts mehr ab.« Torun wurde rasch abgehängt. Das Stimmengewirr wurde lauter, denn eine immer größer werdende, hauptsächlich aus Frauen bestehende Menschenmenge verstopfte die Kreuzung an der Södermannagatan. Kurz darauf erschien ein von Pferden gezogener Polizeiwagen, gefolgt von einem anderen.

Entsetzt beobachtete Torun die Szene.

Der Lebensmittelhändler stand auf der Vortreppe des Hauses Södermannagatan 33. Ein Polizeigendarm bahnte sich mit dem Schlagstock einen Weg durch die Menge.

Eine Frau schrie erschrocken auf, als sie ein Hieb schmerzhaft am Oberarm traf. Sie wirbelte zu dem Polizisten herum. »Wie können Sie es wagen? Ich habe ein Recht, hier zu stehen. Wir alle haben das.«

»Sie stören die öffentliche Ordnung«, entgegnete der Polizist. »Los, meine Damen. Machen Sie die Straße frei.«

»Nur über meine Leiche. Ich habe fünf hungrige Kinder, und dieser Mann hat Kartoffeln.« Sie wies auf den Lebensmittelhändler, der eine arglose Miene zur Schau trug.

Er zuckte mit den Achseln. »Ich habe nur noch ein paar wenige Kartoffeln, und die spare ich für meine eigenen Kinder auf.«

»Lügner!«, rief eine andere Frau. »Wir wissen, dass er noch mehr im Keller hat. Er hat nämlich eine Lieferung bekommen und noch keine einzige Kartoffel verkauft.«

Torun schob sich durch die aufgebrachten Frauen.

Den Händler focht diese Beleidigung nicht an. Stattdessen drehte er sich zu dem Polizisten um und wies mit dem Daumen hinter sich. »Dadrin sind noch zwei von diesen Hexen. Schaffen Sie sie raus.«

Eine Frau erschien in der Tür. »Schaut, was wir gefunden haben.« Sie hielt eine Kartoffel hoch. »Und zwar mehrere Säcke voll.«

Johlend stürmte die Menge voran.

Torun spürte einen Stoß im Rücken. Sie stolperte und schlug mit Händen und Knien auf dem Kopfsteinpflaster auf. Ein Tritt mit einem Stiefel traf sie zwischen den Rippen.

»Das passiert Leuten, die sich vordrängeln«, schimpfte eine Frau.

Mühsam rang Torun nach Luft. »Ich wollte nicht …«

»Moment mal«, herrschte eine empörte Stimme die Trägerin des Stiefels an. »Das ist Fräulein Ekman von *Tolfterna*. Sie gehört zu uns.«

Die Angreiferin streckte die Hand aus und half Torun auf die Füße. »Entschuldigen Sie, Fräulein Ekman. Ich hatte keine Ahnung.« Sie klopfte Toruns Rock ab. »Aber meine Kinder haben seit Donnerstag nichts gegessen, und er hat Kartoffeln.« Die letzten drei Wörter hatte sie herausgeschrien. Die Frauen rückten wieder vor.

»Zwei Säcke!«, meldete eine Stimme aus dem Inneren des Ladens.

Der Händler schüttelte den Kopf. »Wie oft soll ich denn noch sagen, dass die nicht zu verkaufen sind?«

»Warum nicht?«, rief Torun.

Sein Blick schweifte suchend über die Menge.

»Warum nicht?«, wiederholte Torun laut.

Die anderen Frauen schoben sie weiter nach vorne.

Der Händler musterte Torun von Kopf bis Fuß. Dann verschränkte er die Arme. »Die sind für meine Familie.«

Torun drehte sich zum nächstbesten Polizisten um. »Wollen Sie einfach tatenlos zuschauen, wie dieser Mann gegen die Rationierungsvorschriften verstößt? Wenn er wirklich zwei Sack Kartoffeln für seine Familie aufbewahren will, müsste er ja neunzig Kinder haben.«

Die Frauen johlten vor Lachen.

Der Polizist sah Torun finster an. »Halten Sie Ihren frechen Mund.«

Die zweite Frau trat mit einem Sack Kartoffeln aus der Tür.

Der Händler machte einen Satz auf sie zu. »Die sind nicht zu verkaufen, verdammt!«

Als die beiden Frauen ihm einen Schubs versetzten, taumelte er die Stufen hinunter und wäre beinahe gestürzt.

»Habt ihr das gehört?«, rief die erste Frau. »Wenn er sagt, dass sie nicht zu verkaufen sind, sollten wir ihm das glauben.«

Schweigen senkte sich über die Menge.

Der Händler schien für einen Moment beruhigt.

»Dann sind sie ganz bestimmt kostenlos!«, verkündete die Frau dann.

Als sie anfing, so schnell sie konnte, Kartoffeln in die Menge zu werfen, stürmten alle vor. Die Frauen fingen so viele wie möglich auf, sammelten den Rest vom Boden zusammen und füllten ihre Schürzen, Taschen und Körbe.

Inzwischen war der Händler hochrot im Gesicht, und er zeigte mit dem Finger anklagend auf Torun. »Sie waren das. Sie sind die Rädelsführerin. Wir alle haben Sie gesehen und gehört. Und jetzt werde ich am helllichten Tag beraubt.«

Torun schrie auf, als jemand ihr die Arme auf den Rücken zerrte.

»Sie sind verhaftet«, sagte der Polizist.

»Weswegen? Weil ich eine vernünftige Frage gestellt habe?«

Er stieß sie hinten in den Polizeiwagen.

Den Kopf in die wunden Hände gestützt, saß Torun auf dem schmalen Eisenbett. Durch die Gitterstäbe strömte die Nachmittagssonne herein und malte Streifen auf den Boden. Die Zelle selbst war unbeheizt und roch leicht nach Urin. Niemand, abgesehen von den Polizisten im Revier Rosenlundsgatan 1, wusste, wo sie war. Hatte sie ihren geplanten Abstecher nach Södermalm am heutigen Nachmittag Märta oder Beda gegenüber erwähnt? Wahrscheinlich schon, aber Torun war sich nicht sicher.

Sie war sogar zu entsetzt, um zu weinen. Stattdessen fragte sie sich, was wohl als Nächstes geschehen würde. Der Polizei traute sie nicht über den Weg. Männer ergriffen unweigerlich Partei für ihre Geschlechtsgenossen. Und so würde auch der Polizeibericht vermutlich zugunsten des ach so bedauernswerten Lebensmittelhändlers ausfallen, den man seiner Kartoffeln beraubt hatte. Und das, obwohl man einen Mann, der so dreist Schwarzmarkthandel betrieb, sofort hätte festnehmen müssen. Torun schluckte die Galle hinunter, die ihr in der Kehle hochstieg.

Dass sie ins Gefängnis wandern würde, war höchst unwahrscheinlich. Aber man würde sie gewiss zu einer saftigen Geldstrafe verdonnern. Sie hatte zwar keine Ahnung, welchen Verbrechens sie sich schuldig gemacht haben könnte, aber der Polizei würde sicherlich etwas einfallen. Und dann würde ihr Name in der Zeitung erscheinen, was ihre Entlassung bei P. A. Norstedt & Söhne zur Folge haben würde. Sie würde sich zu den Tausenden Menschen in dieser Stadt gesellen, die arbeitslos, hungrig und durchgefroren waren.

Und dennoch sah Torun keinen Grund, zu bereuen, dass sie sich gegen den Lebensmittelhändler behauptet hatte. Hoffentlich waren die Frauen in der Lage gewesen, die Kartoffeln zu bezahlen, damit sie diese nicht wieder herausgeben mussten. Vielleicht würden wenigstens ein paar Kinder mehr heute Abend etwas Warmes in den Magen bekommen. Und so war dieses Debakel wenigstens nicht umsonst gewesen.

Außerdem konnte sie sich darauf verlassen, dass Ottilia,

Beda, Märta und Karolina zu ihr halten würden. Auch Ellen und ihre neue Freundin Maria würden empört über so viel Ungerechtigkeit sein. Insbesondere Maria war eine Frau nach Toruns Geschmack.

Sie umfasste ihre wunden Knie. Das eine war geschwollen. Was pflegte Ottilia immer zu sagen? Jede Situation hatte auch etwas Gutes. Tja, was ihr armes Knie anging, hatte sie bereits etwas gefunden: In nächster Zeit würde sie sowieso nirgendwohin gehen.

Kapitel dreißig

»Wo, zum Teufel, steckt sie?« Beda schloss das Wohnzimmerfenster und fing wieder an, auf und ab zu laufen.

»Wie ich dir schon gesagt habe, ist sie bestimmt in Södermalm, um zu schauen, ob es diese Kartoffellieferung wirklich gibt«, antwortete Märta.

»Und ich sage, dass sie in diesem Fall schon seit Stunden zurück sein müsste. Bestimmt ist ihr etwas zugestoßen. Ganz sicher. Schließlich ist es schon seit über zwei Stunden dunkel.«

»Sollen wir Ottilia anrufen? Oder die Polizei?«

»Wenn sie nicht innerhalb der nächsten Stunde kommt, sollten wir Ottilia verständigen. Wenn meine Schwester verschwunden wäre, würde ich das wissen wollen. Ottilia kann dann entscheiden, ob sie die Polizei verständigt. Allerdings wird es die vermutlich erst interessieren, wenn Torun seit mehreren Tagen vermisst wird.«

Bedrückt schweigend saßen sie da.

»Welche Strecke würdest du von Södermalm nach Hause nehmen?«, fragte Märta plötzlich.

Beda überlegte. »Meinst du, wir sollten sie suchen gehen?«

»Vielleicht. Obwohl wir zusammenbleiben müssen und so viele Parallelstraßen infrage kommen. Möglicherweise sind wir ja gerade auf der Skeppsbron, während Torun die Österlånggatan hinunterkommt. Oder umgekehrt.«

»Das ist ein Problem.« Beda ließ sich in einen Sessel sinken. »Ich zermartere mir schon die ganze Zeit das Hirn, weil ich mich einfach nicht erinnere, ob Torun sich heute Abend mit Ellen oder Maria treffen wollte.«

»Seit einiger Zeit habe ich sowieso keine Ahnung mehr, was Torun tut oder denkt«, merkte Märta an. »Außer es hängt mit dem Krieg zusammen. Sie ist ständig so gereizt oder wütend.«

»Und unglücklich«, ergänzte Beda. »Denn im Grunde genommen will Torun, dass es allen Menschen gut geht. Und dieser Krieg ist für niemanden gut. Außerdem macht sie sich Sorgen um Wilhelm.«

»Wirklich?«

Beda nickte mit Nachdruck. »Weil sie euch beide gernhat. Sie hat auch schreckliche Angst, dass Edward etwas passieren könnte.« Zum wohl hundertsten Mal öffnete sie das Fenster und beugte sich hinaus, um die Linnégatan entlangzuspähen. »Da kommt sie ja! Ach, herrje, heute hinkt sie ganz besonders schlimm.«

Noch nie zuvor war Torun so erleichtert gewesen, nach Hause zu kommen. Auch wenn die Wohnung enger und kühler war, als sie es sich gewünscht hätten, verbreitete wenigstens eine kleine Paraffinlampe Licht, und ein Schälchen dünner Suppe spendete Wärme. Und sie saß nicht mehr eingesperrt in einer kahlen Zelle.

Beda half ihr aus dem Mantel.

Märta schnappte nach Luft. »Was ist denn mit deinen Händen? Die sind ja total aufgeschürft.«

»Ich bin gestürzt. Meine Knie sehen vermutlich ganz ähnlich aus. Sie sind ganz steif und sicher blau geschlagen.«

»Komm und setz dich«, forderte Beda sie auf. »Wo warst du denn?«

»Ich habe in einer Polizeizelle Hof gehalten.«

Die Freundinnen schnappten nach Luft.

Torun lächelte zittrig, und im nächsten Moment lief ihr eine Träne die Wange hinunter. Sie wischte sie weg. »Ich weiß nicht, warum ich jetzt weine. Dort habe ich doch auch nicht geweint.«

»Warum wurdest du denn verhaftet?«, erkundigte sich Märta.

»Ich würde sagen, weil ich eine Frage gestellt habe. Ein Richter könnte mir hingegen vorwerfen, ich hätte einen Aufruhr angezettelt.«

Beda schüttelte den Kopf, als traue sie ihren Ohren nicht. »Fang ganz von vorne an«, sagte sie. »Du musst uns alles erzählen.«

»Und warum hat die Polizei dich wieder freigelassen?«, fragte Märta, nachdem Torun ihre Suppenschale geleert hatte. Inzwischen war sie an der Stelle angelangt, als ein Polizist sie in eine Zelle gesperrt hatte.

»Weil sie mich verhaftet haben, bevor ich Gelegenheit hatte, mehr zu tun, als nur Fragen zu stellen. Damit hat mir der Polizist, ohne es zu wollen, einen großen Gefallen getan.«

Beda und Märta wechselten Blicke.

»Wie das?«, hakte Beda nach.

»Nachdem ich abtransportiert worden war, kochte die Auseinandersetzung mit dem Lebensmittelhändler zu einem regelrechten Aufstand hoch. Etwa zweitausend Menschen, darunter auch Männer, kamen aus allen Richtungen herbei, um etwas von den Kartoffeln abzukriegen. Und als die Polizei das verhindern wollte, hat jemand eine Kartoffel nach einem Beamten geworfen. Die Folge war, dass die Polizei schließlich mit Kartoffeln bombardiert wurde, was eine Schande ist. Schließlich sind Lebensmittel so knapp, dass man Kartoffeln in den Kochtopf und nicht nach Polizisten werfen sollte. Wie dem auch sei.« Torun trank einen Schluck Wasser. »Die Lage eskalierte weiter, bis die Leute die Polizei auch mit Steinen bewarfen. Ein ausgewachsener Aufstand also. Berittene Polizisten mit Säbeln rückten an, und die Gegend wurde rasch abgeriegelt, um die Übeltäter einzukesseln. Dann wurden sie zusammengetrieben und verhaftet.«

Märta blickte sie fragend an. »Woher weißt du das alles, obwohl du eingesperrt warst?«

»Derselbe Polizist, der mich festgenommen hatte, hat mich auch wieder freigelassen. Er hat mir erklärt, meine Frage sei verglichen mit den späteren Ereignissen eine Kleinigkeit gewesen. Und da sie jede freie Zelle bräuchten, könne er mich genauso gut heute Abend auf freien Fuß setzen anstatt erst morgen früh. Eigentlich habe er das sowieso vorgehabt, da es schließlich nicht verboten sei, Fragen zu stellen. Außerdem hätte ich keine einzige Kartoffel berührt. Offenbar wollte er mir eine Lektion erteilen.« Torun verdrehte die Augen, und zum ersten Mal an diesem Tag spielte ein Lächeln um ihre Lippen. »Also bin ich, versehen mit zerbeulten Rippen, Knien und Händen, gerade noch mit knapper Not davongehinkt.«

Kapitel einunddreißig

Alle waren sich einig, dass Toruns kleiner Zusammenstoß mit dem Gesetz ein glückliches Ende gefunden hatte. Leider konnte man das von Victorias geplantem Umzug nach Stockholm nicht behaupten, denn es hatte sich als unmöglich erwiesen, ihr eine Anstellung im Grand Hôtel zu besorgen. Dank der Lebensmittelrationierung, der neuen Alkoholgesetze, der kaum noch vorhandenen Buchungen aus dem Ausland und der steigenden Arbeitslosigkeit in der Stadt steckte die Stockholmer Gastronomie in der Krise.

»Das ist so ungerecht!«, jammerte Victoria am Telefon, als sie Ottilia vom Bahnhofsgebäude in Rättvik aus anrief. »Du hast es versprochen.«

»Ich habe versprochen, zu tun, was ich kann«, erwiderte Ottilia. »Torun und ich haben wirklich unser Bestes versucht. Sogar Beda hat sich Mühe gegeben und sich sogar noch mehr ins Zeug gelegt, als es mir möglich gewesen wäre. Aber wir können keine altgedienten Mitarbeiter entlassen und dafür eine Neue einstellen, die außerdem zufällig meine Schwester ist. Das würde zu einem Aufstand führen. Schließlich müssen diese Leute eine Familie ernähren.«

»Die brauchen doch nicht zu erfahren, dass ich deine Schwester bin.«

»Es wird sich herumsprechen, darauf kannst du dich verlassen. Außerdem ist Unehrlichkeit nicht der richtige Weg, um …«

Aber Victoria knallte zornig den Hörer hin. Eine Wutträne rann ihr über die Wange. Sie hatte doch ihren Teil der Abmachung erfüllt. Sogar Pa war stolz auf ihr Abschlusszeugnis. Ebenso wie sie selbst, obwohl sie das nie öffentlich zugegeben hätte. Pa hatte ihr vorgeschlagen, weiter zur Schule zu gehen, bis der Krieg aus war. Aber wozu? Würde sie dort etwa lernen, wie sie sich Zutritt zum französischen Modeatelier von Nordiska Kompaniet verschaffen konnte? Erbost stürmte sie hinauf in ihr Zimmer.

Dort saß Victoria, das Kinn in die Hand gestützt, da und starrte zum offenen Fenster hinaus. Eine warme Sommerbrise wehte vom Siljan-See herüber, und sie beobachtete, wie sich das Wasser unter einem wolkenlos blauen Himmel kräuselte. In den Bäumen am Ufer sangen die Amseln. Nur das Rufen eines Hirsches oder das Pfeifen eines Zuges unterbrach ihr Lied. Victoria fühlte sich, als würde jedes schrille Geräusch vom Bahnhof her sie verspotten. Wieder verließ ein Zug den Bahnhof. Und sie musste bleiben.

Paare flanierten den Pier entlang. Es hieß, an keinem anderen See der Welt gäbe es einen, der so lang war wie der in Rättvik. Auch wenn das Victoria reichlich unglaubwürdig fand. Angeblich war dieser Pier ja überwältigende sechshundertzwanzig Meter lang. Aber dass ein solcher Weltrekord ausgerechnet in Rättvik anzutreffen war, erschien Victoria dann doch schwer vorstellbar.

Dennoch wäre ein Spaziergang auf ebendiesem Pier vielleicht genau das Richtige gewesen, um wieder einen klaren Kopf zu bekommen. Wenn sie nur nicht überall laut herumposaunt hätte, dass sie nach Stockholm fahren würde, sobald die Tinte auf ihrem Abschlusszeugnis getrocknet war. Nun würde die Tinte auf diesem nutzlosen Zeugnis vermutlich vom Alter verblasst sein, bevor sie jemals Gelegenheit bekam, dieses langweilige Nest zu verlassen. Es war ja so demütigend.

Victoria rutschte auf der Fensterbank hin und her. Sie musste irgendwo Arbeit finden. Pa hatte sich da unmissverständlich ausgedrückt, und sie stimmte ihm zu. Allerdings war die Auswahl hier begrenzt. Vielleicht hätte sie in einem der Läden in der Stadt erste berufliche Erfahrungen sammeln können, doch die wenigen freien Stellen waren gewiss schon von jemandem besetzt, der mehr Interesse an einer solchen Tätigkeit hatte als sie. In einem Café vielleicht? Ein Leben als Hausangestellte kam für sie überhaupt nicht infrage. Allerdings – ein kleiner Funke Hoffnung keimte – fanden sich in Stockholm sicher mehr Gelegenheiten, für andere Leute zu arbeiten, als in Rättvik, ohne dass man gleich kochen oder putzen musste. Warum ließ Ottilia sie nicht einfach ihr Glück versuchen?

Im nächsten Moment erschrak sie. Sie hatte aufgelegt und Ottilia mitten im Satz das Wort abgeschnitten, ein Verhalten, mit dem sie ihre Schwester sicher – wie ursprünglich auch beabsichtigt – so richtig auf die Palme gebracht hatte. Wie Victoria nun klar wurde, hatte sie sich damit selbst einen Bärendienst erwiesen. Wieder einmal. Sie schlug sich mit den Handballen gegen die Schläfen. Warum hatte sie Ottilia nur nicht gefragt, ob sie kommen und sich umhören dürfe, solange diese noch Anteil an ihrer misslichen Lage nahm? Dann wäre sie gewiss schon dabei gewesen, ihre Sachen zu packen. Hinzu kam, dass Birna inzwischen ihr Studium abgeschlossen hatte. Sie hatte ihr Vorhaben, als Frauenärztin zu praktizieren, aufgeschoben und arbeitete derzeit in einem der Lazarettzüge des Roten Kreuzes, die verletzte russische und deutsche Kriegsgefangene transportierten.

Victoria überlegte weiter. Da Birnas Bett nun frei war, würde es vielleicht etwas nützen, wenn sie zu Kreuze kroch und Pa um die Erlaubnis zu einem zweiten Anruf in Stockholm bat. Ottilia mochte eine Freundin von Regeln und guten Manieren sein, doch soweit Victoria wusste, lag ihr nichts ferner, als anderen Menschen wehzutun. Und falls sie bei Ottilia nicht weiterkommen sollte, konnte sie es ja immer noch bei Torun versuchen. Nur dass Torun gewiss weniger Verständnis an den Tag legen würde. Nein, sie musste sich an Ottilia wenden und hoffen, dass ihre älteste Schwester ihr eine zweite Chance geben würde. Schließlich standen Isabella ja auch alle Türen offen.

Herr Sachs hatte Wort gehalten und Isabella zu sich ins Büro gebeten. Nachdem er ihr Zeugnis aufmerksam studiert hatte, hatte er aufmunternd genickt und ihr die Hand geschüttelt.

»Willkommen bei Nordiska Kompaniet, Fräulein Nyblaeus.«

Isabella atmete erleichtert auf. »Vielen Dank.«

Herr Sachs musterte sie fragend. »Habe ich Ihnen denn nicht eine Stelle zugesichert, wenn Sie Ihren Teil der Vereinbarung erfüllen?«

»Haben Sie. Aber ich weiß auch, dass sich die Zeiten in den letzten acht Monaten geändert haben. Ich hätte Verständnis dafür, wenn Sie die Konditorei nicht weiterbetreiben könnten.«

»Ich tue mein Bestes, damit alle Abteilungen geöffnet bleiben. Außerdem versuche ich, meine Versprechen an meine Mitarbeiter zu halten. Nordiska Kompaniet ist nicht nur ein Arbeitsplatz, sondern eine große Familie.«

Isabella lächelte strahlend. »Dann werde ich mich nach Kräften bemühen, Ihr Vertrauen in mich nicht zu enttäuschen.«

»In diesem Fall werden wir uns wunderbar vertragen. Ich begleite Sie jetzt zu unserem Fräulein Sachs. Sie wird Ihnen alles erklären, was Sie wissen müssen. Wie ich glaube, kennen Sie beide einander bereits gut. Aber vorher will ich Ihnen noch etwas zeigen.«

Herr Sachs führte Isabella den Flur entlang und durch eine Tür, wo das Mädchen wie angewurzelt stehen blieb. Die Wände des Sitzungssaals waren mit Mahagoni vertäfelt, und die Fenster boten Blick auf die Hamngatan und die Regeringsgatan. In der Mitte prangte ein prachtvoller Tisch mit Intarsien und massiven gedrechselten Beinen, um den zehn hochlehnige, mit weinrotem Leder bezogene Stühle gruppiert waren. Die gelbe Kante des dicken blauen Teppichs passte genau zur Farbe der Vorhänge. Isabella ließ den Blick weiter durch den Raum schweifen. Auf einem Schreibtisch aus Mahagoni in der linken Ecke lag ein Gegenstand, bei dem es sich vermutlich um den Hammer des Vorsitzenden handelte. Rechts bemerkte sie zwei bequem wirkende Sessel und dazwischen eine Stehlampe mit zwei Schirmen. Wurden dort Angelegenheiten unter vier Augen erörtert, bevor man sie im Plenum vortrug? Der gesamte Raum strahlte Einflussreichtum und Gediegenheit aus.

»Hier werden also die wichtigen Entscheidungen getroffen«, stellte sie fest.

»Die wichtigen schon. Aber Sie dürfen nicht vergessen, dass jeder, der hier arbeitet, tagtäglich folgenschwere Entscheidungen trifft, ganz gleich, ob er einen Kunden begrüßt, ein Regal umräumt oder jemandem eine bestimmte Farbe oder eine Machart empfiehlt. Alles trägt etwas zum großen Ganzen bei.« Er sah sich um, als überlegte er, wie er fortfahren sollte, bis sein Blick an seinem eigenen Porträt hängen blieb. »Stellen Sie sich N.K. als ein Gemälde vor. Der Vorstand bestimmt darüber, was es darstellen soll, und gibt die groben Züge vor. Doch die Angestellten sind es, welche die unzähligen kleinen Pinselstriche setzen, denen die Komposition ihre Tiefe und ihren Charakter verdankt.«

Isabella betrachtete das Porträt und wandte sich dann zu Herrn Sachs um. »Ich verstehe, was Sie meinen. Aber wie ist es Ihnen gelungen, Nordiska Kompaniet aufzubauen? Damit meine ich nicht nur das Gebäude selbst, sondern das ganze Unternehmen?«

»Haben Sie je von einer Firma oder einem Laden namens Leja gehört?«, fragte er.

Isabella schüttelte ratlos den Kopf.

Herr Sachs nickte verständnisvoll. »Das wundert mich

nicht, denn wir haben uns 1902 in Nordiska Kompaniet umbenannt.«

»In diesem Jahr wurde ich geboren.«

»Genau. Nun, ich stamme aus einer Familie, der eine Ladenkette namens Leja gehörte. Wir haben Waren von ordentlicher Qualität an ganz normale Leute verkauft. Unser größter Konkurrent war ein Laden namens KM Lundberg. Er hatte seinen Sitz im alten Gebäude von N.K. am Stureplan und führte ein teureres Sortiment für die betuchtere Kundschaft.«

Isabella sah ihn zweifelnd an. »Warum war KM Lundberg Ihre Konkurrenz, obwohl sie einen ganz unterschiedlichen Kundenkreis bedient haben?«

Herr Sachs bedachte sie mit einem anerkennenden Blick. »Ausgezeichnete Frage.« Er streckte die Hände aus und spreizte die Finger, bis seine Daumen übereinanderragten. »Die Schwierigkeit war, dass es zwischen uns keine feste Abgrenzung gab, weshalb wir um die Kunden in der Mitte wetteiferten.« Er wackelte mit den Daumen. »Und als ich an der Reihe war, Leja zu übernehmen, fand ich, dass eine Verschmelzung der beiden Unternehmen zum Vorteil aller Beteiligten wäre. Herr Lundberg war einverstanden. Wir nannten unsere neue Firma *aktiebolaget Nordiska Kompaniet*, und da keines unserer Gebäude groß genug für unser gesamtes Warensortiment war, teilten wir uns weiter zwischen dem Kaufhaus am Stureplan und den drei Filialen von Leja auf.«

»Warum haben Sie dieses Kaufhaus gebaut, obwohl Sie doch schon vier Läden hatten?«

»Weil es ausgesprochen kostspielig ist, in ein und derselben Stadt verschiedene Standorte zu betreiben. Ganz zu schweigen davon, dass die Kundschaft von einer Filiale zur anderen fahren musste, da die Abteilungen überall verteilt waren. Außerdem hatte Stockholm sich im Jahr 1912 sehr verändert, was eigentlich der ausschlaggebende Grund war.«

»In welcher Hinsicht?«

»Innerhalb relativ kurzer Zeit hat Stockholm sich von einer schmuddeligen, von Armut geprägten Stadt in eine Metropole mit sauberen Straßen und immer mehr prachtvollen Gebäuden entwickelt. Deshalb war ich sicher, dass die Stockholmer auch ein modernes Kaufhaus sehr zu schätzen wissen würden. Eines, das nicht nur ein breites Sortiment hochwertiger Waren zu bieten hat, sondern auch ein einmaliges Einkaufserlebnis. Wie in London oder in Paris.«

»Wunderbare Idee.«

»Das fand ich auch. Nur dass Herr Lundberg da anderer Ansicht war und kein Interesse daran hatte, sich auf ein derart ehrgeiziges Projekt einzulassen.«

Isabella runzelte die Stirn. »Und was haben Sie da getan?«

»Ich habe seine Unternehmensanteile aufgekauft. Herr Lundberg genießt nun seinen Ruhestand, und ich konnte mein neues Kaufhaus bauen. Die besten Geschäftsabschlüsse sind die, die beiden Seiten zugutekommen. Und jetzt sind wir hier.« Er vollführte eine ausladende Handbewegung. Und Isabella ließ den Raum noch einmal auf sich wirken.

Sie hätte vor Freude platzen können, denn bei Nordiska Kompaniet stand ihr eine wundervolle Zukunft bevor. Und Herr Sachs hatte ihr tatsächlich den Sitzungssaal gezeigt! Selbst Tante Torun würde beeindruckt sein. Sie wandte sich an ihren Arbeitgeber. »Darf ich fragen, ob auch Frauen zum Vorstand gehören?«

Ein geheimnisvolles Lächeln spielte um seine Lippen. »Noch nicht. Doch ich hoffe, dass ich das noch erleben werde.«

»Ich auch. Meine Mutter ist nämlich genauso tüchtig wie mein Vater.«

»Daran zweifle ich keine Sekunde lang. Und jetzt bringe ich Sie zu Fräulein Sachs.«

Isabella nahm auf der anderen Seite von Ellens Schreibtisch Platz. »Irgendwie fühlt sich das seltsam an.«

Ellens Augen funkelten. »Aber auch gut, hoffe ich.«

»Sehr.« Isabella grinste die Frau an, die Tante Märta und ihren Freundinnen so viel bedeutete. Selbst Philip und Julian betrachteten Ellen Sachs inzwischen als eine Art Tante. »Ich habe gehört, dass ich dich hier mit Fräulein Sachs ansprechen muss.«

»Da hast du ganz richtig gehört. Zumindest für den Moment.« Ellen reichte Isabella eine Broschüre. »Morgen früh fängst du an. Aber deine Hausaufgabe für heute Abend ist, dir die Regeln und Vorschriften für unsere Mitarbeiter einzuprägen. Frage mich, falls du etwas nicht verstehst. Aber es geht hauptsächlich um Höflichkeit und gesunden Menschenverstand und erklärt sich deshalb eigentlich von selbst. Du hast Anspruch auf eine Mahlzeit täglich in unserer Kantine. Früher war das Essen ausgezeichnet, aber inzwischen gibt es eben das, was wir kriegen können, allerdings zum halben Preis. Dein Anteil wird von deinem Lohn abgezogen. Außerdem hast du Anspruch darauf, in unseren Betriebsrentenfonds einzuzahlen.«

»Betriebsrente?«

»Ja. Du trittst fünf Prozent von deinem Lohn ab, die Firma zahlt dann weitere zweieinhalb Prozent für dich ein. Wenn du einmal in Rente gehst, hast du ein Anrecht auf eine Betriebsrente von Nordiska Kompaniet. Falls du uns vor dem Rentenalter verlassen solltest, bekommst du dein Geld mit vier Prozent Aufschlag zurück.«

Isabella starrte sie entgeistert an. Sollte sie sich jetzt schon Gedanken um ihre Rente machen? Taten das etwa alle Leute? »Ich weiß nicht so recht …«

»Das musst du nicht jetzt sofort entscheiden. Besprich es mit deinen Eltern. Mir ist klar, dass du erst fünfzehn bist. Aber es ist meine Aufgabe, dich über sämtliche Sozialleistungen von N.K. aufzuklären. Ich persönlich finde, dass man gar nicht früh genug anfangen kann, für das Alter vorzusorgen, um diese Zeit später auch zu genießen. Doch die Entscheidung liegt ganz bei dir. Ich rede dir da nicht rein.«

Von der gewaltigen Aufgabe, erwachsen zu werden, schwirrte Isabella so der Kopf, dass sie nur wortlos nicken konnte.

Ellen konsultierte ihre Liste. »Du kannst auch unsere Krankenstation und die Mitarbeiterwohlfahrt nutzen. In der Krankenstation sind drei Schwestern und Dr. Modig beschäftigt. Der hat jeden Vormittag Sprechstunde. Doch er oder eine der Krankenschwestern werden dich zu Hause aufsuchen, falls du dich zu elend fühlst, um zur Arbeit zu kommen. Übrigens müssen sich alle neuen Mitarbeiter bei N.K. einer ärztlichen Untersuchung unterziehen. Ich bringe dich hin, sobald wir hier fertig sind. Und da du mit Pralinen hantieren wirst, hast du auch Anspruch auf kostenlose Wannenbäder. Frag im Wohlfahrtsbüro. Das ist gleich neben der Krankenstation. Dort bekommst du Badegutscheine.«

»Kostenlose Wannenbäder?«

Ellen betrachtete sie tadelnd. »Isabella, nicht alle unsere Angestellten haben das Glück, über eine Badewanne in ihrem eigenen Zuhause zu verfügen. Mir ist klar, dass bei dir kein Bedarf herrscht, aber ich würde meine Pflichten vernachlässigen, wenn ich dich nicht darauf hinweisen würde.«

Isabellas Wangen glühten, und sie senkte den Blick. »Tut mir leid.«

Ellen nickte kurz und fuhr fort. »Das Wohlfahrtsbüro hat die Aufgabe, alle Angestellten zu unterstützen, die Hilfe brauchen. Zum Beispiel, wenn man wegen Krankheit in der Familie die Miete nicht mehr bezahlen kann. Oder wenn man wegen einer Krise in der Ehe ein neues Dach über dem Kopf braucht. Außerdem müssen unsere Mitarbeiter dort nicht höflich und zuvorkommend sein, sondern können sich alles offen von der Seele reden, denn N.K. ist ein Arbeitgeber, dem viel am Zwischenmenschlichen gelegen ist.« Ellens Finger glitt weiter die Liste hinunter. »Bei uns gibt es weiterhin einen Sport- und Schießverein, einen Betriebschor und ein Orchester. Die Betriebsbibliothek befindet sich in der Smålandsgatan 17 und öffnet täglich um fünf Uhr nachmittags.« Sie blickte auf. »Die Bibliothekarin kennt sich sehr gut aus. Auch wenn Torun dir bestimmt mehr über Bücher erzählen kann, ist die Bibliothek einen Besuch wert.«

»Ich gehe ganz bestimmt hin.« Isabella kicherte. »Ich würde nämlich zu gerne einmal etwas lesen, von dem Tante Torun noch nie gehört hat.«

»Viel Glück dabei«, erwiderte Ellen. »Und zu guter Letzt das Wichtigste: Dein Name steht auf einer Liste junger Angestellter, die von N.K. für einen Wirtschaftslehrgang an der Borgarskolan in der Malmskillnadsgatan ausgewählt wurden. Der Kurs dauert ein Studienjahr und findet sechs Tage pro Woche zwischen acht und elf Uhr morgens statt.«

Isabella schnappte nach Luft. »Danke. Ich will nämlich so viel lernen wie möglich.«

Ellen grinste. »Das habe ich auch schon gehört. Und du musst dir alles darüber einprägen, wie wir hier unsere Pralinen herstellen. Die Kunden werden sich danach erkundigen, und je mehr du darüber weißt, was du verkaufst, desto besser. Deshalb wirst du den morgigen Tag im siebten Stock zubringen und den Chocolatiers bei der Arbeit zusehen.«

Isabella starrte sie an. »Ich hatte ja keine Ahnung, dass es hier auch einen siebten Stock gibt. Tante Märta hat mir von den Werkstätten und Aufenthaltsräumen im fünften und sechsten Stock erzählt, aber einen siebten Stock hat sie nie erwähnt.«

»Ich habe zwar vom siebten Stock gesprochen, doch eigentlich befinden sich die Räumlichkeiten, von der Straße aus nicht zu sehen, auf dem Dach.«

»Oh. Und wie stellen wir Schokolade her, obwohl so viele Zutaten knapp sind?«

»Die Auswahl ist derzeit natürlich viel kleiner. Und ich glaube, man verwendet weniger Milch. Aber das wirst du alles morgen erfahren. Bitte Märta, dir den Weg zu meinem Büro zu erklären. Deinen Arbeitsvertrag habe ich bis dahin auch fertig. Dann bringe ich dich selbst in den siebten Stock, nachdem ich dir deinen Spind und die Stechuhr gezeigt habe. Das geht nämlich erst, wenn du die ärztliche Untersuchung hinter dir hast. Mir ist zwar klar, dass das in deinem Fall nur eine Formalität ist, aber so sind nun einmal die Vorschriften. Und sei morgen bloß pünktlich. Jeder, der um neun zur Ladenöffnung nicht auf seinem Posten ist, muss eine Strafe von zehn Öre an das Wohlfahrtsbüro zahlen. Obwohl das Geld dort natürlich gut angelegt ist, möchte schließlich niemand zehn Öre verlieren.«

»Darf ich etwas fragen?«

»Natürlich.«

»Ich dachte, du arbeitest in der Exportabteilung.«

»Richtig. Oder zumindest war das so.«

Isabella neigte den Kopf zur Seite. »Und was ist passiert?«

»Der Krieg ist passiert. Es ist unmöglich geworden, Waren aus- oder einzuführen. Und dann kam die russische Revolution. Die Möbelexporte nach Russland fanden ohnehin nicht mehr statt. Inzwischen haben wir die Filialen in Moskau und Sankt Petersburg geschlossen.«

»Machen sie nach dem Krieg wieder auf?«

Ellen überlegte. »Wahrscheinlich nicht. Oder zumindest nicht in der nächsten Zeit. Die Nachrichten aus Russland sind düster. Die königliche Familie wurde verhaftet, und das Volk ist in Aufruhr.«

»Ich weiß. Es ist, als sei die ganze Welt schwarz oder weiß geworden. Jeder steht entweder auf der einen Seite oder auf der anderen. Es gibt keine Farben mehr.«

Ellen zog eine Augenbraue hoch. »Für eine Fünfzehnjährige bist du ziemlich grüblerisch.«

Isabella zuckte mit den Achseln. »Aber es stimmt doch, oder?«

»Ja, nur dass sich nicht jeder auf eine Seite geschlagen hat. Schweden ist neutral.«

»Schweden schon, wir allerdings nicht.«

Ellen verschränkte die Arme. »Das musst du mir näher erklären.«

Isabella rang nach den richtigen Worten. »Nimm nur einmal Tante Märta. Sie will, dass Deutschland gewinnt. Aber obwohl sie sich solche Sorgen um Wilhelm macht, erwähnt sie ihn kaum noch, weil Tante Torun ganz und gar für die Briten ist. Ständig streiten sie sich, und meistens zieht Tante Märta den Kürzeren, weil Tante Torun so belesen ist und besser mit Worten umgehen kann.«

Ellen runzelte die Stirn, schwieg aber.

»Mamma und Tante Karolina wollen einfach nur, dass der Krieg aufhört ...«

»Ich glaube, das wollen wir alle.«

»Natürlich, doch ihnen ist es offenbar gleichgültig, wer gewinnt, weil ohnehin alle verlieren, wenn so viele junge Männer sterben müssen.«

»Ein berechtigter Einwand.«

»Aber es muss doch eine Rolle spielen, wer gewinnt.«

»Sagt das deine Tante Beda?«

Isabella kicherte verlegen. »Nein, ich sage das. Aber ich weiß nicht, welche Seite nun recht hat. Tante Beda will einfach nur, dass Schweden neutral bleibt und dass wieder Waren importiert werden.«

»Es finden doch bereits Einfuhren statt.«

»Allerdings geht es nicht schnell genug. Meint sie jedenfalls.«

»Ich bin geneigt, ihr zuzustimmen. Aber um auf deinen eigenen Standpunkt zurückzukommen: Kann wirklich nur eine Seite recht haben?«

Isabella runzelte angestrengt die Stirn. »Etwa nicht?«

»Könnten nicht beide Seiten ein bisschen falsch- und ein bisschen richtigliegen?«

»Und wie soll der Krieg dann jemals aufhören?«

»Ach«, seufzte Ellen. »Das ist eine uralte und sehr gute Frage.«

»Wenigstens«, sprach Isabella nachdenklich weiter, »wissen die Menschen in den kriegführenden Ländern wenigstens, auf welcher Seite sie sind. Darin sind sie sich völlig einig.«

»Stimmt. Auch wenn das ein schwacher Trost ist.«

»Richtig.«

Ellen erhob sich. »Also gut. Ich bringe dich jetzt in die Krankenstation. Und vergiss nicht, die Broschüre zu lesen.«

Isabella drückte das Heftchen an ihre Brust. »Sobald ich zu Hause bin, lese ich sie Wort für Wort. Heute Abend kommt nämlich Victoria.« Und nur der Himmel wusste, ob man dann in dieser Wohnung noch eine ruhige Minute haben würde. Victoria hatte etwas an sich, das dazu führte, dass sich alles in der Familie nur noch um sie drehte. Bis jetzt hatte es Isabella nicht gestört. Doch diesmal hatten sie keine Ahnung, wie lange Victoria bleiben würde. Zumindest, so sagte sich Isabella, würde sie selbst den ganzen Tag bei Nordiska Kompaniet beschäftigt sein. Während die arme Victoria nun vor der schwierigen Aufgabe stand, sich eine Stelle suchen zu müssen.

»Und wie findest du es, dass Victoria jetzt bei euch wohnt?«, erkundigte sich Ellen.

Isabella zwang sich zu einem Lächeln. »Ich bin sicher, wir werden uns blendend verstehen.«

Kapitel zweiunddreißig

Nach dem Gespräch mit Isabella – wirklich ein reizendes Mädchen – war Ellen ziemlich beunruhigt. Schon seit Monaten hatte sie den Eindruck, dass Märta sich immer mehr zurückzog. Außerdem sah sie hohlwangig aus, und zwar auf eine Weise, die nichts mit dem allgegenwärtigen Mangel an nahrhaftem Essen zu tun hatte. Auch Maria hatte es bereits bemerkt. Während der Arbeitszeit war Märta der Inbegriff der Professionalität und stand freundlich lächelnd hinter ihrer Theke. In ihrer Freizeit hingegen lächelte sie praktisch gar nicht mehr. Außerdem war Ellen schon bei verschiedener Gelegenheit aufgefallen, dass zwischen Märta und Torun dicke Luft herrschte.

Ellen waren beide Frauen sehr ans Herz gewachsen. Allerdings hatte Isabella mit ihrer Feststellung recht, dass Torun, die den meisten ihrer Mitmenschen intellektuell überlegen war, vermutlich den Großteil der Debatten gewann. Doch viel mehr machte Ellen zu schaffen, dass die beiden guten Freundinnen sich offenbar regelmäßig stritten. Teilten sie etwa noch immer ein Bett miteinander? In diesem Fall war es wohl kaum verwunderlich, dass sie zunehmend oft aneinandergerieten. Schließlich hatten weder Torun noch Märta auch nur einen Funken Privatsphäre.

Ellen überlegte weiter. Vielleicht war es ja ein Fehler von ihr gewesen, so viel Zeit mit dem Trio von N.K. oder der gesamten Clique zu verbringen, anstatt sich auch einmal allein mit Märta zu treffen. Schließlich war es Märta, mit der sie sich zuerst angefreundet hatte. Ob sie Märta zu sich nach Hause zum Mittagessen einladen sollte? Sie fragte sich, warum sie nicht schon früher auf diesen Gedanken gekommen war. Insbesondere jetzt, da Maria ja in Torun eine verwandte Seele gefunden hatte.

Am zweiten Sonntag im Juli überreichte Märta Ellen eine kleine Schachtel, die zwei Pralinés enthielt. »Isabella hat mir versichert, dass das Ihre Lieblingssorten sind.«

»Pralinen!« Ellens Augen leuchteten auf. »Was für ein Luxus.« Sie führte Märta in ihr lichtdurchflutetes, mit antiken Möbeln aus Eichenholz und einigen hohen Topfpflanzen ausgestattetes Wohnzimmer. Weitere kleine Blumentöpfe zierten die drei breiten Fensterbretter.

»Wie hübsch!«, begeisterte sich Märta. »Ich hatte ja keine Ahnung, dass Gärtnern dein Steckenpferd ist.«

Ellen lachte leise auf. »Als Gärtnern kann man das wohl kaum bezeichnen. Allerdings muss ich zugeben, dass ich mich mehr für den Anbau von Obst und Gemüse interessiere, seit N.K. den Hagapark übernommen hat.«

»Wie mag sich wohl Prinz Erik fühlen, nachdem man ihm den Palastgarten umgegraben hat?«

»Vermutlich wird Seine königliche Hoheit gern ein wenig zum allgemeinen Wohl beitragen. Er muss eben die Zähne zusammenbeißen, so wie wir anderen auch«, erwiderte Ellen. »Es gefällt niemandem, dass unsere Parks umgepflügt werden, um dort Kartoffeln anzupflanzen, aber es geht nicht anders.« Seufzend schüttelte sie den Kopf. »Diese Woche haben überall im Land weitere Hungerrevolten stattgefunden. Die armen Menschen. Und die Bauern rechnen mit einer weiteren Missernte.«

»Ein Unglück kommt selten allein, was?«

»Richtig. Also lass uns essen, solange es noch etwas gibt. Stört es dich, wenn wir uns dazu in die Küche setzen? Ich habe vor ein paar Jahren einen Tisch dort hineingestellt. Es ist einfach praktischer so.«

Märta nahm Platz und strich mit dem Finger die eingestickte Ranke aus zarten weißen und gelben Blüten und wilden Erdbeeren entlang, die das steif gestärkte Tischtuch aus Leinen zierte.

»So würde ich auch gerne sticken können. Hast du das selbst gemacht?«

»Meine Großmutter. Sie wollte es mir auch beibringen, hat aber bald erkannt, dass es vergebliche Liebesmüh ist. Ich konnte das eine Ende einer Nadel erst vom anderen unterscheiden, nachdem ich mir in den Finger gestochen hatte. Stopfarbeiten kriege ich gerade noch hin, aber damit sind meine Fähigkeiten erschöpft.« Sie stellte zwei kleine Teller mit Bratkartoffeln und Schinken auf den Tisch. »Tut mir leid, dass ich dir nicht mehr anbieten kann. Doch für später habe ich noch ein bisschen echten Kaffee.«

Märta seufzte zufrieden. »Ich weiß nicht, wie ich mich ausdrücken soll, ohne undankbar zu klingen, denn nichts läge mir ferner als das. Jedenfalls geht es nicht um Essen oder Kaffee, sondern darum, mit einer guten Freundin eine gemütliche Mahlzeit einzunehmen.«

»Da bin ich voll und ganz deiner Ansicht. Weißt du eigentlich, wie Victoria sich bei den Nyblaeus' eingewöhnt hat?«

Märta schluckte ihren Bissen hinunter und tupfte sich den Mund mit einer Serviette ab. »Angesichts der Umstände sehr gut. Sie gibt sich große Mühe, Arbeit zu finden.«

»Wo sucht sie denn?«

»Hauptsächlich in Läden. Sie spaziert einfach hinein und fragt, ob sie jemanden brauchen. Zum Glück ist sie überhaupt nicht schüchtern und außerdem so ungewöhnlich schön, dass die meisten sie wenigstens anhören.«

Ellen verzog mitfühlend das Gesicht. »Könnte sie sich vorstellen, bei Nordiska Kompaniet zu arbeiten?«

»Bis jetzt hat sie es noch nicht angesprochen, obwohl ich

es eigentlich erwartet hatte. Aber laut Ottilia ist Victoria felsenfest entschlossen, sich allein durchzusetzen. Gut, sie wohnt noch bei Ottilia und Fredrik und wird von ihnen durchgefüttert, aber wir haben schließlich alle einmal klein angefangen. Außerdem ist sie erst vierzehn, fünfzehn am nächsten Samstag.«

Märta schüttelte den Kopf. »Ich habe mir überlegt, ob ich sie zum Mittagessen zu Nordiska Kompaniet einladen und ihr dann erlauben soll, sich eine Kleinigkeit auszusuchen. Torun hat ihr angeboten, ihr einen Schreibmaschinenkurs an der Abendschule zu bezahlen.«

»Und was hält Fräulein Victoria von diesem ausgezeichneten Vorschlag?«

Märta nippte an ihrem Sodawasser. »Ich dachte schon, sie würde rundheraus ablehnen, aber nein. Sie meinte zwar, sie könne sich nicht vorstellen, Sekretärin zu werden, fände es jedoch sehr nützlich, Maschineschreiben zu können. Noch nie habe ich einen so vernünftigen Satz aus Victorias Mund gehört. Jetzt fragt Torun bei Norstedt nach, ob dort vielleicht irgendwo eine alte Schreibmaschine herumsteht, die Victoria sich ausleihen kann. Wir haben schon daran gedacht, zusammenzulegen und ihr eine zu kaufen, aber lass uns abwarten, ob sie es durchhält.«

»Falls ihr euch dazu entschließt, könnt ihr mit meinem Beitrag rechnen. Ich finde es wichtig, jungen Leuten Mut zu machen. Am besten erkundige ich mich bei Onkel Josef, ob wir bei N.K. vielleicht eine überzählige Maschine haben.«

»Danke. Aber behalte es für dich. Victoria ahnt nicht, dass wir uns darum kümmern. Nachdem die Sache mit der Anstellung im Grand Hôtel geplatzt ist, sind wir mit unseren Zusagen sehr vorsichtig. Torun erzählt, dass Victoria sich jeden Tag die Zeitung schnappt und sie nach Stellenanzeigen durchforstet, bevor der arme Fredrik Gelegenheit hat, auch nur eine Seite zu lesen.«

Ellen kicherte und streute ein wenig Salz auf ihre Kartoffeln. »Vermutlich kann Fredrik es kaum erwarten, dass Philip ein wenig älter wird. Der bedauernswerte Mann ist von Frauen umzingelt.«

»Der Junge wird im Oktober fünf. Für ihn gibt es keinen größeren Spaß als einen Ausflug zum Hauptbahnhof, um die Züge zu beobachten. Ottilia fährt im nächsten Monat mit ihm nach Rättvik. Sie haben einen Kalender an der Wand und streichen jeden Morgen einen Tag durch.«

»Philip ist doch bestimmt schon öfter mit dem Zug nach Rättvik gefahren.«

»Einige Male, aber ich glaube wirklich, dass er seine Tage am liebsten damit verbringen würde, einfach nur mit der Bahn hin und her zu pendeln. Karl Ekman hat ihm eine alte Bahnhofsvorsteher-Mütze geschenkt. Natürlich ist sie ihm viel zu groß, aber der liebe Junge ist so stolz, wenn er sie aufsetzt.«

»Was ist mit Julian?«, erkundigte sich Ellen. »Der Kleine scheint der geborene Beobachter zu sein. Er spricht zwar nicht viel, aber seinen großen braunen Augen entgeht nichts.«

»Stimmt. Außerdem hat er angefangen, auf Karolinas Klavier herumzuklimpern. Ihre Mutter möchte ja, dass er Unterricht nimmt, aber Karolina findet es dafür noch zu früh.«

»Wirklich? War Mozart nicht auch in diesem Alter, als er sein erstes Stück komponiert hat?«

»Keine Ahnung. Jedenfalls befürchtet Karolina, dass richtiger Klavierunterricht seine Begeisterung im Keim ersticken könnte. Deshalb bringt sie es ihm spielerisch bei. Am Samstag erfahren wir sicherlich mehr.« Märta legte Messer und Gabel weg. »Danke für das Essen. Ich habe jeden Bissen genossen.«

»Habt ihr zu Hause eigentlich einen Küchenplan?«, fragte Ellen, während sie die Gasflamme anzündete, um Kaffee zu kochen.

»Nicht im eigentlichen Sinne. Wir haben eine Haushaltskasse. Und das Kochen übernimmt diejenige, die zuerst zu

Hause ist. Für gewöhnlich sind das Beda oder ich, weil Torun einen so viel weiteren Fußweg hat. Aber da wir beide gern kochen, stört es uns nicht. Zumindest war das früher einmal so.« Wehmütig betrachtete sie die Tasse mit passender Untertasse, die Ellen vor sie hingestellt hatte. Beide hatten einen vergoldeten Rand, durch den sich eine Schlangenlinie in kräftigem Rosa zog. War das Rörstrand-Porzellan? Als Wilhelm fortgemusst hatte, hatten sie gerade auf ein neues Ess-Service gespart. Sie schob diesen Gedanken mit Macht beiseite.

»Komm, wir trinken den Kaffee im Wohnzimmer«, schlug Ellen vor.

Sie machten es sich in zwei Lehnsesseln vor dem kalten Kamin bequem. Nachdem Märta Kaffeetasse und Pralinen auf einem Beistelltisch deponiert hatte, blickte sie sich um. »Ich beneide dich darum, dass du eine eigene Wohnung hast.«

»Das kann ich gut verstehen. Sicher ist es nicht leicht für euch, zu dritt zusammenzuleben.«

Märta schlug die Hand vor den Mund. »Ich möchte nicht undankbar klingen. Nur der Himmel weiß, wo ich untergekommen wäre, wenn Torun und Beda mich nicht bei sich aufgenommen hätten.«

Ellen neigte den Kopf zur Seite. »Unterstützen wir bei N.K. nicht unsere zum Wehrdienst eingezogenen Mitarbeiter bei den Wohnkosten?«

»Nur, wenn sie zu den schwedischen Streitkräften mussten. Außerdem ist Wilhelm ja nicht eingezogen worden, sondern hat gekündigt, um sich freiwillig zu melden. Ich habe mir schon überlegt, ob ich mir ein Pensionszimmer mieten soll, aber alle, die halbwegs anständig sind, sind schon besetzt. Als ich vor vierzehn Jahren bei Nordiska Kompaniet anfing, habe ich in einem ... sagen wir mal, schäbigen Loch gewohnt. Überdies hat sich der Vermieter als Lustmolch entpuppt, weshalb ich vor dem Schlafengehen einen Stuhl unter die Türklinke klemmen musste.« Als Ellen sie entsetzt anstarrte, konnte sie sich ein Lachen nicht verkneifen. »Zum Glück hat Torun bald im Grand Hôtel gekündigt, um in Göthes Buchhandlung anzufangen, und so konnten wir uns gemeinsam eine Wohnung leisten.«

»Linnégatan 4.«

Märta schüttelte den Kopf. »Lutternsgatan. Wir sind in die Linnégatan umgezogen, als die Kungsgatan bis hinunter zum Stureplan verlängert wurde, was hieß, dass es keine Lutternsgatan mehr gab.« Schmunzelnd erinnerte sie sich. »Da die anderen im Bolinderska-Palast, einem Nebengebäude des Grand Hôtel, untergebracht waren, wurde unsere Wohnung gewissermaßen zum Hauptquartier.«

»Und was geschah dann?«, fragte Ellen leise.

Märta betrachtete ihre Freundin. Seltsam, dass sie noch nie über dieses Thema gesprochen hatten. »Ich habe Wilhelm kennengelernt, und nach einer Weile haben wir uns eine gemeinsame Wohnung gesucht. Das passte allen sehr gut, denn so konnte Beda bei Torun einziehen. Karolina begegnete Edward, und Ottilia verliebte sich in Fredrik, und plötzlich waren die beiden verheiratet.«

»Aber du hast Wilhelm nicht geheiratet«, merkte Ellen an.

Märta schenkte sich Kaffee nach. »Nein. Ich wollte meine Unabhängigkeit nicht aufgeben. Meine Bürgerrechte. Wenn Frauen endlich das Wahlrecht bekommen, und davon bin ich überzeugt, werden verheiratete Frauen ganz sicher auch weiterhin ausgeschlossen bleiben. Zumindest anfangs. Und ich fand damals, dass eine Ehe diesen Preis nicht wert ist. Bei Ottilia und Fredrik war es etwas anderes. Ottilia ist so stark und genießt ein solches Ansehen, dass man nicht so leicht um sie herumkommt. Außerdem behandelt Fredrik sie wie eine Gleichgestellte. Was ich ihm auch geraten haben möchte. Vermutlich wurde es auch dadurch leichter, dass sie schon vor ihm im Grand Hôtel und deshalb gewissermaßen im Vorteil war. Und dann waren die beiden so bis über beide Ohren verliebt …« Märta nickte nachdrücklich. »Sie passen wunderbar zusammen, und Ottilia ist Isabella eine sehr gute Mutter.« Als sie in eine Praline biss, weiteten sich ihre Augen. »Isabella hatte recht. Probier mal.«

»Hmmm.« Ellen nickte genüsslich. »Ich weiß nicht, wie sie das trotz der knappen Zutaten hinbekommen. Und jetzt erzähl mir von Karolina.«

Märtas Gedanken schweiften in die Vergangenheit. »Sie und Edward waren einander von Anfang an ebenbürtig und schon seit etwa drei Jahren ein Liebespaar, als Karolina herausfand, dass sie die Tochter von Elisabet Silfverstjerna ist. Wenn Edward nicht so ein vernünftiger Mensch wäre, hätte das alles ändern können. Doch ihm war es einerlei, ob er nun Karolina Nilsson oder Karolina Silfverstjerna heiratete, solange sie nur seine Frau wurde.« Märta schwenkte den Zeigefinger. »Er war sogar einverstanden, den Namen Silfverstjerna anzunehmen.«

»Wie hieß er denn vorher?«

»Hansson. Damals ermutigte die Regierung junge Ehepaare dazu, sich für einen Namen zu entscheiden, der nicht auf ›son‹ endete, und so hat er es getan. Deshalb heißt Julian mit Nachnamen Silfverstjerna, nicht Edwardsson oder Hansson.«

»Ich habe mich schon nach den Hintergründen gefragt, wollte aber nicht neugierig sein«, meinte Ellen. »Außerdem hat Julian Silfverstjerna wirklich einen gewissen Klang.«

»Stimmt. Hinzu kommt, dass man sich keine Gedanken um seine Bürgerrechte zu machen braucht, wenn man Silfverstjerna heißt, da damit eine gehobene gesellschaftliche Stellung einhergeht.« Märta hoffte, dass das nicht neidisch geklungen hatte. Karolinas Geschichte hatte ein gutes Ende genommen, und das obwohl sie ihre frühen Lebensjahre als ungeliebtes Pflegekind hatte verbringen müssen. Alle waren sich einig, dass sie sich ihre glückliche Ehe mit Edward und ihren adeligen Namen ehrlich verdient hatte.

Ellen überlegte. »Sagtest du nicht gerade, du *hättest damals gefunden*, dass der Verlust deiner Bürgerrechte ein zu hoher Preis gewesen wäre? Hast du denn deine Meinung geändert?«

Märtas Unterlippe zitterte. »Noch bevor Wilhelms Zug den Hauptbahnhof von Stockholm richtig verlassen hatte. Aber da war es schon zu spät. Ich glaube, als Ehepaar hätten wir es leichter gehabt. Vielleicht hätte ich Herrn Sachs ja bitten können, Wilhelm wie einen schwedischen Wehrpflichtigen zu behandeln, da er ja dann mein Ehemann gewesen wäre. Als verheirateter Mann hätte Wilhelm sicher auch ein wenig Heimaturlaub bekommen.« Sie unterdrückte ein Schluchzen. In diesem Fall würde sie möglicherweise noch immer in ihrer behaglichen Wohnung leben, anstatt Kopf an Fuß mit Torun in einem Bett schlafen zu müssen. Das offiziell Toruns Bett war. Sogar jetzt noch. Was in gewisser Weise auch Sinn ergab. Schließlich würde sie nur in der Linnégatan wohnen, bis Wilhelm wieder da war. Gott behüte …

Diesmal gelang es ihr nicht, den Schluchzer zurückzudrängen.

»Ach, Liebes!«

Märta spürte, wie Ellens Arme sich um sie schlossen, während sie weiter mit den Tränen kämpfte. Wie dumm war sie nur gewesen, der Herrschaft der Männer dadurch ein Schnippchen schlagen zu wollen, dass sie einfach ledig blieb! Die Tränen wollten nicht versiegen.

Beide Frauen schwiegen, bis Märtas Schluchzer verebbt waren. »Tut mir leid.« Sie wischte sich die Augen ab und putzte sich die Nase.

»Wann hast du dich zum letzten Mal richtig ausgeweint?«, fragte Ellen.

Die einfache Frage brachte Märta zum Nachdenken. »Keine Ahnung.«

»Dann hat es dir sicher gutgetan. Ich denke oft, dass wir viel weniger Konflikte in der Welt hätten, wenn Männer hin und wieder mal so richtig weinen würden. Damit meine ich nicht, dass wir alle zu Heulsusen werden sollen. Das wäre völlig unangebracht. Aber ich fühle mich immer gleich viel besser, wenn ich mal ordentlich geweint habe. Und jetzt mache ich uns noch eine Kanne Kaffee, während du dich beruhigst.«

»Nein«, protestierte Märta. »Verschwende nicht deine ganze Kaffeeration an mich.«

Ellen schnaubte höhnisch. »Wir Frauen müssen zusammenhalten. Und wann ginge das besser als bei einer Tasse Kaffee?«

Märta lehnte sich in ihrem Sessel zurück. Ellen hatte recht. Nachdem die Flut von Angst und Wut aus ihr herausgebrochen war, fühlte sie sich nun ganz ruhig. Schließlich hatte sie es um einiges besser getroffen als viele andere Menschen, denn sie hatte eine gute Stelle und außerdem einen Kreis enger Freundinnen. Auch wenn Torun und sie sich oft stritten und nicht einer Ansicht waren, blieben diese Zankereien innerhalb ihrer kleinen Gruppe. Sollte einer von ihnen eine Gefahr von außen drohen, würden sie ihre Meinungsverschiedenheiten hintanstellen und sich gegen den Widersacher verbünden. Auch wenn sie gegen den Krieg machtlos waren, konnten sie sich gemeinsam gegen die Entbehrungen stemmen, die er ihnen aufzwang. Hatte Torun ihr nicht ohne zu zögern ein Dach über dem Kopf angeboten? Außerdem verwendete sie Märtas missliche Lage niemals gegen sie, ganz gleich, wie erbittert sie sich auch in den Haaren liegen mochten. Trotz ihrer Schlagfertigkeit und ihres scharfen Verstandes ging es Torun stets nur um eine sachliche Auseinandersetzung, niemals darum, ihrem Gegenüber seine Schwächen unter die Nase zu reiben. Wenn Frauen jemals ihre Bürgerrechte behalten und das Wahlrecht bekommen wollten, brauchten sie kluge, redegewandte Frauen wie Torun, die in ihrem Namen sprachen.

»Bitte schön.« Ellen reichte Märta eine frische Tasse. »Mein Motto lautet, dass man nachts besser schläft, wenn man einen guten Plan in petto hat. Was wirst du tun, falls Wilhelm nicht zurückkommt?«

Märta holte tief Luft und atmete langsam wieder aus. »Er ist nicht tot. Ansonsten würde ich es wissen.« Sie warf Ellen einen Blick zu, um festzustellen, ob diese ihre feste innere Überzeugung als Hirngespinst oder Hokuspokus abtat.

»Sprich weiter.«

»Also spare ich jede Öre, die ich entbehren kann, für seine Rückkehr. Herr Sachs hat versprochen, Wilhelm wieder einzustellen. Und dann können wir uns bei der Wohnungsvermittlung von Nordiska Kompaniet anmelden. Hoffentlich werden wir eine Wohnung für einen Neuanfang finden. Unsere Haushaltseinrichtung haben wir noch. Und wenn wir uns wieder etwas aufgebaut haben, würde ich gerne eine Familie gründen.«

»Und falls Wilhelm nicht zurückkommt?«, beharrte Ellen leise. »Hast du auch dafür einen Plan?«

Das war eine berechtigte Frage. Märta straffte die Schultern und versuchte, nicht auf den Schmerz in ihrem Herzen zu achten. »Dann muss ich meine Ersparnisse für die Anzahlung auf eine Wohnung einsetzen. Ich kann nicht für immer in der Linnégatan bleiben, denn ich habe bei meinem Auszug meine Hälfte des Mietvertrags an Beda abgetreten. Lieber würde ich aus dem Fenster springen, als ihn von ihr zurückzuverlangen.« Sie wies mit dem Kopf zum Fenster, wo noch immer die Julisonne hereinströmte. Die Strahlen fingen sich in einer Kristallvase und malten Lichtpünktchen an die Wand. »Am meisten bedauere ich«, fuhr Märta fort, »dass ich 1915 unsere Wohnung aufgegeben habe, anstatt sie unterzuvermieten. Das tun inzwischen alle, und zwar für viel mehr Geld, als sie selbst an Miete bezahlen. Nur dass ich nie auf den Gedanken gekommen bin. Und wenn es mir doch eingefallen wäre, hätte ich vermutlich angenommen, dass es gegen die Mietgesetze verstößt, aus der Not meiner Mitmenschen auf diese Weise Profit zu schlagen. Unmoralisch wäre es so oder so gewesen. Allerdings ändert das nichts an der Situation. Es ärgert mich, dass so viele in dieser Stadt die Wohnungsnot ausnutzen. Manchmal sehe ich Anzeigen, in denen kleine Wohnungen zum Kauf angeboten werden. Doch ich bezweifle, dass eine Bank einer Frau einen Immobilienkredit gewähren würde. Nicht einmal einer Frau mit einer guten Stellung und einem regelmäßigen Einkommen. Und das ärgert mich ebenfalls.« Märta spürte, wie Wut in ihr aufstieg – eine willkommene Abwechslung zu der ständigen Niedergeschlagenheit. »Was, zum Teufel, hat ein Kredit mit meinem Geschlecht zu tun? Entweder kann man sich die Kreditraten leisten, oder man kann es nicht. Warum soll ich Miete an einen Mann zahlen – und Vermieter sind in der Regel Männer –, wenn ich mein Geld stattdessen in mein eigenes Zuhause stecken könnte?«

Ellen klatschte in die Hände. »Bravo. Noch nie habe ich dich so zornig erlebt. Torun wäre stolz auf dich.«

Märta versuchte es zwar mit einem finsteren Blick, musste dann aber lachen. »Du hast recht, das wäre sie. Übrigens freut sich Torun, dass Nordiska Kompaniet die Buchbinderei Bernhard Andersson übernommen hat. Ihrer Ansicht nach kann es nicht genug Buchbindereien geben.«

»Befürchtet sie nicht, dass N.K. Norstedt Konkurrenz machen könnte?«

»Überhaupt nicht. Wie ich es verstehe, geht die Tätigkeit von Norstedt weit über die Buchbinderei hinaus. Sie fördern Autoren. Die tatsächliche Herstellung des Buches ist nur das Ende des langen Wegs von der Idee eines Schriftstellers bis zum tatsächlichen Werk im Regal. Torun ist froh, dass sie ganz unten angefangen und sich bis zur Lektorin hochgearbeitet hat, da sie nun den gesamten Ablauf versteht.«

»Von unten anzufangen ist meistens die beste Methode«, stimmte Ellen zu. »Kurt Jacobsson hat erst gestern etwas ganz Ähnliches gesagt. Er hat sich hochgearbeitet und nun große Freude an seiner neuen Stellung als Leiter des französischen Modeateliers, auch wenn es schwierig ist, diese Tätigkeit mit seiner Position als Leiter der Damenoberbekleidung unter einen Hut zu bringen.«

»Bekommt die Damenoberbekleidung also eine neue Leitung?«

»Noch nicht. Onkel Josef möchte lieber abwarten, ob N.K. den Krieg ohne betriebsbedingte Kündigungen übersteht.«

»Sehr vernünftig.« Märta leckte sich ein wenig Schokolade vom Zeigefinger. »Wie läuft eigentlich das Atelier?«

»Ausgezeichnet. Die Röcke sind schon wieder kürzer geworden. Außerdem konnte man einige neue Kollektionen aus Amerika einkaufen. Alles klappt also wie am Schnürchen. Bis gestern die Hölle losbrach.« Ellens freundliches Gesicht verzog sich zu einem vergnügten Grinsen.

»Bertil, der Hund mit dem Schleifchen?«

»Und zwar höchstpersönlich.«

Sie sahen einander an. Als sie an das Abenteuer des Scotchterriers dachten, krümmten sie sich vor Lachen.

Märta wischte sich eine Träne aus dem Auge. »Wir haben nur gesehen, wie Bertil an der Handschuhabteilung vorbeigeflitzt ist. Dicht gefolgt von Herrn Bellman. Wenn die Gräfin nur den Fahrstuhl und nicht die Treppe genommen hätte. Dann hätte Bertil vielleicht ihre Fährte verloren und aufgegeben.«

»Der nicht. Scotchterrier sind Jagdhunde und für ihre Hartnäckigkeit berüchtigt. Er würde die Gräfin wittern, komme, was da wolle. Und das ist ihm ja auch gelungen.«

»Das haben wir gehört. Aber wie ist er überhaupt ins Atelier hineingekommen?«

»Selbst ein Scotchterrier braucht manchmal ein wenig Glück im Leben: Als er die Tür erreichte, kam gerade Fredrika Bernaborg heraus. Sie ist über Bertil gestolpert und ihm auf die Pfote getreten. Infolgedessen ist sie gegen den Türrahmen gekippt und hat sich ziemlich heftig den Ellbogen angeschlagen. Und während Kurt Fredrika in einen Sessel geholfen und Frau Alm Dr. Modig angerufen hat, tobte Bertil wild kläffend durch den Vorführraum. Und die Gräfin rief:« – Ellen ahmte die dröhnende Stimme der Dame nach – »›Bertil-Liebling, komm zu Mama!‹«

»Und natürlich tat Bertil-Liebling nichts dergleichen«, keuchte Märta und bekam wieder einen Lachanfall. »Vermutlich können wir von Glück reden, dass Bertil ins Kaufhaus hinein und nicht etwa hinaus auf die Hamngatan gelaufen ist. Herr Bellman war ohnehin schon so mit den Nerven am Ende, dass ihm eine zusätzliche Gefährdung durch Automobile sicher gerade noch gefehlt hätte. Außerdem hatte er große Angst um seine Stelle. Was hat Herr Sachs denn zu dem Vorfall gesagt?«

»Onkel Josef hat gar nichts gesagt. Offiziell zumindest. Aber ich habe gesehen, wie es um seine Lippen zuckte, als er es erfuhr. Auf seine Anweisung hin hat man Frau Bernaborg einen Blumenstrauß geschickt. Außerdem hat sich Kurt persönlich bei ihr entschuldigt, und ihre neue Herbstjacke mit Rock bekommt sie kostenlos. Offenbar hat sie den ganzen Zwischenfall gut verkraftet. Allerdings weiß Onkel Josef, dass sich die Sache nur hochschaukeln würde, wenn er sich einmischt. Soll er der Gräfin etwa verbieten, Bertil in Zukunft bei Bellman zu lassen? Oder soll er Bellman kündigen, weil er die Leine nicht richtig festgehalten hat? Beide Maßnahmen wären doch etwas übertrieben. Also verfährt er nach dem Grundsatz, dass sich die meisten Dinge von selbst erledigen, solange man sie nicht an die große Glocke hängt. Doch wie ich glaube, wurde Herrn Bellman unter vier Augen versichert, es sei schließlich das erste Mal, dass ihm auf seinem Posten ein Fehler unterlaufen sei. Außerdem gehöre das Beaufsichtigen von Hunden eigentlich nicht zu seinen Aufgaben. Deshalb solle er sich nicht weiter den Kopf über die Angelegenheit zerbrechen.«

Märta lehnte sich zufrieden zurück. Heftige Gefühle hatten eine reinigende Wirkung, was sowohl für Tränen der Angst als auch für Lachtränen galt.

»Du warst heute wirklich Balsam für meine Seele«, meinte sie zu Ellen. »Eigentlich sind wir zwei Glückspilze.«

»In vielerlei Hinsicht«, stimmte Ellen zu. »Aber hast du dabei an etwas Bestimmtes gedacht?«

»Abgesehen von unserer guten Freundschaft erleichtert es uns außerdem das Leben, dass wir unsere Arbeit lieben. Ottilia sagte einmal, sie habe sich gefühlt, als käme sie nach Hause, als sie zum ersten Mal das Grand Hôtel betrat. Und genauso geht es mir mit Nordiska Kompaniet: Ich kann jeden Morgen nach Hause kommen, ganz gleich, was sonst noch auf der Welt geschieht. Und das ist doch wundervoll.«

Kapitel dreiunddreißig

Beinahe summte Victoria vor sich hin, als sie die Kungsgatan entlang zum Kaufhaus Paul U. Bergström am Hötorget-Platz eilte. Man hatte ihr tatsächlich eine Stelle in der Abteilung für Herrenoberhemden angeboten! Und noch dazu im Erdgeschoss, der wichtigsten Etage im Haus, wie Tante Märta immer zu sagen pflegte. Victoria konnte ihr Glück kaum fassen. Nun hatte sie eine Chance, bei PUB, wie die Stockholmer das zweitgrößte Kaufhaus der Stadt nannten, zu beweisen, was sie konnte. Wie sie von ihren Schwestern und Ziehtanten gelernt hatte, spielte Loyalität für Arbeitgeber eine große Rolle. Und nun hatte sie nicht nur eine Stelle, sondern auch die Möglichkeit, Ottilia ein wenig Geld für ihren Unterhalt zu geben, ein neues Winterkleid zu kaufen und vielleicht sogar jeden Monat ein paar Kronen zu sparen. In nur fünf Monaten war Weihnachten. Und in diesem Jahr würde sie Geschenke machen können, gekauft mit Geld, das sie mit ihrer eigenen Hände Arbeit verdient hatte. Dank des Personalrabatts würde sie sich sogar ein bisschen Luxus leisten können.

Beim bloßen Gedanken an das Verteilen dieser Geschenke wurde ihr ganz warm ums Herz. Allein Toruns anerkennender Blick, als Victoria verkündet hatte, sie habe Arbeit gefunden, war die Herumrennerei durch Stockholms Straßen eindeutig wert.

Als klar geworden war, dass Victorias guter schwarzer Rock das einzige Kleidungsstück in ihrem Besitz war, das sich für die Arbeit in einem Kaufhaus eignete, hatten alle zusammengelegt. Ottilia hatte ihr ein Paar elegante, aber bequeme Schuhe gekauft, Karolina eine weiße Bluse. Torun steuerte zwei Paar Strümpfe bei, Birna eine Schachtel Einstecktücher und Märta ein Paar schwarze Handschuhe. Tante Beda hatte sich selbst übertroffen und Victoria eine hübsche und praktische Handtasche überreicht. Angeblich brauchte sie diese nicht mehr, aber Victoria ließ sich davon nicht täuschen. Das weiche schwarze Leder roch nagelneu.

Offen gestanden waren Victoria die vielen Geschenke nur drei Tage nach ihrem fünfzehnten Geburtstag ein wenig peinlich, aber die anderen schienen nichts dabei zu finden.

»Das erinnert mich an den Abend, als Karolina und Edward zum ersten Mal zusammen in der Oper waren«, stellte Ottilia fest, nachdem Victoria die neuen Sachen angezogen und sich einmal um die eigene Achse gedreht hatte, worauf alle sie für »perfekt« erklärten.

»Was ist passiert?«, erkundigte sich Isabella.

»Genau dasselbe wie heute«, erwiderte Karolina. »Ich brauchte neue Sachen, und alle haben etwas dazu beigesteuert.«

Heute, an diesem prachtvollen Montagmorgen, hatte Victoria großen Spaß am Ankleiden gehabt. Sie hatte sich sogar ein bisschen von dem Veilchenparfüm hinters Ohr getupft, das Märta sie sich anlässlich ihres Geburtstages hatte aussuchen lassen.

»Haben Sie ein bisschen Geld für uns, meine Dame?«

Eine Frau und ein Kind saßen, mit dem Rücken an den Regeringsgatan-Viadukt gelehnt, auf dem staubigen Boden. Das kleine Mädchen hatte riesige Augen und ein bleiches Gesicht und schien nicht viel älter als Philip und Julian zu sein. Das schmutzige Sommerkleid, das sie an der Taille mit einer Schnur zusammengefasst hatte, umschlotterte ihren mageren Körper. Als das Kind aufstand, rutschte das Kleid an einer Schulter herunter, und ein vorstehendes Schlüsselbein kam in Sicht. Den Blick fest auf Victoria gerichtet, schob das Kind den störenden Ärmel wieder nach oben.

»Haben Sie ein bisschen Geld für uns?«, wiederholte die Frau. »Die Kleine hat seit Samstag nichts gegessen.«

Wo waren die Freunde dieser Frau? Ihre Familie? Ihr Mann?

Victoria öffnete ihre neue Handtasche, nahm ihr Portemonnaie heraus und gab dem Kind eine ihrer beiden Fünfzig-Öre-Münzen. Wortlos riss das Mädchen ihr das Geld aus der Hand und reichte es an seine Mutter weiter.

»Braves Kind.«

Allerdings blieb der Dank aus, was Victoria ziemlich verwunderte. Vielen Menschen gelang es, sich aus der Armut herauszuarbeiten, aber wie wollte dieses Mädchen etwas auf der Welt erreichen, wenn seine Mutter nicht mit gutem Beispiel voranging und dem Kind Manieren beibrachte? Denn die kosteten, wie ihr Vater zu sagen pflegte, kein Geld.

Ärgerlich setzte Victoria ihren Weg zum Hötorget fort, doch da sie viel zu früh dran war, waren die Türen des Kaufhauses noch geschlossen.

Also stand sie in der Morgensonne und betrachtete das elegante Gebäude aus rotem Sandstein, das sich an der Westseite des Platzes erhob. Wie Josef Sachs hatte auch Paul U. Bergström seine Kette aus schäbigen kleinen Läden in einem ansehnlichen Bauwerk zusammengezogen, dessen Adresse Drottninggatan 72–78 lautete. Allerdings waren die Ähnlichkeiten zwischen den beiden Kaufhäusern damit schon zu Ende. Wenn man Nordiska Kompaniet mit einem Paar eleganter hochhackiger Pumps vergleichen wollte, war PUB eher ein Paar stabiler Wanderstiefel. Deshalb war es auch nicht weiter erstaunlich, dass Wladimir Iljitsch Lenin sich beim Kauf eines Anzugs in diesem Frühling für ein Modell von PUB entschieden hatte.

Victoria trat zur Seite, als ein Straßenkehrer die nächtliche Ausbeute an Pferdeäpfeln mit einer Schaufel in einen Eimer beförderte. Diese profane Szene sorgte dafür, dass Victorias Begeisterung schlagartig nachließ. Ottilia, Karolina und Beda würden gleich ins weltberühmte Grand Hôtel aufbrechen, Märta, Ellen und Isabella sich auf den Weg ins luxuriöse Nordiska Kompaniet machen. Und sie? Sie arbeitete in einem Kaufhaus für Arme. Konnte das Leben denn nicht ein einziges Mal gerecht sein?

Im nächsten Moment meldete sich das schlechte Gewissen. Was war mit der Frau und ihrem hungrigen Kind? Oder mit den Mitschülerinnen, die sie in Rättvik zurückgelassen hatte? Auch wenn Letztere vermutlich zu dumm waren, um zu erkennen, was sie verpassten. Rättvik. Ihr Vater war so stolz gewesen, als sie ihn angerufen hatte, um ihm von ihrer neuen Stelle zu erzählen. Aber was hätte ihre Mutter dazu gesagt?

Seit Victoria in Stockholm war, dachte sie viel öfter an ihre Mutter als zu Hause. Obwohl die Mutter auf dem Friedhof von Rättvik begraben lag, fühlte Victoria sich ihr in Stockholm seltsamerweise viel näher. Oder, genauer gesagt, der Mutter, die Viveka Ekman für Ottilia, Torun und Birna gewesen war. Hätte ihre Mutter ihre jüngste Tochter verglichen mit ihren erfolgreichen Schwestern als Versagerin gesehen? Oder, noch schlimmer, als schwarzes Schaf?

Victoria Ekman holte noch einmal tief Luft und überquerte den Platz, bereit, den ersten Tag ihres beruflichen Aufstiegs in Stockholm in Angriff zu nehmen.

Kapitel vierunddreißig

1918

Trotz aller Hoffnungen und Gebete ließ der Friede weiter auf sich warten, und Osteuropa kam einfach nicht zur Ruhe. Als das russische Zarenreich unter dem Druck von Bürgerkrieg und Wirtschaftskrise zusammenbrach, wurde das neue sowjetische Russland ausgerufen. Am 6. Dezember 1917 verkündete Finnland seine Unabhängigkeit vom nun führerlosen ehemaligen Zarenreich. Nach allgemeiner Auffassung in Schweden zumindest eine gute Nachricht.

Josef saß in seinem Büro im vierten Stock und klopfte mit den Fingern auf die Schreibtischplatte. Was sollte nun aus dem Betriebsvermögen von Nordiska Kompaniet im sowjetischen Russland werden? Diese Frage war eine harte Nuss, die zu knacken eine starke Hand erforderte. Insbesondere dann, wenn die besser aufgestellten Bolschewiken den Sieg davontrugen.

Im Moment hatte Josef auf die Lage in Russland, wo man ein Lagerhaus von N.K. beschlagnahmt hatte, um darin eine Fabrik für Särge einzurichten, keinen Einfluss. Also war es sinnvoller, sich mit dem Rest des Unternehmens zu befassen. Josef griff nach seinem Aktenkoffer, klappte ihn auf und entnahm ihm die Papiere, die er am Vorabend bei einem Schlummertrunk in der Villagatan studiert hatte. Im Jahr 1917 hatten fast drei Millionen Menschen das Kaufhaus in der Hamngatan aufgesucht, in einer Stadt von knapp vierhunderttausend Einwohnern ein deutlicher Hinweis darauf, dass es auch weiterhin ein Publikumsmagnet war.

Ein rascher Blick in die Gewinnzahlen bestätigte ihn in dieser Auffassung. Der Jahresumsatz war um sechzig Prozent gestiegen, ohne dass zusätzliche Investitionen in neue Abteilungen oder räumliche Erweiterungen nötig gewesen wären. Doch trotz dieser Feststellung und in dem Wissen, dass er das Grundstück an der Hamngatan bestmöglich ausgenutzt hatte, wusste Josef, dass der Platz allmählich knapp wurde.

Was ihn wiederum zur Aufstellung der Ausgaben führte. Der Großteil der Häuserzeile in der Smålandsgatan hinter dem Kaufhaus war für einen günstigen Preis erworben worden und diente nun als Lagerfläche. Da inzwischen die ersten Handelsschiffe auf die Meere zurückkehrten, war es den tüchtigen Mitarbeitern im Einkauf nicht nur gelungen, die dezimierten Warenbestände wieder aufzufüllen. Nein, sie hatten sogar so viel Überschuss beschaffen können, dass die Versorgung auf absehbare Zukunft gesichert war. Derzeit besaß N.K. Waren im Wert von fünfzehn Millionen Kronen, von denen neunzig Prozent bereits in Schweden eingetroffen waren. Die übrigen zehn Prozent, die Einfuhrzölle waren bereits bezahlt, saßen noch irgendwo im Ausland fest.

Auch die Auslieferung bestellter Waren an Kunden innerhalb Schwedens erwies sich wegen des Mangels an Treibstoff und Futtermitteln als gewaltiges Problem. Ein Ausweichen auf eine Verschickung der Güter mit Kurierfahrzeugen war leider nicht möglich, denn wie Josef gehört hatte, gab es in ganz Stockholm nur noch klägliche zweiundzwanzig dieser Wagen. Der Gedanke, dass eine Lieferung innerhalb Stockholms inzwischen nur unwesentlich weniger Zeit in Anspruch nahm als eine über den Atlantik, sorgte dafür, dass ein spöttisches Lächeln um seine Lippen spielte. Josef las weiter.

Der einzige andere Bereich, der noch mit beträchtlichen Hindernissen zu kämpfen hatte, war, wie nicht anders zu erwarten, die Feinschmeckerabteilung. Um die Lieferkette beim Fleisch abzusichern, hatte Nordiska Kompaniet sämtliche Anteile eines der seriösesten Schlachthöfe Stockholms aufgekauft. Bei Obst und Gemüse war man ganz ähnlich vorgegangen, indem man den Pachtvertrag für den Ronna Handelsträdgård gekündigt und gleich das gesamte Unternehmen erworben hatte. Außerdem hatte N.K. Land mit dem Recht, dort Bäume zu fällen, übernommen, und zwar nur wenige Kilometer entfernt von seinen Möbelwerkstätten in Nyköping.

Josef wandte sich dem Thema Personal zu. Seine Mitarbeiter waren, ebenso wie das restliche Land, die ständigen Sorgen und Rationierungen leid. Wie Josef inzwischen klar war, trug der in Stockholm allgegenwärtige Mangel an bezahlbarem Wohnraum noch zusätzlich zu den Bürden des Alltags bei. Doch wenigstens etwas hatte Josef für seine N.K.-Familie tun können: Zur Feier seines fünfundzwanzigjährigen Jubiläums im Einzelhandel hatte Josef mit einem Kapitalgrundstock von einhundertfünfzigtausend Kronen die Josef-Sachs-Stiftung eingerichtet. Dieses Geld würde man vernünftig anlegen und die Überschüsse in das firmeneigene Wohlfahrtsbüro fließen lassen, damit es der Gesundheit, Erholung und Genesung der Mitarbeiter zugutekam. Außerdem würde es auch eine Beihilfe für Angestellte geben, die hier oder im Ausland ein Studium aufnehmen wollten, um nach ihrem Abschluss bei N.K. aufzusteigen.

Josef lockerte die Schultern und setzte die Kappe auf seinen Füllhalter. Im Moment sah es noch danach aus, als ob das Glück den Tapferen in der Hamngatan 18 gewogen war. Doch was, wenn sich dieser verdammte Krieg noch länger hinzog? Wie lange konnten sie durchhalten, bis das Unternehmen in eine finanzielle Schieflage geriet? Und was würde dann aus seinem Kaufhaus und den Mitarbeitern werden, die darauf angewiesen waren?

Kapitel fünfunddreißig

Eine Etage über Josefs Büro kämpfte Agatha, die beste Perlenstickerin des Ateliers, gegen die aufsteigende Panik an. In der sonst von geschäftigem Treiben, Geplauder und Fachsimpeleien erfüllten Schneiderei hatte sich eine bedrückende Stille breitgemacht. Eigentlich herrschte sonst Stimmengewirr im Raum, wenn Anweisungen gegeben, erörtert und verstanden wurden. Das Ganze wurde untermalt von dem Ratschen der Schneiderscheren, die Stoffe zerteilten, dem Rollen der Räder von Kleiderpuppen auf dem Korkboden, dem Klicken von Nadeln auf Fingerhüten und hin und wieder einem leisen Aufschrei, wenn sich jemand in den Finger gestochen hatte. Seit Kurt Jacobsson das französische Modeatelier leitete und die erfahrene Modelliererin Bettan Aufsicht über die Schneiderei führte, war die Stimmung in der Werkstatt, insbesondere zur Hochsaison, von hektischer Betriebsamkeit geprägt. Agatha liebte diese Atmosphäre, wenn alle Blicke wie gebannt an den Schiefertafeln mit den einzelnen Herstellungsschritten hingen, deren Inhalt einer Verkündigung gleichkam. Wie pflegte Herr Jacobsson, von allen liebevoll »der Boss« genannt, zu sagen? *Haute Couture zu erschaffen, ist eine Kunstform, und zu jeder Kunstform braucht man Talent.* Agatha war stets sehr stolz auf ihr Talent gewesen. Inzwischen jedoch hatte Beklommenheit die Näherinnen, Zuschneiderinnen, Ärmeleinpasserinnen gleichermaßen ergriffen. Denn man hatte viel zu wenig zu tun.

Dass es nicht genug Arbeit gab, war ein offenes Geheimnis, und die sonst so geschickten Handwerkerinnen gaben sich größte Mühe, diesen Missstand zu verschleiern. Auch Agatha, die gerade sorgfältig weiße Perlen von zwei Millimeter Größe auf eine Bahn Spitze applizierte, die als Deckschicht eines Sommerkleides für Kronprinzessin Margaret gedacht war, hatte sich kleine Kunstgriffe einfallen lassen, um die Fertigstellung des Werks weitmöglichst hinauszuzögern. So konnte man zum Beispiel Mühe haben, eine Nadel einzufädeln, umständlich eine bestimmte Perle aus einer Schachtel mit Tausenden von identischen Stücken auswählen oder sich nach jeder heruntergefallenen Stecknadel bücken, obwohl sämtliche Nadeln nach Feierabend ohnehin zusammen mit dem Staub aufgekehrt und in eine Tonne auf dem Dach geworfen wurden. Wie Agatha wusste, wurde diese Tonne einmal im Jahr durchgesiebt. Die dabei sichergestellten Nadeln wurden ausgespült und in die Schneiderei zurückgebracht.

Der Boss war kein Dummkopf. Doch obwohl er die Verzögerungstaktiken durchschaute, hatte er bis jetzt immer weggeschaut. Allerdings wäre Agatha genauso vorgegangen, wenn sie in seinen eleganten Schuhen gesteckt hätte. Schließlich waren die Frauen in den beiden Werkstätten – der für leichte und der für schwerere Stoffe – eine eingeschworene Gemeinschaft von Spezialistinnen, die sich nach einer Kündigung nur schwer würden zurückholen lassen. Außerdem bestand guter Grund zu der Annahme, dass diese Auftragsflaute, so wie alle früheren, lediglich vorübergehender Natur und deshalb eine Gelegenheit zum Durchatmen war. Nur dass derartige Flauten für gewöhnlich im Winter eintraten und nicht im Frühling, denn dann schien der Tag normalerweise nicht genügend Stunden zu haben, um den Ansturm zu bewältigen.

Die Damen in der Schneiderei trieb zudem noch eine weitere Sorge um: Am kommenden Samstag, dem 13. April, würde nämlich ein Gesetz zur Rationierung von Kleiderstoffen in Kraft treten. Und würde die Haute Couture auch davon betroffen sein? Ganz bestimmt. Denn Stoff war schließlich Stoff.

Obwohl die Lager von N.K. noch ziemlich gut gefüllt waren, wäre es ungerecht gewesen, den Reichen unbegrenzte Mengen an Seide und Taft zur Verfügung zu stellen, während der Rest der Bevölkerung Mühe hatte, an Baumwolle heranzukommen. Die Baumwollknappheit hatte, wie Agatha aus der Zeitung wusste, sogar schon zu einem Mangel an Leichentüchern geführt. Ein Reporter schlug vor, die braven Schweden sollten sich doch in Papierhüllen beerdigen lassen. Was für die Bestattung der nicht so braven Schweden verwendet werden könnte, hatte er offengelassen.

Agatha kam zu dem Schluss, dass es sie nicht stören würde, wenn man sie nach ihrem Tod in Papier wickelte. Dagegen hätte sie es sehr – und zwar wirklich sehr – gestört, ihren Arbeitsplatz zu verlieren. Inzwischen waren viele Näherinnen dieser Stadt aufgrund von steigenden Preisen, Firmenpleiten und kriegsbedingter Arbeitslosigkeit auf der Straße gelandet. Agatha hatte in den Zeitungen Kleinanzeigen von Näherinnen gelesen, die – so schrieben sie wenigstens – völlig mittellos waren und ihre Mitmenschen um Hilfe anflehten. Würde das französische Modeatelier je wieder öffnen, falls Herr Sachs es kriegsbedingt schließen musste? Und was würde anderenfalls aus Mädchen wie ihr werden? Wenn Nordiska Kompaniet keine Perlenstickerin mehr brauchte, wer dann? Agatha verdiente mehr als ihre Mutter, und ihre Familie brauchte jede Öre. Gott behüte, dass sie je gezwungen sein könnte, auch eine Kleinanzeige aufzugeben, in der Hoffnung auf ein Almosen von einem Fremden.

»Woran denken Sie gerade, Agatha?«

Agatha blickte auf und bedachte Bettan mit einem verlegenen Grinsen. »Verzeihung. Ich habe überlegt.«

»Das war nicht zu übersehen. Wenn Sie so weitermachen, bleibt Ihnen die Falte auf der Stirn für immer erhalten. Worüber haben Sie denn nachgedacht?«

»Die Stoffrationierung.«

Bettan schnalzte missbilligend mit der Zunge. »Das war wirklich keine gute Idee. Vermutlich wird es mit Schuhen bald genauso sein, und bestimmt bin ich nicht die Einzige, die das vermutet. In den nächsten Tagen werden Schuhe weggehen wie geschnitten Brot. Da bin ich ganz sicher.«

»Meine Mutter glaubt das auch«, stimmte Agatha zu. »Deshalb geht sie zur Abendschule, um zu lernen, wie man Stiefel repariert und neu besohlt.«

»Eine gute Idee. Ich habe die Leute in der Kinderschuhabteilung gebeten, mir bis zum Zahltag einige Paare in Schwarz beiseitezustellen. Ich kaufe sie zwei Nummern größer und hoffe, dass sie länger halten, als die Rationierung dauert.« Sie betrachtete den auf dem Tisch ausgebreiteten moosgrünen Baumwollstoff, nickte zustimmend und griff zur Schere.

»Sind unsere Arbeitsplätze sicher, Bettan?«, erkundigte sich Vera, eine Ärmeleinpasserin.

Die Zunge konzentriert in den Mundwinkel geklemmt, schnitt Bettan entlang der Kreidemarkierung der Schneiderin in den Stoff, bis der Umriss des Rückenteils eines Mieders zu erkennen war. Als sie die erste Ecke erreicht hatte, richtete sie sich auf. »Ich habe nichts Anderslautendes gehört, Vera. Also schlage ich vor, dass wir einfach weiter unsere Arbeit machen.«

Aber nicht zu schnell, war der Nachsatz, der in der Luft zu hängen schien. Nicht, bis die Geschäfte wieder liefen und dieses schreckliche Durcheinander vorbei war. Frauen mussten zusammenhalten, bis die Kriegstreiber abdankten.

Kapitel sechsunddreißig

Drei Monate später kam Ellen nach einem kurzen symbolischen Anklopfen in Josefs Büro gestürmt. Dieser saß, die Hände vors Gesicht geschlagen, da und fuhr nun ruckartig hoch. Ellen tat, als habe sie es nicht bemerkt. »Hast du es schon gehört?«

Er nickte ernst. »Gerade eben.«

»Glaubst du, es ist wahr?«

»Ich halte es für sehr wahrscheinlich. So entsetzlich es sein mag, war es vielleicht unvermeidlich. Was hätten die Bolschewiken sonst mit ihnen anfangen sollen?«

»Sie hätten der Zarenfamilie die Ausreise gestatten können. Zumindest den Kindern und den Dienstboten. Die haben doch nichts verbrochen.«

»Das hat die Familie versucht. Die Briten wollten sie nicht aufnehmen.«

Ellen ließ sich in den Bürostuhl auf der anderen Seite des Schreibtischs sinken. »Die armen Mädchen. Und der kleine Junge. Sie müssen große Angst gehabt haben.«

»Das gilt sicher für die ganze Familie. Wenigstens ist es schnell gegangen. Eine Salve, und alles war vorbei.«

»Hoffentlich hast du recht. Wie lange soll dieser Krieg denn noch dauern?«

Josef atmete tief durch. »Soweit mir bekannt ist, haben die Deutschen ebenso genug von Kaiser Wilhelm wie die Russen von den Romanows. Falls der Kaiser abgesetzt wird, könnte eine neue deutsche Regierung versuchen, den Krieg zu beenden.«

»*Falls. Könnte.*«

Bedrücktes Schweigen.

»Ist es sehr geschmacklos von mir, dass ich mich frage, was aus unserem Betriebsvermögen in Moskau werden soll? Schließlich verstaatlichen die Bolschewiken alle Unternehmen«, durchbrach Ellen die Stille.

»Es ist geschmacklos, obwohl ich zugeben muss, dass mich dieser Punkt auch beschäftigt. Ich bin überzeugt, dass man sämtliche ausländischen Vermögenswerte beschlagnahmen wird.«

»Können die das denn?«

»Wenn sie die Zarenfamilie kaltblütig erschießen können, sind sie zu allem fähig. Deshalb müssen wir davon ausgehen.«

»Wie viel werden wir verlieren?«

Josef presste missbilligend die Lippen zusammen. »Vier Millionen Kronen«, erwiderte er schließlich.

»Vier Millio…«

Er nickte bedauernd. »Aber nicht mehr als das. Dagegen haben wir vorgesorgt. Wie dem auch sei, Sigrid lässt fragen, ob du heute zum Abendessen kommen willst. Wir würden uns sehr freuen. Weil wir unsere Fleischrationen gespart haben, reicht es für ein kleines Stück Rindfleisch pro Person.«

Ellen leckte sich die Lippen. Beinahe konnte sie sich noch an den Geschmack erinnern. »Das ist ein wirklich verlockendes Angebot, aber leider muss ich ablehnen. Bitte danke Tante Sigrid in meinem Namen und richte ihr aus, an jedem anderen Abend wäre ich schneller da gewesen als ein ausgehungerter Hund. Nicht, dass ich hungern müsste«, fügte sie rasch hinzu.

Josef musterte sie zweifelnd. »Warum? Sigrid wird sicher einen Grund erfahren wollen, und wir müssen uns auf eine Version einigen.«

Ellen lachte leise auf. »Weil Maria Blombergsson und ich versprochen haben, heute Abend ein bisschen Milch zu Märta zu bringen.«

»Und warum, wenn ich fragen darf?«

»Weil Torun sich diese grässliche Spanische Grippe eingefangen hat und wir unsere Milchrationen zusammenlegen, um einen Milchpudding für sie zu kochen. Der Armen geht es zwar schon viel besser, aber sie ist völlig entkräftet.«

Josef verzog das Gesicht. »Aber sei vorsichtig. Diese Grippe scheint ganz besonders ansteckend zu sein.«

»Torun hatte sie eine Woche lang, aber mit Märta ist alles in bester Ordnung.« Ellen verkniff sich den Zusatz, dass Märta dennoch vorsichtshalber aus Toruns Bett ausgezogen war und nun Kopf an Fuß bei Beda schlief. Tante Sigrid hätte sie dieses Detail vielleicht anvertraut, aber auf keinen Fall Onkel Josef. Märta wäre nämlich im Erdboden versunken, wenn ihr Arbeitgeber erfahren hätte, dass sie nicht einmal ein eigenes Bett besaß. »Außerdem arbeitet Märta weiter in der Handschuhabteilung«, fuhr Ellen fort. »Schließlich leiden Tausende von Männern in diesen elenden Schützengräben. Also können wir anderen doch nicht zu Hause bleiben, nur weil jemand im Haushalt die Grippe hat, oder?«

Josef schmunzelte. »Wie immer habe ich deiner Logik nichts entgegenzusetzen. Richte Fräulein Ekman viele Grüße und gute Besserung von mir aus.«

Kapitel siebenunddreißig

Beda klopfte die Kissen hinter Toruns Rücken zurecht, bevor Märta der Patientin eine kleine Schale Milchpudding reichte.

»Tut mir leid, dass der Zucker fehlt«, sagte Torun. »Aber Ottilia hat Victoria mit ein bisschen Zimt zu uns geschickt.«

Torun aß den ersten Löffel und schloss genüsslich die Augen. »Einfach himmlisch«, krächzte sie. »Ich bin euch so dankbar dafür, dass ihr euch solche Mühe gemacht habt.«

Ellen setzte sich auf die Bettkante. »Wie geht es dir?«

»Viel besser. Vor drei Tagen hätte ich vor lauter Halsschmerzen nicht einmal diesen leckeren Pudding schlucken können. Außerdem ist das Fieber weg, und die Schmerzen in den Beinen lassen nach. Ich bin einfach nur so hundemüde. Aber in ein oder zwei Tagen stehe ich wieder auf.«

»Du bleibst schön brav liegen«, entgegnete Beda streng. »Es bringt nichts, wenn du dich übernimmst und gleich wieder umfällst. Oder noch schlimmer. Mit dieser Grippe ist nicht zu spaßen.«

Torun lächelte zittrig. »Offenbar hast du mit unserer Birna gesprochen.«

Beda verschränkte in gespielter Strenge die Arme vor der Brust. »Dr. Ekmans Anweisungen waren klar und deutlich.«

Torun verdrehte die Augen. »Gebt einer Grippe einen ausländischen Namen, und gleich ist sie viel gefährlicher.«

»Ich habe keine Ahnung, ob sie gefährlicher ist als sonst«, entgegnete Märta. »Jedenfalls ist sie viel ansteckender.«

»Ist sie das wirklich?«, wandte Ellen ein. »Oder verbreitet

sie sich einfach nur deshalb schneller, weil alle so eng aufeinanderhocken?«

»Schon möglich«, stimmte Beda zu. »Und diese verdammten Transportgenehmigungen sind da auch nicht hilfreich.«

Die anderen vier starrten sie verständnislos an.

»Das musst du uns erklären«, sagte Ellen.

»Nehmen wir mal Kartoffeln als Beispiel«, begann Beda. »Inzwischen braucht man eine Transportgenehmigung, um sie in die Stadt bringen zu können. Der Himmel weiß, warum. Vermutlich, um den Überblick über die Warenströme zu behalten. Obwohl ich persönlich glaube, dass diese elenden Schieber dann eben einfach die richtigen Leute bestechen.«

»Was sie wiederum zu den falschen Leuten macht«, ergänzte Maria.

»Wie dem auch sei. Jedenfalls braucht das Grand Hôtel so eine Genehmigung. Um sie zu bekommen, muss man aufs Amt gehen, und die Mitarbeiter dort sind nicht gerade die Schnellsten. Und das heißt, dass man stundenlang dicht gedrängt mit fremden Menschen in einer Schlange warten muss. Wir schicken immer einen Botenjungen, weil meine Mitarbeiter beim besten Willen nicht die Zeit haben, sich irgendwo die Beine in den Bauch zu stehen. Doch so ein Botenjunge kann die Grippe innerhalb eines Tages überall in der Stadt verbreiten.«

Märta nickte. »Wirklich ein Jammer, dass diese Grippe ausgerechnet während des Krieges ausgebrochen ist.«

Torun schüttelte den Kopf und zuckte prompt zusammen. »Nein, es war eigentlich vorherzusehen. Die Grippe ist ausgebrochen, weil wir uns schlecht ernähren und allgemein erschöpft sind.« Sie reichte Beda die leere Schale und lehnte sich wieder in die Kissen. »Ich kann euch gar nicht genug danken. Es war wirklich köstlich. Ein himmelweiter Unterschied zu unserem täglichen Schwarzbrot mit Sägespänen.«

»Könnte ich dich vielleicht mit einer halben Tasse Kaffee in Versuchung führen?«, fragte Ellen.

Toruns Augen funkelten, und ihre Wangen sahen gleich viel rosiger aus. »Echter Kaffee?«

»Bohne für Bohne«, erwiderte Maria. »Es ist unser letzter. Er reicht gerade noch für eine halbe Tasse für jede von uns.«

»Das ist ja großartig. Obwohl wir vielleicht warten sollten, bis wir etwas zu feiern haben. Aber nur der Himmel weiß, wann es wieder richtigen Kaffee geben wird. Und ich verzichte lieber ganz auf Kaffee, anstatt dieses Gebräu aus Löwenzahnwurzeln zu trinken.«

»Wir haben tatsächlich etwas zu feiern.« Beda warf Torun einen vielsagenden Blick zu.

Torun sah sie erst zweifelnd an, doch im nächsten Moment ging ihr ein Licht auf. »Steht es absolut fest?«

»Absolut.«

Märta, Ellen und Maria starrten einander an.

Märta breitete achselzuckend die Hände aus. »Ich tappe genauso im Dunkeln wie du.«

»Erzähl es ihnen, Beda«, forderte Torun sie auf. »Oder wenigstens Märta. Tut mir leid, Ellen und Maria, aber euch betrifft es eigentlich nicht. Obwohl, eigentlich betrifft es euch doch.«

»Ich verstehe nur Bahnhof«, meinte Ellen zu Maria.

Alle lachten.

Beda räusperte sich. »Liebe Märta, vor einigen Monaten haben Torun und ich unseren Vermieter gebeten, uns Bescheid zu geben, wenn in diesem Haus oder in einer anderen seiner Immobilien eine größere Wohnung frei wird.«

Märta schlug die Hand vor den Mund.

»Und vor zwei Tagen traf ein Brief von ihm ein, in dem uns eine Dreizimmerwohnung angeboten wurde. Er schrieb, die Familie in dieser Wohnung müsse sich verkleinern, um weniger Miete zu zahlen, und schlug vor, wir sollten einfach tauschen.«

Hinter Märtas Hand drang ein unterdrückter Aufschrei hervor.

»Ich habe den Grundriss der Wohnung gesehen. Ein Zimmer ist etwa so groß wie unser Wohnzimmer, und dann gibt es noch zwei kleinere Zimmer. Das eine ist etwa so groß wie das hier.« Beda wies in Toruns Schlafzimmer hinein. »Das andere ein bisschen größer. Außerdem gibt es eine Küche, in die ein Tisch hineinpasst.«

Nun war es an Torun, nach Luft zu schnappen.

Beda fuhr fort. »Die Wohnung liegt im vierten Stock und ist deshalb heller als diese hier. Die Küche und eines der Zimmer gehen auf den Innenhof hinaus, das Wohnzimmer und das zweite Schlafzimmer auf die Straße.«

Märta ließ sich auf Toruns Bett sinken. »Und wo ist diese Wohnung?«

»Gleich im Nachbarhaus, Linnégatan 6. Dort, wo Margareta und Gösta gewohnt haben, nur zwei Etagen höher. Ich habe heute den Mietvertrag unterschrieben. Ihr müsst bis Ende der Woche auch unterschreiben. Der Tausch findet am 1. August statt, also in knapp zwei Wochen. Das will zwar organisiert werden, aber ich sehe da eigentlich keine Schwierigkeit. Schließlich haben wir ja nicht viel, was wir mitnehmen müssen.«

Märta lief eine Träne über die Wange. »Ich weiß gar nicht, was ich sagen soll. Ihr gebt meinetwegen euer Zuhause auf.«

»Es wird uns allen guttun«, verkündete Beda. »Ja, die Wohnung kostet hundertzwanzig Kronen mehr pro Monat, was vierzig Kronen für jede sind. Aber auf den Tag umgerechnet, ist das nur eine Krone dreißig, und das klingt für so viel zusätzlichen Platz in diesen Zeiten gar nicht so schlecht.«

Torun lachte heiser auf. »Die Einkäuferin, wie sie leibt und lebt.«

Märta schüttelte den Kopf. »Eigentlich sollte ich die zusätzliche Miete allein übernehmen. Ohne mich müsstet ihr nicht umziehen.«

»Oje«, seufzte Beda. »Nur, damit du dich besser fühlst,

nehme ich das Extrazimmer, und du musst aufs Schlafsofa. Aber dann müsste wiederum ja ich mehr bezahlen.«

»Und wie viel muss ich zahlen, um am Küchentisch essen zu dürfen?« Torun schmiegte sich fester in die Kissen. »Allein den Esstisch im Wohnzimmer loszuwerden, wird eine große Erleichterung sein. Ich freue mich ja schon so darauf. Ottilia, Fredrik und Karolina helfen uns bestimmt dabei, die Möbel nach nebenan zu schleppen. Bei dieser Entfernung können wir uns den Umzugswagen sparen.«

Doch Märtas Miene verdüsterte sich. »Aber was ist, wenn Wilhelm zurückkommt? Dann würde ich wieder ausziehen, und ihr bleibt auf der höheren Miete sitzen.«

»Dann werden Torun und ich zu Luxusgeschöpfen und leisten uns ein richtiges Wohnzimmer«, erwiderte Beda.

»Das bezweifle ich«, antwortete Torun missmutig. »In diesem Fall wird Ottilia uns nämlich Victoria auf den Hals hetzen.«

Ellen runzelte die Stirn. »Klappt es denn nicht mit Isabella und Victoria in einem Zimmer?«

Als Torun hustete und versuchte, sich aufzusetzen, eilten alle ihr sofort zu Hilfe. Beda reichte ihr ein Glas Wasser, sobald der Husten nachgelassen hatte.

Torun trank einen Schluck. »Danke«, flüsterte sie. »Am Samstag war Ottilia bei mir, während ihr drei bei der Arbeit wart. Sie hat mir etwas Brühe mitgebracht, die Hilda gekocht hatte, aber das nur am Rande. Jedenfalls wirkte sie ziemlich erschöpft. Deshalb habe ich sie gefragt, ob sie etwas hat, worauf sie erwiderte, sie hätte nicht gedacht, dass zwei sechzehnjährige Mädchen so viele Schwierigkeiten machen können. Offenbar musste sie wieder einmal einen Streit zwischen den beiden schlichten.«

»Worum ging es?«, erkundigte sich Beda.

»Victoria hat ein Auge auf eine von Isabellas Blusen geworfen und war ziemlich ungehalten, als diese die Bluse am

Samstagmorgen selbst getragen hat. Sie hat sogar gefordert, dass Isabella die Bluse wieder auszieht. Aber die hat sich natürlich geweigert.«

»Was die meisten Leute in dieser Situation getan hätten«, merkte Ellen an. »Allerdings war Victoria, seit sie bei PUB angefangen hat, immer ganz reizend, wenn ich sie gesehen habe, was zugegebenermaßen nicht oft war.«

»Bei ihrem Geburtstagstee am Sonntag war sie die Liebenswürdigkeit in Person«, ergänzte Maria.

»Richtig«, stimmte Märta zu.

»Genau das ist es ja, was Otti so auslaugt«, erwiderte Torun. »Sie weiß nie, ob sie es gleich mit Fräulein Jekyll oder mit Fräulein Hyde zu tun hat.«

»Und hat Ottilia gesagt, wie lange das schon so geht?«, fragte Ellen.

»Seit ein paar Monaten.«

»Und wir haben überhaupt keine Vermutung, was dahinterstecken könnte?«, hakte Beda nach.

Torun schüttelte den Kopf. »Nicht die geringste. Ottilia hat Victoria zwar gefragt, ob sie etwas bedrückt, aber die Dame schweigt eisern. Ich habe Ottilia vorgeschlagen, dass ich ja einmal nachbohren könnte, aber sie hat abgelehnt. Victoria soll nicht das Gefühl bekommen, dass wir hinter ihrem Rücken über sie reden.«

»Das tun wir doch nur, weil wir uns Sorgen um sie machen«, widersprach Beda.

»Stimmt. Aber das ändert nichts daran.«

Märta erhob sich. »Ich setze Kaffee auf. Und dann überlegen wir uns etwas.«

»Moment mal«, sagte Torun, nachdem der letzte Schluck Kaffee getrunken war. »Habt ihr nicht erzählt, Victoria sei hier gewesen, um euch den Zimt zu bringen?«

Beda nickte. »Aber sie wollte nicht reinkommen.«

»Vielleicht hat sie ja befürchtet, dass sie sich mit der Grippe anstecken könnte«, mutmaßte Ellen.

»Jetzt braucht sie doch keine Angst mehr zu haben. Ich bin ja schon fast wieder gesund«, wandte Torun ein.

»Hat Victoria erklärt, warum sie sofort gehen wollte?«, fragte Maria.

»Sie meinte, sie wolle vor Einbruch der Dunkelheit zu Hause sein«, antwortete Beda.

Alle schauten aus dem Fenster, wo der Abendhimmel noch strahlend blau war. Ellen wandte sich wieder an Torun. »Würde Victoria vielleicht mit einer Gleichaltrigen reden? Was ist mit Isabella?«

»Das bezweifle ich. Offenbar vertragen sich die beiden nicht sehr gut.«

»Wie schade«, erwiderte Märta. »Isabella könnte Victoria eine gute Freundin sein, wenn die sie nur an sich heranlassen würde.«

»Ganz bestimmt«, pflichtete Torun ihr bei. »Und dennoch vermutet Ottilia, dass Victoria einsam ist.«

»Hat sie sich denn nicht mit den anderen Verkäuferinnen angefreundet?«, erkundigte sich Maria.

»Manchmal trifft sie sich am Sonntagnachmittag mit einer oder zwei Kolleginnen. Aber ich glaube, im Moment ist das sehr schwierig. Die Rationierungen und die ständig steigenden Preise verderben diesen Mädchen die ganze Jugend.«

Beda reckte einen Finger in die Luft. »Könnte Victoria vielleicht Rättvik und ihren Vater vermissen und zu stolz sein, es zuzugeben?«

Torun überlegte. »Das denke ich eher nicht. Schließlich konnte sie es kaum erwarten, Rättvik den Rücken zu kehren. Vor einem Jahr hat sie wie eine Wilde einen Arbeitsplatz gesucht. Ich habe sie noch nie so stolz erlebt wie an dem Tag, als sie die Stelle bei PUB bekommen hat. Wahrscheinlich war es das erste Mal, dass sie etwas nur für sich getan hat.«

Beda kicherte. »Die arme Kleine hatte eine Todesangst davor, dass Ottilia sie anderenfalls zurück nach Rättvik verfrachten könnte.«

»Und hätte Ottilia das getan?«, erkundigte sich Maria.

»Nein«, riefen die anderen im Chor.

»Nur dass Victoria deswegen nicht lockergelassen und immer weitergesucht hat«, merkte Torun an. »Sie hat sogar keine einzige Schreibmaschinenstunde ausfallen lassen, und zwar ohne sich darüber zu beklagen, dass sie im kalten Winter abends rausmusste. Sie sagte, sie sei froh, ein Abschlusszeugnis zu haben, wolle aber nicht Sekretärin werden. Sie hat mir die Schreibmaschine zurück zu Norstedt gebracht.«

Ellen starrte sie verwundert an. »Also ist Victoria im Winter zu einem Abendkurs gegangen, möchte aber an einem Sommerabend nicht draußen unterwegs sein? Das ergibt keinen Sinn.«

»Da hast du recht, das ist unlogisch«, stimmte Beda zu. »Aber was können wir tun, wenn Victoria nicht mit uns redet?«

Kapitel achtunddreißig

Victoria war nicht auf direktem Weg in die Sibyllegatan zurückgekehrt. Allerdings hatte sie Beda auch nicht angelogen, denn sie würde wirklich vor Einbruch der Dunkelheit zu Hause sein. Nicht, weil sie Angst im Finstern hatte, denn schließlich gab es in Stockholm mehr Straßenlaternen, als Rättvik je würde sein Eigen nennen können. Nein, der Grund war, dass sie unbedingt bei der Wahrheit bleiben wollte, selbst wenn es sie in Schwierigkeiten brachte. Außerdem würde an diesem wunderschönen Abend im Juli die Sonne noch viele Stunden lang nicht untergehen. Nun saß Victoria ganz am anderen Ende der Insel Kastellholmen, nur wenige Fußminuten vom Grand Hôtel entfernt, auf einer Bank. Diese Oase der Ruhe hatte sie entdeckt, als sie vor einem Jahr angefangen hatte, Stockholm zu erkunden. Und sie hatte auch rasch einen Weg gefunden, hierherzugelangen, ohne dabei am prunkvollen Eingang des Grand Hôtel vorbeizumüssen. Denn dann hätte die Gefahr bestanden, dass sie Ottilia, Karolina oder Beda in die Arme lief, und das kam absolut nicht infrage.

Von der Bank, die sie inzwischen als ihre eigene betrachtete, hatte Victoria Aussicht auf das Wohnviertel Södermalm und den Park Djurgården. Sie brauchte einfach nur den Kopf zu drehen. Und dennoch wusste niemand, wo sie war, und das sollte auch so bleiben. Manchmal wurde der Druck, so zu tun, als sei alles in bester Ordnung, einfach überwältigend. Einige Tage waren schwerer als andere. Und heute war einer dieser Tage.

Tief atmete sie die milde Sommerluft ein, reckte das Gesicht in die Abendsonne und schloss die Augen. Die Wärme hatte eine wohltuende Wirkung auf ihren schmerzenden Kopf. Ottilia und Fredrik hatten heute Abend Dienst, Hilda war zu Hause bei Philip, und Isabella … Victoria hatte keine Ahnung, wo Isabella sein mochte, und es war ihr auch gleichgültig. Die hochnäsige Isabella, die in Riesenschritten die Karriereleiter bei Nordiska Kompaniet hinaufeilte. Zumindest, und da bemühte Victoria sich um Fairness, ging es bei ihr voran. Isabella arbeitete zwar noch in der Konditorei, wurde inzwischen jedoch mindestens einmal pro Woche gebeten, im französischen Modeatelier Kleider vorzuführen. Und als Victoria sich gerade einigermaßen klaglos mit diesem Ärgernis abgefunden hatte, hatte Isabella der Familie mitgeteilt, sie sei von N.K. ausgewählt worden, um noch ein zweites Jahr Wirtschaft und Einzelhandel an der Borgarskolan zu studieren. Außerdem – und das hatte sie mit so viel Begeisterung verkündet, dass es Victoria beinahe den Magen umdrehte – werde sie nun Deutsch oder Englisch lernen. Victoria hatte einen Lachanfall bekommen. Deutsch *oder* Englisch? Offenbar wolle Josef Sachs sichergehen, dass er nicht aufs falsche Pferd setzte.

Bei der Erinnerung an diesen kleinen Ausrutscher glühten ihr noch immer die Wangen, denn Isabellas Blick hätte töten können. Allerdings hatte sich Victoria nicht anmerken lassen, dass sie ihre Worte bereute. Schließlich war ihr die Rolle des schwierigen Mädchens auf den Leib geschrieben, und außerdem war sie es leid, ständig im Schatten der tüchtigen Isabella zu stehen.

Nun musste sie überlegen, was sie tun wollte. Sollte sie bleiben oder gehen? Doch eigentlich war gehen die einzige Möglichkeit. Aber wohin? Nur über ihre Leiche würde sie nach Rättvik zurückkehren, auch wenn sie gerne öfter Gelegenheit gehabt hätte, mit Pa zu sprechen. Seit ihrer Abreise hatte sie nur selten seine Stimme gehört. Aber nein, in Rättvik gab es keine Zukunft für sie. Außerdem hätte sie das Getuschel und das geheuchelte Mitgefühl der anderen Mädchen dort nicht ertragen.

In einer idealen Welt hätte sie sich hier in Stockholm eine neue Stelle gesucht. Sie liebte diese Stadt, den Schmutz ebenso wie den Glanz. Die Steine. Das Meer. Das Rattern der Straßenbahnen und die unerwartet stillen Orte wie Kastellholmen oder Djurgården, wo man nur das Schlagen der Wellen an die Felsen, das Tuten der Boote und die Schreie der Möwen hörte. Doch nicht einmal Stockholm war das Paradies. Und wie sollte sie auf Arbeitssuche gehen, wenn sie den ganzen Tag bei PUB beschäftigt war? Außerdem war die Arbeitslosigkeit so hoch wie nie zuvor.

Als sie die schmerzende Beule an ihrer Schläfe betastete, rann ihr eine Zornesträne die Wange hinunter. Torun hatte ganz recht. Die Männer waren das Unheil dieser Welt, und wie so viele Millionen von Frauen vor ihr hatte sie keine Ahnung, was sie tun sollte. Wie gerne hätte sie ihre Mutter um Rat gefragt. Insbesondere nachts, wenn sie, wie so oft, heimlich unter der Bettdecke weinte. Warum musste ihre Familie nur aus Dalarna stammen? Wie wunderbar wäre es gewesen, hier in Stockholm Tanten oder zumindest eine gütige Großmutter zu haben. Die würden ihr Unterschlupf gewähren, damit sie einen neuen Anlauf unternehmen konnte. War eine zweite oder gar dritte Chance denn zu viel verlangt?

Die Sonne versank allmählich am Horizont. Victoria stand auf und straffte die Schultern. Es war Zeit, zu gehen.

Kapitel neununddreißig

Torun konnte nicht schlafen. Sie streckte Arme und Beine weit von sich und atmete so tief durch, wie es ihre schmerzende Lunge gestattete. Trotz des Fiebers, der Gliederschmerzen und des allgemeinen Unwohlseins der letzten Tage hatte sie es genossen, das Bett ganz allein für sich zu haben. Schon das war die zusätzliche Krone täglich an Miete für die größere Wohnung wert. Wenn sie ein wenig Glück hatte, würde Märta bis zum Umzug weiter bei Beda schlafen. Nur dass sie heute Nacht nicht einmal in ihrem eigenen Bett Ruhe fand.

Sie starrte an die Decke, wo jeder Haarriss im Putz ihr vertraut war. Beda hatte ihr heute Abend Angst gemacht. Die beiden Wörtchen *noch schlimmer* hatten ihr vor Augen geführt, wie tückisch die Spanische Grippe sein konnte. Birna predigte schon die ganze Woche, dass die Menschen diese Krankheit ernster nehmen mussten. In anderen Ländern seien schon Tausende gestorben. Schweden und Stockholm sei bis jetzt zwar das Schlimmste erspart geblieben, aber das Blatt könne sich jederzeit wenden. Zunächst hatte sich Torun als eingefleischte Pragmatikerin gegen diesen Gedanken gesträubt. Ja, es hatte Todesfälle gegeben, doch schließlich starben jedes Jahr Menschen an der Grippe. Also war es nicht ungewöhnlich. Aber war sie selbst womöglich dem Tod gerade noch von der Schippe gesprungen? Eigentlich hatte sie das nicht gedacht. Doch was, wenn es wirklich zum Äußersten gekommen wäre?

Sie war jetzt zweiunddreißig Jahre alt und hatte noch so viel vor. Zum Beispiel hatten Frauen noch immer kein Wahlrecht, und das trotz aller Bemühungen, die Männer in der Politik durch zähes Verhandeln und Druck zu einer gerechten und vernünftigen Entscheidung zu bewegen. Im letzten Jahr war im Parlament zum zweiten Mal ein Gesetzesentwurf vorgelegt worden. Die zweite Kammer, deren Mitglieder in allgemeinen Wahlen von den männlichen Staatsbürgern bestimmt wurden, hatte den Antrag bejaht. Doch die sogenannten guten Männer der ersten Kammer, die nur von Angehörigen der Stadträte großer Städte und von Landräten gewählt wurden, hatten wie vorhergesehen mit Nein gestimmt. Hatten diese Männer denn keinen Funken Moral? Die Frauen bei *Tolfterna* waren vor Enttäuschung wie vor den Kopf geschlagen gewesen. Und als eine der Gruppenleiterinnen dort hatte Torun die Pflicht, ihnen Mut zu machen, damit sie weiterkämpften, solange es nötig war. Also war es wichtig, dass sie so bald wie möglich gesund wurde und wieder zu Kräften kam. Inzwischen drehte es sich bei den Versammlungen fast nur noch um das Hier und Jetzt. Die Gleichberechtigung der Frau verlor an Dringlichkeit, wenn es darum ging, eine Familie vor dem Hungertod zu bewahren oder sie zu trösten, nachdem der Mann, Sohn oder Vater als Freiwilliger in der Fremdenlegion gefallen war. Waren diese Männer eigentlich tapfer oder verantwortungslos? Torun war sich da nicht sicher. Was sie allerdings wusste, war, dass es unweigerlich an den Frauen hängen blieb, den Alltag zu bewältigen. Doch die Emanzipation würde wieder ganz oben auf der Tagesordnung stehen, sobald der letzte Schuss gefallen und die Welt wieder ein sicherer Ort war. Also war den Politikern zu empfehlen, sich besser warm anzuziehen.

Aber noch wichtiger als das, dachte Torun, war ihr Sohn. Er war das Einzige, was hier auf Erden von ihr übrig bleiben würde. Was, wenn sie gestorben wäre, ohne dass er sie je richtig kennengelernt hätte? Hätte ihm jemand von ihr erzählt? Denn alle, die ihr nahestanden, waren eingeweiht.

Birna wäre es lieber gewesen, wenn Torun das Baby im Krankenhaus bekommen hätte, doch diese hatte sich geweigert. Schließlich kannte sie die Geschichten über kräftige, gesunde Frauen, die sich in der Wöchnerinnenstation eine Infektion eingefangen hatten. Außerdem hatte Torun vollstes Vertrauen in die ärztlichen Fähigkeiten ihrer Schwester. Und so hatte Birna ihr geholfen, ihren Sohn in diesem Bett hier zur Welt zu bringen.

Die Beine gespreizt, die Knie angezogen und die Fäuste geballt, biss Torun die Zähne zusammen und presste noch einmal.

»Vorsichtig, vorsichtig«, murmelte Birna.

Torun atmete aus und lehnte sich in die Kissen.

»Noch einmal fest pressen, dann kommt das Köpfchen«, sagte Birna.

Torun nickte erschöpft. Die nächste Wehe brandete über sie hinweg.

»Kräftig pressen.«

Torun stieß einen erstickten Schrei aus, als der Kopf austrat und Birna in die Hände rutschte.

Mit einer geschickten Bewegung wischte Birna dem Baby das Gesicht ab. »Und jetzt die Schultern. Los, Torun, gleich hast du es geschafft.«

Torun presste noch einmal, hoffentlich war es jetzt vorbei.

Ein Schrei erfüllte den Raum.

Torun spähte durch ihre Knie, als Birna ein zornig strampelndes kleines Menschenwesen mit ausgestreckten Ärmchen und feuchtem dunklem Haar hochhielt. Ohne nachzudenken, griff sie nach dem Baby.

Birna band die Nabelschnur ab, schnitt sie durch und legte ihren Neffen Torun auf die Brust.

Torun tätschelte seinen flaumigen Rücken, bis das Schreien leiser wurde. »Ist er gesund?«

»Er ist perfekt.«

Wohlig und entspannt kuschelte der kleine Junge sich enger an seine Mutter. Als Torun das Haar ihres Sohnes streichelte, spürte sie seine weiche Kopfhaut unter den Fingern. Diesen kleinen Jungen wohlbehalten auf die Welt zu bringen, war das Wichtigste, was ihr je im Leben gelungen war. Sie zog ihr Nachthemd zurück. Sofort fand der kleine, rosige Mund des Babys ihre Brustwarze und begann zu saugen. Eine kleine Hand umklammerte Toruns Zeigefinger. Ihr stiegen Tränen in die Augen. »Ich kann es nicht tun.«

Birna, die gerade die feuchten Handtücher einsammelte, hielt inne. »Was kannst du nicht tun?«

»Ihn hergeben«, flüsterte Torun.

»Er ist dein Sohn«, erwiderte Birna leise. »Und wenn du es dir wirklich anders überlegt hast, musst du es ihnen sagen. Oder du sagst ihnen, dass du Zeit brauchst, um dich zu erholen und richtig nachzudenken.«

Aber wie sollte sie diesen lieben Menschen, die sich schon so lange ein Kind wünschten, eröffnen, dass sie das versprochene Baby nun doch nicht bekommen würden? Sie selbst hätte für eine Frau, die so grausam war, nur Verachtung übriggehabt. »Aber ich habe es versprochen.«

»Hast du.«

»Was ist mit meiner Milch?«

»Wir binden deine Brüste ab, bis sie versiegt.«

Torun nickte.

Sanft nahm Birna das Baby von Toruns Brust, wickelte es in ein sauberes Handtuch und gab es Torun zurück. »Soll ich sie reinholen?«

»Ja.«

»Bist du sicher?«

»Ja.«

Zwei Menschen mit aufgeregten Gesichtern traten ein und schnappten beim Anblick des neuen Erdenbürgers begeistert nach Luft.

Torun reichte Karolina und Edward ihren Sohn. »Es ist ein Junge. Wie wollt ihr ihn nennen?«

Nun drehte Torun sich zur Seite und ließ zu, dass ihre Tränen ins Kopfkissen rannen. Fast sechs Jahre lang bemühte sie sich nun schon, das Bedauern beiseitezuschieben und sich einzureden, dass Julian nie wirklich ihr Sohn gewesen war. Außerdem hätte sie es nie geschafft, die Mutterschaft mit einem verantwortungsvollen Beruf in Einklang zu bringen. Sie war eben nicht wie Ottilia, die ihren Philip nur drei Tage nach Julians Geburt zur Welt gebracht hatte. Die Frauen in Stockholm brauchten sie als Vorkämpferin für ihre Rechte, genauso wie Karolina das Baby gebraucht hatte.

Und deshalb war es nicht der größte Fehler ihres Lebens gewesen, Julian herzugeben.

Kapitel vierzig

Torun war nicht die Einzige, die in dieser Nacht wach lag. Drüben in der Sibyllegatan wälzte sich Isabella auf den Rücken und lauschte. Weinte Victoria etwa schon wieder? Obwohl Isabella nicht von den gedämpften Schluchzern geweckt worden war und sogar jetzt die Ohren spitzen musste, konnte sie wie immer nicht mehr einschlafen, wohl wissend, dass sich im selben Zimmer jemand elend fühlte. Vielleicht sollte sie doch endlich mit Mamma sprechen, nur dass sie sich dann wie eine Verräterin fühlen würde. So, als hätte sie ein Geheimnis weitergetratscht. Auch wenn Victoria sie nicht ausdrücklich gebeten hatte, eines zu wahren.

Als sie das Schluchzen zum ersten Mal gehört hatte, war sie zu Victorias Bett hinübergeschlichen. Doch trotz ihrer tränennassen Augen hatte Victoria alles heftig abgestritten und Isabella vorgeworfen, sie hätte sie aus reinem Mutwillen geweckt, obwohl sie doch morgen früh aufstehen müsse. Der darauffolgende kräftige Klaps auf den Arm hatte dafür gesorgt, dass Isabella sich hastig in ihre Ecke des Zimmers zurückgezogen hatte. Seitdem waren einige Wochen vergangen. Victoria weinte zwar nicht jede Nacht, aber nach Isabellas Schätzung tat sie es mindestens zweimal in der Woche. Und wo war Victoria eigentlich den ganzen Abend lang gewesen? Isabella war zu klug, um nachzufragen. Denn inzwischen war Philip der einzige Mensch, dem gegenüber Victoria sich stets freundlich verhielt.

Unter der Bettdecke drang ein ganz besonders rauer Schluchzer hervor. Was hatte man ihr in der Borgarskolan beigebracht? Wenn man mit einer Methode nicht weiterkam, musste man es auf eine andere versuchen. Vielleicht war nun der richtige Zeitpunkt, die Taktik zu ändern. So lautlos wie möglich schlüpfte Isabella aus dem Bett, huschte durchs Zimmer und riss Victoria mit einem Ruck die Decke weg.

»Was soll das?«, kreischte Victoria und griff danach.

Aber Isabella gab die Decke nicht frei. »Ich will jetzt endlich wissen, was mit dir los ist. Und falls du glaubst, meine Zeit vergeuden zu können, indem du mich anschweigst, gehe ich Mamma wecken. Dann kannst du es ja ihr erzählen.«

Victoria starrte sie finster an. »Wehe!«

Isabella hielt ihrem Blick stand. »Ich lasse mir von dir nicht drohen. Schließlich bist du für mich so eine Art Schwester, und ich habe genug davon, dir beim Weinen zuzuhören, ohne dir helfen zu können.«

»Du kannst mir nicht helfen.« Victoria entriss Isabella die Decke und zog sie sich über den Kopf.

»Gut. Dann rede ich jetzt mit Mamma. Bestimmt fällt der eine Lösung ein.« Sie steuerte auf die Tür zu, in der Hoffnung, dass Victoria sie aufhalten würde.

»Nicht.« Victorias Tonfall war zwar fest, aber nicht zornig.

Isabella zupfte die Decke am Fußende von Victorias Bett heraus und schlüpfte darunter.

Victoria verzog mürrisch das Gesicht. »Was soll das denn werden?«

»Ich mache es mir bequem, denn ich gehe erst weg, wenn du mir verrätst, was los ist.«

Victorias Miene war fragend, doch es schwang auch ein Anflug von Bewunderung darin mit. »Das Kätzchen hat Krallen.«

Isabella reckte das Kinn. »Und scheut sich nicht zu kratzen.«

Victoria lächelte leicht und setzte sich auf.

»Wo warst du heute Abend?«, begann Isabella.

»Nirgendwo im Besonderen. Ich habe auf einer Bank am Wasser gesessen.«

Obwohl Isabella klar war, dass das an nahezu jedem beliebigen Ort in der Stadt gewesen sein konnte, riet ihr eine innere Stimme, nicht weiter nachzuhaken. »Allein?«

»Ja.«

»Warum?«

Victoria zuckte mit den Achseln. »Weil ich es so wollte. Ich bin gern allein.«

Isabella überlegte. »Das ist verständlich. Mir geht es manchmal auch so.«

Victoria schaute sich um. »Und trotzdem musst du dein Zimmer mit mir teilen.«

»Ja.«

Victoria sah ihr in die Augen. »Und stört es dich?«

»Nur, wenn du gemein zu mir bist.«

Da durch das Fenster nur ein dämmriges Licht hereinfiel, konnte Isabella nicht feststellen, ob Victoria errötete. Jedenfalls fing sie an, unruhig herumzurutschen.

»Das tut mir leid.«

Isabella hätte sich beinahe verschluckt. »Du brauchst dich nicht zu entschuldigen. Erzähl mir einfach, was dich bedrückt. Denn es ist offensichtlich, dass da etwas nicht stimmt. Hast du Heimweh?«

Victoria starrte sie fassungslos an. »Nach Rättvik? Natürlich nicht. Du warst doch schon oft genug dort. Hättest du etwa Heimweh nach diesem Provinznest?«

»Rättvik ist kein Provinznest. Es ist hübsch dort, und dein Vater ist sehr nett.«

»Das ist er«, musste Victoria zustimmen. »Und ich vermisse ihn wirklich. Allerdings nicht so sehr, dass ich wieder dorthin ziehen würde. Außerdem habe ich hier in Stockholm drei Schwestern.«

»Ja, hast du. Und ich habe viel von ihnen gelernt, auch …«

»Weil du mit ihnen aufgewachsen bist und ich nicht«, zischte Victoria.

»Und das ärgert dich?«

»Selbstverständlich. Schließlich sind sie meine Schwestern. Und du nennst eine von ihnen sogar Mamma. Was sie nicht ist.«

Isabella schluckte den Kloß in ihrer Kehle hinunter. Ihr Herz begann zu klopfen, und sie empfand eine Trauer, die sie sich selbst nicht erklären konnte. Ottilia war ihr nun schon seit zehn Jahren eine wundervolle Mutter. Aber sie war eben nicht ihre richtige Mutter, auch wenn Isabella sich das oft wünschte. Dann jedoch wurde sie stets von Schuldgefühlen ergriffen, denn sie hatte ja eine leibliche Mutter. Was war sie für ein Mensch gewesen? Die wenigen Fotografien lieferten da keine Hinweise. Und da es ihr wie Verrat Ottilia gegenüber erschienen wäre, hatte sie Pappa nie danach gefragt.

Isabella schwang die Füße über die Bettkante. »Gute Nacht.« Sie legte sich in ihr eigenes Bett und zog nun ihrerseits die Decke über den Kopf.

Victoria, die immer noch saß, blickte zu der zusammengerollten Gestalt im anderen Bett hinüber. Hatte sie Isabella zum Weinen gebracht? Das war ihr nämlich schon öfter gelungen, und bis jetzt hatte sie es eigentlich genossen. Auch ihre Bemerkung, Ottilia sei gar nicht Isabellas Mutter, war ein geschickt gezielter Giftpfeil gewesen. Und dennoch empfand sie heute keine Befriedigung, dass dieser sein Ziel getroffen hatte. Stattdessen waren da Trauer und Anteilnahme beim Anblick des tiefen Leids in Isabellas gerade noch so wild entschlossenem Gesicht. Nun ärgerte sie sich schon seit so vielen Jahren über das enge Verhältnis zwischen Isabella und Ottilia, dass sie Isabella selbst darüber ganz vergessen hatte. Schließlich hatte auch sie als kleines Kind ihre Mutter verloren. Führte Isabella in ihrer Fantasie ebenfalls Gespräche mit ihrer leiblichen Mutter? Victoria ließ den Kopf hängen. Isabella hatte ihr eine Brücke bauen wollen, und sie hatte sie verbrannt. Nein, sie hatte diese Brücke regelrecht in die Luft gesprengt. Was hatte Pa einmal zu ihr gesagt? *Manchmal bist du selbst deine schlimmste Feindin.*

Kapitel einundvierzig

Noch nie zuvor hatte Victoria etwas so bereut. Bleischwer lastete das Bedauern auf ihren Schultern, sodass ihr Lächeln bei PUB eher gezwungen als professionell ausfiel. Inzwischen hatte sie viel über Herrenoberhemden gelernt und kannte sich mit Ärmellängen, Baumwollstoffen und Passformen blendend aus. Die Kragenweite eines Herrn konnte sie mit einem Blick schätzen und jubelte stets innerlich, wenn sie das Maßband wieder einmal in ihrer Vermutung bestätigte. Auch ihr eigener Vater war von dem blauen weichen Hemd begeistert gewesen, das sie ihm zu Weihnachten geschickt hatte.

Deshalb stand sie gern hinter der Theke. Die Kunden, obwohl an einem Samstagvormittag im Sommer dünner gesät als sonst, waren im Großen und Ganzen in Ordnung. Victoria vergaß nur selten ein Gesicht oder den Inhalt eines Gesprächs, und die meisten Leute freuten sich, wenn man sie wiedererkannte. Hin und wieder machten die jungen Männer ihr schöne Augen. An diesem Nachmittag hatte ein sympathischer Bursche sie gebeten, zum zweiten Mal seine Kragenweite zu messen, einfach nur deshalb, weil er es als so angenehm empfand. Sein Herumgealber hatte Victoria trotz ihrer Niedergeschlagenheit zum Lachen gebracht. Bis ihr Abteilungsleiter erschienen war und dem Übeltäter mitgeteilt hatte, er solle seine Kragenweite besser ein drittes Mal von jemand anderem vermessen lassen. Prompt hatte er zu dem Maßband gegriffen, das um seinen eigenen Hals hing, und verkündet: »Fräulein Ekman kann in der Zwischenzeit noch einen Karton mit schwarzen Krawatten aus dem Lager holen.«

Das Lachen war Victoria in der Kehle stecken geblieben. Als jüngste Mitarbeiterin in der Abteilung Oberhemden war hauptsächlich sie für das Beschaffen von Ware aus dem Lager zuständig. Aber sie hasste diese Aufgabe. Ja, sie hatte regelrecht Angst davor. Und wenn sie sich am Vorabend nicht so entsetzlich lächerlich gemacht hätte, wäre es eine Erleichterung gewesen, Isabella davon zu erzählen.

Vielleicht konnte sie das ja noch nachholen. In zehn Minuten war Ladenschluss. Also tat sie etwas zuvor noch nie Dagewesenes und wandte sich an ihren Abteilungsleiter. »Dürfte ich heute fünf Minuten früher gehen? Ich kann die Zeit ja am Montag in meiner Mittagspause nacharbeiten.«

Der Abteilungsleiter ließ den Blick durch die leere Abteilung schweifen und schaute dann auf die Uhr. »Meinetwegen. Aber lassen Sie es nicht zur Gewohnheit werden.«

Sie knickste rasch. »Vielen Dank, Herr Jonsson.«

Victoria hatte die Strecke schon genau geplant. Über den Hötorget und Sveavägen, die Oxtorgsgatan hinauf, die Malmskillnadsgatan hinunter und dann nach links die Smålandsgatan entlang bis zum Personaleingang von Nordiska Kompaniet. Dank ihres fünfminütigen Vorsprungs würde sie gewiss rechtzeitig da sein, um Isabella nach dem Ende ihrer Schicht abzufangen.

Als Isabella aus dem Gebäude trat, war sie in Begleitung eines auffällig hübschen, dunkelhaarigen Mädchens, das Victoria bereits bei den Damenhandschuhen gesehen hatte. Die beiden Mädchen blinzelten wie alle hier, die nach einigen Stunden im Inneren des Kaufhauses hinaus ins helle Sonnenlicht traten. Als Isabella die in einigen Metern Entfernung wartende Victoria bemerkte, weiteten sich ihre Augen vor Erstaunen. »Dann bis Montag, Gabriella«, verabschiedete sie sich von ihrer Kollegin und ging zu Victoria hinüber. »Was willst du hier?«

Victoria verkniff sich die übliche schnippische Antwort, die ihr auf der Zunge lag. Wenn sie jetzt wütend davonmarschierte, würde sie alles nur noch schlimmer machen. »Ich dachte, wir könnten vielleicht einen Tee trinken gehen.«

»Warum?«

»Weil du letzte Nacht nett zu mir warst. Das, was ich über dich und Ottilia gesagt habe, war nicht richtig.«

»Es war die Wahrheit.«

»Ja und nein.« Victoria wies auf die gegenüberliegende Straßenseite. »Meinst du, die in Blanch's Café geben uns einen Tisch, wenn wir nur zwei Tassen Tee bestellen? Für mehr reicht mein Geld nicht.«

Isabella überlegte. »Vielleicht schon. Für das Abendessen ist es ja noch zu früh.«

»Lass es uns versuchen.«

Der Oberkellner führte sie zu einem kleinen Tisch neben dem Durchgang zu den Toiletten. »Eine Stunde, meine Damen. Dieser Tisch ist reserviert. Der Tee kommt sofort.«

Victoria schenkte ihm dasselbe hinreißende Lächeln, mit dem sie schon den Portier um den Finger gewickelt hatte. »Vielen Dank.«

»Irgendwie ist es komisch, hier zu sein«, sagte Isabella, nachdem sie an ihrem Tee genippt hatte.

»Meinst du, weil wir beide zusammen an einem Tisch sitzen?«

»Das auch. Aber eigentlich eher deshalb, weil wir in Blanch's Café sind. Das ist ihr Revier.«

»Immer noch? Wann waren sie zuletzt hier?«

»Keine Ahnung. Doch vor dem Krieg war es ihr Stammlokal.«

»Warst du schon mal hier?«

Isabella schüttelte den Kopf. »Nein, aber ich wollte es mir schon immer mal von innen anschauen.«

»Dann freue ich mich, dass wir gemeinsam etwas zum ersten Mal machen.«

Isabella neigte den Kopf zur Seite. »Warum?«

Victoria zuckte mit den Achseln. »Weil ich das Gefühl habe, ständig im Hintertreffen zu sein. Du hast schon so viele Freunde in der Stadt, während ich ganz von vorne anfangen muss.«

»Wenn du nicht so kratzbürstig wärst, hättest du auch Freunde. Was ist mit den Mädchen bei PUB?«

»Die sind nett, aber ich habe noch keine kennengelernt, mit der ich meine Freizeit verbringen wollen würde. Außerdem haben sie alle ihr eigenes Leben und einen eigenen Freundeskreis. Ich glaube, Ottilia, Torun und die anderen stehen sich nur so nah, weil sie damals sonst niemanden hatten. Sie waren alle neu in der Stadt und haben im Grand Hôtel gewohnt.«

Isabella musterte sie zweifelnd. »So einfach ist das nicht. Sie würden füreinander durchs Feuer gehen. Und dazu braucht es mehr als eine gemeinsame Adresse und das Fehlen anderer Möglichkeiten. Außerdem« – und bei diesen Worten fixierte Isabella Victoria mit einem bedeutungsvollen Blick – »haben sie keine Angst, sich einander anzuvertrauen.«

»Ich habe keine Angst«, empörte sich Victoria.

Isabella bemühte sich um eine nichtssagende Miene. »Wenn du meinst.«

Victoria war die Erste, die den Blick abwandte. Würde Isabella sie nun fallen lassen? Ihr Herz klopfte ein wenig schneller, als sie sich im Raum umsah. Die Tische waren mit weißen Tischtüchern aus Leinen und mit funkelndem Besteck eingedeckt. Die wenigen Gäste, die so früh schon zu Abend aßen, unterhielten sich leise. Victoria wollte mit Isabella sprechen. Da war sie ganz sicher. Aber wie schnitt man ein solches Thema am besten an?

»Ich weiß nicht, wo ich anfangen soll.«

Isabella betrachtete sie eine Weile »Warum hast du letzte Nacht geweint?«, fragte sie dann.

Victoria bohrte die Fingernägel in ihre Handflächen, um die Tränen zu unterdrücken, die ihr schon wieder in die Augen zu treten drohten. »Das passiert nur an schlechten Tagen.«

»Und was macht einen Tag zum schlechten Tag?«

»Dafür gibt es zwei Gründe. Entweder war es ein anstrengender Tag bei PUB, oder ... ich vermisse meine Mutter.«

Isabella nickte als Zeichen, dass sie verstanden hatte. »Und wodurch wird ein Tag bei PUB anstrengend? Ich dachte, dir gefällt es bei den Herrenoberhemden.«

»Eigentlich schon. Nur nicht, wenn ich ins Lager muss.«

»Das gehört eben zu den Aufgaben einer Jungverkäuferin.«

»Ich weiß. Aber ...« Victoria holte tief Luft, um sich zu beruhigen. »Im Lager arbeitet ein junger Mann. Er ist ein bisschen geistig zurückgeblieben, doch er schafft es, die Kisten hin und her zu schleppen, und alle mögen ihn. Sie finden es wundervoll von PUB, dass man ihm Arbeit gegeben hat, und das stimmt ganz sicher auch. Doch außerdem ist dieser Junge groß und stark, und er hat sich in mich verguckt.« Wieder spürte sie die großen, grabschenden Hände an ihren Brüsten und ihrem Hinterteil. Sie hatte Tränen in den Augen.

»Sprich weiter«, forderte Isabella sie leise auf.

»Er fasst mich an, Bella. Bei jeder Gelegenheit, die sich ergibt. Ich versuche, ihm aus dem Weg zu gehen. Aber er beharrt darauf, mich zu unserem Lagerschrank zu begleiten, angeblich, um mir zu helfen. Sobald wir außer Sichtweite der anderen sind, will er mich dann küssen. Auf die Lippen, die Wange, den Hals. Überall, wo er rankommt. Natürlich schubse ich ihn weg, aber er ist viel stärker als ich.«

Entsetzt schnappte Isabella nach Luft. »Ach, deshalb wolltest du unbedingt meine Bluse mit dem Stehkragen anziehen. Und hast Hilda gebeten, deinen Rock länger zu machen.«

»Ja. Mir ist alles recht, um ihn bloß nicht auf dumme Gedanken zu bringen. Nur dass nichts etwas nützt. Ich weiß, dass er nicht wirklich versteht, was das Problem ist, doch ich halte es nicht länger aus. Als ich mich gestern von ihm losreißen wollte, habe ich mir den Kopf an einem Regal gestoßen.« Sie berührte ihre Schläfe.

Isabella griff nach ihrer freien Hand. »Hast du mit deinem Abteilungsleiter darüber gesprochen?«

»Ich habe es versucht. Herr Jonsson sagte, Bernt, so heißt der junge Mann, meine es sicher nicht böse. Was auch stimmt. Aber das gibt ihm doch nicht das Recht, mich zu betatschen, oder?« Sie wischte sich die Augen ab.

»Ganz bestimmt nicht.« Isabella winkte mit einer Selbstsicherheit, um die Victoria sie nur beneiden konnte, den Kellner herbei. »Könnten wir bitte noch Tee bekommen?«

»Gewiss, gnädiges Fräulein.«

Mit aufgerissenen Augen beugte Victoria sich vor. »Müssen wir für das Nachschenken nicht bezahlen? Ich glaube, ich habe nicht genug dabei.«

»Vermutlich nicht. Aber wenn doch, habe ich das Geld. Gibt es bei PUB sonst jemanden, der dir helfen kann?«

Victoria schüttelte den Kopf. »Ich wüsste auch nicht, wie. Bernt würde es nicht verstehen. Also würde man ihm kündigen müssen. Und alle Kollegen würden mich hassen, weil ich so ein Theater gemacht habe.«

»Das könnte passieren«, räumte Isabella ein. »Außerdem würde es in diesem speziellen Fall auch nichts nützen, wenn du dich in eine andere Abteilung versetzen lässt.« Sie lehnte sich zurück, damit der Kellner den Tee einschenken konnte. »Danke.«

»Ich habe dir doch schon letzte Nacht gesagt, dass du mir nicht helfen kannst«, beharrte Victoria. »Niemand kann mir helfen.«

»Warum sträubst du dich so dagegen, es deinen Schwestern zu erzählen?«

»Weil ich mir lieber noch hundertmal den Kopf an einem Regal anschlagen würde, als nach Rättvik zurückgeschickt zu werden. Wenn Ottilia oder, Gott behüte, Torun davon erfährt, werden sie darauf bestehen, dass ich sofort bei PUB aufhöre.«

»Vielleicht wäre es wirklich das Beste«, stellte Isabella leise fest. »Dieser Mann ist offenbar besessen von dir. Er wird sich nicht ändern und scheint nicht zu einer Einsicht fähig zu sein.«

»Richtig. Nur dass ich mir keine andere Stelle suchen kann, weil ich den ganzen Tag bei der Arbeit bin.«

In Isabellas Kopf nahm eine Idee Gestalt an. Sie musterte Victoria nachdenklich. »Lässt du dir vielleicht dann von mir helfen, wenn ich eine Lösung finde?«

»Aber meine Schwestern, Märta, Beda oder Karolina dürfen nicht hineingezogen werden.« Victoria drohte mit dem Finger. »Oder Ellen. Bitte frage Ellen nicht, ob bei Nordiska Kompaniet etwas für mich frei ist.«

»Ich begreife dich nicht. Das ist doch alles nicht deine Schuld. Außerdem glaube ich nicht, dass du einen besseren Arbeitgeber finden wirst als Nordiska Kompaniet.«

»Aber ich mag Ellen wirklich, und das würde alles ändern.«

»Das bezweifle ich sehr.«

Victoria packte Isabella an der Hand. »Bitte versprich es mir. Es hat mir so gutgetan, dir mein Herz auszuschütten, obwohl wir beide nichts unternehmen können. Trotzdem musst du mir schwören, den anderen nichts davon zu verraten.«

Isabella seufzte theatralisch. »Ich schwöre.«

Sie hoben die Teetassen und stießen auf ihre Abmachung an.

Victoria stellte die Tasse wieder ab. »Wir haben nur noch zehn Minuten. Aber darf ich dich etwas fragen?«

Isabella fing zu lachen an.

Victoria verzog das Gesicht. »Was ist denn so komisch?«

»Du. ›Wir haben nur noch zehn Minuten.‹ Hast du vergessen, dass wir zusammen in einem Zimmer wohnen und gleich gemeinsam nach Hause gehen werden? Wir haben also noch den ganzen Abend. Außer, du hast noch etwas vor.«

»Ich? Noch etwas vor? Wohl kaum.«

»Und was wolltest du mich fragen?«

Victoria blickte ihr in die Augen. »Vermisst du deine richtige Mutter?«

Isabella dachte kurz nach. »Ich glaube, schon.«

»Du *glaubst?*«

»Mamma Ottilia war für mich alles und noch viel mehr, als ich mir von einer Mutter hätte wünschen können. Und zwar seit unserer ersten Begegnung.«

»Als du sechs warst.«

»Ja.« Nachdenklich strich Isabella mit der Fingerspitze über ein kleines Knötchen in der Leinentischdecke. »Meine eigene Mutter starb, als ich noch ein Baby war. Deshalb kann ich mich natürlich nicht mehr an sie erinnern. Aber ich weiß noch, dass ich sie als Kleinkind vermisst habe. Oder zumindest weiß ich noch, wie es war, keine Mutter zu haben. Pappa und ich standen uns immer sehr nah. Und dennoch ist da eine kleine Lücke, die vermutlich der Platz meiner Mutter war. Und hin und wieder tut diese Lücke weh.«

»Entschuldige.«

»Wofür?«

»Dafür, dass ich dich letzte Nacht gekränkt habe.«

Isabella zuckte mit den Achseln. »Geschehenes lässt sich nicht rückgängig machen.« Sie blickte auf. »Außerdem war das letzte Nacht. Vermisst du deine Mutter eigentlich auch?«

Victoria nickte. »Ständig. Doch auch dagegen kann ich nichts tun. Manchmal schaue ich mir Birna an und frage mich, was schlimmer ist: Wenn man mit zehn seine Mutter verliert oder wenn man sie gar nicht erst gekannt hat.«

»Hast du mit Birna je über eure Mutter gesprochen?«

»Das habe ich noch mit keiner meiner Schwestern getan.«

»Warum?«

»Was sollten sie schon sagen, das mir helfen würde, ihre Stimme zu hören und zu spüren, wie sie mich berührt?«

Sie standen auf und verließen das Lokal. Draußen im Kungsträdgården schlenderten Damen unter pastellfarbenen Sonnenschirmen und untergehakt mit Herren durch den Park.

Isabella seufzte. »An Abenden wie diesem tut mir Märta

ganz besonders leid. Jetzt sind es schon vier Jahre, und sie vermisst Wilhelm noch genauso wie an dem Abend, als er fortging.«

Victoria starrte sie an. »Bist du sicher?«

»Ganz sicher. Vor etwa zwei Monaten habe ich nämlich gehört, wie sie es Mamma gesagt hat.« Wehmütig blickte sie einem ganz besonders eleganten Paar – sie in Altrosa, er in Hellgrau – nach, das an ihnen vorbeiflanierte. Dann drehte sie sich wieder zu Victoria um. »Wünschst du dir nicht auch manchmal, du hättest eine enge Freundin?«

Victoria lachte spöttisch. »Zuerst mal müsste ich überhaupt eine Freundin haben.«

Isabella hakte Victoria unter. »Wird gemacht.«

Kapitel zweiundvierzig

Am Montagnachmittag wischte Isabella sich das letzte Mal die schweißnasse Hand an ihrem Rock ab und klopfte an die Tür von Herrn Sachs.

»Herein.«

Sie folgte der Aufforderung.

»Ach, Fräulein Nyblaeus. Ich glaube, Sie wollten mich sprechen.« Herr Sachs erhob sich und winkte sie zu dem Besucherstuhl auf der anderen Seite des Schreibtischs. »Ich freue mich sehr, dass Sie sich bei mir melden. Inzwischen sind Sie ja schon seit einem Jahr bei uns. Wie gefällt es Ihnen?«

»Ausgezeichnet. Der Wirtschaftslehrgang hat mir großen Spaß gemacht. Ich kann Ihnen gar nicht genug dafür danken.«

»Wie ich gehört habe, sind Sie eine der besten Schülerinnen.«

Isabella spürte, wie ihre Wangen zu glühen begannen. »Man hat mir vorgeschlagen, noch ein zweites Jahr zu bleiben.«

»Und haben Sie angenommen?«

»Ja, selbstverständlich.« In Isabella wuchs der Verdacht, dass sie bis jetzt nichts gesagt hatte, was Herrn Sachs neu gewesen wäre.

Nun nickte er. »Soweit mir bekannt ist, hat unser Herr Jacobsson Sie außerdem ins französische Modeatelier kommen lassen, damit Sie dort als Mannequin tätig sind, wie er es nennt.«

»Ja.«

»Dann verraten Sie mir eines, Fräulein Nyblaeus: Was macht Ihnen mehr Freude? Das Studium, die Arbeit im Verkauf oder das Kleidervorführen?«

»Ach.« Nachdenklich hielt Isabella inne. »Das ist eine schwierige Frage, weil es drei so unterschiedliche Bereiche sind.«

»Und wenn Sie einen davon aufgeben müssten?«

Isabella starrte ihn an. »Muss ich denn?«

»Vielleicht.«

»Habe ich etwas falsch ...«

Herr Sachs unterbrach sie mit einer Handbewegung. »Wir sind höchst zufrieden mit Ihrer Arbeit, also können Sie beruhigt sein. Aber Herr Jacobsson war eben bei mir. Nach der Flaute im Frühling geht es im Atelier wieder hoch her. Außerdem erwartet der König einen Besuch des norwegischen Königs Haakon, zu dessen Ehren im Palast ein Ball stattfinden wird. Es erübrigt sich, hinzuzufügen, dass die Damen wie die Wilden Kleidergutscheine gehortet haben und die Schneiderei in Aufträgen erstickt. Und das bringt mich zu dem Grund, warum ich Sie sprechen wollte. Herr Jacobsson ist der Ansicht, dass das Atelier von zwei oder drei fest angestellten Vorführdamen nur profitieren könnte. Und er würde gern mit Ihnen und Fräulein Anderberg anfangen.«

Isabella rang um die richtigen Worte. »Ich fühle mich sehr geschmeichelt. Aber was ist mit dem Lehrgang und der Konditorei?«

»Genau deshalb habe ich Sie ja gefragt, an welchem Arbeitsbereich Sie die meiste Freude haben. Herr Jacobsson wäre damit einverstanden, dass Sie am Vormittag weiter den Lehrgang besuchen. Fräulein Anderberg könnte die Stellung halten, bis Sie von der Borgarskolan zurück sind. Offenbar haben nur wenige Damen Interesse an einem Termin vor zehn Uhr.«

Isabella lachte auf. »Wie wahr.«

»Allerdings müssten wir in der Konditorei Ersatz für Sie finden.«

»Ich verstehe. Hat man Gab... Fräulein Anderberg schon darauf angesprochen?«

»Noch nicht. Eigentlich wollte ich Sie beide gemeinsam zu mir rufen, aber Sie sind mir zuvorgekommen.«

»Entschuldigen Sie.«

Herr Sachs tat das mit einer Handbewegung ab. »Doch bevor wir fortfahren, sollten Sie mir vielleicht verraten, weshalb Sie mich sehen wollten.« Er musterte sie fragend. »Hoffentlich habe ich Sie jetzt nicht überrumpelt. Obwohl ich nicht glaube, dass Sie hier sind, um zu kündigen.«

Isabella schüttelte den Kopf. »Ich möchte bei Nordiska Kompaniet arbeiten, solange ich hier gebraucht werde. Aber« – sie biss sich auf die Lippe – »ich habe ein sehr vertrauliches Anliegen.«

»Ich werde schweigen wie ein Grab«, erwiderte Herr Sachs feierlich.

Sie schilderte ihm so knapp wie möglich Victorias missliche Lage. »Ich habe Victoria zwar versprochen, dass ich es weder meiner Mutter noch ihren Freundinnen, auch nicht Fräulein Sachs, erzähle, Herr Sachs. Aber das schließt ja nicht ein, dass ich nicht mit Ihnen darüber sprechen darf.«

»Kluges Mädchen.«

»Danke, und …«

»Ja?«

»Wenn bei N.K. keine passende Stelle frei ist, bin ich gerne bereit, mein Gehalt mit Victoria zu teilen, bis es so weit ist.« Sie reckte das Kinn. »Zwei tüchtige Hände mehr werden doch sicher irgendwo in unserem Haus gebraucht. Bei PUB in der Abteilung Herrenoberhemden scheinen sie sehr zufrieden mit Victoria zu sein.«

»Von wem haben Sie das?«

»Von Victoria selbst, und die ist absolut ehrlich.«

Herr Sachs stützte die Ellbogen auf die Tischplatte, legte die Fingerspitzen aneinander und dachte nach.

Mit angehaltenem Atem wartete Isabella ab. Hatte sie zu viel geredet? Oder zu wenig?

Schließlich räusperte er sich. »Sie haben Ihr Anliegen schlüssig vorgetragen, und ich weiß Ihr Vertrauen in mich zu schätzen. Allerdings kommt es nicht infrage, dass Sie einen Teil Ihres Gehalts abtreten. Fräulein Ekman muss sich ihren Lohn selbst verdienen. Ich werde ein paar Erkundigungen einziehen und Ihnen bis Ende der Woche Bescheid geben. Wie ich es verstehe, sollte Fräulein Ekman so bald wie möglich kündigen.«

»Danke. Außerdem würde ich gerne die Stelle im Modeatelier annehmen.«

Herr Sachs betrachtete sie fragend. »Weil Sie wirklich gerne Kleider vorführen wollen oder damit Fräulein Ekman Ihre Stelle bekommt?«

Isabella erwiderte seinen Blick. »Ich bin ziemlich sicher, dass Victoria eine Stelle vorziehen würde, in der sie nicht meine Nachfolgerin ist.«

»Warum?«

»Weil sie ohnehin schon das Gefühl hat, immer die zweite Geige zu spielen. Ich bin in dieser Stadt geboren. Sie ist neu hier und will sich unbedingt beweisen.« Isabella senkte den Blick. Ihre Wangen glühten. Sollte sie Herrn Sachs verraten, dass Victoria am liebsten im Modeatelier anfangen würde? »Da wir ein gemeinsames Zimmer haben, ergeben sich solche Gespräche eben«, fügte sie ausweichend hinzu.

»Davon bin ich überzeugt.«

Als Herr Sachs aufstand, erhob Isabella sich ebenfalls.

»Bitte schauen Sie auf dem Weg in die Konditorei noch bei Fräulein Sachs vorbei. Teilen Sie ihr mit, dass Sie am 2. September als fest angestellte Vorführdame im Atelier anfangen.«

»Vielen Dank, Herr Sachs«, erwiderte Isabella, gefolgt von ihrem hinreißendsten Lächeln. Nun konnte sie nur hoffen, dass ihr Einsatz für Victoria Früchte tragen würde.

Kapitel dreiundvierzig

Der erste Montag im September erwies sich für viele bei Nordiska Kompaniet als denkwürdiger Tag. Märta begrüßte ihre neue Juniorverkäuferin. Im Modeatelier erhielten die Mannequins ihre ersten Anweisungen von Frau Alm, der Chefdirektrice. Und Kurt Jacobsson kam in Josefs Büro gestürmt.

»Ich fasse es nicht, Herr Sachs. Wo haben Sie denn Fräulein Ekman aufgetrieben?«

»Der Genauigkeit halber müsste man sagen, dass sie uns gewissermaßen auf einem silbernen Tablett überreicht wurde. Sie ist Ottilia Nyblaeus' jüngste Schwester.«

»Gütiger Himmel. Dann wäre sie ja Isabella Nyblaeus' Tante!«

»Vermutlich ja, wenn man es so betrachtet. Gibt es da ein Problem? Sie waren ja leider in Amerika, als ich das Vorstellungsgespräch mit ihr geführt habe.«

»Ein Problem? Ganz im Gegenteil. Dennoch werde ich niemals begreifen, weshalb Sie sie bei der Damenoberbekleidung einsetzen wollten.«

»Sie hatte ausgezeichnete Referenzen von PUB.«

»Das kann ich mir denken. Sicher ist man dort ziemlich verärgert, weil wir sie ihnen weggeschnappt haben.«

»Das haben wir ganz sicher nicht.«

Kurt wedelte mit einer makellos manikürten Hand. »Wie dem auch sei. Jedenfalls ist das Mädchen die absolute Wucht. Hinreißend. Offenbar sehr aufgeweckt. Und blond.«

»Ich stimme zu, dass sie offenbar nicht auf den Kopf gefallen ist, und ihre Haarfarbe ist mir auch nicht entgangen«, räumte Josef ein. »Allerdings sind die meisten unserer Damen blond.«

Kurt rang die Hände. »Nur dass die meisten unserer Damen nicht aussehen, als hätte Lucy Duff-Gordon sie vom Fleck weg engagiert. Lady Duff-Gordon legt stets größten Wert darauf, nur die hübschesten Mädchen als Mannequins bei La Maison Lucile zu beschäftigen. Ihre Vorführdamen waren in Paris Stadtgespräch. Einige der Mädchen haben ausgezeichnete Partien gemacht und sogar bis nach Amerika geheiratet.«

»Mir war gar nicht klar, dass wir hier ein Eheanbahnungsinstitut betreiben«, merkte Josef spöttisch an.

Kurt grinste. »Kommt Zeit, kommt Rat. Nun aber im Ernst: Fräulein Ekman verschwendet hinter einer Theke ihre Talente. Wäre sie doch die perfekte Ergänzung zu Fräulein Anderberg mit ihrem rabenschwarzen Haar und dem rotblonden Fräulein Nyblaeus. Ich bin schon lange auf der Suche nach einer atemberaubenden Blondine, hätte aber nie gedacht, dass ich in meiner eigenen Abteilung fündig werden würde.«

»Immer mit der Ruhe«, wandte Josef ein. »Fräulein Ekman befindet sich noch in der Probezeit, und die dauert ein Vierteljahr. Wenn Sie Ende November noch mit ihr zufrieden sind, können wir über eine Versetzung nachdenken.« Außerdem war es vermutlich nicht sehr klug, Fräulein Ekman an Fräulein Nyblaeus' neuem Arbeitsplatz zu beschäftigen. Doch das brauchte Kurt noch nicht zu wissen.

Dieser zuckte mit den Achseln. »Meinetwegen. Aber ich kann Ihnen nicht versprechen, dass ich sie nicht hin und wieder ins Atelier holen werde.«

»Einverstanden.« Schließlich brachte es niemanden weiter, wenn er etwas untersagte, das sich als vorteilhaft für Nordiska Kompaniet entpuppen konnte. Hinzu kam, dass so – ganz ohne Kurts Wissen – eine Versuchssituation entstand, anhand derer man feststellen konnte, ob die Zusammenarbeit zwischen den drei jungen Damen eine Zukunft hatte.

»Apropos Lady Duff-Gordon«, sprach Kurt weiter. »Kronprinzessin Margaret möchte gern unsere Winterkollektion sehen. Sie hat sich für nächste Woche angesagt.«

»Das ist ja wundervoll. Allerdings verstehe ich nicht ganz, was Ihre königliche Hoheit mit Lady Duff-Gordon zu tun hat. Ich weiß über diese Dame nur, dass sie eine anerkannte Modeschöpferin ist und den Untergang der *Titanic* überlebt hat.«

»Und vor diesem glücklichen Zufall hat sie 1905 die Aussteuer der Kronprinzessin zusammengestellt.« Kurt beugte sich vor. »Offenbar gab es eine Auseinandersetzung zwischen der Braut und ihrer Mutter wegen der Frage, ob die Unterwäsche nicht zu durchscheinend ausgefallen sei. Doch unsere Kronprinzessin hat sich durchgesetzt.«

»Ach, hat sie das?« Josef musste sich ein Grinsen verkneifen. Sigrid würde diese Anekdote gewiss brennend interessieren. Wenn der Tag gekommen war, würde sie mit Rut ganz sicher die gleiche Debatte führen. Und ganz sicher würde seine Tochter auch als Siegerin daraus hervorgehen.

Ein ernster Ausdruck erschien auf Kurts glatt rasiertem Gesicht. »Wenn ich schon einmal hier bin, würde ich gerne noch zwei Dinge mit Ihnen besprechen. Sie hängen miteinander zusammen.«

»Nur zu.«

»Unsere beste Perlenstickerin, eine junge Dame namens Agatha Karlsson, hat gerade einen tragischen Verlust erlitten. Ihre Mutter ist an dieser grässlichen Spanischen Grippe gestorben.«

Josef schnappte entsetzt nach Luft. »Das tut mir sehr leid.«

»Es geht noch weiter. Bettan, die Leiterin der Näherei, hat mir erzählt, Agatha habe noch drei jüngere Schwestern und sei nun die Alleinverdienerin.«

Josef seufzte. »Können wir etwas für sie tun?«

»Ich glaube schon. Und das bringt mich zu meinem zweiten Anliegen.« Kurt nahm eine Zigarette aus der Innentasche seines Sakkos. »Darf ich? Im Vorführraum kann ich nicht rauchen, und die Werkstätten sind in der obersten Etage.«

»Tun Sie sich keinen Zwang an. Nein, danke, für mich nicht.«

Kurt klopfte mit seiner Zigarette auf den Tisch, zündete sie an und wandte sich wieder seinem Thema zu. »Die Alliierten werden immer stärker, während die Deutschen eine Niederlage nach der anderen einstecken müssen. Es würde mich sehr wundern, wenn wir in einem Jahr noch Krieg hätten.«

»Ich hoffe und bete, dass Sie recht haben. Außerdem bin ich geneigt, Ihnen zuzustimmen.« Erschöpft schüttelte Josef den Kopf. Hatte er irgendwann seit Kriegsbeginn mehr als zwei freie Tage am Stück gehabt? Seiner Erinnerung nach nicht. »So viel Blutvergießen. Wofür?«

»Das weiß niemand. Und ich würde jede Wette eingehen, dass es dem Großteil der Menschheit genauso geht. Es ist seltsam, wie farblos die Welt geworden ist. Man merkt es selbst im Atelier. Ich verstehe ja, warum man beim Militär aus rein praktischen Gründen Khaki bevorzugt. Doch auch unsere Damen wählen inzwischen am liebsten tristes Grün, Grautöne und Braunschattierungen. Und natürlich Schwarz. Nutzen sich Stoffe in frischeren Farben etwa schneller ab? Oder braucht man dafür mehr Gutscheine?«

»Ich verstehe, was Sie meinen.«

»Eigentlich will ich auf Folgendes hinaus.« Als Kurt den Zeigefinger schwenkte, fiel ein wenig Asche hinunter und landete auf seinem Hosenbein. Er wischte sie weg. »Wenn dieses Debakel vorbei ist, werden die Menschen sich nach Frohsinn sehnen. Nach Festen. Nach neuen Tänzen. Und die Mode wird wieder ausgefallener sein.« Kurt erwärmte sich für sein Thema. »Man wird wieder Kleider in mehreren Schichten tragen, mit gewagten Linien und Verzierungen, in neuen bunten Farben …«

»Aha.« Endlich verstand Josef, was Kurt mit diesem Monolog im Schilde führte. »Sie möchten eine dritte Perlenstickerin beschäftigen.«

Kurt pustete eine Rauchfahne aus und verzog beeindruckt das Gesicht. »Richtig.«

»Allerdings verstehe ich nicht ganz, welchen Nutzen Fräulein Karlsson davon hat.«

»Es wäre in doppelter Hinsicht von Vorteil für sie. Wenn wir keine weitere Perlenstickerin einstellen, muss Fräulein Karlsson mehr Überstunden machen, um ihr Pensum zu schaffen. Selbst jetzt nimmt sie schon Arbeit mit nach Hause. Eigentlich würde ich das ja nicht gestatten, aber so kann sie weitersticken, nachdem die beiden kleinsten Mädchen zu Bett gegangen sind. Allerdings kommt diese Lösung nur infrage, solange es abends draußen lange hell bleibt. Ich glaube nämlich nicht, dass sie viel Geld für Paraffin aufbringen kann.«

»Und was wäre der zweite Vorteil?«

»Eine weitere Perlenstickerin würde bedeuten, dass wir dann insgesamt drei davon hätten. Und dann hätten wir einen Grund, Fräulein Karlsson zur obersten Perlenstickerin zu befördern …«

»Was eine Gehaltserhöhung zur Folge hätte.«

»Yessir!«

Josef grinste. »Offenbar haben Sie zu viel Zeit in New York verbracht.«

»Was würde ich nicht für eine Einkaufsreise nach Paris geben! Derzeit herrschen dort noch schreckliche Zustände. Aber ich weiß, dass Mademoiselle Chanel mitten im Herzen der Stadt eine große Boutique eröffnen will, sobald der Krieg vorbei ist. Im Moment wird die Haute Couture durch Stoffknappheit und den dringenden Bedarf nach kürzerer und praktischer Kleidung für die arbeitende Frau – ja, sogar Hosen! – stark in Mitleidenschaft gezogen. Doch nach dem Krieg werden sich die Frauen sicher die guten Seiten beider Welten wünschen: schmal geschnittene Röcke und Kostüme am Tag und kurze

Kleider, Pailletten und Glamour bei Nacht. Bodenlange Röcke und Korsetts gehören endgültig der Vergangenheit an.« Er griff nach dem Aschenbecher und drückte seine Zigarette aus.

»Das hat Sigrid mir auch schon erzählt. Glauben Sie, dass das Atelier die zusätzlichen Kosten einer weiteren Stickerin und zudem eine Gehaltserhöhung für Fräulein Karlsson verkraften kann? Im Frühling haben wir bereits befürchtet, es schließen zu müssen.«

»Ich würde diesen Vorschlag nicht machen, wenn ich ihn nicht für umsetzbar hielte. Zum Glück hatten wir noch genügend kostbare Stoffe und Zubehör für diesen wundervollen Ball auf Lager. Und diesmal ist ›wundervoll‹ mein Ernst. Er hat uns nämlich gerettet. Denn seitdem hat sich das Blatt eindeutig gewendet. Man rennt uns die Bude ein. Ich suche außerdem eine weitere Spezialistin für Knöpfe und Bänder.«

»Und wie sehen Sie die Zukunft des Ateliers nach dem Krieg? Ich bin sicher, dass Sie bereits Pläne haben.«

Kurt verschränkte die Hände hinter dem Kopf und lehnte sich zurück. »Ich werde extravagante Modenschauen veranstalten. Für unsere Stammkundinnen, die Presse und auch sonst alle, die Mode und Haute Couture lieben. Nordiska Kompaniet wird allen in der Welt der Mode ein Begriff sein.«

Josef sah die Begeisterung seines jungen kreativen Mitarbeiters. Und er glaubte ihm jedes Wort.

Kapitel vierundvierzig

Inzwischen hatten Isabella und Victoria die erste Woche an ihrem neuen Arbeitsplatz hinter sich, und wegen dieses feierlichen Anlasses sollte in der Sibyllegatan ein großes Abendessen stattfinden. Zunächst war Ottilia ziemlich verärgert gewesen, weil Victoria eine solch wichtige Sache vor ihr geheim gehalten hatte. Doch Fredrik hatte den beiden Mädchen das Versprechen abgenommen, Schwierigkeiten dieser Größenordnung in Zukunft anzusprechen. Nun blieb nur noch, Isabella und Victoria zu ihrem geschickten Umgang mit der heiklen Situation bei PUB zu gratulieren.

»Ich habe eigentlich gar nichts getan«, meinte Victoria. »Es war alles Isabellas Werk.«

Isabella nickte bescheiden. »Offenbar hast du Herrn Sachs um den Finger gewickelt. Wenn er dich nicht nett gefunden hätte, hätte er dir auch keine Stelle angeboten.«

Und so waren Isabella, Victoria und Philip bester Stimmung, als sie zusammen mit Hilda auf das Eintreffen der anderen warteten.

»Herr Jacobsson ist sehr freundlich«, sagte Victoria zu Hilda. »Es wird sicher angenehm, für ihn zu arbeiten.«

Isabella nickte. »Er ist wirklich sympathisch. Doch Frau Alm, die Direktrice, hat sich zu einem richtigen Drachen entwickelt. Es mag sich seltsam anhören, aber seit Gabriella und ich offiziell im Atelier beschäftigt sind, scheucht sie uns herum, als gäbe es kein Morgen. Arme hoch, Arme ausstrecken, stillstehen, drehen. Sie hat uns sogar dazu vergattert, uns Bücher auf den Kopf zu legen und zu üben, damit auf und ab zu gehen, ohne dass sie runterfallen. Und das ist leichter gesagt als getan. Ich glaube, mein Rekord lag bei zehn Schritten. Gabby kann es viel besser, aber sie schwebt ja auch dahin wie eine italienische Göttin.«

»Ooooh, das will ich auch einmal versuchen.« Als Victoria nach dem dicksten Buch im Regal griff, erwischte sie die Bibel, die sie sich prompt auf den Kopf legte.

»Die kannst du nicht nehmen!«, schrie Isabella auf. »Was, wenn du sie fallen lässt?«

»Das passiert schon nicht.«

Fasziniert beobachteten Isabella und Hilda, wie Victoria durchs Zimmer schritt. Die Bibel bewegte sich nicht.

»Du bist ein Naturtalent«, stellte Hilda fest.

Philip, der gerade eine Lokomotive mit Waggon auf einem Gleis hin und her schob, sprang auf. »Ich will auch mal!«

»Nicht mit der Bibel«, protestierte Isabella. »Hier, nimm das da.« Sie legte ihm ein Sofakissen auf den Kopf.

Nach drei Schritten rutschte das Kissen von Philips Kopf auf den Boden. Lachend ließ der Junge sich neben Hilda aufs Sofa fallen. »Wo ist Mamma? Ich habe Hunger.«

Hilda schaute auf die Uhr. »Bestimmt ist sie bald da. Eigentlich passt es gar nicht zu ihr, so spät zu kommen, ohne mir Bescheid zu geben.«

»Und wo stecken die anderen?«, fügte Isabella hinzu. »Ich dachte, dass außer Birna alle kommen.«

Im nächsten Moment war zu hören, wie sich die Wohnungstür öffnete. Ottilia kam mit einem Paket ins Wohnzimmer. »Es tut mir schrecklich leid, dass ich zu spät bin, aber ich war auf dem Heimweg noch in der Apotheke, um eine Flasche Desinfektionsmittel zu holen, und leider war ich nicht die Einzige. Man muss die Warteschlange mit eigenen Augen gesehen haben, um es zu glauben. Selbst Desinfektionsmittel ist jetzt rationiert. Eine Flasche pro Haushalt. Aber sie hatten genug für alle da.«

»Warum dieser Ansturm?«, erkundigte sich Victoria.

»Die Spanische Grippe breitet sich immer mehr in der Stadt aus. Wir hatten schon Gäste, die wissen wollten, warum so viele Kirchen die Glocken läuten.«

»Und was hast du ihnen geantwortet?«, fragte Isabella.

»Wir mussten ihnen die Wahrheit sagen, nämlich dass es sich um Begräbnisgeläut handelt. Dass die Gäste besorgt sind, kann ich gut verstehen. Die Atmosphäre ist wirklich unheimlich.«

»Da hast du ganz recht«, stimmte Victoria zu. »Eines unserer Schaufenster ist inzwischen mit Kränzen und Blumenkreuzen für Beerdigungen dekoriert. Alles sehr geschmackvoll, doch ich habe bei diesem Anblick trotzdem eine Gänsehaut bekommen.«

»Sind die anderen Damen schon unterwegs, Frau Nyblaeus?«

»Tut mir leid, Hilda, aber nein. Fredrik und Karolina müssen länger arbeiten, weil sich so viele Kollegen krankgemeldet haben. Beda ist heute Nachmittag früher gegangen, weil sie sich nicht wohlfühlte. Bis wir sicher sein können, dass sie nichts Ansteckendes hat, hielten wir es für besser, wenn jeder Haushalt für sich bleibt. Märta hat Ellen und Maria gesagt, sie sollten besser auch nicht kommen.«

»Hoffentlich fängt Torun sich nicht noch einmal die Grippe ein«, meinte Victoria. »Sie hat Wochen gebraucht, bis sie wieder auf dem Damm war.«

»Das ist richtig. Aber wenigstens hat jede der drei nun ein eigenes Zimmer. Bestimmt sind sie vernünftig und halten so viel Abstand wie möglich. Ich habe versprochen, ihnen etwas zu bringen, nachdem wir gegessen haben. Schließlich dürfen wir keine Lebensmittel verschwenden. Außerdem müssen wir alle bei Kräften bleiben.«

Philip griff nach der Hand seiner Mutter. »Du darfst nicht sterben, Mamma.«

Ottilia nahm Philip in die Arme. »Mach dir keine Sorgen um mich, mein Schatz. Mir passiert nichts.«

»Und dafür werde ich sorgen, junger Mann«, ergänzte Hilda. »Ich gehe in die Linnégatan. Bestimmt haben die beiden jungen Damen viel über ihre neuen Stellen zu erzählen.«

Ottilia nickte. »Und während wir uns unterhalten, wischen wir sämtliche Flächen mit Desinfektionsmittel ab. Jetzt lasst uns essen und dankbar sein, dass wir noch Appetit haben.«

Kapitel fünfundvierzig

Die Grippe ging in Stockholm um und forderte immer mehr Opfer. Agatha hatte den Kopf tief über ihre Arbeit gebeugt, als sie eine weitere mitternachtsblaue Perle in die geschwungene Bordüre am Saum eines marineblauen Samtkleids setzte. Das Muster war, ausgehend von der Stoffkante, sorgfältig ausgemessen, damit noch genügend Nahtzugabe übrig blieb. Schließlich musste der Saum noch einmal umgeschlagen werden, um das Schrägband zu verbergen, das dafür sorgte, dass der Rock richtig fiel. Wieder war es stiller als sonst im Raum, diesmal weil die weißen Baumwollmasken vor den Mündern der Frauen ihre Stimmen dämpften. Wegen des anstehenden Balls im Palast herrschte große Eile und Aufregung, weswegen die Zeit eigentlich wie im Fluge hätte vergehen müssen. Und dennoch schienen die Stunden sich nur so dahinzuschleppen. Waren ihre kleinen Schwestern wohlbehalten nach Hause gekommen? Hatten sie sich womöglich in der Nähe eines mit Grippe Infizierten aufgehalten? Würden die Reste vom gestrigen Abendessen noch für heute reichen? Die Sorgen rissen einfach nicht ab, und mit jedem Tag wurde es schwieriger, Lösungen zu finden. Als sie heute Morgen kurz nach unten gegangen war, um ein paar Worte mit dem reizenden Fräulein Eriksson zu wechseln, hatte sie von Irma erfahren, dass Märta erkrankt war.

Agatha blickte zur anderen Seite des Raums hinüber, wo Isabella Nyblaeus gerade eine traumhafte Kreation in Perlgrau vorführte. Die Direktrice Frau Alm und Kurt Jacobsson, der »Boss«, begutachteten das Schwingen des Rockes, während Isabella über den Boden glitt.

»Und Isabella ist genauso groß wie Fräulein Bernaborg?«, fragte der Boss.

»Nur einen knappen Zentimeter größer«, erwiderte Frau Alm.

»Dann würde ich vorschlagen, den Saum noch einen halben Zentimeter zu heben, um die Linie anzupassen.«

Frau Alm zog eine Stecknadel aus dem Nadelkissen, das sie am Handgelenk trug, und lupfte die Vorderseite des Rockes. »Hier?«

»Ja, versuchen Sie das.«

Nachdem Frau Alm weitere Stecknadeln platziert hatte, richtete sie sich auf. »Noch einmal drehen, Isabella. Ganz langsam. Langsam, habe ich gesagt.«

Der Boss lächelte. »Ausgezeichnet, Frau Alm. So ist es perfekt.«

Agatha warf einen Blick auf die Tafel mit den verschiedenen Arbeitsschritten und stöhnte aus Mitgefühl mit der Näherin auf. Diese würde nämlich bis spät in die Nacht damit beschäftigt sein, die drei Schichten des Kleidersaums aufzutrennen und neu zu nähen, damit bis zum Termin mit der Kundin um elf Uhr morgen Vormittag alles fertig war.

Isabella kehrte aus dem Umkleideraum zurück. Da sie sich offenbar unbeobachtet fühlte, zog sie die Schultern hoch, und in ihren Augen stand ein erschöpfter Ausdruck. Agatha winkte sie zu sich.

»Bitte halten sie mich jetzt nicht für aufdringlich, aber wie geht es Fräulein Eriksson? Irma hat mir erzählt, sie sei krank.«

Isabella schüttelte leicht den Kopf. »Fräulein Eriksson ist wohlauf, soweit ich weiß. Aber eine der Damen, mit denen sie die Wohnung teilt, ist schwer erkrankt. Fräulein Eriksson ist heute zu Hause geblieben, um sie zu pflegen.«

Agathas Kehle wurde ganz trocken. »Wie lang ist die Dame denn schon krank?«

»Seit einer Woche.« Nicht vergossene Tränen schimmerten in Isabellas Augen. »Sie ist wie eine Tante für mich.«

»Los, Isabella. Hier wird nicht getrödelt«, rief Frau Alm durch den Vorführraum.

»Haben Sie doch ein Herz, Frau Alm. Ihre Tante ist schwer krank«, protestierte Agatha.

Frau Alms Miene wurde versöhnlich. »Es tut mir sehr leid, das zu hören. Aber verlieren Sie den Mut nicht. Ich kenne viele Menschen, die sich wieder erholt haben. Und wir müssen dringend weitermachen. Bis zum Ball sind es nur noch wenige Tage.«

»Ich verstehe nur eines nicht«, ließ sich Bettan vernehmen. »Wie kann man diesen Ball überhaupt abhalten, obwohl wir alle aufgefordert sind, vernünftig zu sein und uns vor Ansteckung zu hüten?«

»Es steht uns nicht zu, uns darüber den Kopf zu zerbrechen«, tadelte Frau Alm. »Aber da es ein Maskenball ist, werden einige Gäste hoffentlich Masken tragen. Allerdings muss ich Sie trotzdem fragen, Isabella: Haben Sie Ihre Tante seit ihrer Erkrankung gesehen?«

»Nein, habe ich nicht.«

Beda lag in ihrem sonnigen Zimmer in der Linnégatan 6 und rang nach Atem, während Märta ihr immer wieder das Blut von der Nase tupfte. Aus der Spanischen Grippe war eine Lungenentzündung geworden, und Bedas erschöpfte Lunge füllte sich rasch mit der Flüssigkeit, die ihr Körper nicht mehr ausscheiden konnte. Ihre Hände und Füße waren eiskalt und hatten außerdem, wie auch ihre Wangenknochen, eine beängstigend bläuliche Färbung angenommen. Allmählich bestand kaum noch Hoffnung auf einen glücklichen Ausgang.

Torun benetzte Bedas aufgesprungene Lippen mit einem feuchten Tuch. Die Kranke dämmerte vor sich hin und wurde dann wieder von Panik ergriffen, wenn ihr Lebenswille sich gegen das unweigerliche inwendige Ertrinken stemmte.

Nun sah Beda ihre Freundinnen flehend an, und ein gurgelndes Keuchen kam über ihre Lippen.

Märta und Torun wechselten einen verzweifelten Blick. Nicht einmal einen Hund würde man so elend verrecken lassen.

Märta begann, das Vaterunser zu beten. »Vater unser, der du bist im Himmel.«

Toruns Augenausdruck sollte wohl »der du sie leiden lässt« besagen.

Märta sah sie bedeutungsvoll an.

»Geheiligt sei dein Name«, stimmte Torun schließlich ein.

»Bis in Ewigkeit. Amen«, beendeten sie schließlich das Gebet.

Zum ersten Mal ergriff Beda das Wort: »Noch einmal.«

Und so wiederholten sie das Gebet ein ums andere Mal, während die Schatten des Nachmittags über die noch warmen Dielenbretter wanderten. Als die Abendsonne hinter den Dachfirsten versank und die Vögel sich in ihre Nester zurückzogen, wurde es kühler im Raum. Und dann, der blaue Abendhimmel war inzwischen schwarz geworden, normalisierten sich Bedas Atemzüge. Erstaunt hielten Märta und Torun in ihrem Gebet inne.

Beda bog den Rücken durch und breitete die bläulich angelaufenen Finger aus. Im nächsten Moment sank sie zurück auf die Matratze. Und starb ohne einen Laut.

Hätte Fräulein Beda Johansson noch zwei Monate gelebt, wäre sie Zeugin geworden, wie die vom Krieg zermürbten und erschöpften Deutschen ihren Kaiser Wilhelm absetzten und sich ergaben. Am 11. November 1918 wurde das Waffenstillstandsabkommen unterzeichnet.

Kapitel sechsundvierzig

Märta beobachtete, wie der leitende Dekorateur Thorwald Munkhammar eine Handvoll schwedischer Flaggen an dem Weihnachtsbaum neben der Konditoreitheke anbrachte. Er trat einen Schritt zurück, um sein Werk zu begutachten, rückte zwei Flaggen zurecht, trat noch einmal zurück und nickte zufrieden, bevor er sich den Päckchen mit den sorgfältig aus den Abteilungen im Erdgeschoss ausgewählten Waren zuwandte, die rings um den Stamm des Weihnachtsbaums drapiert waren. Diesmal lautete das Motto »Ein Abend im Theater«: ein Zylinder, ein schwarzer Gehstock, ein Opernglas, Pralinen, ein Theaterprogramm, eine Handtasche mit juwelenbesetzter Schließe, scharlachrote Satinhandschuhe aus Märtas Abteilung und eine langstielige Rose. Märta neigte den Kopf zur Seite. Die Rose war doch sicherlich echt? Allerdings bezweifelte sie das stark.

Thorwald und seine tüchtigen Mitarbeiter hatten sich rund um die Uhr ins Zeug gelegt, um das gesamte Kaufhaus mit den ihnen zur Verfügung stehenden Mitteln in ein Weihnachtswunderland zu verwandeln. Obwohl ein großer Teil des Weihnachtsschmucks noch aus den letzten Jahren stammte, verfügte Thorwald über die Begabung, alles neu und verlockend wirken zu lassen. Doch im nächsten Jahr würde er, wie er Märta anvertraut hatte, während er üppig grüne Girlanden mit winzigen goldenen Kügelchen darin über der Theke und entlang der Regale dahinter drapierte, eine neue Kollektion Weihnachtsschmuck bestellen. Er hatte sogar schon angefangen, Entwürfe in das Notizbuch zu zeichnen, das er immer in der Innentasche seines Sakkos mit sich herumtrug.

Märta drehte sich zu der Schlange aus Müttern mit ihren Kindern um. Sie bewegte sich Schritt für Schritt auf die weißbärtige Gestalt in dem beeindruckenden Mantel aus Wolfspelz zu, die auf ihrem goldenen Thron im Atrium Hof hielt. Eigentlich waren es ja die Kunden, die Weihnachtsstimmung ins Haus brachten, dachte sie. Aus allen Ecken war fröhliches Lachen zu hören. Heranwehende aufgeregte Gesprächsfetzen wiesen darauf hin, dass die Stockholmer wieder Pläne für die Feiertage schmiedeten. Und zwar endlich in der Gewissheit, dass sie nicht nur Wirklichkeit werden, sondern auch von der ganzen Familie genossen werden konnten. Denn endlich kehrten die Männer nach Hause zurück. Man konnte die Erleichterung in der Stadt fast mit Händen greifen.

Karolinas Edward war wieder da. Ebenso zwei von Agathas Brüdern. Märta konnte sich zwar mit ihren Freundinnen freuen – aber wo, um alles in der Welt, war Wilhelm? Wenn er noch am Leben war, hätte er sich doch inzwischen längst bei ihr gemeldet. Seit drei Jahren hatte sie nichts mehr von ihm gehört. Und dennoch raunte ihr eine innere Stimme zu, dass er den Krieg überstanden hatte. Während sie mitten im prachtvoll geschmückten, elegantesten Kaufhaus von ganz Stockholm stand, sehnte sie sich nach dem schlichten Vergnügen, seine nackte Haut an ihrer zu spüren. Seine Hand auf ihrem Schenkel. Einen Kuss auf die Wange. Irgendeine menschliche Berührung.

Bedas Tod hatte sie alle schwer getroffen. Und aus drei Freundinnen, die zusammenwohnten, waren zwei Frauen geworden, die sich eine Wohnung teilten. Wie Märta inzwischen klar war, war Beda nicht nur ihre treue und kluge Freundin gewesen, sondern auch die ausgleichende Kraft, die verhindert hatte, dass sich die ständig auftretenden Konflikte zwischen ihr und Torun hochschaukelten. Nachdem Bedas Leiche abgeholt und beerdigt worden war, hatten sie jede für sich getrauert. Anfangs hatten sie vorgeschützt, dass sie aus Vorsicht Abstand hielten, denn noch wütete ja die Spanische Grippe. Nur dass dieser Vorwand nicht sonderlich glaubhaft war. Schließlich hatten sie beide Beda in den letzten Tagen vor ihrem Tod gepflegt. Wann war ihnen ihre Verbundenheit abhandengekommen? Das Gefühl, zusammenzugehören? Gut, Torun hatte mehr Gemeinsamkeiten mit Maria, während sie, Märta, ihre Zeit lieber mit Ellen verbrachte. Aber war die Kluft zwischen ihnen womöglich Ergebnis dessen, dass sie im Krieg Partei für verschiedene Seiten ergriffen hatten? Hatten sie wirklich zugelassen, dass dieser Krieg der Männer einen Keil zwischen sie trieb?

»Hallo, Tante Märta.« Die braunen Augen von Julian Silfverstjerna spähten über die Theke.

Märta nahm sich zusammen. »Hallo, junger Mann. Was machst du denn hier? Wo ist deine Mutter?«

»Wir sind hier, um den Weihnachtsmann zu sehen.« Er wies zu Philip Nyblaeus hinüber, der gerade mit dem würdigen Herrn ins Gespräch vertieft war. »Mamma und Tante Ottilia müssen arbeiten.«

Märta starrte ihn überrascht an. »Wer hat euch hergebracht?« Hoffentlich waren die beiden Sechsjährigen nicht einfach auf eigene Faust losgezogen, um Nordiska Kompaniet einen Besuch abzustatten. Hilda würde außer sich sein.

»Tante Torun«, antwortete der Junge.

Nun bemerkte Märta auch Torun, die sich in offensichtlicher Aufregung überall im Atrium umschaute. Märta umrundete die Theke, griff nach Julians Hand und führte ihn zu seiner Aufsichtsperson zurück.

Torun atmete auf. »Danke, Märta. Gerade eben stand er noch neben mir, und plötzlich war er verschwunden. Ich hatte schon befürchtet, dass er nach draußen gelaufen sein könnte. Aber Philip konnte ich ja auch nicht allein lassen, um ihn suchen zu gehen.« Ein zweites erleichtertes Aufatmen. »Inzwischen habe ich einen Heidenrespekt vor Müttern mit mehreren Kindern.«

Philip kam auf sie zugesprungen. »Der Weihnachtsmann weiß genau, welchen Zug ich brauche.«

Torun zauste ihm das Haar. »Der Junge liebt Modelleisenbahnen.«

»Ich habe ihn um ein Schaukelpferd gebeten. Eines wie das große braune in der Spielwarenabteilung hier. Mit einer echten Mähne.«

»Bestimmt hat der Weihnachtsmann sich alles aufgeschrieben«, erwiderte Philip. »Mamma schreibt sich nämlich alles auf, was wichtig ist.«

Märta und Torun wechselten grinsend einen Blick. Philip hatte den Nagel auf den Kopf getroffen, ohne es zu wissen.

»So, und jetzt bringe ich euch beide nach Hause zu Hilda.« Sie drehte sich zu Märta um. »Bist du zum Abendessen da? Ich muss nämlich mit dir reden.«

Märta zuckte zusammen. Offenbar ging es um etwas Ernstes. Hatte Torun etwa beschlossen, auszuziehen? Was sollte dann aus ihr werden. Die Miete war schon für zwei Personen hoch genug. Allein würde sie eine solche Summe niemals schultern können. »Ich bin nach acht zu Hause.«

Sie beobachtete, wie Torun Philip an der Hand nahm, Julian den Arm um die Schultern legte und die beiden Jungen durch die Drehtür hinaus auf die dunkle Straße schob.

»Fehlt Ihnen etwas, Fräulein Eriksson?«, erkundigte sich Irma. »Sie waren plötzlich weg, und dann haben Sie so ein ernstes Gesicht gemacht.«

»Nein, ich war nur in Gedanken.« Märta lachte ein wenig blechern auf. »Tut mir leid, dass ich gegangen bin, ohne Sie zu informieren, aber ich musste ein Kind zu seiner Tante zurückbringen.«

Warum hatte sie nur das Gefühl gehabt, Mutter und Sohn wieder zu vereinen? Was hatte sich geändert?

Torun und Märta setzten sich an den Küchentisch. An der Wand stand ein dritter Stuhl, das Einzige, was sie seit Bedas Tod in der Wohnung verändert hatten. Wenn man von ihrem abgezogenen Bett absah. Torun stellte zwei Schälchen mit dem Rest des Kabeljaueintopfs vom Vorabend auf den Tisch, während Märta den kleinen Kerzenstummel anzündete.

Da sie vor lauter Angst vor dem, was sie womöglich erwartete, keinen Bissen herunterbrachte, beschloss sie, den Stier an den Hörnern zu packen. »Worüber wolltest du denn mit mir sprechen?«

Torun rückte ihren Stuhl zurecht. »Diese Wohnung.«

Märtas Griff um ihren Löffel wurde fester. »Aha?«

Torun neigte den Kopf zur Seite. »Findest du die Miete nicht ein bisschen hoch für zwei? Wenn wir geahnt hätten ...?«

»So dürfen wir nicht denken. Wir alle haben uns auf den ersten Blick in diese Wohnung verliebt.« Märta musste Luft holen, damit ihre Stimme nicht zu zittern begann, denn sie hatte das Bild vor Augen, wie Beda begeistert und mit einer großartigen Geste die Wohnungstür aufgeschlossen hatte. »Aber ich stimme dir zu. Alles ist so teuer geworden, dass wir uns die Miete zu zweit kaum leisten können.«

»Und deshalb habe ich heute Morgen mit Ottilia gesprochen.« Torun unterbrach Märta mit einer Handbewegung. »Ja, ich weiß, ich hätte zuerst mit dir reden sollen. Aber wir kamen auf unsere Birna zu sprechen, und plötzlich erschien es mir sehr sinnvoll.«

»Was genau erschien dir sinnvoll?«

»Dass Birna bei uns einzieht.« Torun legte den Löffel weg. »Beda wäre ganz sicher nicht damit einverstanden, dass ihr Zimmer leer steht. Sie würde uns beide für verrückt erklären und uns, ganz Finanzgenie, erläutern, dass wir unsere Ressourcen vergeuden. Bei den Nyblaeus hingegen ist das Geld zwar nicht knapp, da Birna nun zurück ist und alle drei Mädchen arbeiten, aber dafür fehlt es ihnen an Platz.«

Märta zog eine Augenbraue hoch. »Sie haben einhundertfünfzig Quadratmeter.«

»Für sechs Erwachsene und ein Kind. Und nur vier Schlafzimmer, falls du Hildas Zimmer mitzählst. Ottilia und Fredrik teilen sich natürlich ein Zimmer. Philip hat das kleinste als Kinderzimmer. Und die drei jungen Damen drängen sich nun in dem vierten.«

»Also willst du, dass Birna Bedas Zimmer bekommt?«

Torun bedachte sie mit einem strafenden Blick. »Ich *will* überhaupt nichts. Ich mache lediglich den *Vorschlag*, dass du in Bedas Zimmer ziehst und Birna dafür das Schlafsofa im Wohnzimmer übernimmt. Wir können ja ein bisschen weniger Miete von ihr verlangen. Und sie könnte dann kommen und gehen, wie sie will.«

Märtas Gedanken überschlugen sich. Ein eigenes Zimmer mit einer Tür zum Zumachen.

Grinsend begann Torun zu essen. »Wir könnten natürlich auch Victoria fragen.«

Die beiden sahen einander an und brachen in Gelächter aus.

»Das war gemein von uns«, sagte Märta schließlich. »Ellen hat mir erzählt, dass Victoria laut Kurt Jacobsson eine der talentiertesten Verkäuferinnen ist, die er je in der Damenoberbekleidung erlebt hat. Sie hat ein Händchen dafür, den Kundinnen die schauerlichsten Fehlgriffe auszureden und sie diskret zu anderen Stücken zu lotsen, die ihrer Figur und ihrem Geldbeutel mehr entsprechen. Und das, ohne dass die Betroffene etwas davon bemerkt. Sie hat es sogar geschafft, der Gräfin eine Bluse zu verkaufen, und die ist bei Weitem die mäkeligste Kundin, die wir haben.«

Torun war beeindruckt. »Davon wusste ich nichts. Aber es freut mich, dass Victoria endlich ihre Berufung gefunden hat.«

»Offenbar hat sie Kurt erzählt, dass eure Mutter sich für Mode interessiert hat.«

Toruns Wasserglas blieb mitten in der Luft stehen. »Ma

hatte nie das Geld, um sich Gedanken über Mode zu machen. Wie auch mit vier Kindern? Obwohl sie natürlich dafür gesorgt hat, dass wir alle immer ordentlich aussahen. Ich glaube, Victoria hat da etwas missverstanden. Auch wenn ich gar nicht sicher bin, was sie überhaupt hätte missverstehen können. Ich habe sie nie über unsere Mutter sprechen hören und ganz sicher nicht im Zusammenhang mit diesem Thema. Aber wir wollen jetzt nicht von Victoria reden. Was hältst du davon, Birna zu fragen?«

»Ich finde, das ist eine prima Idee. Wäre es sehr falsch von mir ... Ich meine ... wäre es in Ordnung, wenn ich ein paar meiner Möbel aus der Sibyllegatan hierherholen würde?«

»Wo ist das Problem?«

»Weil ich dann vielleicht Bedas Schlafzimmerstuhl und ihre Kommode zur Heilsarmee bringen müsste.«

»Und was, glaubst du, würde Beda sagen, wenn wir sie noch fragen könnten?«

Märta überlegte. »Ich glaube, sie wäre einverstanden.«

»Das glaube ich auch.«

Behagliche Stille senkte sich über den Raum, als die Freundinnen die blau und gelb flackernde kleine Kerzenflamme betrachteten.

»Es ist fast wie früher«, meinte Torun.

»Bevor ich Wilhelm begegnet bin.«

Torun blickte auf. »Wie lange ist er jetzt schon fort?«

»Etwa drei Jahre.«

»Und was wirst du tun?«

Märta zuckte mit den Achseln. »Welche Möglichkeiten habe ich denn? Ich habe seiner Mutter geschrieben, aber sie hat nie geantwortet.«

»Wir haben keine Ahnung, wie es derzeit in Deutschland aussieht. Ist Wilhelm nicht der Jüngste von acht Kindern? Also müsste seine Mutter inzwischen schon ziemlich alt sein.«

»Stimmt. Etwa fünfundsiebzig.«

»Hast du versucht, an Wilhelm unter der Adresse seiner Mutter zu schreiben? Du hast nichts zu verlieren.« Torun nahm Märtas Hand. »Falls er verwundet wurde, hat man ihn vielleicht nach Hause geschickt. Er könnte auch noch dorthin unterwegs sein.«

»Oder auf dem Weg hierher. Ich habe gerechnet und gerechnet, wie lange es wohl dauern könnte, bis er nach seiner Entlassung wieder hier ist.«

»Das ist unmöglich festzustellen. Lass uns die Daumen drücken und auf ein Weihnachtswunder hoffen.«

»Ich drücke sie schon seit dem Tag, an dem er fortmusste. Meine Finger sind ganz müde. Aber du hast recht. Ich habe nichts zu verlieren, wenn ich ihm an die Adresse seiner Mutter schreibe. Und, Torun?«

»Ja?«

»Glaubst du wirklich, es stimmt, dass die Männer am ersten Weihnachten in den Schützengräben Fußball gespielt haben?«

»Diese Geschichte ist zu seltsam, um erfunden zu sein.«

»Ich hoffe, Wilhelm hat auch gespielt.« Märta blickte Torun an. »Bin ich froh, dass dieser Krieg endlich vorbei ist.«

Torun drückte ihre Hand. »Ich auch.«

Kapitel siebenundvierzig

Februar 1919

Victoria balancierte ihr Tablett mit Räucherwurst und Kartoffeln und sah sich nach einem freien Tisch in der Kantine um. Dann steuerte sie zielsicher auf einen in der hintersten Ecke zu.

»Ist hier noch frei?«

Agatha lächelte. »Natürlich. Nett, ein bisschen Gesellschaft zu haben. Die anderen haben schon Mittag gemacht, aber ich musste vor der Anprobe um zwei noch ein Mieder fertig kriegen.«

»Und haben Sie es geschafft?«

»Habe ich, außer die Kundin entscheidet, dass der Ausschnitt noch einmal geändert werden soll. Dann muss ich die Hälfte der Perlen noch mal umsetzen.«

»Passiert so etwas oft?«

»Offen gestanden nein. Zum Glück, denn manchen Stoffen bekommt das Auftrennen überhaupt nicht. Allerdings sind ein oder zwei unserer Stammkundinnen schrecklich unentschlossen.«

»Ist das nicht anstrengend?«

»So läuft es eben in der Haute Couture. Die Kundin ist die Königin, aber das Kleid ist der König.«

»Vermutlich haben Sie recht.« Victoria aß ein Stück Kartoffel. »Könnten Sie mir erklären, wie es funktioniert?«

»Was meinen Sie?«

»Das Perlensticken.«

»Es ist einer der ältesten Berufe der Welt. Meine Großmutter hat es mir beigebracht, und die hatte es wiederum von ihrer Mutter.« Agathas Augen leuchteten stolz. »Eigentlich ist es gar nicht so schwer. Die Perlenstickerin führt Nadel und Faden durch eine Perle, eine Paillette, ein Kristall oder was auch immer und näht besagte Perle dann an der Spitze, der Seide, dem Samt, dem Tüll oder einem anderen beliebigen Stoff fest. Allerdings sind manche dieser Perlen so winzig, dass man sie mit dem bloßen Auge kaum sehen kann. Dennoch könnte das Nähen an sich eigentlich jeder. Was wirklich zählt, ist, dass man die Perle an genau der richtigen Stelle platziert.«

»Genau. Und wie schafft man das?«

Agatha zog den Mundwinkel hoch. »Soll ich ganz ehrlich sein? Ich habe keine Ahnung. Ich sehe es einfach vor meinem geistigen Auge. Bei einem wirklich komplizierten Muster zeichne ich manchmal mit Schneiderkreide vor, aber meistens arbeite ich frei Hand. Ich sticke Blumen, Vögel oder alles, was die Kundin sonst noch wünscht. Schwarz auf Schwarz ist am schwierigsten. Da tun einem nachher die Augen weh. Und diese schreckliche Mademoiselle Chanel in Paris macht alles noch schlimmer.«

»Warum?«

»Früher hat man Schwarz fast nur getragen, wenn man in Trauer war. Und Trauerkleidung wurde nicht so kunstvoll verziert. Doch nun hat Coco Chanel Schwarz zur Modefarbe für die Abendgarderobe erklärt, und die Kleider sind schrecklich aufwendig in der Herstellung. Inzwischen haben sich alle Modehäuser dieser Strömung angeschlossen. Auch wenn Mademoiselle Chanel nicht die Einzige ist, die für Schwarz die Werbetrommel rührt, hat sie den Trend noch verstärkt. Die ganze letzte Woche habe ich damit verbracht, große schwarze Spinnennetze auf schwarzen Tüll zu sticken.« Beim Gedanken an diese Plackerei verdrehte Agatha die Augen. »Ich bezweifle, dass Coco Chanel je im Leben eine zwei Millimeter kleine Perle angenäht hat.«

»Tun Sie den ganzen Tag nichts anderes, als Perlen anzunähen und zu sticken?«

Agatha blieb der Mund offen stehen, und sie bedachte Victoria mit einem empörten Blick.

»Nein, nein«, wandte Victoria hastig ein. »Ich wollte doch nur fragen, ob Perlenstickerin ein eigenständiger Beruf ist. Oder schneiden Sie zum Beispiel auch manchmal Stoffe zu?«

»Oh, ich verstehe.« Agathas Miene wurde versöhnlicher. »Nein, jede von uns hat ihren festen Aufgabenbereich. Wenn man mich bitten würde, ein Oberteil zuzuschneiden, würde ein schöner Unsinn dabei herauskommen. Ebenso würde man eine Zuschneiderin, die für die Schnittmuster aus Papier zuständig ist, niemals auffordern, einen Ärmel einzupassen oder eine Perle anzunähen. Bettan, unsere Werkstattleiterin – wir sprechen sie nie mit Frau Nylund an –, ist in der Lage, Stoffe zuzuschneiden und eine Kleiderpuppe aufzupolstern. Aber wir anderen bleiben bei unserem Leisten. Bevor ein Kleid verpackt und ausgeliefert wird, ist es vermutlich durch ein Dutzend Hände gegangen.«

Victoria nippte an ihrem Sodawasser. »Erklären Sie mir jeden Schritt. Ich weiß nur, dass es zwei Schneidereien gibt. Eine für Kostüme und Mäntel, die andere für Kleider.«

Agatha legte das Besteck auf ihrem leeren Teller ab. »Wo soll ich anfangen?«

»Mit einer Kundin, die hereinkommt und *Ich brauche ein neues Kleid* denkt.«

»Wenn sie eine Stammkundin ist, wird sie wissen, dass wir eine neue Kollektion haben.«

»Woher?«

»Weil eine unserer Verkäuferinnen es ihr mitgeteilt hat. Der Boss sagt, dass es viel leichter ist, einer Stammkundin etwas zu verkaufen, als einer neuen. Deshalb ist eine Kundenkartei ihr Gewicht in Gold wert. Andere Ateliers in dieser Stadt würden alles dafür geben, einmal einen Blick in unsere werfen zu dürfen. Und umgekehrt genauso. Der Boss notiert sich alles in seinem Buch. Doch die Verkäuferinnen behalten den Überblick darüber, was jede Kundin mag und was sie nicht mag. Über frühere Käufe, ja, sogar über anstehende Veranstaltungen, die diese Kundin vermutlich besuchen wird. Also kommt eine Kundin entweder, weil sie etwas Bestimmtes sucht, oder weil eine Verkäuferin ihr mitgeteilt hat, wir hätten einige neue Modelle, die sie vielleicht interessieren könnten, und ihr einen Vorführtermin anbietet.«

»Woher kommen die Modeschöpfer?«

»Paris, London, Amerika. Vor dem Krieg sogar aus Berlin. Der Boss geht auf Einkaufsreise und kommt mit zahlreichen neuen Ideen zurück. Dazu bestellt er noch einige besondere Entwürfe bei anderen Modehäusern. Nehmen Sie zum Beispiel das schwarze Kleid mit dem Spinnennetz. Da der Boss annahm, dass sich das Kleid in Schweden verkaufen würde, hat er zwei bestellt.«

Victoria verzog das Gesicht. »Woher weiß er, in welcher Größe er die Kleider bestellen muss?«

»Nein, nicht das fertige Kleid. Wir haben uns alles liefern lassen, was nötig war, um zwei dieser Kleider zu nähen. Die Stoffe, die Perlen, die Knöpfe, die Garne, einfach alles. Zwei Garnituren sozusagen. Dazu noch ein fertiges Kleid in der Größe eines unserer Mannequins. Und da kommen Isabella und Gabriella ins Spiel.« Sie kicherte. »Als ich letztens ›Bella‹ gerufen habe, haben sich alle beide umgedreht.«

»Verbringen Sie viel Zeit in der Schneiderei?«

»Schon, obwohl wir für die meisten Anproben eine Kleiderpuppe verwenden. Die meisten unserer Stammkundinnen haben eine eigene, die wir bis zur nächsten Bestellung unverändert lassen. Für neue und weniger häufige Kundinnen polstern wir eine Kleiderpuppe nach ihren Maßen auf. Das ist die Aufgabe der Modelliererin. Nachdem die Kleiderpuppe fertig ist, wird der Stoff an ihr drapiert und festgesteckt. Dann heftet die Näherin die Einzelteile zusammen. Allerdings kann eine Kleiderpuppe nicht gehen und sich nicht drehen, und außerdem muss man wissen, wie der Stoff auf echter Haut fällt. Und dafür brauchen wir Vorführdamen. Die Mädchen erwecken die Kleider zum Leben.«

»Der Boss hat mir heute Morgen gesagt, ich solle in diesem Frühling als Mannequin aushelfen.«

»Ich glaube, der Boss steckt in einer Zwickmühle. Einerseits ist er froh, Sie bei der Damenoberbekleidung zu haben, andererseits will er Sie unbedingt als dritte Vorführdame.«

Victorias Puls beschleunigte sich. »Eine dritte feste Vorführdame?«

Agatha nickte. »Das habe ich wenigstens gehört. Bettan findet, dass Sie mit Ihrer Größe, dem blonden Haar und Ihrer Schönheit das geborene Mannequin sind. Allerdings würde man bei der Damenoberbekleidung dann eine neue Verkäuferin brauchen. Außerdem müssten Sie dann um acht und nicht erst um neun anfangen. In der Werkstatt geht es stets eine Stunde früher los, damit Frau Alm und Bettan genug Zeit haben, den Tagesplan festzulegen, bevor die Kundinnen zur Anprobe erscheinen.«

Victoria hatte Mühe, sich ihre Aufregung nicht anmerken zu lassen. »Und was geschieht, wenn eine Kundin eintrifft?«, fragte sie.

»Wenn sie sich für einen Entwurf entscheidet, den der Boss eingekauft hat, fertigen wir das Kleid als Kopie des Originals an, natürlich angepasst an ihre Figur und Kleidergröße. Sollte sie sich für ein Kleid interessieren, das der Boss selbst entworfen hat, erörtert sie mögliche Veränderungen wie zum Beispiel einen anderen Stoff, Verzierungen und so weiter mit ihm und Frau Alm. Nachdem der Entschluss der Kundin feststeht, berechnet er den Preis, und dann sagt sie entweder Ja oder Nein. Soweit ich weiß, sagt sie in den meisten Fällen Ja, denn die Verkäuferin hatte eine recht genaue Vorstellung davon, wie viel eine Kundin zu zahlen bereit ist. Deshalb ist der Boss schon vor Ankunft der Kundin über alles informiert. Es hat keinen

Sinn, einer Kundin handgeklöppelte Spitze aus Frankreich zu empfehlen, wenn sie nicht über die entsprechenden Mittel verfügt. Andererseits wollen wir auch keine Dame beleidigen, die stets nur das Teuerste vom Teuersten kauft, indem wir ihr etwas Günstigeres anbieten.«

»Mir war gar nicht klar, dass die Verkäuferinnen im Atelier eine so wichtige Rolle spielen.«

Agatha bedachte sie mit einem vernichtenden Blick. »Sind Sie in der Damenoberbekleidung nicht auch wichtig?«

»Das hoffe ich. Nur dass die Kundinnen zu mir kommen, nicht ich zu ihnen. Aber egal. Wie geht es weiter?«

Agatha schaute auf die Uhr und zuckte mit den Achseln. »Ich sage Bettan einfach, dass ich Ihnen eine kleine Einweisung gegeben habe.«

»Ich möchte Sie nicht in Schwierigkeiten bringen.«

»Kein Problem. Bettan führt zwar ein strenges Regiment, aber sie ist vernünftig. Also gut. Nachdem die Bestellung da ist, muss eine neue Kundin sich vermessen lassen. Und zwar von Kopf bis Fuß. Hüfte, Taille, Büste, Oberarme, Unterarme, Abstand zwischen Schulter und Handgelenk und so weiter und so fort. Das übernimmt für gewöhnlich Frau Alm, unsere Direktrice. Und falls eine Dame in anderen Umständen ist, muss Frau Alm die Zweite sein, die es erfährt.«

»Also ist es ihre Aufgabe, dafür zu sorgen, dass alles passt.« Gerade noch rechtzeitig gelang es Victoria, sich das Wörtchen »nur« zu verkneifen, das ihr auf der Zunge lag.

»Außerdem ist sie die Verbindung zwischen Schneiderei und Kundin.« Agatha senkte die Stimme. »Frau Alm kann ein ziemlicher Drache sein, aber sie hat das Herz am richtigen Fleck.«

»Klingt wie meine Schwester Torun.«

»Das kann ich nicht beurteilen. Jedenfalls müssen Sie genau tun, was Frau Alm sagt. Wenn sie will, dass Sie sich umdrehen, drehen Sie sich um. Und wenn Sie auf dem Kopf stehen und dabei die Nationalhymne singen sollen, fangen Sie besser an zu singen. Was Frau Alm nicht über Haute Couture weiß, brauchen Sie auch nicht zu wissen.«

Victoria nahm sich fest vor, die Dame bloß nicht gegen sich aufzubringen.

»Dann geschieht das, was ich Ihnen bereits erklärt habe«, fuhr Agatha fort. »Die Zuschneiderin fertigt einen Schnittmusterbogen an und schneidet dann alle Teile der *toile* zu.«

»*Toile*?«

»Das ist eine Version des gesamten Kleides aus Baumwollstoff oder Musselin. Die Kundin probiert es an, und anschließend werden die Änderungen vorgenommen. Einige Damen, die nicht in Stockholm leben, nehmen sich ein Hotelzimmer, um zu den Anproben erscheinen zu können. Wenn die *toile* passt, beginnen wir mit dem Zuschneiden und Nähen des tatsächlichen Stoffes. Allerdings werden die Nähte nur geheftet, bis die Kundin das Kleid noch einmal anprobiert hat. Außerdem achten wir stets auf eine großzügige Nahtzugabe, für den Fall, dass das Kleid weiter gemacht werden muss. Zu guter Letzt, wenn alle zufrieden sind, stellen wir das Kleid fertig. Und dann schlägt die Stunde von Leuten wie mir und die Kolleginnen, die für die Feinarbeiten zuständig sind.«

»Was genau versteht man darunter?«

»Knopflöcher, Kragen, Manschetten und Ähnliches. Und schließlich kommt die Kundin zur letzten Anprobe. Wenn ihr alles gefällt, wird das Kleid gebügelt, ordentlich in Seidenpapier gewickelt, in eine Schachtel gepackt und ausgeliefert.«

Victoria lehnte sich zurück. »Ich hatte ja keine Ahnung.«

»Jetzt wissen Sie Bescheid. Der Kauf von Haute Couture ist ein Erlebnis. Und wenn man das Kleid dann trägt, dauert dieses Erlebnis an. Nur die Trägerin weiß, wie sich das Kleid anfühlt und von innen aussieht.« Agatha grinste. »Habe ich Ihnen jetzt die Lust aufs Kleidervorführen verdorben?«

Nachdenklich schüttelte Victoria den Kopf. »Ganz im

Gegenteil. Das Atelier scheint der faszinierendste Ort auf der Welt zu sein.«

»Das kann ich nicht beurteilen, doch es ist eindeutig der beste Arbeitsplatz in der Stadt. Zumindest meiner Meinung nach.«

»Wie lange sind Sie schon dabei?«

»Ich habe 1912 am Stureplan angefangen. Bis Fräulein Eriksson und Fräulein Sachs mich unter ihre Fittiche genommen haben, war ich ein schüchternes kleines Mäuschen. Aber das ist lange her.« Ihr Tonfall wurde wehmütig. »Sie und Isabella ahnen ja gar nicht, was für ein Glück Sie haben.«

Victoria neigte den Kopf zur Seite. »In welcher Hinsicht?«

»Weil das wunderbare Fräulein Eriksson und Fräulein Sachs auf Ihrer Seite sind.«

»Auf Ihrer doch auch. Das haben Sie gerade selbst gesagt.«

»Aber nicht so wie bei Ihnen. Schließlich sind Sie mit den beiden aufgewachsen.«

»Nicht mit Fräulein Sachs. Und wenn ich ehrlich bin, auch nicht mit Fräulein Eriksson. Ich bin erst seit 1917 hier. Davor war ich in Rättvik und allein.«

»Allein?«

»Natürlich nicht ganz allein. Aber ich hatte nur meinen Vater. Meine Mutter ist bei meiner Geburt gestorben, und meine Schwestern waren alle hier.«

»Das mit Ihrer Mutter tut mir leid.«

»Mir auch.« Victoria lächelte traurig. »Und mir tut es leid, dass Sie Ihre Mutter verloren haben. Isabella hat es mir erzählt.«

Agatha musterte sie forschend. »Denken Sie je an Ihre Mutter?«

»Die ganze Zeit. Aber so ist es nun mal im Leben. Ich kann nichts daran ändern.«

Agatha beugte sich vor. »Was, wenn es doch einen Weg gäbe?«

Victoria starrte sie an. »Was meinen Sie damit?«

Agatha schaute sich in der fast menschenleeren Kantine um und fuhr fort. »Haben Sie schon einmal von Adalbert Hamed gehört? Er hat im Auditorium in Norra Bantorget im letzten Monat eine Séance abgehalten.«

Victoria schnappte nach Luft. »Eine Séance?«

Agatha hatte die Augen weit aufgerissen. Sie nickte langsam. »Der ganze Saal war ausverkauft. Am nächsten Mittwoch findet wieder eine statt. Es gibt Eintrittskarten für drei Kronen fünfzig, zwei Kronen fünfzig und eine Krone. Aber ich glaube, dass ich mit einem teureren Platz die Wahrscheinlichkeit erhöhe, etwas von meiner Mutter zu hören.«

»Wenn es nur vom Preis der Karte abhängt, ist dieser Mann bestimmt ein Scharlatan.«

Agatha verzog missmutig das Gesicht. »Nein, er ist ein echter Fakir und hat tausend Kronen für jeden ausgelobt, der ihm Betrug nachweist. So steht es in seinem Inserat. Und« – Agatha reckte einen Finger in die Luft – »er lässt sich sogar kreuzigen.« Nach Agathas Tonfall zu urteilen, gab es keinen vernünftigen Grund, am Wort eines Mannes zu zweifeln, der sich aus freien Stücken der Tortur einer Kreuzigung unterzog.

Victoria runzelte die Stirn. »Also spricht er mit den Toten und vollbringt … Wunder?« Schon eine dieser Gaben wäre zu gut gewesen, um wahr zu sein. Aber gleich zwei? Vielleicht war der Mann ja wirklich ein Geschenk Gottes.

»Genau so steht es in dem Inserat«, beteuerte Agatha. »Möchten Sie jetzt eine Karte oder nicht? Ich kann Ihnen eine mitbringen, wenn ich meine kaufen gehe.«

Victoria fällte eine Entscheidung. »Und auch eine für Isabella.«

»Sind drei Kronen fünfzig in Ordnung?«

»Bestimmt. Wenn sie wirklich mit ihrer Mutter sprechen kann, ist das Geld gut angelegt.«

»Überlassen Sie es nur mir.« Agatha zuckte zusammen.

»Ach, herrje, ist es schon so spät? Jetzt muss ich mich aber wirklich sputen, sonst glaubt Bettan noch, Sie wären schwer von Begriff, und das wollen wir doch nicht riskieren.«

Kapitel achtundvierzig

Enttäuscht verließen die drei jungen Frauen den Vortragssaal und traten in die sternenklare Nacht hinaus. Sie tasteten sich vorsichtig über den spiegelglatten festgestampften Schnee bis zur Straßenbahnhaltestelle, wo sich bereits eine Warteschlange gebildet hatte.

»Ich weiß nicht, was schlimmer ist«, sagte Isabella. »Die Geldverschwendung oder die Zeitverschwendung.« Sie wies mit dem Kopf hinüber zum Folkets Hus auf der anderen Seite des Platzes. Gerade strömten fröhlich plaudernde junge Leute aus dem Gebäude. »Wir hätten stattdessen zu einem Kurs in Jazztanz gehen sollen. Gabriella tut das jeden Mittwoch und meint, sie würde um nichts in der Welt darauf verzichten. Was man von der armen Frau, die vorhin aus dem Saal gestürmt ist, um sich draußen zu erbrechen, sicher nicht behaupten kann.«

»Ich muss zugeben, dass mir auch ein bisschen flau war«, räumte Victoria ein. »Als er sich ganz zum Schluss einen Nagel in die Hand schlagen ließ …« Sie erschauderte.

»Eigentlich sollte ich euch beiden euer Geld zurückgeben«, sagte Agatha. »Schließlich war es meine Idee, diese lächerliche Veranstaltung zu besuchen.«

Victoria hakte sie unter. »Sei nicht albern.« Als sie kicherte, stiegen kleine Dampfwölkchen in die kalte Nachtluft auf. »Jetzt haben wir wenigstens etwas, das wir unseren Enkelkindern erzählen können.«

»Ganz bestimmt nicht!«, protestierte Agatha. »Schließlich sollen meine Enkelkinder ihre Großmutter nicht für ein leichtgläubiges Dummerchen halten. Außer natürlich, es würde mir gelingen, seinen Betrug zu enttarnen und die tausend Kronen zu kassieren.« Ihre Augen funkelten im Schein der Straßenlaterne. »In seinem Inserat heißt es, seine Darbietung strafe alle Regeln der Wissenschaft Lügen. Ich würde eher sagen, dass sie von vorne bis hinten erstunken und erlogen war. Wo waren denn die Narben an seinen Handflächen? Eigentlich müsste er noch welche von der letzten Kreuzigung haben. Außerdem hat er kein einziges Mal auch nur versucht, mit den Toten zu sprechen.« Sie stampfte mit den Füßen auf den vereisten Boden. »Mir erfrieren die Zehen. Meine Stiefel müssen dringend neu besohlt werden.«

»Der Schuster in der Grev Turegatan hat letzte Woche Hildas Stiefel besohlt. Wenn der noch Leder hat, müsste es bei N.K. eigentlich auch welches geben«, erwiderte Isabella.

»Dann frage ich morgen mal nach. Wir brauchen alle neue Sohlen.«

»Ist es eigentlich sehr schwierig, deine Schwestern zu versorgen?«, erkundigte sich Victoria.

»Seit meine Brüder zurück sind, ist es leichter geworden. Außerdem sage ich mir immer, dass die Mädchen ja nicht ewig von mir abhängig sein werden.«

Sie stiegen in eine Bahn der Ringlinie.

Als die Straßenbahn ruckelnd die Barnhusgatan entlangratterte, kam der Schaffner auf sie zugestolpert. »Was machen denn drei so hübsche junge Damen ganz allein in einer kalten Nacht wie heute?« Er fuhr sich mit der Zunge über die Lippen und setzte sich auf den freien Platz neben Victoria.

»Sie kümmern sich um ihre eigenen Angelegenheiten«, entgegnete Agatha.

Er erhob sich und näherte sein Gesicht dem von Agatha, sodass ihr sein übel riechender Atem in die Nase wehte. »Da will wohl jemand aussteigen und zu Fuß gehen, was?«

Eine Frau nahm auf dem frei gewordenen Sitz Platz. »Wir gehören zusammen.«

Victoria drehte sich um. »Tante Märta!«

Wortlos nahm der Schaffner das Fahrgeld entgegen, verteilte die Fahrkarten und trollte sich.

»Danke, Fräulein Eriksson«, sagte Agatha.

»Keine Ursache. Obwohl mich auch interessieren würde, was ihr so spät in der Nacht in dieser gottverlassenen Gegend wollt. Denn ich weiß ganz genau, dass du morgen früh deinen Lehrgang hast, Isabella Nyblaeus.«

Isabellas eiskalte Wangen röteten sich noch ein bisschen mehr. »Wir waren ... unterwegs.«

»Das ist nicht zu übersehen. Weiß Ottilia, wo ihr seid?«

Victoria rutschte unruhig auf ihren Sitz herum. »So in etwa.«

Tante Märta zog belustigt die Augenbraue hoch. »Euer Geheimnis ist bei mir sicher, meine Damen. Diesmal. Aber seid bitte vorsichtig. Ihr alle.«

Als Agatha klar wurde, dass auch sie damit gemeint war, wurde ihr ganz warm ums Herz.

In der Humlegårdsgatan trennten sich ihre Wege. Agatha fuhr weiter, Isabella und Victoria mussten in die Linie 2 umsteigen, und Märta ging von hier aus zu Fuß nach Hause.

Isabella biss sich auf die Lippe. »Kann Agatha allein auch wirklich nichts passieren?«

»Ich denke nicht«, erwiderte Märta. »Nur ein Dummkopf würde eine junge Frau belästigen, obwohl er weiß, dass er bereits unangenehm aufgefallen ist.« Dennoch hoffte Märta, als sie die letzten hundert Meter zum Haus Linnégatan 6 zurücklegte, dass sie mit ihrer Einschätzung richtiglag. Außerdem war sie ein wenig erleichtert, denn die drei jungen Mädchen hatten sich in ihrer Verwunderung nicht gefragt, warum sie selbst wohl in einer kalten Nacht wie dieser unterwegs war. Sie schritt schneller aus.

Torun und Birna hatten schon auf sie gewartet.

»In der Kanne ist noch Kaffee«, verkündete Torun. »Ich schenke dir eine Tasse ein.«

»Und dann wollen wir alles über den großen Mann hören«, fügte Birna mit gespielt argloser Miene hinzu.

Märta entfernte ihre Hutnadel. »Der große Mann ist ein Scharlatan.« Einen Arm noch im Mantel, zeigte sie mit dem Finger auf Birna. »Ich will kein einziges Wort hören! Allerdings muss ich einräumen, dass ich diese Krone sinnvoller hätte ausgeben können.«

Birna bekam einen Lachanfall. »Es tut mir leid, Märta. Wirklich.«

Märta kuschelte sich in einen Sessel und legte die kalten Finger um die Tasse, die Torun ihr reichte. Zu ihren beiden Freundinnen nach Hause zu kommen, war eine ihrer größten Freuden geworden. Denn die langen Dienste im Sophiahemmet Hospital hatten Birnas Sinn für Humor offenbar nicht geschadet. »Wie dem auch sei. Jedenfalls lagst du mit deiner Vermutung richtig, Torun: Mit dem Wort *Séance* war kein Gespräch mit den lieben Verstorbenen gemeint, sondern eher eine Versammlung.«

»Was unter den gegebenen Umständen jedoch ziemlich irreführend ist«, wandte Torun ein. »Schließlich prangte ganz oben in dem Inserat ein Kruzifix. Und das ist und bleibt nun einmal ein Symbol für den Tod. Nicht auszudenken, was es für ein Theater gäbe, wenn wir einfach ein Kreuz auf den Einband eines Buches über Lug und Trug drucken würden.«

»Außerdem ist Herr Hamed ebenso wenig aus Indien wie ich«, ergänzte Märta. »Ich begreife nicht, wie er es bei seiner letzten Vortragsreihe geschafft hat, so viele Stockholmer über den Tisch zu ziehen. Und heute Abend wieder, wenn man es genauer bedenkt, denn ich bin sicher, dass die meisten im Publikum diesen Hokuspokus für bare Münze genommen haben.« Im nächsten Moment fiel ihr etwas ein. Waren Isabella,

Victoria und Agatha etwa bei derselben … Aufführung gewesen? Schließlich hatten sie ihr nicht verraten, woher sie kamen. Und sie hatten auch keine Tanzschuhe bei sich gehabt. Jedenfalls waren sie in Norra Bantorget eingestiegen. Und bei welcher Veranstaltung hätten sie sonst gewesen sein können, die um dieselbe Zeit endete? Märta fand das höchst verdächtig.

»Was ist los?«, fragte Birna. »Du bist plötzlich so blass. Hat dieser Betrüger etwa behauptet, er könne mit Wilhelm sprechen?«

»Nein, er hat mit überhaupt niemandem gesprochen. Der Mann ist eindeutig größenwahnsinnig, und der ganze Abend drehte sich nur um ihn und seinen schmerzunempfindlichen Körper. So jemand hat nicht das Recht, auch nur den Namen des lieben Wilhelm in den Mund zu nehmen.«

»An was hast du dann gerade gedacht?«, hakte Torun nach.

Märta traf eine Entscheidung. »Wenn ich es euch erzähle, müsst ihr mir versprechen, Ottilia kein Sterbenswörtchen zu verraten. Eigentlich habe ich ja geschworen, zu schweigen, und ich würde normalerweise auch nichts sagen. Aber jetzt würde ich gerne eure Meinung hören.«

»Worüber?«, fragte Birna.

Märta zog eine Augenbraue hoch.

»Ehrenwort!«, beteuerte Birna. »Also schieß los.«

»Ich bin in die Ringlinie gestiegen, um nach Hause zu fahren. Genauso wie Isabella, Victoria und Agatha.«

»Wer ist Agatha?«

»Unsere beste Perlenstickerin im Atelier.«

»Wo waren sie gewesen?«, wollte Torun wissen.

»Genau das ist es ja. Sie haben ein großes Geheimnis darum gemacht. Jedenfalls sind sie in Norra Bantorget eingestiegen. Und sie hatten alle drei keine Tanzschuhe dabei.«

Torun starrte sie an. »Soll das heißen …?«

»Ja.«

»Aber warum?«, wunderte sich Birna. »Was haben sie davon, zuzuschauen, wie ein Mann seine eigene Kreuzigung vortäuscht?«

»Dasselbe könnte man von mir sagen«, wandte Märta ein.

»Du warst wegen der Séance dort«, antwortete Birna.

»Stimmt«, sagte Märta. »Die Mädchen etwa auch?«

Torun betrachtete sie erschrocken. »Gut, du hast gehofft, mit Wilhelm sprechen zu können. Mit wem wollten sie dann …?«

»Moment mal. Ich habe nicht *gehofft*, dass ich mit ihm sprechen könnte. Ich glaube nämlich nicht, dass er tot ist. Ich wollte nur …« Was hatte sie eigentlich gewollt?

»Wilhelm diese Möglichkeit eröffnen, nur für den Fall, dass er doch auf der anderen Seite sein sollte?«, schlug Birna mit sanfter Stimme vor.

»Vermutlich.« Eine Träne stieg Märta ins Auge. Enttäuschung? Sie war nicht sicher. Aber wie konnte sie enttäuscht sein, weil sie nicht mit einem toten Wilhelm hatte sprechen können? Ihr Herz war schwer von Ratlosigkeit, und die Träne rann ihr schließlich die Wange hinunter.

Birma kniete sich vor Märta hin, nahm ihr die Kaffeetasse ab und fasste sie an den Händen. »Du kannst nicht so weitermachen. Ich kenne einige Frauen, die seit Kriegsende Nachricht aus Deutschland erhalten haben. Schreib ein letztes Mal an seine Mutter und flehe sie an, dir zu sagen, was sie weiß. Teile Frau Schultz mit, dass das dein letzter Brief ist. Vielleicht ist sie dann ja endlich so freundlich, dir zu antworten.«

Märta tupfte sich die Augen ab. »Ich habe mir überlegt, ob ich diesen Sommer nach Deutschland fahren soll, um ihn zu suchen.«

»Genau das musst du seiner Mutter schreiben«, erwiderte Torun. »Falls Wilhelm nicht dort ist, wird sie verhindern wollen, dass du bei ihr auftauchst.«

»Vielleicht trifft auch das Gegenteil zu«, wandte Birna ein. »Wenn sie trauert, möchte sie vielleicht alles über Wilhelms Leben in Stockholm hören. Das würden die meisten Mütter tun. Das Band zwischen Mutter und Kind ist wie ein Spinnennetz. Zart und kompliziert, und dennoch kann man es nicht zerreißen.«

»Wenn das so ist«, ergänzte Torun, »lädt Frau Schultz dich möglicherweise zu sich ein.«

»Und wenn sie wieder nicht antwortet?«, fragte Märta.

»Dann müssen wir davon ausgehen, dass weder sie noch Wilhelm noch an dieser Adresse wohnen«, stellte Birna fest.

»Entschuldige, Märta«, ließ sich Torun vernehmen. »Ich möchte ja nicht kleinreden, wie schlecht es dir geht, aber mir wollen die drei Mädchen nicht aus dem Kopf. Warum sollten sie diese sogenannte Séance besucht haben? Birnas Satz von gerade eben hat mich auf einen Gedanken gebracht. Alle drei haben ihre Mutter verloren. Ist das vielleicht der Grund?«

»Wir haben auch unsere Mutter verloren«, merkte Birna an. »Aber wir waren trotzdem nicht dort.«

»Wir kannten unsere Mutter.«

»Agatha kannte ihre auch«, wandte Märta ein. »Sie ist erst im letzten Herbst gestorben. Wie Beda.«

Ihre Blicke wanderten zum Bücherregal, wo die Fotografie einer steif dreinschauenden Beda, aufgenommen im Grand Hôtel, prangte. »Ein Jammer«, meinte Torun, »dass ein Foto die Persönlichkeit eines Menschen nicht wiedergeben kann. Dieses Bild wird unserer Beda nicht gerecht.«

»Trotzdem ein Glück, dass wir es haben«, sagte Märta. »Hat euer Vater denn ein Foto von eurer Mutter?«

Birna schüttelte den Kopf. »Ich glaube, sie konnten sich keinen Fotografen leisten.«

Torun verzog den Mundwinkel. »Pa wollte immer ein Familienfoto anfertigen lassen. Doch dann starb unser Bruder Jon, und er hat es nie wieder erwähnt.«

»Weil das Foto unvollständig gewesen wäre«, stellte Märta fest.

»Wahrscheinlich«, stimmte Birna zu. »Außerdem hast du

recht, was Ma angeht, Torun. Allerdings verstehe ich nicht, warum Victoria sich nicht an uns wendet. Sie wohnt doch bei Ottilia, und wir beide haben uns sogar wochenlang ein Zimmer geteilt. Und dennoch hat sie Ma kein einziges Mal erwähnt.«

»Am besten fragen wir sie einfach«, schlug Torun vor.

»Das geht nicht«, wandte Märta ein. »Ich habe versprochen, dass ich nichts verraten werde. Wir können zudem nicht hundertprozentig sicher sein, dass die drei überhaupt bei der Séance waren. Also können wir überhaupt nichts tun, bis eine von ihnen den Mund aufmacht. Und jetzt lass uns schlafen gehen.«

Torun zog sich das Nachthemd über den Kopf. *Das Band zwischen Mutter und Kind ist wie ein Spinnennetz. Man kann es nicht zerreißen.* Ihre Kopfschmerzen setzten wieder ein.

Kapitel neunundvierzig

Josef döste in einem Lehnsessel vor sich hin. Durch das Wohnzimmerfenster wehte die Mailuft herein. In der letzten Nacht hatte er länger gearbeitet als beabsichtigt. Doch der Bericht wollte gelesen und mit Anmerkungen versehen werden. Zumindest konnte er für heute einen Punkt von seiner Liste streichen.

Das Klappern von Geschirr sorgte dafür, dass er ein Auge aufschlug. Ellen kam mit einem Tablett herein.

»Tante Sigrid meinte, du möchtest vielleicht einen Kaffee.« Sie verzog das Gesicht. »Habe ich dich geweckt?«

»Eigentlich nicht. Allerdings wirkt ein Nickerchen in der frischen Frühlingsluft wahre Wunder. Man bekommt wieder einen klaren Kopf. Hast du Lust, dich zu mir zu setzen? Wie ich sehe, hat Sigrid zwei Tassen bereitgestellt.«

Ellen errötete. »Offen gestanden war die zweite Tasse meine Idee.«

»Aha. Was hast du auf dem Herzen?«, erkundigte sich Josef.

Ellen schenkte Kaffee ein. »Muss ich denn etwas auf dem Herzen haben? Vielleicht will ich ja nur ein paar Minuten mit meinem Lieblingsonkel verbringen.«

Es zuckte um seine Lippen. »Mein Kind, wie immer weißt du, wie man einen alten Mann glücklich macht.«

»Alter Mann? Glücklich? Erstens kann man sich mit nicht mal fünfzig Jahren wohl kaum als alt bezeichnen. Und zweitens warst du doch schon glücklich, bevor ich kam.«

»Zu Hause bin ich immer glücklich. Insbesondere, seit es wieder ausgezeichneten Kaffee gibt.« Er hob seine Tasse.

»Du weichst meiner Frage aus.«

»Ich sage die reine Wahrheit«, entgegnete er in gespielter Empörung.

»Und was ist mit N.K.? Bist du noch glücklich mit dem Kaufhaus?«

»Selbstverständlich.«

»Aber?«

Er stellte die Tasse ab. »Ich rechne mit harten Zeiten.«

Ellen sah ihn zweifelnd an. »Warum? Gut, es gibt meines Wissens noch immer so gut wie keine Ausfuhren. Aber mein Eindruck ist, dass die Stockholmer das Kaufhaus unterstützen.«

»Das tun sie wirklich. Die Besucherzahl ist im letzten Jahr um mehr als vierzigtausend Personen gestiegen.«

»Und der Umsatz?«

»Um fünfzig Prozent.«

»Und die Kosten?«

»Braves Mädchen. Die meisten Menschen denken nur an den Umsatz und vergessen, dass die Verkaufszahlen nur eine Seite der sprichwörtlichen Medaille sind.«

Ellen schnitt eine Grimasse, die so viel wie *Bitte verschone mich!* besagen sollte.

Er lachte leise auf. »Offenbar habe ich dich unterschätzt. Die Kosten sind natürlich gestiegen. Angefangen beim Personal bis hin zu Verpackungen und Treibstoff.«

»Aber die benötigte Menge an Angestellten bemisst sich doch nach den Verkaufszahlen.«

»Ja und nein. Während des Krieges habe ich gezögert, neue Mitarbeiter einzustellen. Schließlich hätte sich unser Glück auch wenden können, und dann wäre ich in der unangenehmen Position gewesen, Leuten kündigen zu müssen. Allerdings sind unsere allgemeinen Kosten explodiert, zum Beispiel, was den Betrieb der Kantine angeht. Außerdem hätten wir da noch die zusätzliche Pauschale, die wir unseren Mitarbeitern für die Lebenshaltungskosten bezahlen. Und wir wollen die Kleingärten nicht vergessen, wo unsere Leute auf unserem Land und mit unseren Gerätschaften Kartoffeln für den Eigenbedarf anbauen können. Wir haben sogar die Saatkartoffeln zur Verfügung gestellt. Ganz zu schweigen davon, dass wir den Kleingärtnern im letzten Herbst und dann wieder im folgenden Frühjahr zwei Tage für die Gartenarbeit freigegeben haben, und zwar bei vollem Lohnausgleich. All diese Kleinigkeiten addieren sich. Und zwar allein im letzten Jahr auf fast drei Millionen Kronen.«

Ellen stieß einen Pfiff aus. »Gibt es auch gute Nachrichten?«

Josef zog eine Augenbraue hoch. »Abgesehen davon, dass das Parlament gestern das Gesetz über das Frauenwahlrecht verabschiedet hat?«

»Ganz recht. Während der Abstimmung im Oberhaus standen wir alle vor dem Parlamentsgebäude.«

»Wir?«

»Ich, Maria Blombergsson, Märta, Torun und eine große Gruppe ihrer engagierten Freundinnen von *Tolfterna*. Und noch Hunderte weiterer Frauen. Was für ein erhabener Moment.« Ellen klatschte in die Hände. »Einige Frauen haben ihre Hüte in die Luft geworfen. Alle haben gelacht und geweint. Mich wundert, dass du den Jubel nicht bis hierher gehört hast.«

»Ich habe mich schon gefragt, was das für ein Radau war.«

»Onkel Josef!« Seine gutmütigen Neckereien waren herzerwärmend. »Allerdings verlangt unsere Verfassung noch eine zweite Parlamentsabstimmung, damit diese Reform rechtskräftig wird«, seufzte sie. »Aber der Himmel steh diesen Männern bei, wenn sie den Beschluss nicht 1921 fällen.«

»Ich denke, eine Ratifizierung wird nur eine bloße Formsache sein. Mein Beifall gilt den Frauen, die so lange und hart dafür gekämpft haben. Thorwald Munkhammar und seine

Leute werden heute die Schaufenster und das gesamte Haus umdekorieren, um den Frauen zu gratulieren.«

»Typisch Thorwald. Er hat den Finger immer am Puls der Zeit. Ich habe oft das Gefühl, dass er im ganzen Kaufhaus die interessanteste Aufgabe hat.«

»Soll das heißen, du würdest gern mit ihm zusammenarbeiten?«

»Gütiger Himmel, nein. Das wäre überhaupt nichts für mich. Doch immer, wenn ich durchs Kaufhaus gehe, entdecke ich etwas Neues.«

»Dann macht Thorwald seine Sache gut. Selbst unsere ältesten Stammkunden sollen bei N.K. stets überrascht werden.«

»Apropos Stammkunden: Was gibt es sonst noch an guten Nachrichten?«

»Mehr als genug. Wir haben Ronna Handelsträdgård für einen guten Preis verkauft …«

»Warum?«

»Weil es absurd teuer geworden ist, Obst und Gemüse von Södertälje in die Stadt zu transportieren.«

»Aber die Frischware wird doch in der Feinschmeckerabteilung gebraucht.«

»Das ist richtig. Und deshalb haben wir die Gärten rings um den Ulriksdal-Palast gepachtet, die in der Nähe von Haga liegen.«

»Und die Importe?«

»Allmählich entspannt sich die Lage, aber« – Josef erhob mahnend den Finger – »das kann sich auch zu unserem Nachteil auswirken. Viele Monate lang haben sich die Menschen mit Ersatzprodukten begnügen müssen, weil an so manchem, wie zum Beispiel Kaffee, Knappheit herrschte. Nun gibt es wieder echten Kaffee, was heißt, dass die Lagerbestände an Ersatzkaffee praktisch wertlos geworden sind.«

»Haben wir denn noch viel davon auf Lager?«

Josef schüttelte den Kopf. »N.K. hat genau aus diesem Grund die Strategie verfolgt, die Lagerbestände an Ersatzprodukten gering zu halten. Doch andere Einzelhändler wird es hart treffen.«

»Dann verstehe ich dich nicht. Die Lieferketten für unsere Feinschmeckerabteilung sind gesichert, mit unseren Lagerbeständen ist alles in Ordnung, und hoffentlich müssen wir unserem Personal nicht mehr lange etwas zum Lebensunterhalt zuschießen. Weshalb also machst du dir Sorgen?«

»Jetzt überleg mal, Ellen. Warum sagst du, dass die Sonderzahlungen zum Lebensunterhalt der Mitarbeiter bald wegfallen werden?«

»Weil überall die Preise sinken.«

»Und welche Auswirkungen hat das deiner Ansicht nach auf unsere Lagerbestände?«

Ellens Augen weiteten sich. »Sie werden weniger wert sein als das, was wir damals dafür bezahlt haben, weil wir sie, ebenso wie alle anderen, zu einem geringeren Preis werden verkaufen müssen.«

»Genau. Und das wiederum bedeutet Lohnkürzungen oder sogar Entlassungen. Seit wir im Jahr 1915 eröffnet haben, ging es mit N.K. nur bergauf. Ich glaube, 1919 werden wir das nicht von uns behaupten können.«

»Lässt unsere Anziehungskraft etwa nach?«

»Ich glaube nicht. Meiner Ansicht nach liegt es eher daran, dass sich die meisten Leute viele der kostspieligeren Dinge auf ihrer Wunschliste bereits angeschafft haben. Ganz sicher wird eine Dame ihre neue Esszimmergarnitur oder den Pelzmantel nicht schon im nächsten Jahr durch etwas Neues ersetzen. Vielleicht behält sie beides ja bis zum Ende ihres Lebens. Die Zeiten haben sich geändert. Vielleicht für immer.«

»Und was sollen wir tun?«

Josef lächelte wie ertappt. »Ich habe letzte Nacht über unsere Möglichkeiten nachgedacht.«

»Haben wir denn noch Möglichkeiten?«

»Mein Kind, wir haben immer Möglichkeiten. Und meine Aufgabe ist es, die beste davon auszuwählen. Aber davon später. Jetzt musst du mir endlich verraten, warum du mich sprechen wolltest.«

Ellen spähte in die Kanne und verteilte den restlichen Kaffee auf die Tassen.

Josef wartete ab.

Endlich blickte sie auf. »Hast du gute Kontakte zum deutschen Militär?«

Josef lehnte sich zurück. Von der langen Liste möglicher Anliegen hätte er mit diesem am allerwenigsten gerechnet. »Warum?«

»Weil Märta Eriksson noch immer verzweifelt auf Nachricht von Wilhelm wartet. Sie hat seit über drei Jahren nichts mehr von ihm gehört. Die arme Frau hat keine Ahnung, ob er tot ist oder noch lebt. Ich habe mich nur gefragt, ob du vielleicht jemanden kennst, der herausfinden könnte, was aus ihm geworden ist.«

Als Josef bemerkte, dass er mit offenem Mund dasaß, schüttelte er sich innerlich. Bevor er zu viel sagte, musste er sichergehen, dass sie von ein und demselben Mann sprachen. »Wilhelm Schultz aus der Gepäckabteilung?«

»Ja. Er ist gleich bei Kriegsausbruch zur deutschen Armee gegangen.«

»Und Fräulein Eriksson hat keine Nachricht von ihm?«

»Nicht seit 1916. Sie hat ihm während des Krieges Dutzende von Malen geschrieben. Auch seiner Mutter hat sie zwei Briefe geschickt.« Ellen verzog das Gesicht. »Keine Antwort. Märta klammert sich an die innere Überzeugung, dass er noch lebt, und lässt sich nicht davon abbringen. Doch wenn er tot ist, sollte sie so schnell wie möglich davon erfahren. Zumindest ist das meine Ansicht.«

»Ich stimme dir zu.«

Ihr Kopf fuhr hoch. »Kennst du jemanden, der uns helfen könnte?«

»Ich fürchte, ja. Und zwar bin ich es selbst. Ich hatte keine Ahnung, dass Fräulein Eriksson weiter im Dunkeln tappt. Wie abscheulich feige von ihm.«

»Feige von wem?«

»Herrn Schultz. Ich weiß nämlich aus ganz sicherer Quelle, dass er nicht die Absicht hat, nach Schweden zurückzukehren. Das hat er mir vor sechs Monaten selbst in einem Brief mitgeteilt.«

»Wurde er verwundet?«

»Nein.«

Ellen schlug die Hand vor den Mund. »Dieser Schweinehund!«

Josef ging nicht auf das Schimpfwort ein.

»Hat er seine Entscheidung begründet?«, hakte Ellen nach.

»Er schrieb, er werde nicht wieder bei Nordiska Kompaniet anfangen, denn er weigere sich, in einem Land zu leben, das Deutschland in der Stunde der Not so schnöde im Stich gelassen habe. Da Fräulein Eriksson so bedrückt aussah, dachte ich, sie wüsste Bescheid.«

»Vor sechs Monaten?«

»So in etwa.«

»Unsere gute Freundin Beda ist im Oktober gestorben. Wir waren alle wie vor den Kopf geschlagen. Insbesondere Märta, denn sie war am längsten von allen mit Beda befreundet.«

»Soll ich es Fräulein Eriksson sagen?«

»Das wäre mir am liebsten. Aber dann wäre ich auch ein Feigling, oder?«

»In meinen Augen nicht.«

Ellen lächelte, obwohl ihr eher nach Weinen zumute war. »In meinen schon.« Sie stand auf.

»Bitte richte Märta meine besten Wünsche aus. Sie soll sich ein paar Tage freinehmen, um zu trauern.«

»Wird gemacht. Aber du sagtest doch gerade, Wilhelm sei nicht tot.«

»Er könnte es genauso gut sein, denn ich bezweifle sehr, dass Märta ihn je wiedersehen wird.«

Kapitel fünfzig

Es war wie ein Überraschungsbesuch der Polizei. Jedenfalls wusste Märta sofort, dass etwas Schreckliches passiert sein musste, denn bei ihrer Ankunft in der Linnégatan wurde Ellen von einer kreidebleichen Ottilia und von Karolina begleitet. Märtas Gedanken überschlugen sich. Wenn Isabella etwas zugestoßen wäre, hätte Ottilia niemals Fredrik allein gelassen. Waren etwa Birna oder Victoria Opfer eines Schicksalsschlags geworden? Nach der Trauer in den Gesichtern ihrer Freundinnen zu urteilen, musste es um eine der beiden gehen. Wortlos ließ sie die Besucherinnen herein.

Torun fiel beim Anblick der drei die Kaffeetasse aus der Hand. »Wer ist es?«

»Wir wollen uns erst einmal setzen«, erwiderte Ottilia.

Torun rang die Hände. »Nun mach schon den Mund auf. Wer ist gestorben?«

»Niemand«, antwortete Ellen. Sie nahm Märtas Hand. »Auch nicht Wilhelm. Er ist am Leben und wohlauf.«

Märta sank aufs Sofa und zog Ellen dabei mit sich. Ihr eigener Puls dröhnte ihr in den Ohren, als sie versuchte, Ellens Worte zu begreifen. *Er ist am Leben und wohlauf.* Ellen sprach immer noch. *Er kommt nicht zurück.*

Märta verstand nicht ganz. »Verzeihung. Wer kommt nicht zurück?«

»Wilhelm«, entgegnete Ellen leise, aber mit Nachdruck.

»Warum sagst du so etwas?«

»Weil er an Onkel Josef geschrieben und es ihm mitgeteilt hat.«

»Moment mal«, unterbrach Torun. »Heißt das, dass Wilhelm nicht mehr zu Nordiska Kompaniet zurückkehrt? Oder nach Schweden?«

»Nach Schweden.«

»Oder zu mir.« Märta sah die anderen aus geweiteten, aber trockenen Augen an. »Ich habe euch doch gesagt, dass er nicht tot ist.«

Karolina wandte sich an Torun. »Hast du einen Schluck Brandy da, den wir ihr einflößen können?«

»Ja, haben wir«, stieß Torun zwischen zusammengebissenen Zähnen hervor. »Ich gehe ihn holen, bevor ich noch etwas sage, das ich bereuen könnte.«

Märtas Zähne schlugen hörbar gegen das Glas, als sie den Cognac in einem Zug hinunterkippte. Torun schenkte ihr nach.

»Warum klappern denn meine Zähne? Mir ist doch gar nicht kalt«, murmelte Märta.

»Du stehst unter Schock«, erwiderte Ottilia und kauerte sich vor sie hin. »Versuch, es positiv zu sehen. Es ist besser, Bescheid zu wissen, als sich vergeblich Hoffnungen zu machen.«

»Da hast du völlig recht.« Märta überlegte. »Ich wünschte nur, er hätte es mir schon 1916 gesagt, in dem Jahr, als er aufgehört hat, meine Briefe zu beantworten.«

»So leid es mir auch tut, aber er wusste da noch nicht, wie der Krieg enden wird«, merkte Torun an. »Ellen, hat Wilhelm begründet, warum er nicht zurückkommt?«

Ellen berichtete ihnen alles, was sie wusste.

»Wir hatten recht, uns aus dem Krieg herauszuhalten«, meinte Märta.

Die anderen schwiegen ängstlich.

Märta sah sie nacheinander an. »Unsere Neutralität ist mehr wert als die Liebe einer Frau zu einem Mann.« Sie trank noch einen Schluck Cognac. »Ich bereue nur, dass ich nun niemals Mutter werden kann«, fuhr sie fort. »Ich bin fünfunddreißig.« Diese Erkenntnis traf sie in dem Moment, als sie die Worte aussprach.

»Sag niemals nie.« Aufregung schwang in Karolinas Stimme mit.

Torun musterte Karolina argwöhnisch von Kopf bis Fuß. »Hast du ... Neuigkeiten?«

Karolina nickte kurz in Märtas Richtung. »Heute passt es nicht.«

»Heute passt es ausgezeichnet«, protestierte Märta. »Wenn es gute Neuigkeiten sind, wäre heute nämlich genau der richtige Tag.«

Alle drehten sich zu Karolina um.

Diese breitete die Hände aus und gab sich geschlagen. »Wir bekommen ein Baby.«

Märta stand auf und nahm Karolina fest in die Arme. »Wie wundervoll!«

»Wenn auch recht überraschend«, erwiderte Karolina. »Immerhin hat es neun Jahre gedauert.«

»Dann wird er oder sie umso mehr willkommen sein«, stellte Ellen fest.

»Richtig.« Ottilia küsste Karolina auf beide Wangen.

»Weiß es Julian schon?«, erkundigte sich Torun.

»Noch nicht. Wir wollten bis zum vierten oder fünften Monat warten, bevor wir es jemandem erzählen. Nur für alle Fälle. Birna hat es mir am Freitag eröffnet. Ihrer Berechnung nach kommt das Baby Anfang Oktober zur Welt. Hoffentlich nicht an Julians Geburtstag. Edward hat am Freitag und gestern gearbeitet, aber wir wollten es ihm heute Abend sagen.«

»Glaubst du, Julian wird etwas gegen ein neues Baby in der Familie haben?«

Ottilia bedachte ihre Schwester mit einem finsteren Blick. »Er wird begeistert sein. Und wenn nicht, wird er sich schon daran gewöhnen, wenn das Baby erst einmal da ist. Alle älteren Geschwister kommen früher oder später damit zurecht.

Nimm nur mich. Ich habe es sogar dreimal verkraftet. Einschließlich bei dir.«

»Da muss ich dir beipflichten«, antwortete Torun mit einem gezwungenen Lächeln. »Aber ich war ja auch eine mustergültige kleine Schwester.«

Ottilia schnaubte, während die anderen zu lachen anfingen.

Märta wurde von Unruhe ergriffen. Sie stemmte sich vom Sofa hoch. »Meine Damen, wisst ihr, wozu ich jetzt Lust hätte?«

Vier Augenpaare sahen in ihre Richtung.

»Ich würde gern mit euch einen Spaziergang zu Blanch's Café machen. Um der alten Zeiten willen. Für Beda. Für unsere Jugend. Zur Feier von Karolinas Baby. Und weil wir jetzt das Frauenwahlrecht haben. Und ein neues Ehegesetz, das uns nicht mehr an unsere Männer kettet. Auf einen Neuanfang.«

»Bist du sicher?«, fragte Ottilia.

»Seit dem Moment, als ich Wilhelm zum Abschied zugewinkt habe, war ich mir keiner Sache mehr so sicher«, antwortete Märta, und es war ihr voller Ernst. »Zum ersten Mal seit fast fünf Jahren brauche ich mich nicht mit Sorgen zu quälen. Wenn man von der sicheren Ankunft unseres neuen Familienmitglieds absieht.« Sie prostete Karolina zu.

»Darauf trinke ich gerne«, ließ sich Torun vernehmen.

»Wollt ihr vier nicht vielleicht allein gehen?«, erkundigte sich Ellen. »Um der alten Zeiten willen, wie Märta gerade gesagt hat? Ich wäre überhaupt nicht gekränkt.«

Torun verdrehte die Augen. »Sei nicht albern. Also schnappt euch eure Hüte, Mädels.«

Sie mussten eine Viertelstunde warten, bis der Oberkellner sie zu einem Tisch führen konnte.

»Ich hatte ganz vergessen, dass in den Cafés der Zucker nicht mehr rationiert wird«, merkte Märta an. »Offenbar sind Gott und die Welt hier.«

»Zumindest der weibliche Teil«, erwiderte Torun. »Ich habe noch nie so viele Frauen in diesem Lokal gesehen.«

Karolina lachte auf. »Kein Wunder, dass es so laut ist. Gösta Möller pflegt zu sagen, der Geräuschpegel im Speisesaal hinge von der Anzahl der anwesenden Damen ab.«

»Ach, tut er das?« Ottilias scherzhafter Tonfall milderte die tadelnden Worte ab.

Als Torun eine Frau am Nachbartisch begrüßte, prostete diese ihr mit einem Glas zu, dessen Inhalt verdächtig nach Champagner aussah. Torun wandte sich an die anderen. »Lasst uns auch Champagner bestellen.«

Märta schnappte nach Luft. »Wir haben noch nie an einem Sonntag Champagner getrunken. Außerdem hatte ich bereits zwei Cognac.«

»Wir hatten auch noch nie das Wahlrecht«, entgegnete Torun. »Jetzt lautet die Frage, wofür wir als Nächstes kämpfen.«

»Vielleicht hätten wir in der Sibyllegatan anrufen sollen. Es ist ein bisschen gemein, Victoria und Isabella an diesem großen Tag von der Feier auszuschließen.«

Torun verzog das Gesicht. »Sie sind noch zu jung, um Alkohol trinken zu dürfen. Außerdem haben sie keine Alkoholmarken.«

»Stimmt, aber sie könnten ja eine Tasse Tee trinken und dazu Kuchen essen.«

Ottilia starrte quer durch den Raum. »Tee und Kuchen haben sie bereits. Denn wenn mich nicht alles täuscht, sitzen sie mit ihrer Freundin Agatha da drüben in der Ecke.«

Kapitel einundfünfzig

Die ungewöhnliche Freundschaft zwischen den drei jungen Mädchen war im Laufe der letzten Monate noch enger geworden. Agatha, die weniger behütet aufgewachsen war als die anderen, hatte inzwischen gewissermaßen die Vermittlerrolle zwischen Isabella, der Tochter aus gutem Hause, und Victoria, dem Mädchen vom Lande, übernommen.

»Ja, sie sind es unverkennbar«, stellte Victoria nun fest.

Isabella duckte sich ein wenig tiefer und versuchte, sich unsichtbar zu machen. »Glaubst du, die haben uns gesehen?«

Agatha riskierte noch einen Blick durchs Lokal. »Offenbar nicht. Jedenfalls schauen sie nicht in unsere Richtung. Jetzt bestellen sie etwas beim Kellner.«

»So ein Mist«, meinte Victoria. »Ich habe gedacht, dass sie den Abend in der Linnégatan verbringen. Jetzt müssen wir bleiben, bis sie gehen, sonst bemerken sie uns. Bist du sicher, dass Tante Märta auch dabei ist? Ich traue mich nicht mehr, hinzuschauen.«

»Eindeutig.« Agatha sah die anderen fragend an. »Habe ich etwas verpasst? Warum sollte Fräulein Eriksson denn nicht dabei sein?«

Victoria und Isabella wechselten einen Blick.

Achselzuckend aß Isabella noch einen Bissen von ihrem Zuckerplätzchen.

Victoria beugte sich vor. »Weil wir heute erfahren haben, dass Tante Märtas Wilhelm nie mehr zurückkommt.«

Agatha schnappte nach Luft. »Die Arme. Und dabei war sie so sicher, dass er den Krieg überlebt hat.«

»Das hat er auch«, flüsterte Isabella. »Aber er hat beschlossen, in Deutschland zu bleiben.«

»Wenn das so ist, kann sie froh sein, dass sie ihn los ist«, verkündete Agatha. »Und anscheinend findet sie das auch, denn es macht ganz den Eindruck, als würden sie Champagner trinken.«

Isabella konnte der Versuchung nicht widerstehen, noch einmal rasch hinzuschauen. »Du hast recht. Ich freue mich für Tante Märta.«

Victoria schüttelte den Kopf. »Wie ich unsere Torun kenne, trinken sie den Champagner wegen des Frauenwahlrechts. Aber viel wichtiger ist es, dass ihr ratet, was ich gemacht habe. Ach, nein, ihr kommt sowieso nicht drauf. Ich habe einen Termin vereinbart, um mir die Haare abschneiden zu lassen.«

»Das hast du nicht wirklich getan!« Erstaunt blickte Agatha zwischen einer nicht minder fassungslosen Isabella und Victoria hin und her.

»Doch, habe ich. Am Dienstag. In unserem Friseursalon, damit ich den Mitarbeiterrabatt in Anspruch nehmen kann. Ich werde zwar nicht die Erste mit einem Kurzhaarschnitt sein, aber nur über meine Leiche riskiere ich, die Letzte zu werden.«

»Das mit der Leiche könnte hinkommen«, erwiderte Agatha. »Und zwar, wenn Frau Alm dich mit kurzen Haaren sieht.«

Isabella fand ihre Stimme wieder. »Hast du Mamma gefragt?«

Victoria reckte das Kinn. »Meine Haare sind meine Angelegenheit.«

»*Solange du die Füße unter meinen Tisch stellst …*«, murmelte Isabella.

»Sei kein Frosch, Bella«, flehte Victoria. »Falls Ottilia einen Anfall kriegt, musst du auf meiner Seite stehen.«

»Ich stehe auf deiner Seite. Außerdem kann Mamma, vernünftig betrachtet, auch nicht viel tun. Abgeschnitten ist abgeschnitten.«

»Aber mit Frau Alm ist es eine andere Sache«, wandte Agatha ein. »Sie wird dich einen Kopf kürzer machen. Oder dich zurück in die Damenoberbekleidung schicken. Oder noch schlimmer.«

Victoria grinste selbstzufrieden. »Das wird sie nicht. Denn der Boss hat mir die Erlaubnis erteilt. Ich brauchte nur den richtigen Zeitpunkt abzupassen. Er war abgelenkt. Ich habe leise gesprochen. Er hat Ja gesagt.«

Agatha verschränkte die Arme. »Und wenn er sich nicht an seine Erlaubnis erinnert?«

Victoria riss die Augen auf und neigte den Kopf zur Seite. »Aber Herr Jacobsson, ich habe Sie doch gefragt. Und Sie waren ganz sicher einverstanden.«

»So macht sie es immer«, teilte Isabella Agatha mit.

Victoria fuhr sich mit den Fingern durchs blonde Haar. »Stellt euch nur vor, wie viel Zeit ich dann beim Waschen und Trocknen spare.« Ihre Augen funkelten spitzbübisch. »Außerdem will ich einen dieser neuen Büstenhalter.«

»Darin könntest du aber nicht in der Schneiderei herumspazieren«, meinte Isabella.

Agatha grinste. »Außer du hast den Boss bereits um Erlaubnis gebeten.«

Victoria versetzte ihr einen spielerischen Klaps auf den Arm.

Isabella stellte die Teetasse weg. »Gabriella hat einen Büstenhalter. Den trägt sie aber nur in der Freizeit. Sie sagt, so bequeme Unterwäsche hätte sie noch nie gehabt.«

Victoria knirschte mit den Zähnen. Natürlich war Gabriella ihr wieder einmal zuvorgekommen. Hoffentlich tauchte diese sogenannte Italienerin morgen nicht mit einem Kurzhaarschnitt bei der Arbeit auf. Denn es wäre ausnahmsweise einmal so schön gewesen, in irgendetwas die Erste zu sein.

Agatha räusperte sich. »Passt mal auf. Ich habe heute Morgen mit meinem Bruder geredet. Und der hat einen Freund, der schon in Amerika war.«

»Amerika.« Ein träumerischer Glanz trat in Victorias Augen. »Wo genau war er denn?«

»Das habe ich ihn nicht gefragt, weil es nicht wichtig ist.«

»Wichtig wofür?«, hakte Isabella nach.

»Mein Bruder hat ihm von der … Séance erzählt, die wir besucht haben.« Agatha senkte die Stimme zu einem Flüstern.

Isabella schnappte nach Luft. »Ach, herrje. Warum musstest du das deinem Bruder unter die Nase reiben?«

Agatha sah sie finster an. »Es ist mir eben so rausgerutscht. Aber hört zu: Dieser Freund hat meinem Bruder ein spezielles Brett beschrieben, das es in Amerika gibt. Es stehen alle Buchstaben und Zahlen darauf und außerdem ›Ja‹ und ›Nein‹ und …« – ihre Miene erhellte sich, als es ihr wieder einfiel – »Lebe wohl.«

Victoria runzelte die Stirn. »Und wozu soll das gut sein? Ein Spiel?«

»Um mit den Toten zu sprechen. Und laut dem Freund, der in Amerika war, klappt es wirklich. Man stellt ein umgedrehtes Glas in die Mitte, legt den Finger darauf und fragt etwas. Wenn die Geister einen hören, bewegt sich das Glas und buchstabiert die Antwort.«

Isabella nickte nachdenklich. »Außer, sie lautet ›Ja‹, ›Nein‹ oder ›Lebe wohl‹.«

»Genau.«

»Woher weiß man, dass es nicht die Person mit den Fingern auf dem Glas ist, die es zu dem richtigen Buchstaben schiebt?«, wandte Victoria ein.

»Weil alle, die rings um das Brett sitzen, das Glas berühren. Wenn jemand das Glas schieben würde, würden die anderen es bemerken. Der Freund meines Bruders hat ihm in einer Zeitschrift, die er mitgebracht hat, ein Foto von dem Brett gezeigt. Haben wir nicht auch amerikanische Zeitschriften im Leseraum für Damen?«

»Und was hätten wir davon?«, meinte Victoria. »Wir können doch kein Glas auf einer Zeitschrift herumrutschen.«

»Nein. Aber was, wenn wir uns selbst ein Brett mit schwedischen Buchstaben machen?«, schlug Agatha vor. »Da das Brett nicht heilig ist, muss es auch nicht von einem Priester gesegnet werden. Wir brauchen nur ein großes, flaches Stück Holz und etwas Farbe. Wenn wir es so schön wie möglich gestalten, antworten die Geister uns ganz bestimmt.«

»Unsere Mütter tun es sicher«, erwiderte Victoria.

Schweigend saßen sie da und dachten über die Möglichkeiten und Hindernisse nach. Wo sollten sie ein Brett auftreiben? Wo die Farbe? Und wo sollten sie das Brett aufbauen? Draußen? Schließlich blieb es im Sommer abends lange hell.

Doch zwei Dinge standen fest, ohne dass das Dreigespann deshalb ein Wort hätte wechseln müssen: Sie würden so ein Brett anfertigen. Und sie würden es heimlich tun.

Kapitel zweiundfünfzig

Um den Leseraum für Damen bei Nordiska Kompaniet zu erreichen, ging man durch einen Torbogen im Erdgeschoss und dann die zweizügige Treppe hinauf. Der von den Abteilungen »Bücher« und »Zeitungen & Zeitschriften« flankierte Bereich hatte sich rasch zunehmender Beliebtheit erfreut, denn hier konnten Damen auf ihre Freundinnen warten, ihren weiteren Einkauf planen, eine Postkarte schreiben oder einfach nur ausruhen, bevor sie den Alltag wieder in Angriff nahmen. Außerdem war es ausdrücklich erwünscht, dass die Damen ein oder zwei Stunden lesend hier verweilten. Zu diesem Zweck lag eine breite Auswahl an schwedischen und internationalen Zeitschriften und Zeitungen bereit. Neue Ausgaben konnten auch käuflich erworben werden. Kurzum war der Leseraum eine der einladendsten Räumlichkeiten im Kaufhaus und wurde vom Publikum gerne angenommen.

Da die Mädchen mit ihrer Suche nach einem Foto von einem amerikanischen Wörterbrett kein Aufsehen erregen wollten, wurde die Erkundungsmission sorgfältig geplant. Alle drei hatten einen triftigen Grund, sich für die neuesten Frauenzeitschriften aus Amerika zu interessieren: Agatha wegen weiterer Anregungen für Perlenmuster und Isabella und Victoria, um stets auf dem Laufenden zu sein, was die modischen Neuerungen auf der anderen Seite des Atlantiks anging. Allerdings war es dazu nötig, dass sie den Eindruck erweckten, als läsen sie die Artikel wirklich und betrachteten die Abbildungen. Und das wiederum hieß, dass sie der Versuchung widerstehen mussten, die Zeitschriften einfach nur hastig durchzublättern. Hinzu kam, dass sie sich als Mitarbeiterinnen des Kaufhauses nur im Leseraum aufhalten durften, wenn sie dienstfrei hatten und wenn es viele freie Plätze gab. Wie Victoria einmal in einem verzweifelten Moment anmerkte, war das, als warte man auf die richtige Sternenkonstellation.

Im August lagen die drei in Kastellholmen auf einer Decke. Victoria, die den Platz zwischen ihren beiden Freundinnen hatte, ließ nachdenklich einen Grashalm durch die Finger gleiten. Seltsam, aber obwohl das hier früher einmal ihr Geheimplatz gewesen war, erschien es ihr inzwischen als das Natürlichste von der Welt, ihn mit Isabella und Agatha zu teilen.

Isabella wies in den Himmel. »Seht ihr diese Wolke?«

Victoria spähte unter der Krempe ihres Sonnenhutes hervor. »Meinst du die mit den Umrissen einer Ente?«

»Was soll mit der sein?«, erkundigte sich Agatha.

»Ich wollte gerade sagen, dass sie mich an eine Ente erinnert, aber egal«, erwiderte Isabella.

Die anderen beiden kicherten.

»Wir dürfen unsere Bella nicht verspotten«, sagte Victoria zu Agatha. »Schließlich hat sie uns gerade gerettet.«

Viele Wochen und mehrere Ausflüge in den Leseraum waren nötig gewesen, bis Isabella auf eine kleine Annonce für ein »Ouija-Brett« gestoßen war. Kaum in der Lage, ihre Aufregung zu zügeln, hatte sie ihre Beute sofort zur Zeitungstheke gebracht.

»Ich würde gerne diese Zeitschrift kaufen.«

Die Verkäuferin verzog zweifelnd das Gesicht. »Ich glaube, wir haben keine Ausgaben mehr da. Die neue kommt nächste Woche.«

»Und die hier kann ich nicht kaufen?«

Die Verkäuferin schüttelte den Kopf. »Tut mir leid, aber ich darf Ihnen keine gebrauchte Zeitschrift verkaufen. Das ist nicht erlaubt.«

Isabella dachte rasch nach. »Es stört mich nicht, dass sie nicht mehr neu ist. Ich würde auch den vollen Preis bezahlen. Ich arbeite nämlich im französischen Modeatelier, und in dieser Zeitschrift sind einige sehr interessante Modelle abgebildet.«

Die Verkäuferin lächelte erleichtert. »Mir war nicht klar, dass Sie zum Personal gehören. Das ist natürlich etwas anderes, denn so würde ich unserem Ruf nicht schaden, indem ich Ihnen eine gelesene Zeitschrift mitgebe. Nehmen Sie sie einfach mit.«

Isabella hätte sich beinahe verschluckt. »Sind Sie sicher? Schließlich möchte ich Sie nicht in Schwierigkeiten bringen. Wie gesagt, würde ich auch den vollen Preis bezahlen.«

»Ich habe Ihnen doch schon erklärt, dass bald die neue Ausgabe kommt. Dann wird diese hier sowieso weggeworfen.«

Isabella lächelte der jungen Verkäuferin zu. »Vielen herzlichen Dank.«

Nun rollte Isabella sich auf die Seite und stützte sich auf den Ellbogen. »Wisst ihr vielleicht, warum das Ding Ouija-Brett heißt?«

Agatha drehte sich ebenfalls auf die Seite und sah Isabella über Victorias Rücken hinweg an. »Keine Ahnung.«

»Vielleicht«, meinte Victoria, »ist das ja die erste Frage, die wir dem Brett stellen sollten.«

Agatha zog die Zeitschrift unter der Decke hervor, blätterte sie bis zu der Seite mit den Kleinanzeigen durch und wies auf die winzige Abbildung. »Wie groß soll es eurer Ansicht nach werden? Mein Bruder kann uns ein Brett zurechtschneiden. Er sagt, sie haben in der Werkstatt jede Menge Verschnitt. Ich habe ihm erklärt, dass es stabil sein muss, aber nicht zu schwer sein darf.«

Isabella pustete sich einen Marienkäfer vom Handrücken. »Wo arbeitet dein Bruder denn?«

»Er ist Schreiner und gerade im neuen Rathaus beschäftigt. Seiner Ansicht nach werden wir es nicht wiedererkennen, wenn es fertig ist. Farbe kann er uns allerdings nicht beschaffen. Nicht, während noch gebaut wird, und das dauert noch zwei Jahre. Mindestens.«

Victoria setzte sich auf. »Beim Künstlerbedarf gibt es schwarze Farbe. Und Schablonen für Buchstaben von etwa dieser Größe.« Sie hielt Daumen und Zeigefinger auseinander. »Was wir brauchen, ist ein großes Stück Papier, um alles vorzuzeichnen. Führen sie im Künstlerbedarf auch große Papierbögen?«

»Wir könnten Tapete benutzen«, schlug Isabella vor. »Wir haben bestimmt noch ein paar alte Rollen zu Hause im Speicherschrank. Tapeten sind nur auf der einen Seite gemustert.«

»Außerdem ließe sich eine Rolle leichter verstecken«, ergänzte Agatha. »Wir müssen uns auch noch überlegen, wo wir unsere Séancen abhalten sollten. Aber dafür ist ja noch Zeit.« Sie rappelte sich auf. »Ich muss nach Hause. Die Kleinen warten auf ihr Abendessen. Es wäre nicht nett von mir, sie den ganzen Tag sich selbst zu überlassen.«

»Manchmal tut mir Agatha leid«, sagte Victoria, nachdem die zierliche Gestalt ihrer Freundin nicht mehr zu sehen war. »Nicht einmal am Sonntag hat sie richtig frei.«

»Ich verstehe, was du meinst. Aber trifft das nicht auf die meisten berufstätigen Frauen zu?«, wandte Isabella ein. »Wenn sie nach Hause kommen, wartet immer noch die Hausarbeit oder eine andere Erledigung auf sie. Und Torun und Märta verbringen viel Zeit mit der Organisation von *Tolfterna*.«

»Dennoch findet Torun immer Zeit für ein Buch. Da Frauen nun das Wahlrecht haben und Autoren von den Bibliotheken einen Anteil an den Nutzungsrechten bekommen, wird sie vermutlich noch mehr Lesestoff finden. Nur dass die zwei sich freiwillig entschieden haben, sich in ihrer Freizeit zu engagieren, während Agatha ihre Pflichten geerbt hat. Sie hat nicht nur ihre Mutter verloren, sondern auch ihre Freiheit.«

Schweigend dachten sie über Agathas missliche Lage nach.

»Hoffentlich ist der Achtstundentag eine Entlastung für sie«, merkte Isabella an.

Victoria schürzte die Lippen. »Ich verstehe nicht so ganz, wie das langfristig funktionieren soll. Versteh mich nicht falsch, auch ich freue mich darüber, weniger arbeiten zu müssen. Aber im Atelier ist letzte Woche Panik ausgebrochen. Zu viel zu tun und überdies jetzt auch noch weniger Zeit dafür. Die arme Bettan weiß nicht mehr, wo ihr der Kopf steht. Und Frau Alm hat mich schon zweimal Gabriella genannt.«

»Der Boss sucht weitere Mitarbeiterinnen.«

»So wie alle anderen auch. Und welche Auswirkungen wird das auf die Preise und die Lebenshaltungskosten haben?«

Kapitel dreiundfünfzig

Den ganzen Sommer lang hatte Josef ein Geheimnis gehütet: Am Freitag, dem 19. September, würde Mr. Harry Selfridge, Gründer des weltbekannten Londoner Kaufhauses Selfridge & Co., Nordiska Kompaniet einen Besuch abstatten. Bis jetzt hatte Josef noch niemandem – mit Ausnahme von Sigrid – von der unmittelbar bevorstehenden Ankunft des Amerikaners erzählt. Sein Grund, diese Nachricht für sich zu behalten, bestand einzig und allein darin, dass sein Freund Harry Selfridge das Stockholmer Kaufhaus an einem ganz gewöhnlichen Tag erleben sollte. Keine Umstände, keine besonderen Vorkehrungen, nur das Alltagsgeschäft, in dem jeder Einkauf für den Kunden ein denkwürdiges Erlebnis darstellte.

Josef hatte zwar mit dem Gedanken gespielt, einige ausgewählte Angehörige seiner Führungsriege sowie ein paar Abteilungsleiter einzuweihen, diese Idee jedoch wieder verworfen. Auf diese Weise hätten sich diejenigen, die nicht zu diesem illustren Kreis gehörten, vermutlich ausgeschlossen gefühlt. Und der daraus resultierende Riss durch die N.K.-Familie hätte gewiss mehr Probleme nach sich gezogen als der geringe Vorteil, dass einige Bescheid wussten, aufwiegen konnte. Welchen Sinn hatte es auch, gekränkte Eitelkeiten zu riskieren, denn seine leitenden Mitarbeiter würden bei einem eigens dazu vorgesehenen Mittagessen bei Bobergs ohnehin ausreichend Gelegenheit haben, Harry Selfridge ihre Fragen zu stellen.

Das Abendessen sollte, so hatte Josef beschlossen, bei den Sachsens zu Hause in der Villagatan stattfinden. Josef hatte bereits auf Harrys Einladung das Kaufhaus Selfridges in Londons Oxford Street besichtigt und anschließend in der Villa der Familie zu Abend gegessen. Also würde es ihm eine Freude sein, diese höfliche Geste zu erwidern.

Am Freitagmorgen ließ er sich von seinem Chauffeur zum Stockholmer Hauptbahnhof fahren, wo der Zug aus Kopenhagen eintreffen sollte. Für Londoner Verhältnisse war es vom Bahnhof bis zum Kaufhaus nicht weit, weshalb Harry Selfridge vielleicht Lust auf einen Spaziergang die Klarabergsgatan hinauf zur Hamngatan hatte. Allerdings war Josef nicht sicher, und außerdem musste so oder so das Gepäck transportiert werden. Die Entscheidung, ob sie zu Fuß gehen würden, wollte er seinem Gast überlassen.

Der Amerikaner aus London freute sich über die Gelegenheit, sich die Stadt anzuschauen. Die Herbstluft war im Schatten bereits kühl, obwohl die Sonne noch eine angenehme Wärme verbreitete, als die beiden Männer das majestätische Hotel Continental umrundeten und auf die Hamngatan zusteuerten.

Harrys Blick wanderte hin und her, und er ließ den Wechsel zwischen kunstvoller Steinmetzarbeit und den bescheidenen aus Holz erbauten Werkstätten und Wohnhäusern auf sich wirken, die das Stadtviertel Klara prägten.

Er musste die Stimme ein wenig erheben, um sich trotz des ständigen Hämmerns und Krachens von Werkzeugen auf Stein und Stahl verständlich zu machen. »Eine tolle Stadt haben Sie hier.«

»Wir arbeiten daran. Wie Sie hören können, wird überall emsig gebaut. Selbst unser altes Gebäude am Stureplan wird renoviert.«

Harry starrte ihn fassungslos an. »Für ein anderes Kaufhaus etwa?«

»Nein. Dafür habe ich gesorgt. Eine Spedition hat das ganze Haus gekauft, und jetzt wird es umgebaut. Ich bin froh, dass sie es nicht gleich abgerissen haben. Und wie läuft es so in London?«

»Wir haben noch immer mit den Kriegsfolgen zu kämpfen. Wenigstens dieser Kelch ist an Schweden vorübergegangen.«

Josef schluckte. Schweden hatte sich zwar nicht am Krieg beteiligt, doch ebenso jahrelangen ständigen Mangel und dauernde Angst ertragen müssen. Die Kinder hatten frierend und mit knurrenden Mägen im Dunklen gesessen. Ja, der Krieg war Schweden erspart geblieben, doch einige Schäden hatte es dennoch erlitten. Auch im Krieg gab es nicht nur Schwarz oder Weiß.

Harry musterte die prachtvolle Granitfassade von Nordiska Kompaniet und stieß einen anerkennenden Pfiff aus. »Ich kann es kaum erwarten, es mir von innen anzusehen.«

Der Portier Herr Bellman salutierte. »Guten Morgen.«

»Ihnen auch einen guten Morgen, Sir«, erwiderte Harry. »Drehtüren. Vermutlich ist das bei diesem Klima sinnvoll. Sehr hübsch. Also, Josef, gehen Sie voran.«

Die Nachricht verbreitete sich unter den Mitarbeitern wie ein Lauffeuer.

Frau Alm kam in die Näherei gehastet. »Nur damit die Damen Bescheid wissen: Mr. Harry Selfridge ist hier.«

Die älteren Damen schnappten nach Luft, die jüngeren machten fragende Gesichter.

Victoria, die mit hocherhobenen Armen dastand, damit Bettan mit Stecknadeln und roten Markierungen das Mieder einer *toile* aus Baumwolle anpassen konnte, ergriff als Erste das Wort: »Wer ist Harry Selfridge?«

»Der Besitzer des größten Kaufhauses von London«, erwiderte Bettan.

»Des zweitgrößten«, verbesserte Frau Alm. »Soweit ich weiß, ist Harrods noch größer.«

»Sie haben ganz recht, Frau Alm. Mein Irrtum. Aber was will Mr. Selfridge heute hier? Haben wir seinen Besuch erwartet? Ich habe gar nichts gehört.«

»Keine Ahnung. Doch wenn er unangemeldet hier hereinschaut …«

»Warum sollte er das tun?«

»Das kann ich Ihnen genauso wenig beantworten wie die Frage, was er hier will, Bettan. Aber offenbar bin ich die Letzte, die es erfährt. Falls er uns wirklich mit einem Besuch beehren sollte, muss es hier ordentlich aussehen. Isabella, Gabriella, kommen Sie mit.«

Als Frau Alm mit den beiden Mädchen hinausging, blickte Bettan ihr ärgerlich nach. »Hier ist es immer ordentlich. Vera, ziehen Sie einen anderen Arbeitskittel an. Sie haben einen Kaffeefleck auf der Tasche.«

Vera schaute erstaunt an sich hinunter. »Das ist mir gar nicht aufgefallen.«

»Das glaube ich Ihnen gern. Trotzdem ziehen Sie sich jetzt um.« Bettan sah sich um. »Agatha, unter Ihrem Tisch liegen drei schwarze Perlen.«

»Ich wünschte, ich hätte Ihre Adleraugen«, erwiderte Agatha und sammelte die Perlen ein. »Ich habe sie nicht einmal von meinem Platz aus bemerkt, geschweige denn von da drüben.«

»Es ist meine Aufgabe, solche Dinge zu bemerken«, entgegnete Bettan. »Und jetzt hören Sie mir gut zu: Das französische Modeatelier ist gewissermaßen die Visitenkarte dieses Kaufhauses. Deshalb darf es an dieser Werkstatt nichts auszusetzen geben, falls Herr Sachs seinen Gast Mr. Selfridge hier herumführen möchte. Der Boss hat es verdient, dass wir unser Bestes geben, und wir sind es uns selbst schuldig.«

»Ich fasse es nicht, dass ich die Einzige bin, die Mr. Selfridge nicht kennengelernt hat«, schimpfte Victoria abends beim Zubettgehen. »Er war gar nicht bei uns in der Näherei.«

»Die meisten Mitarbeiter sind ihm nicht begegnet. Ich selbst habe ihn nur gesehen, weil Herr Sachs ihm den Vorführraum gezeigt hat. Was allerdings nicht heißt, dass ich ihn kennengelernt habe.«

Victoria machte ein missmutiges Gesicht. »Du hast gesagt, er hätte dich und Gabriella mit ›Hallo, Mädchen‹ begrüßt.«

»Ja, hat er, doch das kann man wohl kaum als Gespräch bezeichnen.« Isabella, die auf dem Bett saß, zog die Knie an und schlang die Arme darum. »Dennoch hat er einen netten Eindruck gemacht. Tante Märta hat ihm einen Schal für seine Tochter verkauft.«

»Siehst du? Und Ottilia und Fredrik sind ihm im Grand Hôtel begegnet.«

»Ein absoluter Zufall. Sie waren eben gleichzeitig in der Hotelhalle.«

»Ich wette, Mr. Selfridge hat heute dort zu Abend gegessen, was heißt, dass Karolina und Edward ihn vielleicht auch gesehen haben.« Sie schnappte nach Luft. »Edward hat ihn womöglich sogar bedient.«

Isabella kicherte. »Könnte sein. Aber Karolina arbeitet nicht im Speisesaal. Außerdem arbeitet sie momentan gar nicht. Ihr Baby kommt nämlich jeden Moment, schon vergessen?«

Schweigend saßen sie da.

»Und plötzlich ist es gar nicht mehr wichtig, wo Mr. Selfridge heute zu Abend gegessen hat«, sagte Victoria.

»Richtig.«

Victoria zwang sich zu einem Lächeln. »Unsere Birna wird doch dafür sorgen, dass Mutter und Kind alles gut überstehen, oder?«

»Tante Karolina ist dreiunddreißig«, erwiderte Isabella. »Dagegen kann Tante Birna auch nichts tun.«

Kapitel vierundfünfzig

Harry Selfridge hatte das schwedische Rinderfilet mit Trüffelsoße, Gänseleber und Spargel, gefolgt von einem Pfirsichsorbet und einer Platte mit erlesenen Käsesorten, sehr gemundet. Die Mahlzeit wurde im elegant möblierten Esszimmer der Familie Sachs serviert, und es war Harry ein ganz besonderes Vergnügen gewesen, Sigrid und die drei Kinder kennenzulernen. Nun würden sich die beiden Männer zu Brandy und Zigarren in Josefs Arbeitszimmer zurückziehen.

»Sie haben wirklich Glück mit Ihrer wundervollen Familie«, sagte Harry, als Sigrid den Nachwuchs hinausbrachte. »Rose und Sigrid hätten sich bestimmt wundervoll verstanden.«

»Da bin ich ganz sicher«, pflichtete Josef ihm bei. »Sigrid und ich waren sehr bestürzt, als wir von Roses Tod erfuhren.«

Harry trank einen großen Schluck. »Danke. Diese Grippe hat vielen Familien das Herz gebrochen. Ich freue mich, dass Ihre Familie es unbeschadet überstanden hat. Ihre Kinder sind reizend. Und das Abendessen war wirklich köstlich.«

»Ich erinnere mich noch daran, wie sehr ich das Abendessen bei Ihnen zu Hause genossen habe. Hotels sind ja schön und gut, manche sind sogar ausgezeichnet, aber dennoch gibt es nichts daran zu rütteln, dass eine Einladung im Familienkreis durch nichts zu überbieten ist.«

»Nach dem Tischgespräch zu urteilen, wünscht Ihr ältester Sohn, in Ihre Fußstapfen bei N.K. zu treten.«

»Ganz recht. Er besucht noch die Oberrealschule in Östra, und wir hoffen, dass er anschließend an der Hochschule für Wirtschaft hier in Stockholm studieren wird. Obwohl ich ein großer Anhänger der Methode bin, dass man ganz unten anfangen und in der Praxis lernen soll, möchte ich, dass Ragnar ein solides Grundwissen in Wirtschaftslehre und Handel besitzt. Außerdem wird er während des Studiums Freunde finden und viele nützliche Kontakte knüpfen.«

»Wie alt ist er jetzt?«

»Siebzehn. Genauso alt wie unser Unternehmen. Er ist einen Monat nach dem Firmenzusammenschluss geboren.«

»Und Ihr jüngerer Sohn? Interessiert er sich auch fürs Geschäft?«

»Noch nicht. Aber Herbert ist ja erst dreizehn. Oder er wird es bald. Im Moment gehört sein Herz mehr dem Reiten als dem Einzelhandel. Angeblich sitzt er gut im Sattel, doch das kann ich nicht beurteilen.«

Die beiden Männer schlenderten hinüber in die Bibliothek.

Harry blieb der Mund offen stehen. »Einen Raum wie diesen habe ich mir schon immer gewünscht. Wie, um alles in der Welt, haben Sie es geschafft, Bücherregale an runden Wänden aufzustellen?«

»Sie wurden in unserer firmeneigenen Werkstatt in Nyköping angefertigt und eingepasst. Und die Kupferstiche ...« – Josef wies auf die siebzehn Bilder, die in einer Reihe über den Regalen hingen – »stammen alle von demselben schwedischen Künstler namens Anders Zorn, der auch das Porträt von Sigrid gemalt hat. Sie haben es vor dem Abendessen gesehen. Ich habe mich auch von ihm porträtieren lassen.«

»Sie sind ja ein richtiger Sammler. Dass Ihr Kaufhaus eine Pracht ist, hatte ich ja von Anfang an vermutet. Doch ich habe noch nie so viele wundervolle Kunstwerke in einem Privathaushalt gesehen. Wir haben zwar auch einige Stücke erworben, allerdings spielen wir nicht in Ihrer Liga.«

»Das Sammeln von Kunst ist schon seit Jahren meine Leidenschaft. Kommen Sie mit in mein Arbeitszimmer. Dann zeige ich Ihnen mein ganz persönliches Lieblingsstück.«

Harry lachte leise auf. »Wie gelingt es Ihnen, sich bei so vielen für ein einziges zu entscheiden?« Beim Anblick des Ölgemäldes, das einen Mann in schlichtem grauem Gewand zeigte, wich seine Heiterkeit einem tiefen Ernst. Die Augen des Mannes waren gen Himmel gewandt, an der rechten Handfläche trug er das Stigma der Kreuzigung.

»Der heilige Franziskus von Assisi, gemalt von El Greco«, verkündete Josef.

Harry betrachtete gebannt das Bild. »Das allein ist die Reise nach Stockholm wert.«

Dass sein Freund das Gemälde, das ihm selbst so viel bedeutete, zu schätzen wusste, ging Josef ans Herz. Wortlos forderte er Harry auf, sich zu setzen, und bot ihm Brandy und eine Zigarre an.

Harry stellte sein Glas auf einem Tischchen ab, lehnte sich zurück und schlug die Beine übereinander. »Habe ich Sie eigentlich richtig verstanden, dass Ihr Herr Aarl... Orrrl... der Mann, der Ihr ausgezeichnetes Restaurant leitet ...«

»August Åhlfeldt.«

»Genau der. Ich werde ihn der Einfachheit halber August nennen.« Harry schüttelte reumütig den Kopf. »Sosehr ich Ihr Land auch liebe, Ihre Sprache ist ein Zungenbrecher. Wie dem auch sei. Ich habe gehört, dass er nicht nur das ausgezeichnete Restaurant, sondern auch die Personalkantine führt. Ich war wirklich beeindruckt. Ihre Mitarbeiter scheinen sehr zufrieden zu sein. Es heißt ja immer, eine Armee marschiere nur mit vollen Mägen. Deshalb frage ich mich, ob das ein Gedanke ist, den ich mit in die Oxford Street nehmen sollte. Ich wäre nämlich nie auf die Idee gekommen, die Verköstigung von Personal und Kundschaft ein und derselben Person anzuvertrauen.«

Josef streifte seine Zigarre am Aschenbecher ab. »Lassen Sie es. Es hat sich nämlich als sehr kostspieliger Fehler erwiesen.«

»In welcher Hinsicht?«

Josef räusperte sich. »Ich möchte dem vorausschicken, dass

August viele Jahre lang ein sehr angesehenes Hotel gleich gegenüber vom königlichen Palast geleitet hat.«

»Das Grand Hôtel?«

»Nein, das Hôtel Rydberg. Es wurde bei Kriegsausbruch geschlossen, also etwa um dieselbe Zeit, als ich anfing, Mitarbeiter für mein neues Kaufhaus zu suchen. Das Hôtel Rydberg genoss einen ausgezeichneten Ruf, und August besitzt zweifellos das Talent, ein gehobenes Restaurant zu führen, was genau zum Konzept des Bobergs passt.«

Harry lauschte schweigend.

»Unter Augusts Leitung wurde das Bobergs das erfolgreiche Mittagsbistro, das mir vorschwebte. Trotz der Lebensmittelrationierungen und Lieferengpässe während des Krieges wirft das Lokal zuverlässig Profit ab.«

Harry zog beeindruckt die Augenbraue hoch. »Und weiter?«

Josef, der niemanden ungerecht behandeln und seinem treuen Mitarbeiter nicht in den Rücken fallen wollte, legte sich seine Worte sorgfältig zurecht. »Sie haben ganz recht mit Ihrer Beobachtung, dass die Mitarbeiter zufrieden sind. Wir verlangen nur einen symbolischen Preis für die Mahlzeiten, und die Kantine wird begeistert angenommen. Und das trotz der Mangellage zu Kriegszeiten.«

»Aber?«

»Wie sich herausstellte, beschränken sich Augusts Fähigkeiten auf die hochwertige Gastronomie. Inzwischen sind erstklassige Lebensmittel wieder leichter zu beschaffen. Und so hat die Kantine im letzten Jahr niederschmetternde sechshundertdreißigtausend Kronen Verlust eingefahren.«

»Oh. Was haben Sie jetzt vor?«

»Im letzten Jahr konnte ich nichts dagegen tun, denn der Fehler lag bei mir. Ich hätte das Budget der Kantine besser im Auge behalten sollen. Aber ich brauche einen Kantinenleiter, der meine Mitarbeiter gut verpflegt, ohne dabei mein Unternehmen in den Bankrott zu wirtschaften.«

»Haben Sie schon jemanden gefunden?«

»Ja, in der Tat. Ein alter Kamerad vom Militär hat mir einen jungen Offizier empfohlen, der während des Krieges bei der Armee für die Versorgung zuständig war. Es ist mir gelungen, ihn für zwei Jahre anzuheuern.«

»Und wie schlägt er sich?«

»Die Kosten sind gesunken, und bis jetzt sind die Mitarbeiter noch sehr zufrieden. Hat August Ihnen denn gesagt, dass er die Kantine führt?«

»Nein, ganz und gar nicht. Ihr Chefdekorateur – übrigens auch ein großer Gewinn für Ihr Unternehmen – erzählte mir, August sei verantwortlich für das Restaurant, in dem wir gegessen haben ...«

»Was zutrifft.«

»Und dass er auch die Mitarbeiterkantine im sechsten Stock betrieben hätte. Ich dachte, der Mann hätte ›betreibt‹ gesagt. Meine Schuld, ich hätte seinen englischen Sprachkenntnissen vertrauen sollen. Darf ich Ihnen noch eine Frage stellen?« Harry war ernst geworden. »Wie sieht es bei Ihnen mit dem Ladendiebstahl aus?«

»Hin und wieder wird gestohlen. Aber ich habe vor einigen Jahren eine wichtige Lektion von einem diebischen Kind gelernt. Sie ...«

Harry zuckte zusammen. »*Sie*?«

»Ja. Als mein oberster Hausdetektiv die Kleine auf frischer Tat ertappte, hat sie mir erklärt, bei N.K. sei das Stehlen deshalb so einfach, weil die Waren offen in den Regalen lägen und die Kundschaft sich ungestört umschauen könne. Also habe ich die Anzahl der Hausdetektive in jeder Etage erhöht.«

»Und hat das etwas genützt?«

»Ich glaube, schon. Obwohl sich die allgemeine Lage in der Stadt immer mehr verschlechtert hat, haben die Diebstähle nicht im selben Verhältnis zugenommen. Allerdings gefällt es mir gar nicht, dass man mich zwingt, mehr für die Sicherheit auszugeben.«

»Das ist verständlich. Und da wir schon so offen miteinander reden, was mich sehr freut: Wie steht es um Ihre bisherigen Umsätze für 1919?«

»Schlechter, als mir lieb wäre. Die Kunden werden weniger.«

»Bei Selfridges ist es dasselbe.« Harry verzog das Gesicht. »Und die Kunden, die kommen, geben weniger aus.«

»Ich denke, die meisten Einzelhändler würden uns zustimmen, dass wir schwere Zeiten haben. Wir sind nicht die einzige Branche, die es trifft.«

»Ich fürchte, die Zeiten haben sich unwiederbringlich geändert. In London ist es ganz gewiss der Fall. Nur wer sich anpassen kann, wird überleben.«

»Da bin ich ganz Ihrer Ansicht.« Josef erhob sein Glas. »Auf Selfridges und darauf, dass Ihnen weiter Erfolg beschieden sein möge.«

»Auf Nordiska Kompaniet.«

Sie nickten einander zu und stießen an.

Kapitel fünfundfünfzig

Am Sonntag in den frühen Morgenstunden spürte Karolina die erste Wehe. Ihre Fruchtblase platzte.

Ottilia, Isabella und Victoria saßen bei Torun und Märta in der Linnégatan 6 und warteten ängstlich auf Neuigkeiten.

»Es dauert schon vierzehn Stunden«, sagte Isabella.

»Wir wollen nicht in Panik geraten«, erwiderte Ottilia beruhigend. »Bei Philip habe ich länger als vierzehn Stunden gebraucht.«

»Du warst aber auch jünger«, wandte Märta ein. »Noch keine dreißig.«

»Ich auch«, stimmte Torun zu.

Victoria und Isabella schnappten nach Luft.

Es folgte entsetztes Schweigen.

»Wann hast du denn ein Baby zur Welt gebracht? Wo ist es? Weiß Pa Bescheid?«, bestürmte Victoria Torun sofort mit Fragen.

Torun blickte ratlos zwischen Ottilia und Märta hin und her.

Victoria ließ nicht locker. »Wann, Torun? Wo ist das Baby?« Sie schlug die Hand vor den Mund. »Ist es etwa gestorben?«

»Nein«, erwiderte Torun.

Victorias Blick wurde argwöhnisch. »Wo ist es?«

»Hast du es zu Pflegeeltern gegeben?«, flüsterte Isabella.

»Ja«, antwortete Torun nach einer Pause.

»Warum?«, wollte Victoria wissen.

»Weil ich nicht in der Lage gewesen wäre, ein Kind großzuziehen.«

»Warum?«, bohrte Victoria wieder nach.

Das Geräusch eines Schlüssels im Schloss sorgte dafür, dass Torun, Märta und Ottilia erleichtert zur Tür eilten.

Eine strahlende Birna kam hereingerauscht. »Ein wunderschönes und kerngesundes kleines Mädchen.«

Alle fielen ihr jubelnd um den Hals.

»Gut gemacht«, lobte Torun.

Ottilia liefen Tränen über die Wangen. »Und Karolina?«

»Ihr tut zwar alles weh, und sie ist völlig erledigt, aber so glücklich, dass es sie nicht kümmert. Haben wir etwas zu essen da? Ich bin am Verhungern. Es war ein langer und wundervoller Tag.«

»Wir haben Fleischklößchen und Kartoffeln für dich aufgehoben«, erwiderte Torun. »Komm mit in die Küche.«

Märta reichte Birna einen Teller. »Hat Edward seine Tochter schon gesehen?«

»Ganz kurz. Eigentlich hätte er bis zur Besuchszeit warten müssen, aber man hat ihn rasch zu ihr gelassen. Wie ihr euch sicher vorstellen könnt, ist er außer sich vor Glück.« Sie schob sich ein Fleischklößchen in den Mund.

»Hat das Baby schon einen Namen?«, fragte Isabella.

Birna schluckte. »Ja, und ich darf ihn euch auch verraten.« Sie spießte das nächste Fleischklößchen auf.

Ottilia packte ihre Schwester am Arm. »Wehe, wenn du das jetzt in den Mund steckst, ohne uns vorher zu sagen, wie sie heißt.«

»Cornelia Elisabet Silfverstjerna.«

Ottilia klatschte in die Hände. »Wie schön.«

»Elisabet nach Karolinas Mutter natürlich. Und Cornelia nach mir, weil ich sie entbunden habe.«

»Ich hatte ganz vergessen, dass du mit zweitem Namen Cornelia heißt«, merkte Torun an.

»Und außerdem«, fuhr Birna mit einem breiten Lächeln fort, »werde ich Cornelias Taufpatin.« Sie zeigte mit ihrer Gabel, an der eine Kartoffel steckte, auf Ottilia, Märta und Torun. »Und das ist nur gerecht, denn ihr drei habt ja Julian und Philip.«

»Weiß Fräulein Silfverstjerna schon Bescheid?«, fragte Märta.

»Inzwischen gewiss. Edward wollte es ihr sagen, sobald er zu Hause ist. Sie passt gerade auf Julian auf.«

»Es wird nicht leicht für ihn sein, mit fast sieben Jahren großer Bruder zu werden«, stellte Torun fest.

»Wie bist du denn damit klargekommen, als ich auf die Welt kam? Schließlich warst du damals auch schon sechzehn«, fuhr Victoria sie an.

»Das war etwas anderes«, murmelte Torun.

Birna aß weiter und schaute dabei zwischen ihren Schwestern hin und her. »Ist etwas vorgefallen?«

»Offenbar ja«, entgegnete Victoria. »Wusstest du, dass die liebe, uns allen moralisch so überlegene Torun ein Kind hatte?«

»Das ist ungerecht, Victoria«, wies Ottilia sie zurecht. »Schließlich kennst du die Hintergründe nicht.«

Victoria reckte das Kinn. »Wie üblich. Aber eine Frage müsst ihr mir beantworten: Weiß Pa, dass er noch ein Enkelkind hat? Nein? Das habe ich mir schon gedacht.« Sie warf Torun einen vielsagenden Blick zu und stürmte hinaus.

Isabella sah Torun und Ottilia an. »Soll ich sie holen gehen, Mamma?«

»Ja, bitte. Falls du siehst, wie Victoria sich einem Telefon nähert, tu alles, was du kannst, um sie an diesem Anruf zu hindern.«

Isabella hörte, wie der Lift sich klappernd in Richtung Erdgeschoss bewegte. Nachdem sie kurz nachgerechnet hatte, nahm sie die Treppe. Draußen auf der Linnégatan hielt sie in beide Richtungen Ausschau, doch Victoria war spurlos verschwunden. Isabella bog um die Ecke und blickte die Brahegatan hinunter. Keine Victoria. Also war sie vermutlich in Richtung Sturegatan gelaufen. War sie vielleicht im Humlegården? Oder unterwegs nach Kastellholmen?

Oben in der Wohnung umklammerte Torun die Lehne eines Küchenstuhls. Auch wenn Victoria seit ihrer Ankunft in Stockholm vor zwei Jahren ein wenig reifer geworden war, wogen ihre Selbstgerechtigkeit und Dickköpfigkeit womöglich schwerer als Rücksichtnahme auf ihre Mitmenschen. Was würde ihr Vater nun von seiner zweiten Tochter denken? Und noch schlimmer: Wie würde Julian reagieren, wenn er es herausfand? Sie hatte sich nach Kräften bemüht, ihm eine gute Tante zu sein, was zunehmend schwerer wurde, weil sie eigentlich viel lieber eine gute Mutter gewesen wäre. Würde Karolina nun verlangen, dass sie sich von ihrem Sohn fernhielt?

Birna reichte ihr eine Tasse Kaffee mit viel Zucker. »Wir können nichts tun. Victoria weiß es jetzt, und das lässt sich nicht ungeschehen machen.«

Torun wischte sich die Augen ab. »Und ich bin selbst schuld daran. Ich habe mich verplappert. Vielleicht erzählt sie es ja gerade Pa.«

»Vielleicht auch nicht«, wandte Märta ein. »Wenn Isabella sie eingeholt hat, ist dein Geheimnis für den Moment sicher.«

»Wir wollen es hoffen«, antwortete Birna. »Allerdings kann Victoria dieses Damoklesschwert bis in alle Ewigkeit über unseren Köpfen baumeln lassen.«

»Außer«, merkte Ottilia an, »Torun schenkt Pa selbst reinen Wein ein.«

Birna reckte mahnend den Zeigefinger. »Dazu müssen wir zuerst mit Karolina und Edward sprechen. Julian ist ihr Sohn.« Sie blickte Torun streng an.

Diese nickte wortlos.

»Pa würde das Geheimnis sicher wahren«, meinte Ottilia.

»Wie ich euren Vater kenne, denke ich das auch«, stimmte Märta zu. »Aber wir müssen Karolina und Edward warnen und ihnen sagen, dass Victoria und Isabella Bescheid wissen.«

Ottilia nickte. »Du hast vollkommen recht. Zuallererst müssen wir an sie denken.«

»Mir tun die beiden leid«, merkte Birna an. »Eigentlich sollte es eine glückliche Zeit für ihre Familie sein. Außerdem muss Julian sich daran gewöhnen, ein großer Bruder zu sein. Wenn er jetzt erfährt, dass er ein Pflegekind ist, könnte das tragische Folgen haben.«

»Julian braucht es ja nicht zu erfahren«, wandte Ottilia ein. »Karolina und Edward sollen selbst entscheiden, wann sie den Zeitpunkt für gekommen halten. Ich kann mir nicht vorstellen, dass Victoria einem kleinen Jungen so etwas sagt.«

»Selbst wenn sie Pa bereits angerufen hat, wird er ganz sicher nicht in den ersten Zug nach Stockholm springen«, fügte Birna hinzu. »Nein, ich denke, für Julian besteht im Moment noch keine Gefahr.«

»Moment mal!«, rief Märta. »Wir sind viel zu schnell.«

Die drei Ekman-Schwestern starrten sie an.

»Sind wir das?«, fragte Torun.

»Ja. Jetzt überlegt mal. Victoria hat keine Ahnung, wer oder wo dieses Baby ist. Sie weiß ja nicht einmal, wann es geboren wurde und ob es ein Mädchen oder ein Junge war. Also hat sie nicht den geringsten Grund zu der Vermutung, dass Julian Toruns Kind ist.«

»Du hast absolut recht. Außer ...« – Birna wandte sich an Ottilia – »glaubst du, Isabella erinnert sich an Toruns Schwangerschaft?«

Ottilia schüttelte den Kopf. »Wir waren damals sehr vorsichtig. Außerdem schien Isabella vorhin genauso überrascht zu sein wie Victoria.«

»Richtig«, stimmte Märta zu. »Also kann Victoria eigentlich nur dadurch Schaden anrichten, dass sie es eurem Vater erzählt. Ich an deiner Stelle würde nach Rättvik fahren und es ihm selbst erzählen, Torun.«

Gefühle fegten durch Torun wie Luft durch einen Blasebalg, und sie schlug schluchzend die Hände vors Gesicht. »Ich vermisse ihn so.«

Ottilia starrte Birna aus geweiteten Augen an und kauerte sich dann neben Toruns Stuhl. »Wen vermisst du?«

»Julian. Sosehr ich Karolina auch liebe, bereue ich es, dass ich meinen Sohn weggegeben habe.« Panik ergriff sie, und sie hob ruckartig den Kopf. »Das hätte ich nicht sagen dürfen.«

»Nein«, herrschte Ottilia sie an. »Wirklich nicht. Du hattest viele Monate Zeit, um über deine verschiedenen Möglichkeiten nachzudenken. Kein einziges Mal hast du auch nur in Erwägung gezogen, dein Baby zu behalten, denn du warst felsenfest überzeugt, es sei nicht in seinem besten Interesse.«

»Gleich nach Julians Geburt hat Torun geschwankt«, wandte Birna ein. »Doch sie wollte ihr Versprechen an Karolina nicht brechen.« Sie wandte sich an Torun. »Und nun musst du weiter in Julians bestem Interesse handeln, und zwar indem du dir sämtliche Gedanken daran, dass du ihn zurückwollen könntest, aus dem Kopf schlägst.«

»Ganz deiner Ansicht«, merkte Märta an. »Und glaube mir, ich weiß, wie es sich anfühlt, sich ein Kind zu wünschen. Auf der Straße oder im Kaufhaus fällt mir jeder Kinderwagen auf.« Ihr Tonfall wurde weicher. »Deshalb schätze ich mich glücklich, dass ich Philip und Julian habe. Und jetzt auch noch Cornelia. Ein kleines Mädchen. Kann man sich etwas Wundervolleres vorstellen?«

»Du hast recht.« Ottilia erhob sich. »Meine Damen, so gerne ich auch bleiben würde, muss ich mich, nun, da wir wissen, dass das Baby wohlbehalten auf die Welt gekommen ist, von euch verabschieden. Philip ist zwar sicher schon im Bett, aber ich hoffe, dass Victoria und Isabella inzwischen zu Hause sind.«

»Was wirst du ihnen sagen?«, erkundigte sich Torun.

Ottilia hielt ihrem Blick stand. »Die Wahrheit. Dass dein Baby ungeplant war und dass du es einem wunderbaren Paar zur Pflege gegeben hast, weil du nur sein Bestes wolltest.«

»Und wenn Victoria dich mit einer Million Fragen löchert?«, hakte Birna nach.

Ottilia zog eine Augenbraue hoch, und ihre Miene duldete keinen Widerspruch. »Dann werde ich ihr antworten, dass es nicht meine Aufgabe ist, diese Geschichte zu erzählen.«

Kapitel sechsundfünfzig

Victoria war nicht zur Sturegatan oder in den Humlegården gelaufen. Da sie damit gerechnet hatte, dass Isabella ihr folgen würde, hatte sie sich auf die andere Straßenseite und in die Brahegatan geflüchtet und sich dort im erstbesten Hauseingang versteckt. Als sie um den steinernen Türstock herumspähte, stellte sie fest, dass Isabella erst den Blick über die Straße schweifen ließ und dann kehrtmachte, um in Richtung Sturegatan zu hasten. Victoria schlich sich aus ihrem Versteck und huschte zurück zur Linnégatan. Und sobald Isabella um die Straßenecke verschwunden war, eilte Victoria nach Hause in die nur vier Häuserblocks entfernte Sibyllegatan.

Eigentlich hatte sie vorgehabt, sich in Kastellholmen zu verkriechen, bis sie Toruns Eröffnung verdaut hatte. Doch ganz sicher würde Isabella sie dort zuerst suchen. Warum hatte sie den anderen nur ihren Geheimplatz verraten? Allerdings war der zweite Plan, der ihr in den Sinn kam, um einiges vernünftiger: Sie würde einfach nach Hause gehen und Hilda gegenüber Kopfschmerzen vortäuschen. Nein, sie brauche nichts. Vielen Dank. Sie müsse sich nur richtig ausschlafen, dann sei morgen wieder alles in bester Ordnung. Wenn sie erst ungestört in ihrem Bett lag – denn wer würde sie dort schon vermuten? –, konnte sie dann in Ruhe nachdenken.

Allerdings wurde sie bei ihrer Rückkehr nicht von Hilda empfangen. Als sie gerade ihren Mantel aufhängte, trat Fredrik hinaus auf den Flur.

»Ach, Victoria. Ich dachte, es wäre Ottilia.«

»Sie ist noch in der Linnégatan.«

Fredriks Miene wurde besorgt. »Noch immer keine Neuigkeiten?«

Victoria zwang sich zu einem Lächeln. »Ein kleines Mädchen. Cornelia. Laut Birna sind Mutter und Kind wohlauf.«

Als er glücklich lächelte, entstanden Fältchen um seine Augen. »Ausgezeichnet. Du weißt nicht zufällig, wo Hilda die Kekse aufbewahrt? Ich habe Tee gekocht, kann aber nur Kuchen entdecken.«

Diesmal war Victorias Lächeln echt. Sie hatte ihren Schwager sehr ins Herz geschlossen. Und dass er, der gewiss jeden Veranstaltungssaal im Grand Hôtel kannte wie seine Westentasche, in seinem eigenen Haushalt die Kekse nicht finden konnte, machte ihn nur umso liebenswerter.

»Ich bringe sie dir.«

»Es ist genug Tee für zwei da. Soll ich dir eine Tasse einschenken?«, schlug Fredrik vor.

Victoria zögerte. Eigentlich wollte sie sich ja ins Bett legen, bevor die anderen nach Hause kamen. Wie lange würde Ottilia noch bleiben? Und Isabella? Kurz hatte sie ein schlechtes Gewissen. Wenn Isabella bis nach Kastellholmen gegangen war, würde sie sicher noch eine Weile unterwegs sein.

Inzwischen musterte Fredrik sie forschend. »Hast du etwas? Und wo sind Ottilia und Isabella?«

»Ottilia ist noch in der Linnégatan. Isabella war auch dort, als ich weg bin.« Genau genommen war das nicht einmal gelogen.

Fredrik schob Victoria in die Küche und stellte noch eine Tasse mit Untertasse aufs Teetablett, während sie die Kekse aus der Speisekammer holte.

»Komm, wir machen es uns im Wohnzimmer gemütlich«, sagte er, was eher nach einer Anweisung als nach einer Einladung klang.

Victoria folgte ihm.

Nachdem sie eingeschenkt hatte und sie beide bequem saßen, ergriff Fredrik das Wort. »Also, meine Liebe. Warum bist du vor den anderen nach Hause gekommen?«

Wieder einmal entschied sich Victoria, bei der Wahrheit zu bleiben. »Ich war wütend«, erwiderte sie nur. »Und erschrocken.«

»Auf wen warst du wütend?«

»Erst nur auf Torun, dann auf alle.« Sie überlegte. »Auf Isabella nicht.«

Er biss in einen Keks mit Marmelade und schluckte genüsslich. »Hmmm«, meinte er ein wenig übertrieben. »Meine Lieblingskekse. Wo ist Isabella?«

Beinahe hätte Victoria ihren Tee verschüttet. Sie zwang sich, ruhig zu bleiben. »Ich habe dir doch gesagt, dass sie in der Linnégatan war, als ich ging.«

Fredrik betrachtete sie nur schweigend.

Victoria gab es auf. »Ich habe beobachtet, wie sie mir gefolgt ist. Aber ich bin in die Sibyllegatan gegangen und sie in die andere Richtung.«

»Warum?«

Sie hielt seinem Blick stand. »Wahrscheinlich hat sie mich gesucht.«

»Und was hat dich so wütend gemacht, dass du allein fort bist und nicht gefunden werden wolltest?«

Nun steckte Victoria in einer Zwickmühle. Wusste Fredrik von dem Baby? Würde sie Toruns Geheimnis preisgeben? Sie hatte zwar gedroht, ihren Vater anzurufen, es aber eigentlich nie wirklich vorgehabt. Toruns entsetzter Gesichtsausdruck war Befriedigung genug gewesen.

»Ich weiß nicht, ob ich es dir sagen darf.«

»Wenn es sich nicht um ein Überraschungsgeschenk für mich handelt, darfst du es ganz bestimmt«, antwortete Fredrik. »Ich gebe dir denselben Rat, den ich auch Isabella gegeben habe: Sei ehrlich zu mir, sonst kann ich dir nämlich nicht helfen.«

Victoria bekam einen Kloß in der Kehle. »Pa sagt das auch immer.«

»Leider ist dein Vater nicht hier. Aber ich.«

Tränen stiegen ihr in die Augen, sodass sie alles nur noch verschwommen sah. »Pa könnte ich es nie erzählen.«

Fredriks Augen funkelten. »Ich bin nicht dein Pa. Aber beeil dich. Die anderen könnten jeden Moment nach Hause kommen.«

Victoria beschloss, es zu wagen. »Wusstest du, dass Torun ein Baby hatte?« Sie beobachtete ihn genau.

»Ja«, erwiderte er, ohne auch nur mit der Wimper zu zucken.

Ihr Puls wurde schneller. »Und weißt du auch, was aus dem Kind geworden ist?«

»Ja. Aber das muss dir Torun selbst erklären.«

»Tut sie aber nicht.«

»Bist du deswegen so wütend?«

»Deswegen und außerdem, weil alle anderen im Raum es anscheinend ebenfalls wussten. Das heißt, mit Ausnahme von Isabella.«

»Immer eins nach dem anderen. Warum macht es dich wütend, dass Torun ein Baby hatte?«

Wieder stieg Zorn in Victoria hoch. »Weil sie ständig davon redet, dass man das Richtige tun und sich für eine gute Sache einsetzen muss. Frauenrechte. Kinderrechte. Und dann wird sie schwanger und schafft das Baby einfach ab.«

»Das war eine geschmacklose Bemerkung.«

Victoria errötete. Obwohl Fredrik völlig ruhig geblieben war, hatten seine Worte sie getroffen. Offenbar war sie in seinem Ansehen gesunken. Das tat weh. »Entschuldige.«

»Was hast du heute Abend sonst noch erfahren?«

»Nichts. Genau das ist es ja. Sie hatte ein Baby und hat es zu Pflegeeltern gegeben. War es ein Mädchen oder ein Junge?«

»All das ist passiert, bevor du nach Stockholm kamst«,

wandte Fredrik ein. »Was wir wissen, weil Torun das Baby nicht in den letzten beiden Jahren zur Welt gebracht hat. Weshalb also kränkt es dich so, dass ihre besten Freundinnen im Bilde waren?«

»Zwei ihrer drei Schwestern waren eingeweiht. Und Märta. Wahrscheinlich auch Beda. Nur die dritte Schwester nicht.«

»Und weiter?«

»Es ist, als wäre ich überhaupt nicht ihre Schwester. Du hast selbst von ›ihren besten Freundinnen‹ gesprochen. Ist eine Schwester nicht mehr als eine Freundin?«

»Nicht unbedingt. In einer idealen Welt sind Schwestern auch beste Freundinnen. Aber das ist nicht immer so. Schau dich doch selbst an. Mit wem bist du enger befreundet? Mit Ottilia, Torun und Birna oder mit Isabella? Mit wem teilst du deine Geheimnisse?«

Victoria trank einen Schluck Tee. »Isabella.«

»Siehst du?«

»Aber Isabella ist so etwas wie eine Schwester.«

»Gut. Und ich bin sicher, dass Karolina und Märta für Ottilia wie Schwestern sind. Ich glaube, dass man nie zu viele Schwestern haben kann.«

»Meine können es offenbar. Sie brauchen mich nicht. In ihre Fünferclique kommt niemand sonst hinein. Sechs, wenn man Ellen mitzählt. Seit Maria auch einen Fuß in der Tür hat, sind es sieben. Der Himmel weiß, wie ihr das gelungen ist.«

Fredrik schmunzelte. »Maria ist im selben Alter wie sie und arbeitet mit Märta und Ellen zusammen. Haben du und Isabella bei Nordiska Kompaniet nicht eine Freundin namens Agatha?«

Victoria schnappte nach Luft. »Ich hätte nicht gedacht, dass du weißt, wie sie heißt.«

Fredrik lachte leise auf. »Auch wenn ich die Kekse nicht finde, habe ich ausgezeichnete Ohren.« Er schwenkte den Zeigefinger. »Erinnere dich einmal an die Zeit, als du unbedingt nach Stockholm ziehen wolltest. Haben da nicht alle an einem Strang gezogen? Dir Kleider besorgt? Schreibmaschinenunterricht für dich organisiert? Dir ein Dach über dem Kopf gegeben?«

»Haben sie.«

»Du musst verstehen, meine Liebe, dass sechzehn Jahre noch immer ein gewaltiger Altersabstand sind. Er wird geringer werden, wenn ihr alle älter werdet. Doch im Moment ist Ottilia eher wie eine Mutter als wie eine Schwester für dich. Vertraust du Ottilia alle deine Geheimnisse an?«

Victoria dachte an das Ouija-Brett hinten in ihrem Kleiderschrank. Ihre Wangen glühten.

»Nur für den Fall, dass es dir weiterhilft«, fuhr Fredrik fort. »Ich habe keine von ihnen je wieder Toruns Baby erwähnen hören, seit es geboren wurde. Ich bezweifle auch stark, dass Ellen und Maria Bescheid wissen. Offen gestanden würde ich sogar diese ganze Dose Kekse darauf verwetten, dass sie keine Ahnung haben. Außerdem« – und nun wurde seine Miene streng – »geht es uns nichts an.«

»Ich …«

Die Haustür fiel knallend ins Schloss. Dann waren Schritte zu hören, als Ottilia, dicht gefolgt von Isabella, ins Zimmer gehastet kam.

»Da bist du ja«, rief Ottilia. »Ich habe gehofft, dass wir dich hier finden würden.«

»Wir haben zusammen Tee getrunken«, sagte Fredrik.

»Ausgezeichnet.« Ottilia blickte zwischen ihrem Mann und ihrer Schwester hin und her. »Und ist alles in Ordnung?«

»Ich denke, wahrscheinlich schon«, antwortete Fredrik.

»Hast du telefoniert?«, wollte Ottilia von Victoria wissen.

»Nein.« Sie lächelte ihren Schwager an, bevor sie sich wieder an Ottilia wandte. »Denn eigentlich geht es mich ja nichts an.«

Kapitel siebenundfünfzig

Victoria hatte ihrer ältesten Schwester zwar versichert, dass Toruns Baby sie nichts anginge, doch das hinderte sie keineswegs daran, zusammen mit Isabella weitere Mutmaßungen anzustellen. Kaum hatten die beiden ihre Zimmertür hinter sich geschlossen, als sie auch schon zu tuscheln begannen. »Was hältst du davon?«

Die Neugier leuchtete aus Isabellas Augen. »Ich weiß nicht, was ich denken soll. Jedenfalls kann ich mich nicht erinnern, gesehen zu haben, dass Tante Torun in anderen Umständen war.«

»Was heißt, dass es passiert sein muss, als du noch zu klein warst, um es zu verstehen.«

»Oder bevor Pappa und Mamma sich kennengelernt haben«, wandte Isabella ein.

»Wie alt warst du da?«

»Sechs. Das war 1908.«

»Und Torun ist kurz nach meiner Geburt nach Stockholm gezogen. Also 1902.«

»Das heißt, dass das Baby irgendwann zwischen 1903 und 1908 zur Welt gekommen sein muss.« Isabella rechnete nach. »Dann ist es heute zwischen elf und sechzehn Jahre alt.«

Victoria zog sich das Kleid über den Kopf und hängte es auf einen Bügel. »In Stockholm muss es Tausende von Kindern und Jugendlichen dieses Alters geben.«

»Wobei wir nicht einmal sicher sein können, dass das Kind überhaupt in Stockholm ist«, merkte Isabella an. »Vielleicht weiß Torun es gar nicht. Selbst wenn sie das Baby in eine

Stockholmer Familie gegeben hat, bedeutet es nicht, dass diese Leute noch hier wohnen.«

»Bestimmt sind sie noch hier«, entgegnete Victoria. »Niemand, der bei klarem Verstand ist, würde aus Stockholm wegziehen.« Sie öffnete die Schranktür und drehte sich auf ihrer nackten Ferse um. »Bella, glaubst du, das Ouija-Brett könnte uns die Antwort geben?«

Isabellas Augen leuchteten kurz auf, doch im nächsten Moment verdüsterte sich ihr Blick. »Nur, wenn das Kind tot ist.«

»Das muss nicht sein. Wenn wir davon ausgehen, dass unsere Mütter von oben ein Auge auf uns haben, hat meine Mutter ganz sicher auch ein Auge auf Torun und weiß über das Baby Bescheid.«

Inzwischen saß Isabella, wie immer während ihrer nächtlichen Unterhaltungen, auf dem Bett und schlang die Arme um ihre Knie. »Ich bin nicht sicher, ob es so funktioniert. Allerdings haben wir auch nichts zu verlieren. Gesetzt den Fall, wir denken uns eine Frage aus, die nur das Ouija-Brett und die Geister verstehen. Agatha darf es nicht erfahren. Dazu ist es zu wichtig.«

»Agatha kennt Torun doch gar nicht.«

»Das ist mir gleichgültig. Schließlich handelt es sich um ein Familiengeheimnis.«

Victoria nickte. »Das heißt, dass wir die Frage richtig formulieren müssen.«

»Außer«, meinte Isabella nachdenklich, »wir probieren das Ouija-Brett zuerst allein aus. Wäre das Agatha gegenüber sehr gemein?«

Victoria überlegte. »Nicht so gemein, als wenn wir Toruns Geheimnis verraten würden. Und« – sie grinste über beide Ohren – »ich weiß auch schon genau, wie wir es anstellen.«

Isabella verzog das Gesicht. »Wie?«

»Wir fragen Beda.«

Isabella stopfte sich einen Zipfel ihres Lakens in den Mund, um ihren Freudenschrei zu dämpfen. »Das ist eine wundervolle Idee«, raunte sie schließlich. »Denn wenn jemand von der anderen Seite im Bilde ist, dann Beda.«

»Also los.« Victoria schwang die Beine über die Bettkante.

Isabella starrte sie an. »Jetzt?«

»Warum nicht? Sicher schlafen alle schon, und wir haben noch Sonntag.«

Isabella lachte leise. »Ich glaube nicht, dass die Geister sich etwas aus Wochentagen machen.«

Victoria bedachte sie mit einem ungeduldigen Blick. »Ja oder nein? Wir brauchen eine Kerze und ein Glas.«

»Ich hole die Kerze, du das Glas.«

Sie schoben Isabellas Nachttisch beiseite und legten das Brett zwischen sich auf den Fußboden. Dann öffneten sie das Fenster, um die Geister hereinzulassen, stellten das umgedrehte Glas in die Mitte des Brettes, zündeten die Kerze an und löschten das Licht. So konnten sie zwar die Aufschrift auf dem Brett noch lesen, doch im restlichen Zimmer war es stockfinster. Eine kalte Brise zauste ihr Haar. Die Kerzenflamme flackerte.

Erschaudernd griff Victoria nach ihrer Decke und wickelte sich hinein. Der weiche Stoff beruhigte sie und verlieh ihr Mut. »Jetzt das Glas ganz vorsichtig anfassen«, wies sie Isabella an. »Damit wir auch bloß nichts beeinflussen.«

Isabella zog sich ihre Decke wie eine Kapuze über den Kopf und legte dann die Finger neben die von Isabella auf das Glas. »Du übernimmst das Reden«, flüsterte sie.

Victoria schluckte den Kloß in ihrer Kehle hinunter. Schade, dass sie sich aus der Küche nicht auch ein Glas Wasser mitgebracht hatte, denn ihr Mund fühlte sich plötzlich ganz trocken an. Sie hüstelte leise. »Wir möchten gerne mit Beda Johansson sprechen. Bitte«, begann sie mit leiser Stimme.

Nichts geschah.

»Das war keine Frage«, zischte Isabella.

Victoria räusperte sich noch einmal. »Beda Johansson, bist du da?«

Das Glas bewegte sich ein winziges Stück.

Isabella schnappte leise nach Luft.

Victoria versuchte es erneut. »Beda Johansson, bist du da?«

Wieder rutschte das Glas in Richtung der oberen, linken Ecke. Ja.

Beide Mädchen zogen ruckartig die Hände weg, wechselten einen ungläubigen und gleichzeitig verängstigten Blick und legten die Finger dann wieder vorsichtig auf das Glas.

»Beda, weißt du etwas über Toruns Baby?«, fragte Isabella.

Das Glas rührte sich nicht.

»Wir könnten sie ja verwirrt haben«, flüsterte Victoria. »Beda erkennt dich möglicherweise nicht. Nimm die Decke vom Kopf.«

Isabella gehorchte. Noch immer passierte nichts. »Vielleicht darf Beda das Geheimnis nicht verraten«, wandte sie ein.

»Oder es ist wieder ein *Ja.*«

Isabellas Lippen formten sich zu einem kreisrunden O. »Du hast recht.«

»War das Baby ein Junge?«, fuhr Victoria fort.

Nichts.

»Moment mal«, flüsterte Isabella. »Lass uns das Glas nach jeder Frage zurück in die Mitte stellen.«

Sie taten es.

»Frag noch mal«, sagte Isabella.

»War das Baby ein Junge?«

Das Glas zuckte. Die Kerze erlosch. Die Mädchen schrien auf.

Isabella klopfte das Herz bis zum Halse. »Was ist passiert?«, flüsterte sie.

»Bestimmt war es der Wind«, erwiderte Victoria.

Isabella atmete auf. »Hoffentlich hast du mit deiner Vermutung recht.«

Die Tür wurde aufgerissen. Fredrik betätigte den Lichtschalter. »Seid ihr … Was macht ihr da?«

Ottilia wies auf das Brett. »Und was ist das?«

»Entschuldigt, dass wir euch geweckt haben«, sagte Victoria. »Mit uns ist alles in Ordnung.«

»Sieht ganz danach aus«, entgegnete Fredrik spöttisch.

Ottilia griff nach dem Brett. »Ich frage euch noch einmal: Was ist das?«

Die beiden rappelten sich auf, während Fredrik das Fenster schloss. Dann drehte er sich um. »Isabella? Victoria? Wir haben euch etwas gefragt.«

»Das ist ein Ouija-Brett«, antwortete Victoria. »Aus Amerika.«

Ottilia drehte das Brett in den Händen hin und her. »Dieses Ding ist aus Amerika?«

Isabella schüttelte den Kopf. »Die Idee stammt aus Amerika. Das Brett haben wir selbst gemacht.«

»Und wozu soll es gut sein? Ein Spiel?«

»Ich kann dir erklären, wozu es gut ist«, antwortete Fredrik mit angespannter Stimme. »Ich habe zwar noch nie eines gesehen, aber schon davon gehört. Man benutzt es, um mit den Toten zu sprechen. Wenn man an diesen Hokuspokus glaubt.«

Ottilia blieb der Mund offen stehen. »Aber … mit wem wolltet ihr denn sprechen?«

»Unseren Müttern«, erwiderte Isabella. »Oder wenigstens …«

»Wir haben das Brett gemacht, um Verbindung mit unseren toten Müttern aufzunehmen«, sprang Victoria für sie in die Bresche.

Doch der Schaden war bereits geschehen.

»Deine Mutter«, herrschte Fredrik Isabella mit zusammengebissenen Zähnen an, »steht hier vor dir.« Er zeigte mit dem Finger.

»Ich weiß.« Eine Träne rann ihr die Wange hinunter. »Es tut mir leid, Mamma. Ich wollte nur …«

Victoria reckte das Kinn. »Sie wollte nur ihre echte Mutter kennenlernen. Ich auch. Ihr beide habt ja keine Ahnung, wie es ist, die Mutter nicht zu kennen, die einen zur Welt gebracht hat. Pa ist ein wundervoller Vater, aber er ist eben nicht meine Mutter. Und Isabella kann Ottilia lieben wie eine Mutter, doch …«

»Ich liebe dich«, schluchzte Isabella. »Du bist meine Mutter.«

»Ich weiß, Schätzchen.« Als Ottilia die Arme ausbreitete, warf Isabella sich hinein.

»Und trotzdem bist du nicht ihre Mutter«, beharrte Victoria. »Warum kann ein Kind nicht mehrere Eltern lieben, wenn Eltern mehrere Kinder lieben können?« Als sie beobachtete, wie Isabella sich enger in Ottilias Arme schmiegte, fühlte sie sich wieder einmal wie eine Außenseiterin. Ein Eindringling. Enttäuscht sank sie aufs Bett. »Wir haben nur Antworten auf verschiedene Fragen gesucht. So funktioniert das Brett. Man stellt Fragen, und die Geister buchstabieren die Antworten.«

»Und hat euch das Brett heute Abend irgendwelche Fragen beantwortet?«, erkundigte sich Fredrik. »Wie oft habt ihr das schon gemacht?«

Victoria schlug die Hände vors Gesicht. »Heute war das erste Mal. Und wir sind nicht sicher, ob wir Antworten bekommen haben.«

»Was habt ihr gefragt? Isabella?«

Victoria sah Fredrik dankbar an. Zumindest gab er nicht nur ihr allein die Schuld.

Isabella löste sich aus Ottilias Armen. »Wir haben versucht, mit Beda zu sprechen.«

»Mit Beda?« Ottilia sah sie verständnislos an. Im nächsten Moment lachte sie blechern auf. »Natürlich, das hätte ich mir gleich denken können. Ihr wolltet etwas über Toruns Baby erfahren.«

Die beiden Mädchen starrten zu Boden.

»Also habt ihr trotz eurer Behauptungen, ihr wolltet Kontakt mit euren toten Müttern aufnehmen, was in gewisser Weise verständlich wäre, lieber Torun nachspioniert«, stellte Fredrik fest. »Ich schäme mich für euch beide.« Diesen scharfen Tonfall hörte man in diesem Hause nur selten bei ihm.

Victoria blinzelte. Jetzt in Tränen auszubrechen, hätte die Demütigung komplett gemacht. »Ich schäme mich auch. Aber hauptsächlich tut es mir leid. Nicht, weil wir Torun nachspioniert haben, denn alles, was Beda uns erzählt hätte, wäre sowieso geheim geblieben«, erwiderte sie. »Sondern weil ich dich enttäuscht habe. Und du« – sie wandte sich an Ottilia – »wirst nun niemals glauben oder verstehen, wie sehr ich mich danach sehne, meine Mutter zu kennen und eine richtige Ekman-Schwester zu sein.«

Ottilia legte den Arm um Victorias Schultern. »Du bist eine Ekman-Schwester. Allerdings musst du noch ein bisschen erwachsen werden. Und was unsere Mutter angeht, habe ich einen Vorschlag: Ich lade die anderen beiden zum Mittagessen oder zum Abendessen ein. Und dann kannst du uns alles über Ma fragen. Ich verspreche dir, dass wir so gut wie möglich antworten werden.«

»Und an diesem Tag«, sagte Fredrik zu Isabella, »gehen wir beide zusammen aus. Und dann kannst auch du mir alle Fragen stellen, die du auf dem Herzen hast. Aber morgen zerstört ihr beide dieses Brett und verbrennt es im Kachelofen. Ist das klar?«

»Ja, Pappa.«

Er drehte sich zu Victoria um.

Sie nickte. »Selbstverständlich.«

»Dann wollen wir jetzt zu Bett gehen«, verkündete Ottilia.

»Seltsam«, flüsterte Victoria, als sie sich die Decke bis zum Kinn hochzog. »Dass Torun ein Baby hatte, macht mir jetzt viel weniger zu schaffen. Natürlich würde ich gern mehr darüber wissen. Eines Tages erzählt sie es uns vielleicht.«

»Mag sein«, stimmte Isabella zu. »Aber wie bringen wir das alles morgen Agatha bei? Ich habe ein schlechtes Gewissen.«

»Wir sagen ihr einfach die Wahrheit. Das Brett wurde entdeckt und zerstört. Wenigstens kannte sie ihre Mutter gut.«

Isabella rollte sich zur Seite. »Ich freue mich schon darauf, mehr über meine leibliche Mutter zu erfahren.«

»Ich auch. Es macht mich nur traurig, dass es siebzehn Jahre gedauert hat. Außerdem finde ich es jammerschade, das Ouija-Brett zu verbrennen.«

Isabella schüttelte den Kopf. »Ich nicht. Es hat seinen Zweck erfüllt: Man hat uns richtige Antworten auf unsere Fragen versprochen. Welches Ouija-Brett hat das schon zu bieten?«

Kapitel achtundfünfzig

Ottilia hielt Wort. Am folgenden Sonntag versammelten sich die vier Ekman-Schwestern in der Sibyllegatan am Esstisch. Nachdem Philip im Bett lag, der Kaffee eingeschenkt war und jede ein Stück von Hildas Teekuchen auf dem Teller hatte, eröffnete Ottilia die Runde.

»Also, Victoria, jüngste der Ekman-Schwestern. Wir sind deinetwegen heute Abend hier zusammengekommen. Du kannst uns alles fragen, was du über deine Mutter wissen möchtest.«

Victoria hatte die Ellbogen auf die Tischplatte gestützt. Ihr Kinn ruhte auf ihren Händen. Ganz anders als sonst brachte sie vor lauter Schüchternheit kaum einen Ton heraus und überlegte, wie sie ihre Frage stellen sollte. »Wie war Ma?«, begann sie nach einer Weile. »Ich meine, wie war sie wirklich?«

»Falls je ein Mensch ein Buch über unsere Familie schreiben sollte, wäre Ma die Hauptperson«, erwiderte Torun. »Sie hatte zu Hause das Sagen.«

Victoria neigte den Kopf zur Seite. »Was war mit Pa?«

Ottilia grinste. »Pa dachte zwar, er sei der Haushaltsvorstand, aber ich habe nie erlebt, dass er nicht auf Ma gehört hätte.«

»So wie bei dir und Fredrik also?«, gab Victoria spontan zurück.

Ottilia schnappte nach Luft.

»Genau wie bei Ottilia und Fredrik«, bestätigte Birna. »Wenn Ma etwas entschied, war nicht daran zu rütteln.«

»Und Pa sagte immer: ›Geh und frag deine Mutter‹«, ergänzte Torun. »Die beiden haben einander sehr geliebt.«

»Wieder wie du und Fredrik«, bestätigte Birna.

»Moment mal, wir sind hier, um über Ma zu reden, nicht über mich«, protestierte Ottilia.

»Aber du bist ihr am ähnlichsten«, wandte Torun ein. »Zumindest was Temperament und Charakter angeht.« Sie wandte sich an Victoria. »Du bist äußerlich am meisten nach ihr geraten. Ma war auch sehr schön.«

Victoria bedankte sich verlegen. »Und was hast du von Ma geerbt?«

Torun überlegte. »Ma war es sehr wichtig, dass Frauen es im Leben zu etwas bringen. Sie wäre begeistert, wenn sie wüsste, dass wir endlich das Wahlrecht haben.«

»Und außerdem die Erste, die sagen würde, dass es allmählich Zeit wurde«, fügte Birna hinzu. »Sie hat mich immer dazu ermutigt, Medizin zu studieren.«

»Und zwar deshalb, weil ihr klar war, dass du das Zeug dazu hast«, merkte Ottilia an. »Ma hat immer davon geträumt, Krankenschwester zu werden.«

Birna zuckte zusammen. »Das wusste ich gar nicht.«

Ottilia musterte sie zweifelnd. »Wirklich nicht? Aber es war so. Das hat sie mir einmal erzählt, als ihr beide krank wart.«

»Hat sie auch gesagt, was sie daran gehindert hat?«

Ottilia grinste. »Jon. Sie hat Pa kennengelernt, ist schwanger geworden, hat geheiratet und Jon bekommen.«

Victoria blieb der Mund offen stehen. »War Ma schon in anderen Umständen, als sie und Pa geheiratet haben?«

»Ich denke, ja.«

»Wie war Jon denn so.«

»Er war das Ebenbild von Pa«, erwiderte Torun. »Er hatte Spaß daran, anderen Leuten Streiche zu spielen, und meistens hat es uns erwischt.« Sie zeigte auf Ottilia und sich selbst. »Er ist viel zu jung gestorben.«

»Tuberkulose«, sagte Victoria. Das wusste sie von Pa.

Birna schüttelte verwundert den Kopf. »Warum wir anderen

uns nicht angesteckt haben, werde ich niemals begreifen. Die Tuberkulose kann ganze Familien auslöschen. So etwas ist häufig vorgekommen.«

»Und deshalb haben sie mich bekommen«, stellte Victoria fest. »Weil sie wieder einen Sohn wollten.« Pa stritt das zwar standhaft ab, aber sie glaubte ihm nicht ganz.

»Das habe ich zunächst auch gedacht«, antwortete Ottilia. »Allerdings habe ich nie ein Wort des Bedauerns darüber gehört, dass du wieder ein Mädchen geworden bist.«

»Ich auch nicht«, pflichtete Torun ihr bei. »Und ich war dabei, als du geboren wurdest. Ottilia war schon nach Stockholm gezogen. Birna lag im Bett. Es wird Pa und mir immer ein Rätsel bleiben, wie du es geschafft hast, die ganze Tragödie zu verschlafen.«

Victoria richtete sich auf. »Warst du etwa mit im Zimmer?«

»Nein, Pa und ich haben draußen gewartet und wussten, dass etwas nicht in Ordnung war.«

»Erzähl es mir«, flüsterte Victoria.

»Pa hatte am Vormittag gegen zehn die Hebamme gerufen. Es dauerte Stunde um Stunde. Aus den Schreien wurde ein leises Wimmern. Die Hebamme verlangte immer mehr Handtücher. Und irgendwann nach Mitternacht hat sie Pa aufgefordert, schnell den Arzt zu holen.«

»Ist der Arzt gekommen?«

»Ja.«

»Und was genau hat er getan?«, hakte Birna nach.

»Ich war weiter draußen. Pa auch. Und dann haben wir einen markerschütternden Schrei gehört.« Torun presste die Lippen zusammen und schloss erschaudernd die Augen. Nachdem sie einen Schluck Kaffee getrunken hatte, fuhr sie fort. »Pa und ich sind nach oben gerannt. Ich bin ziemlich sicher, dass wir dein Weinen gehört haben, Victoria, noch bevor wir an der Zimmertür waren. Aber beschwören kann ich es nicht. Und dann ist Pa rein und hat mir die Tür vor der Nase zugemacht.« Ein schmerzlicher Ausdruck huschte über Toruns Gesicht.

»Das ist verständlich«, sagte Birna. »Schließlich hatte er keine Ahnung, was er im Zimmer vorfinden würde. Ich würde mich genauso verhalten.«

»War Ma gestorben?«, fragte Victoria.

Torun erzählte weiter. »Nein. Aber als Pa mich kurz darauf ins Zimmer ließ, war sie leichenblass. Die Laken und Handtücher, die in der Ecke lagen, waren mit Blut durchtränkt. Ich weiß noch, dass ich auf dem Boden rote Lachen gesehen habe, die im Lampenlicht glänzten.«

»Warum hat Pa zugelassen, dass du das siehst?«

»Weil er wusste, dass Ma sterben wird«, antwortete Birna leise.

Torun nickte. »Wahrscheinlich hatte der Arzt Ma wegen der Schmerzen ein Beruhigungsmittel gegeben, denn sie wirkte benommen. Die Dosis könnte auch zu hoch gewesen sein, weil sie ein wenig atemlos war. Aber möglicherweise habe ich das nicht mehr richtig in Erinnerung. Doch ich habe alles noch deutlich vor Augen.«

»Benommenheit und Kurzatmigkeit sind Symptome von Blutverlust«, merkte Birna an. »Vermutlich hat der Arzt ihr gar nichts gegeben, weil er wusste, dass nichts mehr zu retten ist. Hast du gesehen, ob er sie behandelt hat?«

»Er hat ihr nur das Herz abgehört und dann den Kopf geschüttelt, als wolle er sagen, dass es nicht mehr lange dauert.«

Birnas Augen blitzten. »Dieser Stümper!«

Torun sprach weiter. »Ich stand da wie angewurzelt und wagte nicht, mich zu bewegen, um das alles bloß nicht noch schlimmer zu machen. Da sagte Ma« – Torun schluckte – »sie sagte, ›Achte auf unsere Mädchen, Karl‹. Pa hat Ma in die Arme genommen. Sie hat etwas geflüstert, das ich nicht verstehen konnte. Dann hat sie ausgeatmet, und im nächsten Moment ist ihr Kopf ein bisschen zur Seite gesackt. Pa hat geweint, und da habe ich auch zu weinen angefangen.« Eine Träne glitzerte auf Toruns Wange. Victoria bezweifelte, dass Torun selbst das bemerkt hatte.

Doch wenn Ma etwas gesagt und Torun es gehört hatte – hatte sie selbst dann etwa auch die Stimme ihrer Mutter hören können? Auch wenn sie noch viel zu klein gewesen war, um sich daran zu erinnern. »Wo war ich?«, murmelte sie.

»Bei der Hebamme, die dich in ein sauberes Handtuch gewickelt hatte. Nachdem Pa Ma zurück aufs Kissen gelegt hatte, hat sie dich ihm gereicht. *Ein gesundes Mädchen, Herr Ekman.*«

»Und der Arzt?«, erkundigte sich Birna.

»Wenn ich mich recht entsinne, hat er Pa ein unterschriebenes Dokument gegeben und sich bezahlen lassen. Und dann ist er gegangen. Die Hebamme hat mich mit Victoria nach unten geschickt, während sie und Pa das Bett abgezogen und Ma gewaschen haben. Er meinte, man brauche Birna nicht zu wecken. Sie würde es noch früh genug erfahren.«

»Aber warum hat Ma so viel Blut verloren?«, fragte Victoria.

»Vermutlich stand die Plazenta zu tief«, erwiderte Birna. »Das hätte man eigentlich schon früher entdecken müssen, und ich hoffe, dass es heutzutage jemandem aufgefallen wäre. Doch vielleicht war das auch gar nicht der Grund. Wenn der Arzt eine Zange genommen und Victoria mit Gewalt aus dem Mutterleib gezogen hat, hätte Ma dabei schwere Verletzungen davontragen können. Und falls der Arzt dann nicht in der Lage war, die Blutungen zu stillen …« Birna zuckte mit den Achseln. »Wir wissen nicht, wie viel Blut Ma vor seiner Ankunft schon verloren hatte, und wir werden es auch nie erfahren.«

Ottilia ergriff zum ersten Mal das Wort. »Und selbst wenn wir es gewusst hätten, hätten wir auch nichts tun können, richtig? Wir hatten keine Möglichkeit, dem Arzt einen Fehler nachzuweisen. Vermutlich ist er inzwischen selbst längst tot.«

»Das Problem mit manchen Ärzten ist, dass sie sich für unfehlbar halten«, verkündete Birna. »Sie sitzen auf dem hohen Ross und glauben, dass sie niemals etwas falsch machen. Seiner Auffassung nach hat er das Baby gerettet. Aber ich meine, dass er meine Mutter geopfert hat, obwohl er beide hätte retten müssen. Ich frage mich, was Ma Pa zugeflüstert hat, dass Torun es nicht hören konnte.«

»Sie hat Pa gesagt, er solle mich nach Stockholm schicken«, antwortete Torun. »Was er auch getan hat.« Sie schenkte allen Kaffee nach. »Ma wollte, dass ihren Töchtern alle Möglichkeiten offenstehen. Sie sollten die Chancen bekommen, die ihr selbst verwehrt geblieben waren. In Rättvik gab es diese Chancen damals nicht.«

»Heute auch noch nicht«, wandte Victoria ein. »Zumindest nicht für Frauen. Nicht wirklich. Darf ich noch etwas fragen?«

»Nur zu. Deshalb sind wir ja hier«, erwiderte Birna.

»Welche Interessen hatte Ma?«

»Sie hat gelesen«, antwortete Torun. »Nicht nur Bücher, sondern auch die Zeitung. Jeden Tag. Obwohl sie nicht lange zur Schule gegangen war, war sie belesen und hatte zu den meisten Dingen eine eigene Meinung.«

»Und sie war großzügig«, fügte Birna hinzu. »Wenn jemand sie um Hilfe bat, tat sie für ihn, was sie konnte.«

»Ich weiß noch, wie viele Leute zu ihrer Beerdigung gekommen sind«, fügte Ottilia hinzu.

»Hatte Ma eine Leidenschaft?«, erkundigte sich Victoria.

Die drei älteren Schwestern sahen einander ratlos an und zuckten mit den Achseln.

Ottilia schüttelte den Kopf. »Ihre Familie war ihre Leidenschaft.«

Victoria nickte. »Das sagt Pa auch.«

Birna neigte den Kopf zur Seite. »Das scheint dich zu enttäuschen. Worauf hattest du denn gehofft?«

»Ich bin nicht sicher. Pa hat mir einmal erzählt, Ma hätte

hübsche Kleider gerngehabt. Ich hatte nur so eine Vermutung …«

»Dass du und Ma darin etwas gemeinsam habt«, beendete Torun den Satz für sie. »Tut mir leid, Vickan …«

»Vickan?«

»Das Leben ist zu kurz, um dich ständig Victoria zu nennen.«

Victoria errötete. Noch nie im Leben war sie anders als mit ihrem vollen Namen angesprochen worden. Sie bekam ein warmes Gefühl in der Magengrube.

»Ist das in Ordnung?«, hakte Birna nach. »Oder stört es dich?«

Victoria grinste schüchtern. »Mir gefällt es.«

»Sehr gut«, antwortete Torun. »Jedenfalls hat Pa nicht ganz recht, was Ma betrifft. Wenn ich es richtig im Gedächtnis habe, sah Ma in allem, was sie anzog, hübsch aus …«

»Genau wie du«, sagte Ottilia zu Victoria.

»Und an einem neuen Hut hatte sie genauso Freude wie jede andere Frau«, sprach Torun weiter. »Allerdings kann ich mich nicht erinnern, dass sie häufig Läden mit Damenbekleidung aufgesucht oder in Modezeitschriften geblättert hätte. Dafür war einfach das Geld nicht da.«

»Also war Ma das Familienoberhaupt wie Ottilia, eine begeisterte Leserin wie Torun und hat sich für Medizin interessiert wie Birna. Hatte sie denn nichts an sich, was ihr in mir wiedererkennt?«

»Wir erkennen sie ständig in dir wieder«, protestierte Ottilia. »Du bist Ma so aus dem Gesicht geschnitten, dass man es kaum glauben kann. Du klingst sogar wie sie, wenn du lachst.«

»Das habt ihr mir noch nie gesagt.«

»Weil wir dich bis vor Kurzem nur selten lachen gehört haben«, entgegnete Torun.

Womit Torun, wie Victoria nun klar wurde, den Nagel auf

den Kopf traf. Es war nämlich noch gar nicht so lange her, dass sie die Freude am Leben für sich entdeckt hatte. Zuerst einmal hatte sie im Juli ein Donnerwetter wegen ihres Kurzhaarschnitts über sich ergehen lassen müssen. Eine empörte Frau Alm hatte den schimmernden Pagenkopf als »Beleidigung für das Auge« bezeichnet und Victoria zurück in die Abteilung Damenoberbekleidung verbannen wollen. Doch der Boss persönlich war für sie in die Bresche gesprungen und hatte verkündet, er selbst habe ihr die Erlaubnis gegeben. Das Ergebnis sei ein gewaltiger Vorteil für das Atelier und ein Zeichen dafür, dass sie endlich in der Moderne angekommen seien. Nun hatte Victoria einen Arbeitsplatz, der ihr Freude machte, und gute Freundinnen. Was also konnte sie mehr verlangen? »Hat Ma eigentlich gern Witze gemacht?«, fragte sie nun.

»Eigentlich nicht«, antwortete Ottilia. »Aber sie hatte Spaß an lustigen Geschichten.«

»Wie die, als Pa mit dem Liegestuhl zusammengebrochen ist«, sagte Birna. »Die habe ich schon so oft gehört.«

Die beiden älteren Ekman-Schwestern bogen sich vor Lachen.

»Was ist denn passiert?«, wollte Victoria wissen.

Torun wischte sich die Augen ab. »An einem wunderschönen, heißen Tag, als Birna noch ein Baby war, haben wir ein Picknick veranstaltet. Zu weit weg durften wir ja nicht gehen, weil Pa als Stationsvorsteher nur zwischen zwei Zügen Pause machen konnte. Ma trug also Birna, Pa den Picknickkorb, Ottilia unsere Badesachen und Handtücher, ich eine Decke, und Jon schleppte ein paar alte Liegestühle, die wohl noch von irgendeinem Vorgänger im Amt stammten. Nachdem wir ein hübsches Fleckchen am See entdeckt hatten, klappte Pa einen Liegestuhl auf und setzte sich. Im nächsten Moment hörten wir alle einen lauten Ratsch, und das alte Segeltuch riss unter Pas Gewicht ein.«

»Pa blieb im Holzrahmen des Stuhls stecken«, keuchte Ottilia. »Er klemmte fest, das Hinterteil unten, die Füße hoch in der Luft. Ma wäre vor Lachen beinahe umgefallen.«

»Zu guter Letzt«, fuhr Torun fort, »hat Pa sich auf die Seite gerollt. Ma hat einen Fuß gegen seinen Hintern gestemmt und das Gestell weggezogen.«

»Den restlichen Tag über fing Ma immer wieder zu kichern an«, sprach Ottilia weiter. »Bis Pa irgendwann sagte: ›Viveka, wenn du jetzt noch einmal lachst …‹ Aber dabei hatte er ein Funkeln in den Augen. Pa hatte Humor.«

Victoria konnte beinahe spüren, wie sich die Kluft zwischen ihr und ihren Schwestern schloss. »Erzählt mir mehr«, flehte sie.

»Weißt du noch, als Ma dich gebeten hat, die Kartoffeln aufzusetzen?«, wandte Birna sich an Ottilia.

Ottilia lachte. »Eines Nachmittags wollte Ma zu einer Versammlung. ›Ottilia‹, sagte sie, ›ich habe alles vorbereitet. Wenn ich bis zehn nach sechs nicht zurück bin, setzt du um Punkt sechs die Kartoffeln auf!‹«

Wieder krümmten sich die Schwestern vor Lachen.

»Ach, herrje«, stieß Torun hervor. »Wir haben sie noch wochenlang deswegen gehänselt.«

Und so folgte Anekdote auf Anekdote. Wie Ma allen Mädchen zu Mittsommer die gleichen Kleider genäht hatte. Wie Ma ihnen beigebracht hatte, im Wald Pilze zu sammeln. Aber auch, wie Ma sie ermutigt hatte, schneller zu laufen, höher zu klettern und kühner zu träumen.

»Ihr drei seid geworden, was ihr heute seid, weil ihr mit Ma aufwachsen konntet«, stellte Victoria fest. »Wie hätte ich mich wohl entwickelt?«

Ottilia legte den Arm um sie. »Wir können nicht wissen, wie sehr sie uns beeinflusst hat. Liest Torun so viel, weil Ma immer Bücher im Haus hatte? Nehme ich mir Ma zum Beispiel, wenn ich mein Familienleben gestalte? Wahrscheinlich ist das so, aber es gibt keine Gewissheit. Du, mein Liebes, musst selbst deinen Weg finden. Folge deinen Neigungen. Diesen Rat hätte Ma dir gegeben. Genauso, wie sie es bei uns getan hat.«

»Frag dich, ob du dich im Atelier nur deshalb wohlfühlst, weil du glaubst, dass Ma gern dort gearbeitet hätte, oder weil du selbst Freude daran hast«, meinte Birna.

Victoria biss sich auf die Lippe. »Als ich zum ersten Mal vom Atelier hörte, dachte ich, dass ich mich vielleicht wegen Ma dafür interessiere.«

»Du warst auf der Suche nach einer Gemeinsamkeit«, stellte Ottilia leise fest.

Victoria nickte. »Inzwischen jedoch liebe ich das Atelier um seiner selbst willen. Ich will alles darüber lernen, was es zu lernen gibt.«

»Möchtest du auch lernen, wie man näht?«, hakte Birna nach.

»Nicht unbedingt. Doch ich will sämtliche Fachbegriffe und jeden einzelnen Arbeitsschritt kennen. So wie du, Torun. Du erkennst ein gutes Buch, wenn du es liest, auch wenn du es nicht selbst hättest schreiben können. Du weißt, was der Leserschaft gefallen könnte und warum. Genauso geht es mir mit Kleidern. Mit der Haute Couture. Ich will die Branche von Grund auf verstehen.«

»Dann hast du etwas mit Ma gemeinsam«, merkte Birna an.

»Und das wäre?«, wollte Victoria sofort wissen.

»Wenn sie etwas Interessantes las, wollte sie stets mehr darüber erfahren. Eigentlich sind wir alle vier so wie sie. Denn wir wollen alle die Beste in unserem Bereich sein.«

»Wir alle vier«, wiederholte Victoria. »Das habe ich euch noch nie sagen hören.«

»Und dafür entschuldigen wir uns«, erwiderte Ottilia.

»Aber wirklich nur dafür«, ergänzte Torun. »Es ist nicht unsere Schuld, dass wir mit Ma aufwachsen durften und du nicht. Es ist ungerecht, doch das Leben ist eben nicht immer gerecht. Allerdings werden wir uns von nun an mehr Mühe geben, öfter über Ma zu sprechen. Wenn mir noch etwas einfällt, erzähle ich es dir. Und wenn du eine weitere Frage haben solltest, nur zu.«

»Da wäre noch etwas«, sagte Ottilia.

Torun und Birna nickten.

Ottilia ging zur Anrichte und kehrte mit einer abgewetzten, flachen Schatulle mit alter, zierlich gearbeiteter Schließe zurück, die sie vor Victoria hinstellte. »Das ist für dich. Wir haben unsere Erinnerungen und hatten den Vorteil, unsere Kindheit mit Ma verbringen zu können. Deshalb sollst du wenigstens das hier bekommen.«

Victoria wich zurück. »Nicht Mas Perlenkette, Otti. Pa hat sie dir geschenkt.«

»Das hat er. Doch wir alle, auch Pa, waren uns einig, dass es jetzt deine ist.«

Mit zitternden Fingern öffnete Victoria den Deckel. Sie hatte alle ihre Schwestern diese Kette zu besonderen Anlässen tragen sehen, hätte aber nie gedacht, dass sie sich das Schmuckstück auch würde ausleihen dürfen. Und nun gehörte es ihr sogar. Als sie die Kette von ihrem Bett aus Samt nahm, schimmerten die cremefarbenen Perlen im Licht.

»Leg sie um«, forderte Ottilia sie auf. »Wenn man Perlen vernachlässigt, verlieren sie ihren Glanz.«

Victoria hielt sich die Kette an den Hals, damit Ottilia den Verschluss einhaken konnte.

Dann betastete sie die Perlen. »Ich weiß gar nicht, was ich sagen soll. Außer danke natürlich. Und natürlich könnt ihr sie alle weiter tragen.«

Torun nickte. »Diese Kette hat inzwischen Orte gesehen, von denen Ma nur träumen konnte. Zeig ihr etwas Neues.«

»Ich werde mein Bestes tun«, erwiderte Victoria. »Das verspreche ich.«

Kapitel neunundfünfzig

Am 24. Dezember trug Victoria Mas Perlen. Es war acht Uhr, und die Mitarbeiter hatten sich zu ihrer eigenen Feier im behaglich erleuchteten Atrium versammelt, bevor das Kaufhaus um neun seine Pforten für den Publikumsverkehr öffnen würde. Um zwei Uhr war Ladenschluss, und die Weihnachtsfeiertage konnten beginnen. Draußen fegte ein eisiger Wind die Hamngatan entlang, während die Sonne Mühe hatte, zwischen den Wolken hervorzulugen. Drinnen jedoch herrschte aufgeregte Vorfreude auf die glücklichen Tage, die vor ihnen lagen.

Victoria stand mit Isabella oben auf der Treppe, die zur auf die Regeringsgatan zeigenden Seite des Erdgeschosses führte, und hatte die Vorgänge von hier aus gut im Blick. Von einer für sie völlig neuen Zufriedenheit erfüllt, lauschte sie den Stimmen des Betriebschors von N.K., der bekannte Weihnachtsweisen anstimmte. Die vorübergehend im Atrium aufgebauten Buden, an denen man seine Geschenke einpacken lassen und Pfefferkuchen, Marzipan und weitere weihnachtliche Köstlichkeiten erwerben konnte, würden noch für eine Stunde unbesetzt bleiben. Und da am Tag vor Weihnachten keine Vorführungen oder Anproben im Atelier stattfanden, war Victoria zu diesem Weihnachtsmarkt abkommandiert worden. Sie würde Schachteln mit erlesenen Pralinés an die hauptsächlich aus jungen Männern bestehende Kundschaft verkaufen, die noch ein Geschenk für ihre Ehefrau, Mutter, Schwiegermutter, Schwester oder ledige Tante brauchten. Warum erledigten Herren so etwas nur stets in allerletzter Minute?

Der Anblick des unter der Glaskuppel hängenden gewaltigen Weihnachtsbaums zauberte ein seliges Lächeln auf Victorias Lippen. Solange er dort prangte, wirkte er sehr majestätisch. Doch wehe, wenn es erst Januar wurde. Denn dann mussten die Dekorateure die riesige Fichte aus ihrer Verankerung lösen und aus dem Gebäude schaffen – mit dem Ergebnis, dass die Nadeln zum großen Bedauern der Mitarbeiter auf Regale und Theken herniederrieselten. Sie fanden sogar ihren Weg in die Schubladen und sorgten allgemein für ein nicht unbeträchtliches Durcheinander, gegen das auch die Reinigungskräfte machtlos zu sein schienen. Im letzten Februar hatte Märta sogar eine winzige Fichtennadel in den Tiefen eines Handschuhs entdeckt.

Die letzten Töne von *Stille Nacht* verklangen, und das Orchester legte die Instrumente weg, als die Familie Sachs – Josef, Sigrid, Ragnar, Rut und Herbert – ihre Plätze auf der Haupttreppe einnahm.

Die Mitarbeiter klatschten voller Begeisterung.

Herr Sachs hob die Hand, um sich zu bedanken und den Beifall zum Verstummen zu bringen. »Eigentlich sollte ich Ihnen applaudieren.«

Nun jubelten die Angestellten.

Herr Sachs drehte sich um und winkte denen zu, die sich auf einer der Galerien in den ersten drei Etagen eingefunden hatten.

Victoria bemerkte, dass Ellen mit Maria im dritten Stock stand. Als sie Isabella anstieß und mit dem Finger zeigte, begrüßte diese die zwei mit einem Nicken.

Die Menge kam ein zweites Mal zur Ruhe.

»Ich werde mich kurz fassen«, fuhr Herr Sachs fort. »Uns bleiben nur noch fünfzig Minuten, bis Herr Bellman zum letzten Mal vor Weihnachten unsere Türen öffnet. Ich weiß, dass alle gerne mehr Zeit hätten, um in den Feiertag hineinzutanzen und sich bei Bobergs ein Safranbrötchen und einen Becher

Glühwein zu gönnen. Aber ich möchte mich bei Ihnen allen ganz persönlich für die fleißige Arbeit in diesem Jahr bedanken. Obwohl der Krieg vorbei ist, ist der Alltag auch weiterhin ein Kampf. Dennoch haben Sie ein ums andere Mal unter Beweis gestellt, dass Nordiska Kompaniet trotz aller Stürme, die unsere Stadt gebeutelt haben, auch weiterhin ein Leuchtturm der Freude ist. Ich hoffe, dass Sie alle Ihre Weihnachtsgratifikation als Zeichen meiner Dankbarkeit erhalten haben.«

Wieder Jubel von den Angestellten.

Herr Sachs schmunzelte. »Ausgezeichnet. Dann bleibt mir nur noch, Ihnen und Ihren Familien auch im Namen meiner Frau und meiner Kinder gesegnete Weihnachten zu wünschen.« Er wies mit der Hand auf das Orchester. »Wir wollen tanzen.«

Victoria griff nach Isabellas Hand. »Los, komm.«

Thorwald Munkhammar nahm Victorias freie Hand und streckte die andere nach Bettan aus, die bereits eine Kette aus fünf Personen hinter sich herzog. Und so bildete sich rasch eine lange Reihe mit Herrn Sachs an der Spitze. Als er in den ersten Stock hinauftanzte, schlossen sich weitere Mitarbeiter an, und so ging es weiter in den zweiten, wo sich Frau Alm und der Boss einreihten. Oben im dritten Stock wurden Ellen, Maria und weitere Mitarbeiterinnen aus der Verwaltung in die Polonaise aufgenommen, und eine gute Minute später hatten alle den vierten Stock erreicht. Dort führte Herr Sachs seine N.K.-Familie ins Mittagsbistro, wo August Åhlfeldt die inzwischen rotwangigen und atemlosen Kollegen schon mit Safranbrötchen und Pfefferkuchen erwartete. Alle waren ausgelassener und fröhlicher Stimmung.

Kapitel sechzig

1920

Das neue Jahrzehnt erstrahlte vor frischer Zuversicht wie ein kühler und sonniger Januartag. Märta und Ellen, die keine besonderen Pläne hatten, schlenderten den verschneiten Strandvägen entlang in Richtung Stadtzentrum. Der Boulevard führte am Hafen von Stockholm entlang und wurde auf der anderen Seite von prächtigen Stadtvillen gesäumt. Seit er vor etwa vierzig Jahren mit Kopfstein gepflastert worden war, erfreute er sich bei sonntäglichen Spaziergängern großer Beliebtheit. Und der heutige Tag, der erste sonnige Sonntag in diesem Jahr, bildete da keine Ausnahme, sodass die beiden Freundinnen im Vorbeiflanieren immer wieder Bekannten zunicken mussten.

»Manchmal bin ich nicht sicher, ob ich ein Gesicht von *Tolfterna* wiedererkenne oder ob es eine Stammkundin von uns ist«, bemerkte Märta. »Also gebe ich mir Mühe, immer auf die richtige Weise zu lächeln: weder zu vertraulich noch zu distanziert.«

»Das ist ein ziemlicher Drahtseilakt.«

»Wie recht du hast. Wenn ich eines, zwei oder gleich alle drei Kinder dabeihabe, ist es einfacher. Dann kann ich nämlich ein Mützchen festbinden oder einen Mantel zuknöpfen, wenn ich mir unsicher bin. Obwohl die Jungs sich inzwischen nicht mehr den Mantel von mir zuknöpfen lassen.«

»Wie wohl jeder junge Mann, der auch nur einen Funken Selbstachtung hat.«

»Stimmt, auch wenn das nicht immer ganz unfallfrei vonstatten geht. Am letzten Sonntag waren Torun und ich mit dem armen Julian schon um ganz Skansen herumgegangen, als uns endlich auffiel, dass er seine Stiefel verkehrt herum anhatte. Er schaute nur mit seinen großen braunen Augen hinunter auf seine Füße und meinte: ›Also, ich war's nicht.‹«

Ellen lachte leise auf. »Der liebe Junge. Manchmal ist er viel zu erwachsen für sein Alter. Ich freue mich so, dass er Cornelia noch immer vergöttert, denn ich hatte schon befürchtet, dass sie ihm nach ein paar Schreianfällen zu lästig werden könnte. Aber nichts dergleichen.«

»Karolina hat mir erzählt, dass Julian seiner kleinen Schwester auf dem Klavier vorspielt. Cornelia himmelt ihn an, und er genießt es, der große Bruder zu sein.«

»Das wundert mich. Während Julian ein ruhiger kleiner Junge ist, scheint Cornelia das genaue Gegenteil zu sein. Launischer. Sprunghafter. Seltsam, wie zwei Kinder ab dem ersten Tag so verschieden sein können, obwohl sie dieselben Eltern haben.«

Und auch wie sehr beide der Mutter des jeweils anderen Kindes ähnelten, dachte Märta. Obwohl Cornelia erst fünf Monate alt war, schien sie Toruns wundervolle Entschlossenheit geerbt zu haben. Und Julian hatte seine Liebe zur Musik ganz sicher von Karolina. Offenbar war in seinem Fall die Anregung von außen stärker gewesen als die Natur, denn Torun hätte nicht einmal die einfachste Melodie nachsingen können, und wenn es um Julians Leben gegangen wäre. War der Vater des Jungen vielleicht musikalisch?

»Der Rückweg von Djurgården erscheint mir stets länger als der Hinweg«, merkte Ellen gerade an.

»Ganz deiner Ansicht«, erwiderte Märta, froh, sich wieder einem Thema der Gegenwart zuwenden zu können. »Ich hätte jetzt Lust, mich zu setzen. Meine Füße sind müde, was seltsam ist, denn schließlich stehe ich jeden Tag hinter der Theke, ohne dass es mir etwas ausmachen würde. Möglicherweise ist es ja anstrengender, auf Eis und Schnee das Gleichgewicht zu halten.«

Ellen fasste sie am Arm. »Ich habe eine Idee. Lass uns heute im Luxus schwelgen und uns bei Prinsen ein frühes Abendessen gönnen. Das haben wir uns verdient.«

Märta grinste. »Haben wir das?«

Ellen nickte mit Nachdruck. »Eindeutig. Außerdem war ich nicht mehr dort, seit das Lokal während des Krieges umgestaltet wurde.«

»Ich glaube, ich bin noch nie dort gewesen.«

»Wirklich nicht? Das Prinsen ist eines der vielen Lokale in Stockholm, die während der Weltausstellung 1897 eröffnet wurden. Seitdem befindet es sich in der Mäster Samuelsgatan 4.«

Augusta Forsberg, die Inhaberin, empfing Märta und Ellen an der Tür.

»Fräulein Sachs, wie schön, Sie wiederzusehen. Und …« Nachdem sie Märta eine Weile forschend gemustert hatte, zeigte sie triumphierend mit dem Finger. »Damenhandschuhe bei Nordiska Kompaniet. Ich bin stolz darauf, dass ich niemals ein Gesicht vergesse. Außerdem haben Sie mir im vorletzten Winter ein Paar wundervolle Schafslederhandschuhe verkauft. Genau das, was ich gebraucht habe. Dank Ihrer Beratung. Dann werde ich mich einmal dafür revanchieren, indem ich einen ausgezeichneten Tisch für Sie finde.«

Die Freundinnen folgten ihrer gut gelaunten Gastgeberin zu einer Nische im hinteren Teil des Restaurants.

Augusta drehte sich zu ihnen um. »Ist dieser Tisch genehm? Hier können Sie sich ungestört unterhalten.«

»Sie haben hier ja einiges zum Vorteil verändert.« Ellen wies auf die verspiegelten Wände und die mit Holz vertäfelten Säulen.

Augusta reichte ihnen die Speisekarten. »Ein wenig Abwechslung war dringend nötig. 1916 hatte ich dieses Lokal schon seit elf Jahren, und wir wurden beide nicht jünger. Also gut. Ich überlasse Sie jetzt Ihrem Schicksal. Gleich kommt ein Kellner, um Ihre Bestellung aufzunehmen.«

»Die Frau ist ein Unikum«, meinte Märta, als Augusta davonrauschte, um die nächsten Gäste zu begrüßen.

»Und sie führt ein strenges Regiment. Es heißt, sie kann Frieden zwischen zwei verfeindeten Gästen stiften, noch ehe der erste Schuss gefallen ist.«

»Sie und Frau Skogh würden sich gewiss wunderbar verstehen. Wie sah das Prinsen denn vor der Renovierung aus?«

»Eher wie ein deutscher Gasthof als wie ein Restaurant. Aber diese Buntglasfenster gab es auch damals schon.« Ellen wies auf die hohen Bögen aus rotem, gelbem und grünem Glas über den gewaltigen Fenstern. »Doch die Spiegel so anzubringen, dass die Farben darin reflektiert werden, war ein Geniestreich. Denn wenn ich es von meinen wenigen kurzen Besuchen richtig in Erinnerung habe, war es im Gastraum stets ein wenig zu dunkel.«

»Da hat offenbar jemand nachgedacht«, merkte Märta an.

»Vermutlich Frau Forsberg höchstpersönlich. Sie hängt sehr an diesem Lokal. Hier gibt es eine große Auswahl verschiedener Biere. Zumindest war das früher so.« Ellen wandte sich an den Kellner. »Ein Glas Hausbräu und Kartoffelpuffer bitte.«

»Für mich dasselbe, vielen Dank.« Märta gab dem Kellner die Speisekarten zurück.

»Hast du eigentlich je Heimweh nach der Gastronomie?«, erkundigte Ellen sich dann.

Märta schüttelte den Kopf. »Anders als Ottilia und Karolina habe ich mich dort nie wirklich zu Hause gefühlt. Selbst Beda hat lieber im Einkauf gearbeitet als im Zimmerservice. Dennoch muss ich einräumen …« Sie musterte Ellen unsicher.

Diese sah sie fragend an. »Was musst du einräumen?«

Märta zögerte. Wie offen durfte sie gegenüber einer Verwandten von Josef Sachs sein? Er war immerhin ihr Arbeitgeber und darüber hinaus noch ein guter. Aber war Ellen nicht vor allem eine gute Freundin? Märta beschloss, es zu wagen. »Ich habe immer mehr das Gefühl, auf der Stelle zu treten.

Nichts geht mehr voran. Deshalb kann ich Frau Forsberg gut verstehen, als sie sagte, sie habe Abwechslung gebraucht.«

Der Kellner stellte zwei Gläser Bier vor sie hin.

Die Damen lächelten zufrieden.

»Zum Wohl.«

Märta leckte sich die Lippen ab. »Köstlich. Ich hatte wirklich Durst.«

»Erzähl weiter«, forderte Ellen sie auf. »Du meintest gerade, du hättest das Gefühl, auf der Stelle zu treten.«

Märta stellte ihr Glas weg. »Wir waren sechs Freundinnen, die alle beim Zimmerservice oder als Zimmermädchen im Grand Hôtel gearbeitet haben. Eine verschworene Gemeinschaft. Ich bin als Erste gegangen, um in der Handschuhabteilung anzufangen. Das war im Jahr 1904, und ich schwebte im siebten Himmel. Seit ich zum ersten Mal einen Fuß in das Kaufhaus am Stureplan gesetzt habe, wollte ich bei Nordiska Kompaniet arbeiten. Also war es die richtige Entscheidung, den Zimmerservice zu verlassen.«

»Ich verstehe.«

»Im Laufe der Jahre hat sich auch bei den anderen einiges verändert. Margareta hat den Maître d'hôtel geheiratet und eine Familie gegründet. Beda ist in die Buchhaltung gewechselt und ist zur Leiterin des Einkaufs aufgestiegen. Torun hat kurz in Göthes Buchhandlung gearbeitet und dann eine Stelle im Verlag Norstedt ergattert. Inzwischen ist sie dort eine der Cheflektorinnen. Ottilia hat sich zur Leiterin des Grand Royal hochgearbeitet. Sie hat Fredrik geheiratet, ist eine Mutter für Isabella geworden und hat selbst ein Baby bekommen. Karolina wurde stellvertretende Leiterin der Bankettabteilung. Sie hat Edward geheiratet und ist inzwischen Mutter zweier Kinder. Selbst Isabella und Victoria sind von einfachen Verkäuferinnen zu Vorführdamen im Atelier aufgestiegen. Außerdem hat Isabella ein zweijähriges Studium in Wirtschaft und Handel an der Borgarskolan absolviert. Nur ich sitze sechzehn

Jahre später noch immer bei den Damenhandschuhen fest, ohne dass eine Beförderung, ein Ehemann oder ein Kind in Sicht wären.«

Eine Träne brannte in ihrem Augenwinkel. Ärgerlich blinzelte sie diese weg und fuhr unbeirrt fort. »Ich habe es abgelehnt, Wilhelm zu heiraten, weil mir meine Unabhängigkeit und meine Bürgerrechte wichtiger waren. Jetzt haben die Frauen das Wahlrecht, was wundervoll ist. Doch ich liege jede Nacht im Bett und frage mich, wofür ich dieses Opfer gebracht habe.« Sie lachte bitter auf. »Wenn man es überhaupt als Opfer bezeichnen kann. Es hat nämlich niemand etwas davon gehabt, nicht einmal ich selbst.«

Ellen verschränkte die Arme.

Märta wurde bang ums Herz. Also war Ellen doch in allererster Linie eine Sachs. Sie zwang sich, dem Kellner zuzulächeln, der gerade zwei Teller mit Kartoffelpuffern brachte. Doch es hatte ihr den Appetit verschlagen.

Ellen gab die Hälfte aus dem kleinen Schälchen mit Preiselbeersoße auf ihren Kartoffelpuffer und hob dann den Kopf. »Und was willst du deswegen unternehmen?«

»Unternehmen?«

»Ja. Schließlich kannst du nicht für den Rest deines Lebens herumsitzen und deine Entscheidungen bedauern.«

Märtas Wangen glühten. »Ich bedauere keinen Moment, dass ich bei Nordiska Kompaniet angefangen habe. Es tut mir leid, falls ich dir diesen Eindruck vermittelt haben sollte.«

»Das hast du nicht. Und selbst wenn es so wäre, ist das kein Grund, um sich zu entschuldigen.« Ellen griff zu Messer und Gabel. »Aber du brauchst einen Plan. Etwas, wovon du träumen kannst. Was würdest du denn gern aus deinem Leben machen?«

Märta hätte sich beinahe verschluckt. Träumen? Abgesehen davon, dass sie auf Wilhelms Rückkehr gehofft hatte, hatte sich Märta nicht mehr gestattet, zu träumen, seit sie bei Nordiska Kompaniet untergekommen war. Welchen Sinn hatte es auch für eine Frau, zu träumen, wenn ihr ohnehin so wenige Möglichkeiten offenstanden?

»Hast du überhaupt jemals von etwas geträumt?«, hakte Ellen nach, als habe sie ihre Gedanken gelesen.

»Davon, bei N.K. zu arbeiten.«

»Das war vor sechzehn Jahren. Möchtest du noch immer dort arbeiten? Ich würde es dir nicht übel nehmen, wenn du jetzt Nein sagst.« Ellen fixierte Märta mit einem eindringlichen Blick. »Vorausgesetzt, du hast eine Vorstellung davon, was du stattdessen tun willst.«

Und plötzlich – als ob jemand Märtas geistiges Auge mit sprudelnd klarem Wasser gespült hätte – nahm eine neue Idee Gestalt an. »Ich glaube, ich würde gerne reisen. Um andere Kaufhäuser zu sehen und etwas über die dortigen Abläufe zu erfahren. Um die Handschuhe und Schals auszuwählen, die wir bei uns anbieten. Beda hat stets ein Loblied auf den Einkauf gesungen. Sie fand die Arbeitsschritte dort faszinierend. Ich bin zwar nicht so klug, wie Beda es war, aber ich erkenne einen guten Handschuh auf den ersten Blick. Und ich weiß schon beim Auspacken der Kartons, welche Schals sich verkaufen werden und welche bestimmt wieder zurückgehen. Außerdem« – da sich nun der Vorhang zwischen ihr und den unzähligen Möglichkeiten und Alternativen geöffnet hatte, war Märta nicht mehr zu bremsen – »will ich ein Kind. Mir ist klar, was für ein Widerspruch das ist. Und eigentlich bin ich ja schon fast zu alt und kann mir außerdem nicht vorstellen, dass ich jemals wieder einem Mann vertrauen werde …«

»Jetzt übertreib mal nicht. Du kannst dir doch nicht von einer einzigen schlechten Erfahrung das ganze Leben verderben lassen. Wenn alle das täten, wäre der Großteil aller Frauen am Ende. Insbesondere nach dem Krieg. Wir müssen uns aufrappeln und die Ärmel hochkrempeln.«

»Du hast recht. Aber wie heißt es so schön: Gebranntes Kind scheut das Feuer.«

»Ja. Doch eine kluge Mutter bringt ihrem Kind bei, wie man ein Streichholz anzündet, ohne sich dabei wehzutun, und ermöglicht es ihm so, die Vorteile von Licht und Wärme zu genießen.«

»Was ist mit dir?«, erwiderte Märta. »Welche Träume hast du?«

»Ich? Ich bin mit meiner Stelle in der Personalabteilung zufrieden und wohne gern allein. Schließlich habe ich eine nette Familie und wundervolle Freundinnen. Also bin ich vom Glück gesegnet.« Sie trank einen Schluck Pils. »Doch du, meine Liebe, bist unzufrieden. Dir wurde das Herz gebrochen, und du bist deswegen noch immer wütend.«

Märta starrte sie an. »Wütend?«

»Ja. Warum sonst solltest du wegen eines einzigen Mannes alle anderen Männer bestrafen? Wegen eines Mannes, der, wie ich hinzufügen muss, offenbar sehr verbittert und womöglich sogar ein Kriegszitterer ist. Schließlich wissen wir nichts über seinen Gesundheitszustand.«

Märta schluckte. Wenn Wilhelm nicht bei klarem Verstand war, würde er sich es vielleicht noch anders überlegen und zurückkommen. Und zum ersten Mal raunte eine innere Stimme leise: *Um Himmels willen!* Wenn er jetzt ins Prinsen spaziert gekommen wäre, hätte sie nicht gewusst, was sie ihm sagen sollte. Immerhin war er inzwischen seit über fünf Jahren fort, und sie hatte gelernt, ohne ihn zu leben.

»Offen gestanden«, fuhr Ellen fort, »denke ich, dass sich Wilhelm bester geistiger Gesundheit erfreut. Zumindest war er klar genug, um einen äußerst wortreichen und beinahe anklagenden Brief an Onkel Josef zu schreiben.«

»Sein Land lag in Trümmern.«

»Daran bist nicht du schuld. Und Schweden auch nicht. Dich einfach in die Wüste zu schicken, war grausam von ihm.«

»Richtig.« Märta trank einen Schluck Bier. Und griff ebenfalls zum Besteck.

»Wie dem auch sei«, fuhr Ellen fort. »Hast du schon einmal mit Onkel Josef über dieses Thema gesprochen?«

Märta ließ ihre Gabel fallen, die klappernd auf dem Boden landete, sodass die anderen Gäste sich umdrehten. Märta lief feuerrot an, während sofort ein Kellner erschien und Ersatz brachte.

»Soll ich meine Herrenbekanntschaften etwa mit Herrn Sachs erörtern?«, zischte Märta, nachdem sie sich wieder einigermaßen gefasst hatte.

Ellen lachte in sich hinein. »Ich hatte eigentlich eher an deinen Aufstieg bei N.K. gedacht. Obwohl ich sicher bin, dass Onkel Josef auch zum Thema Männer einiges beizutragen hätte.« Wieder lachte sie auf.

Märta blickte ihre Freundin erst ärgerlich an, musste dann jedoch ebenfalls lachen. »Es klingt wirklich zu albern, wenn man es so ausdrückt.«

»Stimmt. Aber jetzt mal im Ernst. Du solltest Onkel Josef dasselbe erzählen, was du gerade mir erzählt hast. Er wird dich anhören, so viel kann ich dir garantieren.«

Märta neigte den Kopf zur Seite. »Sind im Einkauf denn Stellen frei?«

»Momentan nicht. Doch das heißt nicht, dass du nichts sagen solltest.«

»Ich möchte nicht, dass er mich für undankbar hält.«

Ellen legte ihr Besteck weg. »Hast du mir nicht selbst einmal erzählt, dass Isabella verkündet hat, sie werde eines Tages Nordiska Kompaniet leiten?«

»Das habe ich von Torun. Es war am Eröffnungstag 1915. Aber damals war Isabella noch ein Kind.«

»Und ist sie dadurch in eurem Ansehen gesunken? Oder wart ihr dagegen, dass Victoria alles über das Atelier lernen will? Wenn ich mich recht entsinne, habt ihr die beiden ermutigt.«

Märta lächelte wehmütig. »Das ist die Pflicht einer Tante.«

»Ist das der einzige Grund? Findest du nicht, dass man Frauen in ihrem Ehrgeiz bestätigen sollte?«

»Natürlich finde ich das.«

Mit einem eindeutig triumphierenden Grinsen verschränkte Ellen die Arme. »Und was bringt dich auf den Gedanken, dass Onkel Josef das anders sehen könnte?«

Kapitel einundsechzig

Kurt Jacobsson stand in der Schneiderwerkstatt und klatschte in die Hände. »Meine Damen, darf ich um Ihre Aufmerksamkeit bitten? Wie Ihnen sicher bekannt ist, erscheint heute Nachmittag Kronprinzessin Margaret mit ihrem Gefolge, um sich die Frühjahrskollektion vorführen zu lassen. Leider muss Frau Alm wegen einer schweren Erkältung das Bett hüten.«

Alle Anwesenden schnappten im Chor nach Luft. Eine königliche Modenschau ohne Frau Alm? Das war doch schlechterdings unmöglich!

Vera schlug die Hand vors Gesicht. »Und was machen wir jetzt?«, fragte sie.

»Machen? Wir werden ohne Frau Alm zurechtkommen müssen, Vera.«

»Aber welche Kleider wollen wir Ihrer königlichen Hoheit zeigen?«, erkundigte sich Bettan. »Wir haben die neue Frühjahrskollektion ja selbst noch nicht gesehen. Dass Frau Alm krank ist, bereitet mir große Sorgen.«

»Das liegt daran, dass die neue Kollektion erst gestern Nachmittag aus Frankreich eingetroffen ist«, teilte Herr Jacobsson ihr mit.

»Was mir, angesichts dessen, dass sich die Kronprinzessin für heute angesagt hat, ein wenig kurzfristig erscheint«, wandte Bettan ein.

»Da muss ich Ihnen von Herzen beipflichten. Wie dem auch sei, die Kleider sind inzwischen aufgebügelt, und unsere drei reizenden Vorführdamen werden sie heute Vormittag anprobieren. Vermutlich muss einiges geändert werden, und deshalb bin ich hier. Ich möchte Sie bitten, sich nach Möglichkeit zu beeilen. Schließlich sind Sie es ja gewöhnt, Berge zu bewegen …«

»Und Perlen«, ließ sich Agatha vernehmen.

Herr Jacobsson spielte das Spiel mit. »Und Perlen. Doch heute müssen wir ganz besonders schnell und bei der Sache sein. Natürlich werden unsere Mannequins zuerst die Kleider anprobieren, die Ihre königliche Hoheit meiner Ansicht nach am meisten ansprechen werden. Um den Rest kümmern wir uns in den nächsten Tagen. Ich denke, uns steht ein arbeitsreiches Frühjahr bevor.« Er wandte sich an die neue Atelierbotin. »Auch Sie müssen wieselflink sein, Elsa.«

»Wie sieht die Mode denn in diesem Jahr aus?«, fragte Vera.

»Schlichtere Linien und Silhouetten. Schließlich herrscht noch immer Materialknappheit, und das Geld sitzt nicht mehr so locker.«

Vera runzelte die Stirn. »Schlichtere Kleider? Im französischen Modeatelier?«

Herr Jacobsson lachte laut auf. »Ach, du meine Güte, nein. Weniger Stoffschichten zwar, aber dennoch nicht schmucklos. In *belle Paris* bedeutet weniger inzwischen mehr. Weniger Stoff hilft, die Kosten niedrig zu halten, ohne dabei an Kreativität und Schneiderkunst zu sparen. In mancherlei Hinsicht erfordern diese Kleider sogar mehr Raffinesse.«

»Und die Rocklängen?«, hakte Bettan nach.

»Die wandern weiter nach oben. Dafür rutscht die Taille nach unten.«

»Dann also Kleider für die befreite Frau«, stellte Bettan fest. »Ausgezeichnet. Aber Sie sollten die Schuh- und die Strumpfabteilung vorwarnen, Herr Jacobsson. Wenn die Frauen kürzere Röcke tragen, werden sie elegantere Schuhe und Strümpfe verlangen.«

»Ich bin schon neugierig auf die Perlenstickereien«, sagte Agatha.

»Bald werden Sie sie sehen, Agatha, und Sie werden nicht enttäuscht sein. Perlen und gestickte Muster spielen eine große Rolle. Und jetzt kommen Sie bitte mit, Bettan.«

Unten im Umkleideraum des Ateliers – nicht zu verwechseln mit den sechs eleganten Garderoben, in denen die Kundinnen Maß nehmen ließen – kämpfte Victoria gegen die aufsteigende Nervosität an, während Bettan winzige, mit Seide bezogene Knöpfchen durch die Stoffschlaufen auf der Rückseite ihres scharlachroten Cocktailkleides fädelte. Es war ihre erste Modenschau für ein Mitglied der königlichen Familie. Märta und Isabella hatten ihr beide versichert, die Kronprinzessin sei wirklich reizend. Aber was, wenn sie stolperte? Oder, noch schlimmer, mit dem Absatz im Saum einer Abendrobe hängen blieb und eine Bauchlandung hinlegte? Bettan runzelte die Stirn. »Wir müssen das Oberteil einnähen. Nur ein bisschen unter den Achseln.«

Victoria beobachtete im Spiegel, wie Bettan den Stoff um nicht einmal einen Zentimeter nach hinten zog. Sofort saß das Oberteil viel besser. Woher hatte Bettan das gewusst? Für Victoria hatte das Kleid schon davor wunderbar ausgesehen. Aber dank Bettans Eingreifen passte es nun optimal. Aus wunderbar war atemberaubend geworden.

Bettan steckte beide Seiten fest. »Drehen.«

Victoria gehorchte.

»Ausgezeichnet. Jetzt bin ich zufrieden.«

Bettan öffnete die Knöpfe wieder, streifte Victoria das Kleid über den Kopf und reichte es Elsa. »Bringen Sie das in die Schneiderei, und zwar so schnell Sie können. Dann kommen Sie sofort zurück.« Das Mädchen eilte hinaus.

Victoria schaute zu Isabella hinüber, die mit ausgebreiteten Armen dastand. Sie trug einen traumhaften erbsengrünen Rock. Die schenkellange Jacke dazu hatte ein besticktes Revers in einem dunkleren Grünton. Der Rock endete an der Wade. Die Silhouette war schlanker als im Vorjahr.

»Dieses Kostüm gefällt mir bis jetzt am besten«, stellte Victoria fest. »Es ist unbeschreiblich elegant.«

»Und sehr bequem«, rief Isabella zu ihr hinüber.

Bettan stimmte zu. »Es würde mich sehr wundern, wenn die Kronprinzessin es nicht nimmt.«

»Wie leicht lässt sich das Taillenbündchen erweitern?«, erkundigte sich Kurt und lupfte die Jacke, um Sitz und Verschluss zu prüfen.

»Warum sollten wir das Taillenbündchen erweitern wollen?«, erkundigte sich Bettan.

»Wir vielleicht nicht, aber die Kronprinzessin. Frau Alm hat mir mitgeteilt, dass Ihre königliche Hoheit im Sommer ihr nächstes Kind erwartet.«

Victoria schnappte nach Luft. Es wunderte sie immer wieder, was man innerhalb dieser vier Wände so alles zu hören bekam.

»Ach, herrje, das wievielte wird es denn?«, fragte Bettan.

»Das sechste?«, erwiderte Victoria.

»Dann wollen wir beten, dass es wieder eine Prinzessin wird«, meinte Bettan. »Wenn ich vier Jungs hätte, würde ich mir als moralische Unterstützung ein zweites Mädchen wünschen.«

»Aber meine Damen«, tadelte Kurt. »Wir wollen nicht außer Rand und Band geraten, nur weil Frau Alm nicht da ist.«

»Verzeihung, Herr Jacobsson«, sagte Bettan.

Doch bevor Bettan ein petroleumblau und silbern gemustertes Kleid über Victorias Kopf streifte, tauschten die zwei im Spiegel einen verschwörerischen Blick.

Um Punkt zwei Uhr traf das königliche Gefolge ein. Eigentlich galt im ganzen Haus die Regel, dass jedem Kunden und jedem Mitarbeiter mit demselben Respekt und derselben Höflichkeit zu begegnen war, und zwar ungeachtet seines gesellschaftlichen Ansehens – oder des Mangels daran – und seiner

Eigenheiten. Und dennoch schwappte unweigerlich eine Welle der Aufregung vom Haupteingang her durch sämtliche Abteilungen bis hinauf in die Werkstätten, wann immer ein Mitglied der königlichen Familie das Kaufhaus besuchte.

Victoria trat von einem Fuß auf den anderen. Wie sie inzwischen festgestellt hatte, gab es einen gewaltigen Unterschied zwischen dem Wissen, dass man von der Kronprinzessin zur Kenntnis genommen, und dem, dass sie einen gleich eingehend mustern würde. Und der ließ sich anhand der Wassermenge messen, die nötig war, um den trockenen Mund anzufeuchten.

Der rechteckige Vorführraum wurde auf beiden Seiten und an einem Ende von bequem gepolsterten Sesseln gesäumt. Durch einen Spalt in dem Vorhang, der diesen Vorführraum vom Umkleidebereich der Mannequins trennte, konnte Victoria beobachten, wie der Boss die dunkelhaarige Kronprinzessin Margaret und ihre drei Hofdamen zu ihren Plätzen geleitete.

Nachdem die Besucherinnen mit frischem Kaffee und einer Auswahl erlesenen Gebäcks bewirtet worden waren, bedankte sich die Kronprinzessin, deren hübscher Stimme noch immer ein britischer Akzent anhaftete, bei ihrem Gastgeber. Eine Hofdame wies den Boss darauf hin, dass jedes der gezeigten Modelle »wandelbar« sein müsse. Wie Victoria annahm, war das ein diskreter Hinweis darauf, dass der Taillenumfang der Kronprinzessin in den nächsten Monaten zunehmen würde. Schließlich waren die Hofdamen mit Blöcken und Bleistiften versorgt. Dann wurden die Vorhänge zu beiden Seiten geöffnet, und die Modenschau konnte beginnen.

Isabella war als Erste an der Reihe.

Den Besucherinnen war die Begeisterung anzuhören, als Isabella sich in einem frischen, mit Zitronen bedruckten Tageskleid mit tief angesetzter Taille nach links und nach rechts drehte. Dazu trug sie weiße Handschuhe und schwenkte einen passenden zitronengelben Sonnenschirm.

Auf ein Nicken der Kronprinzessin machte sich eine der

Hofdamen eine Notiz. Nach einer letzten Umdrehung stolzierte Isabella durch den Vorhang wieder hinaus.

Victoria schluckte einmal heftig, bevor sie in dem scharlachroten Kleid vor das Publikum trat. Wieder wurde nach Luft geschnappt, als sie sich einmal um die eigene Achse drehte und dann stehen blieb, damit die Damen sie gründlich betrachten konnten. Sie schickte ein Lächeln in die Runde, wobei sie den Blickkontakt sorgfältig vermied, und zog sich zurück.

»Bemerkenswert«, hörte sie die Kronprinzessin sagen. »Ich glaube, diese junge Dame habe ich noch nie hier gesehen.«

»Ganz recht, königliche Hoheit«, erwiderte Kurt. »Fräulein Ekman ist erst seit wenigen Monaten bei uns.«

Gabriella, die schon an Eingang auf ihr Stichwort wartete, warf Victoria einen Blick zu.

Victoria klopfte das Herz bis zum Halse. Hatte die Kronprinzessin sie gerade als bemerkenswert bezeichnet? Oder hatte sie das Kleid gemeint? Sie bewunderte sich im Spiegel.

»Steh nicht so rum«, zischte Bettan. »Arme hoch.«

Und so führten die Mädchen nacheinander die Kleider vor. Die meisten der Modelle, jedoch nicht alle, wurden mit einem beifälligen Murmeln zur Kenntnis genommen. Als der Boss das letzte Kleid ankündigte, schien er sehr zufrieden zu sein. Victoria trug ein bodenlanges Abendkleid, eine hinreißende Kreation aus Samt und malvenfarbener Seide. Oberteil und Vorderseite waren mit so reichhaltigen Perlenstickereien bedeckt, dass Agatha wohl wochenlang beschäftigt sein würde, falls sich die Kronprinzessin für dieses Kleid entschied.

Als Victoria ein letztes Lächeln ins Publikum schickte, drehte sie sich ein wenig zu schnell und trat dabei auf den vorderen Saum ihres Kleides. Prompt landete sie mit einem dumpfen Geräusch und einem unterdrückten Aufschrei auf dem Teppich.

Eine Stimme mit unverkennbar englischem Akzent ergriff als Erste das Wort. »Ach, du meine Güte! Hat Fräulein Ekman sich verletzt?«

Victorias Wangen glühten. Und ihr Knöchel pochte.

Zwei Hände halfen ihr hoch.

»Es ist nicht weiter schlimm«, flüsterte Herr Jacobsson.

Victoria musste gegen die Tränen ankämpfen, die ihr in die Augen zu steigen drohten. »Es tut mir so leid.«

»Holen Sie ihr ein Glas Wasser«, war wieder die Kronprinzessin zu hören.

Victoria nahm das Glas, das man ihr reichte. »Danke.« Sie sah die Kronprinzessin an. »Entschuldigen Sie vielmals.«

Die Kronprinzessin tat das mit einer Handbewegung ab. »Es zählt nur, dass Ihnen nichts passiert ist.« Sie musterte Victoria eingehend. »Sie haben sich verletzt, das merke ich Ihnen an.«

»Alles in Ordnung. Wirklich. Es tut mir sehr leid.«

»Es ist ihr Fuß, Herr Jacobsson«, sagte eine der Hofdamen. »Ich glaube, sie steht nur auf einem Bein.«

Herr Jacobsson hob den Saum an.

Die Hofdame nickte bestätigend. »Sehen Sie? Er ist schon ganz geschwollen. Vor ein paar Jahren hatte ich genau dasselbe Malheur. Ich bin auf meinen Rock getreten und gestürzt. So etwas ist schnell passiert.«

»Aber man kommt sich dabei so dumm vor«, merkte die Kronprinzessin an. »Keine Sorge, Fräulein Ekman. Bestimmt wird niemand hier auch nur im Traum daran denken, Ihr kleines Missgeschick außerhalb dieser vier Wände zu erwähnen. Und was das Kleid betrifft, möchte ich es gerne bestellen.«

Im Umkleideraum sah Bettan Isabella und Gabriella an. »Habt ihr das gehört?«, flüsterte sie. »Ihr müsst strenges Stillschweigen bewahren. Das ist ein königlicher Befehl.«

Kapitel zweiundsechzig

»Und was geschah dann?«, erkundigte sich Josef, als Kurt ihm von dem Zwischenfall berichtete.

»Ihre königliche Hoheit hat sieben Modelle bestellt, einschließlich des Abendkleides. Ich bin nicht ganz sicher, ob sie sich ohne Fräulein Ekmans Sturz dafür entschieden hätte.« Er lachte in sich hinein und zündete sich eine seiner üblichen Zigaretten an. »Vielleicht hat die junge Dame uns ja einen Gefallen getan.«

»Und Fräulein Ekmans Knöchel?«

»Die Arme hat ziemliches Pech gehabt. Der Grund, weshalb es zu einer weiteren interessanten Entwicklung gekommen ist.«

Josef lehnte sich zurück. »Ich verstehe nicht ganz.«

»Dr. Modig hat den Knöchel untersucht, und Fräulein Ekman sagte, sie habe vollstes Verständnis dafür, dass ich sie nicht einsetzen könne, bevor sie nicht wieder richtig auf den Beinen sei. Da der ganze Unfall – und ich zitiere – ›mein eigener dummer Fehler‹ war, erwartet sie keine Gehaltsfortzahlung. Sie würde sich nur freuen, wenn sie in dieser Zeit einfach im Atelier sitzen könnte, um zuzuschauen und etwas zu lernen.«

Josef zog eine Augenbraue hoch. »Ach ja, würde sie das? Und sind Sie noch immer so begeistert von Fräulein Ekman?«

»Sehr sogar. Sie hat sich unter den gegebenen Umständen wacker geschlagen. Außerdem ist ihr vor ihrem Sturz noch nie ein Fehler unterlaufen.« Er lachte leise auf und sprach rasch weiter. »Die Hofdame hatte völlig recht: Es kann leicht passieren, dass man stolpert. Und ich bezweifle sehr, dass ein Patzer wie dieser bei Fräulein Ekman je wieder vorkommen wird. Außerdem könnte es die Kronprinzessin ziemlich verwundern, wenn ich Fräulein Ekman trotz der ausdrücklichen Fürsprache Ihrer Majestät durch eine andere Dame ersetzte.«

»Solange Fräulein Ekman Ihre Unterstützung genießt, hat sie auch meine. Dann lassen Sie sie ruhig im Atelier zuschauen. Hat sie eine Zukunft in unserem Haus?«

»Davon bin ich ziemlich überzeugt. Sie hat zwar keinerlei Erfahrung in der Herstellung von Kleidungsstücken, aber ein angeborenes Stilgefühl. Ich habe sie heute Morgen beobachtet. Da Frau Alm erkrankt ist, hatte Bettan die Leitung im Atelier. Als sie ein Kleid nur einen knappen Zentimeter angepasst hat, haben Fräulein Ekmans Augen aufgeleuchtet. Sie hat sofort erkannt, welchen Unterschied diese winzige Änderung bedeutete. So etwas kommt bei jemandem mit einem ungeschulten Blick selten vor.«

»Und Fräulein Nyblaeus?«

»Auch eine natürliche Schönheit. Sie ist fleißig und gibt sich große Mühe. Aber ob sie im Atelier bleiben wird …« Kurt zögerte. »Das bezweifle ich.«

»Warum?«

»Kleider bedeuten ihr nichts.«

»In gewisser Weise freut es mich, das zu hören«, erwiderte Josef. »Bitte verstehen Sie mich nicht falsch, Kurt. Ich möchte weder das Atelier noch Menschen wie Sie herabwürdigen, die das Talent besitzen, solche wundervollen Kleider zu entwerfen. Allerdings war ich schon immer der Ansicht, dass Fräulein Nyblaeus eher Interesse an den Abläufen hinter den Kulissen hat. Sie hat in unserem Wirtschaftslehrgang ausgesprochen gut abgeschnitten. Ich fände es schade, diese Kenntnisse nicht zu nutzen.« Er schmunzelte. »Außerdem weiß ich aus zuverlässiger Quelle, dass sie der Besuch in unserem Sitzungssaal sehr beeindruckt hat.«

Kurt verzog das Gesicht. »Wir haben keine Damen im Vorstand. Außerdem ist sie noch nicht einmal zwanzig.«

»Denken Sie an die Zukunft. In zwanzig Jahren, 1940, werden wir sicher mehr Frauen in gehobenen Positionen sehen. Warum also nicht auch in unserem Unternehmen? Ist N.K. nicht in erster Linie ein Paradies für Damen? Ich habe von Frau Sachs und auch von Rut einiges über das Einkaufen und das weibliche Denken gelernt. Ellen leistet in der Personalabteilung großartige Arbeit. Und apropos Personalabteilung: Ich hätte da eine Frage an Sie.«

»Nur zu«, meinte Kurt. »Ich spreche lieber über Personalangelegenheiten als über Kündigungen.«

»Es geht um Fräulein Eriksson.«

»Von der Handschuhabteilung?«

Josef nickte. »Sie war letztens bei mir. Ich habe den Verdacht, dass Ellen ihre Hand mit im Spiel hatte, aber vielleicht irre ich mich ja. Jedenfalls hat Fräulein Eriksson den Wunsch geäußert, ihr Netz ... sagen wir mal, ein wenig weiter auszuwerfen. Sie ist eine der besten Abteilungsleiterinnen, die wir haben. Doch offen gestanden langweilt sie sich.«

»Sie langweilt sich? Gütiger Himmel.« Kurts Miene war fassungslos. Der berühmte Inhaber des luxuriösesten Kaufhauses von ganz Stockholm hatte offenbar den Verstand verloren! »Sie langweilt sich? Hat sie das tatsächlich so ausgedrückt?«

»Nicht wortwörtlich. Aber ich denke, das hat sie gemeint.«

»Und was soll ich da tun? Ich habe im Atelier keine Verwendung für Damen ihres Alters, solange sie keine Schneiderinnen sind. Verkäuferinnen haben wir genug. Zumindest für den Moment.« Kurt verzog bedauernd das Gesicht. »Außerdem müsste Fräulein Eriksson noch eine ganze Menge lernen, bevor sie für eine Stellung als *vendeuse* infrage käme. Soweit mir bekannt ist, weiß sie überhaupt nichts über Haute Couture.«

»Wie sieht es in der Damenoberbekleidung aus?«

»Da ist gerade auch nichts frei.«

»Dürfte ich Sie bitten, an Fräulein Eriksson zu denken, falls sich in der Damenoberbekleidung etwas ergibt?«

»Natürlich.« Kurt klopfte sich auf den Schenkel und erhob sich. »Jetzt muss ich aber los. Sie wissen ja, wie es um diese Jahreszeit ist.« Er tat, als wische er sich den Schweiß von der Stirn. Und ging hinaus.

Josef wandte sich wieder der Bearbeitung des Geschäftsberichts für das Jahr 1919 zu.

Trotz eines Rückgangs der Kundenzahl um zehn Prozent waren die befürchteten Umsatzverluste, die er auch mit Harry Selfridge erörtert hatte, nur zu einem Teil eingetreten. Dennoch war ein Rückgang von vierzehn Prozent zu verzeichnen, unter anderem verursacht von einer Gesetzesänderung, die Nordiska Kompaniet gezwungen hatte, die Weinabteilung zu schließen. Außerdem hatten die Wohnungsnot und der lange Arbeitskampf in der Möbelindustrie zu Verlusten in den Abteilungen »Möbel« und »Haushalt« geführt. Doch alle anderen Abteilungen, mit Ausnahme von »Schmuck« und »Antiquitäten«, meldeten Zuwächse.

Obwohl einige der während der Kriegsjahre bestellten Waren nun endlich eingetroffen waren, herrschte noch immer weltweite Knappheit an vielen Gütern. Einerseits lag das am Arbeitskräftemangel infolge der gewaltigen Kriegsverluste, andererseits daran, dass man in vielen Ländern probeweise Arbeitszeitverkürzungen eingeführt hatte. Dieses Missverhältnis zwischen Angebot und Nachfrage wirkte sich bereits auf die Großhandelspreise aus und würde zweifellos auch die Preise im Einzelhandel in die Höhe treiben. Um sich auf den internationalen Märkten zu behaupten, hatte N.K. Einkaufsbüros in Paris und New York eröffnet und einen Vertrag mit einer Einkaufsagentur in London abgeschlossen.

Plötzlich hatte Josef einen Geistesblitz. Ja, das wäre doch eine Möglichkeit! War vielleicht im Ausland eine Stelle für Fräulein Eriksson frei?

Kapitel dreiundsechzig

Torun konnte sich einfach nicht konzentrieren. Sie rutschte auf ihrem Schreibtischstuhl hin und her, während ihr Blick die Seite hinunterwanderte, ohne die Buchstaben wirklich zu lesen. Geschweige denn, dass sie die einzelnen Wörter verstanden hätte. Hatte sie in der letzten halben Stunde überhaupt irgendetwas in diesem Text angemerkt? Sie wusste es nicht.

Seit sie im Jahr 1906 eine Stelle als Korrektorin bei P.A. Norstedt & Söhne ergattert hatte, hatte sie es keine Minute bereut, bei diesem anerkannten Verlag beschäftigt zu sein. Die Begeisterung, die sie jedes Mal ergriff, wenn sie durch die hölzernen Portale des Verlagsgebäudes trat, hatte auch nach vierzehn Jahren nicht nachgelassen. Voller Freude hatte sie mit angesehen, wie sich die Verkaufszahlen von Norstedt, auch königliche Buchbinderei genannt, verdreifacht hatten. Falls diese Ergebnisse aussagekräftig für Stockholm und für ganz Schweden waren, verwandelte sich das Land rasch in eine Nation von Lesern. Torun war sehr froh darüber. Auch wenn nicht alle Bürger – vor allem die Bürgerinnen – mehr als sechs Jahre in einer Schule verbracht hatten, stand doch jedem die Möglichkeit offen, eine Bibliothek oder einen Buchladen aufzusuchen, um mithilfe von Romanen und Sachbüchern seinen Horizont zu erweitern.

Inzwischen genoss Torun großes Ansehen als Lektorin in Norstedts Schulbuchredaktion, wo sie die Aufgabe hatte, die nächste Generation mithilfe hochwertigen Textmaterials zu bilden und zu erbauen. Es war eine Mission, die ihr sehr am Herzen lag. Denn wie sollten Kinder ohne einen steten Nachschub an ausgezeichneten Kinderbüchern die Freude am Lesen entdecken? Immer, wenn sie dabei an Julian dachte, bekam sie einen Kloß in der Kehle.

Torun schluckte heftig und schaute auf die Uhr. Noch eine Stunde bis Büroschluss. An den meisten Tagen arbeitete sie freiwillig länger als die vorgeschriebenen acht Stunden, aber Autor und Schüler hatten wirklich etwas Besseres verdient als das, was sie ihnen heute zu bieten hatte. Ob sie vielleicht jetzt schon Feierabend machen konnte? Als sie das letzte Mal so früh gegangen war, hatte sie sich mit Beda und den anderen getroffen, um das neu eröffnete Nordiska Kompaniet zu besuchen. Beda. Die Wörter des Manuskripts verschwammen ihr vor den Augen. Torun griff nach ihrer Handtasche.

Märta lächelte, als Torun sich der Handschuhtheke näherte. »Was führt dich um diese Zeit hierher?« Ihre Miene wurde besorgt. »Ist etwas passiert?«

»Alles ist in bester Ordnung – mit Ausnahme von mir selbst«, erwiderte Torun. »Ich bin heute zu nichts zu gebrauchen. Also dachte ich, ich gehe Beda besuchen, und wollte dich fragen, ob du mitkommst.«

Märta starrte sie an.

»Auf dem Friedhof«, fügte Torun der Klarheit halber hinzu. »Ich mag zwar geistig nicht ganz auf der Höhe sein, aber Wahnvorstellungen habe ich noch keine.«

Märta grinste verlegen. »Geh einen Tee trinken. Wir treffen uns in einer Dreiviertelstunde draußen vor dem Personaleingang.«

Der Nordfriedhof, etwa einen Kilometer vor der Stadt gelegen, bot den Lebenden zu allen Jahreszeiten Trost. Anders als die gewöhnlichen Friedhöfe mit ihren von geraden Wegen getrennten ordentlichen Gräberreihen hatte man diesen hier in seinem waldähnlichen Naturzustand belassen.

Torun und Märta setzten sich auf eine Bank unweit des Grabmals aus Sandstein, das die Aufschrift »Beda Johansson, 1882–1918« trug.

»Hör mal«, sagte Torun. »Eine Amsel.«

Märta spitzte die Ohren. »Nein, eine Eule.«

Torun versetzte ihr einen freundschaftlichen Rippenstoß. »Nein, eine Taube.«

Behaglich schweigend saßen sie da und lauschten dem Gesang der Vögel und dem Rascheln in Büschen und Bäumen. Hier ruhten die Toten unter der Erde. Doch über der Erde strotzte an diesem milden Apriltag alles ringsherum von frischem Leben.

»Wenn ich einmal sterbe, möchte ich neben Beda begraben werden«, meinte Märta.

Torun blickte sie an. »Warum?«

»Weil sie die einzige Familie ist, die ich hier habe. Überleg mal. Du möchtest doch auch in eurem Familiengrab in Rättvik bestattet werden.«

»Was ist mit eurem Familiengrab?«

Märta schüttelte den Kopf. »Ich will ein Grab in Stockholm. Außerdem wurde unser einziges Familiengrab aufgelöst, als sie Sveavägen gebaut haben. Ottilia wird bei Fredrik begraben. Karolina bei Edward. Beda hätte bestimmt nichts dagegen, ihre Grabstätte mit mir zu teilen.«

»Bestimmt wäre sie begeistert. Aber was bringt dich auf solche Gedanken?«

»Dieser Ort hier«, erwiderte Märta mit einer Handbewegung. »Es ist immer so still. Gewiss wird es sehr angenehm sein, hier zu liegen. Versteh mich nicht falsch. Ich habe es mit dem Sterben nicht eilig. Aber es tröstet mich, jetzt schon zu wissen, wo meine letzte Ruhestätte sein wird.«

»Dann bist du leicht zufriedenzustellen.« Wie, um alles in der Welt, konnte Märta sich jetzt schon mit ihrer eigenen Beerdigung beschäftigen, obwohl sie doch sicherlich noch vierzig Jahre zu leben hatte?

»Mag sein. Aber findest du es nicht beruhigend, dass du irgendwann neben deiner Mutter bestattet werden wirst? Ich dachte, das wäre so.«

»Mich interessiert viel mehr, was ich nächste Woche oder nächsten Monat tun werde.«

»Nur dass du das schon längst weißt. Nächste Woche, nächsten Monat. Und nächstes Jahr. Du wirst bei Norstedt arbeiten und Versammlungen bei *Tolfterna* besuchen.«

»Und genau das«, zischte Torun, »ist das Problem.«

Märta neigte den Kopf zur Seite. »Warum? Ich dachte immer, du seist mit deinem Leben zufrieden.«

»Es genügt mir nicht.«

»Was willst du denn sonst noch? Abgesehen davon, dass du Italienisch und Spanisch und alle anderen Sprachen lernst, die Maria dir sonst noch beibringen kann.«

Torun biss die Zähne zusammen. Sie würde Julians Namen nicht aussprechen. Er war nicht mehr ihr Kind. Zumindest nicht moralisch betrachtet. Nur im Sinne des Gesetzes. Und auch das nicht mehr lang. »Karolina und Edward möchten Julian adoptieren.« Die Worte waren heraus, noch während sie beschlossen hatte, sie nicht auszusprechen.

Märta nickte sachlich. »Das wusste ich nicht.«

»Sie haben mich gestern um mein Einverständnis gebeten. Ich habe es dir und Birna gegenüber nicht erwähnt, weil ich erst darüber nachdenken musste.«

»Bist du dagegen?«

»Ich habe nicht das Recht, abzulehnen.« Das beantwortete zwar Märtas Frage nicht, doch das würde ihrer Freundin hoffentlich nicht auffallen. »Eigentlich habe ich damit gerechnet, seit Schweden vor zwei Jahren die Adoption eingeführt hat. Doch irgendwie hatte ich gehofft, dass Karolina nicht fragen würde.« Der letzte Satz traf voll und ganz zu.

»Warum?«

»Weil ich ihn dann für immer verliere.«

»Aber du ...«

Torun unterbrach sie mit einer Handbewegung. »Ja, ich weiß. Ich habe ihn bereits verloren.« Sie bemühte sich, fair zu bleiben. »Außerdem habe ich ihn nicht verloren, sondern weggegeben.« Und das war der Umstand, der ihr am meisten zu schaffen machte. Die Reue konnte gnadenlos sein. »Hinzu kommt, dass ich bereits Ja gesagt habe. Eine Ablehnung wäre einfach nicht möglich gewesen. Ungerecht den beiden und auch Julian gegenüber.«

»Ich stimme dir zu. Warum sitzen wir dann hier? Woher kommt dieses plötzliche Bedürfnis, Beda zu besuchen?«

Torun zuckte mit den Achseln. »Ich vermisse sie. Ihre Vernunft und ihre sachlichen Ratschläge.«

Märta zuckte zusammen.

Torun ließ die Schultern hängen. »Das soll nicht heißen, dass du und die anderen unvernünftig wärt oder mir keine guten Ratschläge geben würdet. Und dennoch fehlt mir Bedas Fähigkeit, einer Sache schonungslos und ohne Umwege auf den Grund zu gehen.«

»Und wo genau hakt es? Vielleicht« – Märta zog eine Augenbraue hoch – »könnte ich dir entgegen aller Wahrscheinlichkeit trotzdem helfen.«

»Es hakt daran, dass ich nicht weiß, was ich denken soll.« Torun hielt inne und versuchte, ihr derzeitiges Dilemma in Worte zu fassen. »Es gibt nichts, worauf ich mich freue, außer darauf, Julian beim Aufwachsen zuzusehen. Was überhaupt keinen Sinn ergibt. All die Jahre haben wir für gesellschaftliche Verbesserungen und für das Wahlrecht gekämpft. Und jetzt schau uns an. Zum ersten Mal haben wir eine sozialdemokratische Regierung. Wir Frauen genießen volle Bürgerrechte und dürfen wählen.« Sie lächelte. »Ich glaube, ich war noch nie so glücklich wie an jenem Samstag, als wir draußen vor dem Parlament gewartet haben. Diese Verbundenheit zwischen uns Frauen, als wir dort standen, bis die

Nachricht endlich kam, wird sich gewiss nie mehr wiederholen.«

»Vielleicht nicht. Aber willst du damit sagen, dass es politisch nichts mehr für dich zu tun gibt? Was du brauchst, Torun Ekman, ist ein neues Anliegen. Warum trittst du nicht den Sozialdemokraten bei? Hat Frau Skogh nicht schon vor Jahren gesagt, du seist nur glücklich, wenn du für etwas kämpfen könntest?«

»Du hast recht, das hatte ich ganz vergessen.«

Märta erwärmte sich für ihr Thema. »Es stimmt, dass wir jetzt das Wahlrecht haben. Vorausgesetzt, es wird von der zweiten Abstimmung im Parlament bestätigt.«

»Wehe, wenn nicht.«

Märta grinste. »Schau. Da hättest du schon ein kleines Anliegen. Gern geschehen. Obwohl ich nicht glaube, dass die zweite Abstimmung ein Problem darstellen dürfte. Ich persönlich denke nicht, dass die Männer Nein sagen, denn dann würden sie Aufstände in den Straßen riskieren. Aber wann werden wir die erste Frau im Parlament sehen? Oder in der Regierung? Oder« – sie warf Torun einen bedeutungsvollen Blick zu – »als Leiterin eines Ausschusses im Stockholmer Stadtrat?«

Torun schlug die Hand vor die Brust. »Ich könnte niemals …«

»Warum nicht? Außer, du traust es dir wirklich nicht zu. Oder glaubst, dass es dir nicht zusteht.«

Torun musterte sie argwöhnisch. »Warum sollte es mir nicht zustehen?«

»Du hast doch gerade selbst gesagt, dass du es nicht kannst. Ich habe vollstes Vertrauen in deine Fähigkeit, Berge von alten Männern und überkommenen Vorstellungen zu bewegen. Welche Veränderungen würdest du in Stockholm oder in ganz Schweden gerne als Nächstes sehen?«

»Ich möchte, dass Mädchen dasselbe Recht haben wie Jungen, kostenlos eine staatliche Oberschule zu besuchen. Nimm nur unsere Birna. Was wäre aus ihr geworden, wenn Pa nicht irgendwie das Geld aufgetrieben hätte, sie auf eine private Mädchenschule zu schicken?« Angewidert schüttelte Torun den Kopf. »Nicht alle Eltern können das bezahlen. Und dennoch ist der dümmste Junge nach Auffassung dieses Staates mehr Zeit und Geld wert als das klügste Mädchen. Warum kämpfen wir Frauen nicht für die Mädchen? Es ist einfach nur lachhaft.«

»Man möchte wirklich meinen, dass wir uns im Jahr 1920 endlich darauf geeinigt hätten, dass Mädchen ein Recht auf Bildung haben«, bestätigte Märta.

»Passive Zustimmung ist eine Sache, sich aktiv dafür einzusetzen, eine andere.« Toruns Wangen glühten vor Empörung. »Laut Ellen Key ist es genau dasselbe wie beim Thema Kinderarbeit.«

»Ich verstehe nicht ganz.«

»Vor etwa zwanzig Jahren«, erklärte Torun geduldig, »hat Ellen ein Buch mit dem Titel *Das Jahrhundert des Kindes* herausgebracht, in dem sie die Kinderarbeit in Schweden behandelt. Sie weist darauf hin, dass es den Damen der gehobenen Schichten ziemlich gleichgültig war, ob Kinder zur Arbeit gezwungen wurden, da ihre eigenen Kinder ja nie davon betroffen sein würden. Die Frauen der Arbeiterklasse, deren Kinder eindeutig darunter zu leiden hatten, haben zwar laut protestiert, allerdings mit wenig Erfolg, weil sie kein Wahlrecht und keine Macht hatten.«

»Was auch für die Frauen der Oberschicht galt«, wandte Märta ein.

»Stimmt. Und viele dieser begüterten Frauen hielten es später dann auch für überflüssig, für das Wahlrecht zu kämpfen, da sie auf das Urteil ihrer Ehemänner vertrauten.« Torun seufzte auf. »Sozialreformen im Bildungswesen erfordern viele Wählerstimmen. Und deshalb müssen sich alle Frauen an der Wahlurne dafür einsetzen.«

»Dann haben wir keine Zeit zu verlieren«, antwortete Märta. »Schließlich haben wir jetzt ein kleines Mädchen in der Familie.«

»Cornelia wird eine gute Bildung erhalten, weil sie aus der richtigen Familie kommt. Doch diese Möglichkeiten müssen allen kleinen Mädchen offenstehen, denn sonst können sie es in dieser Welt zu nichts bringen. Warum sollen Frauen als Haushälterinnen, Köchinnen und Kindermädchen für genau die Männer arbeiten, die uns – gemeinsam mit den hohlköpfigen Frauchen an ihrer Seite – an der Entwicklung hindern? Hoffentlich werden die Frauen in Cornelias Generation auf ihre Gleichberechtigung bestehen.«

»Ich glaube, es hat bereits angefangen. Isabella möchte bei N.K. Karriere machen. Und Victoria verbringt jede Minute im Atelier, seit sie zu Frau Alms Assistentin aufgestiegen ist.«

»Und was ist mit dir?«, fragte Torun leise.

»Was soll mit mir sein? Vor noch nicht einmal einer halben Stunde meintest du selbst, dass ich leicht zufriedenzustellen bin.«

»Das ist mir nur so herausgerutscht, weil ich verzweifelt war. Du hast mir eben den Kopf geradegerückt. Vielleicht kann ich dir ja auch helfen.«

Märta verzog finster das Gesicht. »Was bringt dich auf den Gedanken, dass ich Hilfe brauche? Ich habe eine ausgezeichnete Stellung und außerdem ein wunderschönes Zuhause, was ich hauptsächlich dir zu verdanken habe. Was kann sich eine ledige und kinderlose Frau sonst noch vom Leben wünschen?«

Der Schmerz in Märtas Augen strafte dieses Lippenbekenntnis Lügen. Auch wenn die Aussage an sich richtig sein mochte, lautete das eigentliche Schlüsselwort »wünschen«.

Torun musterte sie eindringlich. »Was denn auch?«

Märta holte tief Luft. »Schau, vor ein paar Monaten hatte ich mit Ellen dasselbe Gespräch. Sie hat mir vorgeschlagen, mich doch an Herrn Sachs zu werden. Vielleicht gebe es bei N.K. ja einen neuen Wirkungskreis für mich, möglicherweise in der Damenoberbekleidung.«

»Klingt nach einer ausgezeichneten Idee.«

»Das dachte ich auch, obwohl ich einige Wochen gebraucht hatte, um mir ein Herz zu fassen.«

»Warum? Wie du mir Herrn Sachs bis jetzt geschildert hast, scheint er ein durch und durch anständiger Mann zu sein.«

Märta grinste spöttisch. »Also nicht nur ein skrupelloser Geschäftemacher, der Svenska Hem in den Bankrott getrieben hat?«

Torun errötete. »Nein. Und was hat Herr Sachs gesagt?«

»Dass er meine Arbeit und meinen Wunsch aufzusteigen zu schätzen wisse. Er werde mich im Gedächtnis behalten, für den Fall, dass sich etwas ergeben sollte. Seitdem habe ich nichts mehr von ihm gehört. Und das war zu Beginn des letzten Monats.«

»Vermutlich hat sich eben einfach nichts ergeben«, erwiderte Torun. »Oder zumindest noch nicht.«

»Vermutlich.«

Eine kühle Brise strich über die Gräber.

»Es wird spät«, stellte Märta fest. »Außerdem fange ich an zu frieren. Wollen wir nach Hause fahren?«

Torun erhob sich.

Märta legte die Hand auf Bedas Grabstein. »Auf Wiedersehen, liebe Freundin. Bis bald.«

»Das klang ja ziemlich düster«, merkte Torun an.

Märta hakte sie unter. »Ganz und gar nicht. Beda hat Maiglöckchen geliebt. Vielleicht bringen wir ihr nächsten Monat ein Sträußchen mit.«

»In diesem Fall«, antwortete Torun, »sollten wir besser Pflanzen nehmen. Sie sind mehrjährig, und außerdem welken sie nicht so schnell. Schließlich« – sie lächelte Märta an – »ernten wir, was wir säen.«

Kapitel vierundsechzig

Von neuem Tatendrang erfüllt, war Torun nicht nur der Sozialdemokratischen Partei beigetreten, sondern bestand auch darauf, dass alle am Tag der Arbeit mit in den Gärdet-Park kamen, um die Rede des Premierministers zu hören. Die Sozialdemokraten waren erst seit knapp zwei Monaten an der Regierung, und Torun war neugierig auf Hjalmar Brantings Ansprache.

»Er könnte viel für uns Frauen tun«, teilte sie allen mit, die sich am Sonntag davor bei Ottilia zum Kaffee zusammengefunden hatten. »Also sollten wir hingehen. Du, Ottilia und auch Karolina habt ja Dienst im Grand Hôtel, aber ihr anderen habt Zeit. Vickan und Isabella, ihr könnt eure Freundin Agatha mitbringen.« Als sie die beiden mit einem Blick fixierte, sahen sie einander grinsend an und nickten.

Es war ein wunderschöner Samstagnachmittag, und alle waren in bester Stimmung. Torun marschierte mit Märta, Ellen und Maria im Schlepptau die Linnégan entlang und winkte Isabella, Victoria, Agatha und Philip zu, die sie schon an der Ecke Sibyllegatan erwarteten. Gemeinsam setzten sie den Weg in Richtung Karlavägen fort.

»Hildas Schwester ist gestürzt. Also habe ich Mamma versprochen, auf Philip aufzupassen«, sagte Isabella.

»Julian ist nicht dabei?« Torun versuchte, sich ihre Enttäuschung nicht anmerken zu lassen. Julian hätte gewiss Freude an der frischen Luft, der Musik und der festlichen Stimmung gehabt. Und auf dem Nachhauseweg hätte sie den beiden Jungen ein Eis kaufen können.

Philip schüttelte den Kopf. »Julians Großmutter hat es verboten.«

»Fräulein Silfverstjerna möchte nicht, dass Julians Kopf mit sozialdemokratischem Gewäsch gefüllt wird. Das hat sie wortwörtlich gesagt«, erklärte Victoria.

»Ganz schön frech von ihr«, merkte Agatha an. »Wie …«

»Agatha«, wies Ellen sie streng zurecht. »Bitte sei still.«

Torun presste die Lippen zusammen. Also wurde ihr Sohn zum Konservativen erzogen. Gewiss wählte Elisabet Silfverstjerna die rechtsgerichtete Partei Allmänna Valmansförbundet. Obwohl man fairnesshalber hinzufügen musste, dass auch diese im Jahr 1918 für die Gleichberechtigung der Frau gestimmt hatte. Und außerdem vergötterte Elisabet Silfverstjerna den kleinen Julian seit dem Moment, als Karolina und Edward ihn nach Hause gebracht hatten. Also versuchte Torun, nicht daran zu denken, dass ihr Sohn durch Abwesenheit glänzte.

Eine gut gelaunte Menschenmenge hatte sich im Gärdet zusammengefunden. Einige der Besucher, die der Rede lauschen wollten, hatten es sich mit belegten Broten, dicken Kuchenstücken und Bierflaschen auf Picknickdecken bequem gemacht. Andere schoben sich näher an die improvisierte Bühne heran. Torun lotste ihre kleine Gruppe zu einer Stelle, wo Philip mit den anderen Kindern Fußball spielen konnte, während die Erwachsenen die Ansprache verfolgten. Das gesamte Kabinett war erschienen. Torun ließ den Blick über die Männer schweifen und wiederholte in Gedanken ihre Namen. Da waren Per Albin Hansson, der Verteidigungsminister, Fredrik Vilhelm Thorsson, der Finanzminister, und außerdem – Torun hielt sich die Hand über die Augen, um ihn besser sehen zu können – Olof Olsson, Minister für Bildung und kirchliche Angelegenheiten. Sehr interessant. Würde es ihr womöglich gelingen, ihn nach der Rede auf das Thema Bildung für Mädchen anzusprechen? Falls sie es überhaupt schaffte, so nah an ihn heranzukommen. Rasch polierte sie mit dem Ärmel über das Abzeichen der Sozialdemokratischen Partei, das an ihrem Revers steckte.

Ein erwartungsvolles Raunen ging durch die Menge, als Schwedens Premierminister, ein beeindruckender Herr, aufstand, um seine Rede zu halten.

»Es geht los«, flüsterte Victoria, die zwischen Isabella und Agatha stand.

Eigentlich entsprach es so gar nicht Victorias Vorstellung von einem vergnüglichen Ausflug, sich an einem sonnigen Nachmittag eine Ansprache anzuhören. Das hieß, bis sie es gegenüber Frau Alm erwähnt hatte. Diese hatte beifällig genickt, was bei ihr selten vorkam, und Victoria einen Rat mit auf den Weg gegeben.

»Lernen Sie so viel wie möglich, Fräulein Ekman. Wie sollten Sie sonst eine von Wissen geprägte Entscheidung treffen, wenn es an Ihnen ist, Ihre Stimme abzugeben? Das Wahlrecht ist eine Verantwortung und ein Privileg. Da wir es nun endlich besitzen, müssen wir es klug nutzen.«

»Wieso ist es ein Privileg?«, protestierte Victoria. »Die Männer dürfen doch schon seit Jahren wählen. Warum also nicht auch wir?«

»Beruhigen Sie sich, mein Kind. Sie haben mich missverstanden. Das Wahlrecht ist ein Privileg für alle Bürgerinnen und Bürger. Schweden ist ein freies, demokratisches Land. Nicht jeder auf dieser Welt wird frei geboren. Vergessen Sie das nicht.«

Während Herr Branting sein Redemanuskript zurechtrückte, erinnerte sich Victoria an Frau Alms Worte.

»Ich werde ihn nächstes Jahr wählen«, flüsterte Agatha. »Er vertritt Menschen wie mich.«

»Pssst. Das müssen wir erst noch herausfinden«, wandte Victoria ein.

Das Publikum lauschte gebannt und belohnte jede angekündigte gesellschaftliche Reform mit Applaus und Jubelrufen.

Plötzlich trat ein Mann auf die Bühne. Erstaunt hielt Herr Branting in seiner Rede inne und senkte den Kopf, um zu hören, was der Störenfried ihm zu sagen hatte. Als sein ärgerlicher Gesichtsausdruck von blankem Entsetzen abgelöst wurde, kehrte schlagartig Stille ein.

»Was mag da geschehen sein?«, raunte Isabella.

Herr Branting schien einen Moment zu brauchen, um sich zu sammeln. Dann wandte er sich an die Zuhörer: »Kronprinzessin Margaret ist tot.«

Kapitel fünfundsechzig

Am frühen Montagmorgen versammelten sich die Damen in der Schneiderei.

»Und dann haben die Leute ihre Sachen gepackt und sind einfach nach Hause gegangen«, berichtete Agatha. »Wir konnten es alle nicht glauben.«

»Und ich fasse es nicht, dass ihr tatsächlich dabei wart, als Herr Branting die Nachricht überbracht hat«, merkte Bettan an.

»Wir auch nicht«, stimmte Agatha zu. »Wir haben angenommen, das Baby sei viel zu früh gekommen, worauf die Kronprinzessin bei der Geburt gestorben sei.«

»Ein Jammer, dass es nicht so war«, wandte Vera ein. »Dann hätte das Kind wenigstens eine kleine Chance gehabt. So hat keiner von beiden überlebt.«

»Ich habe viel mehr Mitleid mit den fünf Kindern, die nun mutterlos sind«, meinte Agatha. »Das jüngste ist erst drei.«

»Und unser armer Kronprinz.« Bettan schüttelte den Kopf. »Was wird er jetzt tun?«

Karl Jacobsson, der gerade hereinkam, trug eine schwarze Armbinde.

»Herr Jacobsson«, wandte sich Bettan an ihn. »Ich möchte ja nicht gefühllos sein, aber sollen wir davon ausgehen, dass der Palast die Fertigstellung der von der verstorbenen Kronprinzessin bestellten Kleidungsstücke nun nicht mehr erwarten wird?« Sie wies auf die an einer Kleiderpuppe drapierte Abendrobe aus malvenfarbenem Samt und Seide.

»Wohl eher nicht, Bettan. Wirklich eine sehr traurige Angelegenheit.«

»Und was sollen wir damit machen?«

»Packen Sie alles erst einmal in einen Karton. Natürlich verbietet es sich, dass wir die Kleider für eine andere Kundin umarbeiten. Das wäre geschmacklos.«

»Ganz richtig«, stimmte Bettan zu. »So seltsam es klingen mag, habe ich Ihre königliche Hoheit nie persönlich kennengelernt. Ich habe sie stets nur durch einen Spalt im Vorhang gesehen. Und dennoch wird es mir fehlen, für sie zu nähen.«

»Wir werden sie alle vermissen«, fügte Agatha hinzu. »Victoria ist sehr bestürzt. Zumindest war sie es am Samstag. Seitdem habe ich sie nicht mehr gesehen und Isabella auch nicht.«

»Fräulein Ekman und Fräulein Nyblaeus sind bei Fräulein Anderberg und Frau Alm«, erklärte Herr Jacobsson. »Ich glaube, sie nehmen Veränderungen am Terminkalender vor. Wegen des zu erwartenden Staatsbegräbnisses müssen wir vermutlich den Zeitplan ändern. Es haben bereits zwei Kundinnen einen Termin für heute Nachmittag vereinbart. Bettan, wie sieht es mit unseren Vorräten an schwarzer Seide aus?«

»Ich überprüfe das. Dennoch könnte es sinnvoll sein, weitere zwei Ballen zu bestellen. Kennen wir den Termin für die Beerdigung schon?«

»Am Himmelfahrtstag, wenn man den Gerüchten glauben kann. Da der König nun zurück ist, wird es sicher eine offizielle Verlautbarung des Palasts geben.«

»Was für ein Pech, dass Seine Majestät ausgerechnet jetzt im Ausland sein musste«, stellte Bettan fest. »Nicht, dass er hier etwas hätte ausrichten können. Ich begreife es einfach nicht. Wie kann die Kronprinzessin am Donnerstag Ohrenschmerzen und am Freitag leichtes Fieber haben und am Samstagnachmittag um zwei tot sein?«

»Offenbar war sie, was Krankheiten angeht, sehr empfindlich«, merkte Vera an. »War sie nicht erst im März schwer an den Windpocken erkrankt?«

Kurt klatschte in die Hände. »Meine Damen, meine Damen, ich glaube, jetzt verirren wir uns ins Reich der Fantasie.«

»Verzeihung, Herr Jacobsson«, erwiderte Bettan. »Wird Nordiska Kompaniet einen Kranz schicken? Ich würde gern meinen Teil dazu beitragen.«

In der Schneiderei wurde zustimmend gemurmelt.

»Das ist wirklich nett von Ihnen, Bettan. Ich werde Ihren Vorschlag an Herrn Sachs weitergeben.«

Als die Uhr neun schlug, machte sich Josef auf den Weg ins Erdgeschoss. Der Premierminister hatte völlig recht gehabt, als er angemerkt hatte: »Ein Sonnenstrahl im Palast ist erloschen.« Nun war es an ihm, seinen Mitarbeitern einfach nur durch seine Anwesenheit Trost zu spenden. Dank Thorwald Munkhammars Geistesgegenwart stand nun ein elegantes Porträt der Kronprinzessin in schwarzem Rahmen auf einem Tisch im Atrium. Davor lag ein in schwarzes Leder gebundenes Kondolenzbuch. Josef griff nach dem ebenfalls vorhandenen stilvollen schwarzen Füllfederhalter, schrieb eine kurze Nachricht oben auf die erste Seite und unterzeichnete mit seinem Namen. Dann reichte er den Füllfederhalter mit einem freundlichen Lächeln der ersten Dame in der Warteschlange aus bedrückt dreinblickenden Stockholmern, die sich inzwischen gebildet hatte. Fredrika Bernaborg erwiderte die Geste mit einem anteilnehmenden Nicken. Die Gräfin, die hinter Fredrika stand, tupfte sich das Auge ab.

Josef sah Märta Eriksson in der Handschuhabteilung stehen und nahm sich einen Moment Zeit, sie zu beobachten, während sie die Hand hin und her drehte, um die Schönheit eines schwarzen Lederhandschuhs vorzuführen, den sie aus einer Schachtel auf der Theke genommen hatte. Er schaute genauer hin. Schwarze Handschuhe im Mai? Offenbar war Fräulein Eriksson in weiser Voraussicht rasch ins Lager gelaufen, bevor das Kaufhaus öffnete. Es würde ein Jammer sein, sie zu verlieren. Doch es wäre ungerecht, nicht sehr nett von ihm und womöglich sogar von Nachteil für sein Unternehmen gewesen, wenn er sie zwang, hinter dieser Theke zu bleiben. Womöglich würde sie dann sogar kündigen. Er wartete ab, bis Märta die Handschuhe eingepackt und den Kaufpreis kassiert hatte, und trat dann auf die Theke zu.

»Wie ich feststelle, haben Sie ausreichend schwarze Handschuhe vorrätig, Fräulein Eriksson. Gute Arbeit.«

»Hoffentlich sind es auch genug. Obwohl wir erst vor einer halben Stunde geöffnet haben, haben wir schon drei Paare verkauft. Schließlich hat niemand damit gerechnet …« Sie schluckte.

»Nein, das hat wirklich niemand. Wenn ich mich recht entsinne, haben Sie das erste Paar in diesem Kaufhaus verkauft, und zwar an die Kronprinzessin persönlich.«

»Richtig. Und seitdem hat sie noch verschiedene weitere Paare in anderen Farben bei mir erstanden. Offenbar war die Schwester Ihrer königlichen Hoheit mit dem ersten Paar sehr zufrieden.«

»Wie gewiss alle Ihre Kundinnen.«

»Danke. Doch die Kronprinzessin hatte etwas Besonderes an sich. Sie war so natürlich. Wenn sie etwas brauchte, schaute sie einfach in aller Stille vorbei. Nur mit einer Hofdame als Begleitung. Als wir noch am Stureplan waren, ist die Kronprinzessin häufig zum Eingang in der Jakobsbergsgatan hereingeschlüpft. Ohne großen Rummel. Außer es handelte sich um einen offiziellen Anlass. Dann hat sie natürlich den Haupteingang benutzt …« Märta errötete. Sie redete zu viel.

Herr Sachs lächelte wehmütig. »Die Kronprinzessin war wirklich ein außergewöhnlicher Mensch. Fräulein Eriksson, könnten Sie vielleicht auf einen Sprung zu mir ins Büro kommen, wenn Sie einen Moment Zeit haben?«

Ihre Augen weiteten sich für einen Moment. »Natürlich, Herr Sachs.«

»Was mag er nur wollen?«, wunderte sich Irma. »Entweder handelt es sich um ein Problem oder um eine Beförderung. Und wohin könnten Sie noch befördert werden, da Sie doch schon Abteilungsleiterin sind?«

Märta empfand Irmas Worte als kränkend. Nicht etwa, weil sie böswillig oder schadenfroh geklungen hätte, nein. Die junge Frau war einfach nur neugierig, und außerdem entbehrte ihr Einwand nicht einer gewissen Logik. Allerdings war es ärgerlich, dass auch Irma offenbar annahm, sie, Märta, würde den Rest ihres Arbeitslebens bei den Damenhandschuhen verbringen. Aber was, wenn Herr Sachs diese Auffassung teilte und es ihr nun schonend und unter vier Augen beibringen wollte? Oder vielleicht ... Sie ließ den Blick über Regale und Glasvitrinen schweifen. Nein, alles schien in bester Ordnung zu sein.

Im nächsten Moment wurde mit den Fingerknöcheln auf die Theke geklopft. »Fräulein Eriksson! Schwarze Handschuhe! Und ein Stück Ihres besten schwarzen Bandes für Bertil.«

Beim Mittagessen in der Personalkantine presste Märta in gespielter Missbilligung die Lippen zusammen, während Ellen und Maria sich vor unterdrücktem Gelächter bogen. »Und was hast du der Gräfin geantwortet?«, stieß Maria hervor.

»Ich habe ihr klarzumachen versucht, dass die Handschuhabteilung keine Bänder führt. Aber sie legte nur immer wieder die Hand hinters Ohr und sagte: ›Wie bitte?‹ Der Fairness halber muss ich hinzufügen, dass hinter ihr ein ziemliches Tohuwabohu ausgebrochen war, weil man den Stift vom Kondolenzbuch nicht finden konnte. Also habe ich es aufgegeben und Irma gebeten, ein Band aus der Haarschmuckabteilung zu holen. Wahrscheinlich hätte ich sofort auf diesen Gedanken kommen müssen. Schließlich hat der Kunde immer recht.«

Ellen wischte sich die Augen ab. »Hoffentlich wusste Bertil seine neue Schleife auch zu schätzen. Mich wundert, dass die

Gräfin ihm nicht gleich eine neue Fliege in der Herrenabteilung gekauft hat.«

»Vermutlich ist sie zu geizig für eine richtige Fliege. Ich bin überzeugt, dass Bertils karierte Schleife aus der Kinderabteilung stammt. Jedenfalls braucht die Gräfin bei den seltenen Gelegenheiten, zu denen sie tatsächlich etwas kauft, eine Ewigkeit, um sich zu entscheiden. Und dann nimmt sie unweigerlich das Billigste.« Märta beugte sich vor. »Victoria hat belauscht, wie Frau Alm zu Herrn Jacobsson meinte, die Gräfin verursache höhere Personalkosten, als sie an Umsatz einbringe.«

»Wie stellt sie das denn an?«, erkundigte Ellen sich zweifelnd.

»Indem sie sich ganze Kollektionen zeigen lässt, aber nur selten etwas bestellt. Sie entdeckt an allem einen kleinen Fehler. Es läuft stets nach demselben Muster ab. Vermutlich geht es ihr nur darum, darüber reden zu können, dass sie im französischen Modeatelier gewesen ist. Dass sie nichts gekauft hat, braucht sie ja nicht zu erwähnen.«

»Die Menschen sind eben verschieden«, stellte Maria fest. »Jedenfalls tun wir einer Dame in fortgeschrittenem Alter etwas Gutes, und auch das ist eine wichtige Dienstleistung.«

»Stimmt.« Märta biss sich auf die Lippe. »Weißt du vielleicht, warum Herr Sachs mich sprechen will, Ellen?«

Ellens Augen funkelten. »Nein, ganz sicher nicht. Aber es sind bestimmt gute Nachrichten.«

»Wollen wir es hoffen. Ich dachte, ich gebe ihm eine Chance, zu Mittag zu essen, bevor ich ihn aufsuche. Ist vielleicht doch etwas in der Damenoberbekleidung frei geworden?«

»Nicht, dass ich wüsste. Zumindest nicht auf deiner Stufe. Außer, Kurt Jacobsson plant, sich in Zukunft ausschließlich dem Atelier zu widmen.«

Märta bekam Herzklopfen. »Hältst du das für wahrscheinlich?«

Ellen überlegte. »Auf lange Sicht hin ist es meiner Ansicht nach unvermeidlich. Aber wie ich schon sagte, hat mir gegenüber niemand etwas angedeutet.« Sie wies auf Märtas leeren Teller. »Ich räume dein Tablett weg. Und du gehst jetzt und findest heraus, was los ist.«

Märtas bange Erwartung stieg, als sie die Hintertreppe hinunter von der Kantine im sechsten Stock bis zum Büro der Firmenleitung in der vierten Etage ging. Dort klopfte sie leise an die Tür mit der Aufschrift »Herr J. Sachs« und betätigte dann den Türknauf.

Herr Sachs winkte sie zum Besucherstuhl. »Also, Fräulein Eriksson. Wie versprochen, habe ich mir Gedanken über einen neuen Wirkungskreis für Sie gemacht. Natürlich nur, falls Sie noch immer beabsichtigen, der Handschuhabteilung den Rücken zu kehren. Ich persönlich würde mich freuen, wenn Sie dortblieben. Doch ich verstehe Ihren Wunsch nach beruflichem Aufstieg.«

Märta legte sich ihre Antwort sorgfältig zurecht. »Mich würde interessieren, was Ihnen vorschwebt.«

Er nickte. »Sie sind nun schon seit sechzehn Jahren bei N.K. und wissen, was sich auf dem schwedischen Markt verkauft. Und was, ebenso wichtig, bei der Kundschaft auf weniger Zuspruch stößt.«

»Ich kenne mich mit Damenhandschuhen und bis zu einem gewissen Grad auch mit Damenoberbekleidung aus. Allerdings habe ich keine Ahnung von Möbeln, Kameras, Teppichen oder Antiquitäten.«

Herr Sachs lächelte. »Ich glaube nicht, dass es jemanden in unserem Haus gibt, der allwissend ist. Ich bin es ganz sicher nicht. Jedenfalls weiß ich Ihre Offenheit zu schätzen und verstehe, was Sie mir mitteilen wollen. Doch eigentlich habe ich Damenoberbekleidung, Handschuhe und Accessoires gemeint.«

Märtas Puls wurde schneller.

»Wie Ihnen vermutlich bekannt ist«, fuhr Herr Sachs fort, »haben wir Einkaufsbüros in Paris und New York eröffnet. Deshalb habe ich mich gefragt, ob Sie vielleicht Lust hätten, nach Amerika zu gehen.«

Kapitel sechsundsechzig

»Amerika?« Torun und Birna starrten Märta mit offenen Mündern an.

»New York, um genau zu sein.« Märta wurde von Aufregung ergriffen. Der Nachmittag hatte sich unerträglich lang dahingeschleppt, weil sie es kaum hatte erwarten können, den Bericht zu erstatten. War es falsch von ihr, sich so zu freuen, während die königliche Familie auf der anderen Seite des Wassers Trauer trug?

»Wann?«, fragte Torun.

»Im August. Irma wird meine Nachfolgerin, und ich werde die nächsten Monate damit verbringen, mehr über Damenoberbekleidung zu lernen und mein Englisch aufzupolieren. Maria hat fest versprochen, mir dabei zu helfen.«

»Und was sind deine Aufgaben in New York?«, wollte Birna wissen.

»Ich werde für den Einkauf zuständig sein. Das heißt, ich muss dafür sorgen, dass wir nur solche Waren einkaufen, die in der Hamngatan weggehen werden wie geschnitten Brot. Im Grunde genommen ist es dieselbe Tätigkeit, die auch Herr Jacobsson ausübt, wenn er auf der Jagd nach den neuesten Kreationen die großen Modehäuser besucht. Nur dass ich Mode von der Stange für Frauen wie uns beschaffen werde. Die Stelle ist auf ein Jahr befristet. Anschließend will Herr Sachs weitersehen. Er hat mich gebeten, es mir zu überlegen und ihm nächste Woche Bescheid zu geben.«

»Überlegen?« Torun verdrehte die Augen. »Was gibt es da zu überlegen? Tu es.«

Märta ließ sich auf einen Küchenstuhl sinken. »Eine ganze Menge. Ich kann doch nicht einfach holterdiepolter beschließen, nach Amerika zu gehen. Was ist mit dieser Wohnung?« Sie wies in die kleine, lichtdurchflutete Küche hinein, wo zwei Blumentöpfe mit Maiglöckchen auf dem Fensterbrett standen. »Wie wollt ihr zu zweit die Miete bezahlen? Ich weiß nicht, ob ich drüben genug verdienen werde, um euch meinen Anteil zu schicken.«

Torun wechselte einen Blick mit Birna. »Ich kann mir inzwischen problemlos die Hälfte der Miete leisten. Und du?«

»Ich auch. Darf ich dein Zimmer haben, während du weg bist, Märta?«

»Selbstverständlich.« Aber wo würde sie selbst in New York wohnen? Vielleicht sogar in Laufnähe zu dem großen Park, den sie einmal in einer Zeitschrift gesehen hatte. Oder waren in Amerika alle Parks so groß? Die Vorstellung begeisterte sie und machte ihr gleichzeitig Angst.

»Das Wohnungsproblem wäre also gelöst«, stellte Torun fest. »Was steht sonst noch auf der Liste der Dinge, die du dir überlegen musst?«

»Ihr beide«, erwiderte Märta. »Und die anderen. Wir sind eine Familie, und ich werde euch vermissen.«

»Wir werden noch hier sein, wenn du zurückkommst. Falls du zurückkommst«, fügte Birna hinzu.

Märta starrte sie voller Entsetzen an. »Meinst du, die Überfahrt ist gefährlich? Oder befürchtest du, ich könnte mir drüben irgendeine schreckliche unbekannte Krankheit holen?«

»Sei nicht albern«, höhnte Torun. »Dir kann überhaupt nichts passieren. Wie viele Amerikanerinnen hast du im Laufe der Jahre bedient? Die hatten es doch auch mit heiler Haut nach Schweden geschafft.« Sie warf Birna einen strafenden Blick zu.

Abwehrend streckte Birna die Hände aus. »Da bin ich absolut deiner Ansicht. Ich wollte damit nur sagen, es könnte

Märta so gut in Amerika gefallen, dass sie womöglich bleiben will.«

»Oh.« Märtas Wangen nahmen wieder Farbe an. »Ich habe doch noch nicht einmal entschieden, ob ich überhaupt hinfahre.«

»Lass dir diese Gelegenheit nicht entgehen«, entgegnete Torun. »Seit Jahren interessierst du dich schon für Damenmode. Offen gestanden wundert es mich, dass du es überhaupt so lange bei den Handschuhen ausgehalten hast. Und damit ist es jetzt vorbei. Dein großer Moment ist gekommen.«

»Was ist mit meinem Englisch?«

»Was soll damit sein?«, gab Birna zurück. »Es ist ganz passabel. Und hat Herr Sachs nicht gesagt, du würdest über den Sommer die Möglichkeit bekommen, deine Sprachkenntnisse aufzupolieren? Außerdem hast du uns gerade selbst erzählt, dass Maria dir dabei helfen wird.«

Märta nickte. Inzwischen fielen ihr keine Gründe mehr ein, die gegen Amerika gesprochen hätten.

»Und wenn du erst mal in New York bist, wird sich dein Englisch ganz schnell von selbst bessern«, fügte Torun hinzu. »Unser Vertriebschef bei Norstedt hat ein halbes Jahr in Amerika verbracht, und sein Englisch hört sich für mich tadellos an.«

»Vielleicht sollte ich zuerst mit Ottilia und Karolina sprechen. Sie wissen noch gar nichts davon.«

Torun stemmte die Hand in die Hüfte. »Und wenn unsere Ottilia es als Unsinn abtut, ist das Thema für dich erledigt?«

»Das würde Ottilia ganz bestimmt nicht«, wandte Birna ein.

»Natürlich nicht.« Wieder verdrehte Torun die Augen. »Ich bin nur neugierig, was unsere Madame hier sagen würde, wenn sie es doch täte.«

Märta grinste ihre aufgebrachte Freundin an. »Keine Ahnung.«

»Weil es da nichts zu sagen gibt«, beharrte Torun. »Du, mein Schatz, gehst nach Amerika, und wenn ich dich über die Schulter werfen und höchstpersönlich zum Schiff schleppen müsste.«

»Ich trage dann den Koffer«, erbot sich Birna feierlich.

Märta kicherte. »Da steht euch aber ein ziemlicher Fußmarsch bevor. Ich glaube, das Schiff legt in Göteborg ab.«

»Das«, meinte Birna, an Torun gewandt, »klang für mich wie ein Ja.«

»Ganz richtig. Also hole ich jetzt drei Gläser. Denn das muss gefeiert werden.« An der Tür zum Wohnzimmer blieb Torun noch einmal stehen. »Es ist nur schade …«

»Ja?«, fragte Märta, besorgt, dass Torun nun doch einen Einwand haben könnte. Und das wiederum bestätigte sie darin, dass es ganz und gar richtig von ihr war, Herrn Sachs' wunderbares Angebot anzunehmen.

»Dass du dann nicht hier sein wirst, um Nelly Thüring und Agda Östlund zu wählen.«

»Wen?«, hakte Birna nach.

»Zwei außergewöhnliche Sozialdemokratinnen, die hoffen, im nächsten Jahr einen Sitz im Parlament zu erringen. Sie werden jede Wählerstimme brauchen.«

Märta stand allein auf der Norrbro-Brücke, die einer ihrer Lieblingsplätze in dieser Stadt war. Von hier aus konnte sie den königlichen Palast, das Parlamentsgebäude, die Königliche Oper, das Verlagshaus Norstedt und das Grand Hôtel sehen. Unter ihr brauste der Norrström, der wohl reißendste Fluss Stockholms, dahin. Märta hielt das Gesicht in den Wind und atmete die milde Augustluft ein. Die letzten hektischen Wochen waren wegen der Vorbereitungen auf ihr Abenteuer vergangen wie im Fluge. Ein neuer Rock samt Bluse und Herbstmantel aus dem Atelier. Ein Koffer aus der Gepäckabteilung. Viele mit Kurt Jacobsson in der Abteilung Damenmode verbrachte Tage. Englischunterricht bei Maria. Anweisungen von Herrn Sachs. Abschiedskaffee mit Kuchen mit den Kollegen bei Bobergs.

Heute war ihr letzter Abend in Stockholm, den sie mit ihren Freundinnen in Blanch's Café feiern würde. Eine Träne brannte in ihrem Auge, als ihr Blick über die am Kai tanzenden Boote wanderte. Sie würde diese Stadt und ihre Bewohner vermissen. Doch Stockholm stand nun schon seit Hunderten von Jahren und würde immer noch stehen, wenn sie zurückkam. *Falls* sie zurückkam. War die Schiffspassage auch wirklich nicht gefährlich? Märta schluckte. Würde sie die Hoffnungen erfüllen, die Herr Sachs in sie setzte? Und würde sie Freunde finden?

Märta fuhr sich mit den Zähnen über die Unterlippe. Seit sie im Jahr 1900 von Uppsala nach Stockholm gezogen war, hatte sie sich über das Thema Freundschaften keine Gedanken machen müssen. Und dennoch hatte alles geklappt wie am Schnürchen, sagte sie sich. Außerdem würde sie sich, wenn sie die Reise nach New York absagte, für den Rest ihrer Tage vor Scham und Bedauern die Haare ausreißen. Die Scham würde sich irgendwann legen. Doch die Reue nicht, das wusste Märta tief in ihrem Innersten. Hinzu kam, dass es nun ohnehin kein Zurück mehr gab. Schließlich hatte sie Dollars in der Tasche und wurde von zwei amerikanischen Damen namens Lily und Dorothy in New York erwartet. Amerika war eine Gelegenheit, ein neues Kapitel in ihrem Leben aufzuschlagen, ohne dabei ihre Heimat und ihre Freundinnen zu verlieren. Wie hatte Torun so schön gesagt? *Du verlässt uns nicht, du gehst nach New York.*

Märta hob ihr silbernes Freundschaftsarmband an die Lippen und warf dann der Bucht eine Kusshand zu. »Ich komme wieder.«

Kapitel siebenundsechzig

1921

Trotz Märtas Angst vor einem Schiffsunglück verlief ihre zwölftägige Überfahrt auf der neu generalüberholten SS *Drottningholm* bis auf einen kleinen Anfall von Seekrankheit mitten auf dem Atlantik nicht nur ereignislos, sondern entpuppte sich sogar als überraschend erfreulich. Ja, sogar als befreiend, denn der Wind wehte die letzten wehmütigen Erinnerungen an Wilhelm davon. Allein draußen auf dem Meer, war Märta niemandes Ehefrau, Tochter, Freundin oder Kollegin. Niemand kannte ihre Vorgeschichte oder wusste, was sie nach Amerika führte. Und so bestand Märtas Gepäck bei ihrer Ankunft im Hafen von New York wirklich nur noch aus einem Überseekoffer und einer Reisetasche.

Lily und Dorothy vom Einkaufsbüro erwarteten sie am Kai.

»Wie war die Überfahrt?«, erkundigte sich Lily, nachdem die drei Damen einander begrüßt und die Hände geschüttelt hatten.

»Wunderbar. Auf halbem Weg wurde es stürmisch, und mir ist ein wenig übel geworden. Aber jetzt geht es mir gut.« Märta hätte sich ohrfeigen können. Wie konnte sie zwei wildfremden Frauen erzählen, dass sie sich unterwegs nicht wohlgefühlt hatte? So viel zum Thema erster Eindruck.

Lily verzog mitfühlend das Gesicht. »Was für ein Pech. Ich kann mir nichts Scheußlicheres vorstellen, als mitten auf dem Atlantik seekrank zu werden.«

»Sofern man sich nicht an Bord der *Titanic* befindet«, wandte Dorothy ein.

Lily sah sie entsetzt an. »Entschuldige, Dot. Das war gedankenlos von mir.«

Dorothy tätschelte ihrer Freundin die Schulter. »Ich weiß, du hast es nicht so gemeint. Außerdem sollte ich nicht mehr so empfindlich sein. Nicht nach all den Jahren. Es tut mir leid.«

Märta blickte zwischen den beiden Frauen hin und her. Hatte Dorothy etwa einen Angehörigen auf der *Titanic* verloren? Sollte sie der Frau ihr Beileid aussprechen? Oder hatte sie vielleicht etwas falsch verstanden?

Dorothy selbst rettete sie aus ihrer misslichen Lage. »Mein Vater ist mit der *Titanic* untergegangen. Aber meine Mutter hat überlebt, und dafür bin ich dankbar.«

»Das tut mir so leid. Und ... *Glückwünsche*?«

Nach einer kurzen Pause fingen alle drei zu lachen an. Das Eis in New York war eindeutig gebrochen.

»Ihr Koffer wird zu Ihrer Pension gebracht«, teilte Dorothy Märta mit. »Also kommen Sie. Wir bringen Sie hin und stellen diese Reisetasche ab. Haben Sie Hunger? Wir können uns bei Feltman's einen Hotdog kaufen. Hier gibt es so viel, was wir Ihnen gerne zeigen möchten.«

»Ich möchte mir Bloomingdale's anschauen.«

Dorothys Lächeln wurde noch breiter. »Das habe ich mir gleich gedacht. Wenn ich nach Stockholm käme, würde ich auch zuerst Nordiska Kompaniet sehen wollen.«

»Hoffentlich bringen Sie uns ein wenig Schwedisch bei«, ergänzte Lily.

»Und ich muss besser Englisch lernen. Vielleicht können wir einander ja helfen.«

Lily hakte Märta unter. »Ich denke, wir werden uns wunderbar verstehen.«

Und so nahmen Lily und Dorothy Märta unter ihre Fittiche, was sich nicht nur förderlich auf ihre Sprachkenntnisse, sondern auch auf ihr Selbstbewusstsein auswirkte. Schon wenige

Wochen später war sie in die Rolle der Vermittlerin zwischen den amerikanischen Lieferanten und dem Kaufhaus in der Hamngatan hineingewachsen. Und aus den drei Kolleginnen war ein eingeschworenes Trio geworden. Während Märta von ihren neuen Freundinnen viel über die amerikanische Kultur lernte, brachte sie Lily und Dorothy ein paar Brocken Schwedisch bei und gab ihnen Einblicke in die schwedische Küche, die Bekleidungsgepflogenheiten angesichts des dortigen Klimas und den derzeitigen modischen Geschmack.

An den Sonntagen hatten alle drei frei. Lilys Ehemann war mit der Marineinfanterie im Einsatz. Dorothy, die Märta in vielerlei Hinsicht an Torun erinnerte, trug sich hingegen nicht mit Heiratsabsichten, was jedoch nicht an einem Mangel an Verehrern gelegen hätte. Weit gefehlt! Eine stete Prozession von Kandidaten gab sich die Klinke der Wohnung in die Hand, die Dorothy und Märta inzwischen miteinander teilten, seit Dorothys Mitbewohnerin an die Westküste zurückgekehrt war. Allerdings gehörte es zu Dorothys Grundsätzen, einem Mann nie mehr als ein gemeinsames Abendessen einzuräumen. Märta verstand zwar den Grund nicht ganz, fand das Zusammenleben mit Dorothy aber um einiges spannender als das Wohnen in einer Pension.

»Ein paar Leute aus dem Verkauf bei Bloomingdale's wollen sich morgen Abend einen neuen Jazzclub in Harlem anschauen«, teilte Dorothy Lily und Märta eines Freitagmorgens mit. »Sie haben uns gefragt, ob wir mitkommen wollen.«

»Jazz?«, hakte Märta nach.

»Das ist ein Musikstil«, erklärte Lily. »Und groß in Mode. Zumindest wird es bald so sein. Ich finde, wir sollten hingehen.«

Dorothy nickte. »Ich habe bereits in unser aller Namen zugesagt.«

»Ich habe nichts anzuziehen«, jammerte Märta. »Nichts für einen Nachtclub.«

»Natürlich hast du etwas, mein Schatz«, widersprach Lily. »Was hältst du von dem dunkelblauen Kleid aus Charmeuse-Seide, das wir in die Hamngatan geschickt haben? Haben wir nicht noch ein Musterstück in deiner Größe da?«

Märtas Lippen formten sich zu einem »O«.

Märta folgte Lily die schmale Treppe hinunter. Der köstliche Duft von gebratenem Steak und der klagende Klang eines Saxofons wehten ihnen entgegen, und Märta nahm sich fest vor, sich sämtliche Einzelheiten einzuprägen, um sie in ihrem wöchentlichen Brief nach Hause beschreiben zu können. In dem fensterlosen, jedoch einladend wirkenden Kellerraum saßen die Gäste, Gläser und Teller vor sich, an Tischen, auf denen eine brennende Kerze stand. Diese Tische waren auf eine kleine Tanzfläche und eine Bühne ausgerichtet, wo fünf Musiker – Klavier, Klarinette, Trompete, Saxofon und Schlagzeug – Hof hielten. Die Blasinstrumente schimmerten im Scheinwerferlicht.

»Das ist die Original Dixieland Jazz Band.« Michael, stellvertretender Leiter der Herrenoberbekleidung bei Bloomingdale's, rückte für Märta einen Stuhl zurecht. »Reserviert« verkündete das Schild auf dem Tisch.

Märta lächelte ihm dankend zu. Sie wiegte sich im Takt der Musik. Noch nie hatte sie etwas so Unwiderstehliches gehört. Sie hatte Mühe, ruhig auf ihrem Platz sitzen zu bleiben.

Blanche aus der Parfümerie grinste. »Das fährt einem in die Beine, richtig?«

»Stimmt!«

Eine Kellnerin erschien. »Was kann ich Ihnen bringen?«

»Sind alle für Steak und Bier?«, fragte Michael in die Runde und wandte sich dann an die Kellnerin. »Steak und Bier für alle, bitte.«

Blanche stieß Lily an und zeigte auf Märta. »Ich glaube, wir haben jemanden bekehrt.«

»Gibt es in Stockholm Jazzclubs?«, erkundigte sich Michael.

Märta spürte, wie sie feuerrot anlief. »Offen gestanden habe ich keine Ahnung. Zu Hause gehe ich eigentlich nie in Nachtlokale.« Was wohl die größte Untertreibung überhaupt war.

»Möchten Sie tanzen? In Stockholm wird doch sicher auch getanzt.«

Märta zögerte. Was für ein langweiliges Leben hatte sie bis jetzt nur geführt. Sie blickte in Michaels blaue Augen. »Danke.«

Danach, schrieb Märta in ihrem Brief nach Hause, *verging der Abend wie im Fluge. Am kommenden Sonntag fährt Michael mit mir zum Lunapark auf Coney Island. Und ich kann es offen gestanden kaum erwarten.*

Kapitel achtundsechzig

Unterdessen musste zu Hause in Schweden dringend etwas geschehen. Denn die erwartete Wirtschaftskrise hatte das Land nun endgültig erreicht. Selbst der Portier Herr Bellman äußerte sich schon besorgt über den Kundenrückgang im letzten Quartal 1920. Und nun hatte Josef die Zahlen vor sich, die seine Vermutung bestätigten.

Allerdings hatte Josef nicht damit gerechnet, dass sich die Flaute in einer derart atemberaubenden Geschwindigkeit einstellen würde. Offenbar wusste die Bevölkerung die Vorzeichen der Rezession durchaus zu deuten und verlor zunehmend die Lust, sich von ihrem Geld zu trennen. Außerdem war ein großer Teil des derzeitigen Bestands von Nordiska Kompaniet zu Höchstpreisen gekauft und in Dollar bezahlt worden. Und als die Nachfrage in den Keller fiel, folgten prompt die Preise, sodass viele Waren nur noch mit Verlust loszuschlagen waren.

Natürlich lag die Schuld an diesem Niedergang nicht bei N.K., denn die meisten Unternehmen spürten die Krise, die von den in der Stadt kursierenden Gerüchten noch zusätzlich beflügelt wurde: Firma A stecke in Schwierigkeiten. Firma B werde wohl bald Bankrott anmelden müssen. Das behaupte jedenfalls jemand, der jemanden kenne, der wiederum gute Kontakte habe. Und da die Banken auch bei der Kreditvergabe vorsichtiger wurden, kam es bald zu den unweigerlichen Entlassungen. Erneut stieg die Arbeitslosigkeit – und diese schlug sich umgehend in einer noch geringeren Nachfrage nieder.

Dennoch gab es auch Lichtblicke. Die erste Kammer des Parlaments hatte das Frauenwahlrecht ratifiziert. Und außerdem zog N.K. weiterhin die wohlhabende Kundschaft an. Nur dass dieser Kreis merklich geschrumpft war. Josef überlegte. War der Zeitpunkt gekommen, die gesamte Marke Nordiska Kompaniet und die Unternehmensstrategie neu zu überdenken? Vielleicht war es ja ratsam, die Verkaufsfläche für Luxusgüter zu verkleinern und eine größere Bandbreite an Waren für den Normalbürger anzubieten. Dass sein Puls schneller wurde, verriet Josef, dass er auf der richtigen Spur war. Aber war so ein Wandel überhaupt möglich, ohne den guten Ruf des Unternehmens zu riskieren, zu guter Letzt als Billigheimer dazustehen und so auch noch die letzte Kundschaft zu vergraulen? Aber was sprach eigentlich dagegen? Schließlich galt Selfridges in London seit eh und je als Anbieter von Luxusgütern und konnte sogar ein prestigeträchtiges königliches Siegel vorweisen. Und dennoch lockte Harry Selfridge durch ein preislich breit gefächertes Angebot Menschen aus allen Gesellschaftsschichten in sein Kaufhaus. Und, wie Josef nun inzwischen klar geworden war, galt das außerdem für alle Altersgruppen.

Inzwischen war Märta Eriksson seit sechs Monaten in Amerika. Die Konfektionsware, die sie nach Schweden schickte, verkaufte sich ausgezeichnet. Selbst seine Sigrid hatte sich über einige Artikel aus New York gefreut, insbesondere über ein wadenlanges Hauskleid mit aufgesetzten Taschen. Hübsch und praktisch, so waren ihre Worte. Doch seine Rut, mit ihren siebzehn Jahren weder Kind noch Erwachsene, war von dem Angebot in seinem Kaufhaus weitaus weniger begeistert. Was kauften Siebzehnjährige eigentlich bei Selfridges?

Natürlich hätte er einfach Harry Selfridge fragen können. Doch obwohl dieser gewiss bereit war, eine Liste der meistverkauften Stücke für ihn aufzustellen, konnte er unmöglich wissen, welche Artikel von jungen Mädchen verschmäht wurden. Und, noch wichtiger, welche Ware ihre Herzen höherschlagen ließ.

Sollte er Rut hinschicken, damit sie es herausfand? Schließlich konnte sie unbemerkt ins Kaufhaus schlüpfen und alles beobachten. Nur dass der Schuss nach hinten losgehen konnte, falls Harry Rut erkannte. Und er wollte auf gar keinen Fall riskieren, Harry zu kränken. Josef griff zum Telefon.

Isabella betrachtete Herrn Sachs nachdenklich und ließ seinen ungewöhnlichen Vorschlag auf sich wirken. »Also soll ich nach London reisen, um das Einkaufsverhalten junger Leute in meinem Alter zu beobachten?« *Einkaufsverhalten.* Sie dankte Gott für den zweijährigen Lehrgang in Wirtschaft und Handel an der Borgarskolan. Und jetzt bot sich ihr endlich die Gelegenheit, das Gelernte einem Praxistest zu unterziehen.

»Im Großen und Ganzen ja«, erwiderte Herr Sachs.

»Wann soll ich abreisen?«

»Wir werden es so einrichten, dass Ihre Reise mit Herrn Jacobssons nächstem Besuch in London zusammenfällt. Also im Mai, wie ich glaube. Ich beabsichtige nämlich nicht, eine junge Dame allein nach London zu schicken. Schließlich müssen Sie mit dem Zug und dem Schiff fahren, wo Sie zur Zielscheibe von unerwünschten Aufmerksamkeiten werden könnten. Deshalb wird Herr Jacobsson dafür sorgen, dass Sie wohlbehalten ankommen, bevor er seine eigenen Termine wahrnimmt.«

»Wie lange würde ich in London bleiben?«

Herr Sachs schmunzelte. »Ein paar Tage. Warum fragen Sie?«

»Es wäre vielleicht aufschlussreich, auch andere Kaufhäuser zu besuchen. Harrods und Liberty zum Beispiel. So könnte ich feststellen, ob meine Beobachtungen bei Selfridges allgemein zutreffend sind.«

»Das ist eine ausgezeichnete Idee. Waren Sie eigentlich schon einmal in London?«

Isabella schüttelte den Kopf. »Nein. Noch nie.«

»Dann sollten wir drei Tage Arbeit und einen Tag Vergnügen einplanen. Ich bitte Herrn Jacobsson, Ihnen einige Sehenswürdigkeiten zu zeigen und Sie zum Nachmittagstee zu Fortnum & Mason auszuführen. Was halten Sie davon?«

Isabella spürte, dass sie übers ganze Gesicht strahlte. »Das ist ein sehr großzügiges Angebot. Und, Herr Sachs?«

»Ja?«

»Dürfte ich mich nach meiner Rückkehr aus London weiter mit diesem Thema befassen? Wenn es darum geht, unseren Kundenkreis zu erweitern – und natürlich ist mir klar, dass das alles vertraulich ist –, wäre es doch sinnvoll, wenn ich an dem Vorhaben beteiligt wäre. Wie lautet die korrekte Bezeichnung dafür?«

»Umstrukturierung.«

»Umstrukturierung«, wiederholte sie.

»Und was ist mit dem Atelier?«

»Es war sehr interessant, einen weiteren Bereich unseres Hauses kennenzulernen.«

»Aber nun haben Sie genug davon?«

»Offen gestanden, ja. Ich benutze dort jeden Teil meines Körpers – mit Ausnahme meines Gehirns.«

Herr Sachs warf laut lachend den Kopf in den Nacken. »Lassen Sie das bloß nicht Fräulein Ekman oder Fräulein Anderberg hören.«

»Bei ihnen ist es etwas anderes.«

»Wieso?«

»Vic... Fräulein Ekman möchte Frau Alms Nachfolgerin werden ...« Isabella schnappte erschrocken nach Luft. »Das hätte ich jetzt nicht sagen sollen.«

Herrn Sachs' Augen funkelten. »Ich habe überhaupt nichts gehört.«

Sie lächelte ihm erleichtert zu. »Meine Antwort hätte lauten müssen, dass Fräulein Ekman alles, was Frau Alm ihr beizubringen hat, höchst faszinierend findet. Und Fräulein Anderberg wird Kleider vorführen, bis sie alt und grau ist. Das verstehe ich auch, denn es ist eine große Ehre, als Mannequin für Herrn Jacobsson zu arbeiten, richtig?«

»Richtig. Aber vergessen Sie nicht, dass Sie für diese Reise die Erlaubnis Ihrer Eltern brauchen. Vorher können wir keine weiteren Pläne für London schmieden.«

Wir. Isabella wurde ganz warm ums Herz. Bot man ihr endlich eine Möglichkeit, hinter den Kulissen dieses Kaufhauses tätig zu sein, wo die wahrhaft wichtigen Entscheidungen getroffen wurden? Das hoffte sie von ganzem Herzen. »Darf ich meinen Eltern sagen, was ich in London tun soll? Sie werden mich bestimmt danach fragen.«

»Natürlich werden sie das. Ich würde meiner Tochter nie gestatten, quer durch Europa zu gondeln, ohne genau zu wissen, wo sie sein wird und was sie dort vorhat. Und in wessen Gesellschaft. Aber fordern Sie sie bitte auf, diese Informationen für sich zu behalten.«

»Wird gemacht.« Sie neigte den Kopf zur Seite. »Und wenn sie Nein sagen, rede ich nie wieder ein Wort mit den beiden.«

Herr Sachs lachte leise auf. »Haben Sie sonst noch etwas auf dem Herzen?«

»Ich möchte mich bei Ihnen für Ihr Angebot und für Ihr Vertrauen bedanken.«

Isabella schloss die Bürotür hinter sich und lehnte sich an die Wand, um erst einmal ruhig durchzuatmen. Eine Reise nach London! Im Auftrag von N.K.! Wie absolut traumhaft! Im nächsten Moment fiel ihr noch etwas Wundervolles ein: Sie war gerade neunzehn geworden, und bei Victoria würde es im Juli so weit sein. Also war es doch höchste Zeit, dass sie sich eine eigene Wohnung suchten.

Kapitel neunundsechzig

Bei ihrer Rückkehr aus London war Isabella eine Woche älter, aber einige Jahre weiser geworden. Gerade warf sie ihren Koffer in der Sibyllegatan aufs Bett, als Victoria ins Zimmer gestürmt kam.

»Da bist du ja! Wie war die Reise? Und die Fahrt mit dem Boss?« Sie ließ sich auf ihrem eigenen Bett nieder. »Ich will alles hören.«

»Das wirst du auch.« Isabella klappte die Schließen ihres Koffers hoch und öffnete ihn.

Victoria stieß einen Pfiff aus. »Hast du ganz London aufgekauft?«

»Ich konnte ja schlecht drei Tage in einigen der berühmtesten Kaufhäuser der Welt verbringen und mit leeren Händen nach Hause kommen, oder?«

»Vermutlich nicht.« Victoria stützte sich auf den Ellbogen. »Wie waren diese Kaufhäuser denn?«

»Einfach himmlisch und außerdem überraschend unterschiedlich. Man wusste immer genau, in welchem man sich gerade befindet. Harrods ist natürlich Londons Kronjuwel.«

»Du vergisst die echten Kronjuwelen in London.« Victoria lachte auf. »Hast du die Kronjuwelen gesehen? Bitte sag, dass du sie gesehen hast.«

»Nein, habe ich nicht. Die werden nämlich im Tower of London aufbewahrt, und wir hatten nur einen Tag Zeit für Besichtigungen. Aber wir sind am Buckingham Palace, an den Houses of Parliament und am Trafalgar Square vorbeigekommen.«

»Gibt es dort wirklich so viele Tauben? Vor ein paar Wochen hatten wir eine Kundin, die uns erzählt hat, dass die Leute dort die Tauben füttern.«

»Stimmt, das tun sie tatsächlich. Ein alter Mann hat Tüten mit Körnern verkauft.« Isabella hatte seine zerlumpte Hose und das fadenscheinige Hemd nicht ansehen können, weil sie das Gefühl gehabt hatte, sich am Anblick seiner Armut zu weiden.

»Hast du eine Tüte gekauft?«

»Nein.« Aber sie hatte seitdem ein schlechtes Gewissen. »Wir hatten einfach nicht genug Zeit. Ich habe jeweils einen Tag von morgens bis abends in einem der drei Kaufhäuser verbracht.«

»Wo warst du zuerst?«

»Selfridges.«

»Hast du Herrn Selfridge gesehen?«

»Ich glaube, er war in der Hutabteilung, als ich mich dort umgeschaut habe. Aber ich bin nicht ganz sicher. Dort laufen Hunderte, wenn nicht gar Tausende, von Männern mit Schnurrbart und Nadelstreifenanzug herum.«

»Und Selfridges selbst?«

»Ein Traum. Ganz gleich, wo man hinschaut, überall gibt es etwas zu sehen. Falls sie in England auch Lieferschwierigkeiten haben, will ich mir gar nicht vorstellen, wie dieses Kaufhaus vor dem Krieg gewesen sein muss. Es ist riesig.«

»Größer als Nordiska Kompaniet?«

»Eindeutig. Und Harrods ist noch einmal größer als Selfridges. Liberty ist ungefähr so groß wie wir. Und das sind nicht die einzigen Kaufhäuser in dieser Stadt.«

Victoria schüttelte den Kopf. »Wie überleben die nur alle? Finanziell, meine ich.«

»Laut Herrn Jacobsson leben allein in London zwei Millionen mehr Menschen als in ganz Schweden.«

»London hat mehr Einwohner als Schweden?«

»Das sagt er wenigstens. Außerdem habe ich dort Waren

gesehen, von deren Existenz ich gar nichts geahnt habe. Es ist nicht die Qualität, die diese Kaufhäuser so atemberaubend macht, denn da kann N.K. eindeutig mithalten oder ist vielfach sogar besser. Es ist die Auswahl. Alles von Schmuckstücken bis hin zu Überseekoffern. Für jeden ist etwas dabei.«

Victoria runzelte die Stirn. »Das ist bei Nordiska Kompaniet auch so.«

»Nicht in diesem Ausmaß. Bei Selfridges ist die Bandbreite zwischen den teuersten und den günstigsten Waren einfach größer. Und Harrods ist so gewaltig, dass es einfach alles gibt. Das ganze Haus ist ein Traum an Pracht und Eleganz. Ich schwöre, man könnte die ganze Woche dort verbringen und hätte noch immer nicht alles gesehen. Bis ich die Feinschmeckerabteilung bei Harrods kannte, habe ich unsere wirklich für die beste auf der Welt gehalten. Wenn wir zehn verschiedene Sorten von etwas führen, haben die zwanzig.«

Victoria überlegte. »Aber brauchen die Menschen zwanzig verschiedene Auswahlmöglichkeiten?«

»Ja, wenn fünf dieser zwanzig Möglichkeiten billiger als das sind, was wir anbieten, und fünf dafür teurer.«

»Das soll heißen, dass es dort hauptsächlich auf Bandbreite und Auswahl ankommt.«

»Ich denke schon. Angeblich kann man bei Harrods alles kaufen, was es überhaupt gibt. Und wenn man es nicht findet, besorgen sie es für einen.«

»Das tut N.K. auch.«

»Einen Elefanten?«

»Man kann bei Harrods einen Elefanten kaufen?«

»Sie stehen nicht im Regal, aber man kann ganz bestimmt einen bestellen. Ich bezweifle, dass Herr Sachs die Bestellung für ein wildes Tier entgegennehmen würde.«

Victoria reckte einen Finger in die Luft. »Sei dir da nicht so sicher. Übrigens hatten wir wirklich Spaß, während du weg warst.«

Isabella, die gerade dabei war, zwei Spielzeuglastwagen mit der Aufschrift »Harrods«, einen Harrods-Teddybären, Döschen mit nach Rosen duftendem Talkumpuder und Schachteln mit hübschen Taschentüchern an einem Ende ihres Bettes zu arrangieren, hielt in ihrer Beschäftigung inne. »Was ist denn passiert?«

Victoria richtete sich auf und begann zu erzählen. »Alles ging damit los, dass ein mächtiger schwedischer Wirtschaftsmagnat seiner Tochter ein großes Haus in Djursholm geschenkt hat. Sie wollte unbedingt rasch einziehen, nur dass das Haus völlig leer war. Also hat ihr lieber Herr Papa Herrn Sachs gefragt, ob Nordiska Kompaniet das Haus einrichten könne. Das war am Morgen deiner Abreise.« Sie machte eine dramatische Pause. »Und zwar müsse alles in einer Woche fertig sein.«

Isabella starrte sie fassungslos an. »Das ist unmöglich. Vielleicht haben wir das, was die Dame wünscht, gar nicht auf Lager. Und die Werkstätten in Nyköping können nicht zaubern.«

»Ach, und jetzt kommt es noch besser: Wir sollten das ganze Haus – vom Keller bis zum Speicher und von den Seifen im Bad bis zu den Gabeln in der Küche – so ausstatten, wie wir es für richtig hielten. Ich brauche nicht eigens zu erwähnen, dass die Abteilungsleiter herumgehetzt sind, als gäbe es kein Morgen. Und alle mussten mit anpacken, denn dieses Tohuwabohu wollte zusätzlich zu unseren übrigen Pflichten geregelt werden. Wir haben alle Überstunden gemacht, um die Sachen zu den Wagen zu schleppen, die ständig zwischen der Hamngatan und Djursholm hin und her fuhren.«

»Und haben wir es geschafft, das Haus in einer Woche einzurichten?«

»Ja, haben wir. Die Kundin war höchst zufrieden. Herr Sachs hat sich persönlich bei uns allen bedankt.«

Isabellas Miene war zweifelnd.

»Ehrenwort«, beteuerte Victoria.

»Das heißt nicht, dass ich dir nicht glaube. Aber welche Frau lässt sich ihr Haus nach dem Geschmack fremder Leute einrichten?« Isabella stellte ihre hellbraunen Knöpfstiefel in den Schrank. »Was eine Wohnung für uns beide angeht, gibt es vermutlich noch keine Neuigkeiten?«

Victoria senkte zwar die Stimme, doch die Aufregung war ihr deutlich anzuhören. »Hildas Schwester ist gestorben ...«

»Oh nein!«, rief Isabella entsetzt. »Ich wünschte, ich hätte das gewusst, als ich nach Hause kam. Dann hätte ich Hilda sofort mein Beileid ausgesprochen. Die Arme!«

Victoria wiegte den Kopf hin und her. »Hilda glaubt, dass ihre Schwester nun an einem besseren Ort ist. Seit sie sich letztes Jahr die Hüfte gebrochen hatte, war sie eigentlich nur noch krank, und nun hatte sie sich zusätzlich eine Lungenentzündung zugezogen. Die arme Hilda. Ich glaube, sie waren nur zwei Schwestern, und keine von ihnen hat je geheiratet.«

»Das ist sehr traurig. Stell dir nur vor, wenn du und ich niemals heiraten würden.«

»Torun ist auch nicht verheiratet und glücklich damit. Und Birna, Ellen und Maria sind ebenfalls ledig. Offenbar sind wir alle nicht sehr romantisch veranlagt.«

»Agatha hat jetzt einen Freund und Märta auch. Und wenn der Krieg nicht gewesen wäre, wäre Märta längst verheiratet«, wandte Isabella ein.

»Wirklich? Ottilia hat mir einmal erzählt, dass Märta Wilhelms Heiratsanträge mehrfach abgelehnt hat.«

»Hat sie. Und sie hat es bitter bereut.«

»Das wissen wir nicht.«

»Doch«, erwiderte Isabella bedrückt. »Möchtest du denn nie heiraten?«

»Ich glaube schon. Aber inzwischen haben Frauen ja viel mehr Möglichkeiten, und die will ich mir erst einmal anschauen. Wir waren gerade bei Hildas Schwester ...«

»Ja, entschuldige. Wie geht es Hilda?«

»Sie schlägt sich wacker. Jetzt hör mir doch endlich mal zu, Bella. Hildas Schwester hatte eine Zweizimmerwohnung im Valhallavägen, und Hilda hat sich erboten, den Vermieter zu fragen, ob wir den Mietvertrag übernehmen können. Ottilia und Fredrik fanden das sehr nett von ihr.«

Isabella, die gerade ein Kleid an einen Bügel hängte, drehte sich zu Victoria um. »Und?«

»Bis jetzt habe ich noch nichts gehört. Wir wollten nicht aufdringlich sein. Nicht unter diesen Umständen.«

»Nein ... aber eine Zweizimmerwohnung? Was wissen wir sonst noch darüber?«

»Gar nichts. Es erschien mir gefühllos und undankbar, zu viele Fragen zu stellen. Außerdem sollte es nicht so klingen, als seien wir nur interessiert, wenn die Wohnung unseren Ansprüchen genügt.«

»Obwohl das eigentlich der Wahrheit entspräche. Wo im Valhallavägen ist sie denn? Die Straße ist ziemlich lang.«

»Dort, wo die Engelbrekt endet. Gegenüber vom Bahnhof Östra. Also würde der morgendliche Fußmarsch zur Arbeit länger dauern. Aber vom Bahnhof bis zum Humlegården fährt eine Straßenbahn. Oder möchtest du lieber weitersuchen?«

»Gütiger Himmel, nein. Nicht, wenn wir uns die Miete leisten können. Es könnte Monate dauern, bis wieder etwas frei wird. Diese Stadt ist die Hölle.«

»Genau das dachte ich auch. Aber genug davon. Erzähl mir lieber mehr von London. Was hast du dort sonst noch erfahren?«

»Dass unser Verkaufspersonal mindestens ebenso fähig, allerdings nicht so aufdringlich ist. Wir schmieren den Leuten keinen Honig um den Mund, um ihnen etwas zu verkaufen. Ich bin sicher, dass Tante Märta einer Kundin nie weismachen würde, dass ein Schal ihr steht, wenn die Dame damit blass oder teigig aussieht.«

»Das ist eben nicht die schwedische Art. Aber ist das auch gut so?«

»Meiner Ansicht nach schon.«

»Erzähl mir mehr.«

»In jedem Kaufhaus haben sich junge Damen um die Parfümerietheke gedrängt, um an dem neuen Chanel N°5 zu schnuppern.«

Victoria klatschte in die Hände. »Genau davon haben wir heute im Atelier geredet. Frau Alm sagte, wir sollten in den nächsten Tagen die erste Lieferung erhalten. Ich kann es kaum erwarten, auszuprobieren, wie es riecht.«

Mit einem selbstzufriedenen Grinsen griff Isabella in ihre Handtasche und förderte ein quadratisches Fläschchen mit abgerundeten Ecken und Glasstopfer zutage. N°5 CHANEL lautete die schlichte Aufschrift auf dem Etikett. »Zwei Flaschen konnte ich mir nicht leisten, also müssen wir uns die hier teilen. Herr Jacobsson hat mir erzählt, er habe Mademoiselle Chanel tatsächlich bei einer Modenschau in Paris kennengelernt. Stell dir nur vor …«

Doch Victoria hörte schon gar nicht mehr zu. Mit funkelnden Augen entfernte sie den Stopfer, neigte den Kopf, schnupperte, richtete sich auf, beugte sich erneut vor und schnupperte wieder. Dann sah sie Isabella an und schüttelte ungläubig den Kopf. »Wie, um alles in der Welt, hat Mademoiselle Chanel einen so wundervollen Duft geschaffen?«

»Falls dir das jemand außerhalb ihres Ateliers mitteilen könnte, würde die ganze Welt es ihr nachmachen. Die anderen Parfümhersteller können einem beinahe leidtun.«

»Aber wie kann es sein, dass alle Frauen von demselben Duft begeistert sind?«

»Eigentlich gar nicht. Und da kommt die Reklame ins Spiel.«

»Schieß los.«

»Coco Chanel verkauft ihren ersten Duft mithilfe von einer

Prise Mysterium und einer kräftigen Dosis ausgeklügelter Strategie. Dieses Parfüm, angeblich die Nummer 5 in einer Reihe von Duftproben, wurde am fünften Tag des fünften Monats auf den Markt gebracht. Die Annoncen behaupten, dass jede Frau damit duftet wie ihr sinnlichstes Selbst. Nicht wie eine Rose oder irgendeine andere Blume, sondern wie die unwiderstehliche Persönlichkeit der Trägerin.«

»Wie soll das gehen?«

Isabella senkte die Stimme, als höre Mademoiselle Chanel ihnen persönlich zu. »Ich persönlich glaube das nicht. Obwohl mir klar ist, dass sich die Haut jeder Frau leicht unterscheidet, genügt dieser Unterschied meiner Ansicht nach nicht, um eine andere Wirkung der Inhaltsstoffe hervorzurufen. Schließlich ist es ein Parfüm und kein Zaubertrank.«

»Und dennoch hast du eine Flasche gekauft«, merkte Victoria nachdenklich an.

»Richtig. Und ich werde genau das tun, was Mademoiselle Chanel vorschlägt.«

»Und das wäre?«

»Ich tupfe mir das Parfüm dorthin, wo ich geküsst werden will.«

»Isabella Nyblaeus!«, rief Victoria in gespielter Empörung aus.

Isabella kicherte. »Genau das meine ich, Vickan. Mademoiselle Chanel verkauft jeder Frau da draußen ein Fläschchen weibliche Macht. Und die Frauen strömen herbei, um es zu kaufen. Los, probier es aus. Tupf dir ein wenig aufs Handgelenk.«

Victoria steckte den Stopfer zurück in den Flaschenhals und schnupperte an ihrem Handgelenk. »Victorias Geheimnis?«

»Behauptet wenigstens Coco Chanel.«

»Mir gefällt diese Idee. Und die ganze Geschichte.«

»Was genau in Mademoiselle Chanels Absicht lag.« Isabella blickte Victoria in die Augen. »Übrigens habe ich es mir anders überlegt. Ich will nicht mehr Nordiska Kompaniet leiten. Ich will in die Werbung.«

»Möchtest du Parfüms verkaufen?«

Isabella beugte sich vor. »Ich will Herrn Sachs helfen, Nordiska Kompaniet einem breiteren Publikum schmackhaft zu machen.«

Kapitel siebzig

Erschöpft bis ins Mark, lehnte Torun sich in der Linnégatan 4 an die Wand und wartete auf den Fahrstuhl. Nachdem sie die letzten vierzehn Stunden ganz Östermalmstorg abgeklappert hatte, sehnte sie sich nur noch danach, die Stiefel aufzuknöpfen, die Strümpfe abzustreifen und die Füße in eine Schüssel mit kühlem Wasser zu stellen. Außerdem hatte ihr lahmes Bein eine kräftige Massage bitter nötig. Seit ihrer Zeit als Zimmermädchen im Grand Hôtel war sie nicht mehr so lange auf den Beinen gewesen, und selbst damals hatte sie den Großteil des Arbeitstags auf den Knien liegend verbracht. Aber morgen um diese Zeit, so tröstete sie sich, würde alles mehr oder weniger ausgestanden sein. Dann lag es nicht mehr in ihrer Hand. In ihrer und auch der aller anderen Frauen dieser Stadt, die zumeist an einem Strang zogen, auch wenn sie politisch auf verschiedenen Seiten standen. Wie mochte es Maria drüben in Kungsholmen ergangen sein?

Denn wie Torun inzwischen festgestellt hatte, war der Haustürwahlkampf eine Erfahrung für sich.

Einige Männer und auch die eine oder andere ältere Frau hatten sie nur eines Blickes gewürdigt, um sie zu beschimpfen, weil sie die natürliche Ordnung auf den Kopf stellte. Frauen führten den Haushalt, Männer das Land. Als Torun vorschlug, dass Männer und Frauen beides – Haushalt und Land – vielleicht auch gemeinsam in Angriff nehmen könnten, hatte man ihr nur ins Gesicht gelacht und ihr in einem Fall zu ihrem Entsetzen sogar auf den Schuh gespuckt.

»Natürlich werde ich morgen wählen«, teilte eine wohlhabende Dame von etwa achtzig Jahren ihr mit. »Und zwar die Partei, welche die Zustimmung meines Mannes genießt. Leute wie Sie haben nur erreicht«, fuhr Toruns Widersacherin fort, »dass verheiratete Männer nun zwei Stimmen haben. Wenigstens dafür können wir uns bei Ihnen bedanken.«

Torun hielt diese Theorie für ziemlich aberwitzig. Gut, einige Frauen folgten blind den Anweisungen ihrer Ehemänner. Doch andere würden einfach nur so tun als ob. Wie zum Beispiel die Dame, die Torun entschuldigend angelächelt und ihr verstohlen zugezwinkert hatte, während ihr Mann verkündete, er habe nur Verachtung für diejenigen seiner Geschlechtsgenossen übrig, die es ihren Frauen gestatteten, ihre eigene Wahlentscheidung zu treffen. Geschweige denn, dass er es dulden würde, dass seine Frau in der Stadt herumliefe und wie eine Hausiererin bei fremden Leuten klingelte. Allerdings stellten diese beiden Frauentypen Toruns Erfahrung – nicht nur bei *Tolfterna,* sondern auch im Allgemeinen – nach nur eine kleine Minderheit dar.

Die überwiegende Mehrheit der Frauen, insbesondere die Mütter kleiner Kinder, die vielleicht besonders aufmerksam in die Zukunft blickten, schienen sich über die Gelegenheit zu freuen, über die Wahl und das hart erkämpfte Wahlrecht zu sprechen. Torun sagte nichts als die reine Wahrheit, wenn sie sie darauf hinwies, dass Frauen die Macht in den Händen hielten. Denn interessanterweise überstieg die Anzahl der wahlberechtigten Frauen nun die der Männer. Doch so erfreulich diese Unterhaltungen anfangs auch gewesen sein mochten, erkannte Torun recht schnell, dass nur wenige Frauen in ihrem Wahlbezirk die Sozialdemokraten wählen würden. Allerdings waren einige bereit, sie wenigstens anzuhören, und denen hatte ihr besonderes Augenmerk gegolten.

Arbeiterinnen und Arbeiter, so hatte Torun beteuert, bis ihr beinahe die Stimme versagte, seien das Rückgrat des Landes. Deshalb hätten auch sie anständige Lebensverhältnisse und

Arbeitsbedingungen verdient. Was würden die Besitzenden außerdem ohne Arbeitskräfte anfangen? Und deshalb fordere das Parteiprogramm der Sozialdemokraten Reformen zugunsten der Arbeiterklasse. So solle zum Beispiel der Achtstundentag, der im Jahr 1923 automatisch auslaufen würde, endlich ins Gesetzbuch aufgenommen werden. Außerdem müssten die Arbeiter ein Streikrecht erhalten, und zu guter Letzt müsse eine Sozialversicherung her, um das grausame Schicksal der Arbeitslosen abzumildern.

Torun schleppte ihr müdes Bein in den Fahrstuhl und drückte auf den Knopf für den vierten Stock. Die Kabine glitt ratternd nach oben. In vielerlei Hinsicht erinnerte dieser Aufzug Torun an das kapitalistische System: Die Arbeiter waren wie die Gegengewichte. Das Innere der Kabine mochte noch so elegant sein, ohne Gewichte würde der Aufzug nicht fahren. Ein Jammer, dass ihr dieser Vergleich nicht schon heute Vormittag eingefallen war. Die Arbeiter brauchten mehr gesellschaftlichen Einfluss und, was noch wichtiger war, einen fairen Lohn. Doch wie viele Frauen in ihrem Wahlbezirk hatte sie davon überzeugen können, dass eine Stimme für die Sozialdemokraten eine Stimme für alle war? Selbst Ottilia und Karolina hatten in dieser Hinsicht ihre Vorbehalte. Und nach einer besonders hitzigen Debatte, in der sie jedes von Toruns Argumenten geschickt abgeschmettert hatten, hatten sie einhellig beschlossen, das Thema Politik bis nach der Wahl ruhen zu lassen. Torun bedauerte es sehr, dass Märta ihren Aufenthalt in Amerika verlängert hatte, denn in ihr hätte sie gewiss eine Verbündete gehabt.

Aber war es andererseits nicht wundervoll, dass Frauen sich nun über Politik streiten konnten?

Doch zu Toruns großer Enttäuschung ging im Jahr 1921 nur die knappe Hälfte aller berechtigten Frauen zur Wahl. Torun ertränkte ihren Zorn in einer Tasse Tee mit viel Zucker und verfasste Glückwunschschreiben an Agda Östlund und Nelly Thüring, die ersten Sozialdemokratinnen, die einen Sitz im Parlament errungen hatten.

Kapitel einundsiebzig

1922

Josef stand in der Tür von Bobergs Mittagsbistro und beobachtete die Vorgänge. Das Abschmücken des Weihnachtsbaums am 13. Januar war eine bei den jüngsten Stockholmern beliebte Tradition.

Ellen erschien neben ihm. »Nach dem Radau zu urteilen, haben alle einen Riesenspaß.«

»Ich denke schon.«

Sie sahen zu, wie kleine Mädchen in Festtagskleidern und kleine Jungen in Matrosenanzügen oder gestärkten Hemden ein letztes Mal um den Weihnachtsbaum tanzten. Als die Musik verklang, stellten die Kinder sich in einer Reihe an.

»Unsere nächste Kundengeneration«, verkündete Ellen.

»Wollen wir es hoffen.« Josef betrachtete weiter die strahlenden Gesichter, als die Mitarbeiter jedem Kind ein Tütchen mit Süßigkeiten und, vor allem, einen Luftballon reichten, die sie mit nach Hause nehmen konnten. Diese Kinder führten ein völlig sorgloses Leben. Was sich in ihrem Alter auch so gehörte. Und dennoch beneidete er sie ein wenig um ihre Unschuld.

Seinen fünfzigsten Geburtstag vor einer Woche hatte Josef sehr genossen. Er hatte einige gute Freunde zur Feier nach Kopenhagen eingeladen, gekrönt von einem festlichen Abendessen im berühmten Hotel Nimb. Für die zweitausendfünfhundert Mitarbeiter in der Hamngatan hatte er eine weniger extravagante, jedoch mit nicht weniger Begeisterung angenommene Geburtstagsfeier in Stockholm veranstaltet. Er hatte zahlreiche Geschenke und sicherlich zweihundert handgeschriebene Glückwunschkarten von Freunden, Geschäftspartnern, Ausschussmitgliedern und anderen Bekannten erhalten. Doch nichts hatte ihm vor Dankbarkeit und Rührung so die Sprache verschlagen wie das in blaues Leder gebundene Buch, das man ihm in Kopenhagen überreicht hatte. Es handelte sich um das erste von nur einhundert Exemplaren der Firmenchronik, gedruckt in der firmeneigenen Druckerei. Der Inhalt bestand aus einer Sammlung von Artikeln zu verschiedenen Aspekten und Ereignissen in der Geschichte von Nordiska Kompaniet, verfasst von ehemaligen und derzeitigen Mitarbeitern. Ein eigens dafür gegründeter Ausschuss hatte die Beiträge ausgewählt, und sämtliche Angestellten hatten etwas zu den Herstellungskosten beigetragen.

Josef eilte zurück in sein Büro. Ellen hatte recht. Die Kinder verkörperten die Zukunft. Doch seine Mitarbeiter, die ihm so viel Anerkennung entgegenbrachten, standen für die Gegenwart. Und deshalb war er es ihnen schuldig, dafür zu sorgen, dass sie ihren Lebensunterhalt nicht verloren.

Wie erwartet, lagen die Prognosen für das Jahr 1921 schon auf seinem Schreibtisch. Beim Lesen bekam Josef einen trockenen Mund, und in seiner Magengrube machte sich ein unangenehmes Flattern breit: Die Gewinne waren ins Bodenlose gesackt. Dass die Herrenabteilung angesichts der grassierenden Arbeitslosigkeit den größten Rückgang verzeichnete, war nicht weiter erstaunlich. Doch inzwischen schrieb das gesamte Kaufhaus rote Zahlen, denn die Preise für einige Grundbedürfnisse wie Baumwollstoffe und Schuhe waren um sage und schreibe fünfzig Prozent gefallen. Außerdem hatten die Verluste an der Börse AB Nordiska Kompaniet über zwanzig Millionen Kronen gekostet.

Zwanzig Millionen! Josef verschwamm alles vor den Augen. Eigentlich war es ja zu erwarten gewesen, dass auf die außergewöhnlich ertragreichen Kriegs- und Nachkriegsjahre wieder eine Flaute folgen würde. Doch dass sechs ausgezeichnete Jahre in nur wenigen kurzen Monaten zunichtegemacht werden konnten, kam ziemlich überraschend. Er würde über die Verluste einen Bericht anfertigen und die Preise der Anteile entsprechend anpassen müssen. Zum ersten Mal in seinem Leben als Geschäftsmann rann Josef eine Träne die Wange hinunter. Er schämte sich für seine gewaltige Fehleinschätzung, was den Börsenwert seines Unternehmens anging. Während er ein Taschentuch zutage förderte, dachte er an die Hunderte von Firmen, die derzeit vermutlich in einer ebenso verzweifelten Lage steckten. Allerdings war das nur ein schwacher Trost.

Im nächsten Moment jedoch meldete sich wieder Josefs Kämpfergeist. Ganz sicher gab es eine Lösung. Genau genommen gab es sogar mehrere. Schließlich hatte er ein wundervolles Kaufhaus und treue, tüchtige Mitarbeiter. Ganz zu schweigen vom französischen Modeatelier. Und außerdem hatte er schon so etwas wie einen Plan.

Er griff nach der Akte, die seine Aufzeichnungen zu den Umstrukturierungen bei N.K. enthielt. Fräulein Nyblaeus' Bericht war unbeschreiblich aufschlussreich gewesen, weshalb es sich wirklich gelohnt hatte, sie auf Firmenkosten nach London zu schicken. Treue Selfridges-Kunden kauften weiter in ihrem Lieblingskaufhaus ein, selbst wenn sich ihre Vermögensverhältnisse änderten. Und zwar deshalb, weil dieses Kaufhaus etwas für jeden Geldbeutel anbot. N.K. hingegen stand ein Drahtseilakt bevor: Man musste die derzeitige Stammkundschaft davon überzeugen, dass ihr eigenes Einkaufserlebnis nicht durch preiswertere Sortimente abgewertet werden würde. Denn nur dann blieb ein Einkauf bei N.K. auch weiterhin ein Statussymbol. Harry Selfridge war dieser Spagat offenbar gelungen. Was also hinderte Josef daran, es ebenfalls zu versuchen?

Gestärkt von dieser unumstößlichen Logik, beruhigte sich Josef ein wenig. Nun standen zuerst drei wichtige Erledigungen an. Erstens musste er dem Vorstand bei der nächsten Sitzung ein machbares Konzept vorlegen. Zweitens galt es, Kündigungen zu vermeiden. Und zu guter Letzt hing alles davon ab, die Mitarbeiter davon zu überzeugen, dass Nordiska Kompaniet die Wirtschaftsflaute überstehen und ein erfolgreiches Unternehmen bleiben würde.

Er nahm die Kappe von seinem Federhalter und begann, die einzelnen Arbeitsschritte zu notieren.

Kapitel zweiundsiebzig

An einem regnerischen Februarmorgen winkte Irma Nilsson Ellen Sachs zu sich in die Handschuhabteilung.

Ellen eilte sofort hin. »Was ist denn los?«

Irma nahm sie beiseite. »Ich habe der Gräfin gerade ein Paar marineblaue Handschuhe so wie diese hier gezeigt.« Irma hielt ein nussbraunes Paar hoch. »Wir erörterten noch die verschiedenen Körnungen von Leder, als eine Dame auf dem feuchten Fußboden ausgerutscht ist und Handtasche und Schirm fallen gelassen hat. Ich habe mich bei der Gräfin entschuldigt und bin um die Theke herumgelaufen, um der Dame wieder auf die Beine zu helfen.«

»Aber natürlich. Hat die Gräfin sich etwa beschwert?«

»Nein. Als ich mich wieder umgedreht habe, war sie weg. Und die Handschuhe auch.«

Ellen verzog das Gesicht. »Wollen Sie behaupten, dass die Gräfin sie mitgenommen hat?«

»Ich habe alles danach abgesucht, doch sie sind spurlos verschwunden«, erwiderte Irma in sachlichem Ton. »Meine Assistentinnen haben mir versichert, dass sie diese Handschuhe an niemand anderen verkauft haben.«

»Könnte es ein Missverständnis sein? Vielleicht glaubte die Gräfin ja, sie habe sie schon bezahlt.«

»Ich wüsste nicht, wie. Sie hatte sich noch nicht festgelegt.«

Ellen erinnerte sich an eine Bemerkung von Märta. *Sie verbringt Unmengen von Zeit damit, sich zu entscheiden, und nimmt dann unweigerlich das billigste Paar.* »Handelt es sich bei den verschwundenen Handschuhen um die billigsten?«

»Nein, um die teuersten. Ich dachte, die Gräfin habe sie bereits ausgeschlossen.«

»Wann war das?«

»Vor etwa zehn Minuten.«

»Überlassen Sie es mir und reden Sie mit niemandem darüber.« Ellen eilte zum Haupteingang, wo ein ordentlich angeleinter Bertil und einige andere Hunde von Herrn Bellman aufmerksam bewacht wurden. Also musste sich die Gräfin noch im Haus aufhalten.

Herr Bellman salutierte. »Kann ich etwas für Sie tun, Fräulein Sachs?«

»Ja. Lassen Sie Bertil nicht aus den Augen.«

Herr Bellman verzog gekränkt das Gesicht, und das zu Recht. Schließlich war es schon fünf Jahre her, dass der kleine Hund sich Zutritt zum Modeatelier verschafft hatte. Doch das würde Ellen ihm später erklären. Und falls es gar nichts zu erklären gab, würden sie eben beide mit Herrn Bellmans verletzten Gefühlen leben müssen. Ellen ging die Treppe hinauf in den ersten Stock. Als sie lässig in die Damenabteilung schlenderte, bemerkte sie die Gräfin, die einen eleganten marineblauen Mantel und farblich passende Handschuhe trug und auf den Fahrstuhl zusteuerte. Oder wollte sie zur Kasse neben der Treppe? Nein. So ein Mist. Waren ihre Handschuhe neu? Das war unmöglich festzustellen. Selbst wenn es so war, würde, wie Ellen nun klar wurde, nur Irma sie als das verschwundene Paar wiedererkennen. Und falls es sich tatsächlich um die verschwundenen Handschuhe handelte? Was dann?

Als an der Theke der Damenabteilung lautstarkes Getuschel ausbrach, merkte Ellen auf.

»Was ist denn los?«

»Jemand hat einen Mantel mitgenommen und dafür seinen alten hiergelassen«, verkündete eine junge Verkäuferin. Sie hielt einen marineblauen Wollmantel hoch, der zwar von ausgezeichneter Qualität, allerdings schon ziemlich abgetragen war. »Herr Jacobsson reißt mir den Kopf ab.«

Obwohl Ellen stark bezweifelte, dass Kurt Jacobsson das Mädchen dafür verantwortlich machen würde, wollte sie sich nicht einmischen. Stattdessen warf sie einen Blick in den Mantel. Sie erschrak, denn wenn sie nicht alles täuschte, war dieser Mantel eine Maßanfertigung und stammte aller Wahrscheinlichkeit nach aus dem hauseigenen Atelier. »Was für ein Mantel fehlt denn?«, erkundigte sie sich.

»Einer von denen.« Die Verkäuferin wies auf einen Ständer mit marineblauen Mänteln.

Ohne zu zögern, griff Ellen zum Haustelefon und rief in der Handschuhabteilung an.

Irma meldete sich.

»Fräulein Nilsson, bitte gehen Sie sofort hinaus, holen Sie Bertil, führen ihn zum Eingang in der Regeringsgatan und fahren ihn mit dem nächstbesten Aufzug hinauf in mein Büro. Beeilen Sie sich.«

Dann wandte sie sich wieder an die Verkäuferin. »Bringen Sie diesen Mantel in mein Büro. Dann kehren Sie zurück an Ihren Platz.«

Ellen eilte wieder hinunter ins Erdgeschoss. Von Irma fehlte jede Spur, doch die Gräfin stand in der Ecke bei den Regenschirmen. Keine drei Meter entfernt hatte der oberste Hausdetektiv Herr Hagman Posten bezogen. Er behielt zwar die ganze Umgebung im Auge, achtete jedoch nicht auf die alte Stammkundin. Ellen war klar, dass die Gräfin jede von Herrn Hagmans Bewegungen vorausahnen konnte.

Und ihre Vermutung erwies sich schon bald als richtig. Kaum hatte Herr Hagman den Kopf abgewandt, als die Gräfin schon verstohlen ihren Schirm zwischen die anderen an den Ständer hängte. Mit einem neuen Schirm über dem Arm spazierte sie auf den Ausgang zu. Ellen heftete sich an ihre Fersen.

Die Gräfin schritt durch die Drehtür hinaus. »Wo, zum Teufel, ist Bertil?«

Als Ellen ebenfalls vor die Tür trat, war Herr Bellman sichtlich erleichtert.

»Bertil ist in meinem Büro«, sagte Ellen.

»Warum?« Die Gräfin bedachte Ellen mit einem tückischen und gleichzeitig herablassenden Blick.

»Er hat sich nicht wohlgefühlt.«

»Als ich ihn hier angebunden habe, ging es ihm blendend.« Die Gräfin wirbelte zu Bellman herum. »Was haben Sie mit meinem Bertil gemacht? Sollen wir vielleicht einen Polizisten rufen?«

»Vielleicht sollten wir das wirklich«, erwiderte Ellen leise. »Die Gräfin könnte auch mit hinauf in mein Büro kommen.«

Die Gräfin erbleichte.

Inzwischen war auch Herr Hagman da. »Was ist hier los?«

»Bitte begleiten Sie die Gräfin in mein Büro, Herr Hagman«, wies Ellen ihn an. »Ihr kleiner Hund ist schon dort. Ich würde mich freuen, wenn Sie zusammen mit ihr warten könnten.«

Mit offenem Mund blickte Herr Bellman der Gräfin und Herrn Hagman nach und wandte sich dann an Ellen. »Liege ich richtig mit meiner Vermutung …«

»Bitte sagen Sie mir jetzt nicht, was Sie vermuten, Herr Bellman. Ich möchte nämlich nur ungern antworten müssen, dass Sie völlig recht haben.«

Herr Bellman nickte und tippte sich an die Nase. »Schon verstanden, Fräulein Sachs.«

Ellen folgte den Spuren der Gräfin, holte den alten Schirm und stieg dann in den nächstbesten Aufzug. Zum Teufel mit der Vorschrift, dass Mitarbeiter nicht die Kundenfahrstühle benutzen durften. Sie musste jetzt so schnell wie möglich zu Onkel Josef, denn der war ständig auf dem Sprung und deshalb nur schwer zu erwischen. Die Mitarbeiter witzelten schon, dass sich die Drehtüren schneller drehten, wenn Herr Sachs hindurchging. Was sollte sie nur tun, wenn sich wie üblich vor seinem Büro eine Schlange von Menschen gebildet hatte, die dringend mit ihm sprechen mussten? Oder wenn er, Gott behüte, sich gar nicht im Gebäude aufhielt? Als sie den menschenleeren Flur im vierten Stock erreichte, wurde sie von Verzweiflung ergriffen. Bedeutete das Fehlen einer Warteschlange, dass er tatsächlich nicht da war? Sie klopfte an Onkel Josefs Tür und trat ein, ohne eine Antwort abzuwarten.

Erstaunt blickte er auf.

Ellen kam sofort auf den Punkt. »Du musst mir jetzt zuhören. Jede Minute zählt.«

Er legte den Stift weg.

»Die Gräfin hat einen Raubzug durch unser Kaufhaus veranstaltet. Handschuhe, Mantel, Regenschirm.«

Er richtete sich auf. »Bist du sicher?«

»Absolut. Den Diebstahl des Regenschirms habe ich mit eigenen Augen beobachtet. Sie hat stattdessen ihren alten Schirm an den Ständer gehängt.« Ellen schwenkte das Beweisstück. »Außerdem hat sie ihren alten Mantel zwischen den anderen zurückgelassen. Ich habe ihn in mein Büro bringen lassen.«

»Verdammt.« Josef seufzte. »Wie ich annehme, ist sie schon fort.«

»Nein. Sie sitzt mit Herrn Hagman ebenfalls in meinem Büro.«

Er erhob sich. »Hat sie eine Szene gemacht?«

»Sie war folgsam wie ein Lamm. Ich glaube nicht, dass es jemandem aufgefallen ist.«

»Wie, um alles in der Welt …?«

Ellen grinste. »Erpressung. Ich habe Bertil entführt.«

Ungläubig und sprachlos schüttelte er den Kopf.

Josef hörte das Kläffen des kleinen Hundes schon auf dem Flur vor Ellens Büro. Er fasste sie am Arm, bevor sie den Türknauf betätigen konnte. »Das hast du wunderbar gemacht, mein Kind. Falls ich eine Zeugin brauche, rufe ich dich. Aber jetzt ist es besser, wenn du draußen bleibst.«

Die Gräfin saß, kerzengerade und mit dem kleinen Bertil auf dem Schoß, auf einem Stuhl. Doch trotz ihrer würdevollen Haltung wirkte sie seltsam geschrumpft und kläglich. Wozu sie auch allen Grund hatte.

Ein marineblauer Mantel, ein Paar Handschuhe und ein Schirm lagen ordentlich auf Ellens Schreibtisch.

»Sie können mich jetzt verhaften lassen, Herr Sachs. Wir alle wissen, dass ich diese Dinge gestohlen habe. Ich mag eine Diebin sein, aber ich bin keine Lügnerin.«

Er blieb stehen, um seine Überlegenheit zu betonen. »Bevor wir die Polizei rufen ...«

Sie errötete.

»Könnten Sie mir erklären, warum Sie es für nötig hielten, ein Kaufhaus zu bestehlen, dessen treue Kundin Sie nun schon seit so vielen Jahren sind, Gräfin?«

»Ich habe das ständige Frieren nicht mehr ertragen, Herr Sachs.« Sie rieb sich die Arme, die inzwischen wieder in den abgetragenen Ärmeln ihres alten Mantels steckten. »Inzwischen besitze ich nichts mehr, was ich verpfänden könnte. Mein Mann, Gott sei seiner Seele gnädig, hat unsere Familie immer gut ernährt. Doch vor etwa zehn Jahren hat er einige verhängnisvolle Investitionen getätigt. Das war vor seinem ... sehr plötzlichen Tod.«

Josef ließ sich auf einen Stuhl sinken. Selbstmord? Das hatte er gar nicht gewusst. Der Graf war nicht der Erste gewesen, der beschlossen hatte, wegen eines Bankrotts aus dem Leben zu scheiden, und er würde sicher nicht der Letzte sein. »Es tut mir leid, das zu hören«, sagte er leise.

»Mir hat es auch leidgetan.« Sie blickte ihm in die Augen.

Josef musterte sie forschend. Sollte das heißen, dass sie mit eigenen Ohren gehört hatte, wie der Graf sich erschoss? Ziemlich wahrscheinlich, denn die Pistole schien unter Adeligen die bevorzugte Methode zu sein. Das Erlebnis hatte die Gräfin sicher schwer mitgenommen. Er hatte großes Mitgefühl.

Er schob den kleinen Haufen auf dem Schreibtisch zu ihr hinüber. »Bitte. Es geht auf Kosten des Hauses.«

Doch ihre mageren Finger schoben die Sachen wieder zurück. »Nein, danke. Das kommt nicht infrage. Ich hätte keine Freude mehr daran, sie zu tragen. Schließlich bin ich jetzt wieder zur Vernunft gekommen. Da gelte ich doch lieber als abgebrühte Verbrecherin, stimmen Sie mir nicht zu, Herr Sachs? Oh.« Die Gräfin griff in die Handtasche, die zu ihren Füßen stand, und förderte einen schwarzen Federhalter zutage. »Der hier gehört Ihnen ebenfalls. An meinem war die Feder abgebrochen, und ich wollte nach dem Tod unserer Kronprinzessin unbedingt ein Beileidsschreiben an unseren lieben Kronprinzen verfassen.«

Josef legte den Federhalter auf den Haufen. Zumindest hatte sich das geheimnisvolle Verschwinden des Federhalters neben dem Kondolenzbuch endlich aufgeklärt. »Danke. Sonst noch etwas?«

»Natürlich nicht. Ich war versucht, selbstverständlich war ich das. Aber lieber würde ich hungern. Nicht, dass das so wäre«, fügte sie hinzu. »Oder zumindest nicht, seit der Krieg vorbei ist. Doch damals mussten wir ja alle den Gürtel enger schnallen, als uns lieb war. Deshalb beklage ich mich nicht. Doch ich möchte mich entschuldigen. Aufrichtig entschuldigen. So ein Fehltritt wird mir nie wieder unterlaufen. Ihr Personal hat mich stets äußerst zuvorkommend behandelt. Und Sie ebenfalls, Herr Sachs. Also bitte ich Sie um Verzeihung. Falls Sie die Polizei rufen wollen, habe ich natürlich Verständnis dafür. Dennoch wäre ich Ihnen dankbar, wenn Sie meine Armut nicht an die große Glocke hängen würden. Meine finanziellen Verhältnisse sind schon seit vielen Jahren … sehr eingeschränkt. Aber der liebe Bertil und ich haben die Fähigkeit entwickelt, diesen Umstand zu verschleiern. Er sitzt draußen, damit alle ihn sehen können, während ich mir drinnen im Kaufhaus die Zeit vertreibe.« Als sie den kleinen Hund an den Ohren kraulte, leckte er ihr die Finger.

»Wir werden nicht die Polizei rufen.«

»Danke. Ich habe nämlich noch einige wenige Freunde, die ich nur ungern verlieren möchte. Außerdem« – da sie keine weiteren Demütigungen mehr zu fürchten brauchte, war ihr Tonfall sachlich geworden – »könnten Sie die Sachen sicher noch verkaufen. Den Stift vermutlich nicht, wie ich zu meiner Schande gestehen muss, aber Mantel und Handschuhe wurden nur knapp zwanzig Minuten getragen, und der Schirm wurde nie geöffnet.«

Nein, Josef konnte den Mantel und die Handschuhe nicht mehr verkaufen. Doch obwohl N.K. Geld verloren hatte, hatten wenigstens alle Beteiligten ihre Würde gewahrt. Im nächsten Moment hatte er einen Geistesblitz.

»Ich glaube«, begann er, »dass es die beste Lösung wäre, wenn Sie die Möglichkeit erhielten, das Geld für diese Dinge zu verdienen, Gräfin.«

Josef achtete nicht auf Herrn Hagmans plötzlichen Niesanfall, der auch ein getarntes Schnauben gewesen sein konnte.

Ihre Augen blitzten. »Wenn ich Geld verdienen könnte, hätte ich mich nie so weit erniedrigt, zu stehlen. Doch zu meiner Zeit haben Damen meines Standes keinen Beruf erlernt, wenn sie überhaupt etwas gelernt haben. Mein Vater war strikt dagegen, dass ich arbeite, und hat mir eine ausgezeichnete Aussteuer mit auf den Weg gegeben. Doch nach der Hochzeit gingen mein Vermögen und das Recht, darüber zu verfügen, an meinen Ehemann über. Für eine Frau ist es nicht leicht, Herr Sachs, ihre Bürgerrechte, ihre finanzielle Unabhängigkeit und ihre gesellschaftliche Stellung zu verlieren, und das alles ohne eigene Schuld. Zumindest ist diese nicht unerhebliche Ungerechtigkeit in unserer Verfassung nun endlich beseitigt worden.«

Josef öffnete den Mund und klappte ihn gleich wieder zu. Was sollte er auch darauf erwidern? Der Preis eines Mantels war verglichen mit diesem Unrecht doch eine Kleinigkeit. Und dann hatte dieser elende Kerl sich umgebracht und seine Frau mittellos zurückgelassen!

»Außerdem«, fuhr die Gräfin fort. »Welcher vernünftige Mensch würde mich noch einstellen? In meinem Alter und ohne irgendwelche beruflichen Erfahrungen? Ich kann nur ein Abendessen für zwanzig Gäste oder einen rauschenden Empfang für achtzig Personen ausrichten. Außerdem könnte ich einen Geschäftsfreund oder Diplomaten auf Französisch oder – der Himmel steh mir bei – auf Deutsch um den Finger wickeln, falls Sie dafür eine Verwendung haben. Nun aber mal im Ernst, Herr Sachs. Was hätte ich Ihnen schon zu bieten? Ich kann nichts, was eine Bezahlung wert wäre. Bei Nordiska Kompaniet werde ich ganz sicher nicht gebraucht.«

»Ach, aber das sind doch genau die Fähigkeiten, die für das, was mir vorschwebt, vonnöten wären, Gräfin.«

Ihr Blick wurde neugierig. Dann wies sie mit einem makellos manikürten Finger auf Herrn Hagman, wie um zu sagen, dass man solche Themen doch nicht in Gegenwart dieses Menschen erörtern könne.

Josef ließ sich erweichen. »Ich denke, wir kommen jetzt allein zurecht. Vielen Dank, Herr Hagman. Könnten Sie Fräulein Sachs bitten, uns zwei Tassen Kaffee, einen Wassernapf und ein wenig Gebäck zu bringen? Ich glaube, wir werden ihr Büro noch eine Weile brauchen.«

Als die Gräfin lächelte, war ein Anflug der Schönheit zu sehen, die sie gewiss einmal gewesen war. »Sehr gütig von Ihnen. Sie sind ein wahrer Gentleman. Könnten Sie mir bitte erklären, woran Sie gedacht haben?«

»Darf ich ganz offen zu Ihnen sein, Gräfin?«

Sie lachte leise auf. »Da ich Ihnen zu tiefstem Dank verpflichtet bin, wüsste ich nicht, was dagegenspräche.«

»Ich plane eine Umstrukturierung des Kaufhauses. Es soll für alle zugänglich sein.«

Die Gräfin verzog fragend das Gesicht. »Ich habe nie erlebt, dass Ihr netter Portier jemanden abgewiesen hätte. Obwohl er wirklich etwas hermacht, frage ich mich oft, warum er überhaupt dort steht. Schließlich muss er niemandem eine Drehtür aufhalten.«

»Fühlen Sie sich willkommen, wenn Sie das Kaufhaus betreten?«

»Natürlich. Zumindest« – ihre Miene verdüsterte sich – »bis jetzt.«

»Sie sollen sich auch weiterhin willkommen fühlen. Ich versichere Ihnen, dass niemand bei N.K. über Sie reden wird.«

Sie zog eine Augenbraue hoch. »Reden Ihre Mitarbeiter etwa nicht, Herr Sachs?«

»Doch, das tun sie bestimmt. Aber um Gerüchte zu verbreiten, braucht man zuerst einmal Wissen. Und einige Dinge werden niemals Erwähnung finden.«

Die Gräfin überlegte. »Dass Ihre Mitarbeiterin Bertil entführt hat, war eine schlaue Idee von ihr. Wirklich diskret.«

»Da muss ich zustimmen. Ihrem kleinen Hund ist nichts geschehen, und Ihnen auch nicht.«

»Könnten Sie sich in meinem Namen bei ihr bedanken?«

»Mit Vergnügen.«

»Und nun fahren Sie bitte fort«, forderte die Gräfin ihn auf. »Sie machen mich ganz neugierig. Wie wollen Sie dieses wundervolle Kaufhaus noch zugänglicher machen? Vermutlich sind damit nicht weitere Drehtüren gemeint?« Ihre Augen funkelten schalkhaft.

Josef traute seinen Ohren nicht. Wie konnte diese sonst so sauertöpfische Frau plötzlich derart reizend und unterhaltsam sein? »Ich habe dabei eher an eine größere Auswahl an preiswerten Waren gedacht.«

»Wofür ich persönlich Ihnen dankbar wäre, obwohl es einige aus meinem Freundeskreis vor den Kopf stoßen könnte. Aber was hat das mit mir zu tun? Ich kann doch wohl schlecht verbilligte Töpfe und Pfannen verkaufen.«

»Ihre Aufgabe wäre es, Ihrem Freundeskreis dieses neue Konzept schmackhaft zu machen und Ihre Bekannten davon zu überzeugen, dass die Welt von Nordiska Kompaniet auch weiterhin genauso einzigartig und faszinierend sein wird wie eh und je. Und zwar mit dem Ziel, dass sie auch in Zukunft am liebsten bei N.K. einkaufen. Sie haben mir ja selbst gesagt, dass Sie Diplomaten um den Finger wickeln können«, sprach Josef weiter. »Ihre Aufgabe wäre es, als Markenbotschafterin für dieses Kaufhaus aufzutreten. Als Mitarbeiterin hätten Sie Anspruch auf fünfzehn Prozent Personalrabatt und außerdem auf weitere zehn Prozent in unserem französischen Modeatelier im Februar und im März sowie vom Mittsommer bis Ende August.«

Er schob den Federhalter und den marineblauen Stapel wieder zu der Gräfin hinüber.

Sie lächelte strahlend.

Kapitel dreiundsiebzig

Wie Josef vorhergesehen hatte, war die Vorstandssitzung Ende Mai in sehr gedrückter Stimmung verlaufen. Nachdem die Mitglieder eingeräumt hatten, dass die Kaufkraft der Bevölkerung stark nachgelassen hatte, stimmten sie überein, man solle die Anteilseigner drängen, Josefs Finanzplan zuzustimmen. Dieser bestand aus einer Wertberichtigung um fünfzig Prozent und strengen Sparmaßnahmen. Außerdem befürwortete der Vorstand Josefs Vorhaben, einen breiteren Kundenkreis anzusprechen.

Die meisten Luxuswaren wollte man in die bestehenden Abteilungen eingliedern, sodass man teure Seifen, günstige Seifen und auch alle preislich dazwischen liegenden Seifen nun an ein und derselben Theke bekam. Außerdem würde man nicht mehr nachgefragte Abteilungen wie zum Beispiel »Antiquitäten« auflösen und den so gewonnenen Platz für eine größere Auswahl an Kleidung von der Stange und Heimtextilien verwenden, die sich immer größeren Zuspruchs erfreuten. Und zu guter Letzt wollte man größeren Wert auf Waren des täglichen Bedarfs wie zum Beispiel Hygieneartikel legen, auf die niemand verzichten konnte.

Die Botschaft war eigentlich einfach: Nordiska Kompaniet war noch immer eine gehobene Adresse, doch man bekam dort ebenfalls Dinge, die nicht teurer waren als anderswo. Aber würden die Stockholmer das auch verstehen?

Chefdekorateur Thorwald Munkhammar und seine Leute leisteten großartige Arbeit, indem sie im Kaufhaus und in den Schaufenstern auch weniger kostspielige Produkte zur Geltung brachten. Und die Kataloge, die Kunden anderswo in Schweden über das Angebot in Stockholm aufklärten, priesen nur noch günstige saisonale Angebote und keine Luxusartikel mehr an.

Außerdem hatte die junge Isabella Nyblaeus etwas gesagt, das Josef im Gedächtnis geblieben war: »Ich würde gern das gesamte Kaufhaus verkaufen, nicht nur einzelne Artikel. Wenn Coco Chanel den Menschen vermitteln kann, dass sie ein bestimmtes Parfüm benutzen sollen, müssen wir diesen Menschen eben das Gefühl geben, dass sie dieses Parfüm und alles, was sie sich sonst noch wünschen, bei uns kaufen müssen.«

Josef hatte lange und gründlich darüber nachgedacht. Er selbst verfügte zwar über viel Erfahrung im Bewerben von Waren. Doch wie bewarb man ein Kaufhaus als Gesamtkonzept?

»Ich habe keine Ahnung«, teilte er Sigrid am Abend bei einem Glas Brandy mit.

»Ich auch nicht, aber es gibt bestimmt jemanden, der dir helfen kann. Wende dich doch an eine Werbeagentur. Oder du suchst dir jemanden, der nur für N.K. tätig ist. Ganz gleich, wie du es angehst, für mich klingt es nach einer guten Idee und einer lohnenden Geldanlage.«

Also stellte Josef Nachforschungen an und stieß dabei auf einen Namen. Tom Björklund war ein junger Mann, der einen Abschluss an der Handelshögskolan gemacht hatte und inzwischen an der New Yorker Columbia University ein neues Fach namens »Marketing« studierte. Josef hatte aus guter Quelle, dass der fortschrittlich eingestellte und begabte Tom der beste Mann für den neu zu schaffenden Posten des Werbeleiters von Nordiska Kompaniet war. Man musste ihn nur aus Amerika zurück nach Schweden locken.

»Wie ich gehört habe, werden wir Sie bald hier im Vorführraum verlieren, Fräulein Nyblaeus«, stellte Kurt Jacobsson am letzten Julitag fest.

Isabella, die gerade auf dem Podium stand und sich von Bettan die tief angesetzte Taille eines weinroten Kleids aus weichem Jersey anpassen ließ, nickte bestätigend. »Ich werde Assistentin des neuen Werbeleiters, sobald Herr Björklund hier ist.«

Die anderen Damen klatschten Beifall.

Bettan zog eine Stecknadel zwischen ihren Lippen hervor. »Es gibt nichts Schöneres, als einen Montagmorgen mit guten Nachrichten anzufangen. Das ist heute schon die zweite.«

»Die zweite?«, wiederholte Herr Jacobsson.

»Ja. Isabella hat uns gerade erzählt, dass Fräulein Eriksson aus Amerika zurückkommt.«

Agatha räusperte sich. »Verzeihung, Bettan, aber das haben Sie von mir.«

Bettan dachte nach. »Wenn ich es mir genauer überlege, haben Sie vermutlich recht. Auch wenn ich wette, dass Sie es von Isabella haben.«

»Diese Wette würden Sie verlieren«, widersprach Agatha. »Ich habe es von Victoria.«

Alle Anwesenden johlten vor Lachen.

»Ach, herrje«, seufzte Bettan. »Dann wette ich eben darauf, dass man keiner der beiden etwas sagen kann, was die andere nicht schon längst wüsste.«

»Diese Wette gewinnen Sie bestimmt, Bettan«, erwiderte Isabella. »Ich glaube, wir könnten einander nicht einmal dann etwas verheimlichen, wenn wir es versuchen würden.«

Immer, wenn Isabella nach einem langen Arbeitstag in ihre und Victorias gemeinsame Wohnung im Valhallavägen zurückkehrte, sagte sie sich, was für ein Glückspilz sie doch war. Ihr neues Domizil verfügte sogar über Fischgrätparkett und wundervolle Kassettentüren. Obwohl Isabella das Familienleben in der Sibyllegatan vermisste, bereute sie ihren Auszug ganz und gar nicht, denn das Zusammenwohnen mit Victoria war einfach nur eine Freude. Die beiden hatten beschlossen, dass jede ein eigenes Zimmer haben sollte, anstatt das eine als Wohnzimmer und das andere als gemeinsames Schlafzimmer zu benutzen. Um zu entscheiden, wer das größere Zimmer mit dem Kachelofen und wer das kleinere mit Balkon und Blick auf den Innenhof bekam, hatten sie eine Münze geworfen. Isabella hatte zwar gewonnen, doch selbst Victorias Zimmer bot Platz für Bett, Schrank, Kommode, Nachttisch und Lehnsessel. Töpfe, Pfannen und Teppiche hatte Hilda beigesteuert, und Ottilia hatte ihnen zwei Betten gekauft. Ansonsten war es ein großer Spaß gewesen, Zimmer und Küche mit Möbeln aus zweiter Hand und gespendeten Stücken aus der Verwandtschaft wohnlich einzurichten. Dasselbe galt für den Transport ihrer Ausbeute in den Valhallavägen, auch wenn sie vor lauter Ächzen und Kichern manchmal kaum den Weg in den dritten Stock geschafft hätten. Nun stand nur noch ein Schreibtisch mit Stuhl auf Isabellas Wunschliste, denn gewiss würde sie einen Platz brauchen, um abends arbeiten zu können. Sie hatte es schon deutlich vor sich: Im Kachelofen knisterte ein Holzfeuer, während sie über Texten und Abbildungen brütete.

In der Schneiderei blickte Vera von einem Ärmel aus zartrosafarbenem Chiffon auf, den sie gerade raffte. »Ich frage mich, ob Fräulein Eriksson und Herr Björklund miteinander Englisch sprechen werden.«

Bettan schnaubte. »Dummerchen. Sie kommen doch beide aus Schweden.«

»Glauben Sie, dass sie in New York Schwedisch gesprochen haben?«, entgegnete Vera.

»Warum hätten sie das nicht tun sollen?«

»Aber, aber, meine Damen«, unterbrach Herr Jacobsson die Debatte. »Ich bezweifle stark, dass Fräulein Eriksson und Herr Björklund einander in New York überhaupt begegnet sind. Es ist eine sehr große Stadt.«

Agatha sah Isabella an. »Was weißt du über Herrn Björklund?«

»Ich habe ihn noch nicht kennengelernt«, antwortete Isabella, die noch Ottilias mahnende Worte im Ohr hatte: *Wenn ihr beruflich aufsteigen wollt, müsst ihr aufpassen, was ihr sagt. Und zu wem.*

Herr Jacobsson nickte ihr fast unmerklich zu, als habe er ihre Gedanken gelesen.

»Wann kommt er denn?«, erkundigte sich Bettan. »Das müssen Sie doch wissen.«

»Ich weiß nur, dass er nächsten Montag anfängt.«

»Und Fräulein Eriksson?«

»Sie geht morgen an Bord des Schiffes.«

Vera erschauderte. »Keine zehn Pferde würden mich in so eine schwimmende Todesfalle kriegen. Haben Sie die *Titanic* vergessen?«

»Nun übertreiben Sie mal nicht, Vera«, protestierte Herr Jacobsson. »Das ist inzwischen zehn Jahre her.«

»Was wird Fräulein Eriksson denn tun, wenn sie wieder hier ist?«, fragte Bettan. »Fräulein Nilsson macht sich schon Sorgen, sie könnte ihre alte Stelle zurückhaben wollen.«

Isabella bezweifelte stark, dass Märta derartige Absichten hegte. Welchen Sinn hatte es, neue Berufserfahrung zu sammeln, wenn es danach nicht weiterging? Doch sie behielt ihren Einwand für sich. Ebenso wie Kurt Jacobsson, stellte sie fest.

Agatha verzog das Gesicht. »Und wer ersetzt Isabella im Vorführraum? Ohne Victoria und Isabella kommen wir nicht aus. Zumindest nicht langfristig. Und in der Hochsaison überhaupt nicht.«

»Ich bin schon auf der Suche nach einem neuen Mädchen«, erwiderte Herr Jacobsson. »Allerdings habe ich es damit nicht eilig. Ich brauche ein ganz bestimmtes Gesicht.«

Kapitel vierundsiebzig

Märta kam zu dem Schluss, dass sie sich selbst ein Bein gestellt hatte. Warum nur hatte sie Lily und Dorothy so viel über Schweden beigebracht? Denn nun kannten die beiden laut Herrn Sachs den schwedischen Markt so gut, dass Märtas Anwesenheit in Amerika die Kosten nicht mehr rechtfertigte. Im Juni teilte er ihr mit, sie müsse sich auf ihre Rückkehr nach Hause einstellen.

Als sich die SS *Drottningholm* vom Kai entfernte und die Silhouette von New York langsam am blauen Horizont verschwand, musste Märta eine Träne wegblinzeln. Sie würde New York entsetzlich vermissen. Natürlich hatte sie sich erst an den verstörenden Anblick von Wolkenkratzern, das schwindelerregende Gewühl von schnellen Automobilen, Lieferwagen und Taxis und zudem daran gewöhnen müssen, dass man auf New Yorks Gehwegen ständig damit beschäftigt war, den anderen Passanten auszuweichen. Bald jedoch waren die beiden Jahre vergangen wie im Fluge. Harte Arbeit. Jazzclubs. Und mehr Vergnügen, als sie es je im Leben für möglich gehalten hätte.

Die Liste der Dinge, die sie noch ein letztes Mal hatte tun wollen, war lang gewesen. Ein letzter Ausflug in ihr geliebtes Kaufhaus Bloomingdale's, um sich von Blanche und ihren anderen Freundinnen dort zu verabschieden. Ein letzter Spaziergang durch den Central Park mit einem Hotdog von Feltman's als Proviant. Die letzte Parade im Lunapark von Coney Island. Die letzte Fahrt mit dem Kettenkarussell mit Lily und Dorothy. Und die letzte Nacht mit Michael.

Er war ein zärtlicher, einfühlsamer und leidenschaftlicher Liebhaber, und ihren gemeinsamen Nächten ging meist ein Besuch in einem der zahlreichen Jazzclubs voraus, die überall in New York wie Pilze aus dem Boden schossen. Zu ihrem letzten Geburtstag im Mai hatte er ihr die erste Grammofonplatte ihres Lebens geschenkt: *Bow Wow Blues*. Lächelnd erinnerte sich Märta daran, wie sie die Platte an die Brust gedrückt und sofort beschlossen hatte, bei der ersten Gelegenheit zu Bloomingdale's zu laufen, um sich ein tragbares Grammofon zu kaufen. Offenbar hatte Michael angenommen, dass sie bereits eines besaß. Und jetzt musste sie unbedingt eines haben.

Da sie Michael nicht kränken wollte, machte sie einen Bogen um die Herrenabteilung und schlüpfte, Dorothy im Schlepptau, eine halbe Stunde vor Ladenschluss in die Musikalienabteilung. Sie brauchten nicht lange, um die Grammofone zu entdecken. Ebenso wie einen jungen Mann, der gerne bereit war, Märta ein Gerät ihrer Wahl zu verkaufen.

»Was für ein Modell möchten Sie denn, Ma'am?«

»Das ist mir eigentlich egal«, erwiderte Märta wahrheitsgemäß. »Nur tragbar muss meines sein.«

Meines. Es war kaum auszudenken. Sie, Märta Eriksson, würde gleich so etwas Extravagantes und Exotisches wie ein Grammofon besitzen. Sie erschauderte vor Aufregung, als ihre Finger den schimmernden Eichenholzkasten eines der Geräte betasteten. Der Tonarm bestand sogar aus Silber. Zumindest hatte er eine silbrige Farbe.

»Beabsichtigen Sie, das Grammofon weit zu tragen?«

»Bis nach Stockholm.« Sie musste den in ihr aufsteigenden Abschiedsschmerz zurückdrängen, weil sie diese Stadt der Musik und Lichter bald würde verlassen müssen.

»Stockholm?«

»Schweden. Europa«, erklärte Dorothy.

Endlich schien der junge Mann zu verstehen. »Das ist aber ziemlich weit. Darf ich Ihnen dieses Modell empfehlen?« Er wies auf ein Grammofon in einem Kasten aus Mahagoni, dessen Deckel geöffnet war. »Das hier ist ein Stewart, eines unserer beliebtesten tragbaren Geräte. Man kann jede Art von Platten darauf abspielen.«

»Also auch in Schweden gekaufte?«, hakte Märta nach.

»Ja, Ma'am. Vielleicht sollten Sie auch eine Ersatznadel erwerben, nur für den Fall, dass so etwas in Europa nicht aufzutreiben ist.«

»Ich kann dir jederzeit neue Nadeln mit der nächsten Lieferung mitschicken«, schlug Dorothy vor.

»Möchten Sie sich das Grammofon einmal anhören?«, erkundigte sich der junge Mann.

Als Märta zwanzig Minuten später wieder auf die Third Avenue hinaustrat, hatte sie die Finger fest um den Griff geschlossen. »Sie brauchen es nicht einzupacken und liefern zu lassen«, teilte sie dem Verkäufer mit. »Falls dieses Grammofon wirklich tragbar ist, kann ich es auch selbst nach Hause bringen.«

Würden sie und ihr Grammofon je nach Amerika zurückkehren? Aller Wahrscheinlichkeit nicht. Michael hatte nicht die Absicht, ihr einen Heiratsantrag zu machen, eine Erkenntnis, die sie erstaunlicherweise nicht sehr tief getroffen hatte. Allerdings war ihr schon seit Längerem klar, dass der liebe Michael, ein eingefleischter Junggeselle und stets makellos elegant in Hosen mit messerscharfen Bügelfalten gekleidet, weder zum Abenteurer noch zum Familienvater taugte. Sie genoss zwar seine Gesellschaft und liebte ihn wie einen sehr guten Freund, doch anders als damals für Wilhelm empfand sie keine alles verzehrende Leidenschaft für ihn. Nein, das Schlimmste war der Abschied von Dorothy und Lily am Kai gewesen. Die drei hatten einander geschworen, regelmäßig zu schreiben, und Märta war sicher, dass sie es auch tun würden.

Auf der Zugfahrt von Göteborg nach Stockholm schlief sie kaum und lehnte lieber den Kopf ans Fenster, um die vorbeigleitende Landschaft zu betrachten. In den letzten beiden Jahren hatte sie ihr neues Zuhause mit den Augen einer Schwedin gesehen. Und wie ihr nun klar wurde, hatte diese Sichtweise sich geändert. Wie dünn besiedelt ihr Heimatland doch war. Die Städte hier waren kaum größer als amerikanische Dörfer. Und sie lagen so weit auseinander. Der Zug konnte kilometerweit fahren, ohne dass man etwas anderem als freier Landschaft und Wäldern begegnete. Die abgeernteten Felder waren in der Augustsonne braun geworden, doch Wiesen und Bäume bildeten einen Flickenteppich in den unterschiedlichsten Grüntönen. Gab es bei Grünschattierungen eigentlich eine größere Bandbreite als bei Blau? Diese Frage konnte Märta nicht beantworten. Doch nach zwei Wochen Meer und Himmel waren diese Farben eine willkommene Abwechslung.

Allmählich verschwamm Märta die Landschaft vor Augen, als sie ihre Gedanken schweifen ließ. Sosehr sie New York und ihre dortigen Freundinnen auch ins Herz geschlossen hatte, war die Rückkehr zu Torun, Birna, Ottilia, Karolina, Ellen und Maria ein Grund zur Freude. Außerdem war sie dank der häufigen Briefe aus Stockholm über sämtliche neuen Entwicklungen auf dem Laufenden.

Isabella arbeitete inzwischen für irgendeinen neuen Werbeleiter, während Victoria offiziell zu Frau Alms Assistentin befördert worden war. Märta schmunzelte. Die meisten Mädchen hätten den Wechsel von der Vorführdame zum Vermessen und Betreuen von Kundinnen als Abstieg empfunden, nicht aber die kluge Victoria. Sie dachte in die Zukunft und hatte gewiss noch einige Trümpfe im Ärmel. Doch seit wann brauchte Frau Alm eine Assistentin? Offenbar hatte sich im französischen Modeatelier einiges geändert. Und anscheinend galt dasselbe für die Gruppe von Freundinnen, die seit so vielen Jahren Märtas Ersatzfamilie war.

Die beiden Jungen würden in wenigen Monaten ihren zehnten Geburtstag feiern. Und kurz davor wurde die kleine Cornelia, sie sich vermutlich gar nicht mehr an ihre Tante Märta erinnerte, drei Jahre alt.

In der Linnégatan 6 hatte Birna Märtas früheres Zimmer und ihr Bett übernommen, ebenso wie Dorothys neue Mitbewohnerin nun in Märtas Bett in New York schlief. Seltsam, dass jemand zwei ehemalige Betten haben konnte, dafür aber kein gegenwärtiges. Von jetzt an würde sie vermutlich das Bettsofa im Wohnzimmer ihr Eigen nennen. Dennoch würde ihre Rückkehr nach Hause gewiss ein gutes Ende nehmen. In nur – Märta schaute auf die Uhr – sechs Stunden würden sie gemeinsam zu Hause bei einem gemütlichen Abendessen sitzen. Ein Funke von Vorfreude regte sich. Vielleicht reichte die Zeit ja noch für einen Abendspaziergang im Humlegården. Und morgen früh würde sie Herrn Sachs fragen, ob sie für die Mitarbeiter einen Vortrag über Amerika halten könne. Gewiss hatten alle viele Fragen zum Leben auf der anderen Seite des Atlantiks. Und sobald ihr Überseekoffer da war, würde sie ihre Freundinnen in die Wunder der Original Dixieland Jazz Band mit ihrem *Bow Wow Blues* einführen. Was würden die musikalische Karolina und Julian wohl von einer Musik halten, bei der Märtas Füße einfach nur lostanzen wollten? Die Vorstellung brachte sie zum Lächeln. Märta schloss die Augen und nickte ein.

Drei Stunden später stieg sie im Stockholmer Hauptbahnhof aus dem Zug. Niemand würde sie abholen. Nicht um zehn Minuten nach vier an einem Werktag. Vielleicht konnte sie ja auf der Vasagatan ein Taxi anhalten. Nach einer dreizehntägigen Reise und mit zwei schweren Koffern hatte sie sich diesen Luxus verdient.

»Märta!«, brüllte da eine Stimme quer über den Bahnsteig. Einige ältere Damen drehten sich mit missbilligenden Blicken zu der Frau im kornblumenblauen Kleid um, die sich hier in aller Öffentlichkeit zum Narren machte.

Märta grinste. In New York hätte man mit diesem Schrei keinen Hund hinter dem Ofen hervorgelockt. Als die Frau auf sie zugehumpelt kam, ließ sie die Koffer fallen. Die moderne kurze Rocklänge hatte für Toruns Geschwindigkeit und Beweglichkeit Wunder gewirkt. Doch was die Anmut betraf, war sicherlich noch Luft nach oben. Märta breitete weit die Arme aus.

Ein strahlendes Lächeln im Gesicht, fiel Torun ihr um den Hals. »Ich dachte, der Zug kommt nie.«

»Hatte er denn Verspätung?«

»Nein, ich konnte es nur nicht mehr erwarten.« Torun griff nach einem Koffer. »Ach, herrje. Du hättest nicht eigens Backsteine aus Amerika mitschleppen müssen.«

Märta verkniff sich ein Grinsen. »Mein Überseekoffer kommt in den nächsten Tagen.«

Torun blickte zwischen den beiden Koffern hin und her. »Warum, um alles in der Welt, hast du dann ...«

»Einige Sachen wollte ich einfach bei mir behalten. Man weiß ja nie, ob so ein Überseekoffer verloren geht.«

»Ich verstehe. Aber wenn man das Gewicht dieses einen Koffers hier hochrechnet, brauchen die in Göteborg vermutlich eine Seilwinde, um deinen Überseekoffer vom Schiff zu hieven.«

Märta nahm den anderen Koffer und hakte Torun am freien Arm unter. »Ich habe dich vermisst.« Und das war, wie Märta wusste, auf wunderbare Weise wahr. Aber wie konnte sie derart froh sein, dass sie wieder zu Hause war, obwohl sie den Abschied von New York so bedauert hatte? Schließlich war in der Zwischenzeit nichts Bemerkenswertes geschehen. Es ergab einfach keinen Sinn.

Ein Gepäckträger erschien. »Meine Damen, ich nehme die Koffer.« Er wuchtete alles auf einen Gepäckwagen und ging durch die Bahnhofshalle voran und hinaus in den Sonnenschein.

Märta blieb stehen und atmete tief durch. Sogar die Luft roch hier anders. Und das, obwohl Stockholm und New York beide zwischen einem Fluss mit Süßwasser und dem salzigen Meer gelegen waren, weshalb der Unterschied eigentlich nicht so gewaltig hätte sein dürfen. Sie blickte in beide Richtungen die Straße entlang und ließ die vertrauten stattlichen Backsteingebäude mit ihren kupfernen Dächern auf sich wirken, die nur fünf Stockwerke hoch in den Himmel ragten. Ja, in New York schlug der Puls härter und schneller, aber in Sachen majestätischer Schönheit lief Stockholm dieser Stadt eindeutig den Rang ab.

»Steigst du jetzt ein?«, rief Torun, die schon im Taxi saß. »Ich dachte, du wolltest gern nach Hause.«

Märta grinste. »Ich bin zu Hause.«

In der Linnégatan 6 angekommen, zog Märta Schuhe und Strümpfe aus, stellte die Füße auf das von der Sonne erwärmte Parkett im Wohnzimmer und wackelte mit den Zehen. Eigentlich hätte sie jetzt auspacken sollen, doch das hätte das Ende ihres Amerikaabenteuers bedeutet, und so weit war sie noch nicht. Allerdings war es sicher angebracht, sich ordentlich zu waschen und etwas Sauberes anzuziehen. Vielleicht würde sie sich ja mehr zu Hause fühlen, wenn sie in eines der Sommerkleider schlüpfte, die sie hier zurückgelassen hatte. Aber zuerst musste eine Tasse starker schwedischer Kaffee her. Sie roch schon den Duft und hörte, wie er auf dem Herd blubberte.

»Wir haben heute Abend drei Möglichkeiten«, teilte Torun ihr mit, während sie die dunkle Flüssigkeit einschenkte. »Um der alten Zeiten willen haben wir einen Tisch in Blanch's Café reserviert. Außerdem hat Ottilia sich erboten, für uns alle ein Abendessen zu kochen. Die dritte Möglichkeit wäre, einfach zu Hause zu bleiben. Schließlich wussten wir nicht, wie müde du sein würdest.«

Märta hob die Tasse an die Lippen und schloss die Augen, als ihr der Schluck die Kehle hinunterrann. Sie schnalzte mit den Lippen. »Himmlisch. Unser Kaffee hat mir gefehlt.«

»Und was wirst du an New York vermissen?«

Märta musste sich ein »einfach alles« verkneifen. Sie hätte nicht damit gerechnet, dass sie sich so nach dieser Stadt zurücksehnen würde. Sie ließ den Blick durch die Küche und hinüber zum Nachbarhaus auf der anderen Seite des Innenhofes schweifen. Was würden Dorothy und Lily von dieser Wohnung mit ihren Parkettböden und Stuckdecken halten? Da alle beide sich unbedingt das Kaufhaus in der Hamngatan anschauen wollten, würden sie vielleicht auch diese Wohnung hier besuchen. Die Vorstellung, sie vielleicht niemals wiederzusehen, war mehr, als Märta ertragen konnte. Hatte sie dasselbe schreckliche Gefühl des Verlusts empfunden, als sie sich vor zwei Jahren von ihren Freundinnen hier verabschiedet hatte? Nein. Allerdings hatte sie immer gewusst, dass sie irgendwann nach Stockholm zurückkehren würde. Doch als sie die liebe, gütige Torun betrachtete, wusste sie nicht, wie sie ihr diese verwirrten Gefühle erklären sollte.

Sie drängte die Träne zurück, die ihr über die Wange zu rinnen drohte, und beschloss, zu einem unverfänglicheren Thema zu wechseln. »Bloomingdale's wird mir fehlen.«

Torun verdrehte die Augen. »Hätte ich mir gleich denken können.«

Vergeblich wartete Märta darauf, dass Torun sie weiter über Bloomingdale's und New York ausfragen würde, aber nichts geschah.

»Also. Was willst du heute Abend unternehmen? Wie fühlst du dich?«, wollte sie stattdessen wieder wissen.

»Seltsam erschöpft, aber viel zu unruhig, um mich hinzulegen. Meinst du, die anderen hätten etwas dagegen, wenn wir zu Hause bleiben würden? Vielleicht können wir ja einen kurzen Spaziergang unternehmen, sobald Birna von der Arbeit kommt.«

Torun schüttelte den Kopf. »Wahrscheinlich kommt Birna nicht nach Hause.«

»Ach, sie hat Nachtschicht.«

»Mag sein.« Toruns Augen funkelten. »Oder sie hat Schicht bei einem jungen Mann.«

Märta schnappte nach Luft. »Ach, herrje. Wie ist er denn so?«

»Wir sind ihm noch nicht begegnet. Aber sie hat ihn eindeutig im Krankenhaus kennengelernt. Wie wir annehmen, handelt es sich um einen Arzt. Wenn du mich fragst, wird es langsam Zeit. Inzwischen ist Birna dreißig. Falls sie sich eine Familie wünscht, sollte sie allmählich anfangen, sesshaft zu werden.«

Märta schenkte Kaffee nach. »Möchte sie denn Kinder? Ich dachte immer, Frauenärztin zu sein, sei ihr Lebenstraum.«

Torun verschränkte die Arme. »Kann eine Frau nicht beides haben?«

»Schön wäre es. Allerdings reden wir hier nicht von Frauen im Allgemeinen, sondern von Birna. Ich habe nie gehört, dass sie einen Kinderwunsch erwähnt hätte. Zumindest nicht vor meiner Abreise nach Amerika.«

»Ich auch nicht«, räumte Torun ein. »Lass uns abwarten. Jedenfalls verbringt sie so viel ihrer kostbaren Freizeit mit diesem jungen Mann, dass sie schon ihre Kleider aus deinem Zimmer geräumt hat.«

Märta schnappte nach Luft. »Das hätte sie nicht zu tun brauchen. Ich würde nie von ihr verlangen …«

»Außerdem erwartet Birna nicht, dass du auf dem Klappsofa schläfst, während hier ein wunderbares Schlafzimmer leer steht. Wenn ich Glück habe, sehe ich sie einmal in der Woche. Manchmal finde ich beim Nachhausekommen einen Zettel vor. Außerdem hat sie mir gesagt, ich müsse sie beim Abendessen nicht mehr einplanen, selbst wenn sie Frühdienst hat.«

Märta klatschte in die Hände. »Wie aufregend. Bestimmt ist sie verliebt.«

Torun beugte sich vor, als hörte Birna im Nebenzimmer mit. »Das glauben wir alle. Aber nur unter uns: Ottilia ist ein wenig schockiert, weil Birna nicht sehr … nun … diskret mit ihrer Beziehung umgeht. Ottilia denkt da eben traditioneller. Schließlich müssten junge Frauen heutzutage bei der Hochzeit nicht mehr alles aufgeben.«

Märta verzog das Gesicht. »Birnas Liebesleben geht Ottilia überhaupt nichts an. Bitte sag jetzt nicht, sie hätte versucht, sich einzumischen.«

»Ich habe zwar diesen Verdacht, aber du kennst ja unsere Birna. Sie lässt sich in ihr Privatleben nicht dreinreden.«

»Sehr gut, Birna.« Märta kam ein unangenehmer Gedanke. »War Ottilia damals auch dagegen, dass Wilhelm und ich unverheiratet zusammengelebt haben?«

»Ganz und gar nicht. Uns tat es nur leid, dass dein Glück und deine Sicherheit einzig und allein von der Laune eines Mannes abhingen.«

Märta zog eine Augenbraue hoch. »Ist Torun Ekman inzwischen zu einer Verfechterin der Institution Ehe geworden?«

»Nein. Aber ich würde auch nicht alle meine Eier in einen Korb mit undichtem Boden legen.«

»Also stimmst du Ottilia zu, dass Birna mit einer Verlobung und Hochzeit im klassischen Sinne besser beraten wäre?«

»Ich denke, es wäre ungefährlicher für ihr Herz und ihre Wohnsituation.«

»Warum? Auch ein Ehemann kann einfach seine Koffer packen.«

»Schon. Doch statistisch ist es weniger wahrscheinlich.«

»Stimmt. Und seit wann hat die Liebe etwas mit Sicherheiten und Statistiken zu tun?«

Torun grinste reumütig. »Da hast du mich erwischt. Allerdings fehlt mir da auch die Erfahrung. Zu mehr als zu einer Bettgeschichte hat es bei mir ja nicht gereicht.«

Märta legte ihr die Hand auf den Arm. »Apropos: Wie ist es mit deinem Verhältnis zu Julian weitergegangen?«

»Es gibt kein Verhältnis, jedenfalls kein anderes als das, was ich auch zu Philip habe. Du weißt ja« – Torun klemmte sich einen Zuckerwürfel zwischen die Lippen und trank einen Schluck Kaffee –, »wie viele Kinder heutzutage, im Jahr 1922, in dieser Stadt noch hungern müssen. Was eine Schande ist. Also habe ich mir selbst ordentlich den Kopf gewaschen, weil ich einem gut versorgten Jungen nachtrauere, der in einer liebevollen Familie lebt.«

»Er ist immer noch dein Junge.«

Torun schüttelte den Kopf. »Er *war* mein Junge. Für ein paar Minuten.« Sie zog den Mundwinkel hoch. »Ich habe meine Entscheidung bitter bereut und werde es in gewisser Weise bis zum Ende meines Lebens tun. Doch ich mache mir keine Hoffnungen mehr, dass ich Julian eines Tages zurückbekommen könnte. Denn ich würde ihn ja nicht einfach bekommen, richtig? Ich müsste ihn jemandem wegnehmen. Und das ausgerechnet Karolina. Beim bloßen Gedanken, wie oft ich daran gedacht oder sogar davon gesprochen habe, könnte ich im Erdboden versinken.«

»Gedanken haben noch nie jemandem wehgetan.«

»Nein, aber manchmal bringen sie einen auch auf hilfreiche Ideen.« Torun nahm ein zerlesenes Exemplar des *Dagens Nyheter* von der Anrichte. »Schau dir diese Annonce an. Ein verarmtes Ehepaar gibt seine Tochter zur Adoption frei.«

Märta las den Text. »Wie traurig.«

Torun stieß den Finger in die Zeitung. »Es ist ein bodenloser Skandal. Wenn ein Kind stirbt, überschlagen wir uns alle vor lauter Mitleid mit den Eltern. Und was tun wir, wenn dieselben Eltern ein Kind hergeben müssen, weil sie zu arm sind, es großzuziehen? Viel zu wenig. Und schau dir das an.« Torun fuhr mit dem Finger einige Spalten bis zu einer weiteren Kleinanzeige hinunter. »Hier hätten wir eine Näherin, die ohne Arbeit und völlig mittellos ist. Dieses sogenannte Inserat ist nichts weiter als ein Bettelbrief. Was sagt das über uns als Gesellschaft aus?« Sie ließ die Zeitung sinken. »Gibt es in New York eigentlich auch arme Menschen?«

»Ja, einige.«

»Und wie löst man dort dieses Problem?«

Märta lief vor Scham und Verlegenheit feuerrot an. Nun stellte Torun endlich eine Frage zu New York, und sie konnte sie ihr nicht beantworten. »Ich habe keine Ahnung«, gestand sie. »Doch ich dachte, das Armengesetz hätte in Schweden einiges erleichtert.«

Torun seufzte. »Erleichtert, ja, aber keineswegs beseitigt. Die Kinderheime quellen über. Wir Sozialdemokraten tun, was wir können, aber alles dauert so lang, und uns fehlen die Mittel. Wusstest du, dass Kerstin Hasselgren ins Oberhaus gewählt worden ist?«

Märta grinste spöttisch. »Du könntest es in allen deinen Briefen erwähnt haben.«

Torun fuhr fort, ohne auf Märtas freundschaftliche Neckerei einzugehen. »Kerstin setzt sich Tag und Nacht für die Rechte der Frau im Erwerbsleben und für das Kindeswohl ein. Als einzige Frau im Oberhaus spricht sie für uns alle, und ich tue mein Bestes, um sie zu unterstützen.« Ärgerlich schüttelte Torun den Kopf. »Wenn wir etwas gegen die unsäglichen Zustände auf dem Arbeitsmarkt unternehmen könnten, hätten mehr Kinder ein glücklicheres und der Gesundheit förderlicheres Zuhause.« Sie musterte Märta forschend. »Und jetzt sag bitte, dass du deine Stelle bei Nordiska Kompaniet noch hast. In dieser Stadt ist es derzeit nämlich beinahe unmöglich, Arbeit zu finden.«

»Ja«, erwiderte Märta.

»In welcher Position? Fängst du wieder bei den Damenhandschuhen an?«

»Ich glaube nicht. Morgen Vormittag werde ich mit Herrn Sachs über meine Zukunft sprechen. Danach weiß ich sicher mehr.«

Kapitel fünfundsiebzig

Um zwanzig nach neun betrat Märta Nordiska Kompaniet durch den Eingang in der Smålandsgatan. Da das Kaufhaus bereits geöffnet hatte, war der Bereich rings um die Stechuhr verwaist. Der unverkennbare Geruch nach den während der Nacht verwendeten Putzmitteln war deshalb das Einzige, was sie begrüßte. Ein Glück, denn sie brauchte ein paar Minuten, um richtig anzukommen und sich wieder einzugewöhnen. Es war, als träte man von einem sonnigen Strand in eine Höhle, sodass man warten musste, bis das Auge sich an die Dunkelheit angepasst hatte. Schon gestern beim Auspacken hatte sie mit diesem Gefühl der Beklommenheit gerechnet. Dem Unbehagen. Doch Torun hatte auf dem frisch gemachten Bett gesessen und sie mit Fragen zu New York überhäuft. Die Gesellschaft. Die Politik. Die Krankenhäuser und Schulen. Zu ihrem Bedauern hatte Märta auf alles nur oberflächliche Antworten gehabt. Und zu guter Letzt hatte sie in ihrem Koffer gekramt und Torun drei Ausgaben der *New York Times* überreicht. »Hier. Das vermittelt dir ein besseres Bild von der Stadt.«

Torun drückte sich die Zeitungen an die Brust. »Ich weiß gar nicht, wie ich dir danken soll. Hiermit nehme ich meine lästerlichen Bemerkungen über das Gewicht deiner Koffer zurück.«

»Im Überseekoffer habe ich noch mehr Zeitungen. Außerdem führen wir bei N.K. einige amerikanische Zeitschriften. Zumindest war das so.«

»Ihr führt sie immer noch«, bestätigte Torun. »Aber eine Illustrierte ist doch etwas anderes als eine gute alte Tageszeitung. Falls mein Englisch nicht ausreicht, um alles zu lesen, muss ich dich um Hilfe bitten.«

Märta strahlte förmlich vor Stolz. Nun sprach sie als die am wenigsten Gebildete unter ihren schwedischen Freundinnen das beste Englisch von allen. Der anschließende Abend war vergangen wie im Fluge. Beim Flanieren durch den Humlegården hatte sie Torun vom Central Park erzählt. Und am Stureplan hatte sie ihr den Times Square geschildert, wo der Verkehr von einer Lampe mit roter, gelber und grüner Birne gesteuert wurde.

Torun stieß einen Pfiff aus. »Das würde ich gerne mal sehen. Bestimmt vermisst du diese Stadt.«

Und Märta, die Torun nicht verletzen wollte, hatte versucht, ihr Heimweh nach New York herunterzuspielen. »Es war ein aufregendes Abenteuer«, erwiderte sie. »Aber Stockholm ist mein Zuhause, und ich freue mich schon darauf, morgen zu N.K. zurückzukehren.«

Nun zwang sie sich, den Stolz und die Begeisterung heraufzubeschwören, mit denen sie jeden Tag ihren alten Arbeitsplatz, die Handschuhabteilung, betreten hatte. Ja, sie sehnte sich regelrecht nach diesem berauschenden Gefühl, denn es würde ihr die Gewissheit geben, dass ein Leben in Stockholm für sie wirklich lebenswert war.

Sie hoffte sehr, dass Herr Sachs sie in dieser Hinsicht bestätigen würde.

Märta bestieg den Personalaufzug und drückte auf den Knopf für den vierten Stock. Bei ihrer ersten Fahrt in dieser in Amerika entwickelten Apparatur hatte sie die Geschwindigkeit als ziemlich beängstigend empfunden. Heute genoss sie das Gefühl, denn in einem Aufzug zu fahren, erinnerte sie ein bisschen an New York.

Der erste Hauch von Vorfreude regte sich, als sie das Büro von Herrn Sachs betrat.

Er begrüßte sie mit einem breiten Lächeln. »Fräulein Eriksson. Also sind Sie wohlbehalten zu uns zurückgekehrt. Willkommen zu Hause.« Er winkte sie zu einem Stuhl. »Wie war die Überfahrt?«

»Zu meiner Erleichterung ruhiger als bei der Hinreise.«

Er nickte. »So geht es uns allen. Es gibt nichts Scheußlicheres, als mitten auf dem Atlantik seekrank zu werden.«

»Sofern man nicht an Bord der *Titanic* ist.« Märta erstarrte. War sie etwa zu keck gewesen? Allerdings war es doch nur harmlose Frotzelei.

»Wie wahr.« Herr Sachs machte ein ernstes Gesicht. »Haben Sie dort Überlebende kennengelernt?«

Würde sie etwas Vertrauliches ausplaudern, wenn sie ihm von Dorothys Vater erzählte? Nein. Schließlich waren die Passagierlisten in Zeitungen auf der ganzen Welt veröffentlicht worden. Sie schüttelte den Kopf. »Aber Dorothys Eltern waren an Bord. Ihr Vater ist ertrunken. Das hat sie mir selbst gesagt. Wir sind enge Freundinnen geworden.«

Herrn Sachs' Miene war reumütig. »Ich habe gehört, dass Sie drei nicht nur enge Freundinnen, sondern auch, wie ich hinzufügen möchte, eine ausgezeichnete Mannschaft waren. Das New Yorker Einkaufsbüro kann sich etwas auf seinen Erfolg zugutehalten.«

»Danke.«

»Und wie hat Ihnen New York gefallen? Vermutlich wirkt Stockholm nach zwei Jahren in Amerika ein wenig grau auf Sie.«

»Stockholm könnte niemals grau sein, aber ich liebe New York.«

»So geht es den meisten Menschen. Mir auch.«

»Dürfte ich fragen, warum Sie mich dann nach Hause geholt haben?«

Er blickte ihr in die Augen. »Weil ich Kürzungen vornehmen muss und die Kosten Ihres Aufenthalts nicht länger rechtfertigen konnte. Bitte verstehen Sie mich nicht falsch. Mir ist durchaus klar, dass Ihr Fortgang weniger Lieferungen aus Amerika zur Folge haben wird. Allerdings ist in diesem Haus viel geschehen, während Sie weg waren.« Er musterte sie forschend. »Ellen hat Sie in ihren Briefen doch gewiss auf dem Laufenden gehalten.«

»Mehr oder weniger«, räumte Märtha ein. »Sie hat mir geschrieben, dass Sie unseren Kundenkreis erweitern wollen. Außerdem hätten wir einige gering nachgefragte Luxusabteilungen geschlossen.«

»Ganz richtig. Haben Sie sich schon im Haus umgesehen?«

»Noch nicht. Ich habe befürchtet, früheren Kollegen zu begegnen, die mich fragen könnten, wie es hier mit mir weitergehen wird. Und da ich darauf keine Antwort wusste, ohne zuvor mit Ihnen gesprochen zu haben, bin ich auf direktem Weg nach oben gegangen.«

»Sehr klug von Ihnen. Aber nehmen Sie sich die Zeit, sich wieder mit dem Kaufhaus vertraut zu machen. Wir haben einige Abteilungen verlegt. Und wenn Sie schon dabei sind, sollten Sie einen gründlichen Blick in die Damenoberbekleidung werfen. Sie werden einige der wundervollen Stücke wiedererkennen, die Sie für uns besorgt haben. Der amerikanische Einfluss ist hier inzwischen ausgesprochen populär.«

»Und hat sich die Kundschaft verändert?«

Herr Sachs legte die Fingerspitzen aneinander. »Das ist eindeutig ein Fall von langsam, langsam, schnell, schnell, langsam.«

Märta neigte den Kopf zur Seite. »Ist das nicht der Rhythmus des Foxtrotts?«

Er schmunzelte. »Ich denke, da könnten Sie recht haben. Meine Tochter hat vor einigen Tagen versucht, ihn mir beizubringen. Natürlich war es vergebliche Liebesmüh. Daraufhin war sie tatsächlich so frech, mir vorzuschlagen, Schuhe für Männer mit zwei linken Füßen ins Sortiment aufzunehmen.«

Märta bekam einen Lachanfall. »Dann werde ich mir eine Meinungsäußerung besser verkneifen.«

Herrn Sachs' Augen funkelten. »Feigling«, neckte er. »Wie dem auch sei«, fuhr er, wieder in ernsterem Ton, fort. »Jedenfalls erinnert das Ganze an einen Drahtseilakt. Die Stammkunden beklagen sich, die neue Ausrichtung von N.K. sei ein weiterer Nagel für den Sarg von Kultiviertheit und Moral und in einem Atemzug zu nennen mit dem Frauenwahlrecht, wie eine erboste Stammkundin mir schrieb. Also verbringe ich einen großen Teil meiner wertvollen Zeit damit, die guten Damen davon zu überzeugen, dass sich gar nicht so viel geändert hat. Nordiska Kompaniet biete auch weiterhin in sämtlichen Abteilungen Waren von höchster Qualität an, und daran werde sich nichts ändern.«

»Und gleichzeitig«, ergänzte Märta, »versuchen wir neuen Kunden klarzumachen, dass N.K. sich doch verändert hat, und zwar so sehr, dass es sich für sie lohnt, zu kommen, um sich selbst davon zu überzeugen.«

»Genau. Zu diesem Zweck habe ich einen Werbeleiter eingestellt. Tom Björklund. Hat Ellen Ihnen das auch erzählt?«

»Hat sie. Isabella Nyblaeus ebenfalls.«

»Das hätte ich mir denken können. Die Abteilung hat gerade erst ihre Arbeit aufgenommen, aber ich hoffe, dass wir auf dem richtigen Weg sind. Bis jetzt bin ich da recht optimistisch. Aber natürlich kann ich erst sicher sein, wenn uns die Zahlen für das dritte und das vierte Quartal vorliegen.«

»Und was kann ich dazu beitragen? Sie erwähnten in Ihrem Brief, dass Sie für mich auch eine Rolle vorgesehen haben.«

»Das habe ich in der Tat. Eine unserer Abteilungen, in denen sich mehr oder weniger gar nichts geändert hat, ist das französische Modeatelier.«

Märta wurde von Enttäuschung ergriffen. Sie wusste viel zu wenig über Haute Couture. Also wartete sie ab.

Herr Sachs sprach weiter. »Interessanterweise erhalten wir immer mehr Aufträge für Theaterkostüme.«

Märta schnappte nach Luft. »Theater?« Das klang zwar

höchst interessant, war aber ein Bereich, mit dem sie sich noch weniger auskannte.

»Ja. Es wurden sogar schon einige Filmkostüme in Auftrag gegeben.«

»Ach, du meine Güte.«

»Ganz recht, aber dennoch ist es ein Glück. Der Zeitpunkt könnte nämlich gar nicht günstiger sein. Außerdem freuen sich die Damen in der Schneiderei über diese Herausforderung.«

»Das erklärt auch, warum Frau Alm eine Assistentin braucht.«

»Genau, denn schließlich kann sie nicht an zwei Orten gleichzeitig sein. Und manchmal ist es eben einfacher, wenn Fräulein Ekman selbst ins Theater geht. Außerdem braucht nicht nur Frau Alm eine Assistentin, und das bringt mich zu Ihnen. Herr Jacobsson ...«

Märta musste einen erschrockenen Aufschrei unterdrücken. Eine Stelle als Herr Jacobssons Assistentin würde von den Kollegen als Abstieg gewertet werden.

»Ist Ihnen nicht gut, Fräulein Eriksson?«

Sie zwang sich zu einem hoffentlich beruhigenden Lächeln. »Ich hatte nur so ein Kratzen im Hals. Bitte fahren Sie fort.«

»Herr Jacobsson kann nicht mehr sämtliche Kleider allein entwerfen. Dafür hat der Tag einfach nicht genug Stunden. Deshalb wird im nächsten Frühjahr ein Herr Lundgren zu uns stoßen. Man hat mir versichert, dass Herr Lundgren derzeit einer der beliebtesten Modeschöpfer in der Welt der Haute Couture ist. Außerdem ist Herr Jacobsson mit meiner Wahl mehr als einverstanden. Er denkt, dass es ihnen zu zweit gelingen wird, sowohl unsere Kundinnen in der Haute Couture als auch die Leute vom Theater zufriedenzustellen.«

Märta bekam Herzklopfen. Inzwischen ahnte sie, worauf Herr Sachs mit seiner ausführlichen Schilderung hinauswollte. »Und die Damenoberbekleidung?«

»Da kommen Sie ins Spiel. Leiterin der Damenoberbekleidung ist eine um einiges wichtigere Position als Leiterin der Handschuhabteilung. Herr Jacobsson und ich finden, dass Ihre Erfahrung bei den Damenhandschuhen und die zwei Jahre im Einkauf Damenkonfektion eine ausreichende Grundlage darstellen. Den restlichen Herbst haben Sie Zeit, sich das weitere Wissen anzueignen, das Sie noch brauchen werden. Also sind Sie ab dem morgigen Tag unsere zukünftige Leiterin der Abteilung Damenoberbekleidung.«

Märta spürte, wie sich ein Lächeln auf ihrem Gesicht ausbreitete. »Herrje, ich weiß gar nicht, was ich sagen soll. Außer ›Danke‹ natürlich.«

Herr Sachs hob einen Finger. »Da wäre noch etwas. Hat Ellen Ihnen gegenüber die Gräfin erwähnt?«

»Bertils Gräfin?«

Herr Sachs lachte leise auf. »Eigentlich eine passende Beschreibung. Noch nie habe ich erlebt, dass jemand seinen Hund so vergöttert. Sie müssen sich mit ihr anfreunden.«

Märta blieb der Mund offen stehen. »Aber ich bin Mitarbeiterin, und die Gräfin ist Kundin.«

»Außerdem ist die Gräfin Markenbotschafterin für dieses Kaufhaus.«

Märta vergaß, den Mund wieder zu schließen.

»Vermutlich treffen Sie sich später noch mit Ellen«, sprach Herr Sachs weiter.

»Wir trinken heute Nachmittag zusammen Kaffee.«

»Dann fragen Sie sie nach den Einzelheiten. Ganz diskret natürlich.« Er erhob sich und hielt Märtha die Hand hin. »Viel Glück, Fräulein Eriksson. Ich freue mich sehr, Sie wieder bei uns zu haben.«

»Wie war dein Tag?«, erkundigte sich Ellen, nachdem ein Kellner im Teesalon ihnen Kaffee eingeschenkt hatte.

»Ich mache mich wieder mit jedem Zentimeter dieses Kaufhauses vertraut. Mir ist zwar klar, dass man mich im ersten

Stock seltener nach dem Weg fragen wird als im Erdgeschoss, aber trotzdem. Es gehört zu meinem Berufsethos, einem Kunden sagen zu können, dass er den Fahrstuhl in den zweiten Stock nehmen und dann nach rechts gehen soll, und sicher sein kann, dass er tatsächlich in der Spielwarenabteilung landet und nicht etwa beim Reisegepäck.«

Ellen grinste verschmitzt. »Ich wette, du kennst Bloomingdale's wie deine Westentasche. Danke, dass du mir so ausführlich von New York berichtet hast. Die Jazzclubs scheinen eine eigene Welt zu sein.«

»Stimmt«, erwiderte Märta. »Eigentlich wollte ich Herrn Sachs ja fragen, ob ich irgendwann abends für die Mitarbeiter einen Vortrag über Leben und Mode in New York halten darf.« Abgesehen davon, dass es ein Spaß werden könnte, würde es ihre Stellung in diesem Kaufhaus sicher festigen, wenn sie ihr Wissen über den amerikanischen Einzelhandel unter Beweis stellte. Schließlich war sie die Einzige, die zwei ganze Jahre in New York gelebt hatte.

Aber Ellen schüttelte den Kopf. »Bestimmt wäre Onkel Josef begeistert gewesen. Wenn Tom Björklund dir letzte Woche nicht zuvorgekommen wäre.«

Märta versuchte, sich Schreck und Enttäuschung nicht anmerken zu lassen. »Mir war gar nicht klar, dass Herr Björklund in New York gelebt hat.«

»Er hat einige Jahre dort studiert. Allerdings heißt das nicht, dass die Leute sich deshalb nicht mehr für deine Abenteuer interessieren. Außerdem werden sich alle freuen, dich wiederzuhaben. Maria tut es sehr leid, dass sie nicht dabei sein kann. Möchtest du vielleicht bei ihr im Büro vorbeischauen, bevor du gehst? Sie erstickt heute in Arbeit, die Arme. Im August sind ihre Sprachkenntnisse am meisten gefragt. Und das noch zusätzlich zu ihren Aufgaben als Hauptkassiererin. Aber eins kann ich dir versichern: Wir haben dich alle schrecklich vermisst. Insbesondere ich. Unsere Gespräche haben mir sehr gefehlt.«

Märta musterte sie fragend. »Du redest doch sicher auch mit den anderen.«

»Nicht so oft wie wir beide.« Ellen nippte an ihrem Kaffee. »Bitte versteh mich jetzt nicht falsch. Ich fühle mich nicht ausgeschlossen, denn ich bin absolut sicher, dass sich zwischen uns nichts geändert hat. Wir sind nur alle so furchtbar beschäftigt. Bestimmt werden die anderen dasselbe sagen. Isabella und Victoria sehen Ottilia und Fredrik viel seltener, seit sie im Valhallavägen wohnen. Und seit Agatha verheiratet ist, macht sie sich ebenfalls rar.«

»Hat Agatha etwa gekündigt?«

»Weit gefehlt. Damit meinte ich, dass sie sich nicht mehr so oft privat treffen. Allerdings ist Karolina sehr glücklich über Victorias neu entdeckte Liebe zum Theater. Sie haben sogar Karten für die Wiedereröffnung des Drottningholm-Palasttheaters am Samstag.«

Märta fuhr zusammen. »Steht das Theater nicht schon seit Jahrzehnten leer?«

»Seit 1858 wurde dort nicht mehr gespielt. Wie ich gelesen habe, handelt es sich um das älteste funktionstüchtige Theater der Welt. Es existiert nur noch, weil man das Gebäude in der Zwischenzeit als Lagerhaus genutzt hat.«

»Wurde es denn modernisiert?«

Ellen schüttelte den Kopf. »Den Zeitungsberichten zufolge hat man es völlig originalgetreu restauriert. Ich finde das großartig. In Stockholm wurden in den letzten dreißig Jahren so viele neue Gebäude errichtet. Warum also nicht ein Stück Geschichte erhalten, wenn das noch möglich ist? Im Nachbargebäude wurde sogar ein Theatermuseum eingerichtet. Viele andere Stockholmer Theater haben Exponate beigesteuert, unter anderem ein Kleid, das Jenny Lind bei einem Konzert getragen hat.«

»Kein Wunder, dass Victoria unbedingt dorthin will.«

»Richtig. Außerdem geht es mit den Plänen für die neue

Konzerthalle voran. Wenn alles nach Plan läuft, wollen sie im nächsten Jahr zu bauen anfangen. Das hat mir Onkel Josef erzählt. Er ist nämlich maßgeblich an der Finanzierung beteiligt.«

»Eine neue Konzerthalle. Karolina wird Luftsprünge machen. Wo soll sie denn entstehen?«

»Hötorget.«

Märta überlegte. »Weißt du, eigentlich war es meistens Beda, die unsere Treffen geplant hat. Sie hat uns zusammengetrommelt, und wir kamen brav angetrottet. Vielleicht sollten wir einen monatlichen Jour fixe vereinbaren, um uns regelmäßig zu sehen. Inzwischen tut es mir richtig leid, dass wir gestern Abend nicht bei Blanch's waren.«

»Die anderen haben bestimmt verstanden, dass du zu müde warst. Wer wäre das nicht nach einer zweiwöchigen Seereise?«

Märta dachte an den Abendspaziergang durchs Viertel und hoffte, dass sie nicht errötet war.

»Schau nicht so bedrückt«, fuhr Ellen fort. »Ich bin sicher, dass bei einem Notfall alle sofort zur Stelle wären. Das zeichnet eine richtige Freundschaft aus.«

Märta beugte sich vor. »Apropos Freundschaft. Herr Sachs möchte, dass ich mich mit der Gräfin anfreunde, und sagte, du würdest mir die Hintergründe erklären.«

Ellen tat es.

Märta starrte sie entgeistert an. »Der arme Bertil. Er hat sicher die Welt nicht mehr verstanden.«

»Der arme Bertil, selten so gelacht«, höhnte Ellen. »Jetzt hat er eine neue Fliege und ist außerdem ein Star.«

»Ein Star?«

»Er war in der letzten Reklamebroschüre für Tierbedarf zu sehen. Eigentlich sollte Isabella dir ja die Geschichte erzählen. Die ganze Kantine hat sich letzte Woche vor Lachen gebogen. Offenbar war Tom Björklund kurz davor, seinen kleinen Hundehintern auf dem Podium im Fotoatelier festzukleben. Denn jedes Mal, wenn Bertil endlich brav inmitten von Thorwald Munkhammars sorgfältig angeordneten Körben, Halsbändern und Leinen saß und der Fotograf unter seinem Tuch verschwand, sprang der Hund plötzlich bellend hoch, und alles fiel zu Boden. Dann sagte die Gräfin: ›Bertil! Platz, mein Schatz!‹, und das Ganze ging wieder von vorne los. Herr Munkhammar und Herr Björklund waren kurz davor, das Handtuch zu werfen, aber die Gräfin wollte nichts davon hören. Doch eines muss man ihr lassen: Sie hat ihre Sache wirklich ausgezeichnet gemacht und ihre Freunde und gesellschaftlichen Kreise davon überzeugt, dass N.K. auch weiterhin das erste Haus am Platz ist. Kaum ein Tag vergeht, ohne dass sie irgendeine neue Bekannte zu uns schleppt. Übrigens wissen die Kollegen nur, dass sie im Auftrag von Onkel Josef handelt. Die Hintergründe kennen sie nicht.«

Märta presste die Lippen zusammen. Obwohl die Geschichte von Bertils Fotositzung natürlich urkomisch war, ärgerte sie sich über die Folgen seiner Entführung. Während Herr Sachs sie aus finanziellen Gründen aus New York zurückholte, hatte er offenbar genug Geld, um einer Diebin ein Gehalt zu bezahlen. Sie legte sich ihre Worte sorgfältig zurecht. »Ich wage gar nicht, mir auszumalen, wie es sein muss, unter solchen Umständen Ehemann und Vermögen zu verlieren. Aber ist Diebstahl wirklich eine Lösung? Laut Torun gibt es unzählige Menschen, die bittere Not leiden. Und ich bin felsenfest davon überzeugt, dass die meisten lieber hungern würden, als sich so weit zu erniedrigen, dass sie ein Verbrechen begehen. Ich werde das Gefühl nicht los, dass wir die Gräfin für ihren Diebstahl belohnt haben, weil sie eben eine Gräfin ist.«

»Vielleicht haben wir ja auch einfach nur einer Dame in reiferen Jahren die Möglichkeit gegeben, sich einen Teil der Selbstachtung zurückzuerobern, die ihr ein patriarchalisches Gesetz geraubt hat«, entgegnete Ellen. »Eigentlich haben die Frauen der Oberschicht noch weniger Möglichkeiten als wir, wenn sie von ihren Männern im Stich gelassen werden. Wie sollen sie ihren Lebensunterhalt verdienen? Sie haben weder jemals gearbeitet, noch besitzen sie eigenes Geld. Ganz zu schweigen von der Demütigung, wenn ihre sogenannten Freunde sie fallen lassen wie eine heiße Kartoffel. Frauen aus der Arbeiterschicht haben meistens Freundinnen, die im gleichen Boot sitzen.«

»Setzt du dich jetzt für adelige Diebinnen ein, weil Arbeiterinnen eben wissen, wie man schuftet?«

»Ich setze mich für eine einzige Dame ein, die niemanden mehr hat außer ihrem kleinen Hund und der man übel mitgespielt hat. Nun hat sie einmal einen Fehler gemacht. Und deshalb bin ich dafür, ihr noch eine zweite Chance zu geben.«

Die beiden starrten einander finster und wortlos an.

Tränen brannten Märta in den müden Augen. Ellen war der letzte Mensch auf der Welt, mit dem sie sich streiten wollte. Und nun tat sie es trotzdem.

»Können wir uns darauf einigen, dass wir verschiedener Ansicht sind?«, fragte sie.

»Natürlich. Obwohl ich persönlich glaube, dass du sie ins Herz schließen wirst. Torun hat sie schon überzeugt. Denn ihr größter Wunsch ist es, zu verhindern, dass junge Mädchen einmal in derselben Lage enden wie sie. Sie hat sogar einen Artikel zu diesem Thema für *Tolfterna* geschrieben. Ich denke, bald wirst du sie ebenso mögen wie wir.«

»Wollen wir hoffen, dass du recht hast«, erwiderte Märta, und das war ihr voller Ernst.

Kapitel sechsundsiebzig

Im Drottingholm-Palasttheater zwängten sich Victoria und Karolina zwischen die beiden Bankreihen und nahmen schließlich auf den dunkelblauen Polstern Platz, die ihren Abendkleidern ein wenig Schutz vor Holzsplittern boten. Da sich die unblutige Revolution von König Gustav III. im Jahr 1772 am heutigen Tag zum einhundertfünfzigsten Mal jährte, hatte das gezeigte Stück den Staatsstreich zum Thema, in dem der König mithilfe der Offiziere die Gewaltenteilung zwischen Krone und Parlament gesichert hatte, ohne auch nur einen einzigen Schuss abzufeuern. Eigentlich hätte Victoria für ihren großen Theaterabend ein anderes Stück bevorzugt, doch die Verlockung, eine Premiere besuchen zu können, war stärker als ihre Vorbehalte.

»Ich bin so froh, dass wir hier sind«, verkündete sie, als das Orchester seine Plätze einnahm und begann, die Instrumente zu stimmen. Noch nie zuvor war sie allein mit Karolina aus gewesen, und sie freute sich über die Abwechslung. Sosehr sie Isabella auch liebte, würde es ihnen gewiss guttun, einen Abend lang getrennte Wege zu gehen. »Dieses Theater ist einfach ein Traum«, fuhr Victoria nun fort. »Glaubst du, das ist noch die originale Decke von 1766?«

Karolina legte den Kopf in den Nacken. »Zum Teil bestimmt. Diese Wandleuchten sind sicher noch von damals.« Sie wies auf die goldenen Skulpturen entlang der Wand, in denen jeweils zwei brennende Kerzen steckten. Ihr warmer Schein brachte das Licht der Kronleuchter über den Köpfen des Publikums noch besser zur Geltung.

Als Victoria ein Handschuh herunterfiel und sie sich danach bückte, stieß sie dabei versehentlich die junge Frau zu ihrer Rechten an. »Verzeihung.«

»Keine Ursache.«

Beim Klang der rauchigen Stimme hob Victoria den Kopf, um ihre Nachbarin gründlicher zu betrachten. Wie die meisten jungen Frauen heutzutage trug sie das gelockte Haar zu einem Pagenkopf geschnitten. Doch ihre Wangenknochen wirkten höher als gewöhnlich, und außerdem hatte Victoria noch nie so lange Wimpern gesehen. Waren die überhaupt echt? Und wie alt mochte diese Frau sein? Obwohl man das schwer schätzen konnte, sicherlich jünger, als es nach ihrer Stimme zu vermuten war. Außerdem war sie seltsamerweise allein.

Victoria warf ihr noch einen entschuldigenden Blick zu.

»Ich habe gehört, wie Sie mit Ihrer Freundin den Zuschauerraum erörtert haben«, sagte die Fremde. »Gehen Sie oft ins Theater?«

»Bis jetzt nicht. Aber von nun an wird sich das ändern.«

Das Mädchen zog eine sorgfältig gezupfte Augenbraue hoch. Ob das neugierig oder spöttisch gemeint war, konnte Victoria nicht feststellen.

»Ich arbeite im französischen Modeatelier bei Nordiska Kompaniet«, rechtfertigte sie sich rasch. »Da häufig Theaterkostüme bei uns in Auftrag gegeben werden, besuche ich selbstverständlich die Inszenierungen.«

Die Miene des Mädchens erhellte sich, als habe jemand einen Schalter umgelegt. »Sie arbeiten im Atelier bei Kompaniet? Als Mannequin?«

»Früher einmal. Inzwischen bin ich Assistentin der Direktrice«, verkündete Victoria stolz. »Und Sie?«

»Ich bin Schauspielerin. Und außerdem bin ich bei PUB angestellt«, fügte die Fremde mit einem Seufzer hinzu.

»In welcher Abteilung?«, erkundigte sich Victoria. »Ich war vor vielen Jahren auch einmal dort beschäftigt.«

»Hüte. Außerdem führe ich die Hüte auch vor. Aber das tue ich nur, weil sonst das Geld nicht reicht. Ich habe in diesem Jahr schon in vier Filmen mitgespielt. Einer wurde zum vierzigsten Jubiläum von PUB gedreht.«

»Klingt aufregend.«

»Mein nächster Film kommt im Dezember in die Kinos.«

Victoria schnappte nach Luft. »Das ist ja großartig! Wie heißt er denn? Ich schaue ihn mir bestimmt an.«

»*Peter der Vagabund.* Ja, ich weiß, der Titel klingt komisch, aber die Dreharbeiten haben einen Riesenspaß gemacht. Ich habe jede Minute genossen.«

»Dann sehe ich ihn mir hundertprozentig an. Wie ist denn Ihr Name?«

»Greta Gustafsson.«

»Greta Gustafsson. Das merke ich mir.«

»Und Sie heißen?«

»Victoria Ekman.«

»Nett, Sie kennenzulernen, Fräulein Ekman.«

Die beiden schüttelten sich die Hand.

»Aber eines müssen Sie mir noch verraten«, sprach Victoria weiter. »Wie kann jemand Schauspielerin sein und trotzdem bei PUB in der Hutabteilung arbeiten?«

Greta zuckte mit den Achseln. »Ich stehe erst ganz am Anfang, und die Gagen sind ziemlich mickrig. Aber« – sie beugte sich zu Victoria hinüber – »am Ende dieses Monats spreche ich an der Schauspielakademie des Königlichen Dramatischen Theaters vor. Hoffentlich bekomme ich ein Stipendium. Allerdings ist es sehr schwierig, aufgenommen zu werden, von einem Stipendium ganz zu schweigen. Falls bei Kompaniet noch Vorführdamen gebraucht werden, wäre ich deshalb sehr interessiert. Von dort aus ist es ein Katzensprung zum Theater, und wie ich schon sagte, verfüge ich über einige Erfahrung.« Greta reckte das Kinn. Ihr Blick war herausfordernd, ihr Tonfall nahezu herablassend. Oder war es eher der Mut der Verzweiflung?

Victoria musterte das junge Mädchen mit dem auffälligen Äußeren. »Wie alt sind Sie denn?«

»Am ersten Tag des Semesters werde ich siebzehn.« Sie senkte den Kopf. »Falls die mich nehmen.«

Die Lichter wurden gedämpft, und das Orchester begann zu spielen.

»Wir haben gerade eine neue Vorführdame eingestellt, weil wir über den Winter jemanden brauchen«, flüsterte Victoria ihr zu. »Aber wenn Sie im nächsten Frühjahr noch interessiert sind, schauen Sie ruhig im Atelier vorbei und fragen nach mir.«

»Danke, Fräulein Ekman. Es könnte durchaus sein, dass ich darauf zurückkomme.«

Kapitel siebenundsiebzig

1923

Ostern fiel in diesem Jahr auf Ende März. Entlang des Wegs im Humlegården-Park lugten die ersten Schneeglöckchen aus dem gefrorenen Boden und wurden an diesem prachtvollen Karfreitag sogar von der Sonne beschienen.

Josef saß gemütlich im Wohnzimmer und blätterte in der Zeitung, die auf seinen Knien lag. Als sich die Tür öffnete, hob er den Kopf, um Sigrid zuzulächeln, die mit einem Kaffeetablett hereinkam.

Sie erwiderte sein Lächeln nicht, sondern reichte ihm nur seine Kaffeetasse. »Musst du auch noch am Karfreitag arbeiten?«

»Ich arbeite doch gar nicht richtig.« Mit einer dramatischen Geste wies er in Richtung Sofa. »Schau, kein Schreibtisch.«

Sigrid schnaubte höhnisch. »Ich sehe hier Beweise für das Gegenteil.« Sie stupste den Aktenkoffer neben ihm mit dem Fuß an. »Aber wenn du nicht arbeitest, hast du doch sicher nichts dagegen, wenn ich mich zu dir setze.«

Josef legte die Zeitung weg. »Nichts wäre mir ein größeres Vergnügen.«

Sigrid ließ sich neben ihm nieder. »Was hast du gerade gelesen?«

»Den Jahresbericht für 1922.«

»Und?«

»Der Umsatz ist um zwölf Prozent gestiegen.«

»Die Kosten?«

»Sie sind um fünfundzwanzig Prozent gesunken.«

»Mitarbeiter?«

»Zweihundert weniger. Bei der Jahreshauptversammlung im April werden wir auch die Anzahl der Vorstandsmitglieder von elf auf sieben senken.«

»Und die Kundenfrequenz?«

»Ein Zuwachs von hundertfünfzigtausend Personen.«

Sie tätschelte seinen Arm. »Gut gemacht.«

»Danke, meine Liebe. Besonders freut es mich, dass es mit der Möbelabteilung wieder bergauf geht. Das wird die Handwerker in unserer Werkstatt in Nyköping sicherlich ein wenig beruhigen.«

»Und was ist mit dem Treuebonus? Wirst du den als Lockangebot beibehalten?«

»Lockangebot? Wie betrachten ihn eher als Belohnung für Kundentreue.«

»Es ist und bleibt ein Lockangebot«, beharrte Sigrid. »Wenn auch ein sehr erfreuliches. Und deshalb frage ich dich noch einmal, ob Kunden, die zweitausend Kronen bei uns ausgeben, auch im Jahr 1923 fünf Prozent Rabatt erhalten werden. Ich habe nämlich einige Freundinnen, die von dieser Geste höchst angetan sind.«

»Dann haben sie auch weiterhin Grund, sich zu freuen. Denn diese *Geste*, wie du es nennst, wird sogar erweitert und in diesem Jahr schon bei Einkäufen ab eintausend Kronen gelten.«

»Kann N.K. sich das leisten?«

»Gütiger Himmel. Auf welcher Seite stehst du denn?«

Sigrid lächelte reizend. »Natürlich immer auf deiner.«

»Ausgezeichnet.« Er beugte sich vor, um sie zu küssen. Dann trank er einen Schluck Kaffee und stellte die Tasse weg. »Außerdem werden wir den Einkauf auf Kredit einführen.«

Sigrid bedachte ihn mit einem zweifelnden Blick. »Einkauf auf Kredit? Ist das nicht ein Widerspruch in sich?«

»In meinen Augen handelt es sich um einen Weg, den Einkauf für Stammkunden mit guter Bonität bequemer zu gestalten.«

»Das musst du mir erklären.«

Josef griff in seinen Aktenkoffer und förderte eine ovale Scheibe aus Bronze zutage. Auf der Vorderseite war eine Abbildung des Kaufhauses in der Hamngatan 18 eingeprägt, auf der Rückseite prangte eine fünfstellige Zahl.

»Und wie genau funktioniert es?«, hakte Sigrid nach.

»Man kauft wie gewohnt ein, doch an der Kasse zeigt man seine Marke vor, anstatt zu bezahlen. Dann wird der Kauf auf diese Nummer gutgeschrieben.«

»Die wiederum auf den Namen des Kunden eingetragen ist.«

»Genau. Und einmal im Monat schicken wir dem Inhaber des Kontos dann eine Rechnung über die erworbenen Artikel.«

»Und wenn er das Konto nicht ausgleicht?«

»Zugegebenermaßen ist das ein Risiko, allerdings ein kleines. Denn so ein Kreditkonto wird natürlich nur Kunden mit ausgezeichnetem Ruf und gut gefülltem Bankkonto eingeräumt.« Er zwinkerte ihr zu. »Für dich käme es also sicher infrage.«

Sigrid drehte die Marke in den Händen hin und her. »Ich habe noch nie von so etwas gehört.«

»In Amerika gibt es diese Marken schon länger. Man nennt sie *Charge Coins*. Aber wir sind die Ersten, die sie in Schweden einführen. Ich habe so ein Gefühl, dass es für uns alle ein gutes Jahr werden wird.«

»Für alle?«

»Für Schweden. Wir haben die Abwärtsspirale durchbrochen. Endlich sinkt die Arbeitslosigkeit. Dadurch steigt die Kaufkraft, und infolgedessen nimmt auch die Nachfrage wieder zu. Das wiederum schafft weitere Arbeitsplätze, und so geht es immer weiter.«

»Also machst du dir keine Sorgen mehr um das Kaufhaus?«

»Um einiges weniger als letztes Jahr um diese Zeit oder auch 1921. Eine Weile habe ich sogar befürchtet, dass wir scheitern könnten, aber jetzt nicht mehr. Der Wiederaufbau hat uns gerettet. Doch noch wichtiger ist, dass man auf den Straßen neue Zuversicht spürt. Die Leute halten den Kopf wieder gerade.«

Sigrid nickte. »Gib einem Mann Arbeit, und du gibst ihm seinen Stolz zurück.«

»Apropos Stolz. Ich habe gestern mit der Gräfin gesprochen. Eigentlich wollte ich ihr schonend beibringen, dass sie ihren Teil der Abmachung erfüllt habe und weder mir noch unserem Haus finanziell oder moralisch etwas schuldig sei. Doch anstatt sich zu freuen, war sie schrecklich enttäuscht. Sie meinte, wenn es für mich keinen Unterschied bedeute, würde sie gern weiter als Markenbotschafterin für N.K. tätig sein, da ihr diese Rolle in ihren Kreisen zu neuem Ansehen verholfen habe. Offenbar gilt unsere Gräfin inzwischen als Expertin für alles, was Nordiska Kompaniet betrifft. Ihre Freundinnen bitten sie um Kaufempfehlungen, und sie berät sie.«

Sigrids Augenbrauen fuhren nach oben. »Gütiger Himmel. Und was hast du ihr geantwortet?«

»Was hätte ich denn sagen sollen? Allerdings kann ich auch nicht verlangen, dass sie bis in alle Ewigkeit ohne Bezahlung für uns weiterarbeitet. Also habe ich Ellen gebeten, einen Vertrag mit einem ordentlichen Gehalt und allen üblichen Vergünstigungen für sie aufzusetzen.«

»Josef, eine Dame ihres Alters kann doch keine acht Stunden am Tag mehr arbeiten.«

Er lachte spöttisch auf. »Da wäre ich mir nicht so sicher. Diese Dame hat mehr Tatendrang als viele, die jünger sind als sie. Aber keine Sorge. Die Gräfin und ich haben uns auf fünfzehn Wochenstunden geeinigt. Sie war wirklich höchst erfreut. Außerdem hat sie mir versichert, Bertil habe nichts dagegen, draußen bei Herrn Bellman zu warten, wenn es zum Abendessen Leberpastete gebe.«

»Wahrscheinlich ernährt sie den Hund besser als sich selbst.«

»Vermutlich. Doch jetzt hat sie ein Recht auf eine Mahlzeit am Tag in der Personalkantine, falls sie das wünscht.«

»Glaubst du wirklich, dass sie dort essen wird? Es wäre ein gewaltiger Schritt für eine Gräfin, mit dem Personal an einem Tisch zu sitzen. Ich denke, das wird für sie zu weit gehen.«

»Du könntest recht haben. Aber die Entscheidung liegt allein bei ihr. Ich habe jedenfalls meine Pflicht als Ehrenmann erfüllt, indem ich sie fair behandelt und auf alle ihre Rechte hingewiesen habe. Ach, beinahe hätte ich es vergessen: Wir haben eine Einladung zur Eröffnung des neuen Rathauses im Juni.«

Sigrid verzog das Gesicht. »Hoffentlich ist das nicht nur eine Veranstaltung für geladene Gäste. Mir ist klar, dass die ganze Stadt nicht gleichzeitig in das neue Rathaus passt. Doch ich fände es sehr schade, wenn es nicht auch Feierlichkeiten gäbe, bei denen die Bevölkerung ihren Spaß haben kann.«

»Ja, die wird es geben. Allerdings nicht das Fest am Abend. Man wird die Tore um halb fünf für das allgemeine Publikum schließen. Wer eingeladen ist, kann um sieben wiederkommen. Was hältst du davon?«

»Ich denke, ich sollte besser diese Marke nehmen und damit im französischen Modeatelier vorsprechen«, erwiderte Sigrid.

Kapitel achtundsiebzig

Märta hatte sich wirklich bemüht, sich mit der Gräfin anzufreunden. Die alte Dame verhielt sich längst nicht mehr so herablassend wie früher und hatte Märta einigen ihrer Bekannten mehr als einmal als »unsere wundervolle Leiterin der Abteilung Damenmode« vorgestellt. Und dennoch wurde Märta jedes Mal beim Anblick des marineblauen Wollmantels, der schließlich den Anstoß zu dieser Farce gegeben hatte, von Zorn ergriffen. Wie ihr außerdem klar wurde, war es das erste Mal, dass sie mit einer Entscheidung von Herrn Sachs nicht einverstanden war. Wenn die Gräfin bei Macy's oder Bloomingdale's gestohlen hätte, wäre sie auf der Straße gelandet, anstatt am warmen Kaminfeuer zu sitzen.

New York. Märta betastete Michaels letzten Brief, der in ihrer Kleidertasche steckte. Eigentlich kam sie sich albern vor, weil sie diesen Brief bei der Arbeit mit sich herumtrug, Doch noch stärker war ihre Aufregung, denn schließlich hatte dieser Brief den ganzen weiten Weg aus ihrem geliebten Amerika bis hierher zurückgelegt. Sich wieder in Stockholm einzugewöhnen, hatte sich als unerwartet schwierig erwiesen. Ja, es gefiel ihr, dass ihre neue Position mit mehr Verantwortung und Abwechslung einherging. Doch Stockholm selbst hatte für Märta seinen Zauber verloren. Das war ungerecht, schalt sie sich gerade, als sie die Gräfin, die Handschuhe in einer, den Schirm in der anderen Hand auf sich zumarschieren sah. Stockholm und auch die umliegenden Gewässer wurden mit jedem Jahr sauberer und schöner. Und dennoch vermisste sie ihre Freunde in Amerika und das Gewimmel in Manhattan. Und die Jazzclubs.

Im nächsten Moment verloschen schlagartig die Lichter. Märta schnappte erschrocken nach Luft. Einige Frauen schrien auf. Nun wurde die erste Etage nur noch von dem Dämmerschein beleuchtet, der durch die Fenster an der Hamngatan und Regeringsgatan hereinfiel. Und das galt nicht nur für den ersten Stock, wie Märta bemerkte, als sie von ihrem Standort an der Kasse die Treppe hinunterblickte. In einem Sekundenbruchteil hatte sich das ganze Haus von einem hellen und belebten Einkaufsparadies in eine düstere und, ja, bedrohliche Kulisse verwandelt.

»Keine Panik, meine Damen und Herren«, rief ein Verkäufer von der Herrenabteilung herüber. »Bestimmt haben wir gleich wieder Licht. Kein Grund zur Sorge.«

Plötzlich wurde Märta von einer kräftigen Hand gepackt, die ihr den Arm auf den Rücken drehte. Sie stieß einen Schmerzensschrei aus.

»Ich will das Geld aus der Kasse.«

»Lassen Sie die Frau los«, protestierte die Kassiererin. »So einen Unsinn dulden wir nicht in unserem Kaufhaus, Sie ungehobelter Mensch!«

Als der Mann Märtas Arm weiter nach oben bog, unterdrückte sie einen erneuten Aufschrei.

»Geld her!«

Ein Schlag gegen die Schläfe brachte Märtas Peiniger ins Straucheln. Ein zweiter und dann noch ein dritter sorgten dafür, dass er auf dem Boden landete. Die Gräfin bohrte ihm die Spitze ihres Regenschirms in den Schritt. »Kein Mucks, sonst kann ich für nichts garantieren, junger Mann.«

Während sich der Mann stöhnend auf dem Boden wand, wurde ringsum lachend applaudiert.

Märta sank auf einen Stuhl und rieb sich die lädierte Schulter.

Ein Lichtstrahl auf der Treppe und Schritte kündigten das Eintreffen von Herrn Hagman, dem Kaufhausdetektiv, an. »Wurde jemand verletzt?«

»Die meisten von uns sind wohlauf«, entgegnete die Gräfin und tippte dem jungen Mann mit dem Regenschirm auf den Brustkorb. »Dieses Subjekt wollte uns berauben.«

Herrn Hagmans Augenbrauen verschwanden unter dem Schirm seiner Mütze, als er die Szene im Schein seiner Taschenlampe auf sich wirken ließ. »Ach, wollte er das? Ich übernehme. Danke, meine Damen.« Er zerrte den Übeltäter auf die Füße. »Mitkommen!«

Der junge Mann rieb sich den Kopf und wies anklagend auf die Gräfin. »Die alte Hexe ist ja absolut übergeschnappt.«

Inzwischen hatte Märta die Sprache wiedergefunden. »Nein, ganz und gar nicht. Sie hat mehr Mumm in ihrem Regenschirm als Sie in Ihrem … Ihrem …«

Torun, die gerade den letzten Teller vom Abendessen abtrocknete, liefen die Lachtränen die Wangen hinunter. »In seinem was?«

Märta lief feuerrot an. »Na, ja, ich habe den Satz lieber nicht beendet. Die Frauen haben wieder im Chor gejubelt und geklatscht.«

»Doch nicht etwa die wohlanständigen Damen, die in Schwedens erstem Haus am Platz einkaufen?«

»Genau die. Sogar die Kunden aus der Herrenabteilung kamen, um zu sehen, was da los war. Und als ich gerade dachte, meine Wangen könnten gar nicht mehr röter werden, gingen die Lichter wieder an.«

Prustend vor Lachen warf Torun den Kopf in den Nacken. »Darf ich die Geschichte morgen Maria erzählen? Wir gehen zusammen in die Liljevalch-Kunstgalerie. Du kannst gerne mitkommen.«

In gespieltem Ärger schob Märta die Unterlippe vor. »Maria hat es ganz sicher schon gehört. So wie alle anderen bei Nordiska Kompaniet. Aber die Gräfin war einfach fabelhaft. Herr Sachs hat uns beide zur Belohnung in den Teesalon geschickt.

Und während wir noch dort saßen, erschien der Florist aus dem Erdgeschoss mit einem Strauß für die Gräfin, den Herr Sachs in unser aller Namen bestellt hatte. Außerdem hat die Feinschmeckerabteilung eine große Dose Kekse für sie und ein Töpfchen Leberpastete für Bertil geschickt.«

»Also ist die Gräfin für ihren Heldenmut belohnt worden. Sehr gut.«

»Stimmt. Wir sind ihr großen Dank schuldig. Insbesondere ich.«

Torun zog eine Augenbraue hoch. »Hast du der Gräfin jetzt endlich verziehen?«

Märta errötete zum dritten Mal an diesem Tag. Was für eine selbstgerechte Heuchlerin war sie doch gewesen. »Darauf kannst du dich verlassen. Ich bin sicher, dass dieser grässliche Mann mir den Arm gebrochen hätte, wenn sie nicht eingeschritten wäre.«

Toruns Miene wurde ernst. »Ich frage mich, ob er verheiratet ist. Wenn er so wenig Hemmungen hat, eine Frau an ihrem Arbeitsplatz und in aller Öffentlichkeit – wenn auch im Dunkeln – anzugreifen, wage ich nicht, mir auszumalen, wozu er hinter geschlossenen Türen in der Lage sein könnte.«

»Das können wir beide uns wohl sehr gut vorstellen«, erwiderte Märta leise. »Und auch, wem man die Schuld geben würde, weil sie ihn ja herausgefordert hat.«

Torun presste die Lippen fest zusammen. »Was wird Herr Sachs sonst noch unternehmen, abgesehen davon, dass er die Gräfin belohnt hat?«

»Anzeige erstatten. Versuchter Raub und Körperverletzung. Die Polizei hat mich bereits befragt. Der Kerl behauptet zwar, er habe mich gar nicht angegriffen, und da es dunkel gewesen sei, gebe es auch keine Zeugen. Doch ich habe die blauen Flecken, die es beweisen. Ich habe sie Herrn Hagman gezeigt, und der war mit mir auf dem Revier in der Smålandsgatan, um sie fotografieren zu lassen.«

»Du hast ja einen aufregenden Tag hinter dir. Wie geht es deinem Arm inzwischen?«

»Er tut noch ein bisschen weh. Aber morgen bin ich wieder so gut wie neu.«

»Vielleicht wird ein Besuch bei Liljevalch dir guttun. Du kannst ja Ellen fragen, ob sie auch mitkommt.«

Märta schüttelte den Kopf. »Danke, aber lieber nicht. Ich muss morgen Abend einen Brief schreiben.« Der Gedanke brachte sie zum Lächeln.

Jetzt hatte sie sogar etwas Interessantes zu berichten.

Kapitel neunundsiebzig

Auch der milde Aprilabend konnte Maria nicht aufmuntern. Auf dem Weg den Strandvägen entlang und über die Djurgården-Brücke war der Druck in ihrer Brust immer größer geworden, und inzwischen hätte sie alles dafür gegeben, wenn sie einfach mit den Fingern hätte schnippen können, um wieder allein in ihrer gemütlichen Wohnung zu sitzen. Doch stattdessen musste sie nun durch die Ausstellung »Bauen und Wohnen« in der Liljevalch-Kunstgalerie schlendern. An jedem anderen Tag hätten die nachgebauten Zimmer sie genauso begeistert wie Torun, aber nicht heute. Sie hatte Mühe, tief durchzuatmen, was sie inzwischen nicht mehr auf ein womöglich zu fest geschnürtes Korsett schieben konnte. Obwohl vermutlich sogar für sie der Zeitpunkt gekommen war, endlich den Kauf eines Büstenhalters in Erwägung zu ziehen.

»Maria?« Toruns fragende Miene wies auf eine Anmerkung oder Äußerung hin, die eine Antwort verlangte.

»Verzeihung? Was hast du gesagt?«

»Ich habe vorgeschlagen, nach nebenan zu Blå Porten zu gehen, um einen Happen zu essen.«

Maria nickte. Torun bedeutete ihr sehr viel, und sie wollte sie auf keinen Fall enttäuschen. Die Lage auf dem Wohnungsmarkt war politisch ein heißes Eisen, weshalb Torun, was die Probleme und ihre Lösungen anbelangte, unbedingt stets auf dem neuesten Stand sein wollte. Gewiss würde sie jetzt anfangen, die Vorzüge und Nachteile der Entwürfe zu erörtern, die sie gerade in der Ausstellung gesehen hatten. Oder sie wollte laut denken und brauchte eine Zuhörerin, die ihr sagte, ob sie richtiglag. So ein Fachgespräch kam Maria an diesem Abend gerade recht, denn zu Geplauder wäre sie nicht in der Lage gewesen.

Maria ließ sich von Torun am Ellbogen nehmen und hinaus auf die Straße führen. Sie traten durch das eiserne Tor von Blå Porten und durch den Garten in das Restaurant, das für seine traditionell schwedische Küche berühmt war. Der Gastraum war von Bratenduft, sanftem Licht und Stimmengewirr erfüllt. An jedem anderen Abend hätte Maria die Atmosphäre als sehr angenehm und behaglich empfunden.

»Könnten wir den Tisch dort in der Ecke haben?«, wandte Torun sich an den Oberkellner.

Er blickte sich im Raum um. »Selbstverständlich, meine Dame.«

Torun führte weiter das Wort, als der Kellner ihnen die Speisekarten reichte. »Zwei Gläser roten Hauswein, bitte.« Dann sah sie Maria an. »Also, meine Liebe. Was bedrückt dich?«

Die unvermittelte Frage ließ Maria zusammenfahren. Wie sollte sie ihr Dilemma nur erklären? Schließlich lebte sie nun schon so lange eine Lüge. Nicht einmal Torun ahnte, dass die Frau, die ihr da gegenübersaß, in Wirklichkeit gar nicht Fräulein Blombergsson war. Doch sosehr Maria auch Stoßgebete zum Himmel schickte, Torun möge bitte das Thema wechseln, machte diese keine Anstalten dazu. Stattdessen lächelte sie den Kellner nur dankend an, als dieser den Wein einschenkte, und nippte dann an ihrem Glas.

»Das ist eine lange Geschichte«, erwiderte Maria.

Torun schob das Weinglas näher an Marias Hand heran.

Maria trank einen Schluck und überlegte. Vielleicht war ihre Geschichte ja gar nicht so kompliziert. Was nicht hieß, dass es nicht wehgetan hätte, darüber zu sprechen. Sie ließ die dunkelrote Flüssigkeit in ihrem Glas kreisen und stellte es dann weg. »Als ich vor fast zwanzig Jahren nach Stockholm gezogen bin, war ich nicht *Fräulein* Blombergsson.«

Toruns Augenbrauen zuckten zwar, aber sie schwieg.

»Ich war *Frau* Blombergsson.«

Torun fiel innerlich die Kinnlade herunter. Dennoch blieb ihr Blick fest.

»Keine Ahnung, warum mich im Hôtel Rydberg alle mit Fräulein angesprochen haben. Vermutlich haben sie einfach angenommen, dass ich eines bin. Da Tante Wilhelmina mir die Stelle vermittelt hatte, hat man mir nur wenige Fragen gestellt. Und nachdem der Erste mich Fräulein Blombergsson genannt hat, haben es die anderen eben auch getan. Du kennst das ja. Unser Hoteldirektor August Åhlfeldt wusste natürlich, dass ich verheiratet war, denn er hat ›Frau M. Blombergsson‹ in mein Arbeitszeugnis geschrieben. Doch die anderen Mitarbeiter ahnten offenbar nichts. Und bei N.K. war es wieder genauso.«

»Bist du denn noch verheiratet?« Toruns Blick wanderte zu Marias nacktem Ringfinger. Ihre Miene war zwar neugierig, aber weder schockiert noch empört wegen ihrer mangelnden Aufrichtigkeit, wie Maria es befürchtet hatte.

»Nein, wir wurden 1906 offiziell geschieden. Inzwischen hat er wieder geheiratet.«

Torun verzog das Gesicht. »Und das macht dir zu schaffen? Dass er wieder geheiratet hat?«

Maria schüttelte den Kopf. »Ich wünsche ihm alles Glück der Welt. Wir haben von Anfang an nicht zusammengepasst. Die ganze Ehe war ein gewaltiger Fehler.«

»Warum …?«

»Wir hatten ein Kind.«

Torun zuckte verdutzt mit den Achseln. »Wo …?«

»Ragnhilda ist gestorben. Heute vor zwanzig Jahren.«

Torun, deren Mund noch immer offen stand, schloss kurz die Augen. »Das tut mir sehr leid.«

Maria verzog bedauernd das Gesicht. »Du brauchst mich nicht zu bemitleiden. Solche Dinge geschehen eben. Und das leider viel zu oft.« Sie trank einen kleinen Schluck Wein. »An den meisten Tagen komme ich gut damit zurecht. Die Zeit dämpft die Trauer ein wenig. Aber manchmal, zum Beispiel um Ragnhildas Geburtstag oder Todestag herum, fällt es mir schwerer.«

»Wie alt wäre Ragnhilda jetzt?«

Es war seltsam tröstend zu hören, wie eine andere Frau den Namen ihrer Tochter aussprach. Vielleicht war geteiltes Leid ja wirklich halbes Leid. Oder zumindest wurde es leichter. »Sie ist wenige Tage nach ihrem ersten Geburtstag gestorben. Also wäre sie letzte Woche einundzwanzig geworden. Genauso alt wie Isabella und Victoria. Ich versuche, nicht daran zu denken, weil es den beiden gegenüber nicht fair wäre. Doch zu wissen, dass Isabella im Februar Geburtstag hat und Victoria im Juli und dass der meiner Ragnhilda genau dazwischen im April wäre …« Sie tupfte sich mit einem Zipfel ihrer Serviette das Auge ab. »Da frage ich mich natürlich …«

»Ich verstehe dich.«

Maria warf Torun einen Blick zu, der *Du hast doch keine Ahnung* besagen sollte, und senkte im nächsten Moment beschämt den Kopf.

»Ich glaube«, fuhr Torun leise fort, »einmal Mutter ist immer Mutter.«

Toruns Tonfall ließ Maria aufmerken.

Sie hob den Kopf wieder. »Hast du …?«

Torun schüttelte den Kopf. »Ich habe mein Baby weggegeben«, antwortete sie so leise, dass Maria sich vorbeugen musste, um sie zu verstehen.

Maria konnte kaum verhindern, dass sie nach Luft schnappte. »Wann?«

»Vor über zehn Jahren. Und ich habe es bitter bereut. Doch es war mein eigener dummer Fehler.« Sie griff nach Marias Hand. »Ganz im Gegensatz zu deiner Trauer, an der dich keine Schuld trifft. Und es tut mir so schrecklich leid.«

Maria blinzelte eine Träne weg. Ja, sie fragte sich beim Anblick einer Zwanzigjährigen stets, wie Ragnhilda wohl heute aussehen würde. Aber wie lebte Torun nur mit dem Wissen, dass jedes zehnjährige Kind, dem sie begegnete, womöglich ihr eigenes war? Verständnislos schüttelte sie den Kopf.

Torun zog ihre Hand weg. »Du machst mir Vorwürfe.«

»Vorwürfe?«

»Weil ich Juli... Weil ich mein Baby zur Adoption freigegeben habe.«

Das Entsetzen von gerade eben war nichts, verglichen mit der Schockwelle, die Maria nun zu verschlingen drohte. Mühsam rang sie nach Atem. »Julian?«

Torun seufzte leise und nickte dann bedrückt mit dem Kopf. »Falls du unsere Freundschaft nun beenden möchtest, kann ich dich nur bitten, niemandem etwas davon zu sagen. Er weiß es nicht.«

Maria drehte sich der Kopf. Was hätte sie nicht alles für die Gelegenheit gegeben, ihr eigenes Kind großziehen zu dürfen? »Warum?«

»Warum Julian es nicht weiß oder warum ich ihn weggegeben habe?«

»Warum du ihn weggegeben hast.«

»Weil ich mich damals für unfähig hielt, ihm eine gute Mutter zu sein. Gleichzeitig wünschten sich Karolina und Edward sehnlich ein Kind. Es war doch besser, ihn bei guten Freunden aufwachsen zu lassen, die ihn lieben würden wie ihr eigenes Kind, als ihn in einem staatlichen Kinderheim abzugeben.«

»Und Julian ahnt nichts davon?«

»Nein. Zumindest gehen wir alle davon aus. Woher auch? Schließlich wird über seine Herkunft nicht öfter gesprochen als über die von Philip. Nur Ottilia, Birna und Märta wissen Bescheid.«

»Und alle haben geschwiegen.« Maria konnte kaum glauben, dass es diesen Frauen und Edward – und vermutlich auch

Fredrik – gelungen war, das Geheimnis so viele Jahre zu wahren. Ihr fiel noch etwas ein. »Und Cornelia?«

»Sie ist Karolinas Baby. Herrje, Maria. Du erinnerst dich doch noch an Karolinas Schwangerschaft.«

Marias Wangen glühten. »Stimmt. Tut mir leid. Ist Ellen auch eingeweiht?«

»Meines Wissens nicht. Ansonsten ist nur noch mein Vater im Bilde. Doch da Philip und Julian so dicke Freunde sind …«

Maria blieb der Mund offen stehen, als ihr noch ein Gedanke kam. »Sie sind Cousins.«

»Richtig. Aber eben außerdem gute Freunde, weshalb mein Vater Philip eigentlich nur zusammen mit Julian sieht. Er behandelt beide völlig gleich. Genauso, wie es auch alle anderen tun. Dass sie so kurz aufeinander Geburtstag haben, hilft natürlich auch.«

»Stimmt.« Maria erinnerte sich an die beiden Meccano-Baukästen, die sie und Ellen im letzten Oktober in der Spielwarenabteilung erworben hatten.

»Ich muss zugeben«, fuhr Torun fort, »dass es mir schwerfällt. Natürlich liebe ich Philip, aber manchmal muss ich mich bremsen, damit ich nicht der Versuchung erliege, Julian zu bevorzugen.«

»Aber was passiert an dem Tag, an dem Julian seine Geburtsurkunde zu Gesicht bekommt?« Maria unterdrückte einen Aufschrei. Sie hatten doch nicht etwa … »Dein Name steht auf seiner Geburtsurkunde?«

Torun nickte bedrückt. »Ja. Vater unbekannt. Hoffentlich wird es noch sehr lange dauern, bis Julian seine Geburtsurkunde sieht. Vielleicht passiert es auch nie. Außer, Karolina und Edward beschließen, es ihm zu sagen und ihm die Urkunde zu zeigen.«

Der Kellner erschien. »In einer halben Stunde schließt die Küche. Möchten die Damen bestellen?«

Torun blickte Maria an. »Ich würde es verstehen, wenn du jetzt gehen möchtest.«

Maria reichte dem Kellner die Speisekarte. »Würstchen mit Kartoffelpüree bitte.«

»Für mich auch.« Torun lächelte Maria an. »Danke.«

Maria schüttelte den Kopf. »Es ist mir eine Ehre, dein Geheimnis zu wahren. Du bist eine gute Freundin, Torun.«

»Danke«, wiederholte Torun. »Aber du solltest erfahren, wer sonst noch im Bilde ist.«

»Eigentlich war das überflüssig. Ich hatte sowieso nicht vor, mit irgendjemandem darüber zu reden. Nur mit dir. Wie hältst du es nur aus, dass Julian so nah bei dir und doch so fern ist?«

»Es gab eine Zeit, in der ich beinahe daran zerbrochen wäre. Nachts habe ich mich herumgewälzt und mich mit Schuldgefühlen zermürbt.«

»Was hat sich geändert?«

»Pa hat mir einen guten Rat gegeben. Er sagte: ›Wie man sich bettet, so liegt man. Mach das Beste draus.‹ Also versuche ich es.«

»Etwas Ähnliches habe ich auch von Tante Wilhelmina zu hören bekommen, als ich nach der Beerdigung unserer Tochter meinen Mann verlassen habe. Deshalb kannst du dich auf meine Verschwiegenheit verlassen, falls du einmal Hilfe brauchst.«

»Nicht nur auf deine Verschwiegenheit«, erwiderte Torun leise. »Für mich bist du meine beste Freundin.«

Der Kellner stellte zwei dampfende Teller vor sie hin. »Guten Appetit.«

Maria griff nach ihrem Glas und hob es.

Torun tat es ihr nach.

Die beiden blickten sich in die Augen. Sie sagten kein Wort. Denn Worte waren überflüssig.

Kapitel achtzig

Der blaue Sommerhimmel wurde von herbstlichem Grau abgelöst, und Thorwald Munkhammar und seine Leute motteten die frischen sommerlichen Szenen mit Baumwollkleidern, Badeanzügen, Tennisschlägern, Picknickkörben und Sonnenschirmen ein. Es dauerte nicht lang, und sie hatten das ganze Kaufhaus in eine herbstliche Kulisse aus warmen Röcken und Mänteln, Regenschirmen, Vorhängen, Kissen und Decken in Weinrot, Braunschattierungen, verschiedenen Grüntönen und Dunkelblau verwandelt.

Oben im fünften Stock befestigte Agatha geschickt violette Pailletten an einem malvenfarbenen Stück Netzstoff, um eine funkelnde Rosette zu schaffen.

Bettan bedachte sie mit einem bewundernden Blick. »Das wird wunderschön. Schaffen Sie das bis heute Nachmittag?«

»Ja, wenn man mich in Ruhe arbeiten lässt.«

Bettan schnaubte. »Dann entschuldige ich mich für die Störung.«

Agatha hob den Kopf. »Damit habe ich nicht Sie gemeint, Bettan. Ich finde es schön, mich beim Nähen ein wenig zu unterhalten. Ich spreche davon, dass ich ständig irgendeine ›ganz schnelle Änderung‹ an irgendetwas vornehmen soll, wenn ich gerade erst damit fertig geworden bin. Das kostet Zeit. Es geht einfach nicht schneller. Sosehr ich Herrn Lundbergs Entwürfe auch liebe, braucht man bei manchen Stücken eine Ewigkeit.«

»Da haben Sie ganz recht.« Gerade hatte Vera das Etikett mit der Aufschrift *Französisches Modeatelier* in einen glitzernden Abendbolero eingenäht und schnitt den Faden ab. »Seit Herr Lundberg hier ist, ist alles so hektisch geworden.«

»Der Fairness halber muss man sagen«, wandte Bettan ein, »dass das eigentlich für die ganze Stadt gilt. Jedenfalls war Frau Sachs mit ihrem Kleid für den Ball im Rathaus sehr zufrieden.«

»Ebenso wie die Gräfin«, ergänzte Agatha. »Sie hat sich so über die Einladung gefreut, die Gute.« Lachend ließ Agatha die Nadel sinken. »Außerdem hat Victoria mir erzählt, dass das Grand Hôtel dem Rathaus eine Zusatzrechnung geschickt hat, weil so viele Gläser und Teller zu Bruch gegangen sind.«

Alle im Raum johlten.

»Das muss ja ein rauschendes Fest gewesen sein«, meinte Vera. »Ein richtiger Knaller, richtig?«

Wieder schallendes Gelächter.

Elsa, die frühere Atelierbotin, die inzwischen zur Näherin für gerade Säume befördert worden war, kratzte sich am Kinn. »Woher weiß Fräulein Ekman das?«

»Weil ihr Schwager Leiter der Bankettabteilung im Grand Hôtel ist«, erklärte Bettan. »Aber vergessen Sie nicht, Elsa, dass nichts, was Sie in diesen vier Wänden zu hören bekommen, das Kaufhaus verlassen darf. Außerdem sollten Sie auf Ihren Saum schauen. Wenn ich auch nur einen krummen Stich entdecke, müssen Sie alles wieder auftrennen.«

»Ja, Bettan.«

Hulda, die neue Botin, kam hereingestürmt. Ihre Augen blitzten aufgeregt. »Fräulein Anderberg hat gekündigt«, rief sie aus.

Entsetztes Schweigen senkte sich über den Raum.

Agatha ergriff als Erste das Wort. »Sind Sie sicher?«

»Ganz sicher. Ich habe es mit eigenen Ohren gehört.«

Bettan richtete sich zu voller Größe auf. »Hulda, habe ich Ihnen nicht gesagt, dass Sie nicht lauschen dürfen?«

Huldas grüne Augen weiteten sich. »Ich habe nicht gelauscht. In Herrn Jacobssons Büro wurde laut gestritten. Es wundert mich, dass Sie es nicht bis hierhinauf gehört haben.«

»Was ist denn passiert?«, hakte Vera nach. »Der Boss schreit doch eigentlich nie.«

Da nun alle Blicke auf ihr ruhten, sonnte sich Hulda in der Aufmerksamkeit. »Das hat er auch gar nicht. Fräulein Anderberg hat das Schreien übernommen. Offenbar bekommt das neue Mannequin mehr Geld als sie.«

»Das ist unmöglich«, meinte Agatha wegwerfend. »Falls Sie Fräulein Gustafsson meinen, ist die doch nur Teilzeit-Aushilfskraft, weil sie ja eigentlich Schauspielerin ist. Vielleicht lernen Sie sie ja heute Nachmittag kennen. Ihre neue Filmgesellschaft hat nämlich ein Kostüm für sie in Auftrag gegeben.«

»Wie immer sind Sie ja bestens informiert«, wandte sich Bettan an Agatha. »Allerdings begreife ich nicht, warum eine Schauspielerin überhaupt hier arbeitet.«

Agatha zuckte mit den Achseln. »Vermutlich braucht sie das Geld. Keine Ahnung, wie viel eine Jungschauspielerin verdient. Aber Victoria hält große Stücke auf sie.«

»Wie dem auch sei, jedenfalls bekommt dieses Fräulein Gustafsson fünfzig Kronen pro Sitzung. Fünfzig!«

Die Damen schnappten nach Luft.

Bettan fasste sich als Erste wieder. »Der Boss ist kein Dummkopf. Offenbar denkt er, dass sie so viel Geld wert ist. Obwohl ich den Grund nicht ganz verstehe. Sie kann doch nicht hübscher sein als Gabriella. Ganz zu schweigen von unserer Victoria.«

»Victoria führt inzwischen kaum noch vor«, wandte Agatha ein. »Nur in Notfällen.«

Bettan presste die Lippen zusammen. »Dass Gabriella geht, ist ein Notfall. Ab nächster Woche sind wir wegen des Banketts zur Nobelpreisverleihung jeden Tag ausgebucht.«

»Allerdings wurde Fräulein Anderberg doch allmählich alt«, merkte Hulda an.

Agatha sah sie strafend an. »Das will ich nicht gehört haben, naseweise Göre! Vierundzwanzig ist doch nicht alt.«

Hulda und Elsa wechselten einen vielsagenden Blick.

Vera neigte den Kopf zur Seite. »Hat nicht jemand mal erwähnt, dass Fräulein Gustafsson früher bei PUB gearbeitet hat?«

Bettan nickte. »Stimmt, Vera. Jedenfalls bin ich schon sehr gespannt auf die Dame.«

»Ich auch«, stimmte Agatha zu. »Das Gesicht, das fünfzig Kronen wert ist, muss ich sehen.«

Um vier Uhr desselben Nachmittags kam Kurt Jacobsson in die Schneiderwerkstatt. »Meine Damen, darf ich Ihnen unsere neue Vorführdame Fräulein Greta Gustafsson vorstellen?«

Bettan trat vor. »Willkommen in der Schneiderei. Ich bin Frau Nylund, aber bitte nennen Sie mich Bettan, so wie alle anderen hier.«

Fräulein Gustafsson hielt ihr die Hand hin. »Ich freue mich schon auf die Zusammenarbeit, Bettan.« Sie sah sich um. »Mit Ihnen allen.« Ihre ganze Art verströmte eine Selbstsicherheit, die wohl niemals Gefahr laufen würde, ins Aufdringliche oder Prahlerische zu kippen.

»Und wenn ich schon einmal hier bin, meine Damen«, fügte der Boss hinzu, »habe ich noch eine weitere gute Nachricht für Sie. Der Amaranten-Orden hat beschlossen, wieder seinen jährlichen Ball im Grand Hôtel zu veranstalten. Der nächste Termin ist der letzte Samstag im März kommenden Jahres.«

Alle applaudierten, angeführt von Bettan. »Das sind ja wundervolle Neuigkeiten, Herr Jacobsson. Wir sagten gerade, dass wir nicht genug zu tun haben.«

Im Raum wurde gekichert.

Herr Jacobsson grinste. »Keine Sorge, Bettan. Ich bin mir voll und ganz dessen bewusst, dass Ihnen und Ihren Damen vor Arbeit der Kopf schwirrt. Deshalb werden wir für jeden Arbeitsschritt eine zusätzliche Näherin einstellen.«

»Schön, das zu hören«, erwiderte Bettan. »Bis jetzt sind wir gut zurechtgekommen, aber seit Victoria so viele Aufträge aus den Theatern mitbringt, ist es kaum noch zu schaffen.« Sie wies auf einen Ballen mitternachtsblauen Satin auf dem Zuschneidetisch. »Können Sie sich diesen Stoff bei Bühnenbeleuchtung vorstellen? Ein Traum.«

»Darf ich fragen, für welches Theater?«, mischte sich Fräulein Gustafsson ein.

»Für das Königliche Opernhaus«, antwortete Bettan. »Dort fertigen sie zwar die meisten Kostüme selbst an, aber manchmal helfen wir aus.«

Fräulein Gustafssons Augen funkelten.

»Ich verstehe nur eines nicht«, ließ sich Agatha vernehmen. »Warum müssen Theaterkostüme so detailgetreu ausgearbeitet sein, obwohl sie sowieso niemand aus der Nähe sieht. Die armen Seelen in der letzten Reihe haben doch keine Ahnung, ob eine Stickerei nun einen Pelikan oder einen Pinguin darstellt.«

»Weil die Zuschauer, die diese Kostüme betrachten können, weil sie in der ersten Reihe sitzen oder ein Opernglas haben, voll und ganz zufrieden sein müssen«, erwiderte Fräulein Gustafsson. »Und wer die Einzelheiten nicht erkennen kann, soll zumindest glauben, dass die Kostüme mit den kunstvollsten Stickereien und Applikationen bedeckt sind. Das gehört alles zur magischen Wirkung. Eine Garderobiere muss sich zwischen Qualität, Geschwindigkeit und Preis entscheiden. Aber« – Fräulein Gustafsson reckte zwei Finger in die Luft – »sie muss pro Kostüm mindestens zwei dieser Punkte beachten. Man braucht mehr Zeit, um aus billigen Stoffen ein hochwertiges Kostüm zu schneidern. Es ist teurer, in wenig Zeit ein hochwertiges Kostüm zu nähen. Und wenn man eine billige und schnelle Lösung sucht, braucht man keine Qualität zu erwarten.«

Bettan überlegte. »Dann können wir mit Fug und Recht für uns in Anspruch nehmen, dass wir in die zweite Kategorie fallen: Qualität und Geschwindigkeit. Haben Sie das gehört, meine Damen? Ich habe Qualität und *Geschwindigkeit* gesagt.«

Wieder erfüllte zustimmendes Gelächter den Raum.

»In diesem Sinne überlasse ich Sie jetzt wieder Ihrer Arbeit«, verkündete Herr Jacobsson. »Kommen Sie, Fräulein Gustafsson.«

»Tja«, meinte Agatha, nachdem die Tür sich hinter ihnen geschlossen hatte. »Jetzt wissen wir, warum Fräulein Gustafsson fünfzig Kronen verdient.«

»Weil sie sich mit dem Theater auskennt«, merkte Hulda an.

»Nein, Hulda.« Bettans Blick ruhte noch auf der Tür. »Weil ihr Gesicht und ihre Haltung jede Öre wert sind. Warten Sie nur, bis Herr Björklund sie sieht. Aushilfskraft hin oder her, er wird sie in sein Fotostudio schleppen, bevor sie auch nur Zeit hatte, den Mantel auszuziehen, geschweige denn eines unserer Kleider anzuprobieren. Fräulein Gustafsson ist fotogen. Denken Sie an meine Worte.«

Kapitel einundachtzig

Victoria und Greta saßen im Untergeschoss des Café Söderberg und bedankten sich gerade bei der Kellnerin, die zwei dampfende Kaffeetassen und zwei der neuen muschelförmigen Zimtbrötchen vor sie hinstellte.

»Hier war ich noch nie.« Endlich wärmten sich Victorias Hände und Füße auf. Sie nahm den Schal ab. Schon jetzt im November war es so bitterkalt, dass Victoria schon Frostbeulen hatte, obwohl sie die kalten Füße meistens an den Kachelofen in Isabellas Zimmer hielt.

»Mimi Pollack und ich kommen hierher, wenn wir ein paar Kronen übrig haben«, erwiderte Greta. »Von hier aus ist es ein Katzensprung zum Königlichen Dramatischen Theater.«

»Inzwischen arbeitest du so viel, dass du dir den Besuch hier sicherlich öfter leisten kannst. Erzähl mal, wie läuft es denn mit dem Film?«

»Herr Stiller, der Regisseur, ist ein Menschenschinder. Aber trotzdem ist es ein unglaubliches Erlebnis, Vickan. Hast du *Gösta Berling* je gelesen?«

»Nein. Aber meine Schwester vergöttert Selma Lagerlöf.«

»Das werde ich von nun an ebenfalls tun. Eine Produktion wie *Gösta Berling* ist eine völlig neue Erfahrung für mich. Es ist ein richtiger Film mit vielen Mitwirkenden und einer riesigen Mannschaft. So viele Menschen für einen einzigen Film. Du musst das Buch unbedingt lesen.«

»Das mache ich. Und warum ist der Regisseur ein Menschenschinder?«

Greta seufzte theatralisch. »Ganz gleich, wie sehr ich mich

auch anstrenge, alles richtig zu machen, er ist trotzdem nie zufrieden. Das liegt daran, dass er ein Genie ist.« Gretas schmallippiges Lächeln konnte weder ihre Niedergeschlagenheit verbergen noch Victoria von Herrn Stillers Genialität überzeugen. »Außerdem mäkelt er nicht nur daran herum, wie ich die Rolle spiele«, fügte Greta hinzu.

Victoria runzelte die Stirn. Als sie in das ofenfrische, mit Hagelzucker bestreute Gebäck biss, weiteten sich ihre Augen. Sie schluckte und leckte sich die Finger ab.

»Lecker?«, erkundigte sich Greta.

»Einfach köstlich. Mein erstes Zimtbrötchen, und es wird bestimmt nicht mein letztes bleiben. Probier mal.«

»Wahrscheinlich sollte ich das besser lassen. Herr Stiller findet nämlich, dass ich zu dick bin.«

Victoria starrte sie entgeistert an. »Zu dick? Du bist vollkommen. Ich habe gehört, wie Herr Jacobsson das gestern zu Herrn Lundberg sagte. Und nein, die beiden haben nicht etwa deine Figur erörtert«, fügte sie hastig hinzu. »Sondern wie elegant und gekonnt du die Hüte, Mäntel und Kleider für Herrn Björklunds Weihnachtsreklame vorgeführt hast.«

»Leider irren sich die beiden, so reizend sie auch sein mögen. Ich bin alles andere als vollkommen. Und das gilt für alle Menschen. Außer für dich wahrscheinlich.« Greta lächelte spöttisch. »Vergiss nicht, mich daran zu erinnern, dass ich dich niemals mit Herrn Stiller bekannt machen darf. Du bist einfach wunderschön. Bei mir hingegen hat er sogar an meinem Namen etwas auszusetzen.«

Victoria, die dieses Kompliment von ihrer Freundin schon öfter gehört hatte, legte ihr Gebäckstück weg. »An deinem Namen?«

»Er ist zu lang. Zu gewöhnlich. Ich werde ihn ändern.«

»Wie willst du dann heißen?«

»Ich weiß noch nicht. Jedenfalls muss der Name besser ins Ohr gehen. Greta darf ich behalten.«

»Wie großzügig von deinem Herrn Stiller.«

Greta lachte laut auf. »Sei nicht so muffig. Ich finde, er hat recht. Was hältst du von Greta Garboda? Meine Verwandtschaft hat einen kleinen Bauernhof auf Lidingö, der Garboda heißt.«

»Garboda?« In Victorias Ohren klang das ziemlich holperig. »Das lässt sich noch schwieriger aussprechen als Greta Gustafsson.«

»Du könntest recht haben.« Wieder seufzte Greta. »Ich muss mich noch vor Ende der Dreharbeiten entscheiden.«

»Und wann sind die abgeschlossen?«

»Ende Februar.«

»Und was machst du danach?«

»Ich kehre zurück an die Schauspielakademie.«

»Du willst weiter studieren?« Als Victoria zu ihrer Tasse griff, bemerkte sie, dass Greta ihren schwarzen Kaffee noch nicht angerührt hatte. Zum Teufel mit diesem Herrn Stiller. Es wäre Torun sicher ein Vergnügen gewesen, ihm den Kopf geradezurücken.

»Natürlich, was denn sonst?«, antwortete Greta. »Zumindest, bis man mir einen neuen Film anbietet. Ich habe noch so viel zu lernen. Und je mehr ich über meinen Beruf weiß, desto besser werde ich als Schauspielerin.« Sie beugte sich vor. »Was halten die Leute bei Nordiska Kompaniet eigentlich von mir?«, fragte sie mit rauchiger Stimme.

Victoria wäre fast an ihrem heißen Kaffee erstickt. Nie wäre sie auf den Gedanken gekommen, dass es Greta auch nur die Spur kümmerte, wie andere über sie dachten. Schließlich verströmte sie nichts als Selbstbewusstsein, wenn sie ins Atelier gerauscht kam. »Frau Alm findet es traumhaft, mit dir zusammenzuarbeiten«, erwiderte sie wahrheitsgemäß. »Nach links drehen, nach rechts drehen. Die ideale Vorführdame. Und Kundin. Denn schließlich bist du ja beides.«

»Sehr gut.« Greta schien zufrieden. »Ich mag sie. Wie lange wirst du für sie arbeiten?«

»Was meinst du damit?«

»Wie lange wirst du deine Tage noch damit verbringen, Frau Alm jeden Wunsch von den Lippen abzulesen und Schauspielerinnen zu vermessen? Was hast du als Nächstes vor?«

Endlich verstand Victoria. »Gewiss wird mir Frau Alm bald gestatten, auch die Kundinnen im Atelier zu vermessen. Und außerdem ist die Arbeit einer Direktrice mit dem Vermessen ja noch nicht getan. Frau Alm hält die Augen offen, macht sich ein Bild, passt an, malt sich die Änderung aus und nimmt sie vor. Anprobe um Anprobe. Ich muss jeden Kniff lernen, den sie auf Lager hat. Die Kundinnen vertrauen ihr. Manche bewundern sie sogar. Du weißt ja, der Kauf eines Modellkleids ist ein Stück Lebenserfahrung.«

Greta tippte mit der Fingerspitze aufs weiße Tischtuch. »Wie alt ist Frau Alm?«

»Ach, herrje, ich weiß es gar nicht. Fünfzig? Nein, warte, einundfünfzig. Sie hat letztes Jahr ihren Fünfzigsten gefeiert.«

»Also könnte sie noch weitere sechzehn Jahre Direktrice bleiben.«

»Ich denke schon.«

»Und willst du warten, bis du selbst …? Wie alt wärst du dann?«

»Siebenunddreißig.« Victoria schob den Kiefer vor. Ottilia war mit sechsundzwanzig Jahren Leiterin des Grand Royal geworden. Birna hatte in etwa demselben Alter ihr Medizinstudium abgeschlossen. Ganz zu schweigen von Greta, die schon ihren fünften Film drehte, obwohl sie erst achtzehn, also drei Jahre jünger als Victoria, war. Selbst Isabella hatte sich von der bescheidenen Pralinenverkäuferin zur aufstrebenden Werbefachfrau entwickelt, die abends über Herrn Björklunds amerikanischen Lehrbüchern brütete. Was war nur aus ihrem eigenen Ehrgeiz geworden? Und dennoch.

Victoria reckte das Kinn. »Ich bin sehr glücklich im Atelier, denn ich finde die Arbeit dort spannend. Sie macht mir Spaß.

Die Bezahlung ist in Ordnung, und man langweilt sich keinen Augenblick. Viele junge Damen in dieser Stadt würden alles dafür geben, um mit mir zu tauschen.«

Greta klatschte in die Hände. »Wenn du glücklich bist, bin ich es auch. Allerdings würde ich keine sechzehn Jahre lang warten, bis ich in die Fußstapfen einer anderen Frau treten darf.«

Victoria schluckte den letzten Bissen ihres Zimtbrötchens hinunter. Es hinterließ einen bitteren Geschmack im Mund.

Am selben Abend saßen Victoria und Isabella gemütlich zu Hause beim Tee.

»Kaum zu fassen, dass es nur noch sechs Wochen bis Weihnachten sind«, sagte Isabella. »Dieser Herbst ist vergangen wie im Fluge. Ich dachte, es würde nun endlich ein bisschen ruhiger werden. Schließlich hat Herr Munkhammar das Kaufhaus schon weihnachtlich dekoriert, und die Zeitungsanzeigen sind entworfen, abgesegnet und gebucht. Aber weit gefehlt. Herr Björklund und Herr Munkhammar haben heute mit den Einkäufern und Abteilungsleitern über Ostern gesprochen. Ich durfte zuhören.« Isabellas Augen leuchteten. »Herr Björklund sagte, er habe nicht die Absicht, alles zu wiederholen, wenn ich auch selbst dabei sein und etwas lernen könne.«

»Klingt vernünftig.«

»Außerdem ist Herrn Björklund der absolute Knaller für die Hochzeitssaison im nächsten Frühling eingefallen«, fuhr Isabella fort. »Ich würde es dir ja so gerne erzählen, aber ich wurde zu Stillschweigen verdonnert.«

Victoria sah zu, wie ihre Freundin sich vor unterdrücktem Lachen bog. Sie rutschte auf ihrem Stuhl herum. »Bella, bist du es denn niemals leid, Werbekampagnen zu entwerfen und so weit in die Zukunft zu planen?«

Isabella beruhigte sich wieder. »Leid? Ich arbeite doch erst seit gut zwölf Monaten mit Herrn Björklund zusammen. Jeder Tag ist ein Abenteuer. Und wenn ich nach Hause komme, erwartet mich das hier.« Sie wies auf den Bücherstapel auf dem Schreibtisch aus Mahagoni, den Ottilia und Fredrik ihr letztes Jahr zu Weihnachten geschenkt hatten. Victoria hatte zwei leicht unterschiedliche wadenlange Kleider aus schwarzem Wollstoff bekommen, wie es ihrer neuen Rolle als Frau Alms Assistentin gebührte. Nun besaß sie zum ersten Mal selbst zwei Modelle aus dem Atelier, die der Boss höchstpersönlich entworfen hatte. Nach der Perlenkette ihrer Mutter waren diese Kleider ihr ganzer Stolz.

»Aber glaubst du nicht, dass dir die Werbung irgendwann zu langweilig wird?«, hakte sie nach.

Isabella schüttelte den Kopf. »Laut Herrn Björklund steckt die Werbung noch in den Kinderschuhen. Zurzeit befassen wir uns hauptsächlich mit Zeitungen, Zeitschriften und Schaufenstern, doch bald wird es neue Verbreitungswege geben. Das Radio zum Beispiel. Kannst du dir vorstellen, eine Werbebotschaft im Radio zu hören?«

Victoria überlegte. »Nein.«

»Herr Björklund kann es. Und ich auch. Wäre es nicht wundervoll, wenn wir hier ein Radio hätten?« Isabella wies mit der Hand in den Raum. »Wir könnten Musik hören.«

»Wird in Schweden denn Musik gesendet?«

»Noch nicht, aber es dauert sicher nicht mehr lange. Herr Björklund sagt, in Amerika und in London hätten sie schon damit angefangen.« Isabellas Wangen röteten sich vor Aufregung. »Warum willst du so viel über die Werbung wissen?«

»Weil du offenbar sicher bist, dass du auf lange Sicht hin mit Herrn Björklund zusammenarbeiten willst. Heute hat Greta Gustafsson angedeutet, ich würde mein Leben vergeuden, wenn ich darauf warte, dass Frau Alm in Rente geht, damit ich Direktrice werden kann.«

Isabella nahm die Teekanne vom Tablett und füllte beide Tassen nach. »Das hängt davon ab«, erwiderte sie nachdenklich, »ob du nur darauf wartest, dass Frau Alm endlich geht, oder ob du Spaß an deiner Tätigkeit hast und sie nutzt, um mehr zu lernen.«

Victoria schwenkte den Zeigefinger. »Genau. Außerdem interessiert sich Frau Alm nicht fürs Theater, während ich gerne Bühnenluft schnuppere. Hatte Birna während ihrer Studienzeit am Karolinska Institutet nicht auch Dr. Widerström als großes Vorbild?«

Isabella sah sie fragend an. »*Hatte?* Bewundert Birna sie denn nicht mehr?«

»Wer kann das wissen? Wir sehen Birna ja kaum noch, weil sie immer bei ihrem Daniel ist.« Sosehr sie alle den gut aussehenden Neurologen auch ins Herz geschlossen hatten, vermisste Victoria ihre Schwester.

»Wir haben sie erst letzten Monat am elften Geburtstag der Jungen getroffen«, wandte Isabella ein.

»Schon. Ich weiß, wie unvernünftig es klingt, aber seit sie offiziell aus der Linnégatan ausgezogen ist, fühlt es sich an, als sei sie ganz weit weg. Solange Birna mit Torun und Märta zusammengewohnt hat, war sie immer in unserer Nähe.«

»Obwohl sie eigentlich nur noch ein unbenutztes Bett bei den beiden stehen hatte?«

Victoria schürzte die Lippen. »Trotzdem.«

»Und obwohl es von hier bis zur Linnégatan weiter ist als bis zu Daniels Wohnung in der Rimbogatan?«

Victoria warf ein Kissen nach der grinsenden Isabella. »Jetzt mal im Ernst. Birna ist nie von dem Weg abgewichen, für den sie sich entschieden hat. Als sie damals anfing, gab es noch kaum Ärztinnen. Meine Mutter wollte immer, dass wir Mädchen die Möglichkeiten bekamen, die ihr verwehrt geblieben sind. Und schau dir an, wie weit wir es gebracht haben. Wir haben das Wahlrecht, gelten als vollwertige Bürgerinnen und können uns frei entscheiden. Meine Mutter wäre vor Begeisterung außer sich gewesen. Und trotzdem weiß ich nicht so recht, was ich mit dieser vielen Freiheit anfangen soll.«

»Das ist, weil wir es noch nicht verinnerlicht haben, dass das Wahlrecht tatsächlich unser Recht ist. Diese Errungenschaft ist noch so neu, dass wir den Männern, die es uns gewährt haben, beinahe dankbar sind. Und nicht etwa den Frauen, ohne deren Kampf wir es bis heute nicht hätten. Außerdem haben die Männer, was Freiheiten angeht, auch weiterhin die Oberhand. Sie haben einen größeren Entscheidungsspielraum als wir und werden außerdem besser bezahlt, ganz gleich, welchen Beruf sie ergreifen. Nun müssen wir für unsere Gleichberechtigung kämpfen.«

Victoria starrte sie an. »Woher kommt dieser Geistesblitz?«

»Von Torun natürlich. Sie meinte letztens, ich solle mir schon ein paar Werbesprüche einfallen lassen, um die Frauen bei der nächsten Wahl an die Urnen zu locken.«

»Oh, da würde ich aber vorsichtig sein. Sicher erinnerst du dich noch, wie gespalten die Familie bei der letzten Wahl war.«

»Dennoch waren sich alle darin einig, dass Frauen zur Wahl gehen sollten, weil sie es jetzt können.« Isabella gähnte. »Ich muss ins Bett.« Sie stand auf. »Übrigens hat Pappa uns alle am zweiten Adventssonntag auf einen Umtrunk mit Pfefferkuchen eingeladen. Das ist der 9. Dezember. Nur dass es für mich eher wie ein Befehl als wie eine Einladung klang.«

»Seltsam. Gibt es denn etwas zu feiern?«

»Pappa hat keinen Anlass erwähnt. Allerdings ist es wirklich ein wenig seltsam, einen Tag vor der Nobelpreisverleihung eine Familienversammlung einzuberufen. Schließlich haben Pappa und Mamma an diesem Tag immer besonders viel zu tun.«

»Ist Ottilia mit der Neugestaltung des Wintergartens inzwischen fertig?«

»Davon ist auszugehen.«

Die beiden wechselten einen schuldbewussten Blick.

»Wir sollten uns wirklich mehr Mühe geben, damit wir immer darüber auf den Laufenden sind, was bei den anderen so los ist«, erwiderte Victoria. »Und bitte erinnere mich morgen daran, in die Betriebsbibliothek zu gehen. Ich habe Greta versprochen, dass ich *Gösta Berling* lesen werde. Glaubst du, die haben das Buch da?«

»Ich denke schon. Und wenn nicht, hat Torun es bestimmt.«

Victoria verzog das Gesicht. »Dann kaufe ich lieber eine Ausgabe in unserer Bücherabteilung. Dort rücken sie die Bücher auch raus, ohne mir gleich einen literaturwissenschaftlichen Vortrag zu halten.«

Isabella lachte. »Stimmt.«

»Dennoch« – Victoria klopfte auf die Armlehne ihres Stuhls – »muss ich in Zukunft mehr lesen. Manchmal komme ich mir verglichen mit Greta richtig ungebildet vor.«

»Das ist doch ein guter Vorsatz fürs neue Jahr«, antwortete Isabella. Sie pustete die Kerze aus.

Kapitel zweiundachtzig

Märta und Ellen klopften sich vor der Tür des Hauses Sibyllegatan 21 den Schnee von den Stiefeln. Dann entfernte Märta das Einwickelpapier von einem prachtvollen Weihnachtsstern, erworben beim Floristen im Erdgeschoss. »Hoffentlich ist die Pflanze unterwegs nicht erfroren. Vielleicht hätten wir doch besser Pralinen mitbringen sollen.«

Ellen schüttelte den Kopf. »Maria und Torun haben die Pralinen besorgt. Bestimmt ist dem Weihnachtsstern nichts geschehen. Aber vermutlich wäre es besser für ihn, wenn wir jetzt reingingen.«

»Wartet!«

Als Märta sich umdrehte, sah sie eine rotwangige Victoria und Isabella keuchend die Sibyllegatan entlanglaufen. Victoria trug einen modernen, einreihig geknöpften marineblauen Mantel, dessen breites Revers mit Samt abgesetzt war. Isabellas smaragdgrüner Mantel hatte Glockenform, betonte Manschetten und einen Stehkragen. Die Nasen der beiden waren von der Kälte gerötet, doch ihre Augen blitzten jugendlich frisch unter den Krempen ihrer – natürlich farblich mit den Mänteln abgestimmten – Hüte hervor. Kein Wunder, dass ein junger Mann, der gerade vorbeiging, stehen blieb und sich nach ihnen umdrehte. Märta scheuchte die beiden Schönheiten durch die Tür, über der Eiszapfen hingen, hinein ins Treppenhaus.

»Weiß jemand, warum wir hier sind?«, flüsterte Victoria auf dem Weg die Treppe hinauf.

Ellen sah sie verständnislos an. »Weil wir eingeladen sind?«

»Ja, aber warum?«, hakte Isabella nach. »Das ist die Frage, die mir auf den Nägeln brennt. Ansonsten kriegen wir während der Woche der Nobelpreisverleihung Mamma und Pappa nämlich nie zu Gesicht. Geschweige denn am Vorabend des Banketts.«

Märta zuckte zusammen. »Du hast recht. Aber gleich sind wir klüger.«

Hilda öffnete die Tür. Neben ihr stand ein flachsblondes vierjähriges Mädchen. Das hübsche rosafarbene Batistkleid erkannte Märta aus der Kinderabteilung wieder. Das Mädchen schob den Unterkiefer vor, um eine Zahnlücke zu präsentieren.

»Ach, du meine Güte, Cornelia«, sagte Victoria. »Hast du etwa schon einen Milchzahn verloren?«

Cornelia nickte heftig. »Gestern. Ich habe ihn rausgefummelt.«

»Und Birna hat uns versichert, dass es zwar selten, aber kein Grund zur Sorge ist, wenn man mit vier einen Zahn verliert«, ergänzte Hilda.

Isabella zauste Cornelia das Haar. »Du bist eben schon ein großes Mädchen.«

»Beeilt euch«, drängte Cornelia, während alle ablegten. »Wir haben ein Geheimnis.« Sie nahm Victoria an der Hand und zog sie zum Wohnzimmer, wo bereits Stimmengewirr herrschte.

Märta ließ den Blick über die Anwesenden schweifen, die sie als ihre Familie betrachtete. Dann schaute sie hinüber zu dem langen, mit einem roten Tuch gedeckten Tisch, wo große Kaffeekannen, eine Platte mit Schinkenbroten, ein Teller mit Pfefferkuchen und noch einer voller frisch gebackener, mit Hagelzucker bestreuter Zimtbrötchen standen. Zwei der vier Adventskerzen auf dem Kaminsims flackerten in der Wärme, die aus dem brennenden Kamin darunter aufstieg. Im nächsten Moment stieß Victoria einen so lauten Schrei aus, dass Märta herumfuhr.

»Pa!«

Karl Ekman erhob sich aus seinem Sessel am Kamin und breitete die Arme aus, damit seine Jüngste ihm um den Hals fallen konnte. »Was für ein Anblick für meine müden Augen.«

Victoria schmiegte sich fest an ihn. Dann wich sie zurück, um ihren Vater besorgt zu mustern. »Warum bist du hier? Bist du etwa krank?«

»Aber nein. Ich wurde eingeladen.« Er wies auf Birna, die Arm in Arm mit Daniel dastand. »Und zwar von Dr. Solomon und … Dr. Solomon.«

»Sag jetzt nicht, ich hätte eine Hochzeit verpasst!«, kreischte Victoria.

»Wir haben sie alle verpasst«, erwiderte Ottilia, während Philip und Julian den Hinzugekommenen ein Glas Champagner reichten. »Eigentlich dachte ich, meine Schwester und mein neuer Schwager wollten heute ihre Verlobung bekanntgeben, aber die zwei hatten andere Pläne.«

Birna grinste. »Tut mir leid. Aber das Heiraten ist so umständlich, wenn der eine Jude und die andere Christin ist. Also haben wir uns für eine Ziviltrauung in unserem schicken neuen Rathaus entschieden. Nur mit unseren Eltern als Zeugen. Daniels restlicher Familie haben wir es gestern Abend gesagt.«

»Und da wir jetzt alle hier versammelt sind«, verkündete Torun, »ist es höchste Zeit, dass wir auf die Jungvermählten anstoßen. Pa, möchtest du den Trinkspruch übernehmen?«

Karl erhob sein Glas. »Auf Birna und Daniel. Ihr sollt so glücklich werden, wie Birnas Mutter und ich es waren.«

Alle tranken.

»Danke, Herr Ekman.« Mit übertrieben feierlicher Miene ließ Daniel den Blick über die Runde schweifen. »Meine Frau und ich …«

Die Anwesenden johlten.

»Nenn mich Pa«, sagte Karl.

»Ist dir klar, Daniel«, merkte Karolina an, »dass Birna nicht nur drei Schwestern hat, sondern gleich sieben?« Sie wies auf Märta, sich selbst, Ellen und Maria.

»Und dann hat sie noch mich«, ergänzte Isabella, »obwohl ich eigentlich eine Nichte bin und keine Schwester, außer die Schwester von Vickan natürlich, die aber offiziell meine Tante ist, wenn auch nur angeheiratet.«

»Versuch gar nicht erst, dieses Kuddelmuddel zu verstehen, Onkel Daniel«, fügte Philip hinzu. »Julian und ich gehören jedenfalls zu deiner Mannschaft.«

»Und wo gehöre ich hin?«, fragte Cornelia.

»Du bist die Lieblings-Cornelia von uns allen«, antwortete Fredrik.

Das kleine Mädchen nickte. »Richtig.«

»Ich habe noch nie eine Familie mit so vielen starken Frauen kennengelernt«, sagte Daniel. »Meine Mutter lässt sich zwar auch kein X für ein U vormachen, aber sie braucht dringend Verstärkung. Zufällig möchte sie im neuen Jahr eine Einladung geben und hofft, dass ihr alle kommt, um meine Familie kennenzulernen. Auch meine drei Brüder.«

»Ich kann zwar nicht für die anderen sprechen«, erwiderte Ottilia, »aber Fredrik und ich nehmen sehr gerne an.«

»Und bestimmt gilt das für uns alle.« Torun rieb sich die Hände. »Wie aufregend. Ich bin schon oft an der Synagoge in der Wahrendorffsgatan vorbeigekommen und frage mich jedes Mal, wie es drinnen wohl aussehen mag.«

»Ich zeige es dir gern«, erbot sich Daniel.

»Ja, bitte.«

»Und was hältst du vom neuen Rathaus?«, erkundigte sich Ellen bei Torun. »Warst du nicht letzten Samstag dort? Unsere Werkstätten in Nyköping haben einige der Möbelstücke für den Goldenen Saal angefertigt.«

»Ja, ich war wirklich dort. Ein sehr beeindruckendes Erlebnis. Tagsüber bin ich natürlich häufig im Rathaus, und ich hoffe, dass das noch viel regelmäßiger der Fall sein wird, wenn die Sozialdemokraten im nächsten Jahr erst ihre Sitze im Stadtrat von Stockholm zurückgewinnen. Doch ich hatte das Gebäude noch nie festlich geschmückt gesehen. Eine Pracht. Und ein würdiges Aushängeschild für unsere Stadt.«

»Warum warst du dort?«, fragte Karl Ekman.

»Zur Feier des hundertjährigen Bestehens von Norstedt. Ein Bankett für etwa vierzehnhundert Personen, und anschließend wurde im Blauen Saal getanzt.«

»Nennt man den Raum denn noch immer so?«, hakte Daniel nach.

»Ja. Ich denke, der Name hat sich einfach gehalten.«

»Das müsst ihr mir erklären«, sagte Karl.

»Eigentlich sollte der große Saal verputzt und blau gestrichen werden«, erläuterte Torun. »Aber als der Architekt die wunderschönen Backsteinwände sah, hat er seine Meinung geändert. Und deshalb ist der Blaue Saal in Wirklichkeit rotbraun.«

»Wie der Wintergarten«, stellte Ottilia fest. »Dort sind die Wände zwar verputzt, aber in einem Terracottaton gestrichen. So wirkt alles elegant und trotz der Größe des Raums gleichzeitig gemütlich.«

»Ist die Renovierung eigentlich schon abgeschlossen?«, erkundigte sich Victoria.

Ottilia nickte. »Der Springbrunnen wird mir fehlen. Doch die Umstände, die fließendes Wasser mitten in einem Restaurant so mit sich bringt, werde ich ganz sicher nicht vermissen.«

»Weiß Frau Skogh, dass ihr kostbarer Brunnen jetzt Geschichte ist?«, fragte Märta.

»Ich habe es ihr vor dem Abbau selbst erzählt. Allerdings wurde er nicht zerstört, sondern nach Lidingö gebracht.«

»In ihr Landgut Foresta?«, meinte Märta zweifelnd.

»Zum Haus von Paul U. Bergström. Offenbar kommt er in seinem Garten vorzüglich zur Geltung.«

»Ach, deshalb ist er mir in Foresta nicht aufgefallen«, sagte

Märta. »Ich habe mich schon gewundert, wie ich einen Brunnen übersehen konnte.«

»Genug vom Thema Brunnen«, unterbrach Torun. »Ich habe gestern William Yeats kennengelernt.«

»Wer ist William Yeats?«, wollte Julian wissen.

Torun lächelte den Jungen an. »Eine gute Frage. Herr Yeats ist ein Schriftsteller, der in diesem Jahr den Literaturnobelpreis gewonnen hat. Morgen wird er seine Medaille aus der Hand des Königs entgegennehmen. Aber gestern war er bei Norstedt, weil wir eine Sammlung seiner Theaterstücke auf Schwedisch herausgebracht haben.«

»Oh.« Julian sah Torun ernst an. »Und ist Herr Yeats nett?«

»Aha.« Karl Ekman lachte anerkennend auf. »Der junge Mann weiß schon, was zählt. Gut gemacht, Julian. Mit dieser Einstellung wirst du es weit bringen.«

Torun tätschelte dem Jungen die Schulter. »Ganz recht.«

»Ich werde mal Pianist. Mein Klavierlehrer sagt, ich hätte *Potenzial.*« Er sprach das schwierige Wort aus, ohne zu stocken.

Torun schaute zu Karolina hinüber.

»Das sagt er wirklich«, bestätigte diese. »Aber du hast noch viel Zeit, dich zu entscheiden. Schließlich bist du erst elf.«

»Ich habe mich entschieden«, teilte Julian Torun mit. »Jetzt muss ich nur noch viel üben.«

Märta erkannte, dass widerstreitende Gefühle in Torun tobten. Stolz? Bedauern? Wahrscheinlich war es besser, wenn sie ihr zu Hilfe kam, denn ihre Freundin machte ein Gesicht, als habe es ihr die Sprache verschlagen.

»Also, Julian«, wandte sie sich deshalb an den Jungen. »Was empfiehlst du uns denn vom Büfett?«

»Eine ausgezeichnete Idee, Märta.« Ottilia klatschte in die Hände. »Bitte bedient euch. Fredrik, Karolina und ich müssen uns leider bald verabschieden. Aber ihr könnt so lange bleiben und euch unterhalten, wie ihr wollt. Es ist genug zu essen und trinken da.«

»Und ich bleibe bei Hilda«, verkündete Cornelia.

»Richtig, mein Schatz«, erwiderte Karolina. »Du und Julian wartet hier, bis Großmutter euch abholt.« Sie wandte sich an die Runde. »Edward lässt sich entschuldigen. Er bedauert, nicht dabei sein zu können, aber im Hotel ist einfach zu viel zu tun.«

»Ist das Grand Hôtel auch beteiligt, wenn am Montag der Kronprinz mit seiner neuen Braut zurückkommt?«

»Die Hauswirtschaft ganz sicher«, antwortete Ottilia. »Die Bankettabteilung weniger, vermutlich deshalb, weil Weihnachten vor der Tür steht. Das königliche Paar erwartet zwar Gäste, doch die meisten Empfänge finden im Palast statt.«

»Ich frage mich, ob die fünf Kinder ihre neue Stiefmutter wohl richtig kennen«, merkte Isabella an.

Victoria zuckte mit den Achseln. »Keine Ahnung. Ich hoffe nur, dass diese Kronprinzessin Louise auch gut zu ihnen ist. Nur der Himmel weiß, wie sie mit dem Tod von Kronprinzessin Margaret zurechtgekommen sind. Ich vermisse ihre Besuche im Atelier noch immer, und dabei bin ich ihr nur zweimal begegnet.«

»Apropos Atelier«, sagte Ellen. »Ich habe gehört, dass Herr Björklund sehr zufrieden mit den Fotos von deiner Freundin Greta Gustafsson ist, die er für die Weihnachtsreklame gemacht hat.«

»Stimmt«, bestätigte Isabella. »Das sind wir alle.«

Victoria schluckte den Bissen von dem Schinkenbrot hinunter, den sie gerade im Mund hatte, und wischte sich die Butter vom Mundwinkel. »Greta Garbo.«

Ellen sah sie überrascht an. »Wie bitte?«

»Greta Garbo. Sie hat offiziell ihren Namen geändert. Diese Woche.«

»Warum denn das, um Himmels willen?«, wunderte sich Torun.

»Wegen ihrer Filmkarriere.«

»Filmkarriere?«

Victoria verdrehte die Augen. »Warum hörst du mir nie richtig zu, Torun Ekman? Ich habe dir doch erzählt, dass Greta in einem Film mit dem Titel *Gösta Berling* mitspielt, der nächstes Jahr in die Kinos kommt.«

Toruns Augen weiteten sich. »Du hast mir vielleicht erzählt, dass irgendjemand einen Film dreht. Aber ich bin absolut sicher, Victoria Ekman, dass die Zauberworte *Gösta Berling* nie gefallen sind. Hast du das Buch überhaupt gelesen? Es ist eines der besten von Dr. Lagerlöf.«

Victoria schnaubte. »Natürlich habe ich es gelesen. Das haben doch alle.«

Märta beobachtete, dass Isabella ein wissendes Grinsen unterdrückte. Also war Victorias plötzliches Interesse an Literatur weder so grundlegend noch umfassend, wie Torun hier offenbar weisgemacht werden sollte. Sie verkniff sich selbst ein Schmunzeln und ließ den Blick durch das gemütliche, von friedlicher Stimmung erfüllte Wohnzimmer schweifen.

Philip und Julian steckten die Köpfe zusammen und bastelten weiter an einer selbst fahrenden Spielzeugeisenbahn, die Philip mit seinem Meccano-Kasten zusammengebaut hatte. Cornelia, die Nase mit Zucker bestäubt, döste auf Karl Ekmans Schoß. Und Hilda stellte einen neuen Teller mit belegten Broten auf den Tisch. Birna und Daniel waren mit Ellen ins Gespräch vertieft, während Torun, Maria und Isabella aus voller Kehle über eine Bemerkung von Victoria lachten. Karolina und Fredrik zogen bereits draußen ihre Mäntel an. Als Ottilia noch einmal hereinkam, trug sie das gut geschnittene burgunderrote Kostüm mit den kunstvoll bestickten Aufschlägen, das – wie Märta wusste – bei der eleganten und hoch geachteten Frau Nyblaeus ausschließlich dem Dienst im Grand Royal vorbehalten war.

Märta lächelte ihrer alten Freundin zu. »Soll ich bleiben und deinen Vater und Philip verköstigen, damit Hilda sich freinehmen kann?«

Ottilia tätschelte ihr den Arm. »Wie lieb von dir, dass du fragst. Aber ich glaube, Pa und Philip freuen sich schon auf einen Abend unter sich. Hilda richtet ihnen eine kalte Platte her und macht dann Feierabend. Aber jetzt müssen wir uns wirklich sputen. Wir sehen uns spätestens zu Weihnachten.« Sie tätschelte Märta noch einmal den Arm.

Märta wurde von Zweifeln ergriffen.

Konnte sie das alles wirklich hinter sich lassen?

Kapitel dreiundachtzig

1924

Der Ball des Amaranten-Ordens stand vor der Tür. Und so hatte sich die Schneiderei während der letzten Wochen in ein Meer aus Seide, Taft, Organza und einer Vielzahl weiterer Stoffe verwandelt, die in den verschiedensten Farben schillerten. Pailletten, Perlen, Knöpfe und Stickgarne mischten sich munter ins Getümmel, während die Damen sich daranmachten, eine Bestellung nach der anderen fein säuberlich abzuarbeiten.

»Noch nie im Leben haben mir so die Finger wehgetan.« Agatha schüttelte ihre Hände, um die schmerzenden Gelenke zu lockern. Dann rollte sie die Schultern und drehte den Kopf hin und her, denn nach dem stundenlangen Sitzen in immer derselben Haltung war sie völlig verkrampft.

»Das wundert mich nicht«, stimmte Bettan zu. »Wir ersticken in Arbeit. Ich habe Frau Alm gesagt, dass wir Victoria heute Nachmittag brauchen. Sie war nicht sehr erfreut.«

Agatha traute ihren Ohren nicht. »Sie haben Frau Alm etwas *gesagt?*«

»Eigentlich habe ich sie eher darum gebeten.« Bettan rang die Hände. »Was soll ich denn tun? Sie wissen genauso gut wie ich, dass diese Kleider von einem Mannequin anprobiert werden müssen. Und alle anderen Vorführdamen sind beschäftigt. Nur der Himmel weiß, wie wir all die zusätzlichen Bestellungen schaffen sollen. Ich kenne die Antwort nämlich nicht. Unsere Auftragsbücher für den Sommer sind bereits voll.«

Vera verzog das Gesicht. »Wäre es nicht sinnvoller, eines der anderen Mannequins in die Schneiderei zu rufen, damit Victoria im Vorführraum bleiben kann?«

Bettan schüttelte den Kopf. »Als Direktrice ist man so etwas wie eine Respektsperson. Deshalb würde Frau Alm es niemals dulden, dass Victoria abwechselnd Kleider vorführt und bei den Kundinnen Maß nimmt. Das macht einen schlechten Eindruck.«

»Ich könnte die Kleider doch anprobieren, Bettan«, schlug Hulda, die Atelierbotin, vor. »Ich habe tausendmal dabei zugeschaut.«

Bettan klappte den Mund auf und wieder zu. Dann musterte sie Hulda zweifelnd. »Rauf mit Ihnen auf dieses Podium. Was meinen Sie, Agatha?«

Agatha ging zu Bettan hinüber, die Hulda kritisch beäugte. »Die Größe stimmt.« Agatha vollführte eine kreisende Bewegung mit dem Finger. »Drehen Sie sich langsam um die eigene Achse, Hulda.« Sie neigte den Kopf zur Seite. »Schwer zu sagen, ob die Figur stimmt. Dazu müsste sie ihr Kleid ausziehen.«

»Bin ich etwa eine preisgekrönte Kuh?«, protestierte Hulda.

Agatha grinste. »Das versuchen wir ja gerade herauszufinden.«

Schließlich stand Hulda in Unterwäsche da und überkreuzte die Arme schützend vor der Brust.

»Arme runter«, herrschte Bettan sie an. Sie zerrte an den Trägern von Huldas Büstenhalter und kürzte den einen, indem sie eine Stecknadel hineinbohrte.

Hulda schrie auf.

»Hören Sie auf zu jammern und seien Sie froh, dass Ihre Generation nie erfahren wird, wie es ist, ein Korsett zu tragen. Ganz im Gegensatz zu uns. So, wenn wir die Träger hier und dort kürzen, Agatha« – Bettan platzierte noch eine Stecknadel –, »stimmt die Linie.« Sie wies auf einen Ständer, wo einige Kleider auf die letzte Anprobe warteten. »Geben Sie mir das apricotfarbene Crêpekleid, Elsa.«

Bettan ließ den weichen Crêpe de Chine über Huldas erhobene Arme und ihren Kopf gleiten. Das Kleid fiel glatt über

Huldas Hüften hinab, bis es eine schmeichelnde Silhouette von den Schultern bis zur halben Höhe der Waden bildete.

Die Märzsonne fing sich in den schwarzen Glasperlen, die Agatha in die goldfarbene Stickerei auf der unteren Hälfte des Rockes eingearbeitet hatte. Das Muster setzte sich die Seiten hinauf, entlang der tief angesetzten Taille und rings um die Ärmellöcher bis zu dem tiefen V-Ausschnitt der obersten Deckschicht fort. Ein Unterkleid aus demselben apricotfarbenen Stoff sorgte dafür, dass das Dekolleté weniger gewagt ausfiel.

Bettan trat einen Schritt zurück. »Gar nicht so übel. Sie machen sich nicht schlecht, Hulda.«

»Sie hat die Beine für die kürzeren Röcke. Das ist nicht zu verachten«, ergänzte Vera.

Bettan ließ den Blick nach unten wandern. »Sie haben recht, Vera. Verraten Sie es bloß nicht Herrn Björklund, sonst stibitzt er sie uns für seine Strumpfwerbung. Tanzen Sie mal, Hulda.«

Hulda streckte Arme und Handflächen aus und legte einen kleinen Charleston aufs Parkett.

»Das Kleid ist großartig«, stellte Agatha fest. »Es schimmert im Sonnenlicht wie flüssiges Gold.«

»Du gütiger Himmel.« Der Boss war hereingekommen. »Ist das dort oben Hulda?«

Hulda erstarrte mitten in der Bewegung.

»Ja, Herr Jacobsson«, antwortete Bettan. »Wir brauchten heute unbedingt ein weiteres Mannequin, und Hulda hat sich bereit erklärt. Wir versuchen gerade, ob es mit ihr klappen könnte.«

Huldas feuerrote Wangen bissen sich ganz entsetzlich mit dem zarten Apricot-Ton des Kleides. »Entschuldigen Sie, Herr Jacobsson, ich wollte mich nicht vordrängen.«

»Ich finde«, merkte Agatha nachdenklich an, »dass Hulda sich das Haar stufig schneiden lassen sollte. Es würde diese Kleider wundervoll zur Geltung bringen und ihr ausgezeichnet stehen.«

Huldas Hand schoss zu dem Dutt in ihrem Nacken. »Das geht nicht.«

»Ganz Ihrer Ansicht, Agatha«, verkündete der Boss. »Hulda hat einen ausgezeichneten Knochenbau, und wir sollten das Beste daraus machen. Denn ich bezweifle, dass wir unser Fräulein Garbo wiedersehen werden. Ich glaube, sie ist inzwischen in Berlin oder sogar schon unterwegs nach Amerika.«

»Haben Sie sich *Gösta Berling* angeschaut, Herr Jacobsson?«, erkundigte sich Vera.

»Ja, das habe ich, und ich war wirklich sehr angetan.«

»Der Film hat uns allen gefallen«, stimmte Agatha zu. »Auch wenn es seltsam war, Greta auf der großen Leinwand zu sehen, nachdem wir ihr so oft hier begegnet sind.«

»Vielleicht bin ich ja die Nächste«, murmelte Hulda träumerisch.

Bettan schnaubte höhnisch. »Sagte das Mädchen, das sich die Haare nicht schneiden lassen will. Das, was Greta da tut, verlangt eine Menge Mut.«

Herr Jacobsson hob die Hand. »Aber, Bettan. Wenn Hulda sich die Haare nicht schneiden lassen möchte, müssen wir ihre Entscheidung respektieren.«

Hulda klatschte in die Hände. »Ich will doch, Herr Jacobsson. Ich kann mir nur keinen richtigen Frisiersalon leisten. Und ich lasse nicht jeden x-Beliebigen mit einer Schere an meine Haare.«

Die Damen kicherten und nickten verständnisvoll.

Inzwischen umrundete der Boss das Podium und betrachtete Hulda aus sämtlichen Perspektiven.

Sie reckte das Kinn und stand stocksteif da.

Schließlich nickte Herr Jacobsson zufrieden. »Hulda, wenn Sie Ihr Haar wirklich stufig schneiden lassen wollen, gehen Sie hinunter in unseren Damensalon und lassen es auf die Rechnung des Ateliers setzen. Wir brauchen tatsächlich eine weitere Vorführdame. Und falls Sie nicht unbedingt weiter Botin bleiben wollen, sehe ich keinen Grund, es nicht mit Ihnen zu versuchen.«

Hulda starrte mit großen Augen zwischen dem Boss und Bettan hin und her, als suche sie eine Bestätigung, dass man sich wirklich nicht über sie lustig machte.

»Am besten ziehen Sie erst einmal das Kleid aus«, sagte Bettan. »Herr Jacobsson, jetzt brauchen wir aber eine neue Botin.«

»Bestimmt kann Fräulein Sachs im Handumdrehen eine für uns auftreiben. Mannequins sind da rarer gesät. Gut gemacht, Bettan. Und Sie auch, Hulda.« An der Tür drehte er sich noch einmal um. »Da wäre übrigens noch etwas, falls Sie es hier oben noch nicht gehört haben. Unsere Gräfin hat einen schweren Verlust erlitten. Ihr kleiner Hund Bertil ist heute Morgen gestorben.«

»Oh nein.« Eine Träne stieg Agatha ins Auge. »Er hat ihr so viel bedeutet.«

»Das hat er, Agatha. Aber er war schon sechzehn Jahre alt und hatte ein schönes Leben.«

»Schicken wir der Gräfin Blumen?«, fragte Bettan. »Das tun wir doch immer bei einem Trauerfall in … der Familie.«

»Fräulein Sachs hat einen Strauß bestellt, den Herr Bellman persönlich überreichen will. Außerdem wird Herr Björklund eine Fotografie von Bertil für die Gräfin rahmen lassen.«

»Das ist wundervoll«, sagte Agatha.

»Was meinen Sie?« Herr Jacobsson zog die Augenbraue hoch.

»Dass wir für ein Unternehmen arbeiten, das so viel für seine Angestellten tut. Niemand kann Bertil wieder lebendig machen, doch solche gütigen Gesten mildern den Schmerz vielleicht ein wenig ab. Ich glaube, ich könnte nirgendwo sonst arbeiten. Wir werden hier verwöhnt.«

Herr Jacobsson lächelte. »Ja, das ist richtig.«

Agatha zögerte. »Da ist etwas, das ich schon seit einer Weile fragen wollte. Glauben Sie, dass unsere Arbeitsplätze inzwischen sicher sind?«

Alle Blicke ruhten auf dem Boss.

Herr Jacobsson lächelte breit. »Darauf würde ich meinen guten Ruf verwetten.«

Die Anwesenden atmeten erleichtert auf.

Kapitel vierundachtzig

Auch Josef blickte so zuversichtlich wie schon seit Jahren nicht mehr in die Zukunft. Als er an jenem Vormittag durch sein Kaufhaus schlenderte, wurde er wieder einmal an all die vielen Gründe erinnert, weswegen seine Liebe dem Einzelhandel galt. Das Verkaufspersonal entfernte gerade die Abdecktücher und bereitete sich darauf vor, die Kundschaft wieder einen Tag lang ausgezeichnet zu bedienen und zu beraten. Thorwald Munkhammars wundervolle Dekorationen waren eine Augenweide und verlockten die Besucher, sich eine ganz besondere Kleinigkeit zu gönnen, die dann verpackt und nach Hause geliefert wurde. Überall duftete es nach frischen Blumen. Ja, Nordiska Kompaniet in der Hamngatan 18 verströmte vom Kellergeschoss bis hinauf unters Dach die Pracht eines Einkaufsparadieses.

Die Zahlen für das Jahr 1923 belegten, dass die dem Vorstand Anfang 1922 vorgeschlagenen Umstrukturierungen Früchte getragen hatten. Auch die Entscheidung, Tom Björklund als Werbeleiter zu beschäftigen, hatte sich als kluger Schachzug erwiesen. Das Geschäftsergebnis für 1923 wies einen Gewinn von 1,3 Millionen Kronen aus, erzeugt von fast drei Millionen Besuchern. Josef war unbeschreiblich erleichtert.

Nun lehnte er sich in seinem Sessel zurück. Der Jahresbericht enthielt noch weitere wichtige Punkte, zum Beispiel, dass das neue Konzept auch von der Stammkundschaft angenommen wurde. Oder dass die meisten dieser Stammkunden die Kurzform N.K. strikt ablehnten, da Nordiska Kompaniet doch so viel kultivierter klinge. Josef teilte diese Auffassung zwar nicht, doch das würde er den Herrschaften sicher nicht unter die Nase reiben.

Die neue Radioabteilung war ein Wagnis gewesen, das sich bezahlt gemacht hatte. Ebenso wie der neu eingeführte Kauf auf Rechnung. Außerdem hatte das Erdgeschoss einen Besucherrekord zu verzeichnen.

Auch privat hatte es einige Veränderungen gegeben. Sein ältester Sohn Ragnar hatte sein Wirtschaftsstudium inzwischen abgeschlossen und wollte nun noch ein weiteres Jahr im Ausland studieren. Josef hoffte, dass er im nächsten Jahr bereit und gewillt sein würde, eine Stelle bei N.K. anzutreten.

Josef seufzte zufrieden. Im Januar 1927 würde Nordiska Kompaniet AB sein fünfundzwanzigjähriges Firmenjubiläum begehen. Die Mitarbeiter hatten sich eine Feier verdient. Ja, mehr als eine Feier. Anerkennung. Lob. Eine Belohnung für ihre gute Arbeit. Während der Kriegsjahre und der schrecklichen Wirtschaftsflaute danach hatten sich alle unermüdlich und ohne zu klagen abgemüht. Deshalb hatte Josef es zu seiner persönlichen Mission erklärt, ihnen nicht nur einen denkwürdigen Abend zu bereiten, sondern auch einen, den sie wirklich nie wieder vergessen würden. Es musste eine Erinnerung werden, die für ein ganzes Leben reichte. Nun fehlte ihm nur noch ein Veranstaltungsort.

Ein Klopfen an der Tür riss ihn aus seinen Gedanken.

Märta Eriksson steckte den Kopf zur Tür herein. »Dürfte ich Sie für einen Moment stören?«

Josef winkte sie ins Büro. »Natürlich dürfen Sie. Außerdem stören Sie mich überhaupt nicht.« Er bot ihr den Besucherstuhl an. Sie sah … müde aus. War Fräulein Eriksson etwa krank?

Sie zögerte, als wisse sie nicht recht, wie sie anfangen sollte.

»Ist alles in Ordnung?«, erkundigte sich Josef.

Sie lächelte zittrig. »Ich bin hier, um meine Kündigung einzureichen. Anstatt Ihnen einfach einen Brief zu schreiben, würde ich es Ihnen gern persönlich erklären. Und Sie vielleicht um Ihren Rat bitten.«

Fräulein Eriksson zu verlieren, würde ein schwerer Schlag sein, allerdings keiner, der sich nicht verkraften ließ. Aber warum wollte sie fort? Und wozu brauchte sie seinen Rat? Neugierig beugte Josef sich vor. »Ich höre.«

»Ich möchte nach Amerika zurückkehren.«

»Aha.« Eigentlich fand er das, wie er nun feststellte, gar nicht so verwunderlich, denn er wusste von Ellen, dass Fräulein Eriksson sich seit ihrer Rückkehr nicht mehr richtig eingelebt hatte. »Darf ich fragen, warum?«

Fräulein Eriksson überlegte. »Ich war im August 1922 noch nicht bereit, nach Hause zu kommen. Obwohl ich natürlich Verständnis für Ihre Gründe hatte, habe ich mich gefühlt, als würde ich gewaltsam aus einem Leben gerissen, in dem ich so glücklich war wie nie zuvor. Ich habe New York geliebt und dort einige sehr gute Freunde gefunden.«

»Was ist mit Ihren Freunden hier?«

»Genau das ist die Frage, die mich jede Nacht wach hält. Ich habe eine Verantwortung gegenüber Torun, mit der ich die Wohnung teile.«

»Gestatten Sie mir, Ihnen zu widersprechen. Ich bin sicher, dass Torun auch allein zurechtkommt oder eine Nachfolgerin für Sie findet. Wie groß ist diese Wohnung denn?«

»Drei Zimmer und eine Küche. In der Linnégatan, ganz in der Nähe vom Humlegården.«

»Dann kann Torun sie gewiss gegen eine kleinere tauschen oder sich eine andere Dame suchen, um die Wohnung mit ihr zu teilen. Der Wohnungsmarkt in Stockholm ist noch immer sehr angespannt.«

»Genau das ist es ja. In New York ist es dasselbe. Es gibt keine Wohnungen. Ich habe den Großteil meiner Zeit dort mit Dorothy zusammengewohnt. Im Dezember hat sie mir geschrieben, meine Nachfolgerin werde im August heiraten.

Dann wäre mein altes Zimmer wieder frei. Dorothy hat mich gefragt, ob ich zurückkommen möchte. Mein erster Gedanke war: *Ja, sofort*. Und seitdem will er mir nicht mehr aus dem Kopf.«

»Weil Sie glauben, dass sich so eine Gelegenheit nicht wiederholen wird.«

»So ähnlich. Bei der bloßen Vorstellung, wieder an mein Leben dort anknüpfen zu können, hat mein Herz einen Satz gemacht. Ich vermisse New York so sehr. Und dass man mir tatsächlich dort eine Unterkunft anbietet, ist zu schön, um wahr zu sein.«

»Das verstehe ich. Und dennoch kann ich Sie nicht zurück nach Amerika schicken. Wir brauchen keine dritte Person im dortigen Büro.«

»Das ist mir klar. Ich habe auch schon genug Geld für die Überfahrt gespart«, erwiderte Fräulein Eriksson nachdenklich. »In New York möchte ich mich in einem der dortigen Kaufhäuser bewerben. Ich habe dort Freunde. Die sind zwar alle nicht in der Position, mich einzustellen, könnten aber ein gutes Wort für mich einlegen. Ein Arbeitszeugnis von N.K., das diese Einschätzung bestätigt, wäre wunderbar.«

»Ich werde Ihnen persönlich ein Zeugnis ausstellen. Die Personalchefs werden sich um Sie reißen. Außerdem werde ich mich einmal für Sie umhören.«

Fräulein Eriksson zuckte zusammen. »Das wäre furchtbar nett von Ihnen. Ich würde es aber nie von Ihnen verlangen.«

»Das haben Sie auch nicht. Ich habe es Ihnen angeboten, auch wenn ich Sie nur sehr ungern ziehen lasse. Falls Sie irgendwann beschließen sollten, zurückzukehren, werden Sie hier immer willkommen sein. Ich kann Ihnen zwar keinen festen Posten garantieren, doch irgendetwas wird sich bestimmt finden.«

»Bedeutet das, dass Sie meine Entscheidung unterstützen, Herr Sachs?«

»Dürfte ich der Klarheit halber noch einmal nachfragen, Fräulein Eriksson? Bitten Sie mich tatsächlich um Rat, ob Sie Ihre Freunde und Ihre ausgezeichnete Stellung hier zurücklassen und auf der anderen Seite des Atlantiks noch einmal neu anfangen sollten?«

»Ja.«

Märta hielt den Atem an. Vielleicht maß sie Herrn Sachs' Meinung ja zu viel Bedeutung bei, vor allem wenn man in Betracht zog, dass sie eine erwachsene Frau von vierzig Jahren war. Herr Sachs legte die Fingerspitzen aneinander und dachte gründlich über ihre Frage nach.

»Ich finde, Sie müssen es tun«, sagte er schließlich.

»Warum?«

»Im Grunde genommen läuft es darauf hinaus, was man mit höherer Wahrscheinlichkeit bereuen würde. Würden Sie es eher bedauern, dass Sie geblieben oder dass Sie gegangen sind? Meiner Ansicht nach würden Sie es mehr bedauern, wenn Sie blieben. Denn dann werden Sie sich den Rest Ihres Lebens fragen, ob Sie sich richtig entschieden haben.«

»Und wenn sich New York als Fehler erweist?«

»Dann hätten Sie wenigstens eine Antwort auf Ihre Frage. Und außerdem, mein liebes Fräulein Eriksson, können Sie schließlich jederzeit nach Hause kommen, falls es tatsächlich ein Fehler war.«

Und plötzlich hatte sich das gerade noch unlösbar erscheinende Problem auf wundersame Weise in Luft aufgelöst.

Kapitel fünfundachtzig

Nachdem die Entscheidung getroffen und in Form eines an Dorothy adressierten und abgeschickten Briefes bekräftigt worden war, reservierte Märta für neun Uhr einen Tisch in Blanch's Café und trommelte alle zusammen.

»Wir sind befördert worden«, meinte Victoria grinsend zu Isabella. »Wir dürfen am Tisch für große Mädchen sitzen.«

»Ganz richtig«, stimmte Ottilia zu. »Ihr seid jetzt etwa in demselben Alter wie ich damals, als wir anfingen, hierherzukommen.«

»Ach, herrje«, rief Torun aus. »Ich fühle mich plötzlich so alt. Und ehe ich es vergesse: Birna hat gerade angerufen. Sie kann sich nicht aus dem Sophiahemmet-Krankenhaus loseisen, will aber unbedingt wissen, worüber wir geredet haben.« Als sie Märta einen Blick zuwarf, nickte diese rasch.

»Typisch Birna«, meinte Ottilia und wandte sich an Märta. »Da wir nun alle etwas zu trinken haben, könntest du uns ja erzählen, wieso du uns sprechen wolltest.«

Märta stellte ihr Cocktailglas beiseite. »Ich gehe wieder nach Amerika.«

Sechs Kinnladen fielen hinunter.

»Warum?« Karolina flüsterte beinahe.

»Ich vermisse New York und will zurück.«

»Wirst du uns denn nicht vermissen?«, wollte Isabella wissen.

»Ganz entsetzlich«, antwortete Märta, was auch der Wahrheit entsprach. »Aber ich habe nachgerechnet. Das Reisen zwischen Amerika und Europa wird immer preisgünstiger. Also kann ich hoffentlich alle zwei bis drei Jahre zu Besuch kommen. Oder wenigstens alle fünf.«

»Und wo wirst du wohnen? Und arbeiten?«, hakte Karolina nach.

»Gestern hat Herr Sachs mir mitgeteilt, das Kaufhaus Nordstrom habe eine Stelle für mich, wenn ich Ende August dort eintreffe«, verkündete Märta, nachdem sie allen ihre Pläne erläutert hatte.

Isabella starrte sie entgeistert an. »Das ist ja schon in vier Monaten.«

Märta schluckte das schlechte Gewissen hinunter, das ihre Entschlossenheit ins Wanken zu bringen drohte.

»Ich finde, Märta hat recht, zu gehen«, verkündete Torun.

»Warum?«, fragte Ellen. »Ich teile zwar deine Ansicht, bin aber neugierig auf die Begründung.«

»Weil sie es will. So einfach ist das. Was bringt es, für freie Entfaltung und Gleichberechtigung zu kämpfen, wenn wir nicht auch unseren Herzen folgen und in Abenteuer aufbrechen? Ein alleinstehender Mann würde es sich nicht zweimal überlegen.«

»Richtig«, stimmte Ottilia zu.

»Dürfen wir dich besuchen?«, erkundigte sich Victoria.

Märta schnappte nach Luft. Bis jetzt hatte sie seltsamerweise noch gar nicht daran gedacht, dass sie ja auch umgekehrt Besuch aus Schweden bekommen konnte. Ihre Schultern lockerten sich ein wenig. »Wenn ich mich erst einmal häuslich eingerichtet habe, seid ihr mir jederzeit willkommen. Du wirst New York lieben, Vickan.« Sie ließ den Blick über die Runde schweifen. »Ihr alle werdet es lieben.«

»Gehe ich recht in der Annahme, dass du schon im Bilde warst, Torun?«, wollte Maria wissen.

»Ja«, gestand Torun. »Wir sind zwar alle als Familie betroffen, aber ich …«

»Für Torun wird es auch finanzielle Folgen haben«, beendete Märta den Satz. »Schließlich wäre da die nicht ganz unerhebliche Frage, wie sie die Miete bezahlen soll.«

»Was wirst du tun?«, wandte sich Maria an Torun.

»Ich habe lange überlegt«, erwiderte Torun. »Und bin zu dem Schluss gekommen, dass ich lieber in eine kleinere Wohnung ziehe, als mit einer Fremden zusammenzuwohnen. Also werde ich zuerst Birna und Daniel vorschlagen, doch die Wohnungen zu tauschen. Ihre Zweizimmerwohnung in der Rimbogatan wäre eher etwas für mich. Und anschließend tausche ich diese Wohnung gegen eine in Kungsholmen.«

»Kungsholmen?« Maria lächelte strahlend.

»Ja. Dann habe ich es nicht so weit zu den politischen Versammlungen im Rathaus. Außerdem ist man von Kungsholmen aus eher bei Norstedt auf Riddarholmen. Und zu guter Letzt wohne ich dadurch näher bei dir, Maria. Also kannst du getrost nach Amerika gehen, meine liebe Märta. Wenn wir es endlich geschafft haben, eine Verbesserung der Schulbildung für Mädchen und der allgemeinen Lebensbedingungen von Kindern durchzusetzen, wage ich mich vielleicht sogar über den Großen Teich, um selbst mal einen Blick auf New York zu werfen.«

»Steht schon jemand in den Startlöchern, um Leiterin der Damenmodenabteilung zu werden?«, erkundigte Maria sich bei Ellen.

»Noch nicht, aber uns bleibt ja genug Zeit.« Ellen wandte sich an Isabella. »Euer Schaufenster erregt übrigens ziemliches Aufsehen. Bis jetzt haben wir vierzehn Telefonanrufe und acht Beschwerdebriefe erhalten. Aber Damenunterwäsche verkauft sich inzwischen wie Glühwein am Nordpol.«

Isabella kicherte. »Herr Björklund ist einfach ein Genie.«

Ottilia schaute zwischen Isabella und Ellen hin und her. »Offenbar habe ich da etwas verpasst.«

»Herr Björklund hat Herrn Munkhammar gebeten, ein ganzes Schaufenster an der Hamngatan dem Thema Damenunterwäsche zu widmen – und zwar ohne was drüber, was weithin gut zu sehen ist«, erklärte Victoria.

»Sodass nun alle Welt darüber spricht«, ergänzte Maria. »Als ich heute Morgen unten in der Wäscheabteilung war, wimmelte es nur so von Müttern und Töchtern, und die Schlüpfer und Büstenhalter wurden den Verkäuferinnen förmlich aus der Hand gerissen.«

»Für die Aussteuer«, fügte Isabella hinzu. »Wir haben Hochzeitssaison. Zumindest beginnen jetzt die Vorbereitungen.«

»Wir im Atelier haben mit der Aussteuer auch alle Hände voll zu tun«, fuhr Victoria fort. »Herr Jacobsson sucht mehr Personal für die Schneiderwerkstatt. Außerdem hätte er gern einen größeren Vorführraum und zusätzliche Garderoben für die Kundinnen. Und er möchte vor Beginn jeder Saison Modenschauen für die Vertreter der Presse abhalten, bevor die ersten Kundinnen unsere Entwürfe zu sehen bekommen.«

»Eine ausgezeichnete Idee«, stimmte Isabella zu. »Modenschauen für die Presse werden eine große Rolle in der langfristigen Werbestrategie des Ateliers spielen.«

»Jetzt verstehe ich kein Wort mehr«, wandte Torun ein. »Wenn ihr im Atelier so viel zu tun habt, dass der Platz schon knapp wird, sehe ich keinen Grund, warum euer Herr Jacobsson noch mehr Umsatz an Land ziehen sollte.«

»Weil so der Einzelhandel funktioniert«, antwortete Isabella. »Wir bewegen uns immer weiter. Vorwärts und aufwärts. Jedes Jahr kommt eine neue Saison mit neuen Ideen. Wenn wir nicht die Ersten sind, wird uns ein anderer verdrängen.«

»Aber brauchen wir denn immer neue Ideen? Wie viele Paar Strümpfe muss eine Frau denn besitzen?«

»So läuft es nicht im Leben, Torun, und das weißt du genau«, widersprach Victoria. »Die Welt ist voller Bücher. Und dennoch bringt Norstedt jedes Jahr wieder Neuerscheinungen heraus. Brauchen wir so viele Bücher?«

»Hmmm«, brummte Torun.

Ottilia und Karolina grinsten einander an.

»Die beiden sind wirklich erwachsen geworden«, stellte Karolina fest.

Ottilia nickte. »Ich bin stolz auf sie.«

»Ich auch.« Ellen klatschte in die Hände. »Nun zu einem völlig anderen Thema. Kennt eine von euch vielleicht jemanden, dessen Hund gerade Welpen erwartet? Am besten ein Scotchterrier.«

»Möchte die Gräfin sich einen Nachfolger für Bertil anschaffen?«, erkundigte sich Märta.

»Onkel Josef überlegt, ihr einen zu schenken. Offenbar hat sie Frau Alm erzählt, dass es sie traurig macht, in eine leere Wohnung nach Hause zu kommen.«

»Aber Bertil ist doch erst seit ein paar Wochen tot«, meinte Victoria. »Können wir denn sicher sein, dass die Gräfin einen neuen Hund will?«

»Frau Alm ist überzeugt davon. Doch die Gräfin empfindet es als Verrat am guten alten Bertil, wenn sie sich wieder einen Hund zulegt. Deshalb glaubt Onkel Josef, dass es das Problem lösen und ihr Gewissen beruhigen würde, wenn er ihr einen Welpen schenkt. In den Zeitungen wimmelt es von Inseraten, aber es wäre schön zu wissen, dass der Hund aus einem guten Zuhause kommt. Außerdem habe ich mich bereit erklärt, den Welpen in einem Körbchen in meinem Büro sitzen zu lassen, während die Gräfin arbeitet, bis er groß genug ist, um bei Herrn Bellman zu warten.«

»Ich werde mich umhören«, versprach Ottilia.

»Wir alle«, ergänzte Karolina. »Vielleicht kennt meine Mutter ja jemanden. Ihre Brüder draußen auf dem Land haben alle Hunde. Und deren Freunde ebenfalls. Scotchterrier kommen zwar selten vor, aber ich erkundige mich.«

»Das wird mir am meisten fehlen«, meinte Märta wehmütig. »Alle für neune und neune für alle.«

In einem gespielten Ohnmachtsanfall schlug Torun die Hand vor die Brust. »Dass ich den Tag noch erleben darf, an dem Fräulein Märta Eriksson ein literarisches Zitat benutzt, selbst wenn es falsch ist.«

Märta versetzte ihr einen freundschaftlichen Knuff. »Das hat bestimmt schon mal jemand gesagt, bevor Alexandre Dumas es aufgeschrieben hat.«

»Ich wüsste nicht, wer«, entgegnete Torun.

»Eigentlich ist es ja gleichgültig, von wem der Ausspruch stammt«, erwiderte Ottilia. »Nur wer zusammensteht, gewinnt die Schlacht.«

»Und deshalb«, wandte sich Maria an Märta, »werden wir hier alle die Stellung halten, während du in Amerika bist.«

»Ich sage das jetzt nur einmal«, fügte Karolina hinzu, »aber falls du je Sehnsucht nach der alten Heimat bekommst und dir die Dollars für die Schiffspassage fehlen, gib uns bitte Bescheid. Wir werden es schon schaffen, genug zusammenzukratzen, um dich nach Hause zu holen. Versprich, dass du es tust.«

Karolinas Hilfsbereitschaft und Aufrichtigkeit rührten Märta wie immer zu Tränen. Beim bloßen Gedanken, dass sie sie anfangs wegen ihres Geldes und ihrer adeligen Herkunft beneidet hatte, schämte sie sich bis heute. Sie schluckte und hielt Karolinas Blick mit derselben Offenheit stand. »Ich verspreche es.«

Torun stemmte sich von ihrem Stuhl hoch. »Ich würde gern einen Trinkspruch ausbringen.«

Die anderen Damen hoben erwartungsvoll die Gläser.

»Auf alte Freundinnen und neue Abenteuer.«

Sie tranken.

Märta ließ den Blick über die Anwesenden schweifen. Ihre ältesten Freundinnen Ottilia, Karolina und Torun. Ihre neuen Freundinnen Ellen und Maria. Und schließlich die junge Generation, bestehend aus Isabella und Victoria. Ihre Gedanken wanderten über den Atlantik zu Lily, Dorothy, Michael und Blanche. Und zu einer gemütlichen Wohnung im Herzen von Manhattan.

Wieder erhob sie ihr Glas. »Auf glückliche Erinnerungen. Die, die wir schon haben, und solche, die wir uns erst schaffen müssen.«

Epilog

16. Januar 1927

Josef stand auf der Empore über dem Blauen Saal im Rathaus von Stockholm. In einer guten Stunde, um ein Uhr, würde die Königliche Marinekapelle ihre Instrumente zusammenpacken. Dann würden die zweitausendeinhundert Gäste die Tanzfläche verlassen und in die Winternacht hinausschlendern. Soweit Josef von seinem Aussichtspunkt aus feststellen konnte, war der Abend ein großer Erfolg gewesen. Denn Menschen, die sich nicht glänzend amüsierten, tanzten schließlich nicht die ganze Nacht durch.

Ragnar erschien neben ihm.

»Hast du deine Mutter gesehen?«, fragte Josef.

»Nicht, seit ich beobachtet habe, wie Thorwald Munkhammar sie über die Tanzfläche gewirbelt hat. Bestimmt hat sie viel Spaß. Mutter versteht, dass du an einem Abend wie diesem nicht ständig an ihrer Seite sein kannst.«

»Deine Mutter ist eine außergewöhnliche Frau.«

»Und du bist ein außergewöhnlicher Mann. Deine Rede war einfach großartig, und der Applaus war ohrenbetäubend. Hoffentlich bekomme ich auch einmal solchen Beifall und werde so respektiert wie du.«

Josef betrachtete seinen ältesten Sohn. Inzwischen arbeitete Ragnar schon seit zwei Jahren bei Nordiska Kompaniet und hatte natürlich noch viel über das Führen eines so großen Unternehmens zu lernen. »Wenn wir Glück haben, säen wir, was wir ernten«, erwiderte Josef. »Meine Mitarbeiter wissen, dass ich sie respektiere. Sie alle. Denn wir stellen zwar Bausteine und Mörtel, doch erst sie geben dem Gebäude seine Seele.«

Ragnar überlegte. »Das verstehe ich. Und ich bin sicher, dass die Angestellten das zu würdigen wissen. Sonst hätten sie dir nie diesen wundervollen Hammer geschenkt. So etwas habe ich noch nie zuvor gesehen. Die eingravierte Abbildung des Kaufhauses ist unglaublich kunstvoll und detailgetreu.«

»Ein Meisterwerk«, stimmte Josef zu. »Obwohl ich bezweifle, dass ich je damit bei einer Vorstandssitzung auf den Tisch schlagen werde. Ein wertvolles Geschenk wie dieses sollte man schonen und für die Nachwelt aufbewahren.«

»Da muss ich widersprechen. Dieser Hammer ist auch ein diskreter Hinweis darauf, dass alle deine Entscheidungen sich auf die Menschen auswirken, die ihn dir geschenkt haben. Aber eigentlich wollte ich dir etwas anderes mitteilen.« Ragnar wies mit dem Daumen hinter sich. »Da die letzte Schicht nun vorbei ist, haben die Kellner die Tische im Goldenen Saal abgeräumt. Anfangs hatte ich zugegebenermaßen meine Zweifel, als du angeordnet hast, das Abendessen in drei Schichten zu servieren. Doch da der Raum an sich ein so erhebender Anblick ist, bin ich nun froh, dass alle ihr Abendessen dort genießen konnten.«

»Es war die beste Lösung«, erwiderte Josef. »Wir hätten nie alle in den Goldenen Saal gepasst. Nicht für ein Bankett. Und vierzehnhundert Gäste hier unten und die anderen siebenhundert dort oben hätte unweigerlich einen Keil zwischen die Belegschaft getrieben. Das ist bei N.K. nicht unsere Art. Hast du irgendwelche Anmerkungen zur Villa Säby aufgeschnappt?«

»Sehr viele sogar. Das Stimmungsbild lässt sich mit ungläubiger Freude zusammenfassen. Dass ein Unternehmen ein Ferienhaus für seine Mitarbeiter unterhält, ist so unerhört neu, dass einige es offenbar noch immer nicht für bare Münze nehmen. Ich denke, viele haben daran gezweifelt, bis du davon gesprochen hast, zwanzig neue Betten anzuschaffen. Außerdem ist mir noch immer rätselhaft, wie es dir gelungen ist, den Kauf geheim zu halten, bis der Vertrag unterschrieben und beglaubigt war. Ich hatte immer angenommen, dass sich bei uns jede Nachricht sofort verbreitet wie ein Lauffeuer.«

»Unter gewöhnlichen Umständen würde ich dir zustimmen. Doch dieses Vorhaben war zu wichtig, um eine undichte Stelle zu riskieren. Schließlich hätte es auch scheitern können.«

Ellen gesellte sich zu ihnen. »Meine armen Füße. Ich glaube, ich kann keinen Schritt mehr tanzen. Wie viele der Kleider hier kamen eurer Ansicht nach von N.K. oder sogar aus dem Modeatelier?«

»Ich weiß es nicht«, erwiderte Josef. »Aber Kurt Jacobsson könnte dir diese Frage sicher beantworten. Bis auf die letzte Paillette.«

»Ist Kurt mit seinem neuen Vorführraum noch zufrieden?«, wollte Ragnar wissen.

»Er ist überglücklich. Dass sich Atelier und Schneiderei nun beide im fünften Stock befinden, erleichtert die Arbeit gewaltig.«

»Und die Veränderung kam keinen Augenblick zu früh«, fügte Ellen hinzu. »Seine Modenschauen für die Presse haben sich zu Geheimtipps entwickelt.«

»Es könnte auch eine einfachere Erklärung geben«, wandte Ragnar ein. »Die Gräfin hat mir nämlich erzählt, wie sehr ihre Freundinnen den goldenen Fahrstuhl zu schätzen wüssten, der sie direkt ins Atelier bringt.«

»Diesen genialen Einfall haben wir Tom Björklund zu verdanken«, antwortete Josef. »Eine winzige Geste, die bei der alten Garde Verzückung auslöst und dem Atelier für eine verhältnismäßig geringe Investition eine noch exklusivere Note verleiht.«

»Victoria Ekman an die neue Märthaskolan zu schicken, ist aber alles andere als eine geringe Investition«, merkte Ellen an. »Doch sie ist begeistert.«

»Ihr Studium wird von der Josef-Sachs-Stiftung finanziert«, erwiderte Josef. »Sie wurde genau zur Finanzierung solcher

Bildungsmaßnahmen gegründet. Wenn Fräulein Ekman ihre Zukunft im Atelier sieht, wird das gesamte Unternehmen davon profitieren, dass sie sich von Grund auf mit der Haute Couture vertraut macht.«

Ellen kicherte. »Erinnerst du dich noch daran, wie Bertil den Vorführraum gestürmt hat? Inzwischen wäre das ein wenig schwieriger für ihn, weil kein Mensch mehr die Treppe benutzt.«

Josef verzog in gespielter Entrüstung das Gesicht. »Ich glaube, Bertil im Vorführraum hat mir weniger zu schaffen gemacht als der Umstand, dass die Gräfin seinen Nachfolger Josef genannt hat.«

Ragnar und Ellen bogen sich vor Lachen.

»Das hat sie als Kompliment gemeint«, keuchte Ellen, nachdem sie wieder Luft bekam. »Und als Dank an dich.«

»Daran zweifle ich keine Sekunde lang. Aber seit wann habe ich Ähnlichkeit mit einem Dackel?« Josef legte den beiden die Arme um die Schultern, und sein gerade noch so fröhlicher Tonfall wurde ernst. »Ich weiß nicht, ob ich mich je bei euch beiden für alles bedankt habe, was ihr für mich und für N.K. getan habt. Ihr macht mein Leben so viel leichter.«

»Jetzt übertreib mal nicht, Vater. Ich bin ja noch neu im Geschäft«, wandte Ragnar ein.

»Ja, doch du lernst schnell und hast außerdem die nötigen Hochschulabschlüsse. Das Wissen, dass du die Firma übernehmen wirst, wenn der Tag da ist, lässt mich nachts ruhiger schlafen. Und Ellen, du ersetzt mir bei den Mitarbeitern Augen und Ohren. Wo wäre ich nur ohne dich? Ich danke euch beiden von Herzen.«

»Meine Damen und Herren, jetzt kommt der letzte Tanz«, sprach der Kapellmeister ins Mikrofon.

Ragnar wandte sich zu Ellen um. »Sollen wir?«

»Warum nicht? Schließlich hat man nicht alle Tage Gelegenheit, im Blauen Saal zu tanzen.«

Josef blickte ihnen nach. Die zwei verkörperten die Zukunft. Er hatte Nordiska Kompaniet vom Stureplan in die Hamngatan, durch einen Krieg und durch eine Wirtschaftskrise geführt. So Gott es wollte, würde Ragnar in fünfundzwanzig Jahren das goldene Jubiläum des Kaufhauses feiern. Mit der treuen Ellen an seiner Seite.

Der Kapellmeister hob den Taktstock.

Josef eilte zur Treppe. Er wollte den letzten Tanz zur Feier der ersten fünfundzwanzig Jahre mit der Frau tanzen, die ihm mehr bedeutete als das atemberaubend prachtvolle Einkaufsparadies in der Hamngatan. Mit Sigrid. Es war ein Tanz in die Zukunft hinein.

Danksagung

Mein erster Besuch bei Nordiska Kompaniet fand an einem Montagmorgen im Jahr 1980 statt. Wir hatten das Kaufhaus schon am Vortag – meinem ersten Tag in Stockholm – entdeckt, und ich war damals auf der Jagd nach schwedischen Langspielplatten von Fältskog, Lyngstad und Ledin. Ein so riesiges und imposantes Kaufhaus musste doch eine Schallplattenabteilung haben! Meine Aufregung wurde von bitterer Enttäuschung abgelöst, denn in jener Zeit hatten die Läden sonntags noch geschlossen. Aber immerhin, meine Vermutung erwies sich als richtig. Als ich am nächsten Tag in die Augustsonne hinaustrat, hatte ich die Finger fest um die Henkel einer beige-schwarzen Einkaufstüte geschlossen, auf der das Logo von NK und Abbildungen von Langspielplatten prangten. Ich hatte meinen ersten Einkauf bei Nordiska Kompaniet getätigt.

Mein Entschluss, den zweiten Band meiner Romanreihe im Kaufhaus Nordiska Kompaniet spielen zu lassen, stand von vorneherein fest. Deshalb muss mein erster Dank dem inzwischen verstorbenen Josef Sachs gelten, der den Weitblick und das Durchhaltevermögen besaß, eine der bedeutendsten Landmarken Stockholms zu bauen, während Krieg und Hoffnungslosigkeit die Welt in Atem hielten.

Weiterhin danke ich Göran Sachs, Josefs Enkel. Vielen Dank, Göran, für die wundervollen Einblicke und Anekdoten. Sie haben mir ein noch eindringlicheres Bild dessen vermittelt, wer Josef gewesen ist und welche Unternehmensphilosophie hinter seiner Leitung stand.

Die dritte Person, der mein Dank gilt, ist Ulrica Bogh-Lind, Leiterin von PR & Partnerships bei NK. Sie haben mir nicht nur gestattet, die firmeneigenen Archive von NK zu durchforsten, sondern zudem für mich eine Führung durch das Kaufhaus organisiert. Diese hat mir die Augen für die winzigen architekturhistorischen Details geöffnet, die bis heute gut sichtbar sind. Man muss nur wissen, wo man hinschauen soll.

Josef Norén war der für den Bau des Kaufhauses verantwortliche Bauingenieur, dem es gelungen ist, diesen Konsumtempel termingerecht fertigzustellen, ohne dabei sein Budget zu überschreiten. Außerdem hat er in weiser Voraussicht jeden Arbeitsschritt vom Abriss der alten Gebäude bis zum vollendeten Kaufhaus in wöchentlichen Fotoaufnahmen dokumentiert. Deshalb danke ich von ganzem Herzen der Familie Norén, die mir dieses unbezahlbare historische Material zur Verfügung gestellt und mir seine Nutzung erlaubt hat.

Ein großer Teil der Romanhandlung rankt sich um das berühmte französische Modeatelier von NK. Da ich den gesamten kreativen Prozess bei der Herstellung eines Modellkleids verstehen wollte, war der Modeschöpfer Lars Wallin so freundlich, sich mit mir zusammenzusetzen und mir die Abläufe in der Haute Couture genau zu erklären. Vielen Dank, Lars, für Ihre Zeit und Ihre Geduld. Für sämtliche Fehler im Modeatelier dieses Romans übernehme ich die volle Verantwortung.

Einen Roman mit Fakten zu füllen, gehört zu den Dingen, die mir beim Schreiben die größte Freude bereiten. Mein großer Dank gilt Lena Aexedin, die mir von ihrer Großtante Maria Blombergsson erzählt und darauf vertraut hat, dass ich ihre Geschichte wahrheitsgemäß wiedergebe. Maria wird niemals in Vergessenheit geraten.

Dank auch an Anne-Marie Körling, früher Mitarbeiterin bei NK, für ihre Anekdoten und Beobachtungen. Und für die

Bestätigung, dass NK auch als Arbeitgeber allen Grund hat, stolz auf sich zu sein.

Wie ich immer zu sagen pflege, braucht man ein ganzes verlegerisches Dorf, um ein Buch vom Kopf der Autorin in die Regale zu bringen. Deshalb danke ich all jenen bei Ridddarholmen, die zu dem gewaltigen Erfolg von *Stockholm – Die fabelhaften Frauen des Grand Hôtel* beigetragen haben und nun die Veröffentlichung von *Stockholm – Freundinnen im Kaufhaus der Träume* betreuen: Anna Levahn von Printz Publishing, PR-Guru Louise Bodin, meiner deutschen Übersetzerin Karin Dufner, der Umschlaggestalterin Emma Graves, der Kartenzeichnerin Sara Ljungdahl, der Fotografin Emma Hammar und außerdem der wundervollen Linda Altrov Berg von der Agentur Norstedts.

Dorfbewohner, die sich inzwischen neuen Gefilden zugewandt, aber dennoch bei der Entstehung von *Stockholm – Freundinnen im Kaufhaus der Träume* eine wichtige Rolle gespielt haben, sind der Lektor Christoffer Holst und die Agentinnen Catherine Mörk und Sofia Odsberg. Vielen Dank für die viele harte Arbeit – und das Gläschen Schampus hie und da!

Arne, Maxine und Emelie. Wieder einmal möchte ich euch sagen, dass ohne euch nichts von alldem wirklich zählt. Danke für eure unerschütterliche Treue und eure Unterstützung.

In Liebe und Dankbarkeit,
Ruth
www.ruthkj.com; @ruthkjwriter